Heinz G. Konsalik · Susanne Scheibler

Das wilde Land

Heinz G. Konsalik
Susanne Scheibler

Das wilde Land

Roman

KARL ■ MÜLLER

Heinz G. Konsalik / Susanne Scheibler, Das wilde Land

Sonderauflage für den Karl Müller Verlag –
Silag Media AG, Liebigstraße 1-9, 40764 Langenfeld

Printed in Germany, 2009
ISBN 978-3-940984-97-5

Sehr verehrte Leserin,
sehr verehrte Leser,

gerade in den hektischen Zeiten des Alltags ist ein Moment der Ruhe und Entspannung von großer Bedeutung.

Für mich persönlich ist solch ein Moment meistens mit dem Lesen eines guten Buches verbunden. Eine spannende und gut erzählte Geschichte hilft mir dabei schnell vom Alltag abzuschalten und in fremde Welten & Zeiten abzutauchen.

Die Suche nach einem guten Buch ist dabei gar nicht so einfach. Oft sind es doch die Klassiker, die ihre Leser schnell in ihren „Bann ziehen" und in keinem Bücherregal fehlen sollten.

Die vorliegende „Karl-Müller-Bibliothek" ist eine kleine Auswahl an beliebten und interessanten Büchern und beinhaltet die Klassiker der Film- und Literaturgeschichte. Diese 40 von uns sorgfältig zusammengestellten Bücher reichen von historischen Romanen, spannenden Krimis und Horrorgeschichten bis hin zu Liebesromanen. Damit ist eine vielseitige und limitierte Zusammenstellung entstanden, die wir auch gerne an Sie weitergeben möchten.

Ich wünsche Ihnen viel Entdeckerfreude und Entspannung beim Lesen.

Herzlichst
Ihr

Siegfried Lapawa
Verleger Karl Müller Verlag

Prolog

Es begann zu regnen, als Lukan Petrowitsch Bakunin die Uliza Swerdlowa überquerte, und in der Ferne grollte der erste Donnerschlag. Weiter entfernt, über der Tschussowaja hatte sich das Gewitter zusammengezogen, und der Regen wirkte auf Lukan Petrowitsch wie ein gutes Omen. Seit Wochen hatte es nicht mehr geregnet, es war ein noch heißerer, staubigerer Sommer, als man ihn sonst in Jekaterinburg erlebte. Der Himmel wölbte sich wie eine weißgraue Kuppel über der Stadt, in den Straßen weichte der Asphalt, und draußen in der Vorstadt Uralmasch, wo Lukan ein kleines, windschiefes Häuschen bewohnte – es war ihm vor fünfundzwanzig Jahren von der sowjetischen staatlichen Eisenbahn zur Verfügung gestellt worden, und er hatte auch nach seiner Pensionierung dort wohnen bleiben dürfen, weil die jüngeren Leute Hochhauswohnungen in den Plattensiedlungen der Neubaugebiete bevorzugten –, also dort, wo Lukan Petrowitsch lebte, war schon seit Wochen alles Gras verdorrt. Die Birken hatten die Blätterkronen erschlafft zur Erde geneigt, und selbst die Vögel waren in der Sonnenglut verstummt.

Staub bedeckte Straßen und Wege, wurde vom Wind hochgewirbelt, der auch keine Kühlung brachte, sondern wie ein heißer Atem über das Land fegte. Der kleine Bach hinter Lukans Haus war seit langem total ausgetrocknet.

Doch, es war ein gutes Vorzeichen, dass es zu regnen anfing, fand Lukan Petrowitsch. Am liebsten wäre er im Freien geblieben und hätte sich unter die schweren Tropfen gestellt, bis er bis auf die Haut durchnässt war. Aber was hätte er dann für einen Eindruck gemacht!

Der alte Mann blieb vor der Schaufensterfront eines Hauses stehen. Ach was, kein Haus war es, sondern ein kleiner Palast mit Erkern, Türmchen und Säulen, die einen Altan trugen. Er warf einen Blick auf die dort ausgestellten Kostbarkeiten - echte alte Ikonen, chinesische Seidenteppiche, zierliche Möbel mit kostbaren Intarsienarbeiten, edle Gobelinsessel, Porzellanfiguren und ein Samowar, der aussah, als wäre er aus purem Gold.

Einen Moment lang beschlich Lukan Scheu. Sollte er sich lieber an jemand anderen als an Rodjon Tasskow wenden, einen, der nicht so bekannt war für erlesene Stücke, wie man sie in Tasskows Antiquitäten- und Auktionshaus in der Uliza Swerdlowa kaufen oder ersteigern konnte? Aber dann gab Lukan Petrowitsch sich einen Ruck. Er ging auf das von zwei marmornen Löwen flankierte Portal zu, stieg die Treppe hinauf und drückte die vergoldete Klinke der zweiflügeligen Glastür hinunter.

In der Eingangshalle war es kühl. Markisen hielten das Tageslicht fern, und Lukan hörte das Surren einer Klimaanlage im Hintergrund. Wenn möglich, wirkte die Halle noch eleganter als die Schaufenster. Überall hingen Bilder, in großen Bodenvasen blühten prachtvolle Orchideen, und die Sesselgruppe im Hintergrund war mit grünem, goldgeprägtem Leder bezogen. Lukan wusste nicht, dass sie aus einem englischen Jagdschloss des 18. Jahrhunderts stammte, aber sie sah so vornehm aus, dass er keinesfalls gewagt hätte, darauf Platz zu nehmen.

Ein Mann von etwa dreißig Jahren kam hinter einer Samtportiere hervor. „Guten Tag", sagte er und musterte Lukan Petrowitsch mit kurzsichtigen Augen hinter einer Goldbrille. „Was wollen Sie?"

„Herr Tasskow ...", stammelte Lukan. „Sind Sie Herr Tasskow?"

Der Kurzsichtige im dunkelgrauen Zweireiher schüttelte den Kopf. Er hatte etwas schütteres rötliches Haar, das er sorgfältig gescheitelt trug, und eine sehr helle Haut. „Nein. Ich bin hier angestellt. Also, was wollen Sie?"

Lukan drückte das Bündel, das er bei sich trug, fester gegen seine Brust. „Ich möchte zu Herrn Tasskow. Ist er da?"

Die Augenbrauen des Rothaarigen hoben sich. „Hören Sie, guter Mann, Herr Tasskow ist sehr beschäftigt. Man kann ihn nicht mit Lappalien behelligen. Also sagen Sie, was Sie wollen, und ich werde sehen, was ich für Sie tun kann."

Eigensinnig schüttelte Lukan Petrowitsch den Kopf. „Ich werde nur mit Herrn Tasskow sprechen. Bitte, bringen Sie mich zu ihm."

Rechts von ihm wurde eine Tür geöffnet. Ein dunkelhaariger Mann mit Stirnglatze und einem eckig gestutzten, graumelierten Kinnbart steckte den Kopf heraus. „Murajew, erinnern Sie mich daran, dass ich gegen sechs bei Poljakow in Kiew anrufe. Wegen der Miniaturensammlung ..." Er verstummte, weil sein Blick auf Lukan Petrowitsch fiel, der mit seiner schlecht sitzenden grauen Hose und dem blauen Polohemd doppelt armselig in dieser eleganten Umgebung wirkte. Aber seinen einzigen guten Anzug anzuziehen, den er an Ostern und anderen hohen Feiertagen in der Kirche trug – dafür war es heute einfach zu heiß.

„Der Mann möchte zu Ihnen, Herr Tasskow", sagte der Bebrillte, als müsse er sich für Lukans Anwesenheit entschuldigen. „Ich habe ihm gerade klar zu machen versucht ..."

Rodjon Tasskow unterbrach ihn. „Zu mir? Aber warum?"

Der mit Murajew Angesprochene zuckte spöttisch mit den Achseln. „Das will er Ihnen nur selbst sagen."

Lukan ging auf Rodjon Tasskow zu. „Ich werde Sie nicht lange aufhalten. Wenn Sie mir nur ein paar Minuten zuhören wollen ..."

Rodjon Borissowitsch Tasskow, Nachkomme russischer Emigranten aus der Zarenzeit, in Paris geboren und aufgewachsen, war kurz nach dem Zusammenbruch des Sowjetregimes nach Jekaterinburg gekommen und hatte sich hier niedergelassen. Es hatten sich schon unter der sowjetischen Oberschicht im ganzen Land Reiche und sehr Reiche etabliert, doch nach Glasnost und Perestrojka waren die Dollarmillionäre wie Pilze aus dem Boden geschossen. Jungunternehmer, Mafiosi, Schieber – aber auch solche, die durch ihre Ideen oder Verbindungen zu viel Geld gekommen waren. Ihnen allen war eines gemeinsam: Sie hatten keine Tradition, und das suchten sie dadurch wettzumachen, dass sie ihre Villen mit allem Komfort und sämtlichen Luxusgütern ausstatteten, die man käuflich erwerben konnte. Rodjon Tasskow hatte auf diese Weise in Russland glänzende Geschäfte gemacht.

Aber, und das musste man ihm zugute halten, er war kein Betrüger und Halsabschneider. Im Gegenteil: Tasskow hatte sogar eine soziale Ader, die sich unter anderem darin äußerte, dass er seiner Kirchengemeinde – er war ein praktizierender orthodoxer Christ, der allsonntäglich die Gottesdienste in der Archangelski-Kathedrale besuchte – regelmäßig Geldsummen zur Unterstützung der Bedürftigen zufließen ließ und auch sonst Wohltätigkeit übte.

In Lukan Petrowitsch sah er einen Bittsteller der verschämten Art, der sich vor Murajew genierte, sein Anliegen vorzubringen. Deshalb winkte Tasskow ihn in sein Büro.

„Kommen Sie herein, und reden Sie frei von der Leber weg. Was wollen Sie von mir?“

Lukan Petrowitsch wickelte sein Bündel aus. „Ich möchte das hier verkaufen – oder Sie sollen es für mich versteigern lassen, wie man das wohl nennt.“

Es war eine unauffällige graue Wolldecke, die er auf dem Zedernholzschreibtisch vor Tasskow ausbreitete. Und was dann zum Vorschein kam, war so, dass es dem Antiquitätenhändler für einen Augenblick die Sprache verschlug. Tasskows Vater und Großvater waren in Paris Antiquitätenhändler gewesen, und er hatte bei ihnen eine ausgezeichnete Ausbildung genossen. Er konnte Schund von Kunst unterscheiden und Echtes von Unechtem.

Er war für diese Fähigkeit schon in Paris berühmt gewesen.

In die Wolldecke war ein Kreuz gewickelt, mit langer goldener Kette. Es war aus Gold und mit riesigen Saphiren, Rubinen und Amethysten besetzt.

Tasskows geschulter Blick erkannte sofort, dass es sich um keine Nachahmung, sondern um eine echte, sehr alte Antiquität handelte. Er sah es am Schliff der Steine und ihren Fassungen. Solche Arbeiten waren im 16. Jahrhundert angefertigt worden.

Rodjon Tasskow atmete zischend aus. „Wie kommen Sie zu diesem Kreuz?"

„Ja, nun ..." Lukan Petrowitsch hob die Schultern. „Es hat meinem Vater Petja Bakunin gehört. So lange ich denken kann, hat er es in einer eigens dafür gezimmerten Lade unter der ‚Schönen Ecke' mit dem Bildnis der Gottesmutter aufbewahrt. Väterchen Petja hat mir und meiner Frau erzählt, dass er das Kreuz im Jahre 1918 von einem Mitglied der Zarenfamilie bekommen hat. Mehr weiß ich nicht. Er wollte nie darüber sprechen. Und meine Großmutter Dunja auch nicht. Aber jetzt möchte ich das Kreuz verkaufen."

Weshalb, sagte Lukan Petrowitsch nicht. Was ging das jemanden an – außer Nina, seiner Enkeltochter, natürlich. Doch auch ihr würde er erst vom Verkauf erzählen, wenn er das Geld dafür bekommen hatte.

Nina, sein Augenstern! Sein blondes, zartes Vögelchen ...

Sie war alles, was Lukan Petrowitsch im Leben noch hatte. Sein Sohn Michail war zusammen mit seiner jungen Frau Olga bei einem Flugzeugabsturz umgekommen. Ans Schwarze Meer, nach Sotschi hatten sie gewollt, das erste Mal in ihrem Leben Urlaub machen.

Michail und Olga hatten beide im Textilkombinat. „Roter Oktober" gearbeitet, Oljuschka in der Werksküche, Michail als Maschinenmeister. Er hatte irgendeine Verbesserung an den Webstühlen vorgeschlagen, die eine bedeutende Produktionssteigerung möglich machte. Lukan Petrowitsch hatte nie begriffen, worum es dabei ging, aber er war sehr stolz auf sein Söhnchen gewesen, dem die Kombinatsleitung als Anerkennung seiner Leistung einen zehntägigen Aufenthalt im werkseigenen Erholungsheim in Sotschi für zwei Personen spendiert hatte. So waren sie denn abgeflogen und hatten ihre dreijährige Nina bei den Großeltern zurückgelassen. Aber ihre Maschine war bei einer Zwischenlandung in Wolgograd, das damals noch Stalingrad geheißen hatte, in Brand geraten, und alle hundertzehn Passagiere waren umgekommen. Fünfzehn Jahre war das jetzt her, und weder Lukan noch seine Frau Marfa wären wohl jemals mit diesem Schicksalsschlag fertig geworden, wenn sie Nina nicht gehabt hätten.

Marfa war im vorigen Frühjahr gestorben; sie hatte eines Morgens tot im Bett gelegen, und Dr. Gribodin hatte gesagt, sie hätte schon länger ein schwaches Herz gehabt, aber man bekäme die dafür notwendigen wirklich wirkungsvollen Medikamente im Augenblick nur auf dem schwarzen Markt. Aus der Schweiz und Amerika kämen sie, und sie seien so teuer, dass Lukan Petrowitsch sie nicht bezahlen könne. Das hatte Marfa jedenfalls behauptet.

„Vielleicht gibt es die Mittelchen ja demnächst auf Rezept in der Apotheke", hatte sie gemeint. „Bis dahin muss ich eben so durchhalten." Und sie hatte Dr. Gribodin eingeschärft, Lukan Petrowitsch gegenüber nichts von ihrer Krankheit zu erwähnen. Der Arzt hatte ihr dann ein Medikament verschrieben, von dem er wusste, dass es bei Marfa Bakuninas Herzmuskelschaden kaum helfen konnte. „Aber wenn Gott will", hatte die alte Frau gesagt, „dann hilft es trotzdem."

Doch Gott hatte es anders beschlossen, und Marfa Grigorjewna Bakunina hatte sich so still und unauffällig aus der Welt davongemacht, wie sie ihr ganzes Leben lang gewesen war.

Rodjon Tasskow, der Antiquitätenhändler, hatte indessen eine sehr helle Lampe über einem Glastisch eingeschaltet. Er zog sie noch tiefer herunter und holte ein scharfes Vergrößerungsglas aus einer Vitrine, durch das er das Kreuz eingehend betrachtete.

„Auf der Rückseite sind Buchstaben eingeritzt", stellte er fest. „M.N.R. dlja Petja."

„Für Petja. Ja", sagte Lukan Petrowitsch. „So wurde mein Vater genannt, auch wenn er auf den Namen Pjotr getauft war. Er stammte aus Tobolsk."

Tasskow wurde es heiß trotz der Klimaanlage. Er fuhr sich mit zwei Fingern zwischen Hals und Hemdkragen und öffnete den obersten Knopf. M.N.R., dachte er. Das könnte für Maria Nikolajewna Romanowa stehen. Die zweitjüngste Tochter des letzten Zaren hieß so. Die ganze Familie war nach der Revolution eine Zeit lang in Tobolsk inhaftiert gewesen.

Natürlich könnte die Inschrift auch nachträglich angebracht worden sein, um vorzutäuschen, dass das Brustkreuz einmal im Besitz einer Zarentochter gewesen war, machte Tasskow sich klar. Aber fest stand, dass es tatsächlich eine sehr alte Kostbarkeit war. 16. Jahrhundert, dessen war sich Tasskow nach dieser ersten Betrachtung ziemlich sicher.

Der Kunsthändler richtete sich auf. „Herr Bakunin, nicht wahr?"

Lukan nickte. „Ja, so heiße ich. Lukan Petrowitsch Bakunin. Wollen Sie das Kreuz kaufen?"

Tasskow betrachtete den alten Mann nachdenklich. Er hatte ein hageres, zerfurchtes Gesicht und auffallend helle Augen. Sein Blick war arglos, Vertrauen erweckend. Aber wenn Diebe wie Diebe aussähen und Lügner wie Lügner wäre es ein Kinderspiel, sie zu durchschauen. Er war ein einfacher Mann, dieser Lukan Bakunin, mit sehnigem Hals und verarbeiteten Händen. Vielleicht war er nur von jemandem vorgeschoben worden, der im Hintergrund die Fäden zog und unerkannt bleiben wollte. Vielleicht, weil sich in seinem Besitz noch weitere Schmuckstücke der Romanows befanden? Tasskow hatte gehört, dass nach der Erschießung der Zarenfamilie hier in Jekaterinburg ein Teil ihres Schmucks spurlos verschwunden war. Die Sowjetregierung hatte seit Lenins Machtergreifung vor nunmehr achtzig Jahren immer wieder vergeblich danach gefahndet. War dieses Brustkreuz eine erste Spur?

„Herr Bakunin", sagte Tasskow, „ich muss Sie bitten, mir das Kreuz einen oder zwei Tage zu überlassen. Es ist nötig, dass man es genauer untersucht, um seinen wirklichen Wert festzustellen. Schließlich will ich Sie nicht betrügen – falls ich mich zu einem Kauf oder auch einer öffentlichen Versteigerung entschließe."

„Sie meinen, Sie wollen es hier behalten?", fragte Lukan erschrocken. „Nein, das geht nicht."

„Und warum nicht?", fragte Tasskow, um ein freundliches Lächeln bemüht. Sein Verdacht auf einen anderen Auftraggeber verschärfte sich. Vermutlich hatte Bakunin strickte Anweisungen erhalten.

„Weil ..." Lukan biss sich auf die Unterlippe. Will es mich betrügen, das feine Herrchen?, fragte er sich. Das Kreuz behalten, und wenn ich morgen oder übermorgen wiederkomme, heißt es: Was willst du? Ein goldenes Kreuz abholen, das du angeblich hier gelassen hast? Du spinnst, Alterchen, und dein Gehirn ist so löcherig wie ein Schweizer Käse. Verkalkung nennt man das, Altersirrsinn. Jemand bildet sich ein, etwas besessen zu haben, das auf einmal verschwunden ist. Mach, dass du wegkommst, und lass dich nie wieder hier blicken!

„Das Kreuz ist wertvoll, nicht wahr?", sagte Lukan zögernd. „Ich habe sonst nichts. Ich bin kein reicher Mann, Herr. Ich war Bremser bei der Bahn, fünfundvierzig Jahre lang, aber meine Rente reicht gerade mal für Essen, Trinken und eine warme Stube im Winter. Und manchmal bleibt sie in letzter Zeit sogar ganz aus, die Rente. Wenn Nina nicht wäre ..."

„Wer ist Nina?", fragte Tasskow.

„Meine Enkeltochter. Sie arbeitet als Näherin in einer Hemdenfabrik. Dort hat man die Löhne bis heute stets pünktlich gezahlt."

„Schön, schön, Herr Bakunin." Tasskow deutete auf eine

Sesselgruppe, die um einen runden Tisch platziert war. „Setzen wir uns erst einmal. Möchten Sie etwas trinken?“

Lukan blieb stehen. „Nein, vielen Dank. Geben Sie mir nur das Kreuz zurück, bitte. Wenn Sie es genauer untersuchen wollen, komme ich ein anderes Mal damit wieder. Ich werde warten und Sie keinesfalls stören ...“

„Mein lieber Lukan Petrowitsch ...“ Tasskow lächelte milde. „Sie befürchten doch nicht etwa, ich wolle Sie um Ihr Eigentum bringen? Ich bin ein seriöser Geschäftsmann, das kann Ihnen jeder hier in Jekaterinburg – ach, was sage ich –, in Moskau und St. Petersburg, in London und Paris bestätigen, der schon einmal mit mir zu tun gehabt hat. Also seien Sie vernünftig. Es besteht absolut kein Grund, misstrauisch zu sein. Ich stelle Ihnen vor Zeugen eine Empfangsbestätigung aus, und dann bringen wir gemeinsam das Kreuz in meinen Tresor. Dort bleibt es, bis ich persönlich es wieder hervorhole.“

Er wartete keine Erwiderung ab, sondern ging an seinen pompösen Schreibtisch und drückte auf den Knopf der Sprechanlage. „Meine liebe Glinskaja, kommen Sie bitte zu mir. Und bringen Sie Herrn Murajew mit.“

Kurz darauf trat eine rundliche Frau mit vielen kleinen grauen Löckchen um das pausbäckige Gesicht ein, gefolgt von dem bebrillten Murajew. „Sie wünschen, Herr Tasskow?“

Der Kunsthändler nahm das Kreuz vom Tisch und zeigte es den beiden. „Sehen Sie es sich gut an. Herr Bakunin überlässt es mir zu treuen Händen, damit ich seinen genauen Wert ermitteln kann. Frau Glinskaja, wir stellen ihm dafür eine Quittung aus. Übermorgen werde ich meine Untersuchungen abgeschlossen haben, dann wird Herr Bakunin wieder herkommen und von mir Näheres erfahren. Sagen wir, gegen drei Uhr nachmittags. Wäre Ihnen das recht, Lukan Petrowitsch?“

Zehn Minuten später stand der alte Mann wieder auf der Straße. In seiner Hosentasche steckte die Quittung, die die

Glinskaja vorbereitet und die Rodjon Tasskow unterschrieben hatte. Es regnete immer noch.

Lukan Bakunin lief zur Metrostation. Niedergeschlagen fragte er sich, ob es richtig gewesen war, das Kreuz bei Tasskow zu lassen. Vermutlich wollte der Kunsthändler ihn wirklich nicht darum betrügen – aber ein ungutes Gefühl blieb trotzdem. Fast wünschte Lukan Petrowitsch, das Kreuz läge nach wie vor dort, wo es so viele Jahre hindurch aufbewahrt worden war – in dem kleinen Holzschränkchen unter dem Bildnis der Mutter Gottes von Kasan, das sogar das Sowjetregime unbeschadet überstanden hatte.

Rodjon Borissowitsch Tasskow brütete eine halbe Stunde lang an seinem Schreibtisch über dem, was er soeben erlebt hatte. Nicht zu fassen war's. Kommt da ein grauhaariges Väterchen mit Stoffschuhen und abgewetzter Hose in seine Geschäftsräume und wickelt einen Schatz aus einer alten, zerschlissenen Decke. Tasskow war Antiquitätenhändler aus Leidenschaft, was heißen soll, dass seine Liebe für schöne alte Dinge noch größer war als seine Lust am Geld verdienen. Er konnte sich förmlich berauschen an Miniaturen von Mussikijski, Goldschmiedearbeiten von Demaillis, Uhren von James Cox, Porzellanen aus Sevres, Meissen, Kopenhagen oder der ehemaligen kaiserlichen Manufaktur in St. Petersburg. Er kaufte und ersteigerte Kandelaber, Kristalllüster, Ikonen, Gemälde – und wenn er einen Kunden dafür gefunden hatte, war ihm gelegentlich zumute wie einem Liebhaber, der sich für schnödes Geld von seiner Angebeteten trennen musste. Es tat Tasskow weh, wenn irgend so ein stinkreich gewordener Iwan Iwanowitsch in seinen Laden trampelte, die Dollarscheine bündelweise auf den Tisch knallte und anordnete: „Das Bild dahinten nehme ich – und die Vase dort in der Ecke auch. Ach ja, und dann hätte ich noch gern einen Tafelaufsatz für mein Speisezimmer – irgendwas mit viel Gold ... Ich besitze nämlich vergoldete Silberbestecke, die früher mal am österreichischen Kaiserhof benutzt wurden."

Dann bekam Rodjon Tasskow jedes Mal Bauchgrimmen, und es war schon vorgekommen, wenn der potenzielle Käufer ihm gar zu unsympathisch war, dass er zu einer Notlüge gegriffen und erklärt hatte, diese Sachen seien bereits sämtlich verkauft. Leider, leider ...

Antiquitäten, fand Tasskow, waren nicht nur tote Gegenstände. Sie besaßen eine Geschichte, die mit dem Leben ihrer früheren Besitzer eng verknüpft war. Und dadurch waren sie in gewissem Sinne beseelt worden.

Dieses Brustkreuz, zum Beispiel. Wenn die eingeritzte Inschrift keine nachträglich angebrachte Fälschung war, dann hatte womöglich eine Zarentochter sie in das Gold geritzt. Maria Nikolajewna für Petja ... Und kurze Zeit später war das junge Mädchen tot. Erschossen, weil es Romanow hieß.

Rodjon Tasskow drückte seine halb gerauchte Zigarre aus und stieg noch einmal in den Keller hinunter. Er stellte die Zahlenkombination des Tresors ein, öffnete ihn und zog die mit Samt ausgeschlagene Schatulle heraus, in die er vorhin im Beisein von Lukan Petrowitsch das Kreuz gelegt hatte. Oben in seinem Büro schaltete Tasskow alle Lampen ein, denn draußen war es durch das immer noch grollende Gewitter und den Regen dunkel geworden, und betrachtete das Kreuz von allen Seiten. Man muss es reinigen, dachte er. Schmutz und Staub von über achtzig Jahren haben das Feuer der Steine getrübt und das Gold nachdunkeln lassen. Aber es ist wunderschön – trotz allem.

Er seufzte und ging zum Telefon, um seinen Freund Jewgenij Ertelburg anzurufen. Ertelburg war Kunstprofessor an der Gorki-Universität von Jekaterinburg und gleichzeitig Kurator der städtischen Museen. Sein Spezialgebiet war altrussische Kunst.

Der Professor war glücklicherweise zu Hause. „Nicht zu fassen!“, dröhnte er mit seiner Bassstimme, die einem Opernsänger zur Ehre gereicht hätte, ins Telefon. „Gerade haben Lydia und ich von dir gesprochen, Rodja, alter Freund. Wir geben am Samstag ein Abendessen. Nichts

Großartiges, nur ein paar Kollegen von der Uni mit ihren Frauen und zwei junge Künstler. Hast du Lust, ebenfalls zu kommen? Du kannst gern jemanden mitbringen."

Tasskow war geschieden, seit er in Jekaterinburg lebte. Lucille, seine Frau, eine gebürtige Pariserin, hatte es kategorisch abgelehnt, ihr Dasein in diesem barbarischen sibirischen Kaff zu beenden, wie sie sich ausgedrückt hatte. Für Lucille war Jekaterinburg bereits hinterstes Sibirien, eine Stadt, die von ehemaligen Sträflingen, Verbannten und deren Nachkommen bevölkert war. Von dieser Meinung war sie nicht abzubringen gewesen.

Nun, Tasskow hatte die Trennung verschmerzt. Lucille war mit den Jahren ohnehin immer schwieriger geworden, weil sie zu den Frauen gehörte, die nicht alt werden konnten.

Sie war zu einer Art Priesterin für den Erhalt ihrer Jugendlichkeit geworden und unterzog sich jeder Schönheits-Restauration genauso fanatisch, wie Tasskow seine Antiquitäten pflegte und restaurieren ließ.

Er hatte nicht vor, ein zweites Mal zu heiraten. Dann und wann, wenn er seines Einsiedlerlebens überdrüssig war, suchte er sich eine Frau für ein paar Nächte oder auch Wochen, aber es waren nie tiefer gehende Beziehungen. Im Augenblick war er allein, deshalb erklärte er Professor Ertelburg auch, dass er zwar gern am Samstag kommen werde, aber ohne Begleitung.

Dann kam er auf den Grund seines Anrufs zu sprechen. „Mir ist heute ein Brustkreuz angeboten worden, das vermutlich aus dem 16. Jahrhundert stammt ..."

„Gratuliere", schmetterte Ertelburg fröhlich. „Weißt du schon, wem du es als Meistbietendem verhökern willst?"

„So einfach ist die Sache nicht", erwiderte Tasskow und erzählte, wie er an das Kreuz gekommen war.

Ertelburg pfiff durch die Zähne. „Das klingt wirklich verrückt. Weißt du, was? Ich setze mich ins Auto und komme rasch bei dir vorbei, um mir dieses Wunderding anzusehen."

Eine halbe Stunde später war er da. Es war mittlerweile sieben Uhr abends geworden, Tasskows Angestellte waren nach Hause gegangen, er hatte die Geschäftsräume verschlossen, die Alarmanlage eingeschaltet und das Kreuz in seine Wohnung im zweiten Stock des Hauses mitgenommen. Es war wirklich ein kleines Palais, das sich zur Zarenzeit der Besitzer einer Kupfermine hatte bauen lassen. Später hatte es den Sowjets als „Haus der sozialistischen Jugend" gedient und war, nachdem es keine sozialistische Jugend mehr gab, zum Verkauf ausgeschrieben worden.

Tasskows Haushälterin hatte einen Imbiss gerichtet, Wein bereitgestellt und war dann, da sie nicht im Haus lebte, ebenfalls gegangen.

Professor Jewgenij Ertelburg war eine genauso bombastische Erscheinung, wie es seine Stimme vermuten ließ, anderthalb Köpfe größer als der auch nicht gerade kleinwüchsige Tasskow, mit mächtiger Leibesfülle, ständig wirrem Haar und Pranken wie ein Preisboxer.

Aus einschlägiger trüber Erfahrung wich Tasskow ein wenig zur Seite, als Ertelburgs Rechte krachend auf seiner Schulter landen wollte, sodass der Hieb ins Leere ging.

„Feigling", sagte Ertelburg grinsend. Dann schloss er aufatmend die Tür hinter sich. „Das Gewitter hat kaum Abkühlung gebracht. Ich fühle mich wie ein nasser Putzlappen. Himmlisch, dass du eine funktionierende Klimaanlage hast."

Er folgte Tasskow in den Wohnraum. „Nun zeig sie schon her, deine neueste Errungenschaft."

Tasskow bot ihm einen Platz an, schob die Platte mit den Kaviarblinis in Ertelburgs Richtung und schenkte Wein in die Gläser. Dann holte er die Schatulle mit dem Kreuz und stellte sie vor dem Freund hin.

„Was sagst du dazu?"

Professor Ertelburg setzte sein Weinglas zurück, nach dem er bereits durstig gegriffen hatte, und beugte sich über das Kreuz. „Darf ich?", fragte er und nahm es so vorsichtig heraus, wie man es ihm nicht zugetraut hätte. „Da", sagte

Tasskow und schob ihm ein Vergrößerungsglas hin, doch Ertelburg winkte ab.

„Brauche ich nicht." Lange betrachtete er das Kreuz, ebenso die schwere goldene Kette, an der es befestigt war, und schwieg. Dann seufzte er tief. „Eigentlich hatte ich mich auf einen ruhigen Abend gefreut. Aber daraus wird wohl nichts, wie mir scheint."

„Wie meinst du das, Jewgenij?"

Nervös trank Ertelburg einen Schluck Wein.

„Ich bin mir nicht hundertprozentig sicher, aber ich glaube, das Kreuz zu kennen", erklärte Ertelburg. „Es gibt da ein Gemälde der Zarin und ihrer Töchter von 1914 – ich glaube von Sadownikow –, wo die Großfürstin Maria ein Brustkreuz trägt. Soweit ich mich erinnere, hat es mit diesem hier eine verteufelte Ähnlichkeit. Aber das können wir feststellen – und zwar auf zwei Wegen. In Moskau gibt es ein Archiv von Fotos und Bildern der Romanows seit 1900. Du weißt, dass nach der Oktoberrevolution nach sämtlichen Schmuckstücken und Orden der Zarenfamilie fieberhaft gesucht wurde. Ein Teil davon ist aufgetaucht, ein anderer spurlos verschwunden. Wir müssten also zunächst feststellen, ob dein vermaledeites Kreuz tatsächlich mit dem auf dem Bild der Großfürstin Maria identisch ist. Aber das bedeutet keine so große Schwierigkeiten. Der Name ‚Romanow-Juwelen' wird uns sämtliche Geheimarchive zugänglich machen."

„Gut, gut", sagte Tasskow. „Aber was bringt mir das?"

Ertelburg lächelte. „Erstens Gewissheit, und zweitens die Möglichkeit, dass du, mein lieber Rodja Borissowitsch, einem bislang ungeklärten Geheimnis auf die Spur gekommen bist: den verschwundenen Romanow-Juwelen. Immerhin besteht die vage Aussicht, dass da, wo dieses Kreuz herkommt, noch mehr zu finden ist."

Professor Ertelburg war nicht nur ein hervorragender Kunstkenner, sondern ebenso ein Mensch, der Imponderabilien bewerten konnte.

„Gehen wir mal davon aus, dass dieses Kreuz aus den bislang vermissten Schmuckstücken der Romanows stammt, dann wäre es ein erster Hinweis darauf, dass es den legendären Schatz – nennen wir ihn einmal ruhig so – tatsächlich gibt. Und dieser dubiose Lukan Petrowitsch ist nur vorgeschickt worden, um das Terrain zu erkunden. Dann wird es Mittel und Wege geben, an seine Hintermänner zu gelangen."

„Ich weiß nicht", sagte Tasskow unbehaglich. „Dieser Mann wirkte nicht wie ein Ganove auf mich."

„Schön, schön, deine Menschenkenntnis in allen Ehren." Ertelburg schielte nun doch auf die Blinis, griff sich eines und stopfte sich gleich darauf ein zweites in den bärtigen Mund. „Köstlich! Richte Raissa Pawlowna meine Anerkennung aus. Also glauben wir mal, dass dein merkwürdiger Kunde in der Tat der Besitzer dieses Kreuzes ist und nichts anderes im Sinn hat, als dadurch zu Geld zu kommen. Dabei wäre allerdings zu bedenken, dass er oder sein Vater etwas zurückbehalten haben, das seit der Oktoberrevolution eigentlich dem russischen Staat gehört. Schließlich sind damals alle Besitztümer der Krone und des Adels konfisziert worden."

Ertelburg legte das Kreuz in die Schatulle zurück. „Mach dich auf eine lange Nacht gefasst, mein Freund. Wir haben viel zu tun."

Eigentlich hatte Lukan Petrowitsch vorgehabt, nach Hause zu fahren. Doch dann, schon auf dem Metro-Bahnhof, änderte er seine Absicht. Er fuhr zwei Stationen bis zur Uliza Puschkina, wo Madame Karasowa ihre Ballettschule hatte.

Lukan wusste, dass Nina nach ihrem Feierabend in der Guschkow-Hemdenfabrik noch zum Ballettunterricht hatte gehen wollen.

Dreimal in der Woche war das so, und mittlerweile war Nina Bakunina Madame Karasowas Meisterschülerin.

Klavierspiel wehte Lukan Petrowitsch entgegen, als er

die breiten Steinstufen des Hauses mit der Nummer 35 hinaufstieg.

Es kam aus Ludmilla Karasowas Ballettsaal.

Eine Elevin ließ ihn auf sein Klingeln hin ein. Man kannte Lukan Petrowitsch hier, und so sagte sie freundlich: „Nina ist noch im Ballettsaal. Madame studiert ein Solo aus ‚Dornröschen' mit ihr ein."

Leise betrat Lukan den Ballettsaal. Ein Spiegel nahm die gesamte Längswand ein, davor waren die Ballettstangen angebracht, an denen die Schülerinnen ihre Exercises absolvierten. Lukan Petrowitsch war schon öfter hier gewesen, um den Übungen zuzusehen, doch im Grunde hatte er immer nur auf eine geachtet: auf Nina, sein zartes Schwänchen.

Dieses Mal war sie allein im Saal, wenn man von dem Klavierspieler und der Karasowa absah, die neben dem Instrument stand.

Nina tanzte.

Lukans Herz schwoll vor Stolz, als er seiner Enkeltochter zuschaute. Sie trug nur ein schwarzes Trikot. Das Haar hatte sie mit einem Band zurückgebunden. Sie schwebt wie eine Feder, dachte Lukan. Herr im Himmel, es sieht aus, als hätte sie überhaupt keine Knochen und Muskeln, nur einen Körper, der völlig schwerelos ist.

Madame Karasowa applaudierte, als Nina den Tanz mit einer dreifachen Pirouette beendete.

„Sehr schön, Ninotschka!", lobte sie, und das junge Mädchen lächelte ihr zu.

„War es wirklich gut?"

„Hervorragend", behauptete die Karasowa und winkte Lukan näher zu kommen. „Habe ich nicht Recht, Lukan Petrowitsch?"

„Ich verstehe nicht viel davon", murmelte er. „Aber es war wunderschön."

Er sah Nina an. „Ich wollte dich abholen, Töchterchen."

„Wenn du eine Viertelstunde auf mich wartest ..." Sie

strich sich eine Haarsträhne aus der verschwitzten Stirn. „Ich muss noch duschen und mich umziehen."

Sie lief davon, und die schweren Kappen ihrer Spitzenschuhe klapperten auf dem hölzernen Boden.

Die Karasowa seufzte. „Es ist ein Jammer", sagte sie. „Wirklich, ein Jammer – und eine Schande!"

„Was meinen Sie?", fragte Lukan.

Die Karasowa, mit streng gescheiteltem Haar und ihrem wie immer dunkelrot geschminkten Mund in dem faltigen weiß gepuderten Gesicht, zündete sich ein Zigarillo an. Sie rauchte ausschließlich dünne, lange Zigarillos in einer Elfenbeinspitze.

„Nina ist so hoch begabt. Ich kann ihr nicht mehr viel beibringen. Sie gehört auf eine andere, bessere Schule. Die staatliche Tanzakademie in Moskau ... Da kann sich ihr Talent voll entwickeln. Sie würde zweifellos Karriere machen. Aber ..." Sie betrachtete Lukan mit schief gelegtem Kopf. „Woher soll man das Geld dafür nehmen ..."

„Ja, woher?", erwiderte Lukan Petrowitsch und dachte: Wenn es doch nur gelingt, das Kreuz zu verkaufen. Nach dem Aufhebens, das Herr Tasskow darum gemacht hat, scheint es doch wertvoller zu sein, als ich geglaubt habe. O Himmel, hoffentlich kauft er es mir ab und versucht nicht, mich dabei übers Ohr zu hauen.

Als Nina zurückkam, war ihr Haar im Nacken noch feucht vom Duschen. Sie hakte sich bei Lukan unter und gab ihm einen Kuss.

„Gehen wir, Großväterchen", sagte sie fröhlich. „Ich habe bei Natscharski eingekauft, bevor ich herkam – alles für eine kalte Okroschka: Fleisch, Gemüse, Kwass und saure Sahne."

„Auf Wiedersehen, mein Kind!" Die Karasowa tätschelte ihr den schlanken Oberarm. „Bis Donnerstag, nicht wahr?"

„Ja, Madame." Nina vollführte einen rührend altmodischen Knicks. „Vielen Dank – und auf Wiedersehen."

Die Polizisten kamen gegen fünf Uhr am Morgen, als der Himmel schon hell war. Sie fuhren einen dunkelblauen Lada-Kombi und verteilten sich – es waren insgesamt fünf Männer – rings um das kleine Haus an der Sadowaja in Uralmasch. Zwei vor dem Eingang, drei an der rückwärtigen Seite. Dann klingelte einer und schlug gleichzeitig mit der Faust gegen die Holztür. „Aufmachen!“, brüllte er. „Polizei!“

Lukan Petrowitsch war schon eine Weile wach. Er hatte einen leichten Schlaf und konnte nicht untätig im Bett liegen. Lediglich früher, wenn er von der Nachtschicht heimkam, hatte er bis Mittag geschlafen. Sonst war er eigentlich immer um fünf Uhr morgens aufgestanden, weil sein Tagdienst um sechs begann. Selbst wenn er frei hatte, hatte er das getan, und seine Marfa hatte dann stets gescholten: „Was bist du doch für ein Idiot, Lukan! Kannst auf der faulen Haut liegen und dir die Brust kratzen, solange du willst – aber nein! Er muss aus dem Bett kriechen und mit seiner stinkenden Zigarette die Luft verpesten! Kannst du mit dem Qualmen nicht warten, bis du Tee getrunken und etwas gegessen hast?“

Solange Marfa lebte, hatte er sich nicht daran gehalten. Erst nach ihrem Tod hatte er sich keine Zigarette mehr vor dem Frühstück gedreht. Verrückt war das – aber jedes Mal, wenn er noch nüchtern nach dem Tabaksbeutel griff, meinte er Marfas Stimme zu hören: „Lass das doch bleiben! Es tut dir nicht gut.“

So war es auch heute. Lukan Petrowitsch, bereits angezogen, aber noch unrasiert, legte den Tabaksbeutel in der Küche wieder auf den Schrank und setzte Teewasser auf. Er bewegte sich sehr leise, um Nina nicht zu wecken. Sie musste erst um sieben in der Fabrik anfangen und konnte noch eine halbe Stunde schlafen.

Da zerrissen der schrille Laut der Klingel, das Hämmern und Rufen die morgendliche Stille.

Lukan durchfuhr es wie ein Dolchstoß. Polizei? Heilige Schmerzensmutter, das konnte nur eines bedeuten ...

Marfa, dachte er entsetzt. Ich bin wirklich ein Idiot. Warum bin ich nur auf die schwachsinnige Idee verfallen, das Kreuz zu verkaufen! Ich hätte wissen müssen, dass einem armen Hund wie mir niemand zutraut, etwas so Wertvolles zu besitzen. Da wittern sie gleich Diebstahl, Mord und Totschlag ...

Der Polizist vor der Tür klingelte wieder und ließ dieses Mal seinen Finger auf dem Knopf. Als Lukan öffnete, warf sich der zweite Uniformierte sofort auf ihn, drehte ihm die Arme auf den Rücken und hielt ihn fest.

„Bakunin?", fragte der, der geläutet hatte. „Sind Sie Lukan Petrowitsch Bakunin?"

„Ja", stammelte Lukan. „Aber was ..."

„Mitkommen. Sie sind verhaftet. Wo ist das Mädchen?"

Nina erschien in der Tür ihrer winzigen Schlafkammer. Sie trug nur ein kurzes Shirt, und ihre langen blonden Haare fielen ihr ins Gesicht. Mit entsetzten Augen blickte sie die beiden Beamten an. Der Ältere - ein Wachtmeister war es, der den Einsatz leitete - bellte: „Bakunina? Nina Michailowna?"

Sie nickte. „Ja, aber ..."

„Sie sind ebenfalls verhaftet." Sein Blick glitt über Ninas schlanke Beine, die durch das dünne Shirt schimmernden Brüste. „Ziehen Sie sich an, aber schnell, wenn ich bitten darf."

Sie brachten Lukan und Nina zum Polizeipräsidium am Platz der Revolution von 1905. Bevor sie abfuhren, hielt der Einsatzleiter Lukan ein Papier unter die Nase. „Das ist ein Durchsuchungsbefehl. Also wundere dich nicht, wenn nach deiner Rückkehr alles hier ein bisschen durcheinander ist. Falls du zurückkehrst ..."

Mit Verhafteten machte man auch im neuen Russland nicht viel Federlesens. Man duzte sie, wie es seit Jahrhunderten üblich war. Wer verhaftet wurde, hatte etwas verbrochen. Sollte man so jemanden vielleicht mit Euer Wohlgeboren anreden? Das war doch fehl am Platze, wenn man ihm anschließend womöglich die Fresse polieren musste, weil der Starrkopf auf jede Frage nur mit Lügen antwortete! Oder hartnäckig schwieg. Da waren ein paar Ohrfeigen auch im neuen Russland sehr hilfreich.

Der Kommissar, der mit den Ermittlungen gegen Lukan und Nina Bakunin beauftragt war, hieß Boris Leonidowitsch Filjakow. Viele behaupteten, dass er dem amerikanischen Filmschauspieler Clark Gable ähnlich sähe, dem jungen natürlich, etwas, das Filjakow schmeichelte. Er trug deshalb den typischen Clark-Gable-Bart und – was ihn mit besonderer Genugtuung erfüllte –, er hatte nicht die abstehenden großen Ohren des US-Leinwandhelden. Dafür besaß er die gleichen blitzenden Augen und das berühmte Gable-Lächeln, das der Kommissar schon vor Jahren lange und ausdauernd vor dem Spiegel geübt hatte.

Man hatte Filjakow nach Mitternacht aus der Wohnung seiner Geliebten Galina Perowska ins Präsidium beordert. Sein oberster Chef Kulagin war es gewesen. In seinem Büro hatten sich noch zwei andere Herren aufgehalten – Professor Ertelburg und Rodjon Tasskow. Zu dritt hatten sie Filjakow erklärt, dass er mit einer vermutlich äußerst wichtigen Ermittlung beauftragt werde. „Es handelt sich um die Herkunft dieses Schmuckstücks", hatte Kulagin gesagt und ein juwelenbesetztes Brustkreuz über den Tisch geschoben. „Sehen Sie es sich genau an, Boris Leonidowitsch. Und dann vergleichen Sie es bitte mit dieser Kopie eines Gemäldes."

Die aus Moskau gefaxte Kopie war erstaunlich deutlich. Man konnte sogar den Namenszug lesen, den der Maler in die untere Ecke gesetzt hatte: Sadownikow. Darunter standen ein Aktenzeichen und die Namen der Abgebildeten: Alexandra Fjodorowna, Olga, Tatjana, Maria und Anastasia Nikolajewna Romanowa, Alexej Nikolajewitsch Romanow.

„Sagen Ihnen diese Namen etwas?", fragte Sergej Kulagin, und Filjatow nickte. „Es ist ein Bild der letzten Zarin mit ihren Kindern."

„Richtig. Und nun betrachten Sie bitte das Brustkreuz,

das eine Zarentochter trägt. Es ist die Dritte von links, Maria." Kulagin hielt dem Kriminalkommissar eine Lupe hin. „Lassen Sie sich Zeit, Boris Leonidowitsch."

Die Großfürstin Maria lachte auf dem Bild. Sie wirkte ein wenig pummelig in ihrem weißen Spitzenkleid, ein fröhlicher Backfisch mit einer Schleife im Haar. Auffallend waren ihre großen Augen mit den langen dunklen Wimpern.

Filjakow hielt die Lupe über das gemalte Schmuckstück auf ihrer Brust, betrachtete jede Einzelheit. Dann nahm er das Kreuz zur Hand, das Kulagin ihm hingeschoben hatte, verglich Stein um Stein, die kunstvollen Fassungen und die goldene Gliederkette.

„Schade, dass der Verschluss nicht auf dem Bild zu sehen ist. Aber trotzdem würde ich sagen ...", Filjakow hob den Kopf, „die beiden Kreuze sind identisch."

„Über den Verschluss der Kette liegt uns eine Beschreibung vor", sagte Kulagin triumphierend. „Eigenhändig von der damaligen Zarin Alexandra. Sie hat vor ihrer Verlegung von Tobolsk nach Jekaterinburg eine Liste über sämtliche Schmuckstücke erstellt, die sich damals noch im Besitz von ihr und ihren Töchtern befanden. Dieses Kreuz ist dabei als Maria Romanowa gehörig aufgeführt. Der Kettenverschluss besteht, wie die Zarin schrieb, aus einer ziselierten Goldplatte, den Heiligen Georg darstellend."

Er zog einen vergilbten Aktenordner heran, der aufgeschlagen auf seinem Tisch lag. „Das ist ein Teil der so genannten Akte Romanow, in der alle Fakten seit der Abdankung des Zaren bis zu seinem Tod und die Ergebnisse der nachfolgenden Untersuchungen zusammengetragen sind. Das Original befindet sich in Moskau, aber eine Kopie lagert seit ewigen Zeiten hier in den Archiven der früheren Geheimpolizei, die, wie Sie wissen, seit dem Zusammenbruch der Sowjetunion von uns verwaltet werden."

Sergej Romanowitsch Kulagin hatte wirklich, seit Tasskow und Ertelburg bei ihm vorgesprochen hatten, ganze Arbeit geleistet.

Er hatte nicht nur mit seiner obersten Dienststelle in Moskau telefoniert und erreicht, dass man ihm umgehend die Kopie des Sadownikow'schen Gemäldes nach Jekaterinburg faxte, – das Stichwort ‚Zarenschmuck' hatte die Moskauer Kollegen in entsprechende Betriebsamkeit versetzt –, er war anschließend persönlich in die Archivräume unter dem Polizeipräsidium gestiegen, die ihm ein Nachtdienst habender Wachtmeister aufgeschlossen hatte, und hatte sage und schreibe drei Stunden gesucht, bis er den Teil der Akte Romanow gefunden hatte, der jetzt in seinem Büro lag.

„Sie hat eine gestochen klare Schrift besessen, die Zarin Alexandra Fjodorowna", sagte Kulagin. „Man kann sogar ihre mit Bleistift angebrachten zusätzlichen Bemerkungen entziffern."

Er las vor: „Ein mit Brillanten besetztes Goldarmband, das ich immer trage, eine doppelte lange Perlenkette, mit Rubinen zusammengefasst, die ich Tatjana zum letzten Geburtstag geschenkt habe, ein goldenes Brustkreuz, mit Saphiren, Rubinen und Amethysten besetzt. In die Schließe aus massivem Gold ist ein Bildnis des Heiligen Georg eingraviert. Das Kreuz gehört meiner Tochter Maria, die es wenige Wochen vor seinem Tod von Grigorij Rasputin zum Geschenk erhielt."

Kulagin klappte die Akte zu. „Das ist, denke ich, der letzte schlüssige Beweis. Das Kreuz, das Sie, Herr Tasskow, heute zum Verkauf angeboten bekamen, stammt aus dem Besitz der ehemaligen Zarenfamilie. Und dort, wo es herkommt, könnte noch mehr sein. Auch das geht aus der Akte Romanow hervor: Die Sowjetregierung hat seinerzeit längst nicht die gesamten aufgelisteten Wertsachen der Romanows sicherstellen können. Ein großer Teil ist bis heute verschwunden. Und dieses Kreuz hier ist möglicherweise eine erste Spur."

Filjakow liebte spektakuläre Fälle, bei denen er seine kriminalistische Begabung unter Beweis stellen konnte. Außerdem gierte er nach einer Beförderung. Er fühlte sich unterbeschäftigt, nicht genügend anerkannt, und vielleicht war dies hier der Fall, der ihn mit einem Schlag nach oben katapultierte.

Ach, er war Galina Perowskas so überdrüssig. Sie war über vierzig, sechs Jahre älter als er, und sie hing wie eine Klette an ihm. Filjakow hätte sie längst abgeschüttelt, wenn die Perowska ihm nicht immer wieder finanziell unter die Arme gegriffen hätte. Er liebte einen aufwändigen Lebensstil – teure Restaurants, teure Autos, teure Garderobe. Dafür reichte das Gehalt eines Kriminalkommissars in Jekaterinburg nicht aus. Aber Galina Wladimirowna hatte eine Erbschaft von einer Großtante gemacht und damit Filjakow so manche Annehmlichkeit verschafft, die er sonst nicht hätte finanzieren können. Mit einem Wort: Er hatte Schulden bei Galina, die sie zwar nicht als solche deklarierte, von denen er aber genau wusste, dass sie sie einfordern würde, wenn er ihr den Laufpass gab.

Galina war Sekretärin bei der Jekaterinburger Kripo. Naturgemäß arbeitete sie eng mit Kommissar Filjakow zusammen, und deshalb wusste sie genau über seine Dienstzeiten, seine freien Tage und sogar über seine geheimen Ermittlungen Bescheid. Das alles war wie ein Netz, das sie um seinen Hals zuziehen konnte, wenn er auszubrechen versuchte, gewissermaßen die perfekte Überwachung.

„Es klingt unglaubwürdig, dass die Zarentochter Maria dem Vater dieses Bakunin das wertvolle Kreuz geschenkt hat", sagte Filjakow, und sein Clark-Gable-Bart zitterte ein wenig vor Aufregung. „Diese Inschrift auf der Rückseite muss eine nachträglich angebrachte Fälschung sein – oder sie bedeutet etwas ganz anderes, was ich zu ergründen hoffe."

„Ergründen Sie, mein lieber Boris Leonidowitsch", sagte Kulagin. „Ergründen Sie! Man wird es Ihnen an höchster Stelle zu danken wissen."

Filjakow ließ Lukan Bakunin achtundvierzig Stunden lang verhören. Nina wurde schon nach vierundzwanzig Stunden nach Hause geschickt. Sie war offensichtlich völlig ahnungslos, was ihren Großvater veranlasst hatte, das Kreuz dem Antiquitätenhändler Tasskow zum Verkauf anzubieten. Alles, was sie sagen konnte, war nur, dass sich das Kreuz im Besitz ihres Urgroßvaters Pjotr Kusmitsch Bakunin, genannt Petja, befunden und dass sie nicht die geringste Ahnung hatte, ob es besonders wertvoll oder nur eine Imitation war.

Auch Lukan Bakunin wusste nach zwei Tagen nichts anderes auszusagen, als dass das Brustkreuz aus dem Besitz der Zarentochter Maria seinem Vater geschenkt worden sei, vermutlich von ihr selbst, was die eingeritzte Inschrift bewies. Marias Mutter, die Zarin Alexandra, hatte davon offenbar nichts gewusst, sonst hätte sie es in ihrer Schmuckliste, die sie vor ihrer Deportation nach Jekaterinburg dem sie begleitenden Kommissar Jakowlew ausgehändigt hatte, gar nicht mehr aufgeführt.

Filjakow hätte heulen mögen, als ihm klar wurde, dass seine Ermittlungen zu nichts führten. Es gab keine Hintermänner, die Lukan vorgeschickt hatten und deshalb auch keinen bisher verschollenen Zarenschatz.

Filjakow blickte zu Galina hinüber, die an ihrem Schreibtisch saß und die Verhöre eifrig mitstenografierte, um sie später in ihren Computer einzugeben.

Scheiße, dachte der Kommissar. Wobei er beides meinte: das Scheitern seiner Ermittlungen und die entgangene Möglichkeit, irgendwann seine Schulden bei Galina zu bezahlen und sie dann endlich zum Teufel zu schicken.

Filjakow war mehr als nur wütend. Und so erwiderte er auf Lukans zaghafte Frage, ob er das Kreuz nun wieder mitnehmen dürfe:

„Was für ein unverschämtes Ansinnen! Das Kreuz bleibt in polizeilicher Verwahrung. Immerhin wissen wir, dass es der Zarentochter Maria Nikolajewna gehört hat. Und da alle Vermögenswerte der ehemaligen Zarenfamilie rechtmäßig in den Besitz des Sowjetstaates übergegangen sind, gehört dieses Kreuz dazu."

„Aber die Großfürstin Maria hat es doch verschenkt – an meinen Vater", wandte Lukan ein, doch Filjakow lachte nur.

„Können Sie das beweisen? Diese blödsinnige Inschrift auf der Rückseite des Kreuzes kann von Ihnen nachträglich angebracht worden sein, um zu dokumentieren, dass die Großfürstin es weggegeben hat. Ihr Vater kann es ebenso gut gestohlen haben. Nein, nein, das Kreuz bleibt hier, bis von höherer Stelle entschieden worden ist, wem es gehört – der Regierung oder Ihnen."

Der Kommissar riss die Tür seines Dienstzimmers auf. „Bringen Sie den Kerl nach draußen", befahl er dem Wachtmeister, der in der angrenzenden Schreibstube gerade sein zweites Frühstück auf dem Schreibtisch ausgebreitet hatte – zwei Käsebrote und eine Thermoskanne mit kaltem Tee, „und lassen Sie ihn laufen."

Als sie mit Filjakow allein war, kam Galina Perowska zu ihm.

Von rückwärts legte sie ihm die Arme um den Hals. „Ich glaube, dass der Mann die Wahrheit gesagt hat", erklärte sie und rieb ihre Brüste an seinen Schultern. „Und seine Enkelin ebenfalls. Sie war sehr hübsch, findest du nicht?"

„Na ja ..." Filjakow befreite sich aus ihrer Umarmung. „Mein Geschmack sind diese mädchenhaften Blondinen nicht."

Galina lächelte. Sie hatte eine üppige Figur und war dunkelhaarig. Die ersten grauen Strähnen überdeckte sie mit einer Tönung. „Aber du solltest die beiden vielleicht eine Weile beschatten lassen."

Er mochte es nicht, wenn sie ihm Ratschläge gab. Schließlich war er der Kommissar und sie nur eine Tippse. „Quatsch", erwiderte er grob. „Ihre Geschichte stimmt todsicher. Bleibt nur noch die Frage, ob sie das Kreuz jemals zurückbekommen. In meinen Augen ist es nämlich einwandfrei noch russisches Eigentum."

Der deutsche Journalist Martin Heimwald war seit einer Woche in Russland. Da er in Ostberlin aufgewachsen und zur Schule gegangen war, sprach er Russisch, und er hatte seine Kenntnisse während seines Studiums in Dresden vervollkommnet.

Das prädestinierte Heimwald für Reportagen aus der ehemaligen Sowjetunion. Er hatte schon etliche viel beachtete Dokumentarfilme über Russland gedreht, die bei den Fernsehgewaltigen der Bundesrepublik auf großes Interesse stießen und hohe Einschaltquoten brachten.

Martin Heimwald arbeitete als freier Journalist, obwohl man ihn bei verschiedenen Fernsehanstalten gern fest angestellt hätte und dafür mit Gehältern winkte, die sich durchaus sehen lassen konnten. Aber Heimwald zog seine freiberufliche Tätigkeit vor. Er wollte sich in keine Schablone pressen lassen, und vor allem wollte er die Themen frei auswählen können, über die er berichtete. Er konnte sich das damit verbundene finanzielle Risiko durchaus leisten, denn er war ein inzwischen recht bekannter Journalist, der sorgfältig recherchierte, brillante Texte zu seinen Dokumentationen schrieb und jedes heiße Eisen anpackte.

Vor zehn Tagen hatte ihn Gus Stadtfeld, Chef der Abteilung Kultur und Dokumentation bei einem Kölner Privatsender, angerufen und ihn in sein Büro bestellt.

„Du wirst nach Russland reisen müssen, mein Lieber“, hatte er Heimwald eröffnet und ihm einen Stapel Videokassetten übergeben. „Erinnere dich, im Jahre 1979 hat ein russischer Geologe – auf seinen Namen komme ich im Moment nicht, aber du wirst ihn in den Videos finden – in einer Sumpflandschaft in der Nähe von Jekaterinburg ein Massengrab entdeckt ...“

„Ich weiß“, hatte Martin erwidert. „Der Mann hieß Alexander Awdonin. Seine Kenntnisse beruhten auf den Aufzeichnungen von Jakow Jurowski, unter dessen Kommando die Zarenfamilie erschossen wurde. Awdonin hatte einen Sohn Jurowskis ausfindig gemacht, der ihm Einblick in eine Kopie des Protokolls gewährte, das sein Vater seinerzeit der bolschewistischen Regierung ausgehändigt hat. Darin war die genaue Lage des Massengrabes verzeichnet, und Awdonin und sein Begleiter – irgendein sowjetischer Filmregisseur – konnten die Stelle ohne große Schwierigkeiten finden."

„Hervorragend", lobte Gus Stadtfeld. „Wie hätte ich auch nur eine Sekunde lang zweifeln können, dass dir diese Vorkommnisse geläufig sind, Mister Superhirn. Vermutlich weißt du sogar aus sicherer Quelle, was der französische König Ludwig XIV. am 13. August 1701 zu Mittag gegessen hat."

„Eine Olive", erwiderte Heimwald prompt. „Sie steckte in einer gebratenen Wachtel, diese wiederum in einer Taube, mit der man eine Ente gefüllt hatte. Diese wurde im Bauch einer Gans gegart ... Ach nein, ich glaube, zwischen Taube und Ente kam noch ein Huhn ..."

Er lachte. „Das habe ich jedenfalls mal irgendwo gelesen. Nur, an welchem Tag dieses merkwürdige Feinschmeckeressen stattfand, kann ich dir leider nicht sagen. Aber im Ernst: Meine Kenntnisse, dieses Zarengrab betreffend, stammen lediglich daher, dass ich während meines Studiums eine Klausurarbeit darüber geschrieben habe. Soll ich dir noch mehr erzählen?"

„Danke, nein. Ich habe mich selbst kundig gemacht. Awdonin, dieser russische Geologe, bekam es – immerhin schrieb man das Jahr 1979 – wegen seines von der Sowjetregierung ungenehmigten Vorgehens mit der Angst zu tun. Er begrub die Leichenfunde wieder, verwischte alle Spuren und kehrte erst 1991 – nach Glasnost und Perestrojka – mit einem offiziell eingesetzten Team von Polizei, Geheimdienstleuten, Exhumierungsexperten und Archäologen an den Ort seiner Entdeckung zurück. Was folgte, ist dir vermutlich ebenfalls bekannt."

Martin Heimwald nickte. „Es war eine Weltsensation. Für die Gentests an den exhumierten Leichenfunden stellte sich sogar Prinz Philip, der Gatte der englischen Königin, zur Verfügung, da er zur Erblinie von Zarin Alexandra gehört. Und um die Identifizierung von Nikolaus II. zu ermöglichen, gestattete die russische Regierung sogar, dass man die Petersburger Gruft öffnete, in der Großfürst Georg, der früh verstorbene Bruder des Zaren, beigesetzt war, und dem verwesten Leichnam eine Gewebeprobe entnahm. Beide Tests brachten es an den Tag: Alexandra und Nikolaus waren unter den Toten im Massengrab von Koptjaki. Die wissenschaftlichen Untersuchungen der Totenschädel durch Computervermessungen und zahllose Vergleiche mit Fotos der Zarenfamilie ließen ebenfalls eine einwandfreie Identifikation zu. Außer den vier Bediensteten, die mit der Zarenfamilie erschossen wurden, waren die Großfürstinnen Olga, Tatjana und Anastasia zusammen mit ihren Eltern in Koptjaki begraben worden. Allerdings fehlt bis heute von den sterblichen Überresten von Maria, der Zweitjüngsten, und dem Zarewitsch Alexej jede Spur."

„Falsch", sagte Stadtfeld triumphierend. „Und hier beginnt dein Auftrag, Martin. Dieser Hauptmann Jurowski, der das Erschießungskommando seinerzeit befehligte, hat in seinem Protokoll angegeben, dass man in der Mordnacht zunächst alle Toten mit einem Lastwagen zu dem Stollen einer stillgelegten Mine gebracht hat. Dort hat man sie mit Säure und Benzin übergossen und angezündet. Aber die noch frischen Leichen fingen nur schlecht Feuer. Deshalb gab Jurowski Befehl, sie in der folgenden Nacht wieder aus dem Stollen herauszuholen und nach Koptjaki zu bringen. Lediglich zwei Leichen waren fast vollständig verbrannt; deshalb blieben sie, wo sie waren, nämlich in dem Minenstollen. Und jetzt will man herausfinden, ob es sich dabei um die Großfürstin Maria und den Zarewitsch handelt. Na, was hältst du davon, mein Freund?" Stadtfeld kniff die hellen Augen zusammen und grinste. „Wirst du dich in den nächsten Flieger setzen, um eine, woran ich nicht zweifle, atemberaubende Dokumentation über die sensationelle Suche nach den letzten Zarenkindern zu drehen?"

„Mit dem nächsten Flieger wird es kaum klappen", erwiderte Heimwald. „Es werden eine Menge Vorbereitungen nötig sein."

Stadtfeld winkte ab. „Da ich mir deiner Zusage ziemlich sicher war, habe ich das meiste schon erledigt. Einreisegenehmigung, Drehgenehmigung, Kontaktadressen ... Was dir noch fehlt, wird dir in Moskau unser Korrespondent Ralf Esser besorgen. Du bist ja kein Unbekannter bei den russischen Behörden. Man wird dir keine Schwierigkeiten machen. Wen willst du von hier mitnehmen?"

„Wenn er gerade frei ist, Willi Rose als Kameramann. Er war schon dreimal mit mir in Russland und hat ausgezeichnete Arbeit geleistet. Das übrige Team werde ich an Ort und Stelle engagieren."

„Rose ist frei und bereits von mir informiert. Wir brauchen nur noch die Tickets für euch zu buchen."

Martin Heimwald und Willi Rose landeten am nächsten Abend in Moskau, wo sie von Ralf Esser abgeholt und ins Hotel gebracht wurden. Am nächsten Tag spulte sich das übliche Programm ab, wenn ein bekannter deutscher Fernsehjournalist nach Russland kam, um einen Film zu drehen: Empfang im Innenministerium, Interview im russischen Fernsehen, Abendessen mit ausgewählten Gästen aus Kultur und Politik. Eines jedoch war anders: An diesem Essen nahmen Geologen, Gentechniker und Exhumierungsexperten teil, die zu dem Ausgrabungsteam an der Mine ‚Die vier Brüder' gehörten. ‚Vier Brüder' war der Name der längst stillgelegten Zeche, weil sie von vier Birkenbäumen umstanden wurde.

„Schon im Sommer 1918, als die weißen Garden Jekaterinburg eroberten", führte Professor Sachmanow von der Universität Petersburg während des Abendessens aus, „hat man dieses Grab entdeckt. Man fand verbrannte Leichen, Maschinengewehrhülsen, zersplitterten Schmuck und zerschmetterte Knochen. Ein Teil davon wurde in einen braunen Lederkoffer gepackt und außer Landes gebracht. Gerüchte besagen, dass dieser Koffer nach Belgien gegangen ist – genauer gesagt an die Hiobskirche zu Brüssel. Aber dort ist man nicht bereit, den Inhalt des Koffers zur Verfügung zu stellen, ja, man bestreitet sogar seine Existenz. Also ist von dort keine Hilfe zu erwarten, und wir müssen unsere Nachforschungen auf eigene Faust betreiben. Aber ich bin ziemlich sicher, dass wir Erfolg haben werden. Die Leichenfunde bei der Mine ‚Die vier Brüder' werden unsere Theorie bestätigen, dass dort der Zarewitsch Alexej und die Zarentochter Maria nach ihrer Ermordung beigesetzt wurden. Wo sollen sie sonst sein? Maria und Alexej waren bis zur Mordnacht mit ihren Angehörigen zusammen – daher ist es völlig unwahrscheinlich, dass sie das Massaker überlebt haben und irgendwo untergetaucht sind. Sonst hätte man eines Tages unweigerlich von ihnen gehört."

Heimwald nickte. „Damit sind also endgültig alle Spekulationen um ein eventuelles Überleben der jüngsten Zarentochter Anastasia vom Tisch?"

„Sie sprechen von der inzwischen verstorbenen Anna Anderson?", fragte Sachmanow mit einem dünnen Lächeln. „Dieser Fall ist längst geklärt. In Koptjaki wurde anhand der Schädelfunde festgestellt, dass Anastasia mit ihren Eltern und zwei Schwestern dort beigesetzt wurde. Diese Anna Anderson war niemals Anastasia, sondern eine polnische Fabrikarbeiterin namens Franziska Schanzkowski, das haben entsprechende Gentests indessen bewiesen. Vermutlich hat man die unglückliche Frau einer so langen, intensiven Gehirnwäsche unterzogen, dass sie am Ende selbst daran glaubte, die jüngste Zarentochter zu sein, natürlich immer mit dem Ziel, durch sie an den legendären Romanow-Schatz zu kommen." Sachmanow hob die Schultern. „Welche Interessengruppe dahinter stand, wissen wir nicht, und es ist indessen auch unerheblich geworden, da weder Anna Anderson noch ihre möglichen Hintermänner Erfolg hatten. Im Übrigen müssen es grandiose Experten gewesen sein, weil sie es geschafft haben, dieser Frau so viele perfekte Informationen über die Zarenfamilie und das Leben bei Hof fast hypnotisch einzubrennen."

Willi Rose stieß Martin in die Seite. „Wirst du in deinem Film auch über Anna Anderson berichten?"

Heimwald nickte. „Vermutlich. Das rundet das Bild ab."

Die nächsten Tage verbrachte Heimwald damit, sein Filmteam zusammenzustellen. Er engagierte Ossip Myrkow als zweiten Kameramann, dazu zwei Tontechniker, zwei Beleuchter, einen Regieassistenten und einen Aufnahmeleiter. Mehr, so fand er, brauchte er nicht. Etwas anderes war es später im Studio.

Nur mit Willi Rose und einem Beleuchter flog Heimwald für einen Tag nach St. Petersburg und machte Aufnahmen in der Gruft der Peter-Pauls-Kirche, in der seit Peter dem Großen alle Mitglieder des Herrscherhauses beigesetzt worden waren. Heimwald hatte von einem Mitglied des Kultur- und Wissenschaftsministeriums den Tipp erhalten, die russische Regierung plane, auch die bei Jekaterinburg entdeckten und identifizierten Mitglieder der letzten Zarenfamilie dort zu beerdigen.

Den Abend vor seinem Weiterflug nach Jekaterinburg verbrachte Heimwald bei seinen Freunden Gennadij und Anna Krylow, die er bei einer Filmreportage über Moskauer Krankenhäuser kennen gelernt hatte. Beide waren Ärzte am Demjatow-Hospital, dem Heimwald seinerzeit die Einrichtung einer Kinderkrebsstation durch Spendenaufrufe und hartnäckiges Engagement, auch Gelder deutscher Hilfsorganisationen locker zu machen, ermöglicht hatte. Das hatten die Krylows ihm nie vergessen, und aus der anfänglichen Dankbarkeit war längst eine herzliche Freundschaft geworden.

„Wie geht es Gitte?", fragte Anna Krylowa beim Abendessen in ihrer Drei-Zimmer-Wohnung am Moskauer Subowski-Boulevard. Die Krylows hatten Martins Lebensgefährtin vor zwei Jahren kennen gelernt, als sie ihn zu Dreharbeiten nach Moskau begleitet hatte. „Raucht sie immer noch so viel?"

„Leider ja", entgegnete Martin. „In diesem Punkt ist nicht mit ihr zu reden. Ihr kennt sie ja. Sie ist ehrlich genug, zu-

zugeben, dass sie Gefahr läuft, sich damit umzubringen. Aber sie ist der Ansicht, dass sie lieber an einem Herzinfarkt sterben möchte als an altersbedingter Demenz."

Er war mit Gitte Seiffert seit drei Jahren zusammen. Sie war Journalistin wie er, und eine verdammt gute. Manchmal hielt er Gitte sogar für besser als sich selbst, weil sie zäher im Hinterfragen war und wie ein von Gefühlen unbeeinflussbarer Spürhund alle Themen ohne Rücksicht auf die Betroffenen recherchierte, bis sie ihre Story beisammen hatte.

Martin war weicher, mit Skrupeln behaftet, die Gitte ‚sein unnötiges Gewissen' nannte. „Ein Journalist ist nur der Wahrheit verpflichtet", belehrte sie ihn, „egal, ob da und dort jemand einen seelischen blauen Fleck abbekommt."

Um mit Goethe zu sprechen: Sie war, was ihren beruflichen Ehrgeiz betraf, ‚kühl bis ans Herz hinan'. Aber sie war auch eine sehr aparte Frau. Nicht schön in landläufigem Sinn, dazu waren ihre Gesichtszüge zu streng konturiert, mit hohen, fast slawischen Wangenknochen und einem energischen Kinn. Aber sie hatte einen schönen vollen Mund und kluge grau-grüne Augen mit dunklen Wimpern, obwohl sie blond war.

Martin Heimwald wusste, dass er sie nicht heiraten wollte. Ihn reizte ihre Kühle, die in gewissen Stunden von einer sehr aktiven Sinnlichkeit überlagert wurde, und er schätzte ihre gradlinige Art.

Ihr Zusammenleben in Martins dreihundert Jahre altem Bauernhaus im Bergischen Land, das er seit fünf Jahren umbaute und restaurierte, war ziemlich harmonisch. Gitte war jemand, auf dessen Loyalität man sich hundertprozentig verlassen konnte, und das, fand Heimwald, war eine Basis, die in vielen Beziehungen fehlte.

Gennadij und Anna Krylow begleiteten ihn am nächsten Tag zum Flughafen, als er mit Willi Rose und seinem neu engagierten Filmteam nach Jekaterinburg abflog.

„Du musst nach den Dreharbeiten unbedingt noch einmal zu uns kommen", sagte Gennadij, als er ihn umarmte und nach russischer Sitte auf beide Wangen küsste. „Wer weiß, wann sich wieder mal eine Gelegenheit für dich ergibt, uns zu besuchen." Und Anna fügte hinzu:

„Vielleicht interessiert es dich auch, unsere Kinderkrebsstation zu besuchen, um zu sehen, wie sich alles entwickelt hat. Wir haben wirklich große Fortschritte gemacht und bekommen indessen auch staatliche Fördergelder. Es ist nicht viel, aber es hilft trotzdem weiter. Die Mortalitätsrate bei den Kindern ist im letzten Jahr drastisch gesunken, weil wir bessere Therapiemöglichkeiten haben."

„Ich komme ganz bestimmt", versprach Heimwald, „und zwischendurch telefonieren wir miteinander, ja?"

Ein letzter Händedruck, ein letztes Winken von der Gangway, dann war er im Inneren der Iljuschin verschwunden.

Nach einer sehr kurzen Nacht im Jekaterinburger Hotel Isjet, in dem nicht nur er und sein Filmteam, sondern auch die Moskauer Experten untergebracht waren, fuhr Heimwald mit einem Mietwagen und den beiden Kameraleuten zu der verlassenen Mine, um sich einen ersten Eindruck zu verschaffen.

Er hatte inzwischen das Script für seinen Film in groben Umrissen im Kopf und sich auch schon eine Menge Notizen gemacht. Die Mietwagenfirma hatte ihm einen ortskundigen Fahrer gestellt, und dieser Wissarjon Ossipowitsch Tomilow erwies sich als ein Glücksgriff.

Er stammte aus Jekaterinburg und kannte die Stadt und ihre Geschichte wie seine Westentasche. Als sie über den Wosnessenskij-Prospekt, einen breiten Boulevard, fuhren, deutete er auf einen freien Platz, in dessen Mitte ein weißes orthodoxes Kreuz errichtet war. „Hier stand früher das Haus Ipatjew", erklärte er, „wo die Familie des letzten Zaren inhaftiert war. Es war an einem Hang errichtet, den man inzwischen abgetragen hat, ein herrschaftliches Gebäude mit einer weißen Stuckfassade. Die Zarenfamilie lebte im Oberstock."

„Und warum nennt man es das Haus Ipatjew?“, erkundigte Martin sich.

Tomilow, ein untersetzter schnauzbärtiger Mensch mit einem wild gelockten Haarkranz um seine Halbglatze, warf seinen Zigarettenstummel aus dem heruntergekurbelten Fenster. Es war immer noch drückend heiß, und selbst der Fahrtwind brachte kaum Kühlung. Heimwald klebte das Hemd am Körper.

„Die Bolschewiken des damaligen Stadtsowjet nannten es ‚Das Haus für besondere Zwecke‘. Sie hatten es für die Unterbringung der Romanows beschlagnahmt, und der Besitzer, Professor Nikolaj Ipatjew, musste es innerhalb weniger Stunden räumen. Er war klug genug, nicht dagegen zu protestieren, sondern hat sich auf seine Datscha auf dem Land abgesetzt, wo er bis zu seinem Tod geblieben ist.“

Tomilow verzog den bärtigen Mund. „Auf Befehl der Sowjetregierung wurde das Haus später abgerissen. Es war im Jahr 1977 ... Ich erinnere mich genau daran, denn im selben Jahr wurde mein Söhnchen Warna geboren. Ich habe vier Töchter, Gospodin, und als meine Jelenka und ich endlich einen Sohn bekamen, bin ich fast geplatzt vor Stolz. Wie gesagt, damals wurde das Ipatjew-Haus abgerissen, und wissen Sie, wer den Moskauer Befehl ausführte? Boris Jelzin, damals noch Erster Sekretär der Kommunistischen Partei in Swerdlowsk, wie Jekaterinburg unter den Bolschewiken hieß. Ihren früheren Namen hat die Stadt erst nach der Perestrojka zurückbekommen, genauso wie aus Leningrad wieder St. Petersburg geworden ist.“

„Und was gefällt Ihnen nun besser – Swerdlowsk oder Jekaterinburg?“, fragte Willi Rose.

Wissarjon hupte einen Wagen vor ihm wild an, der seiner Meinung nach zu langsam fuhr, und brüllte aus dem Seitenfenster: „Heh, du Wanze, beweg deinen Arsch!“ Dann grinste er um Entschuldigung bittend: „Tut mir leid, Gospodin, aber normalerweise ist das die einzige Sprache, auf die solche Idioten reagieren.“ Er überholte das Fahrzeug und schlug mit der Hand auf das Lenkrad. „Hab ich's nicht gewusst - ein Kerl mit Goldbrille und Zigarre. Fehlt nur noch der Hut."

Er drehte sich kurz zu Willi Rose. „Swerdlowsk oder Jekaterinburg", wiederholte er. „Ach, wissen Sie, im Grunde ist mir das egal. Ich trauere dem Kommunismus nicht nach. Es ist beschissen, wenn man an allen Ecken und Enden bespitzelt wird. Andererseits ist es ebenso beschissen, wenn man in der neuen Freiheit kaum Geld hat, um sie zu genießen. Statt der Kommunisten bereichern sich jetzt die Schieber und Spekulanten. Wir haben jede Menge Millionäre, aber niemanden, der sich von Staats wegen darum kümmert, dass die Gehälter pünktlich ausgezahlt werden und der Bevölkerung genügend Industriegüter und Lebensmittel zur Verfügung stehen. Vieles bei uns war schon unter dem alten Regime verrottet, und jetzt ist es noch ärger geworden. Geduld ist eine russische Tugend, heißt es. Aber sie hört auf, wenn die Wohnung kalt ist, weil die Heizung ausfällt, niemand die Straßen repariert und in den Bergwerken mit ihren veralteten Abbaumethoden keine vernünftige Förderung mehr möglich ist. Andererseits ist es natürlich eine großartige Sache, dass jemand wie ich lauthals darüber krakeelen darf - nicht nur vor Ihnen, sondern überall. Dafür, was ich jetzt gesagt habe, wäre ich noch vor zehn Jahren ins Arbeitslager gekommen. Nur - Demokratie macht leider nicht satt und verschafft auch keinem eine warme Stube."

Eine halbe Stunde später bremste er den Wagen in einem Waldstück. „Jetzt müssen wir ein paar Schritte laufen", erklärte er. „Dort oben, wo die Bäume nicht so dicht stehen, ist der Stollen zu den ‚Vier Brüdern'!"

Martin Heimwald wusste nicht genau, was er erwartet hatte, wenn er zum ersten Mal an der Stelle stand, wo sich vielleicht die beiden letzten Toten des Massakers von Jekaterinburg im Sommer 1918 befanden. Auf jeden Fall war er in seiner Vorstellung nicht von dieser tiefen Erregung erfasst worden, die er plötzlich empfand.

Oder nein – Erregung war nicht das richtige Wort. Heimwald war bestürzt, aufgewühlt, und es kam ihm vor, als berge dieser Ort eine fast mystische Tragik. Ein neunzehnjähriges und, wenn man ihren Bildern glauben konnte, sehr schönes Mädchen und ein Kind, dessen Leben von Geburt an von einer damals unheilbaren Krankheit überschattet war, waren hier verscharrt worden. Zwei arme junge Menschen, deren Schuld darin bestand, dass sie Romanow hießen.

Man hatte das Grab bereits vor einiger Zeit geöffnet, Erde und Strauchwerk beiseite geschafft, um die Wahrheit des Protokolls nachzuprüfen, das Kommissar Jurowski im Jahre 1918 der Moskauer Regierung übergeben hatte. Als man fündig geworden war, hatte man es mit ein paar vertrockneten Grasnarben und dürrem Holz notdürftig wieder verschlossen und ein Kreuz aus Birkenholz daneben aufgerichtet.

Die offizielle Untersuchung sollte morgen beginnen.

Wie Heimwald erfahren hatte, waren auch englische und amerikanische Reporter und Wissenschaftler nach Jekaterinburg gekommen, um diesen einmaligen Vorgang mitzuerleben.

Achtzig Jahre waren seit der Ermordung der Zarenfamilie vergangen. Das Schweigen sowjetischer Behörden und das Schweigen Sibiriens, in dem der einzelne Mensch nur ein Staubkorn ist angesichts einer unendlichen, gnadenlosen Natur, hatten sich über diese Tragödie gebreitet. Ein Massenmord war geschehen ... Doch was bedeutete das schon in einem Teil der Welt, in dem seit Jahrhunderten Hekatomben von Toten – Soldaten, Verbannte, Sträflinge und Kriegsgefangene – in sibirischer Erde begraben worden waren.

Aber jedes Grab bedeutete auch ein Einzelschicksal. Es bedeutete Leid, Tränen, Hass und verzweifelte Wut darüber, was Menschen anderen Menschen anzutun im Stande sind. Es bedeutete den Triumph der Roheit über das Mitleid, des Kadavergehorsams über die menschliche Würde.

Heimwald starrte in den Stollen mit seinen verdorrten

Grasnarben und dem Gestrüpp, und er nahm sich vor, einen Film zu machen, der die Gemüter aufrüttelte. Ein Appell gegen Gleichgültigkeit und Gewalt sollte es werden, eine Verurteilung jedweden Fanatismus' mit seinen fürchterlichen Auswüchsen - auch wenn Martin jetzt schon wusste, dass diejenigen, die die Aussage seines Films betraf, ihn sich höchstwahrscheinlich gar nicht ansehen würden.

Galina Perowska blickte unwillig auf, als die Tür ihres Büros aufgerissen wurde. Nina Bakunina war einfach an dem Pförtner in der Halle des Polizeipräsidiums vorbeigerannt. Sie war die breite Treppe in das erste Stockwerk hinauf und über den langen Gang gehetzt, der zu Kommissar Filjakows Büro führte.

Galina saß im Vorzimmer und hob indigniert die Augenbrauen, als Nina atemlos hervorstieß: „Der Kommissar ... Ich muss ihn sprechen. Ist er da?"

Natürlich erkannte die Perowska das junge Mädchen wieder. Trotzdem fragte sie: „Wer sind Sie? Was wollen Sie? Haben Sie einen Termin beim Kommissar?"

„Nein", stammelte Nina. „Aber ich muss ihn sofort sprechen."

„Und weshalb?", erkundigte Galina sich von oben herab. „Kommissar Filjakow ist ein viel beschäftigter Mann. Man kann nicht einfach hier hereinplatzen und ihn zu sprechen verlangen. Also sagen Sie mir, warum Sie hier sind, und ich werde sehen, was ich für Sie tun kann."

Sie mochte diese Bakunina nicht. Sie war ihr zu hübsch und vor allem zu jung. Beides genügte, um Galina Perowska gegen eine Frau aufzubringen. „Hören Sie, meine Liebe", begann sie mit falscher Freundlichkeit, doch in diesem Moment ging die Tür von Filjakows Büro auf. Er hatte die Stimmen in seinem Vorzimmer gehört.

„Was, zum Teufel ..." Er verstummte, als er Nina erkannte. „Sie?", fragte er stirnrunzelnd. „Ich hätte nicht erwartet, Sie hier freiwillig noch einmal zu sehen. Was gibt es?"

Nina stürmte an ihm vorbei in sein Büro. Er folgte ihr langsamer und schloss die Tür hinter sich. „Mein Großvater ist fort. Als ich heute Morgen heimkam – ich hatte Nachtschicht –, war er nicht da. Und im Haus war alles durchwühlt, schlimmer noch als von Ihren Polizisten. Außerdem sah es aus, als hätte ein Kampf stattgefunden. Es ... es waren Blutflecken auf dem Boden ...“

Vor lauter Aufregung begann sie zu weinen. „Ich glaube, man hat meinen Großvater entführt.“

Im Grunde mochte Filjakow heulende Frauen nicht. Aber die hier sah selbst dabei noch bildhübsch aus, ein zartes blondes Elfchen, das Beschützerinstinkte weckte.

„Setzen Sie sich“, bat er in wesentlich milderem Ton als vordem und deutete auf den Stuhl vor seinem Schreibtisch, „und dann erzählen Sie der Reihe nach.“

„Ich weiß doch nichts“, stieß Nina hervor. „Gestern Abend war noch alles in Ordnung. Ich habe Großväterchen eine gute Nacht gewünscht und bin zur Arbeit gefahren. Und heute früh, als ich heimkam, war er verschwunden. Oder ...“, ein tränennasser Blick traf den Kommissar, „oder haben Sie ihn abholen lassen?“

Filjakow schüttelte den Kopf. „Nein. Aber wäre es nicht möglich, dass er einfach fortgegangen ist? Zum Angeln meinetwegen, oder einen Besuch machen? Oder zum Arzt?“

„Dann hätte er mir einen Zettel auf den Küchentisch gelegt“, antwortete Nina. „Nein, nein, Herr Kommissar, man hat ihn gewaltsam aus dem Haus gezerrt. Und wenn es nicht Ihre Leute waren, dann ... dann ist er entführt worden. Sie müssten das Haus nur sehen. Überall sind die Schubladen herausgerissen, ihr Inhalt auf den Boden gekippt, und in der Küche sind Tisch und Stühle umgeworfen worden ... Und dann das Blut auf dem Fußboden ...“ Flehend hob sie die Hände. „Sie müssen ihn suchen lassen, bitte! Ich hab solche Angst um ihn. Es darf ihm nichts passieren. Er ist doch der einzige Mensch, den ich habe!“

Filjakow nahm hinter seinem Schreibtisch Platz. „Fräulein Bakunina", sagte er leise und scharf. „Ich bitte Sie jetzt, nein, ich verlange von Ihnen, mir endlich die volle Wahrheit zu gestehen. Nehmen wir einmal an, Ihr Großvater ist wirklich entführt worden. Warum? Wer könnte ein Interesse daran haben? Doch vermutlich nur jemand, der an diesem mysteriösen Kreuz interessiert ist. Haben Sie und Ihr Großvater uns belogen, als Sie behaupteten, nur dieses Kreuz zu besitzen? Gibt es vielleicht in irgendeinem Versteck noch andere Wertgegenstände? Dann rücken Sie endlich damit heraus!"

Nina ließ die Arme sinken. Ihre Augen waren groß und voller Panik. „Sie meinen, es ist wegen des Kreuzes? Aber wer weiß denn noch davon außer Ihnen und den beiden Herren, die bei unseren ersten Verhören dabei waren? Glauben Sie, dass diese Männer dahinter stecken?"

„Unsinn", wehrte Filjakow ab. „Herr Tasskow und Professor Ertelburg sind über jeden Verdacht erhaben. Lenken Sie nicht ab. War Ihr Großvater nur der Strohmann für die eigentlichen Diebe, die seinerzeit Schmuck und andere Wertsachen der Romanows verschwinden ließen?"

Nina schüttelte den Kopf. Ihr blondes Haar flog wie eine goldene Wolke um ihr verweintes Gesicht. „Ich weiß nichts, gar nichts. Und Großväterchen Lukan hätte sich niemals für solche schmutzigen Machenschaften einspannen lassen. Er hat nie etwas Böses getan, bitte, glauben Sie mir doch! Dieses Kreuz hat meinem Urgroßvater gehört, und es lag, solange ich denken kann, immer in einer Schublade unter der Ikone der Gottesmutter. Als kleines Mädchen habe ich es manchmal betrachtet. Damals waren meine Urgroßeltern schon tot ... und Großväterchen sagte, es sei ein Andenken an die beiden. Ich habe ja nicht einmal gewusst, dass es wertvoll ist."

„Und warum hat man Ihren Großvater dann heute Nacht entführt?", erkundigte Filjakow sich, und Nina begann von neuem zu weinen.

„Das weiß ich doch nicht. Ich verstehe das alles nicht.

Aber ich habe solche Angst. Bitte, helfen Sie mir, Herr Kommissar."

„Ich werde mich um den Fall kümmern", versprach Filjakow. Wer weiß, vielleicht ergab die Entführung dieses Lukan Bakunin am Ende doch noch eine wichtige Spur. Obwohl – viel Hoffnung hatte er nicht. Ein alter Mann war verschwunden, offenbar nach einer Prügelei, wenn man der Aussage der Enkelin glauben konnte. Doch dafür konnte es auch andere Gründe geben. Vielleicht hatte dieser Bakunin mit Nachbarn Streit bekommen, und sie hatten ihn totgeschlagen und die Leiche einfach verschwinden lassen. Vielleicht hatte er einen Einbrecher ertappt und dabei den Kürzeren gezogen. Manchmal stiegen Diebe auch in die Behausungen armer Leute ein, weil sie etwas Essbares und ein paar Rubel ergattern wollten, den Fernseher mitnehmen und sonst irgendwas, das ihnen von Wert erschien. Manchmal wurden Leute für eine Armbanduhr, ein altersschwaches Radio oder ein paar Flaschen Wodka erschlagen ...

Je länger Filjakow über die Sache nachdachte, umso wahrscheinlicher erschien ihm die letzte Version. Es hatte eben Pech gehabt, das Großväterchen, und wahrscheinlich lebte es schon längst nicht mehr.

Der Kommissar griff zum Telefon. „Ich habe hier jemanden mit einer Vermisstenanzeige, Treptow," sagte er, als auf der anderen Seite der Leitung der Hörer abgenommen worden war. „Eine Nina Bakunina. Ihr Großvater ist heute Nacht verschwunden. Nehmen Sie ihre Aussage zu Protokoll und fahren Sie mit ihr nach Hause. Jemand von der Spurensicherung muss sich das Haus ansehen. Und dann leiten Sie die Fahndung nach dem Verschwundenen ein."

Er legte auf und lächelte Nina zu. „Inspektor Treptow wird sich um alles kümmern. Gehen Sie in Zimmer 23. Er erwartet Sie."

Er wartete, bis Nina sein Büro verlassen hatte. Dann verließ er es durch eine zweite Tür, die direkt auf den Korridor führte. Mit dem Fahrstuhl fuhr er nach unten in die Kellerräume, wo sich auch die Asservatenkammer befand. Filjakow rief dem dort Dienst tuenden Beamten einen kurzen Gruß zu und ging in den rückwärtigen Raum, wo ein Panzerschrank stand. Der Kommissar besaß einen Schlüssel dafür und kannte die Zahlenkombination, die das Schloss sicherte.

Wenige Augenblicke später hatte er die mit einem Aktenzeichen versehene Pappschachtel herausgenommen, in der sich das Kreuz befand. Er nahm den Deckel ab und ging mit dem Kreuz zu einer der Neonröhren, die an der Decke angebracht waren. Das Gold funkelte im Licht, und die Steine versprühten glitzerndes Feuer.

Rodjon Tasskow hatte Kommissar Filjakow den ungefähren Wert des Kreuzes genannt. In Filjakows Augen war er ungeheuerlich. Selbst wenn man es unter der Hand um die Hälfte des Preises veräußerte, hatte man für längere Zeit ausgesorgt ...

Vergiss es, dachte Filjakow. Es wäre idiotisch. Wenn das Kreuz verschwindet, bist du genauso verdächtig wie jeder andere, der von seiner Existenz weiß. Er hatte einen staubtrockenen Hals, als er die Schachtel mit dem Kreuz wieder in den Tresor zurücklegte und die Zahlenkombination einstellte.

Einige Werst von Jekaterinburg entfernt gab es eine schon vor vielen Jahren stillgelegte Ziegelei. Sie war über einen Schotterweg erreichbar, und die Gebäude machten einen verfallenen Eindruck. Unkraut wucherte aus dem mit Kopfsteinen gepflasterten Hof, die Fensterscheiben waren größtenteils zerbrochen, da und dort waren Türen herausgerissen worden, die irgendjemand für seine eigenen Zwecke hatte brauchen können, und auch im Inneren der Hallen hatten findige Heimwerker-Spezialisten demontiert, was nicht niet- und nagelfest war.

Lediglich der Keller unter dem ehemaligen Bürohaus war seit einiger Zeit wieder in Ordnung gebracht worden – allerdings ohne behördlichen Auftrag. Hier gab es feste Stahltüren mit soliden Schlössern, dick mit Brettern vernagelte Kellerluken, durch die kein Lichtstrahl nach draußen drang, im Gestrüpp gut getarnte Luftschächte und einen Raum, der geradezu wohnlich eingerichtet war, mit Teppichen auf dem Betonboden, Couchen und Sesseln um einen großen viereckigen Tisch. Nebenan befand sich eine Küche mit einem Elektrokocher, Kühlschrank und Spülbecken. Hinter der Küche lag ein etwa dreißig Quadratmeter großes Gelass, in dem an den Wänden Schusswaffen aller Art hingen oder in Holzregalen lagen: Kalaschnikows, Tokarew-Pistolen, aber auch amerikanische Smith & Wesson und deutsche Walther-Pistolen. Munitionskisten waren auf dem Boden übereinander gestapelt, es gab Schalldämpfer, Zielfernrohre und anderes Zubehör – kurz, es war ein Waffenarsenal, wie man es sonst nur in einer Militärkaserne einer Spezialeinheit vorfand.

Die Eigentümer dieses Lagers nannten sich zynischerweise „Narodnaja Wolja" – Volkswille. Es waren Mafiosi, die das Gebiet von Jekaterinburg kontrollierten, Schutzgelder erpressten, Waffenschmuggel, Drogen- und Zigarettenhandel betrieben. Der Kopf der Organisation befand sich in Perm; von dort erhielten die Jekaterinburger ihre Befehle, und ihr Anführer Oleg Wassiljewitsch Goradin musste viermal im Jahr nach Perm reisen, um Rechenschaft über durchgeführte Aktionen und finanzielle Einnahmen und Ausgaben abzulegen.

Diese Fahrten hasste Goradin. War er etwa ein Buchhalter, der fein säuberlich Einnahmen und Ausgaben in einen Computer eingab und für jeden Rubel geradestehen musste? Er hasste es auch, niemals Eigeninitiative entwickeln zu dürfen. Unternehmungen auf eigene Faust gab es nicht, man hatte für alles und jedes die Zustimmung aus Perm einzuholen.

Oleg Wassiljewitsch war ein Mann der schnellen Entschlüsse, und er fühlte sich durch die straffe Permer Organisation gebremst und eingeengt. Deshalb ignorierte er sie gelegentlich und rieb sich die Hände, wenn er auf diese Weise einen lukrativen Alleingang gemacht hatte.

Sie mussten ja nicht alles wissen, die verdammten Permer!

Gut zwei Dutzend Leute gehörten zu Olegs Unterabteilung von „Narodnaja Wolja“, dazu noch etliche Verbindungsmänner bei wichtigen Behörden und Wirtschaftsbetrieben.

Durch Letztere kam man gelegentlich an viel versprechende Tipps – und wohl der beste seit langem war der von Polizei-Assistent Anatolij Dulkin gewesen. Dulkin war ein Geier, der mit Gewalt reich werden wollte und dafür seine Mutter, seine Frau und seine Tochter dem Teufel verkauft hätte.

Bei Dulkins letzter Nachricht waren Goradins Gehirnzellen geradezu heiß gelaufen.

Oleg Goradin war ein ehemaliger sibirischer Strafgefangener, mit achtzehn Jahren wegen Raubmordes zu zwanzig Jahren Zwangsarbeit verurteilt worden. Er hatte sie in den Bleibergwerken von Kap Deschnew überstanden und war danach in den Untergrund abgetaucht, wohl wissend, dass eine verbüßte Strafe noch lange kein Freibrief war. Ehemalige Strafgefangene wurden in der Regel unter dem Begriff „Arbeitsbeschaffung“ zu anderen Tätigkeiten eingeteilt, die nicht viel besser waren als die Fron eines Strafniki. „Narodnaja Wolja“ bot bessere Möglichkeiten.

Man wurde anständig bezahlt und konnte sich sogar ein gewisses Luxusleben leisten. Bei diesem Fall, den Polizei-Assistent Dulkin ihm unterbreitet hatte, gab es sogar noch glänzendere Chancen. Oleg Wassiljewitsch träumte bereits von einer Beförderung, vielleicht einer Versetzung in die Zentrale nach Perm, wo Führungsqualitäten gefragt waren. Oder würde man ein so findiges, alle Möglichkeiten nutzendes Mitglied wie ihn weiterhin als untergeordneten Befehlsempfänger betrachten?

Unter dem Waffenarsenal befand sich noch ein zweiter Keller. Er war so niedrig, dass ein Mann mit normaler Körpergröße nicht aufrecht darin stehen konnte. Dort gab es zwei Verschläge, und in einem hielt Oleg Wassiljewitsch seit letzter Nacht Lukan Bakunin gefangen.

Trotz der draußen herrschenden sommerlichen Hitze war der Raum feucht und kalt. Er enthielt lediglich eine Pritsche mit einer Pferdedecke und einen Eimer, der als Abort diente. Von der Decke baumelte eine nackte Glühbirne, und in der stählernen Tür gab es eine Klappe, durch die man die Mahlzeiten für den Gefangenen hindurchschieben konnte.

Lukan Petrowitsch Bakunin hatte sich heftig gewehrt, als drei von Oleg Wassiljewitschs Leuten ihn entführten. Sie hatten ihn bewusstlos schlagen müssen, bevor sie es schafften, ihn in den unauffälligen grauen Kombi zu bugsieren, mit dem sie ihn in die verlassene Ziegelei brachten.

Dort hatte Oleg Wassiljewitsch ihn verhört.

Er war ein vierschrötiger Mann mit dicken Muskelpaketen an Hals, Rücken, Brust und Armen. Und er spielte seine körperlichen Kräfte Lukan Petrowitsch gegenüber rücksichtslos aus.

Bereits nach dem ersten Verhör war Lukan grün und blau geschlagen. Er hatte Schmerzen, und bei einem besonders brutalen Faustschlag von Oleg Wassiljewitsch verlor er zwei Vorderzähne.

„Sag es mir, du Wanze!", verlangte der russische Mafioso. „Wo ist der Goldschatz der Zaren versteckt, aus dem du ein Kreuz als Lockartikel zum Verkauf angeboten hast?" Breitbeinig stand er vor dem schmächtigen alten Mann, ein Messer und eine Lederpeitsche in den Gürtel seiner blauen Hose gesteckt.

Lukan spürte den süßlichen Geschmack von Blut im Mund. Er spuckte es aus, was Goradin zu einem Wutschrei veranlasste.

„Du dreckiges Schwein! Los, auf die Knie mit dir! Leck den Boden sauber, aber ein bisschen plötzlich!" Er packte Lukan bei der Schulter und schleuderte ihn zu Boden. Als der alte Mann nicht sofort gehorchte, drückte Goradin dessen Gesicht auf den staubigen Beton. „Los, los, alles sauber auflecken. Na, wird's bald?"

Und Lukan tat es. Sein Magen hob sich, und er kämpfte mit aller Kraft gegen das Erbrechen an. Tränen liefen aus seinen Augen, und er dachte: Totschlagen wird er mich, der Unmensch. Heilige Gottesmutter, lass es schnell geschehen. Gib ihm so viel Kraft, dass er mir mit einem einzigen Schlag die Hirnschale zertrümmert, damit ich nicht lange leiden muss. Erspar mir, dass er mich weiterhin quält ...

Oleg Wassiljewitsch riss ihn wieder hoch. Lukan schwankte, er blutete aus Mund und Nase, und er hatte das Empfinden, dass sein ganzer Körper mit heißem flüssigen Blei gefüllt war. Er wäre von neuem zu Boden gegangen, wenn Oleg Wassiljewitsch ihn nicht mit eisernem Griff festgehalten hätte.

Goradin grinste in das zerschlagene Gesicht vor sich.

„Na, willst du jetzt reden, du Hurensohn? Oder muss ich immer noch nachhelfen?"

Ein Gurgeln kam aus Lukans Kehle. Er konnte kaum die verschwollenen aufgeplatzten Lippen bewegen. „Ich weiß nichts. Ich schwör's. Ich weiß von keinem Zarenschatz. Und wenn du mich umbringst – ich kann nichts anderes sagen ..."

Die schmächtige Gestalt wurde unter Olegs Griff schlaff. Lukans Kopf sank nach vorn, die Augäpfel verdrehten sich. Er hatte das Bewusstsein verloren.

Oleg Wassiljewitsch schleifte ihn zu der Pritsche. Nein, er würde ihn nicht umbringen – jedenfalls vorläufig nicht. Erst musste er mit der Wahrheit herausrücken, der alte Idiot, und wenn es Tage dauerte. Sie hatten Zeit.

„Na?", fragte oben im Aufenthaltsraum einer der vier Männer, die am Tisch saßen und Karten spielten, als Goradin hereinkam.

„Hat er das Maul aufgemacht?"

Oleg griff nach der Wodkaflasche, die in einem Regal stand, und trank einen tiefen Schluck. Dann wischte er sich über den Mund.

„Der Dreckskerl ist zäh. Aber wir kriegen ihn noch klein. Für heute lasst ihn in Ruhe. Du, Mischka, bring ihm nachher was zu essen. Er muss sich erholen, damit er durchhält, wenn man ihn morgen wieder befragt. Hat ja keinen Zweck, wenn er nach dem ersten Fußtritt wie ein nasser Sack umfällt. Er soll schließlich was von seiner Vernehmung haben."

Er nahm noch einen Schluck aus der Flasche und warf sich dann auf die Couch. Missmutig starrte er vor sich hin.

Er war nicht besonders intelligent, dieser Oleg Wassiljewitsch Goradin, und seine Leute waren es auch nicht. In ihren Augen war Gewalt das beste Mittel, um sich zu bereichern. Sie zerschlugen ganze Einrichtungen von Restaurants und Geschäften, verprügelten Angestellte und Besitzer, verwandelten deren Autos in Schrott und schreckten auch nicht davor zurück, jemanden zu erschießen oder zu erstechen – als warnendes Beispiel für so viel halsstarrige Dummheit, mit der manche Menschen sich weigerten einzusehen, wie gut man es eigentlich mit ihnen meinte. Oder war es etwa nicht die reine Güte, wenn man ihnen vorschlug, sie sollten allmonatlich eine bestimmte Summe zahlen, damit ihr Eigentum vor brutalen Schlägern geschützt wurde? Nur ein paar lumpige Rubelchen, Freunde, und ihr seid so sicher wie in Abrahams Schoß. Ist das nicht ein vernünftiges, ja, geradezu selbstloses Angebot? Man half den Bedrängten – ebenso wie man bereit war, auch anderen gefällig zu sein. Die einen brauchten Waffen, weil sie verfolgt und unterjocht wurden. Die anderen hingen, Gott sei's geklagt, an der Nadel, gierten nach Drogen, ohne die sie nicht mehr existieren konnten, und wieder andere fluchten und stöhnten, weil die Zigaretten geradezu unerschwinglich teuer geworden waren. War es da nicht Menschenpflicht, ihnen unter die Arme zu greifen? Man befriedigte ihre Bedürfnisse – und aus diesem Blickwinkel betrachtet, war man fast ein Wohltäter.

Nur sahen das leider die meisten nicht so, die mit „Narodnaja Wolja" zu tun hatten. Starrsinn und Uneinsichtigkeit waren schlechte Ratgeber für Menschen, die nicht über ihre eigene Nase hinausgucken konnten.

Oleg fand, dass dies auch bei Lukan Bakunin der Fall war. Warum sträubte sich der Idiot nur dagegen, die Wahrheit zu sagen? Ihm wären Prügel, ein gebrochenes Nasenbein und zwei ausgeschlagene Zähne erspart geblieben. Wirklich, ein Idiot!

Dabei fiel Oleg Wassiljewitsch etwas ein, an das er eigentlich schon längst hätte denken müssen.

„Das Weibsbild", sagte er laut und setzte sich auf der Couch auf. „Wir müssen es ebenfalls herbringen. Erstens besteht die Chance, dass sie eher quatscht als der Alte, und zweitens können wir das sture Großväterchen damit zum Reden bringen. Wenn er kapiert, dass seine Enkelin in unserer Gewalt ist, wird er die Schnauze aufmachen, darauf wette ich."

Er polkte unter seinen schmutzigen Fingernägeln herum. „Grischka, Wanja, ihr schnappt euch das Vögelchen und bringt es her. Morgen wird es ein rührendes Wiedersehen mit dem Großväterchen geben."

Martin Heimwald hatte bei Gitte im Bergischen Land angerufen. Sie hatten verabredet, dass er sich jeden zweiten Abend bei ihr melden würde.

„Hallo", sagte er. „Schön, deine Stimme zu hören. Wie geht es dir?"

„Gut. Ich stecke mitten in den Vorbereitungen für eine längere Reise. Diesmal geht's in den Irak. Ich soll eine Expedition zum Wadi Horan begleiten, wo Archäologen die Reste einer antiken Tempelanlage gefunden haben. Angeblich eine sensationelle Geschichte. Nun, man wird sehen. Ist die Story nicht spekulativ genug, habe ich vor, ein paar Tage in Bagdad zu bleiben. Ich will die Auswirkungen des amerikanischen Embargos auf die dortige Zivilbevölkerung recherchieren. Könnte ein echter Thriller werden."

„Muss das sein?", erkundigte sich Heimwald besorgt. Ihm

war nicht wohl bei der Vorstellung, dass Gitte in ein solches Krisengebiet reiste.

„Ja, das muss sein", erklärte sie energisch. „So oder so bringe ich eine interessante Story mit. Was dagegen, Herr Vormund?"

Er hatte eine Menge dagegen, weil er nicht wollte, dass Gitte zu Schaden kam. Doch er äußerte seine Bedenken nicht. Gitte war sich selbst darüber im Klaren, worauf sie sich einließ, und außerdem hätte sie alle Warnungen in den Wind geschlagen.

„Pass auf dich auf", sagte Heimwald daher nur. „Riskiere nichts für eine Story, die man ohnehin nach zwei Tagen vergessen hat."

Gitte lachte. „Kann sein, dass du Recht hast. Trotzdem fliege ich hin. Und wie läuft's bei dir?"

Er erzählte ihr, womit er den Tag seiner Ankunft in Jekaterinburg zugebracht hatte, und Gitte meinte lapidar: „Dann geht das eigentliche Theater also erst morgen los. Aber wie ich dich kenne, hast du inzwischen jede Menge Hintergrundmaterial gesammelt. Mach's gut, mein Lieber, und lass dich von deinem heiß geliebten Russland nicht allzu sehr vereinnahmen."

Irgendwie fühlte Heimwald sich deprimiert nach diesem Telefonat. Ob Gitte ihn überhaupt vermisste? Sie hatte jedenfalls nichts davon gesagt ...

Er verließ das Hotel Isjet und beschloss, irgendwo noch ein verspätetes Abendessen einzunehmen. Es war zehn Uhr abends, und er hatte darauf verzichtet, gemeinsam mit seinem Filmteam und den russischen und ausländischen Teilnehmern der morgigen Exhumierung zusammen zu essen. Stattdessen hatte er an dem Script für seinen Film gearbeitet und einen Großteil davon in seinen Laptop eingegeben.

Heimwald aß also eine Kleinigkeit in einem Lokal am Lomonossow-Platz, einen köstlich schmeckenden pochierten Fisch, den er nicht kannte, mit Beilagen aus Kürbissen und geschmortem Gemüse, und schlenderte anschließend eine

Weile durch die Straßen. In der Innenstadt herrschte noch ziemlich viel Betrieb. Passanten betrachteten die Schaufensterauslagen, vor etlichen Lokalen waren Tische und Stühle auf die Straße gestellt worden, und die Gäste genossen die inzwischen kühleren Temperaturen der heraufziehenden Nacht. Autos fuhren über die breiten Boulevards, und vor einer Bar lärmten ein paar Betrunkene.

Heimwald warf einen flüchtigen Blick auf die Glitzerwelt der eleganten Boutiquen, in denen Bally-Schuhe, Vuitton-Taschen, Schmuck und Uhren von Cartier, Designer-Klamotten und teure französische Parfüms auf Käufer warteten, und fragte sich angesichts der Preisetiketten, wer das wohl bezahlen konnte. Natürlich gab es Reiche in Russland, doch ebenso kaum verhüllte Armut. Er erinnerte sich an den alten Rentner in Moskau, der allnächtlich weggeworfene Bierflaschen aufsammelte, weil das Flaschenpfand dafür ausreichte, dass er sich einen ganzen Monat lang Brot kaufen konnte. Wadim Gorenko, pensionierter Schuldirektor eines Moskauer Gymnasiums, arbeitete nachts bei einer Reinigungskolonne der Metro, um einen Nebenverdienst zu haben, es gab Kellner in Bars, die tagsüber hinter Bankschaltern oder an den Computern technischer Büros saßen, Taxifahrer und Eisverkäufer mit einem Doktortitel und Fabrikarbeiter, die nach Feierabend selbst zubereitete Pasteten und Konfekt, aber auch künstliche Blumen, bestickte Deckchen und allerlei Krimskrams verkauften. Und es gab die „Stadt unter der Stadt“, wo schätzungsweise zwanzigtausend Menschen in den Kanälen des Moskauer Abwassersystems leben sollten. Das war die schreiendste Armut, gestrandete Existenzen, Obdachlose, Kriminelle, Straßenkinder, Prostituierte, Bettler.

Schon immer hatte in Russland unvorstellbarer Reichtum neben bitterstem Elend existiert, und Heimwald fragte sich oft, wie der Armselige diese Gegensätze überhaupt ertragen konnte. Aber er ertrug sie – meist sogar mit einer lächelnden Gelassenheit, die ihn, den Deutschen, mit Bewunderung erfüllte: „Das ist eben so, Brüderchen. Vielleicht wird's ja irgendwann besser, vielleicht auch nicht. Soll ich mir deswegen den Schädel an der Wand einrennen? Der Wand wird das nichts ausmachen, aber meinem dummen Kopf. Man muss von einem Tag auf den anderen leben. Hab ich mich heute satt essen können, war's ein guter Tag. Und was morgen kommt, darüber werde ich morgen nachdenken. Irgendwie geht es immer weiter."

In Jekaterinburg war die Armut freilich nicht so zu spüren. Am Horizont war der Himmel rot, dort lagen die Hüttenwerke, die vielen Tausenden Brot und Arbeit gaben. Die Stadt lebte vom Bergbau und der Schwerindustrie, und gut zwei Drittel der Bevölkerung waren dabei beschäftigt.

Martin Heimwald verließ die belebte Innenstadt und durchquerte eine der zahlreichen Parkanlagen, an die sich ein ruhiges Wohnviertel anschloss. Hier standen stuckverzierte Bürgerhäuser aus der Jahrhundertwende mit gepflegten Vorgärten. Auf der anderen Seite ging es zum Ufer der Isjet hinunter. Nur wenige Fenster waren noch erhellt, doch in einem Haus ging gerade das Treppenlicht an. Wenig später trat eine junge Frau auf die Straße. Sie führte ein Fahrrad mit sich, das sie wohl im Flur oder Keller abgestellt hatte. Ihr weizenblondes Haar schimmerte im Schein einer Straßenlaterne.

Es war Nina Bakunina. Sie hatte Madame Karasowa besucht, dieses Mal nicht, um ihr Balletttraining zu absolvieren, sondern um der ehemaligen Ballerina des Bolschoi-Theaters ihr Herz auszuschütten. Die Karasowa war über das Verschwinden von Ninas Großvater hell entsetzt gewesen.

„Da steckt ein Verbrechen dahinter," hatte sie sofort gesagt. „Gott gebe, dass es sich aufklären lässt. Und dass nicht auch du in Gefahr bist. Am besten, du gehst gar nicht mehr heim. Du kannst bei mir übernachten. Platz genug habe ich ja."

Doch Nina hatte erwidert: „Danke, Madame, das ist sehr freundlich von Ihnen, aber ich möchte lieber nach Hause.

Vielleicht ist mein Großvater ja inzwischen zurückgekommen – oder ich finde irgendeine Nachricht von ihm oder der Polizei vor. Auf jeden Fall hätte ich hier keine Ruhe, bitte verstehen Sie das."

Die Karasowa hatte sie bis zur Wohnungstür gebracht. „Aber wenn du dich daheim ängstigst, Töchterchen, komm wieder her. Versprich mir, dass du nicht die Heldin spielen wirst."

Martin Heimwald sah Nina, wie sie mit ihrem Rad auf dem Fahrweg an ihm vorbeifuhr, und dachte unwillkürlich: Was für herrliches Haar sie hat! Es weht wie eine goldene Wolke hinter ihr her.

Dann hörte er das Aufheulen eines Automotors. Der Wagen hatte mit abgeblendeten Scheinwerfern in einer Einfahrt geparkt. Nun schoss er auf die Straße und raste mit halsbrecherischem Tempo voll aufgeblendet hinter Nina her. Heimwald sah, dass sie vor Schreck ein paar schlenkernde Bewegungen mit ihrem Rad machte. Fast wäre sie gestürzt, als der Wagen sie scharf überholte und dann vor ihr stoppte. Zwei Männer sprangen heraus. Sie stürmten auf Nina zu, rissen sie vom Rad und zerrten sie zu ihrem Wagen. Sie wehrte sich heftig, trat und schlug um sich und schrie um Hilfe.

Heimwald spurtete los. Er war sportlich durchtrainiert und hatte als Jugendlicher eine Zeit lang geboxt. Einmal hatte er sogar eine Kreisjugendmeisterschaft gewonnen. Er warf sich auf einen der beiden Angreifer, riss ihn zurück und landete einen gut gezielten Uppercut, der den Mann von den Füßen holte. Er knallte auf das Straßenpflaster und war für ein paar Augenblicke kampfunfähig. Der zweite Mann – er war untersetzt, krummbeinig und hatte ein rundes Gesicht unter braunen Stoppelhaaren – versuchte, Heimwald sein Knie in den Magen zu rammen. Martin wich aus, und der Krummbeinige fiel, von seinem eigenen Schwung getrieben, nach vorn, aber er war gleich wieder auf den Beinen.

Nina schrie auf, als er ein Messer aus dem Gürtel riss. Die Klinge bohrte sich in Martins linken Arm. Heimwald gelang es, mit dem unverletzten rechten Arm das Messer wegzuschleudern. Klirrend rutschte es ein Stück weit über die Straße.

Im selben Moment rappelte sich der Kerl auf, den Martin zu Boden geschickt hatte. Er umklammerte Martins Beine, wollte sie ihm wegreißen, während sich der Stoppelhaarige mit einem wütenden Fluch erneut auf Martin stürzte. Er umklammerte dessen verletzten Arm und wollte ihn auf den Rücken drehen. Der Schmerz war so heftig, dass Heimwald aufschrie. Er trat nach hinten, um seine Beine zu befreien, spürte den Widerstand von Fleisch und Knochen und hörte ein dumpfes Aufstöhnen. Dann kam er frei. Mit der rechten Hand griff er in seine Hosentasche. Flüchtig durchzuckte der Gedanke sein Gehirn, ob er den Browning überhaupt eingesteckt hatte, als er das Hotel verließ. Aber er hatte es sich schon seit langem zur Gewohnheit gemacht, die Waffe mitzunehmen, wenn er abends unterwegs war. Und dann schlossen sich seine Finger um den Lauf. Er verzichtete darauf, die Waffe zu ziehen, sondern schoss direkt aus der Hosentasche heraus.

Der Stoppelhaarige brüllte auf, als die Kugel ihn ins Bein traf. Er sackte zur Seite und robbte auf das Auto zu, das mit laufendem Motor und offenen Türen auf der Straße stand. Sein Kumpan hatte offenbar wenig Lust, allein weiterzukämpfen und womöglich ebenfalls angeschossen zu werden, zumal Heimwald herumgezuckt war und den Lauf des Brownings nun auf ihn richtete. Der Bursche riss die Arme hoch und rannte in Schlangenlinien geduckt zum Wagen, wo er sich auf den Fahrersitz warf. Die Türen knallten zu, und das Auto jagte mit kreischenden Reifen davon.

Heimwald wandte sich Nina zu. Bei seinem Auftauchen hatten ihre Angreifer sie losgelassen, und sie war halb ohnmächtig vor Schrecken auf die Bordsteinkante gesunken. Blass und zitternd hockte sie dort, während in einigen Häusern die Fenster aufgingen. Ninas Schreien und der Schuss hatten etliche Anwohner alarmiert, und eine Männerstimme rief: „Was ist los? Braucht jemand Hilfe?“

„Die Polizei ...“, mischte sich eine Frau ein. „Hier ist doch geschossen worden. Ein Überfall ... Stenka, ruf die Polizei an!“

„Nein, nein!“, rief Martin zurück. „Es ist alles in Ordnung. War nur ein kleiner Streit. Meine Freunde waren betrunken ...“

Er wusste, wenn jetzt die Polizei auftauchte, würde es Fragen und Verhöre geben, man würde sie womöglich Stunden lang auf irgendeinem Revier festhalten, zumal er Ausländer war, und dazu verspürte er nicht die geringste Lust. Er musste morgen in aller Frühe bei den „Vier Brüdern“ sein.

Er beugte sich zu Nina hinunter. „Oder möchten Sie Anzeige erstatten?“

„Ich weiß nicht ...“, stammelte sie verwirrt. „Nein, ich glaube nicht. Ich werde vielleicht morgen zu Inspektor Treptow fahren ... O Gott, wenn Sie nicht gekommen wären ...“

Sie zitterte am ganzen Leib, und als Heimwald ihr aufhalf, gaben ihre Knie nach. Er hielt sie fest. „Haben die Burschen Sie ernstlich verletzt? Oder glauben Sie, dass Sie gehen können?“ Sie schluckte und nickte. Er stützte sie, als sie die ersten Schritte tat, und sie lehnte sich schwer gegen ihn. „Atmen Sie tief durch“, empfahl Martin. „Dann geht es Ihnen gleich besser.“ Und laut rief er zu den noch immer geöffneten Fenstern hinauf: „Gute Nacht, Freunde. Verzeiht die Störung! Es ist wirklich alles in Ordnung.“

Er hob Ninas Rad auf, das noch immer auf der Straße lag. Dabei entdeckte sie das Blut an seinem linken Hemdsärmel. „Um Gottes willen, Sie sind ja verletzt!“

Er hatte ein wenig Schmerzen, aber sie ließen sich ertragen. „Das ist nur eine Fleischwunde. Sehen Sie, ich kann den Arm bewegen. Und die Finger auch.“

„Aber man muss das verbinden", sagte Nina. „Hier in der Nähe ist ein Krankenhaus. Die Ambulanz ist auch nachts geöffnet. Ich bringe Sie hin."

Zehn Minuten später saßen sie einem verschlafenen, ziemlich wortkargen jungen Arzt gegenüber. „Die Folge einer handgreiflichen Auseinandersetzung", erklärte Heimwald, während er ihm den verletzten Arm zeigte. Der Arzt stellte keine Fragen. Man kannte das. Manche Leute konnten es einfach nicht lassen, aufeinander loszugehen. Und manchmal trat auch ein Messer in Aktion. Ein Jammer, dass es so unbeherrschte Charaktere gab!

„Sie haben aber auch einiges abbekommen", sagte der Arzt mit einem Blick auf Nina. Er versorgte erst Martins Wunde, die in der Tat nicht besonders gefährlich war; nicht einmal zu nähen brauchte er, sondern nur alles zu säubern und anschließend einen festen Verband anzulegen. Nina hatte Schürfwunden und Prellungen, die von selbst abheilen würden. Aber der Arzt gab ihr fürsorglich eine Salbe mit, die sie regelmäßig auftragen sollte. Der Preis für die Behandlung war lächerlich niedrig – zweihundert Rubel, die Martin bezahlte. Dann standen er und Nina wieder auf der nächtlichen Straße.

„Und was jetzt?", fragte er. „Wollen Sie nach Hause? Dann besorge ich uns ein Taxi. Allein und mit dem Rad lasse ich Sie keinesfalls fahren."

Sie begann plötzlich zu weinen. Angst und Anspannung lösten sich in einem heftigen Tränenstrom. Heimwald legte den Arm um sie und führte sie zu einer Bank vor dem Krankenhaus, die von ein paar Sträuchern umgeben war. Nina weinte wie ein Kind, mit geöffnetem Mund und weit aufgerissenen Augen, und Heimwald zog ihren Kopf an seine Brust und streichelte über ihren Rücken, während sein Hemd ganz nass von ihren Tränen wurde.

„Still, still", murmelte er. „Es wird ja alles gut."

Auf dem Weg zum Krankenhaus hatten sie sich gegenseitig ihre Namen genannt, und er hatte Nina erzählt, dass er aus Deutschland kam und in Jekaterinburg einen Film drehen wollte. Aber warum man sie vorhin überfallen und offensichtlich zu entführen versucht hatte, wusste er nicht.

„Nichts wird gut", stammelte Nina. Sie hob den Kopf, und ihr Gesicht war verweint und verschwollen, aber trotzdem fand Martin es immer noch wunderschön. Er beugte sich zu ihr und gab ihr einen Kuss auf die zerschundene Wange, die nach ihren Tränen schmeckte. Ein ganz behutsamer, brüderlicher Kuss war es, der sie ein wenig trösten sollte. Aber gleichzeitig spürte er, wie in seinem Herzen etwas wach wurde – eine süße, ziehende Sehnsucht, die ihn wünschen ließ, dieses junge Geschöpf so lange in seinen Armen zu halten, bis es aufhörte zu weinen und sich mit einem Lächeln an ihn schmiegte.

Verrückt war das!

„Nichts wird gut", wiederholte Nina. „Sie werden wiederkommen und mich mitnehmen. So wie sie Großväterchen Lukan mitgenommen haben. Sie werden keine Ruhe geben ..."

„Wer sind ‚sie'?", fragte er. „Und warum verfolgen sie Sie? Bitte, Nina, sagen Sie es mir, damit ich weiß, wie ich Ihnen helfen kann."

Und sie erzählte ihm alles, angefangen von Großväterchen Lukans Absicht, das alte Goldkreuz zu verkaufen, das seinem Vater gehört hatte, damit sie, Nina, in Moskau oder St. Petersburg den letzten Schliff in ihrer Ballettausbildung bekommen konnte und eines Tages eine berühmte Tänzerin wurde, vielleicht so berühmt wie die legendäre Anna Pawlowa ...

„Großväterchen Lukan hat damit eine Lawine losgetreten", sagte Nina. „Man hat uns verhaftet und uns im Polizeipräsidium Stunden lang verhört. Und nach unserer Freilassung ist mein Großvater entführt worden. Ich weiß nicht, wo er ist und ob er noch lebt. Ich habe solche Angst, vor allem, weil diese Leute versucht haben, nun auch mich zu erwischen. Wer sind sie? Und warum lassen sie uns nicht in Ruhe?"

„Sie glauben also nicht, dass es lediglich ein Überfall auf ein hübsches junges Mädchen war, um ihm Gewalt anzutun?“, fragte Martin, und Nina schüttelte den Kopf.

„Warum ist mein Großvater verschwunden? Warum hat man unser Haus durchsucht? Nein, nein, ich bin sicher, dass alles etwas mit dem Kreuz zu tun hat. Angeblich ist es sehr wertvoll.“

Sie putzte sich die Nase.

„Was sind das für Leute? Und vor allem, woher wissen sie über das Kreuz Bescheid?“

„Es tut mir leid, Nina, aber das kann ich Ihnen nicht sagen. Es ist alles sehr rätselhaft.“ Heimwald wechselte das Thema. „Haben Sie Verwandte oder Freunde, bei denen Sie in der nächsten Zeit unterkommen könnten?“

Sie dachte eine Weile nach und schüttelte dann den Kopf. „Madame Karasowa hat mir angeboten, bei ihr zu wohnen. Aber das ist unmöglich nach dem, was eben passiert ist. Offenbar kennen die Leute, die mich entführen wollten, ihre Adresse und haben mich beobachtet, wie ich zu ihr gefahren bin. Ich möchte Madame Karasowa auf keinen Fall in diese Angelegenheit hineinziehen. Natürlich habe ich ein paar Freundinnen, aber die werden mir kaum helfen können, weil sie noch bei ihren Eltern wohnen.“ Sie begann wieder zu weinen. „Seit mein Großvater weg ist, bin ich ganz allein.“

„Nein“, sagte Martin, „das sind Sie nicht. Sie haben mich vergessen, Nina. Ich kümmere mich um Sie.“

Sie blickte ihn erstaunt an. „Wieso Sie? Wir kennen uns doch erst seit einer Stunde ...“

„Was spielt das für eine Rolle?“, erwiderte er und drückte sie leicht an sich. „Manche Menschen kennen sich schon Jahre lang und wissen trotzdem nichts voneinander.“

Er überlegte eine Weile und fügte dann hinzu: „Zuerst fahren wir zu Ihnen nach Hause. Vielleicht hat die Polizei inzwischen eine Spur von Ihrem Großvater gefunden – oder er ist sogar wieder aufgetaucht.“

Daran glaubte Martin Heimwald allerdings selbst nicht.

„Und dann?“, fragte Nina zaghaft.

„Dann beschließen wir, was mit Ihnen geschehen soll. Auf gar keinen Fall dürfen Sie allein bleiben.“

Mit einem Taxi – Ninas Rad war im Kofferraum verstaut worden – fuhren sie zu dem kleinen Häuschen in der Sadowaja, wo Nina mit ihrem Großvater lebte. Aber es gab dort weder eine Nachricht von Inspektor Treptow noch eine Spur von ihrem Großvater.

Nina hatte das Haus, nachdem die Leute von der Spurensicherung abgezogen waren, aufgeräumt, und Heimwald erschien es trotz der bescheidenen Einrichtung und den kleinen Zimmern irgendwie heimelig. Als Nina die Kammer ihres Großvaters betrat und auf das leere Bett blickte, begann sie wieder zu weinen. „O Gott, wo ist er nur! Was hat man ihm angetan?“

Heimwald legte den Arm um ihre Schultern. „Auf gar keinen Fall dürfen Sie hier allein bleiben. Ich nehme Sie mit.“

„Wohin?“, fragte Nina zögernd.

„In mein Hotel. Dort sind Sie sicher. Nein, wehren Sie nicht ab. Diesen Aufenthaltsort kennt keiner Ihrer möglichen Verfolger. Und mich kennen sie auch nicht“, fügte er mit einem Lächeln hinzu. „Von mir wissen sie nur, dass ich einigermaßen boxen und schießen kann. Und das genügt nicht, um uns aufzustöbern.“

„Uns“ hatte er gesagt. Nina blickte ihn an. Es klang gut, dieses „uns“.

Trotzdem stiegen Zweifel in ihr auf. Was passierte, wenn sie in seinem Hotelzimmer war? Würde er ihre Notlage auszunutzen versuchen – oder erwarten, dass sie ihm ihre „Dankbarkeit“ durch Taten bewies?

Martin ahnte ihre Gedanken. „Machen Sie sich keine Sorgen“, beruhigte er sie. „Sie bekommen mein Hotelbett, und ich schlafe auf der Couch. Da es ein Doppelzimmer ist, gibt es genügend Bettzeug. Sie müssen nichts von mir befürchten, Nina. Ich will Ihnen wirklich nur helfen.“

Zugegeben, das war sein aufrichtiger Wunsch. Er wollte sie nicht in Gefahr wissen. Andererseits war sein journalistischer Spürsinn geweckt. Was war das für ein Kreuz, von dem Nina berichtet hatte?

„Es soll sogar über gewisse magische Kräfte verfügen", hatte sie gesagt. „Das hat mein Urgroßvater einmal erzählt. Und dieser wusste es von der Person, die es ihm geschenkt hat. Auf der Polizei haben sie behauptet, es sei die Großfürstin Maria Romanowa gewesen. Es heißt, dass das Kreuz Schaden von einem Menschen abwenden kann." Sie seufzte. „Nun, Großväterchen und mir hat es jedenfalls nur Unglück gebracht."

Heimwald legte ihr die Hand auf den Arm. „Verlieren Sie nicht den Mut. Und bitte, fahren Sie mit mir in mein Hotel."

Er hatte gute ehrliche Augen, fand sie. Und wie mutig hatte er ihre Angreifer in die Flucht geschlagen. Wirklich, sie sollte ihm vertrauen.

„Gut", sagte Nina mit einem tiefen Atemzug, „ich komme mit."

Heimwald war erleichtert. Er würde dieses zauberhafte Geschöpf also nicht gleich wieder aus den Augen verlieren. Sie würden einander besser kennen lernen – und außerdem konnte Nina ihm noch mehr von diesem mysteriösen Kreuz erzählen, alles, was sie wusste. Ein Kreuz aus dem sechzehnten Jahrhundert, das einer Gruppe von Leuten so wichtig war, dass sie nicht einmal vor einer Entführung zurückschreckte. Durch wie viele Hände war es gegangen und welche Schicksale hatten seine Besitzer erlebt?

Das werden wir wohl nie erfahren, dachte Martin Heimwald und legte Nina den unverletzten Arm um die Schultern. „Kommen Sie", sagte er, „packen Sie ein paar Sachen zusammen, die Sie in den nächsten Tagen brauchen werden."

Sie nickte und lächelte zum ersten Mal, seit er sie kannte.

Dairan, die Schamanin

Khan Kutschum saß auf seinem mit Fellen ausgeschlagenen vergoldeten Sessel, mit dem ihn sechs Männer vor die Palisaden seiner Stadt Sibir getragen hatten. Er kniff die Augen zusammen, um besser sehen zu können, aber es half nichts. Alles, was er noch erkennen konnte mit diesen Augen – verflucht seien sie, weil sie ihn so schmählich im Stich ließen –, war konturlos, eine verzerrte, graue, schwammige Masse. Es war, als wäre die Welt um ihn herum mit wogenden Tüchern bedeckt, sodass man nur ahnen konnte, was sich darunter verbarg: Bäume, Hügel, Häuser, Menschen. Schanzgräben und Befestigungen ...

Der Khan wusste, dass man ihn zu dem riesigen freien Feld getragen hatte, auf dem seine Streitmacht angetreten war. Er hörte das Schnauben der Pferde seiner Reiterei, die in einem weiten Bogen rechts und links von ihm Aufstellung genommen hatte. Bis zum Horizont standen sie in dichten Reihen, Kopf an Kopf die Gäule, und die Männer, die darauf saßen, waren bis an die Zähne bewaffnet mit Krummsäbeln, Streitäxten, Pfeil und Bogen. Der Khan erinnerte sich an ihre spitzen Ledermützen und Helme, Kettenhemden und runden Schilde, die metallisch in der blassen Oktobersonne glänzten.

Zu seiner Rechten saß Mahmetkul auf seinem Pferd, der Neffe, dem Khan Kutschum den Oberbefehl über sein Heer übertragen hatte, denn er selbst, den man einst den „Adler der Steppe" genannt hatte, konnte keine Schlacht mehr schlagen. Er wurde blind, unaufhaltsam, und musste alle Aufgaben, für die man gesunde Augen brauchte, in andere Hände legen.

Nun, Mahmetkul war klug und mutig, Kutschum kannte keinen besseren Krieger als ihn. Er würde die Feinde verjagen, die im vergangenen Jahr das steinerne Tor des Uralgebirges überwunden hatten und sich seitdem unaufhaltsam Sibir, der Hauptstadt seines Reiches, näherten.

Kosaken nannten sie sich, und Kutschum hatte gehört, dass sie vom Don und von der Wolga stammten, den Strömen in den südrussischen Tiefebenen jenseits des Urals und zweimal so weit entfernt von seinem Reich wie Sibir von der Region des ewigen Winters hoch oben im Norden.

Ins Permer Land waren sie gezogen, die Kosaken, wo die Stroganows, die reichen Kaufleute, denen fast alles Land an der Kama gehörte mit seinem Fisch- und Wildreichtum, den riesigen Salzvorkommen, den Kupfer-, Silber- und Eisenerzminen, sie ausgerüstet hatten, um das weite, wilde Sibirien für den Weißen Zaren im fernen Moskowien zu erobern.

Aber er, Kutschum-Khan, der sich Zar von Sibirien nannte, würde sie vertreiben.

Er hatte, als die Kosaken näher rückten, Boten mit den vergoldeten Pfeilspitzen ausgeschickt, um seine Krieger zusammenzurufen, und ein Reiterheer aus zehntausend Tataren und Nogaiern versammelt. Das Fußvolk, bestehend aus einer ebenso großen Anzahl von Tataren und tributpflichtigen Ostjaken und Wogulen, das vor dem weiten Bogen der Reiterei angetreten war, wusste ebenso zu kämpfen wie diese. Sie alle waren ausdauernd, wendig und bereit, zu töten oder getötet zu werden.

Khan Kutschum hob die Hand, und sogleich verstummte alles Lärmen und Reden auf dem weiten Feld.

„Gott ist groß", sagte er mit seiner sonoren, kräftigen Stimme, die ihm geblieben war. „Er wird euch, meine Tapferen, zum Sieg über die ungläubigen Eindringlinge verhelfen. Durchbohrt sie mit euren Pfeilen, schleift sie zu Tode, an eure Pferde gebunden, spaltet ihnen die Schädel mit euren Säbeln und Äxten. Was sind ein paar hundert Kosaken und livländische und deutsche Kriegsgefangene des Weißen Zaren gegen zwanzigtausend unserer tapfersten Krieger?“

Die Soldaten schrien Zustimmung und schlugen hämmernd gegen ihre Schilde. „Tod den Ungläubigen!“, brüllten sie. „Wir werden sie zu Staub zermahlen, den der Wind davonträgt.“

Kutschum-Khan wartete, bis der Tumult sich gelegt hatte. Ein fanatischer Glanz trat in seine verschleierten Augen.

„Sie sind in unser Land eingedrungen, die Ungläubigen!“, rief er. „Und Allah hat es zugelassen, dass sie einige unbedeutende Siege erfochten, als sie jenseits des Flusses Tschussowaja mit ihren Booten, die sie über die Berge und Schluchten des Ural schleppen mussten, die Tura erreichten und nunmehr flussabwärts fuhren. Da und dort versuchten tapfere Männer meiner tributpflichtigen Stämme sie anzugreifen. Aber sie waren nicht fähig, die Eindringlinge aufzuhalten. Auch das will ich euch nicht verhehlen, meine Getreuen. Die Ungläubigen verfügen über Waffen, die Donner und Blitz speien und unseren Kriegern scharenweise den Tod bringen können. Wir kennen diese Waffen nicht, die zweifelsohne Werkzeuge der Hölle sind. Unsere verbündeten Volksstämme haben sich davon in die Flucht schlagen lassen, und der Kosakenataman Jermak Timofejewitsch ließ ihre Siedlungen niederbrennen und ausplündern. Die Eindringlinge überwinterten unbehelligt in der alten Tatarenstadt Tschinga-Tura. Mein Kriegsminister Tausan, der die Eingeborenenstämme beschworen hat, lieber für Allah zu sterben, als den Kosaken einen Fußbreit sibirischer Erde zu überlassen, predigte tauben Ohren. Sie nahmen bei den ersten Detonationen aus den Donnerbüchsen Reißaus, und Tausan geriet in Jermaks Gefangenschaft. Man hat ihn indessen zu mir zurückgeschickt und uns weiszumachen versucht, ein russisches Heer von vierzigfacher Stärke befinde sich im Anmarsch auf meine Stadt Sibir, doch das ist eine schmutzige Lüge. Ich habe Boten ausgesandt, und niemand hat etwas von einem solchen Heer gesehen. Wir haben es also nur mit Jermak Timofejewitsch und seinen Halunken zu tun. Darum fürchtet euch nicht, meine Kinder. Ihr könnt die verhassten Fremden bis auf den letzten Mann vernichten. Seht auf Mahmetkul, euren Heerführer. In seinen Adern fließt ebenso wie in den meinen das Blut von Dschingis Khan, dessen Nachfahren wir sind. Sein Geist ist bei uns und wird uns den Sieg verleihen."

Kutschum schwieg und gab seinem Neffen Mahmetkul ein Zeichen, was diesen veranlasste, mit seinem prächtig aufgezäumten Pferd näher an die Soldaten heranzureiten.

Er riss die Arme hoch. „Der Khan hat gesprochen. Es lebe der Khan! Die Räuberbande des Weißen Zaren aus Moskowien wird mit ihrem Blut die Erde Sibiriens tränken. Schlagt sie, wo ihr sie trefft, wenn sie es wagen, die Stadt des Khans anzugreifen."

Dairan hatte das spitze Lederzelt verlassen, in dem sie mit ihren Eltern und ihrer Großmutter Chigur lebte. Drinnen brannte ein Holzfeuer, das angenehm wärmte, doch die Sechzehnjährige zog es vor, draußen die heraufziehende Abenddämmerung zu genießen.

Dairan liebte den Aufenthalt im Freien mehr als die stickige Wärme im Zelt. Sie liebte den perlmutt- und rosafarbenen Himmel, an dem allmählich das Nachtgewölk heraufzog, und den Abendgesang der Vögel, der in ihren Ohren süßer klang, als wenn sie am Morgen erwachten. Morgens lärmten die Vögel, doch des Abends sangen sie Lieder, die oftmals so schön waren, dass Dairan das Herz ganz weit wurde. Es war, als wollten die Vögel Abschied nehmen von einem Tag, der ihnen Sonne und Freude gebracht hatte, während die Nacht ihnen tödliche Gefahren durch allerlei Raubzeug bescherte und sie, wenn sie den nächsten Morgen erlebten, müde, kalt und hungrig erwachen ließ. Es wurde Winter, und die Nächte waren schon frostig und voller Nebel; es würde nicht lange dauern, bis der erste Schnee fiel.

Dairan war die Tochter von Tassir und seinem Weib Narym, die einem nomadisierenden Tatarenstamm angehörten. Solange sie denken konnte, war sie mit ihrem Stamm umhergezogen, den großen Rentierherden folgend, die sich ihre üppigen Futterplätze in der sommerlichen Taiga und Steppe ebenso suchten wie die mageren, von Schnee und Eis verwehten im sibirischen Winter. Dairan hatte noch drei ältere Brüder, die in dem nahen Sibir zu Khan Kutschums Fußvolk gehörten.

Gute Kämpfer und Bogenschützen waren sie, aber Dairan hatte trotzdem Angst um sie. Sie hatte zu viel von den fremden Eindringlingen gehört, um sie nicht zu fürchten.

Dennoch hatte ihr Stamm sein Winterquartier dieses Mal hinter Khan Kutschums Hauptstadt Sibir aufgeschlagen, und als die Nachricht vom Vorrücken der Fremden eintraf, hatten die Stammesältesten gemeint, dass es töricht sei, weiterzuziehen. Zwanzigtausend Krieger des Khans würden die Banditen aus Moskowien vernichten. Man hatte nichts zu fürchten von ihnen.

Also hatte man die Jurten aufgeschlagen und die Rentierherden weiden lassen, wo es ihnen passte. Rentiere gingen nie weit fort, wenn sie genügend Futter in der Nähe fanden, und noch waren Gras und Büsche ein wenig grün; es gab Moose und Flechten, die die Tiere später sogar unter dem Schnee aufstöbern konnten.

Auch Dairans Vater Tassier war dieser Ansicht gewesen, und Narym, seine Frau, hatte ihm zugestimmt wie immer, wenn er etwas sagte. Manchmal glaubte Dairan, dass ihre Mutter stets nur die Gedanken ihres Vaters dachte, niemals ihre eigenen. Das machte Dairan manchmal ungeduldig und unduldsam gegen ihre Mutter, weil sie selbst anders war – mit einem Kopf voller Ideen und Vorstellungen, die ihre Eltern vielleicht sogar entsetzt hätten. Schließlich war sie ein Mädchen, zur Fügsamkeit und Pflichterfüllung erzogen, die darin bestand, zunächst ihren Eltern und später ihrem Mann gehorsam zu sein. Sie hatte gelernt, Fleisch einzusalzen und Fisch zu trocknen, aus Rentierfellen Kleidungsstücke und Decken zu nähen, Essen zu bereiten und im kurzen sibirischen Sommer Früchte zu sammeln, die gekocht und mit Honig haltbar gemacht wurden – kurz, sie hatte dafür zu sorgen, dass jeder in ihrer Familie genug zu essen hatte, auch wenn es im Winter Stein und Bein fror und die Männer nur selten zur Jagd oder zum Fischfang aufbrachen.

Nur so kannte es Dairan. Dennoch träumte sie manchmal von einem anderen Leben, als jahrein, jahraus mit den Rentieren zu ziehen.

Vater Dimitri hatte diese Träume in ihr geweckt.

Vor vier Jahren war er mit sechs Mönchen am Ischim aufgetaucht, wo Dairans Stamm die meisten Sommer verbrachte.

Christen seien sie, Brüder vom Orden des Heiligen Georg, hatte Vater Dimitri dem Stammesältesten erklärt und ein bescheidenes Holzhaus für sich und seine Mitbrüder zu errichten begonnen. Auch eine kleine hölzerne Kirche hatten sie erbaut, mit einem Altarraum und einem Glockenturm, in dem ein Jahr später eine Glocke hing, die, wie Vater Dimitri sagte, von ihren Ordensbrüdern in Nowgorod gestiftet worden sei. Sie rief allsonntäglich zum Gottesdienst, aber nur die Mönche, die ohnehin jeden Morgen und jeden Abend in der Kirche beteten und sangen, fanden sich dort ein.

Vater Dimitri und ein anderer Mönch namens Feodot sprachen Dairans Sprache; zwar nicht gerade flüssig, aber es genügte doch, um sich miteinander zu verständigen. Und im Lauf der Zeit wurden die Sprachkenntnisse der hellhäutigen und meist auch hellhaarigen Männer immer besser. Keiner von ihnen besaß das tiefschwarze, starke Haar der Tataren, und sie hatten große runde Augen und ziemlich lange Nasen. Aber es waren gute und fleißige Menschen.

Sie rodeten das Land um ihr hölzernes Wohnhaus, in dem es nur einen Versammlungs- und Speisesaal und schmale Verschläge als Schlafkammern gab. Sie pflanzten Gemüse und Früchte an, was sie für ihren Lebensunterhalt brauchten. Sie fischten, und zwei von ihnen gingen ab und zu auf die Jagd, um Wild zu erlegen, aus dessen Fell sie sich

Umhänge, Mützen, Pelzschuhe und dicke Handschuhe anfertigten, die sie für den strengen, schneereichen Winter auch bitter nötig hatten. Sie fällten Bäume, um es in ihrem Wohnhaus warm zu haben, säuerten Kohl aus ihrem Garten, Bohnen und Gurken. Außerdem betrieben sie einen regen Tauschhandel mit Dairans Stamm, lieferten, was sie entbehren konnten, aus ihrem Gemüseanbau und ihrer Jagdbeute, und erhielten dafür Rentiermilch, Bärenfett und allerlei nützliche Sachen wie Körbe, Lederschnüre aus gegerbten Fellen und die kurzen, aus Baumrinde geflochtenen Schneeschuhe, die man Lyschi nannte und mit denen man im Winter auch über den verharschtesten Schnee gleiten konnte ohne einzubrechen.

Vater Dimitri und Bruder Feodot besaßen große Kenntnisse über Heilkräuter, die sie sammelten und trockneten oder abkochten, und sie wussten bei Fieber und Gliederreißen, eiternden Wunden und verfaulten Zähnen fast immer zu helfen.

Dairans Großmutter sah das nicht gern, und sie war die einzige Frau im Rat der Männer, die das aussprechen durfte. Sonst hatten die Frauen zu schweigen, wenn die Männer sich miteinander berieten. Doch Chigur nahm eine besondere Stellung ein, denn sie war eine Schamanin und weit über die Grenze ihres Stammes hinaus bekannt. Auch sie mischte Salben und Tinkturen, trocknete Kräuter und bereitete heilende Aufgüsse, aber gleichzeitig beschwor sie mit ihren magischen Kräften die Geister, die ihrer Medizin erst endgültig zur Wirksamkeit verhelfen konnten.

„Diese weißen langnasigen Männer mit ihren Bärten haben nichts bei uns verloren“, zeterte Chigur, so oft die Rede auf Vater Dimitri und seine Mönche kam. „Sie beschwören den Zorn der Geister und Götter herauf und bringen uns Unheil. Der Wassergott und die steinerne Alte, die Göttin der Unterwelt, haben es mich wissen lassen, noch bevor die Bärtigen kamen. Ihnen werden andere folgen, haben sie prophezeit, und Krieg und Tod über uns bringen.“

Heute dachte Dairan, dass ihre Großmutter Chigur darin wohl Recht behalten hatte. Es waren andere Männer über die steinerne Mauer des Gebirges gekommen und hatten viele Stämme zwischen Steppe und Wald angegriffen und Männer, Frauen und Kinder niedergemetzelt. Diese Männer handelten im Auftrag des Weißen Zaren, wie man indessen wusste, und wollten Khan Kutschums Reich erobern.

Vater Dimitri hatte erzählt, dass auch er in Moskowien aufgewachsen sei. Der jüngste Sohn einer reichen Bojarenfamilie sei er, aber es sei kein gutes Leben mehr unter dem Zaren Iwan IV. Wassiljewitsch gewesen, wie die Moskowiter den Weißen Zaren nannten.

Er sei von Mordgier besessen, da er überall, selbst unter denen, die ihm treu ergeben waren, Verrat witterte, und er und seine Henker, die Opritschniki, hätten das Land in ein Meer von Blut getaucht. Deshalb habe er, Dimitri, kein Amt am Zarenhof bekleiden wollen, sondern sei in ein Kloster eingetreten. Zar Iwan und seine Opritschniki aber hatten nicht einmal vor den geweihten Mauern der Kirchen Respekt gehabt, sondern auch dort geraubt und gemordet. „Und deshalb“, hatte Vater Dimitri erzählt, „haben meine Mitbrüder und ich uns eines Tages aufgemacht, um hierher zu wandern, wo wir in Abgeschiedenheit und Armut ein gottgefälliges Leben führen können.“

Dairan war es nicht müde geworden, ihn von dem Leben in der großen Stadt Moskau erzählen zu hören, sie hatte ständig neue Fragen gehabt, und ihm bereitete es Freude, dem wissbegierigen Mädchen etwas von der Welt auf der anderen Seite des Ural zu berichten.

Trotz Chigurs Warnungen hatte ihr Stamm die Mönche nicht verjagt. Man sah sich in jedem Sommer wieder, wenn die Nomaden ihre Zelte am Ischim aufschlugen, und hörte sogar hin und wieder mit freundlichem Interesse zu, wenn Vater Dimitri und die Seinen von ihrem Gott und dessen Sohn Jesus erzählten, doch das geschah eigentlich nur aus Höflichkeit. Diese Russen waren gute Menschen, man durfte sie nicht vor den Kopf stoßen. Aber taufen ließ sich keiner aus Dairans Stamm. Jeder, so fasste Dairans Vater Tassir es einmal zusammen, hatte seine eigenen Götter, und die sollte er auch behalten.

Im letzten Sommer war Vater Dimitri krank geworden. Sein Leib war aufgebläht, seine Haut und die Augäpfel waren gelb, und er war bis auf die Knochen abgemagert. Dairan hatte es mit Schrecken gesehen, aber er hatte gemeint: „So Gott will, werde ich wieder gesund werden. Und wenn nicht, muss ich es aus Seiner Hand annehmen – wie alles, was mir an Schwerem und Schönem in meinem Leben widerfahren ist. Mach dir keine Sorgen darum, Töchterchen, ich tu's auch nicht."

Er hatte Russisch mit ihr gesprochen, denn er hatte sie schon in den vergangenen beiden Sommern in dieser Sprache unterrichtet. Dairan hatte ihn darum gebeten. Sie brauchte einfach Tätigkeiten, an denen sie ihren Verstand erproben konnte, und hatte sich insgeheim gewünscht, dass Vater Dimitri sie noch viel mehr lehren könnte, lesen und schreiben zum Beispiel, und all das Wissen, das gelehrte Leute herausgefunden und niedergeschrieben hatten, damit es auch anderen nützte.

Mit ihrer Familie hatte Dairan nie darüber gesprochen. Sie wusste, dass weder ihre Eltern noch ihre Brüder sie verstehen würden. Und ihre Großmutter Chigur schon gar nicht. Denn Chigur wollte, dass Dairan in ihre Fußstapfen trat und Schamanin wurde.

„Du bist dazu berufen", hatte sie dem Mädchen mehr als einmal gesagt. „Die Geister haben es mich wissen lassen, wenn meine Seele meinen Körper verlassen hat und zu ihnen reiste. Ich soll dich unterweisen, haben sie mich beauftragt, und dich zu einer ‚Wissenden' machen. Du musst von mir den Großen Gesang und die sieben kleinen Gesänge lernen, dazu die Beschwörungs- und Zauberlieder in der Sprache der Götter und Geister."

Es schickte sich nicht, dass ein junges Mädchen einer so

viel Älteren widersprach. Dennoch hatte Dairan all ihren Mut zusammengenommen und erwidert: „Du musst dich irren, Großmutter. Ich tauge nicht zur Schamanin. Ich bin ein unwissendes, törichtes Ding, gerade gut genug, um Beeren und Pilze zu sammeln, Fische zu schuppen und Wasser vom Fluss zu holen. Wie sollte ich jemals werden können, was du bist!"

Sie hatte weglaufen wollen, doch Chigur hatte ihren Arm festgehalten und verlangt: „Sieh mich an. Sieh mich genau an, Tochter meines Sohnes Tassir. Ich bin alt geworden und habe nicht mehr die Kraft meiner früheren Jahre. Eines Tages werde ich meine Zähne verlieren, und dann kann ich nicht mehr Schamanin sein. Was geschieht, wenn ich sterbe und es ist keiner da, der tut, was ich getan habe? Mein Geist wird herumirren und klagen und vergeblich einen Menschen suchen, von dem er Besitz nehmen kann, wenn du dich verweigerst. Du hast es gehört, seit du ein kleines Kind warst: Vor mir war meine Mutter Schamanin und vor ihr deren Großvater. Die Berufung ist seit Generationen an unsere Sippe gebunden. Wie willst du dich ihr entziehen?"

Dairan war in Tränen ausgebrochen. „Ich kann es nicht, ich kann es nicht. Ich habe viel zu große Angst ...!"

Dann hatte sie sich losgerissen und war davongestürmt.

Bis zum Dunkelwerden hatte sie sich am Flussufer versteckt und sich gewünscht, davonlaufen zu können, dorthin, wo es keine Großmutter Chigur gab, die sie bedrängte.

Dabei hatte sie die Wahrheit gesprochen: Dairan wusste selbst, dass sie von den Geistern ihrer Ahnen und denen der Ober- und Unterwelt zur Schamanin ausersehen war. Sie wusste es seit zwei Jahren, in denen es ihre Träume ihr verraten hatten. Es war immer derselbe Traum gewesen.

Ein Wassergeist hatte sie in das Reich der Toten mitgenommen, und sie hatte unter ihnen einige verstorbene Mitglieder ihres Stammes erkannt. Auch Kuru, der Sohn Asaks, mit dem Dairan als Kind oft gespielt hatte und der mit sieben Jahren im Ischim ertrunken war, befand sich darunter.

Und der Wassergeist hatte gesagt: „Siehe, dorthin musst du öfter reisen und die Seelen derjenigen begleiten, die in Zukunft sterben werden."

Danach war Dairan jedes Mal krank geworden. Sie hatte hohes Fieber gehabt, sodass ihre Mutter schon gefürchtet hatte, sie könne sterben. Aber sie war wieder genesen und hatte versucht, nicht mehr an diesen Traum zu denken. Nein, sie wollte keine Schamanin sein – um keinen Preis! Es machte ihr Angst, und sie fand es auch abstoßend. Zu oft hatte sie ihre Großmutter Chigur gesehen, wenn sie in einen starren, unbeweglichen Zustand verfiel und mit Augen, die nichts mehr von ihrer Umgebung wahrnahmen, und verdrehten Gliedmaßen vor dem Feuer hockte. Sie hatte unverständliche Worte hervorgestoßen, gezittert und Schaum vor dem Mund gehabt.

Dairan empfand es auch als abscheulich, wenn Chigur die Kopfbedeckung aus einem Bärenschädel trug und das Gewand aus Federn und Fell, behängt mit Geister- und Tiersymbolen. Dairan hasste die Opfer, die die Götter und Geister verlangten, um gnädig gestimmt zu werden, all das Blutvergießen von Tieren. Und sie fürchtete sich vor den Reisen in die Ober- und Unterwelt, die eine Schamanin antreten musste, um die Geister einer Krankheit auszutreiben, eine verstorbene Seele zu ihrem Bestimmungsort zu begleiten und Prophezeiungen zu verkünden.

In ihrer Not hatte Dairan sich schließlich Vater Dimitri anvertraut, der sie tröstend an sich gezogen hatte.

„Ich verstehe dich gut, Töchterchen, und ich werde beten, dass du davor bewahrt bleibst." Und dann hatte er sein großes goldenes Brustkreuz abgenommen, das er immer trug, und hatte es ihr umgehängt. Es war mit Edelsteinen besetzt, und auf der Rückseite befand sich das Bildnis des Heiligen Georg, wie er den Drachen tötete. „Das Kreuz ist in der Lawra von Sagorsk geweiht. Es besitzt gewisse wundertätige Kräfte und wird dir Glück bringen. Es wird dich beschützen, was immer auch geschieht", hatte Dimitri gesagt. „Und es wird dich an mich erinnern, der ich dich sehr lieb gehabt habe."

Dairan war zurückgewichen. „Das ist zu kostbar für mich. Das dürft Ihr nicht verschenken, Vater."

„Warum nicht?", hatte er sanft gefragt. „Es gehört mir, und ich gebe es an dich weiter, weil du meinem Herzen nahe stehst."

Das war, wie gesagt, im letzten Sommer gewesen, und in diesem Sommer hatte Khan Kutschum seine tributpflichtigen Vasallen zu den Waffen gerufen.

Dairans Brüder Turgu, Machtim und Aihun waren voller Begeisterung fortgegangen. Sie würden kämpfen, wie der Khan es von ihnen erwartete, hatten sie gesagt, und die Eindringlinge besiegen.

In der Nacht vor der entscheidenden Schlacht befragte Dairans Großmutter noch einmal die Geister. Sie schlug die Trommel, tanzte und sang vor dem Feuer und sprach die uralten Beschwörungen, und ihre Gehilfen warfen sich mit ausgebreiteten Armen zu Boden. Was würden die Geister voraussagen?

„Sie schweigen", verkündete Chigur am Ende der Beschwörung. „Sie haben mich nicht wissen lassen, was die nächsten Tage bringen." Sie war erschöpft und wankte. „Die Geister sind zornig, weil man ihnen Ungehorsam entgegenbringt."

Ein Blick Chigurs traf Dairan, und sie duckte sich und lief davon in das Zelt ihrer Eltern und wickelte sich auf ihrem Schlafplatz in ein Rentierfell. Es war weich und wärmte gut, doch Dairan fröstelte trotzdem. Die Kälte kam von innen, und dagegen half auch der dichteste Pelz nicht.

Nein, dachte sie, ich will nie, nie eine Schamanin werden!

Sie richtete sich halb auf und wühlte so lange in den Fellen und Decken auf ihrem Lager, bis sie das Kreuz von Vater Dimitri fand. Dairan umfasste es und legte es auf ihre Brust. Konnte das Kreuz sie davor bewahren, dass sie den Willen der Geister tun musste?

Zur gleichen Zeit, in der Khan Kutschum zu seinem Heer sprach, stand auch der Kosakenataman Jermak Timofejewitsch vor seinen Männern. Es war ein zusammengewürfelter Haufen aus nunmehr noch vierhundert Kosaken und beinahe ebenso vielen Litauern und Deutschen, die während der Feldzüge Iwans gegen Livland in russische Kriegsgefangenschaft geraten waren. Man hatte ihnen die Freiheit und Heimkehr versprochen, wenn sie gemeinsam mit Jermaks Kosaken das Land hinter dem Ural eroberten.

Jermak, der selbst eine Zeit lang im Livländischen Krieg als Söldner gekämpft hatte, hatte sie gern aufgenommen, denn es waren ausgezeichnete Schützen, die auch mit den Kanonen, die sie mit sich führten, hervorragend umgehen konnten.

Es war der 22. Oktober des Jahres 1582. Morgen in aller Frühe würden Jermaks Truppen zum Generalangriff auf Sibir antreten.

Sie hatten sich bereits erbitterte Kämpfe geliefert, Kutschums Tataren und Jermaks Kosaken, seit diese nach der Schneeschmelze ihr Winterquartier in Tschinga-Tura verlassen hatten, um bis zum Tobol vorzudringen.

Kutschums Reiterheer unter Mahmetkuls Befehl hatte im hohen Sommer die Russen in arge Bedrängnis gebracht. Auch die Donner und Blitz speienden Arkebusen und Kanonen waren nicht gegen die Tausendschaften der Gegner angekommen. Zwar hatten sie blutige Furchen in die heranstürmende Reiterei gerissen, aber im Gegensatz zu früheren Kämpfen hatten sich die Tataren dadurch nicht abschrecken lassen, sondern waren über die Leiber ihrer getöteten Kameraden und Pferde weiter nach vorn gesprengt.

In teils panischer Flucht hatten sich die Russen in ihre Boote gerettet und waren den Fluss zurückgerudert, während die Tataren sie vom Ufer aus immer noch mit einem Hagel von Pfeilen überschütteten.

Sie hatten Verluste erlitten, die Kosaken, aber Jermak Timofejewitsch hatte sich dennoch in seinem Vormarsch nicht aufhalten lassen. Dort, wo der Tobol in den Irtysch mündete, waren sie wiederum von Mahmetkuls Reiterei angegriffen worden, doch dieses Mal hatten Jermaks Truppen sie in die Flucht geschlagen. Und nun sollte die Entscheidungsschlacht beginnen.

Jermak Timofejewitsch ließ den Blick über seine Männer gleiten. Sie hatten in der Mitte des Lagers Aufstellung genommen. Neben Jermak standen seine beiden Adjutanten Iwan Kolzo und Sascha Bunin. Ein junger Kosak, ein Bürschchen war's noch mit dem ersten Flaum über der Oberlippe, den alle ‚Strekosa' – Libelle riefen, weil er überall herumschwirrte, und an dessen richtigen Namen, nämlich Jossip, sich keiner mehr erinnerte, trug Jermaks Standarte, eine Fahne mit dem Bildnis des Heiligen Wladimir. Noch drei Kirchenfahnen flatterten im kalten Wind, der vom Tobol heraufwehte, von den drei Popen gehalten, die seit Aufbruch der Kosaken aus Solwytschegodsk, dem Hauptsitz der Stroganows, den Eroberungszug begleiteten. Ein aus dem Permer Kloster des Heiligen Sergius entflohener Mönch war ebenfalls dabei, Bruder Istoma, ein kleiner Mann mit einem gewaltigen Bauch, der ihn jedoch nicht daran hinderte, erstaunlich behände zu sein.

Er konnte saufen wie ein Kamel nach einer Wüstenwanderung, Unmengen an Essen in sich hineinstopfen und, wenn es ans Plündern in einer eroberten Ortschaft ging, mit unglaublicher Geschwindigkeit alles an sich raffen, was ihm irgendwie von Wert erschien. Im Übrigen war er ein überaus geschickter Handwerker, baute und reparierte die Boote der Kosaken, nahm die Arkebusen auseinander, putzte und ölte jedes Teilchen und setzte alles wieder vorschriftsmäßig zusammen. Er stellte Flechtskier und Schlitten her und half bei der Errichtung der Palisaden.

Um Jermaks bärtigen Mund zuckte ein Lächeln, als er den dicken Istoma bei den livländischen Kanonieren stehen sah. Die Anwesenheit des entsprungenen Mönchs war den drei Popen ein Dorn im Auge, und Vater Spiridon schlug sogar jedes Mal ein Kreuz, sobald er ihn erblickte. Aber Istoma ließ sich davon nicht beeindrucken. Er blieb bei der Truppe, und Jermak dachte nicht daran, ihn fortzuschicken. Dafür war der Dicke zu nützlich.

„Brüder! Freunde!", rief der Ataman mit weithin hallender Stimme. „Ihr wisst, worum es morgen geht. Wir müssen Sibir erobern. Der Winter steht vor der Tür, und ihr habt bereits einen dieser verfluchten sibirischen Winter in Tschinga-Tura miterlebt. Den nächsten wollen wir in den Häusern von Sibir verbringen. Wenn wir siegen, werden die Nomadenstämme, die bisher Khan Kutschum Tribut gezahlt haben, den Treueid auf Zar Iwan Wassiljewitsch ablegen und uns den Jassak bringen. Wir werden genug zu essen haben, einen warmen Platz am Ofen und Pelze, um uns zu kleiden. Wir haben einige der Unseren verloren, und ich verspreche euch nicht, dass ihr nach geschlagener Schlacht alle noch so vor mir steht wie in diesem Moment. Darum lasst uns miteinander die heilige Messe feiern und um das Heil unserer sündigen Seelen beten – aber vor allem um den Sieg. Gott sei mit uns, Brüder!"

Sie sagen alle ‚Gott – oder Allah – sei mit uns', die Heerführer, wenn es in einen Krieg geht. Und vermutlich glauben sie sogar daran, dass sie Gott auf ihrer Seite haben. Als ob er sich jemals in das Morden und Töten, das Menschen anzetteln, eingemischt hätte und die einen vernichten ließ, während er den anderen zum Sieg verhalf. Aber man musste wohl an die Bestechlichkeit eines Gottes durch Opfer und Gebete glauben und an seine Parteilichkeit, wenn man einen Krieg wollte ...

Jermak Timofejewitsch jedenfalls glaubte daran, ebenso wie Khan Kutschum. Und darum standen sich am nächsten Morgen zwei zu allem entschlossene Heere gegenüber.

Das schrille Kreischen der Tataren und der Nomadenkrieger mischte sich mit dem Gebrüll der Kosaken, dem Donnern der Kanonen und dem Knattern der Gewehrschüsse.

Zwanzigtausend Reiter und Bogenschützen gegen nicht einmal achthundert Kosaken und ihre Gefolgsleute ...

Die Erde von Sibir war rot von Blut und mit den Leichen der Gefallenen übersät. Hin und her wogte der Kampf. Mit schrillen Schreien preschten die Tataren auf ihren kleinen wendigen Pferdchen nach vorn, Welle auf Welle, überschütteten die Angreifer mit einem Pfeilhagel oder versuchten, ihnen mit ihren geschwungenen Säbeln im Vorbeireiten die Köpfe abzuschlagen – eine Taktik, in der sie sehr bewandert waren, denn es war ein beliebtes Spiel bei ihnen, das Köpfen zu Pferde bei ihren an Pfähle gebundenen Gefangenen zu üben.

Aber Jermaks Männer kämpften mit dem Mut der Verzweiflung, weil sie den nächsten sibirischen Winter nicht ohne ein festes Quartier überleben würden.

Und sie wussten, wie man gegen eine zwanzigfache tatarische Übermacht zu kämpfen hatte. Ein Jahr hatten sie im Permer Land gelebt, vogelfreie Räuber und Flusspiraten, die bis dahin Schiffe und Handelskarawanen überfielen und dafür von Zar Iwan verfolgt und, wenn man ihrer habhaft wurde, aufgehängt wurden. Aber die Stroganows hatten beim Zaren erwirkt, dass Jermaks Gefolgsleute, wenn sie das weite, wilde, unbekannte Sibirien für Russland eroberten, trotz aller früheren Schandtaten begnadigt wurden, da sie nun im Dienst der Krone standen.

In der Gegend um Orjol, dem Sitz der Brüder Nikita und Maxim Stroganow, war Jermaks Armee zu einer schlagkräftigen Einheit zusammengeschweißt worden. Sie hatte kleinere siegreiche Gefechte gegen Tscheremissen, Ostjaken und Wogulen geführt, die immer wieder in das Gebiet der Stroganows einfielen, um die Salzsiedereien, Imkereien und Handelsniederlassungen auszuplündern. Im vergangenen Sommer hatten Jermaks Soldaten ihre erste große Feuerprobe bestanden, als Mursa Beguly, ein Vasall Kutschums, mit siebenhundert Kriegern plötzlich an der Tschussowaja auftauchte und die dortigen russischen Siedlungen überfiel.

Dank ihrer „Donnerbüchsen“ und Kanonen hatten die Kosaken die Angreifer niedergemäht und Mursa Beguly gefangen genommen. Im September waren sie dann mit Booten voller Waffen und Verpflegung in das Land des Sonnenaufgangs, ans Ende der Welt, nach Sibirien in Marsch gesetzt worden.

Sie waren stromaufwärts gerudert bis zur Wasserscheide des Ural. Von dort aus hatten sie ihre Boote und ihr Gepäck über steile, steinige Gebirgspfade geschleppt, oftmals fast zusammenbrechend unter der Last, doch Jermak Timofejewitsch hatte kein Erbarmen gekannt.

„Vorwärts, Brüder! Tretet jeden in den Hintern, der schlappmachen will. Wir müssen weiter. Sind wir nicht Kosaken, freie Söhne der Steppe, und haben wir bisher nicht alles bezwungen, was sich uns in den Weg gestellt hat?“

Doch dann hatten sie ihren ersten sibirischen Winter kennen gelernt. Er war härter als alles, was sie bisher erlebt hatten. Bäume, die im Frost erstarrten und brachen, Schneestürme, die das Land in weiße Eiswüsten verwandelten, Winternächte, in denen bei fünfzig Grad Kälte alles Leben zu ersterben schien.

Die Tura, auf der die Kosaken mit ihren Booten stromabwärts zu fahren hofften, gefror zu einer Eisfläche, auf der es kein Vorwärtskommen mehr gab, und Jermak befahl, das Winterlager in Tschinga-Tura, der alten, halb verfallenen Tatarenstadt, zu errichten.

Doch nach der Schnee- und Eisschmelze im Frühjahr kämpften sich Jermaks Soldaten weiter nach Osten. Ihr eigentliches Ziel war die Eroberung von Mangaseja, dem sagenumwobenen Land, in dem es unvorstellbare Schätze an Pelzen, Gold und Silber geben sollte.

Kutschums Hauptstadt Sibir war nur eine Station auf diesem Marsch.

Die Kanoniere hatten ihre Kanonen so postiert, dass ihre Eisenkugeln den heranstürmenden Feind in breiter Front erreichten. Man hatte sie sorgfältig gestapelt, die Zündstöcke daneben. Kleine Feuer flackerten, um die Lunten anzuzünden und in die Kanonenrohre zu schieben.

Die Deutschen und Livländer schossen mit einer solchen Exaktheit, als führten sie nur eine Übung auf dem Exerzierplatz der Stroganows aus, und die heranstürmenden Tataren wurden von ihren Pferden gerissen, wälzten sich mit ihnen auf der kalten, harten Erde und starben.

Die Scharfschützen rückten in geschlossener Formation nach vorn, feuerten nacheinander, und wenn der Letzte von ihnen geschossen hatte, hatten die Ersten ihre Arkebusen bereits wieder mit Pulver geladen und setzten den todbringenden Beschuss fort.

Aber auch Jermaks Kosaken kämpften wie die Teufel, trotz des Pfeilhagels, der über sie ausgeschüttet wurde. Sie schlugen und stachen im dichtesten Getümmel nieder, was sich ihnen in den Weg stellte, und kämpften um jeden Fußbreit Boden. Drei Tage dauerte die Schlacht, jeweils von Sonnenaufgang bis Sonnenuntergang.

Am Morgen des dritten Tages war es Jermaks Adjutant Sascha Andrejewitsch Bunin, der plötzlich Mahmetkul, Khan Kutschums Neffen und Heerführer, inmitten seiner Reitergarde entdeckte. Die Standarte des Khans wehte in der Hand eines Bannerträgers, der sich mit seinem Pferd dicht neben Mahmetkuls Schimmel hielt. Der Neffe des Khans schrie Befehle, die sogleich von seinen Gardereitern weitergegeben wurden. Sie sprengten zu den einzelnen Abteilungen, deren anfängliche straffe Ordnung sich allmählich aufzulösen begann, weil viele gefallen oder verwundet waren, andere bereits geflohen vor dem Donnern der Kanonen und dem unablässigen Beschuss der Arkebusen. Da und dort drängten die Gardisten die Flüchtenden ins Kampfgetümmel zurück, trieben sie mit ihren Pferden unbarmherzig weiter, aber sie konnten es nicht verhindern, dass immer wieder vor Angst schreiende Bogenschützen vor den Mündungsfeuern der Kanonen und Gewehre davonliefen. Sie begriffen es einfach nicht, dass der Tod mit Blitz und Donner kam und das Schlachtfeld mit zähem Qualm überzog, der die Sicht nahm und die Lungen fast erstickte.

Sascha Bunin gewahrte, wie Mahmetkul plötzlich sein Pferd herumriss und, einen neuen Befehl brüllend, auf eine kleine Anhöhe zugaloppierte, von der er sich wohl einen besseren Rundblick auf das Kampfgeschehen versprach. Drei, vier seiner Reiter folgten ihm, wurden aber von einem halben Dutzend Kosaken abgedrängt, die sie mit ihren Lanzen aus den Sätteln hoben. Für einen kurzen Moment war der Neffe des Khans ungedeckt. Er erkannte die Gefahr, duckte sich flach auf den Hals seines Schimmels und hieb ihm die Absätze seiner Stiefel in die Seiten. Das Pferd scheute und ging wiehernd hoch. Ein Schuss, von einem Livländer abgegeben, traf es in die Brust. Mahmetkul konnte sich gerade noch durch einen Sprung aus dem Sattel retten, bevor das Tier zusammenbrach und sich schreiend wie ein Mensch in Todesqual auf dem Boden wälzte.

In der nächsten Sekunde war Sascha Bunin bei Mahmetkul. Er rammte ihm das Schwert in den Rücken, und Mahmetkul fiel nach vorn.

„Vorwärts! Zum Sturm!", hörte man weiter hinten jemanden schreien. Es war Jermaks Stimme, und die Führer der kosakischen Fünfzigschaften gaben den Befehl weiter. „Zum Sturm! Zum Sturm!", brüllten sie, und Sascha Bunin wurde von der Masse der seitlich herandrängenden Leiber mitgerissen. Er wehrte sich wild, weil er aus dem Augenwinkel gesehen hatte, dass Mahmetkul noch einmal auf die Füße gekommen war. Kutschums Neffe schwankte, eine dünne Blutspur zog sich von seinem Mund in den Kinnbart, dann waren einige der versprengten Gardereiter wieder bei ihm und deckten ihn mit ihren Pferden. Einer hob Mahmetkul hoch und nahm ihn vor sich in den Sattel, während die anderen sich mit ihren Äxten und Krummsäbeln eine Bresche erkämpften, durch die sie ihren verwundeten Heerführer fortbrachten.

Ein Bote meldete Mahmetkuls Verwundung nach Sibir,

wo Kutschum-Khan hinter den Wällen und hölzernen Palisaden vor der Stadt in einem Zelt auf den Ausgang der Schlacht wartete.

„Es ist alles verloren, mein Gebieter", schrie der Bote und warf sich vor dem Khan zu Boden. „Mahmetkul ist verwundet, das Heer führerlos. Die Reiterei kämpft noch, aber das Fußvolk flüchtet scharenweise in die Steppe. Tausende sind gefallen, hingemäht vom Blitz und Donner des Himmels, den die Russen mit sich führen, und es wird nicht lange dauern, bis sie die Wälle der Stadt erstürmen."

So war es auch.

Khan Kutschum konnte es nicht sehen, aber er hörte das Kampfgetümmel, das unaufhaltsam näher kam, und er begriff, dass er nur zwei Möglichkeiten hatte: Er konnte bleiben und sich in seiner Hauptstadt von den Kosaken töten lassen – oder er musste ebenfalls in die Steppe fliehen. Er gab sich noch nicht geschlagen. Er würde ein neues Heer sammeln und es abermals den Kosaken entgegenstellen. Mochten sie jetzt auch gesiegt haben – *besiegt* hatten sie ihn noch nicht.

Freilich, er würde Zeit brauchen, um es noch einmal mit den verfluchten Ungläubigen aufnehmen zu können, aber was war Zeit in einem Land wie Sibirien, wo man Monate, vielleicht sogar Jahre brauchte, um es von einem Ende zum anderen zu durchqueren und wochenlang in Taiga und Steppe, in den riesigen Urwäldern und an den Ufern der gewaltigen Ströme unterwegs war, ohne einem anderen Menschen zu begegnen?

In Sibirien hatte die Zeit einen anderen Maßstab als Stunden oder Tage.

Als die Sonne unterging – und sie ging früh unter an diesem Tag Ende Oktober –, drangen die Kosaken und Söldner in Sibir ein. Sie stießen auf keinen Widerstand mehr. Khan Kutschum war mit den Resten seines Heeres geflohen, und nur ein paar Alte, Frauen und Kinder befanden sich noch in den

Häusern aus Lehm und Holz, wo die Kosaken sie johlend aus ihren Verstecken holten und auf dem Platz vor Kutschums Palast zusammentrieben.

Man weiß es ja, sie sind Satansbraten, die Kosaken, nicht nur, was ihre Art der Kriegführung angeht, sondern auch sonst. Wer einmal von ihnen heimgesucht wurde, dem fallen vermutlich auf Anhieb gar nicht genügend Flüche ein, mit denen er sie belegen könnte, weil sie plündern, brandschatzen, morden und jedes einigermaßen ansehnliche Weib ins Gras drücken.

So schleppten sie auch in Sibir alles, was ihnen wertvoll erschien, aus den Häusern, räumten die Vorratskammern leer, raubten aus der Moschee goldene und silberne Gerätschaften und andere Kostbarkeiten, schnitten ein paar störrischen Alten, die sie am Beutemachen hindern wollten, die Kehle durch oder schlitzten ihnen die Bäuche auf und zündeten einige Häuser an. Das gehörte zu einem Feldzug ebenso wie die Jagd auf die Weiber, war die übliche kosakische Meinung.

Jermak Timofejewitsch ließ seine Männer eine Weile gewähren. Sie hatten es verdient, fand er, denn dieser Sieg war, seit sie den Ural überschritten hatten, der wichtigste der ganzen bisherigen Unternehmung. Sollten sie ruhig ein bisschen Spaß haben, seine tapferen Teufelskerle! Nur würde er dieses Mal nicht unbegrenzt dauern.

Jermak war nicht dumm. Er wusste, dass ein Großteil der Khan Kutschum ergebenen Tataren mit ihm in die Steppe geflohen war. Was hier in der näheren und weiteren Umgebung zurückgeblieben war, waren Kutschums Vasallen. Und diese galt es zu gewinnen, nicht auszuplündern. Man musste sie zu Verbündeten machen, und das war nur möglich, wenn man sie anständig behandelte.

Darum gab Jermak Timofejewitsch drei Stunden nach dem Einmarsch in Sibir den Befehl aus, dass ab sofort sämtliche Gewaltakte der Bevölkerung gegenüber zu unterbleiben hätten. Auch dürfe man keine Gefangenen mehr töten, sondern alle vor ihn bringen. Wer sich von seinen Leuten dem Befehl widersetzte, den würde man in einem mit Steinen beschwerten Sack in den Fluss werfen.

Jermak schickte seine Adjutanten und Jesaulen los, um seinen Willen zu verkünden. Er zweifelte nicht daran, dass innerhalb der nächsten halben Stunde überall Ruhe einkehrte. Sein Wort war Gesetz in seiner ansonsten gesetzlosen Truppe. Und er drohte niemals etwas an, was er anschließend nicht ausgeführt hätte.

Bei dem Sturm auf Sibir war auch die Nomadensiedlung überrannt worden, in der Dairans Stamm sich für den Winter eingerichtet hatte. Auch hier waren etliche erschlagen worden, und man hatte die Jurten ausgeplündert und angezündet. Dairans Familie war in ein nahes Waldstück geflohen und dadurch dem Massaker entkommen. Aber die kosakische Fünfzigschaft, die von einem gewissen Frol Nikititsch Osarkow befehligt wurde, durchkämmte anschließend die Umgebung.

Dairan hatte sich in einem Gebüsch versteckt. Sie kauerte am Boden und wehrte sich schreiend, als zwei Kosaken sie hervorzerrten. „Das ist aber mal eine Hübsche“, rief der eine. „Und jung und kräftig genug ist sie auch, dass sie ein paar von uns aushalten kann.“

Als er sie zu Boden warf und ihr die Schenkel auseinanderdrückte, bäumte sie sich auf wie eine Katze und biss ihn in die Hand. Fluchend zog er die Finger zurück. „Na warte, du Hexe, das wird dir noch leidtun!“

Doch in dieser Minute tauchte Osarkow bei ihnen auf. Er warf nur einen Blick auf Dairan und scheuchte seine Männer mit einer Handbewegung zur Seite. „Die krieg ich zuerst. Wenn ich mit ihr fertig bin, könnt ihr sie haben. Los, los, verschwindet.“

Sie gehorchten widerstrebend, aber immerhin, sie gehorchten. Osarkow stand breitbeinig über Dairan, die mit vor Angst halb wahnsinnigen Augen zu ihm hoch starrte. Sie rollte sich zusammen und wollte sich zwischen seinen Beinen durchwinden, doch er packte in ihr Haar und schleuderte sie zurück. Dann trat er mit seinem Stiefel auf ihre rechte Hand. Dairan schrie vor Schmerzen auf.

„Na, willst du mich auch beißen? Oder kratzen? Oder treten?", fragte Osarkow. „Versuch's. Aber sei sicher, dass ich dir nachher die Zähne einschlagen werde. Sieh es ein: Es wäre nicht gut, sich gegen mich zu wehren. Gar nicht gut ..."

Er sprach Russisch; und Dairan verstand ihn. Ihr wurde vor Entsetzen übel. Sie stieß einen Schrei aus, als Osarkow sich über sie warf und seine groben Hände ihre Kleider herunterrissen. Er betastete ihren schmalen Körper und presste sie keuchend an sich. Dann fühlte sie, wie er seine Hose hinunterstreifte.

Ich will sterben, war das Einzige, was Dairan noch denken konnte. Ich kann es nicht aushalten. O ihr Götter, lasst mich sterben ...

Sie blieb liegen, mit fest geschlossenen Augen und geöffneten Schenkeln: Jetzt hatte sie nur noch ein kurzes zerrissenes Untergewand aus Schafwolle an. Durch einen Riss schimmerten ihre Brüste, zwischen denen Vater Dimitris Kreuz lag. Dairan hatte es mitgenommen, als sie geflüchtet war.

Und so sah Sascha Andrejewitsch Bunin sie zum ersten Mal, als er auf einem der erbeuteten Tatarenpferde herangaloppiert kam.

Sascha war in der Kosakenstaniza Berjosnij Polje am Don aufgewachsen, und er war beileibe kein Heiliger. Seit er ein Pferd reiten und mit Lanze, Säbel und Messer umgehen konnte, hatte er mit den anderen Männern seines Dorfes Raubzüge unternommen; er hatte Handelsschiffe geentert, fetten, reich gekleideten Kaufleuten seinen Säbel um die Ohren gehauen und im Permer Land kreischenden Nogaiern und Wogulen seine Lanze in den Bauch gerammt. Er hatte geplündert und Häuser angezündet – eben all das getan, was die Kosaken so gefürchtet sein ließ. Aber er hatte noch nie eine Frau vergewaltigt. Er konnte es einfach nicht. Wenn so ein Weibchen schreiend wegzulaufen versuchte oder vor Furcht und Abscheu wie gelähmt war und ihn aus riesigen, von Panik erfüllten Augen anstarrte, dann wurde sein Herz weich. Und ein bestimmter Körperteil auch ...

Sascha hatte deswegen schon viel Spott einstecken müssen von seinen Kampfgefährten. „Was bist du bloß für ein Idiot, Sascha Andrejewitsch“, hatten sie ihn gehänselt. „Steht da wie ein Ochse und kann nichts mit so einem Weibchen anfangen. Die wollen doch alle nur ordentlich hergenommen werden, auch wenn sie vorher ein bisschen heulen und zappeln. Wirklich, ein dämlicher Bettnässer bist du.“

„Ich brauche keine zu vergewaltigen“, hatte Sascha dann jedes Mal erwidert. „Ich find immer eine, die es freiwillig mit mir tut.“

Und das stimmte, denn er war ein prächtiges Mannsbild, nach dem die Mädchen sich die Hälse verrenkten, groß, mit breiten Schultern und einem braunen, verwegenen Gesicht, in dem überraschend blaue Augen blitzten. Das Haar ringelte sich in hellbraunen Locken um seinen Kopf, und wenn er lachte, zeigte er seine starken weißen Zähne.

Sascha blickte auf Dairan hinunter. Dann war er mit einem Satz aus dem Sattel und riss Frol Nikititsch an seinen langen, im Nacken zusammengebundenen Haaren hoch.

„Lass sie in Frieden, du stinkender Bock! Mach, dass du fortkommst!“

„He, he, he!“ Frols Augen wurden schmal. „Ich war zuerst bei ihr. Du kannst sie nicht für dich beanspruchen.“

„Befehl vom Ataman“, sagte Sascha, und seine blauen Augen waren plötzlich so kalt und hart wie gefrorenes Eis. „Es ist vorbei mit dem Plündern und Vergewaltigen. Es dürfen keine Gefangenen mehr getötet werden.“

„Das lügst du!“, begehrte Frol Nikititsch auf. „Seit wann erteilt der Ataman solche Befehle?“

„Seit er beschlossen hat, alle Eingeborenen friedlich zu unterwerfen. Sie sollen den Treueid auf Zar Iwan Wassiljewitsch ablegen und ihm den Tribut entrichten, den sie bisher Kutschum geben mussten. Geht das in deinen dämlichen Schädel?"

„Nein", knurrte Frol und griff mit einem unterdrückten Wutschrei nach Dairan, die sich während des Disputs aufgerichtet hatte und davonlaufen wollte. „Hier geblieben, Tatarenhure!"

Im nächsten Moment brüllte er auf, denn Sascha hatte ihn mit der Handkante auf den Unterarm geschlagen. Ein Schlag war's, der Frol Nikititsch lähmte und ihn Dairan auf der Stelle loslassen ließ. Er heulte auf. „Du Hundesohn, warum tust du das? Einen anständigen Christenmenschen schlagen?"

„Weil Jermak Timofejewitsch befohlen hat, dass ihr euch ab sofort wie anständige Christenmenschen benehmt", erwiderte Sascha Bunin. „Geh hin und frag ihn. Und wundere dich nicht, wenn er dich im Irtysch oder Tobol ersäufen lässt, weil allein schon deine Frage eine Widersetzlichkeit ist."

Er stieß Frol unsanft zur Seite. „Verschwinde, du Wanze. Gegen Jermaks Willen gibt es keine Auflehnung."

„Je, nun ..." Frol zog seine Hose hoch. Er begriff endlich, dass Sascha die Wahrheit sagte. Der Ataman musste verrückt sein, dass er solche Befehle ausgab. Aber es war besser, ihnen zu gehorchen, wenigstens vorläufig, und darauf zu hoffen, dass Jermak Timofejewitsch seine Meinung bald wieder änderte.

Frol warf einen letzten bedauernden Blick auf Dairan. „Welch eine Idiotie", knirschte er. „Trotz allen Geschreis hätte sie am Ende unter mir gejubelt ..."

„Mach, dass du wegkommst", forderte Sascha ungeduldig. „Und lass es dir nicht einfallen, dir für das entgangene Vergnügen ein neues zu suchen. Dann bist du schon so gut wie tot."

Dairan sah, dass ihr Peiniger verschwand, aber sie war viel zu verstört, um erleichtert zu sein. Obwohl sie den Wortwechsel zwischen den beiden Männern mitbekommen hatte, glaubte sie dennoch nichts anderes, als dass nun Sascha Bunin über sie herfallen würde.

Auf den Knien, sich mit den Händen abstützend, rutschte sie zu ihm hin. „Gnade, Herr", wimmerte sie, „ich flehe Euch an, seid barmherzig. Lasst mich frei."

Sascha bückte sich und hob ihre zerfetzten Kleidungsstücke auf. „Ja, ja, schon gut. Zieh dich an. Ich tue dir nichts ..." Dann stockte er. „Sag mal, hast du eben Russisch gesprochen?"

Sie hüllte sich zitternd in ihre Felljacke. „Ja, Herr. Ich habe Eure Sprache gelernt. Vater Dimitri hat sie mir beigebracht. Er war Russe wie Ihr ..."

Sascha pfiff durch die Zähne. Ein Tatarenmädchen, das Russisch sprach – das war vielleicht ein Fang! Zwar hatte Maxim Stroganow ihnen zwei Wogulen als Übersetzer mitgegeben, als sie aufgebrochen waren, aber der eine war im vergangenen Winter bei einem Überfall von einem Tatarenpfeil erschossen worden, und der andere hatte sich bei ihrem Aufbruch von Tschinga-Tura aus dem Staub gemacht. Lediglich der dicke Mönch Istoma sprach ein paar Brocken Eingeborenendialekte, aber sie beschränkten sich auf so wenig höfliche Dinge wie: „Rück deine Vorräte raus, du Hurensohn!" Oder: „Ich schneide dir die Ohren ab, wenn du mir nicht auf der Stelle dein Schlaflager abtrittst. Einen erschöpften Diener Gottes lässt man nicht auf der nackten Erde liegen!"

„Wie heißt du?", fragte Sascha Bunin und sah zu, wie Dairan halb abgewandt in ihre restlichen Sachen schlüpfte. Der lange Rock aus Rentierleder war zerrissen, und sie raffte ihn zusammen, so gut es ging.

Es geniert sich, das Vögelchen, dachte Sascha und fühlte Wut auf Frol Nikititsch in sich aufsteigen. Nicht auszudenken, wenn er, Sascha, nur ein paar Minuten später gekommen wäre! „Du musst keine Angst vor mir haben", fügte er hinzu, „ich tue dir wirklich nichts. Sag mir nur deinen Namen."

„Dairan", brachte sie hervor. Sie sah immer noch so verstört aus, dass er sie am liebsten in seinen Armen gewiegt hätte wie ein verängstigtes Kind.

„Dairan", wiederholte er, „das klingt hübsch. Und ich bin Alexej Andrejewitsch Bunin, aber alle nennen mich nur Sascha." Er deutete auf das Brustkreuz, das durch die zerrissene Jacke schimmerte. „Woher hast du das?" Sie wich zurück. „Ich habe es nicht gestohlen, Herr. Es gehört mir. Vater Dimitri hat es mir geschenkt – im vorigen Sommer ..."

Er kam ihr nach und nahm das Kreuz, um es näher zu betrachten. „Sehr schön", wollte er sagen, doch da sah er, dass Dairan schon wieder vor Furcht zitterte, und ließ die Hand sinken.

„Hör endlich auf, dich zu fürchten", befahl er ein wenig unwirsch. „Ich werde dich jetzt zu Jermak Timofejewitsch, unserem Ataman, bringen. Du kannst uns vielleicht nützlich sein, Dairan, weil du unsere Sprache sprichst. Und wenn du unter Jermaks und meinem persönlichen Schutz stehst, wird niemand wagen, dir ein Haar zu krümmen. Ich bin einer seiner Adjutanten, musst du wissen, und ein Sotnik, das ist der Führer einer Hundertschaft." Das Letztere sagte er mit lächelndem Stolz, und Dairan wagte es zum ersten Mal, ihm voll ins Gesicht zu blicken. Sie hatte noch nie einen Menschen mit so blauen Augen gesehen. Wie die Wasser des Ischim an einem sonnenhellen Herbsttag leuchteten sie, oder wie die Glockenblumen auf einer Sommerwiese. Ein Lachen lag darin, und es bewirkte, dass Dairan plötzlich zurücklächelte. Unter seinem Schutz sollte sie stehen, hatte er gesagt. Das klang gut. Sie wusste zwar nicht genau, was ein Ataman und was ein Adjutant waren, aber dass sie wichtige Leute waren, hatte sie ja gerade eben erlebt.

„Dann komm jetzt", sagte Sascha und wandte sich nach seinem Tatarenpferd um, das in einiger Entfernung zu grasen begonnen hatte. „Du kannst dich hinter mich setzen und an mir festhalten. Oder hast du noch nie auf einem Pferd gesessen?"

Sie schüttelte den Kopf. „Nein, Herr. Meine Eltern besitzen keine Pferde. Nur Rentiere und Schafe."

„Und wo sind deine Eltern jetzt?", fragte Sascha, und Dairan hob die Schultern. „Ich weiß es nicht. Wir sind alle davongelaufen, bevor die Kosaken kamen und unsere Zelte anzündeten."

Ein Schatten glitt über sein Gesicht. „Das tut mir leid", sagte er unbeholfen. Bisher hatte er sich nie Gedanken darüber gemacht, was eine Horde Krieger anrichtete, wenn der eigentliche Kampf vorüber war. Das gehörte eben dazu, hatte er gemeint, und er hatte es nie anders gekannt.

Verdammt, dachte er, wieso kümmert es mich jetzt! Nur weil dieses Mädchen schon wieder ein paar Tränen zerquetscht? Er unterdrückte den Wunsch, sie ihr abzuwischen, und nahm sein Pferd am Zügel. „Bestimmt ist deinen Eltern nichts geschehen. Du hast es ja gehört, der Ataman hat verboten, dass man euch noch irgendetwas tut. Morgen oder übermorgen kannst du nach deinen Eltern suchen. Wenn sie merken, dass Ruhe eingekehrt ist, werden sie zurückkommen. Und jetzt sitz auf."

Als sie zögerte, fasste er sie um die Taille und hob sie auf den Pferderücken. Dann schwang er sich vor ihr in den Sattel. „Halt dich gut an mir fest. Bis zur Stadt ist es ein ganzes Stück. Aber wir werden langsam reiten, bis du dich daran gewöhnt hast. Hab keine Sorge, ich passe schon auf."

Sascha Andrejewitsch hatte sich nicht geirrt: Als er Dairan zu Jermak brachte, war der Kosakenführer geradezu begeistert. Er hatte im Palast des Khans Quartier bezogen und ließ sich sogleich drei gefangen genommene Tataren vorführen. „Es sind Jesaulen", erklärte Dairan, nachdem sie ein paar Worte mit ihnen gewechselt hatte. „Jeder hat eine Fünfzigschaft befehligt."

Ihre Russischkenntnisse waren wirklich gut, dennoch sprach sie manchmal ein wenig stockend, um die richtigen Worte zu finden.

Die drei tatarischen Offiziere standen mit gesenkten Köpfen da. Sie waren bleich und hatten die Lippen zusammengepresst. Seit ihrer Gefangennahme erwarteten sie den Tod. Dass man sie bis jetzt am Leben gelassen hatte, war ihnen unbegreiflich. Gefangene wurden getötet, und das so schnell wie möglich. Wozu sich mit ihnen belasten?

„Frage sie, zu welchem Stamm sie gehören", befahl Jermak. „Und dann sage ihnen, dass wir nur Krieg gegen Kutschum-Khan führen, nicht gegen seine Vasallen, wenn diese bereit sind, sich von nun an unter den Schutz des Weißen Zaren Iwan Wassiljewitsch zu stellen. Jeder, der auf ihn den Eid ablegt und ihm den schuldigen Tribut entrichtet, soll in Frieden leben. Das gilt für alle, die wir besiegt haben und noch besiegen werden."

Als Dairan seine Worte übersetzte, trat ungläubiges Staunen in die Gesichter der drei Jesaulen. Sie gehörten zu einem Stamm der Ostjaken, und einer von ihnen war der Sohn des Stammesfürsten Laipan.

„Sehr gut", sagte Jermak Timofejewitsch zufrieden. „Dann wirst du zu deinem Vater heimkehren und ihm sagen, dass es keinen Khan Kutschum mehr gibt, sondern nur noch den großmächtigen Zaren Iwan Wassiljewitsch, dessen getreue Untertanen ihr von jetzt an seid."

In dieser Nacht schlief Dairan in einem Gemach des ehemaligen Harems von Kutschum. Es war für ihre Begriffe überaus prächtig eingerichtet mit einem Diwan voller Pelzdecken und Polster, wie sie sie nie zuvor gesehen hatte. Es gab Spiegel und viele Öllampen, Teppiche auf dem Boden, Taburetts und zierliche kleine Sitzgelegenheiten, dazu eine Truhe voll der schönsten Frauengewänder.

Jermak hatte gesagt: „Nimm dir, was du brauchst. Es gehört alles dir."

Aber Dairan wollte keine Hosen aus durchsichtigem Schleierstoff tragen, keine gestickten Jäckchen und Mieder aus Brokat. Sie wählte ein kaftanähnliches Gewand aus grünem Wollstoff, dessen Ärmel mit Silberfäden bestickte Ornamente hatten.

Schon dieses erschien ihr ungeheuer luxuriös, aber sie fand nichts Einfacheres in der Truhe.

Schlafen tat sie dann wieder in ihren alten zerrissenen Sachen. Morgen würde sie die neuen tragen. Und während sie sich auf dem Diwan ausstreckte, ein Kissen in den Nacken schob und eine federleichte Felldecke über sich zog, dachte sie: Oh, ihr Götter, ich danke euch! Ihr habt mich in ein Paradies geschickt. Dann verschwammen ihre Gedanken, und übrig blieb nur ein braunes Männergesicht mit den blauesten Augen, die sie je gesehen hatte, und die Erinnerung an eine Stimme, die ihr sagte: „Ich passe auf dich auf."

Am übernächsten Tag gab Jermak Timofejewitsch die Erlaubnis, dass Dairan nach ihren Eltern suchte. Sie fand sie bei ihrem niedergebrannten Zelt, und ihre Mutter brach in Tränen aus, sobald sie der Tochter ansichtig wurde.

In der vergangenen Nacht hatten sie und Dairans Vater Tassir auf dem Schlachtfeld, gemeinsam mit vielen anderen, nach ihren Angehörigen gesucht, und Narym hatte ihre drei Söhne unter den Toten entdeckt. Kurdu war durch einen Schwerthieb umgekommen, die beiden anderen durch Kanonenschüsse.

„Den Göttern sei Dank, dass wenigstens du lebst, meine Tochter", sagte ihr Vater Tassir und umarmte Dairan. „So sind wir doch nicht ganz verlassen."

Großmutter Chigur war bei ihnen, doch sie nahm kaum Notiz von Dairans Rückkehr. Sie hielt ihre Schamanentrommel im Schoß und hatte den Bärenkopf auf ihr strähniges graues Haar gesetzt. „Die Götter zürnen", murmelte sie. „Wir werden alle vernichtet werden, weil unser Ungehorsam sie beleidigt."

Dairan wusste, wie sie es meinte, und Zorn stieg in ihr hoch. „Ich bin nicht schuld an Kutschums Niederlage und dass die Kosaken unsere Jurten angezündet haben", begehrte sie auf. „Vielleicht ist es der Wille der Götter, dass wir uns den Fremden unterwerfen. Was haben wir denn vor dem gehabt? Den Schutz von Kutschum-Khan? Ein feiner Schutz, wenn er unsere jungen Männer zum Sterben in die Schlacht schickt und sich selbst in die Steppe rettet, wenn alles verloren ist. Kutschum war unser Unglück, aber Jermak Timofejewitsch bietet uns Sicherheit, wenn wir uns von Kutschum lossagen."

Sie warf sich in die Arme ihrer Mutter und weinte mit ihr um ihre toten Brüder. Erst in der Abenddämmerung kehrte sie nach Sibir zurück.

Sascha Bunin wartete auf sie an dem großen Wall vor der Stadt. „Da bist du ja endlich", sagte er. „Der Ataman meinte schon, du wärst davongelaufen. Aber ich hätte nach dir gesucht."

„Warum?", fragte sie. „Hat Euer Ataman es befohlen? Bin ich seine Gefangene?"

„Jermak hat gar nichts befohlen", widersprach er. „Trotzdem wird er froh sein, dass du wieder da bist. Du bist für uns wichtig, weil du unsere Sprache sprichst."

„Meine Brüder sind tot", sagte Dairan tonlos. „Alle drei sind in der Schlacht umgekommen ..."

„Das tut mir sehr leid ..." Zu seiner eigenen Überraschung stellte Sascha fest, dass es ihm tatsächlich leidtat. Der Kummer in Dairans schwarzen, schräg gestellten Augen griff ihm ans Herz.

Sie senkte den Kopf. „Vielleicht sollte ich deshalb zu meinen Eltern zurückgehen. Sie haben nur noch mich ... ."

„Du liebst deine Eltern?"

„Natürlich. Es sind gute Eltern. Und Ihr? Habt Ihr noch Vater und Mutter? Und Geschwister?"

„Ich bin der einzige Sohn." Er verschwieg ihr, dass sein älterer Bruder Jemofej vor drei Jahren in Rasdorskaja hingerichtet worden war, nachdem man ihn bei einem Raubüberfall auf eine Handelskarawane nach Nowgorod gefangen genommen hatte. Seitdem lebte seine Mutter in ständiger

Angst, Sascha könne das gleiche Schicksal ereilen. Als er mit Jermak ins Permer Land aufgebrochen war, war sie jammernd und weinend neben seinem Pferd hergerannt und hatte ihn beschworen, in Berjosnij Polje zu bleiben.

Er war weitergeritten, und seine Mutter hatte zurückbleiben müssen, weil die Kräfte sie verließen. Im Umwenden hatte er gesehen, wie sie am Straßenrand auf einen Stein niedersank und zum Zeichen der Trauer ihr buntes Umschlagtuch über Kopf und Gesicht zog. Sascha Bunin erinnerte sich nicht gern an diesen Abschied.

„Komm jetzt", sagte er zu Dairan. „Du wirst hungrig sein. Lass uns zu Jermak gehen und zusehen, dass wir etwas zu essen bekommen." Er lachte plötzlich. „Du siehst übrigens hübsch aus in den Sachen, die ich dir gebracht habe." Dairan hatte ihm gestern erzählt, dass sie in der Kleidertruhe ihres Zimmers nur ein passendes Gewand gefunden hätte, und Sascha war schon nach einer Stunde mit einem Arm voller anderer Kleidungsstücke zu ihr gekommen.

Heute trug Dairan eine lange Hose aus Elchleder und ein langes Übergewand, das mit bunten Seidenfäden bestickt war, darüber einen Umhang aus federleichten sibirischen Eichhörnchenfellen.

Ihre schwarzen Haare waren unter einer spitzen Pelzmütze verborgen, und ihre Füße steckten in weichen Lederstiefelchen.

„Das alles ist eigentlich viel zu prächtig für mich", sagte sie und strich über das weiße Eichhörnchenfell. „Trotzdem danke ich Euch dafür, Herr."

„Du musst nicht immer Herr zu mir sagen. Nenn mich Sascha wie die anderen. Das genügt."

„Ich sollte zu meinen Eltern zurückkehren", begann Dairan erneut, „wie es sich für eine gute Tochter gehört. Ich sollte ihnen helfen, die verstreuten Rentiere und Schafe einzufangen, und sie trösten, wenn sie um meine Brüder weinen. Aber ich bin nach Sibir gekommen, weil ich denke, dass ich hier am sichersten bin."

Was sie nicht sagte, war, dass sie hauptsächlich wegen Sascha Andrejewitsch zurückgekehrt war.

Dairan war sechzehn Jahre alt und noch ganz und gar unschuldig. Frol Nikititschs roher Überfall hatte sie entsetzt. Doch der Ritt mit Sascha nach Sibir, als sie sich an ihn gepresst hatte, um nicht vom Pferd zu rutschen, hatte ihr gefallen. Fast war sie enttäuscht gewesen, als sie die Stadt erreichten und er sie vor dem Palast vom Pferd hob. „Komm, meine Schöne", hatte er lachend gesagt, „jetzt will ich dich zu Jermak bringen."

Meine Schöne ... Das hatte sich wunderbar angehört. Fand er sie wirklich schön?

Er war so anders als sie, mit braunen Locken und blauen Augen. Gewiss gab es viele Mädchen in seiner Heimat, die ihm glichen. Wie konnte er dann ihr, Dairans, schwarzes glattes Tatarenhaar und die schrägen Augen schön finden?

Dairan wusste nicht, wie bezaubernd sie aussah, wenn diese Augen lächelten. Dann bekamen sie einen nachtschwarzen samtigen Schimmer, in dem man versinken konnte ...

Sascha Bunin hatte sie nur einmal lächeln gesehen: als er zu ihr gesagt hatte, dass er sie beschützen würde. Seitdem wünschte er sich, dieses Lächeln von neuem bei ihr hervorzurufen.

In der Nacht träumte er von Dairan und erwachte mit wild klopfendem Herzen. Sie hatte in seinen Armen gelegen und ihn angelächelt, und ihre Lippen waren weich und süß gewesen, als er sie küsste. Er hatte sich noch nie so glücklich gefühlt wie in diesem Traum.

Verdammt, dachte er, als er sich auf seinem Lager aufsetzte und vor sich hin starrte. Was hat sie an sich, dass mit ihr alles anders ist als mit den Mädchen, mit denen ich im Ufersand des Don gelegen habe? Diese Mädchen hatte er beschwatzt, und sie waren weich und willig geworden bei seinen Beteuerungen und Zärtlichkeiten. Er hatte Freude an ihnen gehabt, das ja, aber wenn er sie verließ, hatte er sie beinahe schon wieder vergessen. Und manchmal war es sogar ziemlich schwierig gewesen, sie wieder loszuwerden.

Aber diese Dairan mit ihren schwarzen, schräg gestellten Augen und dem zierlichen Körper ... Sie zu küssen, würde der Himmel sein. Und sie zu lieben ...

Sascha verbot sich, weiter darüber nachzudenken.

Er legte sich zurück, versuchte, wieder einzuschlafen, und wünschte sich, dass der unterbrochene Traum zurückkehrte.

Zum ersten Mal in seinem Leben erfuhr Sascha Andrejewitsch Bunin die betrübliche Tatsache, dass die Liebe das Leben eines Mannes ziemlich kompliziert machen konnte. Oder war es etwa nicht kompliziert, von nachtschwarzen Augen und einem zierlichen biegsamen Körper zu träumen, wenn man im Begriff war, Sibirien zu erobern?

Ein Donkosak und eine Tatarin – wohin sollte das führen!

Nun, zunächst zu einer Seligkeit, die weder Sascha noch Dairan sich jemals hatten vorstellen können.

Es war am fünften Tag nach der Eroberung Sibirs. Ein trügerisch warmer Tag mit hellem Sonnenschein war's, an dem man den nahen Winter beinahe vergessen konnte, als Sascha mit Dairan zum Angeln an den Fluss ritt. Dieses Mal hatte er sie vor sich auf das Pferd gehoben, damit er sie noch sicherer halten konnte, wie er behauptete, und seine kräftigen, muskulösen Arme fest um ihre schmale Taille gelegt. Ihre Brüste zu berühren, wagte er nicht, aber es war schon der Himmel zu spüren, wie sie sich zurücklehnte, sich ihm und dem Rhythmus des Pferdegalopps überließ und ihr langes schwarzes Haar seine Wange und die Schultern umflatterte.

„Du musst unbedingt reiten lernen", sagte Sascha, als sie später am Flussufer in einer kleinen Sandbucht saßen und er seine Angel auswarf. „Ich werde es dir beibringen."

Dairan hatte sich zurückgelegt. Sie genoss die Sonne auf ihrer Haut, und sie antwortete mit halb geschlossenen Augen: „Wenn du es unbedingt willst ... Aber du musst Geduld mit mir haben."

„Wir Russen sind berühmt für unsere Geduld!" Er lachte, als die Angelrute sich spannte und etwas an der Schnur zerrte. „Da hat ein riesiger Fisch angebissen", sagte er zufrieden und beugte sich ein Stück nach vorn. Im nächsten Augenblick schrie er auf. „Oh, verdammt!"

Dairan hatte das Sirren des Pfeils gehört, der sich, oben an der Uferböschung abgeschossen, in Saschas Schulter bohrte. Als sie den Kopf herumriss, sah sie für ein, zwei Sekunden blitzende schräge Augen in einem von Hass verzerrten Gesicht, und eine spitze Fellmütze.

Dann rannte der Bogenschütze geduckt davon.

„Du Hurensohn!" Sascha wollte aufspringen, doch der Schmerz in seiner Schulter hinderte ihn daran. Die Stelle, wo der Pfeil sich in seinen Körper gebohrt hatte, brannte wie Feuer.

Offenbar war der Schütze allein gewesen, denn danach blieb alles still.

Sascha hatte die Angelrute losgelassen. Sie rutschte ein Stück über das Ufer und verfing sich in dem Gesträuch einer niedrigen Zwergerle. Sascha kniete auf dem Boden. Seine Arme, mit denen er sich abstützte, begannen zu zittern vor Anspannung, und als er den Kopf wandte und Dairan beruhigend zulächeln wollte, wurde nur ein Verzerren der Lippen daraus.

„Hol mir das verdammte Ding raus, Dairan", presste er hervor. „Nimm das Messer aus meinem Gürtel und schneide tief. Die Wunde muss ordentlich bluten, falls die Pfeilspitze mit Gift getränkt war."

„Ich weiß", sagte sie zitternd. „Ich will es versuchen, auch wenn ich so etwas noch nie getan habe. Aber gesehen habe ich schon, wie es gemacht wird."

Ihr war übel vor Angst, aber sie zwang die Tränen zurück, die ihr in der Kehle saßen, und ihre bebenden Finger zur Ruhe.

Mit Saschas scharfem Messer schnitt sie zuerst seine Kleidung auf, seine Jacke aus Wolfsfell, das Lederwams und das Hemd.

Der Pfeil steckte unterhalb des linken Schulterblattes. Sascha stöhnte, als Dairan den Schaft abbrach. „Die Pfeilspitze hat einen Widerhaken“, sagte sie. „Bitte, schrei, du wirst es dann leichter aushalten können.“

Sie umklammerte das Messer und schloss für eine Sekunde die Augen. Dann schnitt sie ...

Sascha schrie nicht. Er hatte die Kiefer zusammengepresst und spürte, wie das Messer in seinen Rücken glitt. Dairan arbeitete, so rasch sie konnte. Endlich ließ sie das Messer fallen. „Ich habe die Spitze. Sie ist draußen.“ Ihre Stimme klang dünn wie die eines Kindes. Sie rutschte noch näher zu Sascha hin, und dann fühlte er, wie sie ihre Lippen auf die Wunde presste. Sie blutete stark, und Dairan saugte und spuckte das Blut aus, saugte und spuckte immer wieder von neuem, während sie die Schnittränder zusammendrückte, damit noch mehr Blut herausfloss.

Als sie sich endlich wieder aufrichtete, schwankte sie ein wenig, und ihr Gesicht war schweißnass. Sie versuchte, sich das Blut mit einem Tuch abzuwischen, aber es gelang ihr nur unvollkommen. So lief sie zum Fluss und wusch sich dort und spülte sich den Mund aus. Als sie zurückkam, kniete Sascha immer noch auf der Erde, aber er hatte sich halb aufgerichtet und sah ihr entgegen.

„Falls der Pfeil vergiftet war“, sagte Dairan, immer noch mit dieser dünnen Kinderstimme, „so habe ich das Gift ausgesaugt. Du hast stark geblutet. Das ist gut.“

Sascha streckte ihr die Arme entgegen, und sie ließ sich hineinfallen. Die schreckliche Anspannung wich von ihr, und sie erlaubte sich, endlich zu weinen.

Sascha hielt sie fest. Die Verletzung schmerzte höllisch, aber um keinen Preis der Welt hätte er Dairan jetzt losgelassen.

„Du ...“, stammelte er, das Gesicht in ihr Haar gelegt, „du hast mit deinen Lippen mein Blut ... o Dairan!“

Sie lachte ein wenig unter Tränen. „Was hätte ich sonst tun sollen? Abwarten, ob du stirbst oder nicht?“

Sie hatte ihr Gesicht an seiner Brust verborgen, doch er hob ihren Kopf an, und dann küsste er sie. Ihr ganzes Gesicht bedeckte er mit Küssen, ehe er seine Lippen auf ihren Mund legte.

„Ich liebe dich, Dairan. Ich liebe dich so sehr ...“

Es war, als wäre ein Damm gebrochen durch die Gefahr, in der Sascha geschwebt hatte. Wenn der Pfeil ihn nun getötet hätte? Dairan wagte nicht, den Gedanken zu Ende zu denken. Vor fünf Tagen hatte sie noch nichts von Sascha Bunins Existenz gewusst, und heute schien er ihr wichtiger als alle Menschen, die bisher zu ihrem Leben gehört hatten.

Für Sascha aber war's der Himmel, zu erleben, wie Dairans Lippen sich unter seinem Kuss öffneten. Sie war noch niemals zuvor geküsst worden, doch Saschas Zärtlichkeit weckte etwas in ihr, das sie weich und sehnsüchtig machte.

Sie ließ zu, dass er sie streichelte und ihre Brüste umspannte, und schrak erst zurück, als seine Hände tiefer glitten.

Ich liebe dich ... Er hatte es oft zu einem Mädchen gesagt, wenn er es herumkriegen wollte. Aber erst an diesem sonnenhellen Nachmittag begriff er, was es hieß, jemanden wirklich zu lieben.

Ja, es war pure Seligkeit, was Sascha Bunin empfand, wenn er Dairan umarmte. Doch das Letzte, wonach er sich sehnte, versagte sie ihm. Er durfte sie berühren und streicheln, mehr aber nicht.

Seine Schulterwunde verheilte gut, nachdem einer der Feldschere sie mit einem Extrakt aus Kräutern und Wurzeln behandelt und verbunden hatte. Sascha war ein junger, kräftiger, gesunder Mann. Er wollte mehr von Dairan als nur ein paar Küsse und Zärtlichkeiten. Für ihn war es eine Folter, dass Dairan dann jedes Mal sagte: „Ich bitte dich, lass mich in Ruhe. Ich bin keine Tatarenhure!“

Dieses Wort hatte sie nicht bei Vater Dimitri gelernt, sondern in Sibir.

Tatarenhuren – das waren Frauenzimmer, die man nahm und wegjagte, wenn man sie satt hatte. Es gab indessen genug davon in Sibir, die sich mit den Kosaken vergnügten und sich dafür entlohnen ließen – mit Geld, erbeuteten Kleidern und Schmucksachen.

„Du bist für mich keine Hure“, beteuerte Sascha Bunin, doch Dairan blieb bei ihrer Ablehnung.

„Wenn du mich gehabt hast, werde ich es sein. Weil du dann meiner überdrüssig bist und dich nach einer anderen umsiehst.“

„Nie wird das geschehen“, versicherte er ihr inbrünstig. „Ich liebe dich doch. Wie könnte ich da jemals genug von dir haben!“

„Sei still, du Kosak“, sagte sie dann wohl, weil sie inzwischen begriffen hatte, wie viel Widersprüchliches in einem Kosaken vereinigt sein konnte: Frömmigkeit und Grausamkeit, Leichtsinn und Brutalität, Mordlust und Lebensfreude, Lachen und Weinen.

„Aber ich bin anders“, behauptete Sascha geradezu verzweifelt. „Ich könnte dir nie wehtun. Bitte, begreif es doch endlich: Ich liebe dich wirklich!“

„Und ich liebe dich“, sagte Dairan und schmiegte sich in seine Arme. „Aber das heißt nicht, dass ich mir alles von dir gefallen lasse.“

Ach, es war Himmel und Hölle in einem.

Die Kosaken und ihre Söldner hatten sich indessen häuslich in Sibir eingerichtet. Die Unbilden des sibirischen Winters schreckten sie nicht mehr. Sie hatten feste Häuser und warme Öfen, in denen sie der grimmigen Kälte trotzten, und sie hatten genug zu essen.

Khan Kutschums frühere Vasallen brachten es ihnen. Der Khan war fort, irgendwo in der Steppe, und für sie hier ging es ums Überleben. Sie wollten nicht von den donnernden Feuerspeiern der Russen umgebracht werden. Lieber kamen sie und lieferten bei ihnen den Jassak ab, den Tribut, den sie bis dahin dem Khan entrichtet hatten: Pelze in Hülle und Fülle, eingesalzene Fische, gefrorenes Rentier- und anderes Wildfleisch, Bärenfett und was die neuen Herren noch an Proviant gebrauchen konnten. Ein Stamm nach dem anderen unterwarf sich ihnen und leistete über zwei gekreuzten Schwertern den Eid, von nun an einem neuen Herrscher zu dienen, nämlich dem großmächtigen und allergnädigsten Weißen Zaren Iwan Wassiljewitsch in Moskau.

Der Winter kam mit Schneestürmen und eisigem Frost, die Flüsse froren zu, und immer wieder geschah es, dass kleinere tatarische Horden die Kosaken angriffen, wenn sie in den unendlichen Wäldern der Taiga mit Rentierschlitten oder auf den aus Rinde geflochtenen breiten Schneeschuhen jagten. Die Überfälle verrieten, dass Kutschum sich noch längst nicht geschlagen gab, auch wenn solche Scharmützel in der Regel sehr schnell vorüber waren, weil die Tataren die Flucht ergriffen, sobald die Kosaken sie aus ihren ‚Donnerbüchsen' beschossen.

Dennoch, es gab auch auf der kosakischen Seite Tote und Verwundete, und Jermak Timofejewitsch gab Befehl, von nun an jeden gefangen genommenen tatarischen Krieger hinzurichten.

Zuvor wurden sie noch verhört. Jermak wollte wissen, wo der Khan sich verborgen hielt und wie viele Krieger er noch besaß. Und wenn die Gefangenen auf seine Fragen, die Dairan übersetzen musste, verbissen schwiegen, ließ er sie auspeitschen und auf mancherlei Art quälen.

Das waren die Augenblicke, in denen Dairan sich verfluchte, weil sie in Sibir geblieben war. „Er ist ein Teufel, dein Ataman", sagte sie weinend zu Sascha. „Er zwingt mich, dabei zu sein, wenn man einen Gefangenen mit eurer verdammten Nagaika halb totschlägt. Und er lacht, wenn ich mir Augen und Ohren zuhalte, um nichts sehen und hören zu müssen. ‚Nimm die Hände runter', befiehlt er dann. ‚Du musst mir alles übersetzen, was man aus dem schlitzäugigen Idioten herausprügelt.' Ach Sascha, ich halte das nicht länger aus. Ich laufe fort."

Er bekam es mit der Angst zu tun. „Das kannst du nicht, Dairan. Jermak Timofejewitsch braucht dich. Er würde dich einfangen und einsperren lassen, damit du kein zweites Mal entwischst. Es ist immer noch Krieg, mein Herzchen, mach es dir klar. Kutschums Leute sind es, die uns angreifen. Und sie würden mit den Unseren, wenn sie in ihrer Gewalt wären, womöglich noch viel grausamer umgehen."

„Ich weiß", sagte sie mutlos. „Ach Sascha, warum müssen Menschen einander so viel Schlimmes antun?"

Am Abend suchte Sascha nach Jermak und fand ihn bei der ehemaligen Moschee, in der inzwischen russisch-orthodoxe Gottesdienste abgehalten wurden. Strekosa, der kleine Kosakenbengel, und Istoma waren bei ihm. Die beiden beklagten sich lauthals über den Popen Matwej Jefremowitsch, der sie allein in der Kirche angetroffen und hinausgeworfen hatte. „Man denke, einen Christenmenschen, der beten will, davonzujagen wie einen tollwütigen Fuchs!", empörte Istoma sich. „Und vorher hat er mir noch das Weihrauchgefäß aus den Händen gerissen, das ich nur genommen hatte, um es mir näher anzuschauen. Stehlen wollte ich es, hat er behauptet, und mich einen verfluchten Judas genannt! Und Strekosa musste den Beutel ausleeren, in dem er sein Eigentum bei sich trug. Das Söhnchen nimmt es immer mit, wenn es das Haus verlässt, damit es keiner stehlen kann."

„Das ist wahr!", krähte Strekosa dazwischen. „Eine kleine Handikone der Gottesmutter von Wladimir ist dabei, die mir mein Großmütterchen geschenkt hat. Und ein paar Schalen und Schöpfgefäße, die ich gefunden und an mich genommen habe, als wir Sibir eroberten. Aber der stinkende Pope behauptet, ich hätte alles in der Kirche gestohlen. Zur Hölle mit ihm! Beklaut einen ehrlichen Kosaken!"

„Ich muss mit dir reden, Jermak Timofejewitsch", sagte Sascha. „Es ist wichtig."

Jermak nickte und scheuchte den dicken Mönch und Strekosa mit einer Handbewegung fort. „Ich werde mir anhören, was der Pope dazu zu sagen hat. Und ihr macht euch klar, dass man in einem Haus, das Gott gehört, nichts mitgehen lässt. Oder soll euch die Strafe des Herrn treffen?" Er lachte und nahm Sascha beim Arm. „Was gibt's, mein Freund?"

Der Mond stand wie eine große bläulich schimmernde Scheibe am Himmel. Die Schritte der Männer knirschten, als sie über den verharschten Schnee zu Kutschums Palast stapften. Auf dem großen Platz davor saßen die Wachen um ein prasselndes Holzfeuer. Auch die Palisaden vor der Stadt wurden scharf bewacht. Jermak hatte die Befestigungsanlagen gleich nach seinem Einmarsch herrichten und vergrößern lassen.

„Es ist wegen Dairan", sagte Sascha. „Sie sollte nicht mit ansehen, wenn du Gefangene auspeitschen lässt. Der Anblick macht sie krank."

„Aber ich brauche sie dabei", widersprach Jermak. „Oder besorge mir einen weniger zart Besaiteten, der die Sprache dieser dickschädeligen Schlitzaugen und gleichzeitig Russisch spricht. Wenn die Idioten weich geprügelt sind, muss Dairan meine Fragen und ihre Antworten übersetzen."

„Du zerstörst sie damit", beharrte Sascha. „Sie kann es nicht aushalten."

„Ach was, diese Tatarenweiber sind widerstandsfähiger, als du denkst! Vergiss nicht, asiatische Grausamkeiten sind den unseren noch weit überlegen. Dairan muss daran gewöhnt sein."

„Sie ist es nicht!", fuhr Sascha auf. „Und deshalb bitte ich dich, sie zu verschonen."

Jermak blieb stehen. „Ist dir eigentlich klar, mein Freund, weshalb wir hier sind? Wir sollen Sibirien für den Zaren erobern. Unser Lohn dafür ist, dass wir unseren Kopf auf den

Schultern behalten dürfen – auch du! Wir haben geraubt, gemordet, geplündert, und der Zar hat uns deswegen zum Tode verurteilt. Jetzt aber winkt uns seine Gnade. Wir können jeder Bestrafung entgehen, wenn wir in seinem Namen rauben, morden und plündern. Mehr noch: Wir können Ehren erlangen. Glaubst du, ich setze das für ein jammerndes Frauenzimmer aufs Spiel? Wer ist sie denn, diese Dairan? Ein Staubkorn in der Steppe. Ein Kieselstein in der Felsregion des Ural! Sascha Andrejewitsch Bunin, ist dein Verstand eingefroren, dass du ernstlich von mir erwartest, auf ihr zartes Seelchen Rücksicht zu nehmen?"

Er lachte. „Du bist scharf auf sie, stimmt's? Oh, man hat mir längst hinterbracht, dass du dauernd mit ihr zusammensteckst. Meinetwegen nimm sie her, so oft du willst. Aber hör auf, mir Vorschriften zu machen. Ich tue, was notwendig ist, und lasse mir von niemandem dreinreden. Ich nehme mir auch die Weiber, auf die ich gerade Lust habe, aber ich würde sie abschütteln wie eine Wanze, wenn sie versuchten, mich von meinem Ziel, der Eroberung Sibiriens, durch weinerliche Betteleien abzubringen." Er versetzte Sascha grinsend einen Stoß vor die Brust. „Nun geh zu deiner Dairan und bring ihr bei, was ein Weib unter einem Kosaken ist: ein Körper mit offenen Schenkeln, der dir gehört und mit dem du verfahren kannst, wie du willst."

Sascha begriff, dass es keinen Sinn hatte, noch weiter mit Jermak zu reden. Er würde gar nicht begreifen, was Dairan für ihn war. Und wenn man es ihm zu erklären versuchte, würde er nur spotten.

„Vergiss, worum ich dich gebeten habe", sagte Sascha deshalb, und Jermak antwortete: „Ich habe es schon vergessen, weil es idiotisch war."

Die Lederpeitsche, deren Riemen mit Eisenkugeln bewehrt waren, sauste auf den nackten Rücken des Gefangenen nieder. Er wand sich und schrie. Seine Haut war aufgeplatzt, und er blutete aus unzähligen Wunden.

„Sag ihm, dass ich ihn zu Tode peitschen lasse“, forderte Jermak von Dairan, „wenn er nicht endlich sein verfluchtes Maul aufmacht. Ich will wissen, wer der Anführer der Horde war, die zwanzig meiner Kosaken im Schlaf überfallen und getötet hat.“

Vor drei Tagen war das gewesen. Die Männer waren eine halbe Tagesreise von Sibir entfernt zum Fischfang an den Irtysch gefahren. Als sie am nächsten Morgen nicht zurückkehrten, hatte man nach ihnen gesucht und die Leichen in ihrem Schlaflager gefunden. Jermak Timofejewitsch hatte sogleich eine halbe Hundertschaft und einige livländische Schützen losgeschickt, einen umherstreifenden tatarischen Reitertrupp aufzuspüren und anzugreifen.

Es war nicht schwer gewesen, auf Kutschums Reiterei zu stoßen. Seit dem Einbruch des Winters sandte der Khan immer wieder kleinere Gruppen berittener Bogenschützen aus, um die Kosaken zu beobachten und, wenn die Gelegenheit günstig war, sie mit einem Pfeilhagel zu überschütten. Der letzte Vorfall mit den zwanzig Toten hatte Jermaks Wut überkochen lassen. „Nehmt ein paar der verfluchten Schlitzaugen gefangen, und die anderen reißt in Stücke“, hatte er gebrüllt. „Es darf keiner entkommen.“

Man hatte seinen Befehl ausgeführt, und drei Gefangene waren zu Jermak zum Verhör gebracht worden. Dieser hier war der letzte. Die beiden anderen hatten trotz der Folter geschwiegen. Nicht einmal geschrien hatten sie, als Jermak ihnen die Zungen abschneiden ließ, weil sie auf keine Frage antworteten.

Jermak hatte sie zur Hinrichtung hinausbringen lassen. Er war weiß vor Zorn, und die Augen in seinem bärtigen Gesicht glühten. „Der da muss reden“, sagte er und versetzte dem am Boden liegenden Gefangenen einen Tritt. Dann riss er ihn an den Haaren hoch. „Willst du, dass ich deine Hände und Füße ins Feuer stecken lasse? Oder soll man eine lebende Katze in deinen Wanst einnähen, die deine Eingeweide von innen zerreißt, bis du langsam krepierst? Los,

Dairan, sag es ihm! Mach ihm klar, dass ich nicht nur drohe, sondern es tun werde ..."

Das Grauen hatte sie gefühllos gemacht. Eine barmherzige Stumpfheit war es, die über sie gekommen war. Nur so konnte sie es aushalten.

Aber sie wusste: Später, wenn alles vorüber war, hatte das Entsetzen sie wieder in seinem Würgegriff, dass sie kaum atmen konnte und in der Nacht zitternd auf ihrem Bett lag. Dairan wäre längst davongelaufen, wenn sie gekonnt hätte. Aber seitdem Sascha mit Jermak gesprochen hatte, ließ man sie nicht mehr aus den Augen. Wohin sie auch ging, es waren immer ein, zwei Kosaken in der Nähe, die ihr folgten, und die Wachen an den Palisaden ließen sie nicht mehr passieren. „Befehl vom Ataman, mein Täubchen", sagten sie. „Niemand darf ohne seine Erlaubnis die Stadt verlassen, auch du nicht."

Dairan kauerte sich neben den Gefangenen auf den Boden. Ein etwas dicklicher Junge war's, dessen Augen halb irre vor Angst flackerten.

Jermak hatte ihn losgelassen und stand nun vor ihm. Der Kosak, der den Gefangenen ausgepeitscht hatte, war einen Schritt zurückgetreten. Aber die Nagaika hielt er immer noch in der Hand, bereit, sofort wieder zuzuschlagen.

„Ich beschwöre dich, sag dem Ataman, was er wissen will", stieß Dairan hervor. Sie roch Urin und Kot, denn der Junge hatte vor Angst und Schmerzen unter sich gemacht. „Er lässt es nicht mit dem Auspeitschen genug sein. Er hat noch andere Einfälle, um dich zu quälen. Du hast es gehört. Bitte, sprich!" Ihre Stimme brach. Sie holte ein paar Mal tief Atem, ehe sie hinzufügte: „Ich will nicht, dass sie dich weiterhin quälen. Darum rede endlich!"

Der Junge begann zu weinen. Die Tränen liefen über sein zerschlagenes Gesicht, und er stammelte: „Ja, ja, ich will alles sagen. Nur bitte ... keine Schläge mehr!"

„Was sagt er?", wollte Jermak wissen, und Dairan antwortete: „Er will reden, Herr." Sie wandte sich wieder dem Jungen zu. „Der Ataman will wissen, wer die Reiter befehligt hat, die vor drei Tagen zwanzig Kosaken am Irtysch im Schlaf getötet haben."

„Mahmetkul", presste der Junge hervor. „Er ist wieder genesen und sendet ständig Späher aus, um euch zu verfolgen. Er wird euch wieder und wieder angreifen. Und er sammelt ein neues Heer ..."

Dann verdrehte er die Augen und fiel nach vorn. Er hatte das Bewusstsein verloren.

„Reibt ihn draußen mit Schnee ab", befahl Jermak den beiden Kosaken, die außer dem mit der Peitsche noch im Raum waren. „Das wird ihn schnell wieder zu sich kommen lassen. Und dann sperrt ihn ein. Vorläufig soll er am Leben bleiben, weil ich vielleicht noch mehr Fragen an ihn habe."

„Kann ich auch gehen, Herr", fragte Dairan, als der Junge hinaus gebracht worden war. Jermak nickte.

„Für heute brauche ich dich nicht mehr. Du hast deine Sache gut gemacht."

Gut gemacht ... gut gemacht ... Die Worte dröhnten in Dairans Kopf, als sie nach draußen stürzte. Sie rannte in den Innenhof und warf sich gegen die Einfassungsmauer. Dann rutschte sie langsam daran hinunter in den Schnee und erbrach sich.

So fand Sascha sie, als er mit einer Reiterpatrouille nach Sibir zurückkam. Jermak hatte den Trupp schon nach Sonnenaufgang fortgeschickt, um in den Siedlungen der Ostjaken den Jassak einzutreiben. Mit zwei hoch beladenen Schlitten voller Proviant und Felle hatten sie den Rückweg angetreten, aber Sascha hatte das Ausladen nicht mehr überwacht, sondern war Dairan suchen gegangen.

Das Herz blieb ihm stehen, als er sie entdeckte, ohne Pelzjacke und Mütze, nur in einem dünnen Obergewand und einer Hose aus Filz. Sie kauerte im Schnee und zitterte, und als er auf sie zurannte und sie in die Arme nehmen wollte, stieß sie ihn von sich.

„Geh! Geh weg! Und versuche nie mehr, mir nahe zu

kommen!“, gellte sie. „Ich kann keinen von euch mehr sehen! Lass mich los und verschwinde!“

„Aber was ist? Was hast du? Dairan, mein Herz, mein Leben ...“

„Nenne mich nicht mehr so!“, schrie sie außer sich. „Ihr seid Mörder und Folterknechte, und du gehörst zu ihnen. Geh endlich weg!“

„Jermak hat also wieder Gefangene foltern lassen?“, fragte Sascha gepresst. Seit Tagen war das nicht mehr vorgekommen, und Dairan hatte allmählich begonnen, sich von den Erinnerungen an die blutenden Gefangenen zu erholen.

„Ja, ja, ja!“, schrie sie. „Und ich habe es mit ansehen müssen. Oh, ihr Götter, wie soll ich das jemals ertragen!“

Er wollte sie erneut in die Arme nehmen, doch sie stieß ihn mit ihren kleinen Fäusten vor die Brust. „Geh weg, sage ich, du dreckiger, niederträchtiger Kosak!“

Er las in ihren Augen, dass sie tatsächlich meinte, was sie sagte.

„Gut“, sagte Sascha dumpf, „ich tue, was du verlangst. Aber wenn du Hilfe brauchst ...“

„Ich will keine Hilfe von dir!“, rief sie bebend. „Lass mich in Ruhe! Tu einfach so, als hätte ich nie gelebt.“

Sie kam auf die Füße und rannte durch den Schnee davon.

Jermak ließ nach Mahmetkul suchen. Tag um Tag schickte er seine Reiter aus und ließ sie das Land durchstreifen. Er selbst führte einen Trupp von ihnen an, aber es war Sascha Bunin mit seinen Leuten, der das tatarische Lager entdeckte, in dem sich der Neffe des Khans aufhielt. Es lag in einem Waldgebiet oberhalb der Demjanka-Mündung in den Irtysch, und die Kosaken umzingelten es in der Nacht.

Sie stachen die Wachen nieder oder erwürgten sie, noch ehe diese dazu kamen, einen Warnschrei auszustoßen. Dann drangen sie in das Lager ein.

Man kann es kaum glauben, aber eine halbe Hundertschaft kampferprobter, zu allem bereiter Kosaken erschlugen in dieser Nacht zweihundert tatarische Reiter. Es war ein Gemetzel, bei dem nur eine Hand voll übrig blieb, die die Flucht ergriff. Die anderen wurden niedergemacht.

Allerdings hatte Jermak befohlen, Mahmetkuls Leben zu schonen. Er wollte ihn als Faustpfand haben in der Hoffnung, dass Kutschum dann keine weiteren Überfälle mehr wagte.

Sascha Bunin drang in Mahmetkuls Zelt ein, das schon von weitem zu erkennen war durch die Standarte, die daneben in den Boden gerammt war. Drei Kosaken folgten ihm.

Mahmetkul fuhr auf seinem Lager hoch. Er hatte in seinen Kleidern geschlafen und trug einen Gürtel, an dem ein Krummdolch mit edelsteinbesetzter Scheide hing. Sascha warf sich auf ihn und schmetterte ihm die Faust gegen das Kinn. Mahmetkul schaffte es zwar noch, sein Messer zu ziehen, aber die Wucht von Saschas Schlag bewirkte, dass er blind und ungezielt zustach. Die scharfe Klinge ritzte nur Saschas Arm.

Mahmetkul wurde halb betäubt an Händen und Füßen gefesselt und ins Freie geschleppt.

Im Morgengrauen waren sie wieder in Sibir, und Kutschums oberster Heerführer wurde zu Jermak gebracht.

Mahmetkul erwartete den Tod, doch der Kosakenataman empfing ihn freundlich. Er hatte Dairan holen lassen, damit sie übersetzte, was er zu sagen hatte. Auch Sascha Bunin und einige Hauptleute waren zugegen, und Dairans ohnehin bleiches Gesicht wurde noch einen Schein blasser, als sie ihn sah. Rasch blickte sie in eine andere Richtung.

„Ich verneige mich vor einem tapferen Gegner", begann Jermak. „Nichts ist erbärmlicher, als gegen Feiglinge und Verräter zu kämpfen. Aber das seid Ihr nicht, Mahmetkul. Ihr habt großen Mut bewiesen, dass Ihr Eure Bogenschützen gegen meine Hundertschaften, die mit Kanonen und Gewehren ausgerüstet sind, in die Schlacht geführt habt. Dennoch war es ein nutzloses Unterfangen. Ihr könnt uns nicht besiegen."

„Man wird sehen", entgegnete Mahmetkul düster. Er war auffallend groß für einen Mann seiner Rasse und hatte ein scharf geschnittenes Gesicht mit dichten schwarzen Brauen und kühn blickenden Augen. „Allah weiß, dass unser Kampf gerecht ist. Wir verteidigen das Land, das uns seit Menschengedenken gehört. Deshalb wird er uns am Ende siegen lassen."

Jermak stand auf, nachdem Dairan die Worte übersetzt hatte. „Seit Menschengedenken?", wiederholte er spöttisch. „Ihr und eure Vorfahren haben Sibirien Stück um Stück erobert und die Völker, die hier lebten, unterworfen. Ihr wart zwar vor uns da, aber das heißt nicht, dass ihr für alle Ewigkeit bleiben werdet. Alles ist im Wandel begriffen, Mahmetkul, und Ihr tut gut daran, das einzusehen. Ich werde heute Abend einen Dankgottesdienst abhalten lassen, dass Ihr in meine Hände gefallen seid. Ihr seid mir sehr wertvoll, denn Khan Kutschum wird es klar werden, dass jeder weitere Kampf gegen mich und meine Männer Euer Leben gefährdet. Sendet einen Boten zu ihm, einen Eurer Krieger, die wir gefangen haben, und lasst ihn das wissen."

„Der Khan wird sich nicht beugen", erwiderte Mahmetkul. „Ihr aber mögt mit mir verfahren, wie Ihr wollt. Unser aller Leben liegt in Gottes Hand."

Dairan sah, dass Jermak eine zornige Erwiderung auf der Zunge lag, aber er beherrschte sich und sagte stattdessen: „Ich werde Euch behandeln lassen, wie es einem Gefangenen edler Abkunft zukommt. Die einzige Unbequemlichkeit, die ich Euch zumuten muss, wird vorerst sein, dass ihr in Ketten gelegt bleibt. Aber die Wachen haben strenge Anweisung, Euch mit der gebotenen Ehrerbietung zu behandeln. Es steht Euch jederzeit frei, sich bei mir zu beschweren, wenn sie es nicht tun."

Mahmetkul wurde hinausgebracht. Jermak hatte einen Raum in dem östlichen Wachturm des Palastes für ihn herrichten lassen. Unten befand sich die Wachstube, oben, nur durch eine gewundene Treppe zu erreichen, Mahmetkuls

Gefängnis. Es hatte vergitterte Fenster und eine Tür mit schweren Eisenriegeln. Immerhin war es auf Jermaks Befehl einigermaßen komfortabel eingerichtet worden, mit Teppichen, Fellen und einer breiten Lagerstatt.

Nachdem Mahmetkul fort war, wandte Jermak sich zu Sascha um. „Ich muss dir noch danken, mein Freund. Zwar hätte ich es lieber gesehen, wenn ich Mahmetkul gefangen genommen hätte, aber du warst der Glücklichere von uns beiden. Ich habe gehört, du bist bei dem Kampf verletzt worden?"

Sascha winkte ab. „Nicht der Rede wert. Ein kleiner Ritzer im Arm von Mahmetkuls Messer. In zwei, drei Tagen werde ich nichts mehr davon spüren."

„Das ist gut." Jermak schlug ihm auf die Schulter. „Ich habe nämlich dich, Iwan Kolzo und noch ein paar andere für eine besondere Aufgabe vorgesehen: Ihr sollt zu den Stroganows reisen, ihnen von unserem Sieg berichten, und dann weiter nach Moskau, um unserem allergnädigsten Zaren den bisher eingetriebenen Jassak zu bringen."

„Jetzt schon?", fragte Sascha betroffen. Er blickte zu Dairan hinüber, die auf einem Schemel neben dem Tisch saß. Sie hielt den Kopf gesenkt, sodass er ihren Gesichtsausdruck nicht erkennen konnte, aber er gewahrte, dass sie in einer Geste des Erschreckens die Hände im Schoß verkrampfte. „Wäre es nicht besser, erst nach der Schneeschmelze aufzubrechen?"

Jermak schüttelte den Kopf. „Mit Schlitten kommt ihr schneller voran. Auch die zugefrorenen Flüsse sind dann passierbar. Bei Tauwetter verwandeln sich alle Straßen und Wege in eine Schlammwüste. Außerdem eilt die Zeit. Ich brauche Verstärkung – Soldaten, Waffen, Munition. Wir haben Verluste erlitten, und wenn wir unseren Feldzug fortsetzen, werden noch mehr fallen. Der Zar muss ein neues Heer ausrüsten, wenn er sich eines Tages mit Fug und Recht Herrscher von Sibirien nennen will. In einer Woche brecht ihr auf."

Dairan war wie betäubt, als sie den Saal verließ. Sascha sollte fort, über viele tausend Werst durch Schnee und eisige Kälte bis nach Moskowien reisen? Würde er jemals zurückkehren oder irgendwo in einem Eissturm, bei einem Überfall feindlicher Nomaden oder durch ein Rudel hungriger Wölfe den Tod finden?

Vor ein paar Tagen noch hatte sie gemeint, ihn zu verabscheuen, weil er ein Kosak war. Aber gleichzeitig hatte sie um ihn gebangt, seit sie wusste, dass er die Fünfzigschaft befehligte, die Mahmetkul aufspüren sollte. Mit zitterndem Herzen hatte sie auf seine Rückkehr gewartet. Und nun ging er für viele Wochen, vielleicht sogar für immer fort ...

Dairan hatte viel Zeit in den kommenden Tagen, weil Jermak keine Gefangenen verhörte und sie nur einmal rufen ließ, als er mit Mahmetkul redete.

Sie wusste, dass Sascha, zusammen mit Iwan Kolzo, Jermaks anderem Adjutanten, längere Beratungen abhielt. Dann sah sie, wie mehrere Schlitten mit Pelzen beladen wurden, dem Kostbarsten, was Sibirien zu bieten hatte: Zobel, Weiß- und Blaufüchse, Eichhörnchen- und Bärenfelle.

Und dann kam der Vorabend von Saschas Abreise. Jermak ließ einen Gottesdienst abhalten, in dem um eine glückliche Heimkehr der Ausgesandten gebetet wurde. Aber Dairan glaubte nicht an die Macht der christlichen Gebete. Sie kannte den sibirischen Winter zu gut, in dem alles Leben unter einer mörderischen Kälte erstarb. Selbst die Nomaden, an Eis- und Schneestürme gewöhnt, verkrochen sich dann in ihren Jurten, und jeden Morgen lagen erfrorene Rentiere und Schafe im Schnee. Keiner ihrer Stammesgenossen wagte es in dieser Zeit, auf die Jagd zu gehen. Man lebte von den gesammelten Vorräten.

Dairan stand im Mauerschatten des Portals, als in der ehemaligen Moschee der Bittgottesdienst zu Ende ging. Sie hörte die Gesänge der Popen, und das ‚Kyrie eleison', in das die Kosaken einfielen, klang so schön, dass ihr Tränen in die Augen traten.

Sascha war einer der Letzten, die das Gotteshaus verließen. Als Erste kamen die Priester mit den Kirchenfahnen und Kreuzen. Sie schwenkten Weihrauchgefäße und segneten die Anwesenden noch einmal, die sich wegen der grimmigen Kälte rasch verliefen.

Sascha ging dicht an Dairan vorbei, ohne sie zu bemerken. Doch plötzlich – er war schon auf dem Vorplatz – blieb er stehen, als hätte er einen Ruf vernommen. Langsam wandte er sich um und ging ein paar Schritte zurück.

Dairan löste sich aus dem Dunkel des Torgewölbes, als zöge jemand sie an unsichtbaren Seilen auf Sascha zu. Ihr Gesicht hob sich, vom Mondlicht umflossen, hell von ihrem dunklen Filzumhang und dem Tuch ab, das sie über Kopf und Schultern geworfen hatte.

„Dairan ...", sagte Sascha, und sie hatte nicht gewusst, wie viel Sehnsucht ein Mensch in diese beiden Silben legen konnte. Er trat auf sie zu. „Es ist schön, dass ich dich noch einmal sehe. So kann ich dir Lebewohl sagen."

Er wollte nach ihren Händen greifen, doch sie legte die Arme um ihn und das Gesicht gegen seine Brust. Geh nicht fort, flehte sie stumm. Bleib bei mir ... Aber sie sprach es nicht aus, weil sie wusste, dass es sinnlos war. Jermak hatte diese Reise befohlen, und dagegen gab es keine Auflehnung.

„Ich liebe dich", sagte sie stattdessen. „Ich habe geglaubt, ich könnte mir die Gedanken an dich aus dem Herzen reißen. Aber dazu müsste man mir wohl auch das Herz gleich mit aus der Brust reißen." Dann zog sie seinen Kopf zu sich herunter und küsste ihn.

Für Sascha Bunin brach der Himmel auf.

„Dairan, mein Herz, mein Leben", stammelte er und bedeckte ihr Gesicht mit Küssen. Er drückte sie so fest an sich, dass sie leise aufschrie, doch als er sie erschrocken losließ, warf sie sich von neuem in seine Arme.

Es war ein Stück Paradies, das sie in dieser Nacht erlebten. Der nahe Abschied ließ Dairans früheren Widerstand schmelzen wie Schnee an einem lodernden Feuer, und sie wehrte sich nicht, als Sascha sie bei der Hand nahm und mit ihr zu den Nebengebäuden des Palastes lief, wo die Pferde untergebracht waren. Hier war es warm und dunkel, und sie waren allein bis auf die Tiere. Doch das leise Schnauben störte sie nicht.

Später lagen sie nackt unter einer Pferdedecke, und Dairan weinte vor Glück. „Jetzt bin ich deine Frau", sagte sie. „Du darfst mich nie mehr verlassen."

„Ich verlasse dich auch nicht", erwiderte er und küsste ihre Brüste. „Wo ich auch bin, ich werde immer bei dir sein. Ich schwöre es."

Sie richtete sich halb auf und suchte nach dem Kreuz von Vater Dimitri, das Sascha ihr vorhin zusammen mit ihren Kleidungsstücken hastig abgestreift hatte.

„Hier", sagte sie und hielt es ihm auf der flachen Hand hin. „Ich schenke es dir. Nimm es mit, es soll dich beschützen."

„Nein, es muss dich beschützen", widersprach er. „Deshalb musst du es behalten. Ich passe schon selbst auf mich auf."

Sie versuchte, ihn umzustimmen, doch er blieb bei seiner Weigerung und hängte ihr die Kette um den Hals.

Am nächsten Morgen brach die Schlittenkolonne mit Sascha, Iwan Kolzo und einigen anderen Kosaken, darunter dem Jesaulen Frol Nikititsch Osarkow, auf. Es war noch dunkel, und Jermak hatte Fackeln anzünden lassen.

Dairan sah, wie Sascha neben Iwan Kolzo in den ersten Schlitten stieg. Sie wühlten sich in das Stroh und zogen die Felldecken über sich, während Frol Nikititsch, der in der ersten Etappe das Pferd lenken sollte, die Zügel aufnahm. Er war mit Strohballen unter seinem Pelz zu doppelter Breite ausgestopft.

Kopf an Kopf standen die Kosaken auf dem weiten Platz. Jermak hatte befohlen, dass alle außer den Wachposten zu dieser Verabschiedung kamen. „Fahrt mit Gott!", brüllte er mit seiner gewaltigen Stimme, und die Kosaken fielen in den Ruf ein.

„Hoi-hoh!“, riefen die Pferdelenker, und die Schlittenkolonne setzte sich in Bewegung.

Dairan rannte neben Saschas Schlitten her. Die beißende Kälte ließ die Tränen auf ihren Wangen zu einer kleinen Eisschicht gefrieren. „Komm wieder!“, schrie sie. „Sascha, ich liebe dich! Komm wieder!“

Er rief etwas zurück, was sie nicht verstand, denn Frol Nikititsch trieb das Pferd zu einer schnelleren Gangart an. Auch die nachfolgenden Schlitten überholten Dairan, und sie blieb stehen und sah ihnen nach. Der aufstiebende Schnee hüllte alles in eine weiße Wolke. Das Schnauben und Wiehern der Pferde und die Rufe der Männer verklangen in der Ferne.

Sie fuhren über den ‚sibirischen Wolfspfad‘, jene uralte Straße, die seit jeher Pelztierjäger und Fallensteller, Abenteurer, entflohene Leibeigene und flüchtige Verbrecher entlanggezogen waren, um in den unermesslichen Weiten jenseits des Urals, dieser wilden, gnadenlosen Urlandschaft, ihre Freiheit oder das zu finden, was sie für ihr Glück hielten. Man wird es nie erfahren, wie viele an dieser Straße ihr Leben verloren haben. Es sind Unzählbare, die an Hunger und Kälte und Erschöpfung starben, die von Räubern erschlagen oder von Wölfen und Bären zerrissen wurden.

Auch Iwan Kolzo, Sascha Bunin und ihre Begleiter wussten nicht, ob sie die Reise überlebten. Der Jassak, den sie mit sich führten, über fünftausend kostbarster Felle, konnte Räuberbanden anlocken. Deshalb mieden sie jede menschliche Ansiedlung und übernachteten unter freiem Himmel, in hastig zusammengebauten Unterständen aus Kiefernästen für die Pferde, sich selbst tief einwühlend in das Stroh und die Felle im Schlitten, und niemals, ohne einen Wachposten aufzustellen.

Sie kamen schnell voran. Keine Flüsse, keine Stromschnellen mit gefährlichen Strudeln und Felsblöcken mussten mit Booten überwunden werden. Das Land war in

Schnee und Eis erstarrt, und die Pferde – ausdauernde tatarische Gäule waren es – fanden selbst auf den Passhöhen des Ural noch einen gangbaren Weg. Freilich musste man dann zeitweilig neben ihnen herlaufen, aber es waren meist nur kürzere Strecken, bis man wieder warm und behaglich zwischen Stroh und Fellen in den Schlitten saß.

Es war ein frostklirrender Tag gewesen, als die Kosaken auf ein Lager stießen, bei dem fünf Männer um ein Feuer saßen. Sie brieten zwei Schneehasen auf einem Spieß über dem Feuer, und als die Kosaken sich ihnen näherten, sprangen sie auf und griffen zu den Gewehren, die sie bei sich hatten.

Iwan Kolzo, der den ersten Schlitten lenkte, sprang herunter und hob beide Hände. „Gott zum Gruß, Brüder!", rief er fröhlich. „Wir kommen als Freunde. Ihr habt nichts von uns zu befürchten. Und wir von euch hoffentlich auch nicht."

Iwan war ein vierschrötiger Mann mit einem breitflächigen Gesicht und einem tief über die Mundwinkel herabhängenden Schnauzbart. Sein Lächeln flößte Vertrauen ein, und Sascha hatte ihn recht gern. Während der Reise hatten sie des Abends manchmal miteinander gesprochen, und Iwan hatte ihm eingestanden, dass er es müde sei, als Kosak stets mit einem Bein unter dem Galgen zu stehen. „Es war ein schönes, freies, wildes Leben, Saschenka", hatte er gesagt und ihm auf die Schulter geschlagen. „Das weißt du so gut wie ich. Keine Schandtat habe ich ausgelassen und dem Teufel mehr als einmal ins Gesicht gespuckt. Aber jetzt denke ich manchmal, dass es genug ist. Vielleicht bleibe ich in Sibirien. Der Zar oder die Stroganows werden eine Schutztruppe brauchen, um das Land endgültig zu befrieden." Er hatte gelacht. „Irgendwie hat's mir gefallen, dass ich bei diesem Feldzug zum ersten Mal in meinem Leben auf der Seite des Gesetzes gekämpft habe. Warum soll ich nicht dabei bleiben?"

Sascha hatte genickt. „Man muss das überlegen. Ich habe gehört, dass es auch in Moskau bei den Soldaten des Zaren Kosaken vom Don und dem Dnjepr geben soll. Dort ist das

Leben vielleicht weniger hart als in Sibirien, wo dir in jedem Winter der Hintern abfriert und im Sommer die Sonne dein Hirn verschmort." Er hatte dabei an Dairan gedacht. Würde sie mit ihm kommen nach Moskau – oder brachte sie es nicht fertig, ihre sibirische Heimat aufzugeben?

Die fünf Männer – es waren Pelzhändler, wie sich herausstellte, die aus der Gegend um Krassno-Tschussowoje kamen und mit den Ostjaken-Siedlungen seit Jahren einen regen Tauschhandel betrieben – ließen ihre Gewehre sinken, als sie sahen, dass keiner der Kosaken nach seiner Waffe griff.

„Dann seid willkommen", sagte ein bärtiger Mann mit einer Mütze aus Bärenfell. Er schien der Älteste und der Wortführer der Gruppe zu sein und hieß Polodnow. Seine Begleiter nannten ihn Awdej.

Die Kosaken wurden zum Essen eingeladen, freilich in der Erwartung, dass sie zu den zwei Schneehasen noch einiges dazusteuerten. Iwan Kolzo ließ getrockneten Fisch und Rentierschinken aus dem Proviantschlitten holen, dazu Fladenbrot. Freilich war alles gefroren, doch in der Feuersglut taute es rasch. Die Pelzhändler hatten Tee gekocht, dem sie einen kräftigen Schuss Schnaps hinzufügten.

„Das wärmt von innen", behauptete Polodnow mit einem Lachen. „Und so etwas tut Not in diesem verfluchten sibirischen Winter. Ihr kommt von weit her, nicht wahr? Und ihr habt voll gepackte Nartas dabei." Er deutete auf die leichten aus Baumruten geflochtenen Schlitten, die in der Regel von Hunden oder Rentieren gezogen wurden. Doch die Kosaken hatten gemeint, dass die erbeuteten tatarischen Pferde nützlicher seien. Sie hatten keine Erfahrung im Umgang mit Hunde- oder Rentierschlitten.

„Gewiss", sagte Iwan Kolzo höflich. „Es ist der Tribut, den die bisher unterworfenen sibirischen Stämme unserem allergnädigsten Herrscher, dem Zaren Iwan Wassiljewitsch, entrichtet haben. Wir bringen ihn nach Moskau, um ihn dem Zaren zu Füßen zu legen."

„Dann seid ihr also Abgesandte des Atamans Jermak Timofejewitsch?", mischte ein anderer namens Jakow sich ein. Täuschte Sascha sich, oder huschte dabei ein spöttisches Lächeln über das von Sonne, Wind und Kälte wie gegerbt wirkende Gesicht des Händlers?

„Das sind wir", entgegnete Iwan Kolzo nicht ohne Stolz. „Wir haben Sibir erobert und Khan Kutschum mit den Resten seines Heeres in die Steppe gejagt. Dort werden wir ihn nach der Schneeschmelze endgültig schlagen."

Man redete noch eine Weile über Jermaks Feldzug, dann schlugen die Kosaken ihr Nachtlager in einiger Entfernung zu den Händlern auf. Überhängende Felsen bildeten dort eine Art Grotte, die den schneidenden Wind von den Höhen des Ural fern hielt.

In der Nacht schneite es wieder, und als die Kosaken am Morgen erwachten, waren die Pelzhändler bereits aufgebrochen. Der Schnee hatte ihre Spuren verweht.

„Merkwürdig, dass sie sich so heimlich davon gemacht haben", meinte Sascha, doch Iwan Kolzo zuckte mit den Schultern.

„Sie werden es eilig gehabt haben."

Am Tag hörte der Schneefall auf, und es kam die Sonne heraus. Das Licht wurde so gleißend, dass man es nicht ertrug. Um nicht schneeblind zu werden, banden sich die Pferdelenker lange Streifen aus grobem Leinen vor die Augen, durch die sie noch einigermaßen hindurchsehen konnten, und wer im Schlitten saß, verkroch sich in die Felle und zog die Pelzmützen tief in die Stirn.

Die Passhöhe lag hinter ihnen. Dennoch ging es nicht ständig bergab, sondern es mussten immer noch kleinere Höhenzüge überwunden werden. An einem zugefrorenen Gebirgssee mit dicht bewaldetem Ufer bauten sie aus abgeschlagenen Ästen und kleinen Baumstämmchen, die der Frost gespalten hatte, einen Unterstand für die Pferde und einen zweiten für die Schlitten, in denen sie nach einer kargen, hastig hinuntergeschlungenen Hirsekascha erschöpft einschliefen.

Irgendwann erwachte Sascha Bunin, weil er meinte, ein Geräusch gehört zu haben. Er hob den Kopf aus den Felldecken und lauschte. Es war noch dunkel, und die frostklare Stille des Tages war einem heftigen Wind gewichen.

Knarrend bog er die Äste der Bäume und pfiff um ihre Kronen. Die Pferde in ihrem Unterstand waren unruhig. Sascha hörte sie schnauben und mit den Hufen scharren.

Einen Moment erwog er, aufzustehen und nachzusehen. Ach was, sagte er sich dann, Feodot und Ilja sind als Wachen eingeteilt. Es sind zuverlässige Burschen. Wenn etwas wäre, hätten sie Alarm geschlagen. Es ist nur der Wind, der mich geweckt hat und die Pferde verrückt macht.

Er legte sich zurück und genoss die Wärme der Pelzdecke, in die er sich einwickelte. Dairan, dachte er noch, wie er es jeden Abend tat, dann war er wieder eingeschlafen.

Drei Stunden später, als es hell geworden war, entdeckten sie dann das Unglück: Feodot und Ilja, die beiden Wachen, lagen mit durchschnittenen Kehlen im Schnee. Der Überfall musste rasch und gleichzeitig erfolgt sein, sodass sie keine Zeit mehr gefunden hatten, einen Schrei auszustoßen. Und die beiden Schlitten mit den Pelzen für den Zaren, die man bei den Pferden abgestellt hatte, waren verschwunden.

„Polodnow", sagte Iwan Kolzo nur. „Er und seine Kumpane sind uns gefolgt, und wir waren so dämlich, es nicht zu merken. Wie viele Stunden Vorsprung haben sie, drei, vier? Bis heute Mittag haben wir sie, und dann reißen wir ihnen den Arsch auf. Wer kommt mit?"

Sie brachen mit sechs Männern auf, darunter Sascha und Frol Osarkow. Der Rest blieb bei den Schlitten zurück.

Die Pelzhändler waren, wenn man es recht betrachtete, dumme Menschen. Oder die Habgier hatte ihren ohnehin schon kärglichen Verstand aufgefressen. Hatten sie sich wirklich eingebildet, es genüge, zwei kosakische Wachen umzubringen und dann mit einem Vermögen an kostbaren Pelzen zu verschwinden? Einfach so, als habe man einem alten Mütterchen zwei Eier geklaut? Welch eine Kurzsichtigkeit!

Iwan Kolzo und die anderen verfolgten die Jassakdiebe und Kosakenmörder auf den schnellen, wendigen Tatarenpferden. Der Wind in der Nacht hatte nicht alle Spuren verweht, und so war es ihnen ein Leichtes, die fünf Männer aufzustöbern. Es war, wie Iwan gesagt hatte: Schon gegen Mittag entdeckten sie vor sich auf einer weiten ebenen Schneefläche die schwarzen Punkte, die ihnen verrieten, dass sie auf der richtigen Fährte waren.

Kolzos Männer teilten sich, je drei von ihnen schwärmten in entgegengesetzter Richtung aus, um die Diebe zu überholen und dann in die Zange zu nehmen.

Es war die alte kosakische Angriffstaktik.

Flach über den Pferdehälsen liegend, galoppierten sie in einem weiten Bogen voran. Hinter einem Waldstück trafen sie wieder aufeinander und brauchten nur noch zu warten, bis die Schlitten mit Polodnow und seinen Kumpanen vor ihnen auftauchten. Die Fünf hatten gemerkt, dass man sie verfolgte, und versucht, ihre Rentiere zu größerer Eile anzutreiben. Auf freiem Feld war das auch möglich gewesen, doch im Wald, zwischen riesigen, von der Schneelast gebeugten Bäumen und wild wucherndem Gestrüpp, kamen sie nur langsam voran.

Polodnow lenkte den ersten Schlitten. Und er war auch der Erste, den es erwischte, noch ehe er Gelegenheit fand, sein Gewehr aus der Halterung neben dem Kutschersitz zu reißen.

Mit wildem Geschrei preschten die sechs Kosaken aus dem Dickicht hervor. Mit einem gewaltigen Satz sprang Kolzo aus dem Sattel seines Pferdes auf den vordersten Schlitten und spaltete Polodnow mit seinem Säbel den Schädel. Sein Begleiter, der hinter ihm saß, riss zwar noch seine Arkebuse hoch, um zu feuern, doch Frol Osarkow rammte ihm seine Lanze in die Brust.

Die drei noch Lebenden kippten gleich darauf, von Gewehrschüssen getroffen, aus dem Schlitten. Sie wurden noch eine kurze Strecke von den verschreckten durchgehenden Rentieren mitgeschleift, bis die Kosaken mit eiserner Faust in die aus Lederschnüren geflochtenen Geschirre griffen und die Tiere zum Stehen brachten.

Iwan Kolzo betrachtete die Toten. „Ein Jammer ist's, Brüder, dass sie niemandem mehr erzählen können, wie dämlich sie waren", sagte er und schnäuzte sich in den Schnee. „Uns zu beklauen! Ein Akt reinster Selbstzerstörung! Genauso gut hätten die Stiefelpisser sich von einer Felswand stürzen können."

Sie ließen die Toten liegen. Man würde nicht mehr viel von ihnen finden, wenn Wölfe, Bären oder anderes Raubzeug ihre Witterung aufgenommen hatten. Aus den Schlitten der Pelztierhändler nahmen sie mit, was sie brauchen konnten – Proviant, Schnaps, einen Beutel mit Geld und allerlei Waren, gegen die Polodnows Männer bei den Eingeborenen Felle eintauschten, und natürlich Waffen und Munition. Die Rentiere bekamen das Zaumzeug abgenommen und ein paar kräftige Klapse auf den Hintern, damit sie sich davonmachten. Kosaken halten sich lieber an ihre Pferde, von denen sie nun jeweils zwei vor die Schlitten mit dem zurückeroberten Zarentribut spannten. Iwan Kolzo und Frol Osarkow ritten voran, während die anderen in die Schlitten kletterten.

„Heute übernachten wir noch einmal an diesem See", sagte Kolzo. „Aber in den nächsten Tagen müssen wir den Zeitverlust aufholen. Gott gebe, dass uns nicht noch mehr solche Idioten wie Polodnow aufhalten. Ich will so schnell wie möglich nach Sibir zurück."

Aber vorerst war es nur Frol Nikititsch Osarkow, der an einem Februarmorgen mit einem Schlitten vor Jermaks Palast ankam und dort mehr tot als lebendig vom Kutschbock fiel. „Gott sei uns gnädig!", schrie er, kaum dass er zu Jermak geführt worden war. „Die Stroganows, verflucht sollen sie sein und in der Hölle schmoren, haben uns keine Unterstützung gewährt. Gleich nach Moskau haben sie die Unseren geschickt, wo der Zar sie aufhängen wird. Iwan Wassiljewitsch hat den Stroganows einen Brief geschrieben, in dem er sie beschuldigt, sie und wir hätten durch unseren Feldzug die Wogulen- und Ostjakenstämme aufgewiegelt, sodass sie die russischen Grenzbefestigungen überfallen haben und nur mit Mühe zurückgedrängt werden konnten. Wir, so hat der Zar behauptet, seien nichts als eine wilde, ungezügelte Räuberbande, die die Stroganows nach Sibirien geschickt und Russland dadurch unermesslichen Schaden zugefügt hätten. Er hat uns alle zum Tode verurteilt."

Er schwankte und fiel auf eine Bank. „Wir haben das Los geworfen, wer weiter nach Moskau ziehen und wer nach Sibir zurückreiten soll, um euch die Nachricht zu bringen. Ich bin fast Tag und Nacht gefahren. Zuerst mit zwei Pferden, aber dann ist mir das eine unterwegs verreckt. Sonst wäre ich schon vor zwei Tagen hier gewesen." Er stützte den Kopf in die Hände. „Der Satan muss dieses Sibirien geschaffen haben. Lass uns an den Don zurückkehren, Jermak, bevor wir hier alle krepieren."

„Nein", sagte Jermak Timofejewitsch hart. „Wir bleiben. Der Zar kann seinen Sinn ändern, wenn er hört und sieht, welche Schätze es hier zu holen gibt."

„Er wird Kolzo und die anderen aufknüpfen lassen, bevor sie überhaupt dazu kommen, das Maul aufzutun!", prophezeite Frol düster. „Man sagt, er sei nicht mehr ganz richtig im Kopf. Iwan den Schrecklichen nennen ihn die Leute – wegen seiner Grausamkeit und Blutgier. Wie es heißt, soll er sogar seinen eigenen Sohn, den Zarewitsch Iwan, erschlagen haben. Denkst du, dass er davor zurückscheuen wird, fünf Kosaken umzubringen? Die sind schon so gut wie tot, Ataman."

Jermak schlug mit der Faust auf den Tisch. „Und warum sind sie dann überhaupt nach Moskau gefahren, verdammt noch mal!"

„Kolzo und Bunin dachten wie du, Jermak. Sie haben die anderen dazu überredet. Der Zar werde ihnen Truppen, Waffen und Munition mitgeben, wenn er den Jassak bekommen und man ihm erklärt hat, dass wir für neue Eroberungen Unterstützung brauchen. So haben sie geredet und waren nicht davon abzubringen. Kolzo hat sogar gesagt, es wäre Verrat, euch jetzt im Stich zu lassen. Wenn die Strogarows uns nicht helfen wollen, müsse es eben der Zar tun."

Jermak schwieg eine Weile. Dann nickte er ein paar Mal. „Sie hatten Recht. Man muss das versuchen, sonst wäre alles bisher Erreichte umsonst. Und vielleicht sind Gott und der Zar ja gnädig ..." Er lachte rau. „Oder wenigstens ist der Zar klug, wenn er den Brief gelesen hat, den ich Iwan Kolzo für ihn mitgegeben habe."

Die Nachricht von Frols Rückkehr sprach sich wie ein Lauffeuer in Sibir herum. Dairan erfuhr es von dem dicken Mönch Istoma, der eine für seine Verhältnisse ganz erstaunliche, weil harmlos-väterliche Zuneigung für sie entwickelt hatte. Seit Saschas Abreise hatte er Dairan unter seine Fittiche genommen, nannte sie ‚Töchterchen' und schlug jedem Kosaken auf die Finger, der sie durch eine schweinische Bemerkung oder gar eine handgreifliche Zudringlichkeit belästigte.

Istoma hatte mit Dairans Hilfe begonnen, seine spärlichen Kenntnisse der Eingeborenensprache zu vertiefen. „Vielleicht kann ich dich eines Tages bei Jermak ersetzen", hatte er gesagt. „Es ist zu schwer für so ein zartes Schwänchen wie dich, seine Art, einen Gefangenen zu verhören, zu ertragen. So etwas muss dich doch krank machen." Er hatte sein übliches durcntriebenes Grinsen aufgesetzt. „Bürde das nur dem alten dicken Istoma auf. Der ist robuster als du. Außerdem will ich bei den Kosaken bleiben, wenn sie nach Mangaseja ziehen und womöglich noch weiter zu den großen Strömen, die in ein nördliches, uns noch unbekanntes Meer münden sollen. Jermak wird mich mitnehmen, wenn er mich als Übersetzer brauchen kann. Dann bist du wieder frei, Töchterchen, und niemand wird dich hindern, Sibir zu verlassen und mit den Deinen zu leben."

Mit den Deinen leben ... Manchmal hatte Dairan ihre Eltern vermisst, deren wieder aufgebautes Lager nur ein paar Werst von Sibir entfernt war.

Ihr Vater Tassir war indessen zweimal in die Stadt gekommen, um sie zu sehen. Und jedes Mal hatte er sie gefragt, ob sie nicht zu ihnen zurückkehren wolle. Aber abgesehen davon, dass die Wachen Weisung hatten, sie nicht aus der Stadt zu lassen, Dairan wollte auch aus freien Stücken bleiben. Sie hatte Sascha versprochen, hier auf ihn zu warten.

Doch davon wusste Istoma nichts. Dairan hatte nie mit ihm über Sascha gesprochen. Deshalb platzte der dicke Mönch auch ohne besondere Einleitung oder Rücksichtnahme damit heraus, was er von Frol Nikititsch erfahren hatte. „Eine Schande ist's", lamentierte er. „Die Stroganows haben die Unseren im Stich gelassen. Sie haben sich in die Hosen gemacht vor Angst, diese Krämerseelen, weil der Zar die Unseren zum Tode verurteilt hat. Nach Moskau haben sie sie geschickt – geradewegs zum Galgen."

Er verstummte, als er sah, dass Dairan leichenblass geworden war. Sie schwankte und wäre gefallen, wenn er ihr nicht rasch einen Schemel unter die Kniekehlen geschoben hätte. „Was ist, Töchterchen? Was hast du? Habe ich dich so erschreckt? Oh, ihr Heiligen, so sag doch was!"

„Wen hat man nach Moskau geschickt?", fragte sie mit zitternden Lippen. „Alle außer Frol Osarkow? Oder ist noch jemand mit ihm zurückgekommen?"

Als Istoma den Kopf schüttelte, begann sie zu weinen. „Warum Frol? Warum nicht Sascha? Sag mir, Istoma, warum nicht er?"

„Heiliger Stephanus", hauchte Istoma erschüttert. „Du liebst ihn? Und ich Idiot falle dermaßen mit der Tür ins Haus. Komm, Töchterchen, gib mir dafür einen Tritt in den Hintern. Oder auch drei oder vier. Ich hab's verdient. Dich so zu erschrecken – wo doch noch längst nicht alles verloren ist. Wenn er nach Moskau kommt, dein Sascha, und dem Zaren Bericht erstattet, wird Iwan Wassiljewitsch gar nicht anders können, als ihn zu begnadigen. Glaub's mir nur – es hat schon manch einer mit dem Strick um den Hals unter dem Galgen gestanden und ist wieder abgeschnitten worden."

Allmählich gelang es ihm, Dairan ein wenig zu beruhigen. Dennoch blieb die Angst und verdunkelte ihre Tage und Nächte.

Gleich nach Kolzos und Saschas Abreise hatte Jermak damit begonnen, das Gebiet hinter Sibir zu unterwerfen. Kleinere Kosakenabteilungen waren den Irtysch abwärts gezogen und bis an den Ob vorgestoßen. Seit Mahmetkul in der Hand der Kosaken war, war Kutschum scheinbar friedfertig geworden. Die Überfälle der tatarischen Reiter blieben aus, und Jermak gelang es nahezu mühelos, die einzelnen Eingeborenenstämme zum Treueid auf den Zaren zu veranlassen. Sie waren es gewohnt, seit Menschengedenken beherrscht und durch Tributzahlungen ausgeplündert zu werden. Nur die Herren wechselten, doch auch das hatte man zu ertragen gelernt. Solange die neuen Eroberer nicht alles niedermetzelten und anzündeten, ließ es sich unter einem fernen Zaren weit hinter dem Ural gewiss ebenso gut oder schlecht leben wie unter Kutschum-Khan oder sonst jemandem.

Die Kosaken hatten wie schon in Tschinga-Tura, ihrem ersten sibirischen Winterquartier, in den eroberten Gebieten so genannte Ostrogs erbaut – kleinere Befestigungen mit einem von Palisaden umgebenen Wachturm.

Zu einem dieser Ostrogs am Ufer der Tawda gelegen, brach Jermak eine Woche nach Frol Osarkows Rückkehr auf, um selbst mit den in der Nähe lebenden Stammeshäuptlingen über die Festsetzung des Jassak zu verhandeln. Dieses Mal begleitete ihn Istoma. Mit großer Zungenfertigkeit hatte er den Ataman beschwatzt, ihn statt Dairan mitzunehmen, da er indessen fast so gut wie sie mit den Eingeborenen reden könne. „Du wirst ein Halleluja singen, Jermak Timofejewitsch", hatte er behauptet, „wenn du es erlebst. Ich habe keine Mühen gescheut, diese heidnische Sprache zu erlernen, und ich werde in deinem Namen aus den schlitzäugigen Gaunern einen Tribut herauspressen, dass sie weinen und mit den Zähnen klappern. Ein Mann wie ich kann das besser als so ein zartes Vögelchen wie Dairan. Und falls es einmal mit den Halunken Ärger geben sollte, hast du immer noch einen Streiter mehr auf deiner Seite."

Lachend hatte Jermak nachgegeben. „Aber wenn du mich belogen hast", hatte er gesagt, „dann lasse ich dich nackt in den Schnee setzen und mit Wasser übergießen."

Sie wollten zwei Tage fortbleiben, und Dairan hatte einen tatarischen Schlittenlenker mit der Botschaft zu ihrer Familie geschickt, dass sie selbst Sibir nicht verlassen dürfe, aber gern ihre Eltern wiedersehen wolle. Wenn es möglich sei, sollten sie sie besuchen kommen.

Wenn sie da waren, wollte Dairan sie in ihr Zimmer führen. Die Eltern sollten sehen, dass es ihr gut ging bei den Kosaken. Vielleicht verstanden sie dann besser, dass sie nicht heimlich aus Sibir flüchten wollte. Sie würde nur fortgehen, wenn Sascha tatsächlich nicht mehr wiederkam. Aber Istoma hatte gesagt, dass noch alles möglich wäre, man dürfe die Hoffnung nicht verlieren. Daran klammerte sich Dairan mit der ganzen Kraft ihrer Liebe.

Sie hörte Schritte auf dem Gang und wandte sich zur Tür. Waren sie schon da, ihre Eltern? Oder kam einer der Kosaken zu den tatarischen Weibern, die sie auf ihren Streifzügen verschleppt und hier im ehemaligen Harem von Kutschum einquartiert hatten? Wie oft hatte Dairan Kichern und Stöhnen, aber auch lautes Jammern aus den Nebengemächern gehört – je nachdem, wie die Frauen sich mit ihrem Schicksal abfanden.

Aber die Schritte verstummten vor Dairans Tür, dann wurde sie mit einem Ruck aufgestoßen. Es war Frol Nikititsch Osarkow, der auf der Schwelle stand.

Sie wusste, dass er sie seit seiner Rückkehr beobachtete, und weder seine Nähe noch seine Blicke hatten ihr gefallen. Offensichtlich erinnerte er sich an den Tag, an dem er über sie hergefallen war und Sascha ihn fortgejagt hatte.

„Sei gegrüßt, meine Schöne", sagte Frol mit einem breiten Grinsen und warf die Tür mit einem Tritt hinter sich zu. „Endlich treffe ich dich allein an, ohne den Fettwanst Istoma. Ich hoffe, du erinnerst dich, dass du mir noch etwas schuldig bist."

Dairan wich an die Wand zurück. „Ich bin Euch gar nichts schuldig, Herr. Darum bitte ich Euch: Geht und vergesst, dass es mich überhaupt gibt. Jermak wird nicht wollen, dass Ihr ..."

Sie verstummte, als er ihr seine Hand auf den Mund presste. „Jermak ist fort, nur du und ich sind hier. Bildest du dir allen Ernstes ein, es würde ihn kümmern, wenn einer seiner Männer eine kleine tatarische Hure vögelt? Er macht es doch nicht anders, wenn er Lust darauf hat. Also komm schon!"

Grob drängte er sie zum Bett. Als Dairan sich wehrte, griff er in ihr Haar. „Stell dich nicht so an! Ich werde dich hernehmen, so oft es mir passt. Und deinen Sascha Bunin kannst du dir für alle Ewigkeit aus dem Kopf schlagen. Er ist so mausetot, wie ich lebendig bin."

Sie wehrte sich bis zuletzt. Er zerfetzte ihr Kleid, und sie biss und trat und kämpfte unter ihm, bis er ihre Schenkel mit seinem Knie auseinanderzwängte und in sie eindrang. Sein Gewicht drückte sie nieder, und es half nichts, dass sie wild mit dem Kopf hin und her schlug, um seinen Lippen zu entgehen. Er hatte Bärenkräfte, dieser Frol Osarkow.

Dairan wimmerte unterdrückt, weil er ihr Schmerzen zufügte, und er versetzte ihr eine schallende Ohrfeige, als sie nach wie vor versuchte, ihn von sich zu stoßen.

Als er endlich von ihr abließ, war ihr Mund blutig gebissen, und ihr halbnackter Körper wies blaue Stellen auf. Aus schmalen Augen blickte Frol auf sie hinunter. „Kann sein, dass ich heute Nacht wiederkomme, meine kleine tatarische Stute. Dann erwarte ich, dass du ein wenig entgegenkommender bist. Ich mag's nicht, wenn die Weiber jammern und nicht wollen oder wie ein Brett daliegen. Das hat noch jede bereut." Er lachte roh. „Aber losgeworden ist mich deshalb keine, solange ich Lust auf sie hatte."

Dairan antwortete nicht. Sie starrte nur zur Tür, und ihr Gesicht war voller Entsetzen. Ihr Vater stand dort. Er war allein, und er musste schon eine ganze Weile dort gestanden und Frols letzte Worte gehört haben.

Tassir war ein stiller, friedfertiger Mann. Dairan konnte sich nicht erinnern, ihn jemals zornig oder unbeherrscht erlebt zu haben. Er genoss großes Ansehen bei ihrem Stamm, obwohl er von schmächtiger Gestalt und ein wenig kränklich war. Aber er hatte die Gabe, in Steppen und Sümpfen oder im Urwaldgebiet der Taiga die gangbarsten Pfade für Mensch und Tier und die lebensnotwendigen Wasserstellen mit geradezu nachtwandlerischer Sicherheit zu finden. Außerdem gelang es ihm fast immer, irgendwelchen Zank unter den Stammesangehörigen zu schlichten und Zerstrittene mit einander auszusöhnen.

Aber in diesem Moment war Tassirs sonst so freundliches Gesicht von Wut und Schmerz entstellt.

Dairan richtete sich auf. Sie raffte ihr zerrissenes Gewand zusammen und wollte zu ihrem Vater hinstürzen. Wahrscheinlich hatte er Frols russisch gesprochene Worte gar nicht verstanden. Aber er hatte begriffen, was dieser riesenhafte Kosak seiner Tochter angetan hatte, und dass er sie noch weiter bedrohte. Und das genügte Tassir. Er sprang Frol Osarkow so behände an, dass dieser gar nicht dazu kam, irgendeine Abwehrbewegung zu machen.

„Du Kosakenschwein!", presste Tassir hervor. Noch im Sprung hatte er das gebogene Messer aus seinem Gürtel gerissen und stach zu. Die scharfe Klinge fuhr in Frols Brust.

Er brüllte auf wie ein wütender Stier, schüttelte Dairans Vater ab wie eine lästige Katze, versuchte, ihm seine breiten, groben Hände um den Hals zu legen, wankte und stürzte schreiend zu Boden. Seine Augen waren weit aufgerissen. Er versuchte, wieder auf die Füße zu kommen, irgendetwas zu sagen, doch er brachte nur ein Röcheln heraus und fiel kraftlos zurück. Keuchend wälzte er sich hin und her, während blutiger Schaum auf seine Lippen trat.

Tassir hatte die Tür zu Dairans Zimmer offen gelassen. Der Lärm hatte zwei Kosaken alarmiert, die nun hereinstürmten.

„Der da ...“, würgte Frol Osarkow hervor, „der gelbe Teufel hat mich ... mit dem Messer ...“

Seine Stimme erstarb. Er öffnete und schloss die Finger, als müsse er irgendetwas festhalten, und seine Füße scharrten über den Boden. Dann streckte er sich und lag still.

Jermak kam am nächsten Vormittag nach Sibir zurück. Man hatte Tassir gefesselt in ein Gelass gebracht, das als Gefängnis diente, und als Dairan darum gefleht hatte, mit ihrem Vater sprechen zu dürfen, hatte man es ihr verwehrt.

Frol Osarkow war tot, und Jermak kannte keine Gnade. Wer einen Kosaken umbrachte, musste ebenfalls sterben.

Es half nichts, dass Dairan sich dem Ataman zu Füßen warf. „Er ist mein Vater!“, flehte sie. „Euer Frol Osarkow war ein Schwein. Er hat mir Gewalt angetan, und mein Vater hat ihn dafür getötet. Würdet Ihr nicht auch jeden töten, der Eurer Tochter oder Schwester das zufügt? Bitte, habt Erbarmen.“

Sie wollte seine Beine umklammern, doch Jermak befahl, sie hinauszuführen. „Sorgt dafür, dass das Frauenzimmer Ruhe gibt. Schließt es notfalls ein. Und dann macht kurzen Prozess mit dem rachsüchtigen Väterchen. Im Sommer würde er in einen Ameisenhaufen eingegraben. Dann dauerte es länger, bis er stirbt, und er hätte Zeit, seine Sünden zu bereuen. Das geht nun nicht. Also werft ihn in ein Eisloch im Irtysch und lasst ihn ersaufen.“

Auf irgendeine Weise war die Nachricht von der bevorstehenden Hinrichtung zu Dairans Stamm gelangt. Die wenigen Männer, die nicht zu Kutschums Soldaten gehörten, kamen alle an den Fluss, und mit ihm Dairans Mutter Narym.

Dairan wollte ihren Vater begleiten, als man ihn zum Fluss führte. Sie weinte nicht mehr, und sie flehte auch nicht mehr um Gnade für ihn. Sie wusste, dass es keinen Sinn hatte.

Tassir war still und von einer beinahe steinernen Ruhe erfüllt. Er hatte getan, was er hatte tun müssen und was die Pflicht eines guten Vaters war. „Bleib zurück, Töchterchen", sagte er zu ihr. „Du musst es nicht mit ansehen. Lass uns hier Lebewohl sagen. Aber bleib nicht bei den Kosaken. Kümmere dich um deine Mutter und Großmutter Chigur. Versprich es mir."

„Ja", erwiderte sie. „Ja, ich schwöre es." Aber sie ging unbeeindruckt weiter neben ihrem Vater her.

Und dann entdeckte sie ihre Mutter, die schreiend und weinend auf die Kosaken zulief, die Tassir in einen mit Steinen beschwerten Sack hoben, den sie am Hals zubanden. Nur der Kopf schaute noch heraus.

In heller Verzweiflung versuchte Narym, ihren Mann zu befreien. Sie schrie: „Lasst ihn los! Gebt ihn frei, ihr Totschläger! Verflucht sollt ihr sein!"

Sie ließ Tassir nicht los, als man ihn über das Eis des Flusses schleifte, um ihn in dem vorbereiteten Eisloch zu versenken.

Die Kosaken lachten und schlugen mit Stöcken auf Narym ein. Und als sie fortfuhr, sie zu verfluchen, und immer noch ihren Mann umklammert hielt, gab ihr einer mit seiner Arkebuse einen Hieb über den Schädel, der so grausam war, dass Naryms Hirnschale eingedrückt wurde.

Sie sank in sich zusammen und blieb auf dem Eis liegen wie eine weggeworfene Puppe.

Dairan sah ihren Vater sterben. Kein Laut kam über seine Lippen, als das eisige Wasser nach ihm griff. Es dauerte nicht lange, bis er von den Steinen in die Tiefe gezogen wurde. Ein-, zweimal tauchte sein Kopf noch auf, dann schlug das Wasser endgültig über ihm zusammen.

Auch Jermak hatte der Hinrichtung beigewohnt. Er stand auf einer Anhöhe am Fluss, umgeben von einem halben Dutzend kosakischer Hauptleute. Als Dairan auf ihn zuging, stellte sich ihr Istoma in den Weg. Sein rundes Gesicht war voller Mitleid. Er wollte Dairan stützen und fortführen, doch sie schüttelte seinen Arm ab.

„Lass mich", verlangte sie, und ihr Gesicht war von einer wie aus Stein gemeißelten, unbegreiflichen Schönheit, trotz der Qual, die sie erfüllte. Sie blieb vor Jermak stehen, der sie mit einem undurchdringlichen Ausdruck betrachtete. „Ich gehe fort, Ataman", sagte sie. „Und du wirst mich nicht halten können. Du müsstest mich schon töten lassen, wie deine Männer meine Mutter und meinen Vater umgebracht haben. Meine Mutter hat Recht getan, als sie dich und die Deinen verfluchte. Ich tue es auch."

Sie zerrte das juwelenbesetzte Kreuz von Vater Dimitri aus ihrer Jacke, das sie seit Saschas Aufbruch ununterbrochen um den Hals trug, und hielt es hoch. „Und ich verfluche dich ebenfalls im Namen des Gottes, an den du glaubst, Jermak Timofejewitsch. Hat er nicht Liebe gepredigt? Und spuckst du ihm nicht jeden Tag durch deine Taten ins Gesicht? Sie möge bald kommen, die Stunde, in der sich mein und meiner Mutter Fluch an dir erfüllt."

Sie wandte sich ab, um davonzugehen, und Jermak riss mit einem unartikulierten Wutschrei seinen Dolch aus dem Gürtel. Er wollte ihn nach Dairan schleudern, doch da geschah etwas Seltsames. Alle sahen es, die Jermak umstanden: Er war plötzlich nicht fähig, die Hand zu heben, die das Heft umklammert hielt. Ein paar Sekunden stand er so, reglos und wie erstarrt. Dann öffneten sich seine Finger, und der Dolch fiel in den Schnee. Zwei, drei Männer wollten Dairan nach und sie festhalten, doch Jermak befahl mit einer merkwürdig fremden gepressten Stimme, als spräche nicht er, sondern irgendetwas aus ihm: „Lasst sie gehen. Ich brauche das Frauenzimmer nicht mehr."

Er fuhr sich über das Gesicht, als müsse er Spinnweben fortwischen. Jermak Timofejewitsch, der große Kosakenataman, der Sieger über Kutschum und Eroberer seines sibirischen Khanats, der weder Mensch noch Tier noch Naturgewalten fürchtete, war plötzlich von einem eisigen Hauch gestreift worden. Und vielleicht zum ersten Mal in seinem Leben empfand er Angst.

Iwan IV. Wassiljewitsch, Großfürst von ganz Russland und der erste Herrscher, der sich den Titel Zar zugelegt hatte, schrak aus einem unruhigen Schlummer auf. Im ersten Augenblick wusste er nicht, wo er sich befand. Er ächzte, als er sich aufrichtete. Die steifen, verschwollenen Glieder wollten ihm nicht gehorchen. Das Talglicht, das neben ihm auf einem geschnitzten vergoldeten Taburett stand, war halb heruntergebrannt, ebenso das Feuer in dem bis zur Decke reichenden Ofen in der gegenüberliegenden Ecke.

Iwan blinzelte und versuchte, die tränenden Augen an das rötliche flackernde Licht zu gewöhnen.

Er erkannte, dass er in einem Schreibkabinett des Kreml-Palastes war, und er erinnerte sich, dass er eine Zeit lang am Schreibpult gestanden und einer unendlich langen Liste von Namen weitere hinzugefügt hatte und manchmal auch Einzelheiten, an die er sich erinnerte.

Es waren die Namen von Toten, die Iwan hatte ermorden lassen. Sie gingen in die Tausende, und es kamen ständig noch welche hinzu. Manchmal war ihm, als seien die Toten um ihn, klagten ihn an, bedrängten ihn. Er hörte ihre Stimmen: „Gib mir meine Kinder zurück, Gossudar, die du in der Scheksna hast ertränken lassen wie einen Wurf junger Katzen." „Warum hast du meinen Mann erschlagen, Zar, und mit ihm dreiunddreißig unserer Dienstleute?" „Erinnerst du dich an die Tage in Twer, wo du neuntausend unschuldige Menschen, darunter Frauen und Kinder, durch deine Opritschniki umbringen ließest?" „Zar, gedenke der Mönche und Nonnen aus den Klöstern um Nowgorod, die in deinem Namen mit Knüppeln totgeschlagen wurden."

Es war Folter, diese Stimmen zu hören, und manches Mal marterten sie Iwan so, dass er weinend zusammenbrach und sein Ende herbeisehnte.

Er konnte sie nicht wieder lebendig machen, die Toten, aber er wollte dafür sorgen, dass in allen Klöstern seines Reiches für ihre Erlösung gebetet wurde. Er selbst tat es ebenfalls mehrmals am Tag und in den langen Nächten. „Gedenke, o Herr, der Seelen Deiner dahingegangenen Diener und Dienerinnen, die vor dem Ablauf ihrer Zeit starben ...", hatte Iwan vorhin noch ans Ende einer Totenliste geschrieben.

Er hatte sich schwach und hinfällig gefühlt und war auf die gepolsterte Bank gesunken, die hinter ihm stand. Dort war er dann eingeschlafen.

Als der Zar die Tür zum Vorsaal öffnete, salutierten die Wachen, die draußen warteten, und aus dem Schatten eines Fenstervorhangs löste sich die Gestalt von Feodosij Wjatke, Iwans Beichtvater. „Vater", sagte der Zar verwundert. „Was tut Ihr hier, mitten in der Nacht?"

„Ich habe auf Euch gewartet, Gossudar", erwiderte der Geistliche. „Man hat mir gesagt, dass Ihr mich sehen wollt."

„Wollte ich das?" Iwan strich sich über den schütteren grauen Kinnbart. „Dann habe ich es wohl vergessen. Verzeiht ..."

Feodosijs schmaler Mund verzog sich zu einem dünnen Lächeln. „Ihr könnt nicht schlafen, Gossudar. Vielleicht wird es Euch gut tun, mit mir zu reden?"

Der Zar zog die massigen Schultern zusammen. „Reden ... ja. Kommt mit, Vater. Begleitet mich in mein Schlafgemach. Ich habe große Schmerzen und muss mich niederlegen."

Überall in den prunkvollen Korridoren und Treppenhäusern des Kremlpalastes waren Wachen aufgestellt, denn der Zar hatte die Gewohnheit, des Nachts umherzuwandern, und fürchtete gleichzeitig, jemand könne ihm auflauern, um ihn zu ermorden. Es war die Furcht, die ihn seit Jahren begleitete. Ständig witterte er Verrat, er misstraute jedem, selbst seinen engsten Freunden und seiner Familie, und für die Qualen, die ihm daraus erwuchsen, hatte er sich gerächt, indem er anderen Qualen zufügte.

Iwans Leibdiener Kyrill Tscharkow wartete vor dem Schlafgemach. Er half dem Zaren in die hohe Bettstatt und entfernte sich dann rückwärts gehend zur Tür.

Als er mit Iwan allein war, setzte sich Feodosij auf einen Wink des Zaren in den geschnitzten, vergoldeten Lehnstuhl neben dem Bett. Er betrachtete Iwan und dachte: Er sieht aus wie ein Greis. Dabei ist er erst zweiundfünfzig Jahre alt. Aber welch ein Leben hat er geführt! Das hat seine Kraft zerstört.

Feodosij wusste viel von Iwan, mehr als die meisten anderen Menschen, obwohl er sicher war, dass der Zar auch ihm längst nicht alles in der Beichte anvertraute. Es gab Abgründe in seiner Seele, über die Iwan wohl niemals sprach, wenngleich Feodosij manches schaudernd ahnte.

„Ich habe", sagte der Zar unvermittelt, „vor vielen Jahren einmal eine Hymne an den Erzengel Michael geschrieben, den Wächter über Himmel und Erde. Darin habe ich darum gebeten, er möge voller Güte zu mir kommen, wenn die Zeit da ist, wo meine Seele meinen elenden Körper verlässt. Oder glaubt Ihr, Vater, er wird als schrecklicher Rächer meiner Sünden erscheinen?"

Feodosij wiegte den Kopf. Was sollte er antworten, ohne Iwans Zorn zu erregen? „Euer Volk liebt Euch, Gossudar", erwiderte er schließlich, „obwohl es durch Euch in der Vergangenheit vieles gelitten hat. Es ist ein gütiges Volk. Aber wie viel größer und gütiger ist Gott mit Seinen heiligen Engeln! Er vergibt jedem, der bereut."

„Ich bereue", murmelte Iwan. „Gott weiß, wie sehr ich bereue. Ich habe gestern dem Troize-Kloster eine goldgestickte Altardecke und einige goldene Gefäße gesandt und gebeten, man möge für meinen Sohn und mich tägliche Gebetsstunden abhalten. Oh, mein armer Iwan ... Was habe ich nur getan, als ich auf ihn einschlug! Ich schwöre es, Vater, ich wollte ihn nicht töten. Wie hätte ich so etwas über mich gebracht? Mein Fleisch und Blut war es doch, mein Söhnchen und mein Nachfolger auf dem Thron. Aber er hat mich so in Zorn versetzt, dass ich nicht mehr wusste, was ich tat, ich Verfluchter!"

„Ihr solltet Euch nicht mehr damit quälen, Gossudar", sagte Feodosij. „Ihr macht Euch selbst krank, wenn Ihr immer wieder an den Tod des Zarewitsch denkt."

Im November vor zwei Jahren war das gewesen. Der Hof und die Zarenfamilie hielten sich in der Alexandrowa Sloboda, einem fünfzig Werst von Moskau entfernten Landsitz auf. Eines Tages im November betrat der Zar allein und unangemeldet das Gemach, in dem sich Helena, die dritte Ehefrau des Zarewitsch Iwan Iwanowitsch, aufhielt. Sie war schwanger, hatte sich auf einer Polsterbank ausgestreckt und, da der Raum überheizt war, bis auf ein leichtes Untergewand alle beengenden Kleidungsstücke abgelegt. Als der Zar so unvermutet vor ihr stand, erhob sie sich rasch und wollte sich mit einer Entschuldigung zurückziehen.

Iwan war an diesem Tag besonders schlechter Stimmung. Mit wutfunkelnden Augen fuhr er auf die junge Frau los, beschimpfte sie wegen ihres Aufzugs und ihres faulen Herumliegens am hellen Tag und schlug schließlich mit seinem Possoch, dem langen, mit Gold und Silber verzierten und mit einer Eisenspitze versehenen Stab, auf sie ein.

Iwans zorniges Gebrüll und Helenas lautes Weinen riefen den Zarewitsch auf den Plan. „Was tut Ihr, Vater!", rief er. „Lasst sie in Frieden! Ihr wisst doch, dass sie ein Kind erwartet."

Helena hatte die Hände schützend gegen den Leib gepresst, als Iwan Wassiljewitsch zu einem neuen Schlag ausholte. Der Zarewitsch fiel ihm in den Arm. „Vater, um

Christi Barmherzigkeit willen, hört auf! Wollt Ihr, dass sie das Kind verliert?"

„Eine Schlampe ist sie", tobte der Zar. „Eine dreckige elende Schlampe! Sie ist schlimmer als deine beiden ersten Frauen, von denen ich dich glücklicherweise befreit habe, indem ich sie in ein Kloster steckte. Mit der da mache ich nicht so viele Umstände! Totprügeln muss man sie!"

Er wollte sich erneut auf Helena stürzen, und der Zarewitsch kämpfte mit ihm um den Possoch. Aber die rasende Wut verlieh dem Zaren die größeren Kräfte. „Du Hundesohn ...", stieß er hervor und entriss dem Zarewitsch den Stock. „Ich werde dich lehren, die Hand gegen deinen Vater zu erheben. Da ... da ... da ..., du Verräter!"

Krachend hieb er den Stock dreimal auf den Schädel des jungen Mannes. Iwan Iwanowitsch taumelte, und der Zar stach mit der Eisenspitze des Possoch zu. Er traf seinen Sohn an der Schläfe und fügte ihm eine tiefe blutende Wunde zu. Bewusstlos stürzte der Zarewitsch zu Boden.

Seine Frau erlitt in der darauf folgenden Nacht eine Fehlgeburt, und der Thronfolger starb drei Tage später an den Folgen der schweren Kopfverletzung, die ihm sein Vater zugefügt hatte. Zar Iwan war wie von Sinnen vor Entsetzen über seine Tat, und er erholte sich nie mehr davon. Er weinte oft und heftig, schrie in den Nächten wie ein Tier, wenn Albträume ihn plagten, wanderte ruhelos umher, kratzte sich die Finger blutig an den Wänden, von denen er sich erdrückt fühlte, und begann, die Bekenntnisse seiner vielen Bluttaten teilweise selbst aufzuschreiben, teilweise seinen Sekretären zu diktieren. Die schier endlosen Listen wurden später an verschiedene Klöster gesandt, begleitet von üppigen Geschenken und Iwans flehentlicher Bitte, man möge um sein und der Ermordeten Seelenheil beten.

„Wisst Ihr eigentlich, Feodosij", sagte der Zar in dieser Nacht zu seinem Beichtvater mit heiserer Stimme, „dass ich seit dem Tod des Zarewitsch nie mehr eine Krone getragen habe? Weder die Schapka Kasanskaja, die nach der Eroberung Kasans für mich angefertigt wurde, noch die Schapka des Monomach, mit der ich vom Metropoliten Makari in der Uspenskij-Kathedrale gekrönt worden bin. Ich liebe meine Kronen nicht mehr, sie sind mir zu schwer geworden, und ich möchte sie für alle Zeiten abgeben – wenn ich sie in würdige Hände legen könnte. Glaubt Ihr, dass mein Sohn Fjodor diese Hände besitzt?"

Nach Iwan Iwanowitschs Ermordung war der fünfundzwanzigjährige Fjodor offiziell zum Zarewitsch ernannt worden. Er war das ganze Gegenteil seines verstorbenen Bruders, der sich in Feldzügen hervorgetan und ein Gutteil der Grausamkeit seines Vaters geerbt hatte. Fjodor Iwanowitsch war fromm und nachgiebig, ohne eigenen Antrieb. Er verbrachte seine Zeit in Kirchen und Klöstern oder beschäftigte sich mit Gauklern und Possenreißern, die ihn zum Lachen brachten.

Feodosij Wjatke hielt nichts von diesem Zarewitsch. Das Volk sah einen heiligen Narren in ihm, einen Jurodiwy, wie sie seit jeher in Russland auf mystische Weise verehrt wurden. Doch in der engeren Umgebung des Zaren gab sich niemand einer Illusion hin: Fjodor war schwachsinnig.

„Ihr seid der Zar", antwortete Feodosij nach einer Weile vorsichtig. „Und Ihr müsst es noch lange bleiben, Gossudar. Euer jüngster Sohn Dimitri liegt noch in den Windeln. Lasst ihn größer werden und seht dann, wie er sich entwickelt."

„Dimitri stammt aus meiner siebten Ehe", widersprach der Zar. „Wisst Ihr nicht, dass unser Kirchenrecht nur drei Ehen als gültig anerkennt? Er hat also gar keinen Anspruch auf den Thron."

„Die kirchlichen Codices kann man ändern ... vielleicht. Ihr könnt es bewirken, Gossudar, wenn Ihr wieder stark und gesund seid. Deshalb hört auf, Euch durch Euren Gram selbst krank zu machen."

„Ihr sagt das Gleiche wie Boris Godunow und Bogdan Bjelskij ..." Der Zar legte sich zurück und schloss die Augen. „Aber ich bin krank ... Seht mich doch an, Feodosij. Wisst Ihr, was ich manchmal denke? Dass man mir Gift verabreicht ... Vielleicht ist es in der Medizin, die mir die Ärzte verordnen. Ich sollte sie verhaften und foltern lassen, damit sie gestehen. Robert Jacoby, Bomelius, Johann Eyloff ... Vor allem Bomelius ist ein teuflisch guter Giftmischer."

Er lachte plötzlich. Ein irres, heiseres Kichern war es, das Feodosij zusammenschauern ließ. „Er hat auf meinen Befehl manchen Verräter auf den Weg ins Jenseits gebracht. Manchmal starben sie schnell, manchmal, wenn ich wünschte, dass ihre Qualen länger dauerten, währte es Tage, bis sie ihr verfluchtes Leben aushauchten. Bomelius konnte das Gift haargenau dosieren ..."

Von einer Minute zur anderen schlug seine Stimmung um. Er war nun nicht mehr weinerlich und von Reue zerrissen, sondern richtete sich auf und starrte den Mönch in seiner schwarzen Kutte aus funkelnden Augen an.

„Aber mich werden sie nicht umbringen! Seit ich auf der Welt bin, hat man mir nach dem Leben getrachtet, aber ich habe alle Verschwörungen durchschaut und mich meiner Widersacher entledigt. Ich werde es auch dieses Mal tun, und wenn ich sie mit eigenen Händen töten müsste. Elysius Bomelius, wenn du deinem Herrscher Böses willst, bist du schon so gut wie tot."

„Erregt Euch nicht, Gossudar", warf Wjatke ein. „Ihr seht Gespenster. Warum sollten Bomelius oder Eure anderen Ärzte Euch vergiften wollen?"

„Weil die Bojaren sie gedungen haben! Ich habe viele von ihnen vernichtet, um ihrer Machtgier und ihres frechen Hochmuts willen. Aber sie sind wie siebenköpfige Drachen, die Bojaren. Schlägt man einen Kopf ab, wächst sogleich ein neuer nach. Es ist mir nicht gelungen, sie alle auszurotten. Feodosij, ich bin von Feinden und Mördern umgeben!"

Er wollte das Bett verlassen, aber die Beine versagten ihm den Dienst, und er stürzte zu Boden. Als Wjatke ihm aufhelfen wollte, sah er, dass der Zar ohnmächtig geworden war. Er kam erst wieder zu sich, als der herbeigerufene Kyrill Tscharkow ihn mit zwei anderen Dienern ins Bett trug.

„Was ist ...“, fragte Iwan mühsam. „Was war das, Feodosij?“

„Es geht Euch nicht gut, Gossudar“, antwortete der Mönch. „Euch fehlt ein langer Schlaf.“

„Schlafen, ja ...“, murmelte der Zar. „Aber ohne quälende Träume. Jacoby soll kommen. Der Engländer versteht sich darauf, mir einen wirksamen Schlaftrunk zu mischen. Und er ist, glaube ich, kein Verräter. Was glaubt Ihr, Vater?“

„Doktor Jacoby ist ein ehrenwerter Mann“, bestätigte Wjatke. „Von ihm habt Ihr gewiss nichts zu fürchten.“ Er wandte sich zur Tür. „Ich lasse nach ihm schicken.“

„Aber sagt ihm, er soll einen Diener mitbringen, der die Mixtur zuerst einnimmt. Damit ich sicher sein kann ... Ihr versteht?“

„Ich verstehe“, sagte der Mönch. Sein Gesicht lag im Dunkeln, und Iwan konnte den Blick nicht sehen, den er ihm zuwarf. Er war eine widersprüchliche Mischung aus Abscheu und Mitleid.

Die Glocken der Kremlkirchen läuteten, als die Schlitten über den Roten Platz fuhren und vor dem Spasski-Tor von den Wachen angehalten wurden. „Wer seid ihr? Was wollt ihr?“, fragte ein riesiger schnauzbärtiger Offizier, der durch seine hohe Fellmütze noch größer wirkte.

Iwan Kolzo, der den ersten Schlitten lenkte, händigte ihm zwei zusammengerollte Schreiben aus. Eines trug das Wappen der Stroganows, zwei aufrecht stehende Zobel, das andere war der Brief, den Jermak Timofejewitsch in tagelangen Mühen dem dicken Istoma diktiert hatte und in dem er dem Zaren von seinem sibirischen Eroberungsfeldzug berichtete.

„Der Teufel soll mich holen“, hatte Jermak gesagt, als er Kolzo das Schreiben mitgab, „wenn das nicht die schlimmste Plage war, seit wir aus dem Permer Land aufgebrochen sind. Lieber will ich barfuß über den Ural wandern, als noch einmal einen solchen Brief verfassen! Also hüte ihn wie eine jungfräuliche Tochter, Iwanuschka, denn ein zweites Mal setze ich mich nicht mit Istoma zum Wortedrechseln an einen Tisch. Mein Lebtag habe ich mich nicht so gequält."

Der Brief mit dem Stroganow-Wappen stammte von Nikita Stroganow, der gemeinsam mit seinem Bruder Maxim und seinem Onkel Semjon das riesige Handelsimperium leitete, und war an den Fürsten Iwan Schuiskij gerichtet. Der Fürst war einer der Günstlinge des Zaren, und Nikita Stroganow teilte ihm mit, dass man dem Befehl des allergnädigsten Gossudar Folge geleistet und den Kosaken Iwan Kolzo mitsamt seinen Begleitern auf dem schnellsten Wege nach Moskau geschickt habe. Der Herrscher möge nach Gutdünken mit ihnen verfahren, sie für ihre früheren Verbrechen aufknüpfen – oder ihnen gnädig sein. Auf jeden Fall aber solle er sich zuvor von Jermaks Abgesandten über die Eroberung von Sibir Bericht erstatten lassen.

Iwan Kolzo und die anderen mussten in einem Innenhof des Kreml warten, der an allen vier Seiten von Gebäuden umschlossen war. Nur ein Torbogen führte hinaus, durch den endlich, nach gut einer Stunde, ein Diener erschien und Kolzo und Sascha Bunin zu Fürst Schuiskij führte. Die Schlitten mit ihrer wertvollen Fracht blieben unter Bewachung der übrigen Kosaken zurück.

„Der Zar geruht, euch zu empfangen", erklärte Schuiskij. „Werft euch zu Boden, wenn er den Audienzsaal betritt, und erdreistet euch nicht, ihm ins Gesicht zu sehen." Er war ein großer beleibter Mann in einem langen mit Gold bestickten Mantel, dessen Saum mit Blaufuchsfellen besetzt war. Sein Ton war knapp und keineswegs freundlich. Iwan und Sascha warfen sich einen beunruhigten Blick zu. Was würde der Zar über sie beschließen? War es vielleicht doch Selbstmord gewesen, nach Moskau zu kommen, statt an den Don oder in die Steppe zu flüchten? Man hatte schließlich nur diesen einen Kopf zu verlieren!

Draußen war das Glockengeläut verstummt. Stattdessen hörte man die Mönche das ‚Kyrie eleison' singen. Von den Saalfenstern sah man auf die goldenen Kuppeln der Uspenskij-Kathedrale, von denen jede mit einem Kreuz geziert war. Die weißen Mauern des riesigen Bauwerks leuchteten in der Wintersonne.

Dann flogen die Türen auf, und Zar Iwan IV. Wassiljewitsch betrat den Saal. Wachen hatten ihn von der Kirche in den Kremlpalast eskortiert, die nun zurückblieben. Lediglich ein halbes Dutzend Bojaren in ihren von Gold und Juwelen steifen Gewändern begleiteten den Zaren und nahmen neben dem erhöhten Thronsitz Aufstellung.

Iwan Wassiljewitsch hatte sich von seinem ein paar Tage zurückliegenden Schwächeanfall überraschend gut erholt. Zwar stützte er sich noch immer auf seinen Stock mit der Eisenspitze, aber er konnte die drei Stufen zu seinem Sessel ohne fremde Hilfe hinaufsteigen. Fürst Schuiskij trat zu ihm.

Er sprach leise auf ihn ein, und Iwan Kolzo und Sascha konnten nicht verstehen, was er sagte. Wie es ihnen befohlen worden war, hatten sie sich bei der Ankunft des Zaren zu Boden geworfen und warteten nun, dass er das Wort an sie richtete.

„Steht auf", sagte der Zar nach einer Ewigkeit, wie es den beiden vorkam. „Da bist du mir also endlich ins Netz gegangen, Iwan Kolzo. Drei Jahre ist es her, dass ich deinen Tod beschlossen habe. Erinnerst du dich? Nach eurem dreisten Überfall auf Saraitschik war es, als der Nogaier Khan bei mir Klage gegen euch erhob, weil ihr seine Hauptstadt geplündert habt." Er sprach leise und mit einer trügerischen Sanftheit, die gefährlicher war, als wenn er geschrien hätte. „Natürlich erinnerst du dich, du Räuber und Totschläger!"

„Allergnädigster erlauchter Herrscher ...", setzte Iwan Kolzo an, doch der Zar ließ ihn nicht ausreden. „Und du?", wandte er sich an Sascha Bunin. „Warst du auch in Saraitschik dabei?"

„Ja, Gossudar. Aber ich bin nicht geflohen wie die anderen, die Ihr durch Eure Soldaten suchen ließet. Ich bin in unsere Staniza Berjosnij Polje zurückgekehrt und habe mich dort von Jermak Timofejewitsch im Namen der Stroganows für den Feldzug nach Sibirien anwerben lassen. Iwan Kolzo ist später zu uns gestoßen, als wir uns auf den Marsch ins Permer Land machten."

„Hört Ihr das, Fürst Schuiskij?" Der Zar stampfte mit seinem Possoch auf den Boden. „Einen Feldzug nennt er es, wenn er mit seinem Ataman und dessen Kosakenhorden friedliche Wogulen und Ostjakenstämme überfällt und ausraubt! Und das im Namen der Stroganows! Warum nicht gleich im Namen des Zaren!"

„Aber wir haben das Khanat von Khan Kutschum für Euch erobert, Gossudar", erwiderte Sascha. „Euer Reich ist um vieles größer geworden, und die unterworfenen Stämme haben über den gekreuzten Schwertern den Treueid auf Euch abgelegt und Euch Tribut entrichtet. Habt die Gnade und lest, was Jermak Timofejewitsch Euch hat schreiben lassen, dann werdet Ihr sehen, dass ich die Wahrheit spreche."

„Ich lese keinen Brief eines Mörders und Strauchdiebs!", fuhr der Zar auf. „Er enthält doch nur Lügen!" Er blickte zu Fürst Schuiskij hoch, der neben seinem Thronsessel stand. „Ihr sagtet, die Halunken hätten hoch beladene Schlitten dabei? Wo sind sie?"

„Im Innenhof des Palastes, Gossudar. Jermak Timofejewitsch schickt Euch den Tribut Eurer Untertanen. So steht es zumindest im Schreiben von Nikita Stroganow an mich."

„Lasst die Schlitten abladen und ihren Inhalt hierher bringen", ordnete der Zar an. Als Sascha und Iwan Kolzo sich zur Tür wenden wollten, stieß er mit der Spitze seines Possochs nach ihnen. „Ihr bleibt! Ich will mehr über euren so genannten Feldzug hören. Habt ihr Khan Kutschum besiegt?"

„Wir haben ihn aus seiner Hauptstadt Sibir vertrieben", antwortete Kolzo. „Wie es heißt, ist er mit den Resten seines

Heeres in die Steppe geflohen. Kleinere Reitertrupps haben uns immer wieder angegriffen, sobald wir weiter nach Osten vorgestoßen sind, bis es Sascha Bunin gelungen ist, den obersten Heerführer des Khans, seinen Neffen Mahmetkul, gefangen zu nehmen. Seit er nach Sibir gebracht wurde, hat Kutschum alle Überfälle eingestellt. Er fürchtet wohl, dass sein Neffe sonst dafür büßen muss."

„Ihr habt Mahmetkul in eurer Gewalt?" Die Miene des Zaren hellte sich auf. „Dann ist Kutschum ohne seinen besten Heerführer. Das ist gut, sehr gut sogar. Ich will, dass man ihn hierher bringt, diesen Mahmetkul. Ich will mit ihm reden. Kutschum ist ein alter starrsinniger Narr. Zar von Sibirien nennt er sich. Vielleicht kann sein Neffe ihm klar machen, dass es nur einen Zaren gibt, und der bin ich. Wenn Kutschum sich unterwirft, mag er in Frieden weiterleben."

Er stand auf und kam, auf seinen Stock gestützt, die Stufen vor seinem Thronsitz herunter. Vor Sascha blieb er stehen. „Du hast Mahmetkul gefangen genommen?"

„Ja, Gossudar." Zum ersten Mal wagte Sascha es, mit noch immer halb gesenktem Kopf dem Zaren flüchtig ins Gesicht zu sehen. Es war ausgezehrt, dieses Gesicht, und beherrscht von einer scharf hervorspringenden Hakennase. Wie der Schnabel eines Raubvogels sah sie aus, und raubvogelähnlich war auch der Blick des Zaren: groß, starr und stechend. Wen dieser Blick traf, geriet in Versuchung, ein Kreuz zu schlagen.

„Was ist er für ein Mensch, dieser Mahmetkul? Wenn er nach Moskau kommt und meine Macht und meine Reichtümer sieht, besitzt er dann genügend Vernunft, um zu begreifen, dass es zwecklos ist, gegen mich zu kämpfen?"

„Das muss jeder begreifen, der Euch und Eure großmächtige Stadt sieht, Gossudar."

Die Antwort schien Iwan zu gefallen, denn er verzog den vollen Mund zu einem Lächeln. „Dann soll er auf dem schnellsten Wege zu mir gebracht werden."

Er kehrte auf seinen Thronsitz zurück, weil die Saaltüren geöffnet wurden. Fürst Schuiskij hatte den Wachen draußen befohlen, die Schlitten der Kosaken zu entladen. Jetzt kamen sie herein und schleppten riesige Bündel mit sich, die sie auf den Boden legten. Iwan Kolzo und Sascha entfernten die Decken, die darum geschlagen waren, und dann weiteten sich die Augen des Zaren. Über fünftausend Felle bedeckten fast den ganzen Boden des Audienzsaales, Zobel-, Blaufuchs-, Biber- und Eichhörnchenfelle, das weiche Gold Sibiriens". Ein unermessliches Vermögen.

Zwanzigtausend Rubel hatten die Stroganows für die Ausrüstung von Jermaks Kosaken für den Sibirienfeldzug ausgegeben – eine ungeheure Summe. Doch dieser erste Tribut, den Jermak dem Zaren nach Moskau schickte, war etwa fünf Mal so viel wert. Und Zar Iwans Gier nach Reichtümern war mindestens ebenso groß wie seine Grausamkeit.

„Kommt her und kniet nieder vor mir", forderte er Kolzo und Sascha auf. Als sie gehorchten, legte er ihnen die Hände auf die gesenkten Köpfe. „Wir wollen euch gnädig sein", sagte er in offiziellem Tonfall. „Ihr habt Uns erzürnt durch eure früheren Taten und hättet den Tod verdient, ebenso alle, die zu euch gehören. Aber ihr habt indessen versucht, Uns und Russland zu dienen, und darum lassen Wir Gnade vor Recht ergehen. Fortan seid ihr keine Vogelfreien mehr, und keiner Unserer Häscher darf euch antasten. Kehrt in Frieden zurück zu eurem Ataman. Der Ewige Gott möge euch geleiten und euch Seine Huld bei allen euren Unternehmungen zum Wohle Unseres Reiches gewähren."

Wir sind begnadigt, durchfuhr es Sascha mit einer so unendlichen Erleichterung, dass er nur mit Mühe einen lauten Jubelschrei zurückhalten konnte. Vor wenigen Minuten noch hatte er sich im Geist auf dem Richtplatz draußen vor den Kremltoren gesehen oder in einem Verlies, wo, wie man wusste, mordgierige Bluthunde gehalten wurden, die jeden Gefangenen zerfleischten – und nun auf einmal segnete der

Zar ihn und gestattete ihm, demütig den Saum seines Mantels zu küssen.

Dairan, dachte Sascha glücklich, ich komme zurück! Wir werden über den Schnee fliegen, und nichts und niemand wird uns aufhalten. O Dairan, mein Herzchen, mein Leben, bald wirst du wieder in meinen Armen liegen.

Drei Tage blieben er und die anderen Kosaken noch in Moskau. Indessen hatte Zar Iwan sich dazu herabgelassen, Jermaks Brief zu lesen, in dem der Ataman dringend um militärische Unterstützung bat, dazu um Proviant und Munition. Außerdem versprach er Tributleistungen in ähnlicher Höhe für die kommenden Jahre, denn der Reichtum Sibiriens, nicht nur in Pelzen, sei nahezu unerschöpflich.

Iwan IV. befahl unverzüglich dem Wojwoden Fürst Bolchowskij, die Kosaken mit dreihundert Schützen und genügend Munition und Vorräten nach Sibir zu begleiten. Weitere Soldaten sollten im Frühsommer folgen. Er beschenkte Sascha, Iwan Kolzo und die anderen mit Ballen aus schwerem edlen Tuch und gab ihnen für ihren Ataman einen Pelzmantel, einen silbernen Becher und eine kostbare vergoldete Rüstung mit dem kaiserlichen Doppeladler auf der Vorderseite mit.

Der Winter war länger als sonst in diesem Jahr, doch er bewirkte, dass die Kosaken bei der Heimreise schnell vorankamen.

Fürst Bolchowskij und seine Soldaten waren allerdings den endlosen Tagesmärschen auf Schneeschuhen oder in einigen wenigen Schlitten nicht gewachsen. Die Kälte brachte sie fast um, und so blieben sie im Permer Land zurück mit dem Versprechen, sich gleich nach der Schneeschmelze auf den Weg nach Sibir zu machen. Kolzo ließ sie gewähren. Es hatte wenig Sinn, die Männer gnadenlos weiter zu treiben, damit sie unterwegs erschöpft zusammenbrachen. Später in Sibir würden sie schon lernen, mit den Unbilden der Natur besser fertig zu werden.

In Kutschums ehemaliger Hauptstadt wurden die Zurückgekehrten mit lautem Jubel begrüßt. Sie trafen spät am Abend ein, und die Kosaken tanzten, sangen und soffen fast die ganze Nacht lang vor Freude über die guten Nachrichten aus Moskau.

Jermak legte voller Stolz die vergoldete Rüstung an und verlas mit lauter Stimme den Brief des Zaren, den dieser mitgeschickt hatte. Iwan IV. versicherte ihn darin seiner Gnade, seines Wohlwollens und seiner inständigen Fürbitte bei Gott und allen Heiligen.

„Lang lebe unser Zar Iwan Wassiljewitsch!", rief Jermak am Ende. Und die Kosaken fielen mit donnernden Stimmen ein und schossen zwei Kanonen ab.

Nur einer war in dieser Nacht der allgemeinen Festfreude stumm und tief enttäuscht. Sascha Bunin. Er hatte erwartet, dass Dairan ihm entgegenlaufen würde, sobald ihre Schlitten in Sibir einfuhren, und später bei Jermak mit wachsender Unruhe vergeblich nach ihr Ausschau gehalten. Und dann fiel der Schlag. Istoma sagte Sascha, dass Dairan Sibir verlassen habe und wieder bei ihrem Stamm lebe.

„Sie ist im Zorn gegangen und hat Jermak verflucht", hatte der dicke Mönch mit kummervollen Augen berichtet. Dann hatte er erzählt, was geschehen war, und Sascha hatte die Hände vor das Gesicht geschlagen.

„Das wird sie weder vergessen noch verzeihen", hatte er gesagt. „Keinem von uns – auch mir nicht."

„Es sieht so aus, Söhnchen", hatte Istoma seufzend erklärt. „Dairan ist keine, die heute so und morgen anders denkt. Und selbst wenn es dir gelänge, sie zurückzuholen, so wird Jermak sie nicht mehr in seiner Nähe dulden. Als sie ihn verfluchte, ist mir fast das Herz stehen geblieben, denn Jermak hatte schon seinen Dolch gezogen, um ihn nach ihr zu schleudern. Und du weißt, dass er selbst ein flüchtendes Ren damit zu treffen vermag. Aber dann stand er plötzlich da, als wäre er nicht im Stande, den Arm zu heben, und hat sie einfach gehen lassen. Sehr merkwürdig war das, wenn man Jermak Timofejewitsch kennt."

„Hast du Dairan danach noch einmal gesehen?", fragte Sascha. „Weißt du, wo ihr Stamm jetzt ist?"

„Er ist ein Stück weiter fortgezogen, immer am Irtysch entlang, vielleicht zwei Tagesmärsche zu Fuß. Das habe ich gehört. Aber gesehen habe ich Dairan nicht mehr." Wieder seufzte Istoma. „Ich kann ja verstehen, Söhnchen, dass du mit ihr reden willst. Aber versprich dir nicht zu viel davon. Kann sein, dass dich ihre Stammesbrüder mit einem Pfeilhagel empfangen. Du solltest vorsichtig sein und dich an Jermaks Befehl halten, dass keiner von uns mehr allein die Stadt verlässt. Nimm ein Dutzend Männer aus deiner Hundertschaft mit."

Sie brachen zwei Tage nach Saschas Ankunft in Sibir auf und erreichten die Nomadensiedlung am Irtysch am nächsten Morgen.

Die Ersten, die Sascha nach Dairan fragte, waren zwei Männer, die ein Eisloch in den Fluss geschlagen hatten und mit einer Art Dreizack regungslos darauf warteten, einen herankommenden Fisch abzustechen. „Dairan ...", sagte Sascha betont langsam. „Wo ist Dairan?"

Die beiden blickten einander an. Sie wechselten ein paar Worte in ihrer Sprache, dann bedeutete der Ältere ihm, ihm zu folgen. Die Jurten lagen nur zehn Minuten entfernt hinter einer Bodenwelle. Sascha wurde in eine große Jurte geführt, die auch von innen gegen die Kälte mit Rentierfellen ausgekleidet war. Die ihn begleitenden Kosaken mussten im Freien bei den Schlitten bleiben.

Drei Männer saßen drinnen um ein Feuer, dessen dichter Qualm kaum durch die schmale Öffnung in dem spitz zulaufenden Dach abziehen konnte. Als der ältere Mann, der Sascha hergebracht hatte, ihnen erklärte, was er wollte, starrten sie ihn stumm und feindselig an. Was willst du hier, Kosak?, schienen ihre Blicke zu sagen. Wir wollen nichts mit dir zu schaffen haben. Wenn ihr auftaucht, hinterlasst ihr immer eine blutige Spur.

„Dairan", sagte Sascha wieder und begleitete seine Worte mit Gesten. „Ich will zu Dairan."

Er hatte einige Geschenke mitgebracht, in der Hoffnung, auf diese Weise jemanden zu finden, der ihn zu ihr brachte. Es waren ein paar bunte Glasperlenketten, ein Lederbeutel mit Salz und ein halbes Dutzend Unschlittkerzen, Dinge eben, die die Eingeborenen gerne gegen getrockneten Fisch und andere Lebensmittel eintauschten. Als Sascha sie auf dem mit Fellen ausgelegten Boden ausbreitete, stieß einer der Männer am Feuer sie verächtlich mit dem Fuß zur Seite. Er stand auf und blickte zu Sascha, der ihn um Haupteslänge überragte, mit einem hochmütigen Lächeln auf.

„Dairan ... Schaman", sagte er.

Das Wort fuhr Sascha wie ein Messer ins Herz. Er kannte die Bedeutung. Dairan hatte ihm einmal erzählt, dass ihre Großmutter Chigur die Schamanin ihres Stammes sei und sie bedrängte, ihre Nachfolgerin zu werden.

„Dairan ist Schamanin?", fragte er entsetzt, und der Schlitzäugige nickte.

„Ja", erwiderte er auf Russisch.

„Wo ist sie? Ich will zu ihr", bat Sascha erregt, und der Mann führte ihn zu einer etwas abseits gelegenen Jurte. Die Luft darin war schwer und kaum erträglich durch den beißenden Rauch eines Suds, der in einem Topf über dem Feuer kochte. Sascha wurde fast übel, als er eintrat – doch dann sah er sie.

Dairan lag auf einem Felllager, an dessen Kopfseite eine alte Frau saß. Sie trug ein Gewand, mit allerlei Vogelfedern und kleinen Symbolfiguren behängt und hatte eine Trommel im Schoß.

Die alte Frau sah schrecklich aus, ausgezehrt, mit schlechten Zähnen und einer Haut wie brüchiges Pergament. Ihre schwarzen Augen schienen zu glühen, als sie Sascha anblickte.

Das muss Chigur sein, durchfuhr es ihn. Die Alte machte eine abwehrende Handbewegung, als er an Dairans Lager trat. Sie war bleich wie der Tod, und ihre Augen waren verdreht und standen halb offen. Sie war ohne Bewusstsein, und manchmal zuckten ihre Glieder, als träume sie einen schrecklichen Traum, in dem sie lief und kämpfte und Angst hatte.

Als Sascha ihren Namen rief, wurde sie für einen Augenblick ruhiger, und ihr Mund verzog sich zu einem Lächeln. Doch dann stöhnte sie auf, und ihr Kopf, den sie gerade hatte heben wollen, fiel zurück.

„Dairan Schaman", sagte Saschas Begleiter wieder, und es klang ehrfürchtig.

Sascha würgte es im Halse. Als er sich zu Dairan beugen wollte, schob die alte Frau ihn mit erstaunlicher Kraft zur Seite. „Geh fort!", schrie sie in ihrer Sprache, aber Sascha verstand sie trotzdem. Er las es aus ihrem hasserfüllten Blick. Und dann fügte sie auf Russisch hinzu: „Verfluchter dreckiger Kosak!"

Dairan, bitte, dachte Sascha beschwörend, schlag die Augen auf. Spürst du nicht, dass ich bei dir bin?

Er sah, dass ihre Augenlider flatterten, doch sie blieb bewusstlos. Sie war dem Tod vielleicht näher als dem Leben. Sascha hatte sagen hören, dass Schamanen, wenn sie ihre Geistreisen in andere Welten antraten, danach oft lebensgefährlich erkrankten. Welch ein Wahnsinn, dachte er. Ein paar Sekunden lang erwog er, Dairan einfach auf die Arme zu nehmen und mit ihr nach draußen zu stürzen, dorthin, wo seine Kosaken warteten. Aber er wusste, sie würden nicht weit kommen. Die Nomaden waren gute Bogenschützen.

Und vielleicht wollte Dairan auch gar nicht mehr mit ihm leben nach allem, was ihr widerfahren war.

Er drehte sich zu dem Mann um, der ihn hergebracht hatte. „Sag du ihr, dass ich hier war ... bitte. Dairan muss es wissen." Er wiederholte die Worte ein paar Mal und begleitete sie mit entsprechenden Gesten. Der Mann verstand ihn. Ein paar Brocken Russisch hatten sie alle von Vater Dimitri und seinen Mönchen gelernt. Sie wandten sie nur meist nicht an, seit die Kosaken gekommen waren. „Njet", antwortete der Mann. „Niemals. Und du komm nie mehr hierher."

Seitdem war Sascha Bunin verändert. Alles Lachende, Fröhliche war von ihm gewichen, und wenn Jermak zu besonders kühnen Vorstößen in das noch nicht eroberte Land aufrief, war Sascha einer der Ersten, der sich dafür meldete. Ihm lag nicht mehr viel an seinem Leben.

Auch sein Verhältnis zu Jermak war anders geworden. Früher hatte Sascha ihn bewundert wegen seines Mutes und seiner Unbezähmbarkeit. Als Held war er ihm erschienen, der seine Kosaken begeistern konnte und sie siegreich in dieses wilde unbekannte Land geführt hatte. Doch inzwischen sah Sascha auch die dunkle Seite in Jermaks Charakter. Und er verzieh ihm nicht, dass er so viel Unglück über Dairan gebracht hatte.

Weil die frühere, vertraute Kumpanei zwischen ihnen verloren gegangen war, stellte Jermak ihn eines Tages zur Rede.

„Was ist los mit dir, Saschenka?", fragte er ihn eines Abends im April leichthin. „Du läufst herum wie ein Schweinchen, das sich vor dem Koch fürchtet. Wir sollten uns mal wieder anständig besaufen und über die alten verrückten Zeiten reden."

Sascha schwieg, und Jermak packte ihn bei den Schultern. „Los, los, spuck's aus. Was hast du? Ist es immer noch wegen des kleinen Hürchens?"

„Du sagst es, Ataman", erwiderte Sascha. „Aber wage es nicht noch einmal, Dairan eine Hure zu nennen, sonst ..."

„Was sonst?", fragte Jermak, und sein Griff verstärkte sich. Etwas Lauerndes lag plötzlich in seinen grauen Augen. „Sie hat mich verflucht, und ich hätte sie töten können. Aber ich habe sie am Leben gelassen, deine kostbare Dairan, und ich hätte ihr vielleicht sogar gestattet, hierher zurückzukommen, wenn sie mich recht schön darum gebeten hätte. Aber sie wollte ja nicht. Hat wohl genug von dir, das Hürchen ..."

Er lachte dröhnend, als Sascha sich auf ihn stürzen wollte, und hielt mit seinen Bärenkräften seine beiden Arme fest.

„So nicht, mein Freund. Wir werden uns doch nicht wegen eines Frauenzimmers prügeln. Die Welt ist voller Weiber. Nimm dir eine andere - meinetwegen auch zwei oder drei. Dann wirst du wieder der Alte."

Von Jermaks Standpunkt aus betrachtet, hatte er wirklich viel Geduld mit Sascha. Er ließ dessen Arme los und versetzte ihm einen leichten Stoß vor die Brust. „Komm, sieh mich nicht so an, sonst bekomme ich wahrhaftig Angst vor dir!" Wieder lachte er, und Sascha trat von ihm zurück und schüttelte den Kopf.

„Du verstehst mich nicht, Jermak Timofejewitsch", sagte er, „und es hat keinen Sinn, es dir zu erklären. Kann man einem Blinden erklären, wie herrlich der Sonnenuntergang am Don ist – oder die Pracht der wilden Kirschbäume an seinem Ufer, wenn sie blühen? Kann man einem Gehörlosen auch nur die Ahnung vom Gesang der Vögel vermitteln oder dem ‚Christ ist erstanden', das die Mönche im Troize-Kloster am Ostermorgen anstimmen?"

„Hoh-hoh!", spottete Jermak, „du bist ja unter die Dichter gegangen! Sascha Andrejewitsch, komm zur Vernunft. Wir sind Kosaken, keine weinerlichen Bettnässer. Schlag dir das Weibsstück aus dem Kopf, denn es zerstört dich, weil es abgehauen ist."

„Dairan ist gegangen, weil du ihren Vater ertränken ließest und zugesehen hast, wie die Unseren auch ihre Mutter töteten."

„Dieser schlitzäugige Hund hat Osarkow abgestochen, einen meiner Jesaulen. Hätte ich ihm dafür ein Halleluja singen sollen?"

„Er hat seine Tochter gerächt, und wenn ich hier gewesen wäre, hätte ich Osarkow ebenfalls getötet. Er war ein widerwärtiges, rohes Schwein."

„Er war ein Kosak!" Jermaks Augen funkelten. „Einer der Unseren. Sein Leben für das Leben von zwei Schlitzaugen – das ist wenig."

„Aber ich habe Dairan dadurch verloren ..."

„Du hast deinen Verstand verloren, sonst nichts! Sieh zu, dass du ihn zurückbekommst, und zwar schleunigst. So viel Getue um einen Weiberhintern! Du kannst hinter jeder Hecke einen neuen ins Gras legen ..."

„Ich wusste, du würdest es nicht verstehen", sagte Sascha und wandte sich ab. „In dieser Hinsicht, Ataman, bist du ein Krüppel."

Dass er ihn Ataman nannte, ärgerte Jermak. Es betonte eine Distanz, die früher nicht zwischen ihnen bestanden hatte.

Überhaupt war Jermak seit einiger Zeit gereizt und wurde rasch zornig. Er hatte Sorgen. Dass Zar Iwan verlangt hatte, Mahmetkul nach Moskau zu schicken, passte dem Kosakenführer absolut nicht. Er gab damit ein wertvolles Faustpfand aus der Hand, und er war sicher, dass Kutschum ihn erneut angreifen würde, sobald er davon erfuhr.

„Ein idiotischer Befehl des Zaren!", hatte Jermak noch vor zwei Tagen gebrüllt, als Mahmetkul unter Bewachung von zehn Kosaken Sibir verlassen hatte. „Er kostet mich nur meine Soldaten. Wenn ihr im Permer Land seid, tretet die Moskauer Scharfschützen mitsamt ihrem Wojwoden in den Hintern, damit sie sich endlich hierher bequemen. Sie wollen wohl in Sänften über den Ural getragen werden, die Herrchen!"

Er wartete täglich auf den Ersatz, der nicht kam, und ebenso auf den versprochenen Proviant und die Munition, die Fürst Bolchowskij mit sich führte.

Die Lebensmittelvorräte in Sibir gingen zur Neige, man musste sie bereits rationieren, und fast ein Viertel seiner Leute war am Scharbock (Skorbut) erkrankt. Die ersten Anzeichen waren harmlos, die Männer bekamen Zahnfleischbluten, und die Zähne lockerten sich. Aber wenn die Krankheit fortschritt, schrumpften ihre Muskeln, unter der Haut kam es zu Blutergüssen, die Gelenke schwollen an und verursachten Schmerzen, und zuletzt traten Luftnot und Fieber auf. Dann lagen die ehemals kräftigen Kerle wie gefällte Bäume da und waren so schwach, als könnten sie keinen Suppenlöffel mehr halten. Fünf waren bereits am Scharbock gestorben, und Istoma, der sich mit zwei Feldschern um die Kranken kümmerte, hatte heute Morgen noch gesagt, dass sie nicht die Einzigen blieben.

Wirklich, Jermak hatte große Sorgen. Er wollte tiefer ins sibirische Land vordringen, wollte den Ob und seine Nebenflüsse erkunden und neue Ostrogs an den Ufern errichten. Aber wie konnte er das mit einem derart geschwächten Heer?

Und da faselte dieser Idiot Sascha von Liebe und bezeichnete ihn, Jermak, als Krüppel, weil er die Weiber für absolut austauschbar hielt. Heute die und morgen die Nächste ...

Es gab da ein kirgisisches Sprichwort, das Jermak gefiel: Ein Weib muss sein wie der Mond; abends erscheinen und morgens verschwinden ... Na ja, zwischendurch konnten sie auch noch ein bisschen arbeiten, Fleisch einsalzen, Fische trocknen, Kürbisse und Gurken einlegen und was dergleichen Weiberarbeit mehr war ...

„Hör zu, Sotnik Sascha Andrejewitsch Bunin", rief Jermak dem Davongehenden nach. „Jaule meinetwegen um deine Dairan wie ein liebeskranker Köter. Aber hör auf, mir deswegen Vorhaltungen zu machen. Ich gestatte niemandem, über meine Befehle ein Urteil abzugeben. Ist das klar?"

„Vollkommen klar", erwiderte Sascha und wandte sich kurz um. „Ich wünsche dir noch einen schönen Tag, Ataman."

Jermak behielt Recht mit seinen Befürchtungen: Sobald Kutschum Khan erfahren hatte, dass Mahmetkul nicht mehr in Sibir war, griff er die Kosaken erneut an. Der ‚Adler der

Steppe' war zwar alt und blind geworden, aber weit davon entfernt, sich geschlagen zu geben.

Es gelang ihm sogar, einige Tataren-, Kirgisen- und Ostjaken-Stämme, die von Jermak unterworfen worden waren, aufzuwiegeln, dass sie sich wieder auf die Seite des Khans schlugen.

Karatscha, einer ihrer Stammeshäuptlinge, sandte Botschaft nach Sibir, dass er sich von Kutschum bedroht fühle, und bat um Hilfe. Jermak fiel auf die Finte herein und schickte ihm Iwan Kolzo mit vierzig Kosaken als Unterstützung. Karatscha empfing sie mit scheinbar großer Erleichterung, hieß sie als seine Retter willkommen – und in der Nacht, als sie schliefen, ließ er ihnen die Kehlen durchschneiden.

Als Jermak davon erfuhr, schwor er Kolzos Mördern grimmige Rache, nachdem indessen endlich Fürst Bolchowskij mit seinen Soldaten in Sibir eingetroffen war. Er brachte die Nachricht vom Tod Iwans IV. mit. Der Zar war schon im März gestorben, und wie es hieß, hatten mysteriöse Anzeichen schon vorher darauf hingewiesen.

„Der Zar hat Anfang des Jahres vom Kremlpalast aus einen großen Kometen am Himmel gesehen", berichtete Bolchowskij. „Er hatte die Form eines flammenden Kreuzes und stand zwischen der Verkündigungskathedrale und dem Großen Glockenturm. Der Gossudar war sicher, dass dieses Zeichen seinen Tod voraussagte, und litt große Ängste. Der Komet stand Tage und Wochen am Himmel, und später erschien ein großer, seltsamer Vogel und zog laut schreiend seine Kreise. Es hieß, er würde Iwans Tod verkünden, und so ist es offenbar auch gewesen. Weder die Astrologen noch die Zauberer, die der Zar an den Hof rufen ließ, um das Verhängnis abzuwenden, konnten etwas dagegen tun. So haben es die Boten erzählt, die nach seinem Tod durch das ganze Land ritten."

An seinem Sterbetag habe der Zar sich besser gefühlt als in all den Wochen zuvor, berichtete Bolchowskij weiter. Er habe gebadet und sich anschließend auf sein Bett gesetzt, um eine Partie Schach mit Boris Godunow zu spielen. Als er die Steine aufstellte, sei er nicht mehr im Stande gewesen, den König aufzusetzen. Die Figur entglitt seiner Hand, und der Zar fiel zurück und verlor das Bewusstsein.

In seinem Testament hatte er nun doch seinen geistig behinderten Sohn Fjodor zu seinem Nachfolger bestimmt, ihm aber einen Regierungsrat zur Seite gegeben, der aus Boris Godunow, Nikita Sacharin und den Fürsten Iwan Mstislawskij und Iwan Schuiskij bestand. Sein jüngster Sohn Dimitri, ein Kleinkind noch, sollte das Fürstentum Uglitsch erhalten.

„Gott sei dem toten Zaren ebenso gnädig, wie er es dem neuen, Fjodor Iwanowitsch, sein möge", sagte Jermak düster. In seinen Augen war Fürst Bolchowskij ein Unglücksbringer. Nicht nur, dass er die Todesnachricht von Iwan IV. überbracht hatte – kurz nach seiner Ankunft waren Iwan Kolzo und seine vierzig Kosaken im Lager Karatschas ermordet worden. Außerdem hatte Bolchowskij einen Teil seiner Soldaten bereits auf dem Marsch hierher verloren und einen weiteren krank nach Sibir geführt. Sie hatten viel zu wenig Proviant mitgenommen, sodass viele an Hunger und Entkräftung starben, und die Überlebenden berichteten, dass sie, um nicht ebenfalls zu verhungern, die Leichen ihrer Kameraden gegessen hätten.

Scharbock, die gefürchtete Mangelkrankheit, die aus kräftigen Männern schwächliche Greise machte, wütete ebenfalls unter ihnen und forderte viele Opfer. Auch Fürst Bolchowskij starb daran, zwei Wochen nachdem er in Sibir eingetroffen war.

Der Sieg über Kolzos Kosaken hatte Karatscha mutig gemacht. Er erreichte, dass sich ihm noch zwei weitere Eingeborenenstämme anschlössen, und zog schließlich mit einem großen Heer vor Sibir. Drei Monate lang belagerte er die Stadt, ohne sie einnehmen zu können. Dann wagten die Eingeschlossenen einen todesmutigen Ausbruch, und das schier Unmögliche gelang. Jermak Timofejewitsch schaffte es, seine stark dezimierte und durch Hunger und Krankheit demoralisierte Truppe zum Sieg zu führen. Oder war's nur ein letztes großes Aufbäumen vor dem endgültigen Untergang?

Immerhin war das Schlachtfeld vor Sibir mit den Leichen von Karatschas Kriegern übersät. Zwei seiner Söhne fielen im Kampf, und er selbst konnte nur mit knapper Not entkommen.

Das gab den Kosaken neuen Auftrieb. Sie gingen daran, Sibir zu einem Umschlagplatz für die Handelskarawanen aus Asien und Russland auszubauen, sie unterwarfen von neuem die abtrünnig gewordenen Eingeborenenstämme, und sie eroberten neue Landstriche weiter südlich bis zum Ischim. Fast fünfhundert Werst im Umkreis über Sibir hinaus reichte in diesem Jahr das von den Kosaken für Russland eingenommene Gebiet.

Der neue Zar Fjodor Iwanowitsch – oder vielmehr seine vier Regierungsberater, die an seiner statt über Russland herrschten, wussten dies zu schätzen. Man würde weitere Truppen über den Ural senden, um Jermaks Eroberungen zu sichern.

Russland wollte keinen Fußbreit des eroberten Landes mehr aufgeben.

Dairan kauerte neben der kranken Frau, die man ins Freie gebracht hatte. Sie hielt die Schamanentrommel im Schoß, aber sie schlug sie noch nicht. Sie blickte die Frau an, deren Gesicht grau und blutleer war. Sie hieß Tykade und hatte gestern einen Sohn geboren. Tykade hatte viel Blut verloren, und in der Nacht, so hatte ihr Mann Loon berichtet, sei ein böser Geist in sie gefahren, der ihren Körper zum Glühen gebracht und ihren Verstand verwirrt habe. Verzweifelt hatte er Dairan angefleht, diesen Krankheitsgeist auszutreiben.

Es war hoher Sommer, und man war wieder zum Ischim gezogen, wie Dairans Stamm es in jedem Jahr tat. Vater Dimitri lebte nicht mehr, und Dairan war sehr traurig darüber gewesen. Umso lieber jedoch war ihr das Kreuz geworden, das er ihr zum Abschied geschenkt hatte. Sie trug es täglich, obwohl Großmutter Chigur darüber schimpfte, weil es in ihren Augen ein Symbol für den von ihr gehassten Christenglauben und die noch mehr gehassten Russen war.

„Es hat dir nichts als Unglück gebracht", hatte sie gezetert. „Wirf es weg. Dieses verfluchte Kreuz taugt nicht für eine Schamanin."

Dairan glaubte ihr nicht. Sie war überzeugt, dass sie ihr Unglück selbst verschuldet hatte ... Alles, was ihr widerfahren war – die Trennung von Sascha, der, wie sie meinte, längst in Moskau hingerichtet worden war, die brutale Vergewaltigung durch Frol Osarkow, der Tod ihrer Eltern –, dies alles war eine von den Göttern über sie verhängte Strafe, weil sie sich so beharrlich gewehrt hatte, Schamanin zu werden. Man durfte sich nicht gegen den Willen der Götter auflehnen ...

Als Sascha an ihrem Lager gestanden hatte, ohne dass sie es wusste, hatte Dairan drei Nächte zuvor ihre erste Geistreise erlebt.

Seit sie zu ihrem Stamm zurückgekehrt war, hatte Chigur sie die uralten Riten gelehrt, die eine Schamanin kennen musste, den Großen Gesang und die sieben kleinen Gesänge, dazu die Beschwörungsformeln und Zauberlieder.

Die alte Frau hatte für Dairan einen Schamanenmantel angefertigt, der mit kleinen, hölzernen, bemalten Tiergestalten und anderen mystischen Zeichen behängt war, und ihre beiden Gehilfen hatten die Trommel hergestellt. Sie war aus Rentierhaut, wie ein vielzackiger Stern geformt, auch sie war mit Symbolen bemalt und im Inneren mit vielen kleinen Glöckchen behängt. Der Trommelschlegel war an der Unterseite mit Fell beschlagen, oben wies er wiederum Zeichnungen von Tier- und Geistergestalten auf. Dairans Kopfbedeckung war ebenfalls aus Rentierfell, eine runde Kappe, an der einige Geweihsprossen eines Rens befestigt waren. Sie sollten Dairan befähigen, mit Hilfe eines Rentiergeistes in die Ober- und Unterwelt zu reisen.

Es war eine klare Nacht gewesen, in der ein großer gelber Halbmond am Himmel stand, als Dairan Schamanin wurde.

Auf einer Waldlichtung hatten Chigurs Gehilfen ein Feuer entzündet. Dann schlugen sie ihre Trommeln, um die bösen Geister zu vertreiben. Danach erst waren Chigur und Dairan aus dem Wald getreten.

Dairan trug zum ersten Mal ihr Schamenengewand und am linken Arm die Trommel. Wie schwarze Schatten sah sie die Gestalten ihrer Stammesbrüder, die reglos in einiger Entfernung warteten. Und Dairan dachte, was sie in all der Zeit gedacht hatte, seit sie wieder bei ihrem Stamm lebte: Ich muss die Götter versöhnen, damit sie aufhören, mich und die Meinen zu bestrafen.

Chigur begann zu trommeln. Es war ein auf- und absteigender Rhythmus, dann wieder sanft einlullend, als bewege der Wind eine Grasfläche, wenn die Hand, die den Trommelschlegel hielt, nur sacht über die straff gespannte Haut strich. Dann folgten mehrere harte, rasche Schläge. Chigur bewegte die Füße im Takt, sie warf den Kopf zurück und begann zu singen.

Auch Dairan schlug nun die Trommel, sie tanzte dazu, schnell, immer schneller und begann am ganzen Körper zu zittern. Irgendwann gaben die Beine unter ihr nach, und sie sank in sich zusammen.

Die Fersen ihrer Stiefel aus Elchleder bohrten sich in den Boden, und sie hatte das Empfinden, dass ihr Leib sich aufbäumte, bis er wie eine zu straff gespannte Bogensehne war. Ich werde zerreißen, dachte sie noch, während das Dröhnen der Trommeln von überallher zu kommen und in ihrem Kopf zu explodieren schien.

Dann plötzlich war Stille um sie, und sie hörte eine Stimme: „Ich, die Herrin des Wassers, gebe dir zwei Führer zur Seite, die dich in die Unterwelt begleiten. Eine Maus, die dir behilflich sein wird, auch durch die kleinsten Spalten zu schlüpfen, und einen Fuchs, der dich lehren kann, listig und vorsichtig zu sein, aber gleichzeitig kühn und unerschrocken."

Dairan sah ihre beiden Schutzgeister; sie waren viel größer, als sie erwartet hatte, und sie versetzten sie mit großer Geschwindigkeit auf eine Ebene, auf der die Pockenmenschen lebten. Das waren die, die an den Pocken gestorben waren.

„Du wirst die Fähigkeit haben, die Pocken fortzuschicken, wenn dein Volk davon heimgesucht wird", hörte Dairan sagen. „Aber du musst noch viele Krankheiten erleiden, um sie heilen zu können. Du musst hier und jetzt daran sterben und wieder geboren werden."

Dairan bekam Angst. Sie wollte widerstreben, doch Fuchs und Maus, ihre beiden Führer, geleiteten sie an eine Felsenhöhle am Fuß des Meeres. Die Öffnung der Höhle hatte große, raubtierähnliche Zähne. Sie öffneten sich, als Dairan hindurchschritt, und schlossen sich hinter ihr. Sie war in der Höhle gefangen, und eine andere Stimme sagte: „Ich bin der Felsen, der die Erde niederdrückt, damit kein Sturm sie davontragen kann."

Am Ende der Höhle entdeckte Dairan ein großes loderndes Feuer, vor dem ein Mann saß, der es schürte. Ein riesiger Kessel hing darüber, dessen Inhalt brodelte und kochte, und der Mann packte Dairan und warf sie hinein.

Sie wollte schreien, doch die brodelnde Flüssigkeit erstickte sie, und sie dachte, dass sie jetzt sterben würde. Aber die Hitze des Kessels verbrannte sie nicht, und als der Mann sie mit einer langen geschmiedeten Zange wieder herausholte und auf einen Amboss legte, wo er ihren Kopf und ihre Gliedmaßen zerschlug, sah sie wohl, was mit ihr geschah, doch sie verspürte weder Schmerzen noch Furcht.

Der Mann nahm ihre Augen heraus und ersetzte sie durch neue. Dann fügte er ihre Knochen wieder zusammen, und sie überzogen sich mit Fleisch und Muskeln. „Geh jetzt", sagte er, nachdem er Dairans Ohren mit einem Stab durchstochen hatte. „Nun wirst du mehr hören und sehen als andere. Du wirst Krankheiten heilen und Prophezeiungen aussprechen können."

Fuchs und Maus waren verschwunden, und der Mann hob Dairan mit seinen gewaltigen Armen auf einen hohen Berg, wo er sie auf dem nackten Felsboden liegen ließ ...

Als sie erwachte, befand sie sich in dem Zelt, das sie mit Chigur teilte, und ihre Großmutter und ihre beiden Gehilfen saßen neben ihrem Lager.

Danach lag Dairan viele Tage ohne Bewusstsein, und als sie wieder zu sich kam, sagte ihr niemand, dass Sascha bei ihr gewesen war, und so hielt sie ihn für tot.

Drei Monate war das jetzt her, und in dieser Zeit hatte Dairan einige Kranke durch Beschwörungen und Kräuterextrakte zu heilen vermocht, deren Zusammenstellung sie von Chigur gelernt hatte.

Auch hatte Dairan die Männer ihres Stammes zweimal auf die Jagd geschickt, nachdem sie die Geister befragt hatte. Beide Male waren sie mit reicher Beute zurückgekehrt.

Dairan blickte die kranke Tykade an. Die Frau hatte die Augen halb geschlossen, und man sah nur das Weiße ihrer Augäpfel. Sie atmete schnell und stoßweise.

Dairan murmelte Beschwörungsformeln. Sie wiegte den Oberkörper hin und her und ließ den Schlegel langsam, mit kreisenden Bewegungen über die Haut ihrer Trommel gleiten. Dann hob sie den linken Arm, an dem eine Rassel in Gestalt eines Kranichs befestigt war. Sie schüttelte sie sacht, und das feine Sirren des metallenen Vogels mischte sich mit dem dunklen Summen der Trommel.

Dairan spürte, wie sie ihren Körper verließ. Sie wurde davongetragen in einen Wald, und sie beschwor mit lauter Stimme den Geist, der in Tykade das Fieber hervorgerufen hatte.

Als sie wieder in ihren Körper zurückkehrte, war sie sehr erschöpft. Loon, der die ganze Zeit in einiger Entfernung gestanden und furchtsam zwischen seiner Frau und der Schamanin hin und her geblickt hatte, kam zu ihr. Er stützte Dairan, und sie bat ihn um eine Schale mit Wasser und einen glühenden Ast, um sich zu reinigen.

Er holte beides aus seiner Jurte, und Dairan öffnete ihren Mantel und fuhr mit dem Ast von unten nach oben und wieder zurück über ihren Leib, ohne ihn zu berühren. Dies war das genau festgelegte Reinigungsritual, das Chigur sie gelehrt hatte. Dann trank sie das Wasser.

„Ich habe mit dem Geist gekämpft, der dein Weib krank gemacht hat. Tykade wird gesund werden", sagte sie. „Bevor ich zurückkehrte, habe ich sie zwischen frischen blühenden Blumen liegen gesehen. Wären es welke Blumen gewesen, so hätte sie sterben müssen.

Lass sie jetzt in euer Zelt zurückbringen und opfere den Göttern das Herz und die Leber eines Renkalbs. Ich komme nachher und bringe dir eine Medizin für Tykade, die du ihr eingeben musst, und einen Kräuteraufguss, mit dem man ihre Waden einreiben soll."

Es war das erste Mal, dass Dairan allein die Geister beschworen hatte, denn Chigur war zu einem anderen Stamm gerufen worden, der eine Tagesreise weit entfernt sein Lager hatte. Man hatte sie und ihre beiden Gehilfen abgeholt, und sie würden wohl einige Tage dort bleiben.

In dieser Nacht träumte Dairan von ihren Eltern. Es war nicht das erste Mal, dass dies geschah, aber es waren keine prophetischen Träume gewesen, sondern ganz alltägliche. Sie hatte ihre Mutter beim Besticken einer Felldecke gesehen, und ihren Vater, wie er auf seinen breiten Schneeschuhen mit anderen auf die Jagd ging. Ein anderes Mal hatten beide vor dem Feuer in der Jurte gesessen und einen Schneehasen gebraten. Und sie hatten nie zu Dairan gesprochen.

Doch dieses Mal war es anders. Ihre Eltern kamen ihr im Traum am Flussufer entgegen, und ihr Vater blieb vor ihr stehen. „Du musst nicht denken, meine Tochter, dass unser Tod eine Rache der Götter ist", sagte er. „Deine Mutter und ich starben, weil es uns so bestimmt war. Also hör auf, dich deswegen anzuklagen. Es war kein Ungehorsam, dass du dich geweigert hast, Schamanin zu werden, denn die Götter haben den Menschen den freien Willen gelassen."

Und ihre Mutter hatte hinzugefügt: „Wenn die Last, die du dir nun selbst auferlegt hast, allzu schwer drückt, dann wirf sie ab, mein Kind."

Dann gingen die beiden davon.

Wenn die Last allzu schwer drückt ... Dairan dachte lange über diese Worte nach. Doch ja, es war ihr eine Last, Schamanin zu sein. Sie hatte sie auf sich genommen, weil sie glaubte, es sei notwendig, und Chigur hatte sie darin bestärkt. Aber Dairan hatte schon früher von Leuten erzählen hören, die durch Träume und Prophezeiungen zu Schamanen berufen worden waren, und sich dagegen gewehrt hatten. Dennoch hatten die Götter sie nicht dafür bestraft. Sie hatten ein ganz normales Dasein geführt, diese Menschen, hatten geheiratet und Kinder bekommen und waren mit den Tierherden durch das Land gezogen. Es war ihnen nicht besser und nicht schlechter ergangen als anderen auch ...

Dairan konnte nicht mehr einschlafen in dieser Nacht. Sie lag wach und sah den neuen Tag heraufdämmern, und sie fragte sich, ob sie wirklich das Richtige getan hatte. Waren ihre Eltern im Traum zu ihr gekommen, um ihr einen anderen Weg zu zeigen?

Am Morgen kam Loon zu ihr. Sein rundes Gesicht strahlte. „Tykades' Seele ist in ihren Körper zurückgekehrt!", rief er. „Sie hat das Kleine an die Brust gelegt, und ihre Haut fühlt sich kühl und gesund an. Ich danke dir, Dairan, dass du ihr beigestanden hast ..."

Er hatte ein paar Geschenke für sie mitgebracht: einen geschnitzten Kamm aus Walrossknochen, eine Kette aus bunten Vogelfedern und einen bemalten Steinkrug. „Willst du nachher zu uns kommen und meinen Sohn sehen?", fragte er, bevor er ging, und Dairan versprach es.

Im Eingang der Jurte blieb Loon noch einmal stehen. Er

warf ihr einen zögernden Blick zu, und sie sah ihm an, dass er nicht recht wusste, ob er aussprechen sollte, was ihm auf der Zunge lag.

„Was ist?", fragte Dairan freundlich. „Hast du noch etwas auf dem Herzen, Loon?"

Er nickte seufzend. „Ich weiß nicht, ob ich es dir sagen darf ... denn Chigur hat es verboten. Aber ich denke trotzdem, dass du es wissen musst ..."

„Was denn?"

„Der Kosak war hier", platzte er heraus. „Ich meine den, mit dem du so oft in Sibir zusammen warst ... Die anderen nannten ihn Sascha."

„Sascha?", wiederholte Dairan. Ihre Stimme flatterte. „Wann ... wann war das, Loon?"

„Nach deiner ersten Geistreise", sagte er. „Du warst krank und wusstest nicht, was um dich herum vorging. Chigur und die anderen haben ihn fortgejagt." Seine Augen bekamen einen ängstlichen Ausdruck. „So, jetzt weißt du's. Aber bitte, verrate nicht, dass ich es war, der es dir erzählt hat."

Als er fort war, saß Dairan lange Zeit reglos, mit im Schoß gefalteten Händen da und starrte vor sich hin.

Sascha war hier gewesen? Dann lebte er also! Oh, ihr Götter, wenn das stimmte! Oder irrte Loon sich vielleicht, und es war jemand anderer gewesen, der zufällig hierher gekommen war und ebenfalls Sascha hieß? Oder Loon hatte den Namen falsch verstanden?

Dairan presste die Hände gegen die Schläfen. In ihrem Kopf schwirrte es, als hätte ein Schwarm Vögel sich darin eingenistet.

Bilder stiegen vor ihr auf. Sascha, wie er am Flussufer von jenem Tatarenpfeil getroffen worden war und sie die blutende Wunde ausgesaugt hatte ... Wie sie einander im Ufersand geküsst hatten ... Sein Schlitten, als er Sibir verließ und sie durch den Schnee daneben herrannte. „Komm wieder!", hatte sie gerufen. „Bitte, komm wieder ..." Und dann Frol Osarkow: „Er ist so mausetot, wie ich lebendig bin. Du wirst ihn nie wieder sehen ..." Es hatte so schrecklich wehgetan. Und trotzdem hatte Dairan später gemeint, dass sie Sascha ebenfalls nie mehr sehen wollte. Er war ein Kosak, und Kosaken hatten ihre Eltern umgebracht. Konnte man das verzeihen?

Dairan hatte sich verboten, um Sascha zu weinen, und sich selbst gehasst, wenn sie manchmal von ihm geträumt hatte.

Kosaken waren es nicht wert, dass man um sie weinte. Sie waren es nur wert, dass man sie verfluchte ...

Aber wie konnte sie Sascha Bunin verfluchen? Doch, dachte Dairan. Auch Sascha ist ein Kosak, und er wäre seinem Ataman niemals in den Arm gefallen, um meine Eltern zu retten. Oder doch?

Sie war so zwiespältig und zerrissen, dass sie nicht wusste, was sie denken sollte.

Sie brach in Tränen aus, und sie flossen halb aus Verzweiflung und halb aus der herzbebenden Hoffnung, dass Sascha lebte.

Sie musste sich Gewissheit verschaffen. Dieser Gedanke kristallisierte sich schließlich aus allen anderen heraus. Sie musste nach Sibir und nach ihm fragen ...

Man entdeckte Dairans Verschwinden erst nach drei Tagen, als Chigur zurückkehrte. Dairan hatte ihr Schamanengewand, die Trommel und die Rasseln mitgenommen, ebenso die Kette aus den getrockneten Nieren eines Bären, die ihr Kräfte verleihen sollte, und das Kreuz von Vater Dimitri. Auch fehlten ein paar Kleider, einige Lebensmittel und ein Boot, mit dem sie den Ischim flussabwärts gerudert war.

„Sie ist wie eine läufige Hündin", sagte Chigur mit böse verkniffenem Mund. „Man muss sie gewähren lassen. Eines Tages wird sie zurückkehren."

Jermak Timofejewitsch fixierte den Boten scharf, der ihm die Nachricht überbracht hatte. „Wenn du lügst", knurrte er, „lasse ich dir die Haut in Streifen abziehen."

„Ich lüge nicht“, beteuerte der rundgesichtige Ostjake. „Kutschum-Khan hat erfahren, dass eine aus Buchara kommende Handelskarawane durch Eure Stadt zieht, Herr. Er will sie vorher überfallen und ausrauben lassen.“

„Welch ein Halunke!“, empörte sich Jermak. Es war ihm völlig entfallen, dass er selbst mit seinen Männern vor gar nicht langer Zeit ebenfalls Handelskarawanen überfallen und ausgeraubt hatte.

So ist es mit den Menschen: Ihre eigenen Übeltaten vergessen sie schnell, sobald sie ein anders, besseres Leben führen. Es ist die alte Geschichte vom Splitter im Auge des Nächsten und dem Balken im eigenen.

„Wir werden Kutschums Banditen das Handwerk legen“, verkündete Jermak großmäulig im Kosakenrat, den er einberufen hatte. „Dieses Mal will ich mit von der Partie sein. Wir werden der Karawane Geleitschutz geben. Dann sollen die Räuber und Mörder nur kommen!“

Es war eine ganz simple Finte, auf die er hereingefallen war. Es gab nämlich gar keine Handelskarawane aus Buchara, es gab nur Kutschums zu allem entschlossene Krieger, die, im Uferdickicht des Irtysch verborgen, jeden Schritt der fünfzig Kosaken beobachteten, die von Sibir aufbrachen. Jermak führte sie an. Er wollte der Karawane stromaufwärts entgegenrudern, um ihr dann Geleitschutz zu geben.

Es war ein heißer, schwüler Augusttag, und die Kosaken waren froh, dass sie auf dem Wasser waren. Sie fühlten sich völlig sicher, denn sie vermuteten die Krieger des Khans weit vor sich, wo sie auf die Karawane lauerten.

Die Kosaken sangen und lärmten und merkten keine Minute lang, dass sie vom Ufer her verfolgt wurden.

Als die Nacht hereinbrach, schlugen sie ihr Lager auf einer Insel auf, die nur durch einen schmalen Seitenarm vom Irtysch getrennt war. Jermak fühlte sich so sicher, dass er nicht einmal Wachen aufstellen ließ.

Die Tataren, die sie die ganze Zeit über ungesehen begleitet hatten, teilten sich. Ein Trupp überholte das Kosakenlager, während die anderen zurückblieben, um beim Angriff die Falle zuschnappen zu lassen.

Es war eine mondlose Nacht. Die tagelange Schwüle entlud sich in einem heftigen Unwetter. Blitz und Donner folgten Schlag auf Schlag, der aufkommende Sturm fuhr jaulend in das Uferdickicht, in Bäume und Büsche und verwandelte den Irtysch in einen reißenden Strom. Dazu prasselte der Regen vom Himmel, als wolle er die Erde ertränken.

Der Tod kam lautlos. Ihre Messer zwischen den Zähnen, so schwammen die Tataren über den stillen Seitenarm des Flusses, krochen an Land und überfielen die Kosaken im Schlaf. Sie schnitten ihnen die Kehlen durch und erschlugen diejenigen, die benommen auffuhren und nach ihren Waffen greifen wollten.

Durch das Stöhnen der Sterbenden geweckt, versuchte Jermak mit denen, die noch lebten, Widerstand zu leisten. Er brüllte Befehle, hieb mit Schwert und Dolch auf die Menge der Tataren ein, die sich wie ein wütender Hornissenschwarm auf ihn stürzten. Aber es war zu spät.

Zwar schafften er und einige seiner Männer noch, sich bis zum Flussufer durchzukämpfen, wo sie hofften, sich in die Boote zu retten, doch der Sturm hatte sie fortgerissen.

Von allen Seiten wurde Jermak attackiert. Aber seine Rüstung, die ihm Zar Iwan geschenkt und die er auch in der Nacht nicht abgelegt hatte, hielt Pfeile und Schwerthiebe ab. Dann jedoch traf ihn ein Pfeil ins Auge.

Er schrie auf, kämpfte aber weiter und stürzte sich schließlich in den Fluss in der Hoffnung, schwimmend das andere Ufer zu erreichen.

Doch da wurde ihm die Rüstung, auf die er so stolz war, zum Verhängnis. Sie zog ihn unaufhaltsam in die Tiefe.

Jermak kämpfte gegen den Sog an. Er ruderte wild mit Armen und Beinen, als das Wasser über ihm zusammenschlug. Ich will nicht sterben, dachte er, während er keine Luft mehr bekam. Ich will leben ...

Es brodelte und rauschte in seinem Kopf, ein schreckliches Dröhnen wurde daraus. Er riss den Mund auf, um zu schreien. Es gelang ihm noch einmal, an die Oberfläche zu kommen, ein paar Sekunden nur, in denen er gurgelnd Luft in seine Lungen pumpte. Ein Pfeilhagel ging vom Inselufer auf ihn nieder, und er versank von neuem in der dunklen Tiefe. Das Letzte, was er dachte, war: Dairans Fluch ... Er hat mich eingeholt ...

Sein Leichnam wurde am nächsten Tag an einer seichten Stelle ans Ufer gespült.

Nur drei von fünfzig Kosaken hatten dem Überfall entkommen können. Sie brachten die Nachricht vom Tod ihres Atamans nach Sibir. Es war der 5. August des Jahres 1584.

Dairan wusste nichts von Jermaks Ende, als sie vier Tage später im Schutz der Dunkelheit um die Wälle und Palisaden der alten Hauptstadt Khan Kutschums schlich. Sibir wurde streng bewacht. Überall brannten Feuer und patrouillierten Kosaken. Nach dem anfänglichen schrillen Entsetzen über den Tod ihres Anführers befürchteten die hundertfünfzig Männer, die in Sibir zurückgeblieben waren, dass Kutschum nun die Stadt angreifen werde. Viele hatten auf der Stelle fliehen wollen. „Nur fort aus diesem verfluchten Land, in dem wir alle verrecken werden!", hatten sie gebrüllt. „Lasst uns an Beute mitnehmen, was wir schleppen können, und dann in Eilmärschen an den Don zurückkehren!"

Andere wieder hatten vor einem überstürzten Aufbruch gewarnt. Vor allem der nach Jermaks Tod eilig gewählte Kosakenrat, dem auch Sascha Bunin angehörte, war gegen eine solche regellose Flucht gewesen. „Wenn wir abziehen, dann nur gemeinsam! Anders können wir uns nicht durchschlagen. Oder wollt ihr, dass man über euch herfällt und wie räudige Hunde erschlägt?", hatte Sascha in die Versammlung gerufen, die auf dem Platz zwischen Kutschums Palast und der ehemaligen Moschee zusammengetreten war.

Die Meinungen waren hin und her gegangen. Die einen wollten weiterhin auf der Stelle aufbrechen, um einem Angriff Kutschums zu entgehen, andere hielten es für klüger, zunächst Späher auszusenden, ob tatsächlich ein tatarisches Heer auf Sibir marschierte, und gleichzeitig einen geordneten Abmarsch vorzubereiten. In der Stadt bleiben wollte freilich niemand mehr. Es schien alles verloren seit Jermaks Ende.

Die Vernünftigen setzten sich schließlich durch. Vater Matwej Jefremowitsch, einer der drei Popen, hatte sich zu ihrem Wortführer gemacht. „Wir sind nur stark, wenn wir zusammenbleiben, Brüder", hatte er von den Stufen der Moschee in die Menge gerufen. „Bedenkt, was für ein Marsch uns bevorsteht – mitten durch feindliches Gebiet. Denn die Stämme, die wir unterworfen haben, werden wieder unsere Feinde sein und auf ihren Zar Iwan geleisteten Treueid scheißen. Wir können sie uns nur vom Hals halten, indem wir ihnen Angst einjagen, wir alle miteinander."

Das Bürschchen Strekosa schwenkte die Arme. „Der Pope hat Recht. Nur so kann es gehen!" Er verstummte, weil der dicke Istoma ihm einen Tritt vors Schienbein gegeben hatte.

„Seit wann redest du dem Popen nach dem Mund? Glaubst du, er erlaubt dir, beim Abzug noch ein paar goldene Altargefäße mitzunehmen?"

„Der nicht!", maulte Strekosa. „Der schleppt alles allein weg, der gierige Hund."

Nun ja ... es war sicherlich nicht fein, einen Diener Gottes so zu bezeichnen. Andererseits redete und benahm sich Vater Matwej auch nicht immer wie ein solcher. Er hätte ja auch sagen können: Sie werden auf ihren Treueid pfeifen ... Und sich nicht so schamlos an der Beute, die man in Sibir gemacht hatte, bereichern müssen ...

Immerhin war es nun beschlossene Sache, dass man als geordnetes Kosakenheer abziehen würde, zu Pferd und mit so vielen Wagen, wie man herrichten konnte. Etliche mussten noch in aller Eile gebaut werden, weil die vorhandenen nicht ausreichten, um alles zu verladen, was man mitnehmen wollte: den verbliebenen Proviant, die Munition, die sie noch besaßen – und natürlich vor allem das, was man während dieses Feldzugs erbeutet hatte. Schließlich wollte keiner als armer Mann nach Mütterchen Russland zurückkehren ...

Die ausgesendeten Späher kamen mit der beruhigenden Nachricht zurück, dass weit und breit nichts von einem anrückenden tatarischen Heer zu sehen sei, und so legte sich die allererste Panik.

Gelegentlich kam sogar etwas wie Freude bei den Aufbruchsvorbereitungen auf. Sie kehrten heim. Sie würden ihre Familien wiedersehen, den Don, die heimatlichen Steppen ... o ihr Heiligen, welch eine Aussicht! Die Erde würde man küssen, wenn man wieder daheim war ...

Es war Strekosa, der Dairan am Morgen entdeckte. Es war ihr gelungen, sich in der Dunkelheit vor den Nachtposten zu verbergen, und sie hatte ein paar Stunden in einem Gehölz neben den Befestigungswällen geschlafen. Sie war sterbensmüde gewesen, dazu hungrig und durstig, aber sie hatte nicht gewagt, sich den Kosaken zu zeigen. Wenn Jermak erfuhr, dass sie hier war, würde er sie vielleicht töten lassen, hatte sie gedacht.

Dairan erinnerte sich noch genau an den Moment, wie er seinen Dolch nach ihr hatte werfen wollen und es in der letzten Sekunde nicht getan hatte. Warum, wusste sie nicht. Es war immer schwer gewesen, Jermak zu durchschauen. Er konnte freundlich und verständnisvoll sein, sogar von lärmender Fröhlichkeit, und in der nächsten Minute von einer unbegreiflichen, grausamen Härte.

Dairan war mit ihrem Boot den Ischim hinuntergefahren. Dann hatte sie es im Uferschilf versteckt und war zu Fuß weitergewandert. Es war Sommer, und sie richtete sich nach den Sternen. Dieses Wissen hatte sie von ihrem Vater Tassir gelernt, der ihr die Sternbilder erklärt hatte, wenn sie in ihr Sommer- oder Winterquartier gezogen waren. Die Sterne wiesen immer den richtigen Weg.

Unterwegs hatte Dairan Aufnahme in fremden Nomadenzelten gefunden. Man hatte ihre Schamanentrommel gesehen und ihr respektvoll ein Nachtlager und Essen gewährt. Das letzte Stück Weg hatte ein alter Ostjake sie auf seinem zweirädrigen Karren mitgenommen, vor den er zwei Hunde gespannt hatte.

Morgen, hatte Dairan gedacht, als sie sich mit ihrem Bündel in dem Gehölz vor Sibir zum Schlafen niedergelegt hatte, morgen muss ich zusehen, dass ich jemanden treffe, den ich nach Sascha fragen kann, ohne dass er mich an Jermak verrät. Weiter hatte sie nicht gedacht. Sie wollte nur wissen, ob Sascha lebte ...

Sie erwachte von lärmenden Stimmen. Es war hell, und die Sonne schien von einem vor Hitze flirrenden, fast weißen Himmel. Auf der staubigen Straße, die nach Sibir führte, hatten die Wachposten eine Gruppe von Ostjaken aufgehalten, die große Körbe mit Gemüse, Gurken und Kürbissen schleppten, die sie in der Stadt verkaufen wollten.

Der Hunger ließ Dairans Magen schmerzen, und sie wagte sich aus ihrem Versteck hervor. Und da entdeckte sie Strekosa. Der schmächtige Kosakenbengel mit dem bartlosen Gesicht hatte seine Mütze keck in die Stirn geschoben und begutachtete den Inhalt der Körbe. Er wühlte darin herum und fluchte gottserbärmlich, als er unter den Bohnen und Gurken, den Kohlköpfen und dem Wurzelgemüse halb verfaultes Zeug entdeckte.

„Zur Hölle mit euch!", schrie er empört. „Wollt ihr uns bescheißen? Ihr habt euch wohl eingebildet, wir würden euch die Körbe abkaufen, ohne den Inhalt genau in Augenschein zu nehmen? Oh, ihr Idioten! Hat euch niemand gesagt, dass ihr eher den Teufel übers Ohr hauen könnt als einen Kosaken?"

Er warf den Inhalt der Körbe auf den Boden und rannte einem Kohlkopf nach, der pfeilgeschwind die abschüssige Böschung hinunter rollte, hinter der Dairan die Szene beobachtete.

Strekosa stieß einen überraschten Schrei aus. „Heh, bist du nicht ... . natürlich bist du's. Du lieber Himmel, Sascha wird überschnappen, wenn er hört, dass du hier bist!"

„Dann lebt er also", stieß Dairan hervor. „Er ist aus Moskowien zurückgekehrt?"

Strekosa feixte. „Hast du von ihm etwas anderes erwartet? So einen muss man dreimal totschlagen, ehe er endlich krepiert. Der Zar hat ihn begnadigt – und uns alle mit ihm. Niemand darf uns mehr verfolgen, wenn wir jetzt nach Hause zurückkehren. Komm mit, Mädchen. Sascha wird mir die Füße küssen, wenn ich dich zu ihm bringe."

„Nein", sagte Dairan. „Ich will ihn nicht sehen. Ich wollte nur wissen, ob er lebt."

„Das weißt du erst genau, wenn du ihm gegenüberstehst", behauptete Strekosa und griff nach ihrer Hand. „Es könnte ja sein, dass er heute Nacht tot umgefallen ist. Also komm schon." Er vergaß die Gemüsekörbe und zog Dairan mit sich.

Sascha Bunin war im Stall bei den Pferden, wo er ihr Geschirr überprüfte. Es musste alles in Ordnung sein, wenn sie aufbrachen. Kein Riemen durfte reißen, kein Sattel verrutschen. „Heh, Sascha!", schrie Strekosa vom Stalltor her. „Komm und sieh, wen ich mitgebracht habe."

Er sah, wie Sascha auf den Stallgang trat, sah, wie sein Schritt stockte und er in ungläubigem Staunen die Augen aufriss. War er es, der einen Schritt auf sie zugemacht hatte, oder hatte Dairan sich an seine Brust geworfen?

Strekosa wollte eine anzügliche Bemerkung machen, doch er schluckte sie hinunter. Hol's der Teufel, hier passte so was nicht hin! Und wahrscheinlich hätten die beiden ihn auch gar nicht gehört.

Also machte er kehrt und rannte aus dem Stall. Hier wurde er nicht mehr gebraucht, aber todsicher draußen, wenn die ostjakischen Gauner ihr halb verfaultes Gemüse verhökern wollten. Man musste sie in den Hintern treten ...

Dairan hatte Saschas Gesicht mit beiden Händen umfasst. „Du lebst!", sagte sie glücklich. „Es ist dir nichts geschehen ..."

Sie streichelte über seine Stirn, die Wangen, den Mund wie eine Blinde, die nur so die Wirklichkeit ertasten konnte.

Sascha hielt sie an sich gedrückt und brachte zuerst kein Wort hervor.

„Dass du gekommen bist ...“, stammelte er endlich. „Oh, Dairan ... Weißt du, dass ich in ein paar Tagen fort gewesen wäre und wir uns nie wieder gesehen hätten?“ Sie ließ die Hände sinken.

„Was heißt das?“

Da erzählte er ihr von Jermaks Tod und dass sie beschlossen hatten, Sibir aufzugeben.

Dairan war noch in Saschas Arme geschmiegt, doch nun löste sie sich von ihm. „Ihr geht für immer fort?“

„Ja“, sagte er. „Wir haben keine andere Wahl. Aber wenn du mitkommst, Dairan ...“

Er verstummte, als sie den Kopf schüttelte. „Warum nicht?“, fragte er. „Ich will nach Moskau und als Soldat in die Dienste des neuen Zaren treten. Es wird dir an nichts fehlen, Dairan – und unseren Kindern auch nicht. Wir können heiraten und ...“

„Nein!“, fiel sie ihm ins Wort und legte den Finger auf seine Lippen. „Es ist unmöglich. Ich kann keinen Kosaken heiraten. Meine Eltern und meine Brüder sind durch Kosaken umgekommen. Kann man das vergessen?“

„Vielleicht nicht“, sagte er zögernd. „Aber wenn wir uns lieben ...“

Sie schüttelte den Kopf. „Ich bin Schamanin, weißt du das? Großmutter Chigur ist alt und gebrechlich. Sie wird irgendwann sterben. Und dann braucht mich mein Volk. Wer sonst außer mir soll seine Krankheiten heilen, die Toten begleiten, die Götter befragen?“

„Und wer sonst außer dir soll mein Leben glücklich machen?“, fragte er zurück. „Wen sonst soll ich lieben? Und wer sonst soll die Mutter meiner Kinder werden?“

„Sei still“, flüsterte sie erstickt. „Sag mir Lebewohl, Sascha. Ich bin nur gekommen, um zu wissen, ob du wirklich lebst.“

„Bleib“, flehte er, als sie sich zum Tor wandte. „Lass uns miteinander fortgehen.“

„Es ist unmöglich“, beharrte sie. „Begreifst du das nicht?“

„Nein!“, erwiderte er und rief immer lauter, als sie die Stalltür öffnete und hindurchschlüpfte: „Nein, nein, nein! Ich kann dich nicht fortlassen. Bleib hier, Dairan!“

Sie hörte ihn rufen, aber sie kehrte nicht um.

Zehn Tage nach Jermaks Tod verließen die Kosaken Sibir. Sascha wusste nicht, dass Dairan sich die ganze Zeit über in der Nähe aufgehalten hatte. Es war der 15. August, als sie aufbrachen, eine endlos lange Reiter- und Wagenkolonne.

In der Nacht zuvor hatte Dairan die Geister ihrer toten Eltern zu beschwören versucht. Sie hatte am Flussufer ein Feuer entzündet, nicht weit von der Stelle, wo Tassir und Narym gestorben waren, ihr Schamanengewand und die Kranichrassel übergestreift und ihre Trommel geschlagen.

„Helft mir, helft mir, helft mir!“, hatte sie geschrien. „Ich weiß nicht, was ich tun soll. Zeigt mir den Weg.“

Als ihr Bewusstsein verschwamm, war plötzlich ihr Vater bei ihr gewesen. Auch ihre Mutter war da, aber sie hielt sich im Hintergrund, von milchig grauen Nebeln umwogt, durch die man ihren Gesichtsausdruck nicht erkennen konnte.

Aber Tassir hatte gelächelt. „Wir haben es dir schon einmal gesagt, mein Kind. Du musst dich nicht quälen und keine Last tragen, die zu schwer für dich ist. Die Götter sind nicht so böse, wie man dich glauben gemacht hat. Geh mit diesem Mann. Er wird gut zu dir sein.“

Dann war er zurückgewichen, und seine Gestalt schien sich in den Nebelschwaden aufzulösen, die ihre Mutter umhüllten. Nur seine Stimme war noch zu hören: „Sei glücklich, Dairan ...“ Und ihre Mutter hatte seine Worte wiederholt.

Noch vor der Morgendämmerung war Dairan nach Sibir zurückgekehrt. Ihre Trommel und die Schamanenkleider hatte sie in den Fluss geworfen. Nur das Kreuz von Vater Dimitri hatte sie mitgenommen. Schon von weitem sah sie, wie die Kosaken aus der Stadt ritten. An der Spitze des Zuges saßen die drei Popen in Stiefeln und Kasak auf ihren Pferden.

Ihre Popengewänder hatten sie in den Satteltaschen verstaut. Sie würden sie erst wieder hervorholen, wenn sie daheim waren. Sascha Bunin und zwei Jesaulen folgten ihnen, dann schlossen sich die anderen Berittenen und die Pferdewagen an.

Bis zuletzt hatte Sascha gehofft, dass Dairan wiederkommen würde, um mit ihm zu gehen. Nun hoffte er das nicht mehr. Und er fühlte sich wie ein Mensch, dem man das Herz aus der Brust gerissen hatte.

Dairan erreichte die Wagenkolonne, als die Reiter schon ein gutes Stück voraus waren. „Halt!“, schrie sie. „Nehmt mich mit! Sagt Sascha Bunin, dass ich mit euch komme!“

Sie versuchte, auf einen Wagen aufzuspringen, hätte es aber nicht geschafft, wenn der Pferdelenker sie nicht mit einem gewaltigen Schwung hinaufgehoben hätte. „Dairan!“, schrie Istoma und hätte vor Überraschung fast die Zügel fahren lassen. „Töchterchen, welch eine Freude!“

Und dann geschah etwas ganz und gar Verrücktes. Der dicke Istoma ließ den Wagen ausscheren und hieb mit der Peitsche auf die Pferdchen ein, die davor gespannt waren. „Heh, ihr lahmen Kalmückenstuten, macht, dass ihr weiterkommt! Schneller, sag ich! Werft die Beine und lasst die anderen hinter euch. So ist's brav! Ach, meine Schwälbchen, fliegt, so rasch ihr könnt!“

Die Pferde wieherten und verfielen in einen immer flotter werdenden Trab. Der Wagen rumpelte und schleuderte an den anderen vorbei, und Istoma ließ weiterhin die Peitschenenden um die Pferdehälse schnalzen und brüllte zu Dairan hinüber: „Halt dich fest, Töchterchen. Wir holen ihn ein, deinen Sascha. Halt dich nur gut fest.“

Doch sie kamen nicht bis an die Spitze des Zuges. Zwar überholten sie fast die Hälfte der Reiterei, doch dann fielen die Wagenpferde zurück, so sehr Istoma auch fluchte. Aus dem Augenwinkel sah er, dass er auf gleicher Höhe mit Strekosa war, der ein hellbraunes Tatarenpferd ritt. „Heh, Jossip!“, brüllte der Mönch ... Wieso ihm plötzlich der eigentliche Name des Jungen einfiel, den alle nur Strekosa riefen, wusste der Teufel. „Jossip, Söhnchen, sieh, wen ich hier habe! Nimm sie auf dein Pferd und bring sie zu Sascha. Meine Schindmähren, Gott strafe sie, sind zu schlapp."

Man weiß es ja, Strekosa war ein helles Bürschchen. Er fackelte nicht lange, sondern riss mit einem breiten Lachen sein Pferd herum, sodass es hinter Istomas Wagen kam. Dann galoppierte er zur anderen Seite nach vorn. „Heh, Dairan!", rief er. „Komm mit."

Mit einer Hand hielt er die Zügel, während er sich halsbrecherisch weit zu Dairan hinüberbeugte. Ehe sie es sich versah, hatte er sie mit dem freien Arm umfasst und mit einem kräftigen Schwung vor sich in den Sattel geworfen. Wie mit einer Beute, quer über den Pferdehals gelegt, galoppierte er mit ihr davon. Die Kosaken, an denen er vorbeipreschte, pfiffen und johlten, und ihr Lärmen ließ Sascha aufmerksam werden.

„Was, zum Donner ...", setzte er an und hob den Arm zum Zeichen, dass man anhalten sollte.

Er selbst lenkte sein Pferd zur Seite und sah sich unruhig um.

In vollem Galopp kam Strekosa auf ihn zugejagt. „Sotnik!", schrie er, „Sascha Andrejewitsch ... schau, was ich dir mitgebracht habe!"

Er parierte sein Pferd durch und half Dairan, sich aufzurichten.

Der wilde Ritt hatte ihr ein wenig Angst gemacht, dennoch lachte sie und strich sich das flatternde Haar aus dem Gesicht.

„Ich bin gekommen, Sascha", sagte sie atemlos, „um bei dir zu bleiben ... wenn du mich willst ..."

Im nächsten Augenblick war Sascha aus dem Sattel gesprungen und hatte sie von Strekosas Pferd gehoben. Langsam und so andächtig, als trüge er eine Heiligenstatue, stellte er Dairan auf die Füße.

„Seht die beiden nur an", sagte Strekosa erschüttert. „Ist

es nicht zum Heulen schön? Ach, Dairan, muss es denn ausgerechnet Sascha Andrejewitsch sein? Nimm doch mich! Wir könnten ein herrliches Kosakenleben führen ..."

„Halt's Maul, Söhnchen!", erklang da Istomas mächtige Bassstimme. Er war mit seinem Pferdewagen ebenfalls herangekommen. „Willst du etwa Gott ins Handwerk pfuschen? Oder will hier jemand bestreiten, dass er selbst diese beiden füreinander geschaffen hat? Ein Anblick ist's, der das Herz wärmt, selbst ein so verstocktes, sündiges wie das meine."

„Amen", sagte der Pope Matwej Jefremowitsch gehässig und schlug ein Kreuz. Wobei er freilich nur Istomas sündiges Herz meinte ...

Dairan und Sascha hörten nichts von alledem. Sie standen nur da und sahen einander an. „Ich habe jetzt nur noch dich", sagte Dairan mit schwankender Stimme und legte ihre Hände auf Saschas Brust. Sie spürte sein Herz schlagen.

Mit seinen großen, kräftigen braunen Fingern umspannte er ihre kleinen Hände. „Und ich habe nur dich", antwortete er. „Aber das ist so viel wie die ganze Welt."

Er legte seine Stirn gegen ihr Haar, und das war der Augenblick, in dem Istoma die Pferdezügel fallen ließ und vor Rührung laut zu schluchzen begann.

In vielen Heldenepen, Balladen und Kosakenliedern sind die Taten der Eroberer Sibiriens verherrlicht worden. Manches mag idealisiert sein, dennoch steht eines fest: Die Männer, die dieses Land bezwangen, haben Unvorstellbares geleistet.

Jermaks Feldzug hatte das Tor nach Sibirien geöffnet. Und trotz des Abzugs seiner Kosaken wurde es nie wieder zugeschlagen. Im Gegenteil: Im Namen des neuen Zaren Fjodor Iwanowitsch schickte Boris Godunow neue Truppen und Wojwoden über den Ural. Sie eroberten Sibir zurück, das Alei, ein Sohn Kutschums, in Besitz genommen hatte, und drangen unaufhaltsam tiefer in das Gebiet der Flüsse

Ob, Lena und Jenissej vor. Überall wurden militärische Befestigungen errichtet, Ostrogs genannt, aus denen sich rasch Dörfer und Städte entwickelten. So entstanden Tjumen und Tobolsk, Pelim und Berjosow und im 17. Jahrhundert Tomsk, Krasnojarsk, Irkutsk und Jakutsk. Und wieder waren es meistens Kosaken, die im Dienste des Zaren das unerforschte Land in Besitz nahmen.

Das Netz der gewaltigen sibirischen Ströme bot die besten Voraussetzungen dafür. Im Winter froren die Flüsse zu, dann konnte man mit Schlitten oder Schneeschuhen über das Eis fahren. Und in den höchstens vier Sommermonaten blieb ebenfalls nur der Wasserweg. In Kotschen, ihren einfachen, selbst gebauten Booten, drangen die Kosaken immer weiter nach Osten, Norden und Süden vor, und das Zarenreich wuchs in den fünfundvierzig Jahren, seit Jermak die westsibirische Tiefebene betreten hatte, um drei Millionen Quadratkilometer.

Der Kosak Iwan Perfiljew stieß mit seinen Männern von der Lena zum nördlichen Eismeer vor, Iwan Moskwitin entdeckte im Süden den gewaltigen Fluss Amur und gelangte bis ans Ochotskische Meer. Chabarow eroberte mit 138 Kosaken das Land der Dahuren, die bis dahin dem chinesischen Kaiser tributpflichtig waren, Atlasow kam im Nordosten bis zur Halbinsel Kamtschatka, und Semjon Deschnew umschiffte als Erster die äußerste Nordostspitze Sibiriens zwischen Eismeer und Pazifik – achtzig Jahre vor Vitus Bering, der von Zar Peter I. beauftragt wurde, von Kamtschatka aus das Küstengebiet nach Norden zu erkunden.

Aberhunderte verloren ihr Leben bei diesen Eroberungszügen. Sie kenterten mit ihren Schiffen, erfroren, verhungerten, wurden Opfer von Bären und Wolfsrudeln, verirrten sich in der gnadenlosen Wildnis von Taiga und Tundra oder fielen im Kampf mit den Eingeborenen. Doch denen, die starben, folgten stets neue, zu allem entschlossene Männer, getrieben von der Gier nach den Schätzen Sibiriens. Nach ihnen kamen Verwaltungsbeamte, Händler, Glücksritter, Jäger und aus der Leibeigenschaft entflohene Bauern, die in Sibirien siedeln wollten. Es kamen Sträflinge, Zwangsarbeiter für die inzwischen entdeckten Kupfer-, Eisen-, Gold- und Silberminen – und die Verbannten des Zaren ...

Wera – die Frau des Verbannten

Der Ostersonntag des Jahres 1697 fiel auf den 23. März. Es lag noch Schnee, sodass Oberst Kanjewskij die Schlitten anspannen ließ, mit denen man zur Ostermesse in die Palastkirche von Preobraschenskoje fahren wollte.

Es waren nur fünf Werst von seinem Landgut Krassnaja Dalina bis dorthin. Vier Schlitten waren es, die die gewundene Straße neben der Jausa entlangfuhren. Im vordersten saß Oberst Kanjewskij mit seiner Frau Marina Karlowna und seiner Tochter Wera, in den drei anderen hatten Weras frühere Kinderfrau Darja Gawrilowna, die Haushälterin Aglaja Lwowna, der Gutsverwalter Wissarjon Nasonow und einige andere Angestellte der Kanjewskijs Platz genommen.

Es war noch Nacht; nur ein paar Sterne blitzten am verhangenen Himmel auf. Aber die Helligkeit des Schnees bewirkte, dass die Festungsanlage vor Preobraschenskoje gut zu sehen war. Als Spielzeugfestung war sie ursprünglich für den kindlichen Zaren Peter Alexejewitsch erbaut worden. Dort hatte er seine ersten Soldaten gedrillt und Schlachten mit ihnen gekämpft; meist waren es die Bauernkinder der Umgebung gewesen, aber auch junge Stallknechte und Falkeniere vom Zarenhof. Im Lauf der Jahre war dann aus dem Spiel Ernst geworden. Zar Peter hatte Franz Lefort, seinen Schweizer Freund aus der Ausländervorstadt Kukui, zusammen mit dem ebenfalls dort ansässigen Fjodor Sommer zu Generälen ernannt, und aus den Kindersoldaten waren zwei Bataillone geworden, das Preobraschenskij- und das Semjonowskij-Bataillon. Sie waren mit Musketen ausgestattet und exerzierten täglich nach Sommers Befehlen. Lefort hatte die Festungsanlage umbauen und erweitern lassen. Sie enthielt jetzt stark befestigte Mauern, Türme mit Schießscharten, Schanzkörbe und Sandsäcke, um die Bronzekanonen, Mörser und Haubitzen aus der Rüstkammer des Kreml zu schützen.

Wera Kanjewska lächelte unwillkürlich, als sie sich daran erinnerte, wie der zwölfjährige Zar auch sie einige Male mit den Kindern der Gutsarbeiter von Krassnaja Dalina gefangen genommen hatte und von seinen Soldaten in den Hauptturm über dem Tor sperren ließ.

Damals hatte sie sich entsetzlich gefürchtet und so laut geschluchzt und geschrien, dass Peter wütend geworden war und Befehl gegeben hatte, sie in die Jausa zu werfen, aus der er sie dann höchstpersönlich wieder herausgefischt hatte, weil sie mit ihren sechs Jahren noch nicht besonders gut schwimmen konnte. Ertrunken wäre sie freilich auch ohne Peters Hilfe nicht, denn es war ein heißer, sehr trockener Sommer gewesen, und die Jausa führte so wenig Wasser, dass man darin stehen konnte. Trotzdem war am Abend dieses Tages ein sehr mürrischer Zar Peter bei Weras Eltern erschienen und hatte, wohl auf Betreiben seiner Mutter und seines Erziehers Nikita Sotow, sich widerwillig für sein martialisches Verhalten entschuldigt.

Hinter der Festung tauchten nun die spitzen Giebeldächer und die bunte Fassade des Palastes von Preobraschenskoje auf. Der Vorplatz der Kirche war von Pechfackeln erhellt. Drinnen aber war es bis auf den matten Lichtschein, der von draußen hereinfiel, vollkommen dunkel. Nur wenn sich das Portal öffnete und neue Besucher eintraten, wurde es kurz ein bisschen heller. Dann sah man das Gold und die Juwelen der Ikonostase aufleuchten, ebenso den Schmuck der Frauen und die Orden und Goldverschnürungen an den Offiziersuniformen. Jeder der Besucher erhielt eine nicht angezündete Kerze bei seinem Kommen, und das tiefe Schweigen der Versammelten berührte wie in jeder Osternacht Weras Herz. Ihr Geburtstag fiel in diesem Jahr auf den

Ostermorgen. Neunzehn Jahre zählte sie nun, und sie freute sich auf das Fest, das ihre Eltern mit Verwandten, Gutsnachbarn und Freunden veranstalten wollten. Aber zuvor musste die Ostermesse gefeiert werden.

Alle, die in der Kirche waren, warteten auf den neuen Tag. Und als die Sonne sich endlich über den Horizont schob – ein heller strahlender Tag war's, der sich ankündigte –, begannen die Kirchenglocken zu läuten, die Portale flogen auf, und der Archimandrit zog mit sechs Priestern und einem Dutzend Mönchen aus der Sakristei in die Kirche ein. „Christ ist erstanden", verkündete er mit mächtiger Bassstimme, und die Mönche begannen zu singen.

Der Archimandrit, Vater Ilarjon, trug eine brennende Kerze und schritt damit auf Zar Peter zu, der in der vordersten Reihe neben seiner Frau Jewdokija Lopuchina stand. Auch sie hielten Kerzen, die nun von Ilarjon angezündet wurden. „Er ist wahrhaftig auferstanden", sagte der Zar mit seiner leisen, immer etwas rauen Stimme und bekreuzigte sich. Er und die Zarin wandten sich den zunächst Stehenden zu, um deren Kerzen anzuzünden. Und so ging es weiter, einer spendete das flackernde Licht dem Nächsten, man umarmte einander und wiederholte die traditionelle Osterbotschaft: „Christ ist erstanden. Er ist wahrhaftig auferstanden."

Der Ruf pflanzte sich nach draußen auf den Vorplatz fort, wo die Bediensteten und Soldaten warteten, die in der Kirche keinen Platz mehr gefunden hatten.

„Weruschka, mein Herzchen", sagte Fjodor Wassiljewitsch Kanjewskij anschließend und drückte seine Tochter an sich. „Gott segne dich in deinem neuen Lebensjahr. Bleib so glücklich, wie du heute bist."

Die Luft war schwer von Weihrauch und dem Geruch der brennenden Wachslichter, als Vater Ilarjon mit der Messe begann.

Die Wechselgesänge waren von ergreifender Schönheit. Trotzdem wünschte Wera, dass der Gottesdienst bald vorüber wäre. Sie war müde und hungrig, denn man war ohne

Frühstück nach Preobraschenskoje gefahren. Endlich erteilte Vater Ilarjon den Schlusssegen und verließ an der Spitze seiner Mönche und Priester die Kirche. Zar Peter folgte ihnen, während seine Gemahlin und seine Schwester, die Natalja hieß wie ihre verstorbene Mutter, mit ihren Frauen durch einen Seitenausgang hinaushuschten. Wie es Sitte war, durften die weiblichen Familienmitglieder der russischen Zaren und des Hochadels so gut wie nie in der Öffentlichkeit in Erscheinung treten, sondern lebten abgeschieden in ihren Gemächern.

Das Gefolge des Zaren kam ins Stocken, als Peter plötzlich vor Wera stehen blieb. Wie alle anderen war sie in einer tiefen Verneigung versunken und zuckte überrascht zusammen, als der Zar sie ansprach. „Wenn ich mich nicht irre, hast du heute Geburtstag, Weruschka." Er duzte sie wie in ihren Kindertagen, und als sie zu ihm aufblickte, zwinkerte er ihr zu. „Meinen Glückwunsch." Er zog sie aus ihrer Verbeugung hoch und drückte ihr zwei schallende Küsse auf die Wangen.

Der jetzt 25-jährige Peter trug ausländische Kleidung, einen großen Federhut, Schnallenschuhe mit Seidenstrümpfen, einen Brokatrock und eine dazu passende Hose, die unter den Knien mit brillantenbesetzten Knöpfen zu schließen war. Eine Perücke mit üppigen langen Locken umrahmte sein Gesicht mit den runden schwarzen Augen.

Wera merkte, dass alle zu ihr hinsahen. Die Bojaren in ihren von den aufgenähten Juwelen schwer und steif gewordenen Gewändern wechselten teils verwunderte, teils bedeutungsvolle Blicke. Was hat der Zar mit der kleinen Kanjewska zu schaffen? Die Tochter eines Strelitzenobersten hier in Preobraschenskoje ... Nun ja, Kanjewskij erfreute sich schon der Gunst des seligen Zaren Alexej Michailowitsch. Hat er nicht dem Oberst das Gut geschenkt, wo die Familie heute lebt? Für treue Dienste, hieß es damals ... Und nun küsst Peter Alexejewitsch die Tochter! Muss man in Zukunft mit den Kanjewskijs rechnen?

Wera war rot geworden. „Untertänigsten Dank ...", stammelte sie. „Aber woher wissen Euer Majestät ..."

Der Zar lachte. „Du hast mir das Datum einmal genannt. Und da auch mein lieber General Lefort an diesem Tag Geburtstag feiert, habe ich es mir merken können. Als ich dich hier stehen sah, ist es mir wieder eingefallen." Er versetzte ihr einen kleinen Nasenstüber. „Viel Glück, Weruschka." Damit ging er weiter, wandte sich aber noch einmal nach ihrem Vater um. „Passt gut auf sie auf, Oberst. Sie ist verdammt hübsch geworden ..."

Zu Mittag kamen die ersten Gäste nach Krassanaja Dalina. Zunächst die Verwandten – Tante Schura und Onkel Awdej Bjatkow, Schwester und Schwager von Marina Karlowna, deren erwachsene Kinder Anton und Anna, sowie die Kanjewskij-Sippe, bestehend aus Großmütterchen Larissa, Großväterchen Wassilij, ihrer unverheirateten Tochter Olga und Sohn Modest mit Frau und zwei Kindern.

Natürlich erzählte Weras Mutter breit ausgeschmückt, wie der Zar ihrer Tochter zum Geburtstag gratuliert und sie sogar auf beide Wangen geküsst hatte. Der weibliche Teil der Familie hielt das uneingeschränkt für eine große Ehre, wenngleich sich auch ein wenig Neid in die allgemeine Bewunderung mischte. Aber Großvater Wassilij, sein Sohn Modest sowie Anton Bjatkow fanden, dass der Zar sich immer verrückter und unberechenbarer benehme.

„Er hat die sonderbarsten Einfälle", sagte Großvater Kanjewski und legte missbilligend die Stirn in Falten. „Im vergangenen Sommer hat er nach einem wüsten Gelage im Haus von General Lefort zwei Eber aus dem Schweinestall eines Bauern holen und vor seinen Wagen spannen lassen. Damit ist er dann nach Preobraschenskoje zurückkutschiert. Er hat die Eber selber gelenkt, und es ist ein Wunder, dass er sich dabei nicht den Hals gebrochen hat, so betrunken wie er war."

Anton Bjatkow wusste noch mehr zu berichten. Einmal habe der junge Zar, der sich seit neuestem in der Kunst des

Zahnziehens übte, dem Bojaren Pawel Streschnjew eigenhändig drei Zähne gezogen, nachdem er ihn zuvor gezwungen hatte, einen Krug Branntwein zu leeren. Hinterher habe Peter den halb bewusstlosen Streschnjew auf den Armen in ein Zimmer im Palast getragen, in dem er seinen Rausch ausschlafen konnte. Als Streschnjew erwacht sei, sei er nicht nur seine Zähne los gewesen, sondern ebenfalls seinen prächtigen langen Bart.

„Unglaublich!", zischelte Antons Vater Awdej. Er hatte unregelmäßige vorstehende Zähne, durch die sein Atem pfiff, wenn er sich aufregte. Er war Schreiber in einer der Moskauer Kremlkanzleien und daher über alle umlaufenden Neuigkeiten informiert. „Aber dies alles könnte man noch für die Narrheiten eines jungen Mannes halten, die sich mit den Jahren legt. Viel verderblicher ist in meinen Augen der ausländische Firlefanz, den der Zar einzuführen beliebt. Unsere guten alten russischen Gewänder will er abschaffen. Und die Söhne unserer Bojaren sollen im Ausland Schiffsbau und andere Techniken studieren. Zwangsweise hat er sie nach England, Holland und Italien verschifft und ihnen die Rückkehr verboten, bis sie ihr Studium abgeschlossen haben. Zeugnisse und Urkunden sollen sie mitbringen. Und ihre Eltern weinen sich hier die Augen nach ihren armen Söhnen aus und beten täglich für ihr Seelenheil, dass sie in den gottlosen fremden Ländern nicht untergehen."

Er zog die Platte mit den gebratenen Hühnchen zu sich heran und nahm sich ein ganzes, riss einen Schenkel ab und begann zu kauen. Welch ein Glück, dass die Fastenzeit vorüber war!

Er war der ewigen Fischgerichte so überdrüssig wie ein Leibeigener der Knute seines Herrn.

„Und nun will der Zar sogar selbst ins Ausland reisen", erklärte Modest Kanjewskij und wischte sich den Schweiß von der Stirn. Er schwitzte immer beim Essen. „Gleich nach den Ostertagen, heißt es."

„Ja, das stimmt", bestätigte Awdej, mit vollen Backen kauend. „Mehr als zweihundert Personen gehören zu seiner Begleitung, russische Beamte, ausländische Berater und wieder eine Anzahl junger Adliger, die er regelrecht zum Studium prügelt. Der Zar selbst will unerkannt bleiben und reist unter dem Namen Pjotr Michailow." Er lachte meckernd. „Als ob ihn nicht jeder schon an seiner ungewöhnlichen Körpergröße und dem nervösen Gesichtszucken erkennen könnte! Über ein Jahr will er fortbleiben, und in dieser Zeit geht die Verwaltung unseres Staates in die Hände der Bojaren Streschnjew, Apraxin, Trojekurow und Boris Golizyn über, mit dem Rat Winius an der Spitze. Moskau mit der gesamten Gerichtsbarkeit untersteht Fürst Michaila Romodanowskij."

„Tz, tz, tz", machte Großvater Wassilij. „Ein Zar, der sein Reich verlässt! Und wozu dieser ganze Aufwand? Was verspricht er sich davon?"

„Seine Majestät möchte die ausländische Lebensart kennen lernen", mischte sich Weras Vater ein. Es gefiel ihm nicht, dass die Familie in seinem Hause über Zar Peter herzog. In Oberst Kanjewskijs Augen war er genau der Herrscher, den Russland dringender als alles andere brauchte. „Außerdem will er sich mit eigenen Augen von den neuen westlichen Errungenschaften in Wissenschaft und Technik überzeugen. Ich glaube, es ist sein allergrößter Wunsch, das alte rückständige Russland dem Westen zu öffnen."

„Dann sei Gott uns gnädig", sagte Wassilij Kanjewskij und bekreuzigte sich. Er wollte noch etwas besonders Giftiges hinzufügen, verstummte aber, weil die Haushälterin Aglaja Lwowna im Speisesaal erschien und mit schreckensbleichem Gesicht meldete, dass es auf der Straße, fast genau vor der Zufahrt nach Krassnaja Dalina, ein Unglück gegeben habe. „Einem Reisenden sind die Pferde durchgegangen, der Schlitten ist umgekippt und ein Stück mitgeschleift worden. Der Kutscher und sein Herr sind verletzt."

Oberst Kanjewskij stand sofort auf. „Danke, Aglaja. Ich werde mich darum kümmern."

Er kam erst zurück, als bereits der Nachtisch von den Hausmägden serviert wurde. In seiner Begleitung befand sich ein Mann in westlicher Kleidung. Er humpelte und stützte sich auf einen Stock, und seine Stirn war verbunden.

„Das ist Graf Grigorij Stepanowitsch Tutschew", stellte der Oberst vor. „Ich habe ihm angeboten, für ein paar Tage bei uns zu bleiben, bis seine Verletzungen so weit auskuriert sind, dass er unbeschadet die Weiterreise antreten kann. Der Kutscher hat sich die Schulter geprellt und üble Schürfwunden davongetragen. Aglaja Lwowna hat ihm ein Zimmer im Gesindetrakt zugewiesen. Zwei Knechte versuchen indessen, die durchgegangenen Pferde einzufangen. Und natürlich muss auch der Schlitten repariert werden. Er ist halb demoliert."

Grigorij Tutschew warf ihm einen dankbaren Blick aus seinen ungewöhnlich grünen Augen zu. „Ihr seid sehr großzügig, Oberst Kanjewskij. Gott möge es Euch lohnen." Er musterte die festlich gedeckte lange Tafel. „Aber ich scheine eine Feier zu stören ... Ich bitte um Vergebung."

„Meine Tochter Wera hat heute Geburtstag. Sie wird neunzehn", erwiderte Kanjewskij und stellte dem Gast erst seine Frau und dann Wera vor. Das junge Mädchen wusste, dass es absolut unschicklich war, was sie tat. Man durfte einen Mann nicht so anstarren. Aber sie konnte ihren Blick einfach nicht von Graf Tutschew lösen. Wera war sicher, noch nie einen so faszinierenden Menschen getroffen zu haben. Allein diese grünen Augen mit den langen, dunklen Wimpern – eigentlich eine Verschwendung der Natur bei einem Mann! Sein Gesicht war ebenmäßig und so vollkommen wie das Werk eines begnadeten Künstlers, selbst jetzt mit dem Verband um die Stirn. Er hatte braunes, halblanges Haar und war ziemlich groß. Die zierliche Wera musste den Kopf in den Nacken legen, um ihn ansehen zu können. Als er sie anlächelte, blitzten weiße, fehlerlose Zähne hinter den weich geschwungenen Lippen.

„Wera Fjodorowna", sagte er und verneigte sich vor ihr.

„Nehmt meine ergebensten Segenswünsche zu Eurem Geburtstag entgegen.“

Wie samtig seine Stimme klang! Es war wie ein Streicheln der Haut ...

Dann fügte Tutschew, an Marina Karlowna gewandt, hinzu: „Ihr müsst sehr stolz auf eine so schöne Tochter sein. Gewiss hat sie viele Bewunderer ...“

„Das schon“, erwiderte der Oberst mit einem breiten Lachen. „Aber unsere Weruschka denkt noch nicht daran, einen von ihnen zu erhören. Selbst den Antrag des Grafen Alexej Bjelskij hat sie ausgeschlagen. Er befehligt das Strelitzenregiment beim Nowodewitschi-Kloster, in dem die Zarewna Sofija lebt.“

„Sie meinen die Halbschwester unseres allergnädigsten Zaren?“, fragte Tutschew, und Kanjewskij nickte.

„Eine gefährliche Teufelin. Zweimal schon hat sie versucht, ihren Bruder zu stürzen und selbst den Thron zu besteigen, das letzte Mal vor neun Jahren. Seitdem befindet sich die Zarewna im Nowodewitschi-Kloster und wird streng bewacht, damit es ihr nicht noch einmal gelingt, einen Umsturz anzuzetteln.“

„Ich erinnere mich an die Sache“, erwiderte Tutschew. „Sie hat seinerzeit auch in Nowgorod viel Staub aufgewirbelt.“ Er verzog das Gesicht, und Kanjewskij ergriff ihn beim Arm.

„Ihr habt Schmerzen, nicht wahr? Schade, ich hätte Euch gern zu unserer kleinen Festlichkeit eingeladen.“

Tutschews Augen bekamen einen schmelzend-traurigen Ausdruck, als er Wera ansah. „Ich würde es mir zur Ehre anrechnen, mit Euch zu feiern, Wera Fjodorowna. Aber ich fürchte, ich bin wirklich nicht in der Lage dazu. Entschuldigt mich bitte.“

„Da gibt es nichts zu entschuldigen“, rief Kanjewskij in seiner jovialen Art. „Ihr gehört ins Bett, und zwar auf der Stelle. Und ich werde vorsorglich nach Doktor Glupin schicken lassen, damit er Euch untersucht. Womöglich habt Ihr nicht nur eine blutende Wunde, sondern auch eine Gehirnerschütterung davongetragen. Damit ist nicht zu spaßen."

Er ließ es sich nicht nehmen, den Gast persönlich in das für ihn vorbereitete Zimmer zu führen, und kehrte dann zu den anderen Gästen zurück.

Graf Tutschew ging Wera für den Rest des Abends nicht mehr aus dem Kopf. Das fröhliche Geplauder ihrer am Nachmittag eingetroffenen Freundinnen langweilte sie ebenso wie die Musikanten, die ihre Eltern für den Abend bestellt hatten, damit sie zum Tanz aufspielten. Zwar tanzte auch Wera mehrmals mit den Söhnen ihrer Gutsnachbarn und einigen Offizieren ihres Vaters, die ebenfalls eingeladen worden waren, aber sie bedauerte dabei aus tiefster Seele, dass es nicht Tutschew war, vor dem sie die anmutigen Tanzschritte ausführte, sich drehte und verneigte.

Wie mochte es ihm gehen? Hatte er Schmerzen oder schlief er. Oder ... dachte er am Ende auch an sie?

In der Nacht geisterte Grigorij Tutschew durch Weras Träume, und Oberst Kanjewskij sagte zu seiner Frau, als er sich schlafen legte: „Es gefällt mir nicht, wie unsere Weruschka den Grafen angesehen hat. Sie wirkte, als hätte er sie behext. Wir müssen auf sie aufpassen. Schließlich wissen wir von Tutschew nur, dass er aus Nowgorod stammt und auf der Weiterreise nach Moskau ist, wo er ein Empfehlungsschreiben für Fürst Romodanowskij hat. Ob das alles wahr ist?"

Marina Karlowna gähnte. Sie war müde nach dem anstrengenden Fest. „Auf mich hat der Graf einen ausgezeichneten Eindruck gemacht, Fjodorenka. Und dass er unserer Weruschka gefällt ... je nun, das muss kein Unglück sein. Vielleicht gefällt sie ihm auch. Es hat jedenfalls ganz so ausgesehen." Sie seufzte zufrieden. „Wer weiß, vielleicht wird sie eines Tages eine Gräfin ..."

Weiber, dachte Kanjewskij grollend. Was die sich immer für ihre Töchter zusammenträumen! Als ob Weruschka es nötig hätte, einen Titel zu heiraten. Und überhaupt – damit hat es noch lange Zeit. Ist ja gerade erst neunzehn Jahre alt geworden, das Herzchen. Soll es ruhig noch ein Weilchen bei uns bleiben. Besser kann es ihr nirgendwo gehen.

Zwei Tage blieb Graf Tutschew auf seinem Zimmer, von Aglaja Lwowna und den Hausmädchen betreut. Sie wussten zu berichten, dass er sich allmählich von seinem Sturz erholte, auch wenn er noch über gelegentliche Kopfschmerzen klagte und der verstauchte Knöchel ihm beim Gehen Mühe machte.

Am dritten Tag erschien er dann im Salon des Gutshauses, als Wera und ihre Mutter den Nachmittagstee einnahmen. Der Oberst war schon am Morgen nach Preobraschenskoje in die Kaserne gefahren und wurde erst am Abend zurückerwartet.

Das Wetter war umgeschlagen, die Sonne kam hervor, und die Luft roch schon ein wenig nach Frühling, trotz des Schnees, der immer noch lag.

Wera wurde erst blass und dann glühend rot, als Tutschew eintrat. Sein Verband, den die Hausmädchen täglich erneuert hatten, war kleiner geworden, fast wie ein Stirnband sah er nun aus, aber der Graf stützte sich noch schwer auf seinen Stock.

Marina Karlowna füllte eine Teetasse aus dem Samowar für ihn und nötigte ihn, auf einem Sofa Platz zu nehmen. Dann schob sie ihm eine Platte mit Honiggebäck hin.

„Schön, dass Ihr das Bett wieder verlassen könnt, Graf Tutschew“, meinte sie freundlich. „Aber mutet Euch nicht zu viel zu. Ihr seht noch recht angegriffen aus, nicht wahr, Weruschka?“

„Ja, ... vielleicht ... ein wenig ... .“, stammelte das Mädchen und dachte: Ich benehme mich wie eine dumme Gans. Was soll er bloß von mir denken!

„Aber es geht mir wirklich besser“, sagte Tutschew und lächelte sie an. „Und ich möchte die Gastfreundschaft Eurer Eltern nicht über Gebühr beanspruchen, meine liebe Wera

Fjodorowna. Morgen oder übermorgen sollte ich wirklich nach Moskau aufbrechen."

„Ihr müsst nichts überstürzen", entgegnete Marina Karlowna. „Kuriert Euch nur vollständig aus und wartet, bis Euer Schlitten wieder in Ordnung ist. Man muss noch einiges daran ersetzen, wie ich hörte."

„Sie sind die Güte selbst!", erklärte Tutschew mit einem Blick, der sogar Marina Karlownas Blut ein wenig in Wallung brachte. Dabei war sie sonst eine resolute und vernünftige Person. Hastig trank sie ihren Tee aus und schenkte sich neuen nach. „Sie stammen aus Nowgorod?", erkundigte sie sich dann, und er nickte.

„Wir haben ein großes Haus in der Stadt und einen Landsitz etwa dreißig Werst entfernt, außerdem noch ausgedehnte Ländereien in der Gegend von Jaroslawl, die mein älterer Bruder verwaltet."

„Und Ihr selbst?", fragte Marina Kanjewska, als er schwieg.

„Ich möchte nach meinen ausgedehnten Studien in den Staatsdienst treten. Deshalb bin ich hergekommen. Ein Bruder von Fürst Golizyn, des ehemaligen Wojwoden von Nowgorod, hat mich bei Fürst Romodanowskij empfohlen." Tutschew blickte zum Fenster, durch das die Sonne schien. „Was für ein herrlicher Tag! Wenn mein Schlitten in Ordnung wäre, würde ich die Damen zu einer kleinen Spazierfahrt einladen."

„Eine glänzende Idee!", sagte Marina Karlowna. „Ich werde unsere Schlittenkutsche anspannen lassen. Mich freilich müsst Ihr entschuldigen, Graf. Ich habe noch viel zu tun, doch Weruschka wird Euch sicherlich gern begleiten. Aber zieh dir etwas Warmes an, Kind, dieser Sonnenschein ist trügerisch."

„Ja, Mama", rief Wera fröhlich und lief in ihr Zimmer hinauf.

Eine Viertelstunde später saß sie neben Grigorij Tutschew in dem kastenförmigen, wie eine Kutsche mit Kufen gebauten Schlitten. Natürlich nicht allein, ihre Kinderfrau Darja Gawrilowna saß den beiden gegenüber, und der Kutscher Grischa lenkte die beiden Pferde, aber es war trotzdem herrlich und aufregend für das junge Mädchen.

Der Graf hatte eine Art, Wera anzusehen, dass ihr heiße Schauer über den Rücken liefen und ihr Herz so rasch klopfte wie das eines Hasen bei der Treibjagd.

Sie fuhren die Jausa entlang, und Tutschew erzählte von seinem Studium der Jurisprudenz, das er nicht nur in Russland, sondern auch an den Universitäten von Bologna und Wien absolviert hatte.

„Dann wart Ihr also längere Zeit von Eurer Familie getrennt", meinte Wera. „Und jetzt habt Ihr sie schon wieder verlassen. Ist das nicht traurig für Euch?"

Ein Schatten huschte über sein schönes Gesicht. „Es gibt ein sehr schwer wiegendes Zerwürfnis zwischen mir und meinen Eltern. Das ist auch der Grund, warum ich Nowgorod den Rücken gekehrt habe. Bitte fragt nicht nach den Einzelheiten, ich bringe es nicht über mich, darüber zu reden."

Erschrocken legte sie ihre Hand auf seinen Arm. „Ich wollte nicht neugierig sein. Bitte verzeiht."

„Da gibt es nichts zu verzeihen", sagte er wehmütig, um ihr im nächsten Augenblick ein strahlendes Lächeln zu schenken. „Und dieser Tag ist viel zu schön, um ihn mit düsteren Gedanken zu belasten. Gott segne Eure Mutter, dass sie mir erlaubt hat, mit Euch zusammen sein zu dürfen. Ich habe mir, seit ich Euch das erste Mal gesehen habe, nichts heißer gewünscht."

„Wirklich?", fragte sie atemlos, und Tutschew nahm ihre Hand, um sie zu küssen.

„Wirklich", bestätigte er. Er warf einen Blick auf Darja Gawrilowna, die durch das Rütteln des Schlittens und die Wärme der Sonne, die hereinschien, müde geworden und eingeschlafen war. Sie schnarchte sogar ein wenig mit halb offenem Mund.

„Ihr seid so schön", fuhr Tutschew flüsternd fort. „Und ich

begehre Euch so. Spürt Ihr nicht, wie groß mein Verlangen nach Euch ist?“

Er berührte Wera nicht, er machte nicht einmal den Versuch dazu. Er sah sie nur an mit seinen grünen Augen, und sein Mund kam dem ihren sehr nahe, sodass sie seinen Atem spürte.

„Meine Schöne ... Ich brenne nach dir ... Und ich weiß, dass es dir genauso geht. Wir sind uns begegnet, und es war wie ein Zusammenprall von zwei Sternen, die in einer einzigen Umarmung glühend miteinander verschmelzen müssen.“

Noch nie hatte ein Mann solche Worte zu Wera gesagt, nicht einmal Graf Bjelski. Es war sicherlich unschicklich, und sie hätte Tutschew empört in seine Schranken weisen müssen. Aber daran verschwendete Wera Kanjewska in diesem Moment keine Gedanken. Dazu war es einfach zu wundervoll.

Und dann sagte Wera etwas, das in jedem anderen Mann als Grigorij Tutschew Skrupel hervorgerufen hätte. Sie sagte nämlich: „Bitte, tut mir nicht weh ... Ich bin so verwirrt, so völlig durcheinander, seit Ihr ins Haus meiner Eltern gekommen seid, und ich habe ein wenig Angst ...“

Noch immer sah er sie nur an, aber es war intimer, als wenn er sie umarmt hätte, ein Blick, der sie zum Glühen brachte.

„Weruschka, ich habe seit zwei Tagen an nichts anderes mehr denken können als an dich, deinen süßen schmalen Körper, deine Hände, die mich streicheln, deine Lippen, die ich küssen will ...“

„O Gott“, murmelte sie schwach, während sie das Empfinden hatte, dass ein Feuerstrom durch ihren Körper raste. „Ihr dürft das nicht sagen, Graf Tutschew ... Nicht so unverbrämt ...“

„Und warum nicht?“, fragte er mit einem Lächeln, das ihr den Atem stocken ließ. „Was ist die größere Sünde, Weruschka, um der Konventionen willen zu heucheln – oder die Wahrheit zu gestehen? Und die Wahrheit ist, dass wir einander lieben wollen ... Gib es zu, ich möchte es aus deinem Mund hören ...“

Sein Gesicht und seine Stimme genügten, sie zum Zittern zu bringen. Er brauchte sie nicht anzufassen. Es war unglaublich erregend, ihn anzusehen und sich seiner Nähe und seines Begehrens bewusst zu sein ...

„Willst du mich?“, fragte Grigorij Tutschew dicht an ihrem Mund, und sie erwiderte so willenlos, als hätte er sie hypnotisiert: „Ich habe mir in meinem ganzen Leben nie etwas heftiger gewünscht.“

Darja Gawrilownas langer schnarchender Seufzer ließ sie auseinander fahren. Die Kinderfrau rieb sich die Augen und blickte aus dem Schlittenfenster. „Es wird spät, Weruschka, die Sonne geht unter. Lass uns umkehren.“

In der Nacht stand Grigorij Tutschew plötzlich an Weras Bett. Sie schrak hoch, als er ihre Wange berührte, doch er legte ihr die Hand über die Lippen. „Still, ich bin es doch ...“

Und dann war er über ihr, noch ehe sie an Gegenwehr denken konnte. Er warf ihre Decke zur Seite und umfasste ihre Taille. Dann begann er sie zu küssen, und jede Berührung schien kleine Flämmchen auf Weras Haut zu entfachen.

Trotzdem versuchte sie ihn abzuwehren. „Nicht ... das dürfen wir nicht ...“

Aber er lachte nur. „Warum nicht? Wer will es uns verbieten, so glücklich zu sein, meine Süße? Oder ist es nicht schön für dich? Komm, küss mich auch ...“

Halb scheu, halb verlangend presste sie ihre Lippen auf seine Brust, schmeckte seine Haut und drängte sich instinktiv enger in seine Umarmung. Tutschew hatte ihr langes Nachtgewand hoch geschoben. Er selbst war nackt unter dem dunklen Mantel, mit dem er gekommen war.

Zum ersten Mal spürte Wera den Körper eines Mannes auf sich, atmete den fremden Geruch ein, und ein Gefühl der Furcht erfasste sie plötzlich. Das nicht, dachte sie verschwommen. Das geht zu schnell ... O Gott, was tut er mit mir?

Ein Schrei ballte sich in ihrer Kehle zusammen, aber sie wusste, sie durfte nicht schreien. Ihre Eltern würden es hören und nach ihr sehen wollen ...

Wera stemmte ihre kleinen Hände gegen Grigorijs Brust, versuchte sich unter ihm hervorzuwinden, aber er drückte sie auf das Laken zurück. „Wehr dich nicht, Süße ... Ich weiß doch, dass du es genauso willst ... Komm, lass dich einfach hineinfallen in dieses herrliche Gefühl ...“

Ihr schwacher Widerstand erlahmte, als er sie von neuem zu küssen begann. Seine Lippen glitten über ihren Hals, die zarten Brüste, umfassten die dunklen Brustwarzen. Dann zog er ihr mit einem Ruck das Hemd über den Kopf und warf es neben dem Bett zu Boden. Er hob ihren Unterkörper an und schob seinen dunklen Mantel darunter.

„Du bist noch Jungfrau, nicht wahr?“, fragte er keuchend. „Ich werde dir wehtun müssen, aber ich schwöre dir, dass es nur ein kurzer Augenblick sein wird. Danach werden wir gemeinsam den Himmel erleben.“

Da sie sich nicht mehr wehrte, ließ er sich nun Zeit. Er küsste und streichelte sie, flüsterte ihr Liebkosungen ins Ohr und rieb seinen Körper an dem ihren, bis sie sich ihm, überwältigt von ihrem eigenen Verlangen, völlig überließ.

Ihren Wehlaut, als er in sie eindrang, erstickte er mit einem Kuss. Er wartete reglos, bis sie sich wieder unter ihm entspannte, und begann dann langsam, sich in ihr zu bewegen. Hitze wallte in ihr auf, eine mächtige Feuerwoge, die sie mit sich riss, und Wera umklammerte Grigorij Tutschew, als sei er der einzige Halt in dieser glühenden, wirbelnden Welt.

„Meine Schöne“, flüsterte er an ihrem Mund, als es vorüber war, „habe ich dir zu viel versprochen? War es nicht der Himmel?“

Wera weinte ein wenig. Aber nicht aus Scham oder Verzweiflung, sondern vor Glück.

Es war geschehen. Sie hatte sich dem Mann hingegeben, der von allen Millionen Männern auf der Welt für sie bestimmt war. Das hatte sie gewusst, seit sie Grigorij Tutschew zum ersten Mal gesehen hatte.

„Ich liebe dich“, murmelte sie und rutschte auf dem schmalen Bett zur Seite, damit er sich neben sie legen und in den Armen halten konnte. „O Grigorij, ich liebe dich so ...“

„Ich weiß“, erwiderte er und strich ihr das schwarze lange Haar aus dem Gesicht.

Er blieb bei ihr, bis der Morgen graute. Dann stand er leise auf. Wera schlief tief und fest. Sie stieß nur einen kleinen unwilligen Seufzer aus, als er seinen Mantel aus dem Bett zog und ihn sich über die Schultern warf, erwachte aber nicht.

Das Laken war sauber, ohne Blutspuren, stellte Tutschew zufrieden fest. Wer auch immer es in die Wäsche gab oder das Bett machte, er würde keinen Verdacht schöpfen. Und den Mantel würde keiner zu Gesicht bekommen. Grigorij Tutschew war eben ein Mann, der an alles dachte ...

Wera erwachte erst, als es im Haus laut wurde. Sie hörte ihre Mutter mit einer Hausmagd sprechen und dann ihren Vater, der draußen nach einem Stallknecht rief, der ihm die braune Stute Strelinka satteln sollte. Eine Weile blieb Wera noch unter der Daunendecke liegen, reckte und streckte sich und erinnerte sich an die Ereignisse der letzten Nacht.

Jetzt, im hellen Tageslicht, erfüllten sie sie zwar immer noch mit Glückseligkeit, aber auch mit Sorge. Um keinen Preis durften ihre Eltern etwas erfahren. Sie würden außer sich sein. Aber ganz gewiss würde Grigorij in den nächsten Tagen bei ihnen um ihre, Weras, Hand anhalten. Papa würde vielleicht ein bisschen herumpoltern, dass das alles viel zu rasch ginge und man sich noch eine Weile lang prüfen solle, ob man wirklich zusammenpasste, aber Mama würde strahlen und sich schon die Hochzeitsvorbereitungen überlegen.

Wera stieß einen langen, glücklichen Seufzer aus, warf die Decke von sich und sprang aus dem Bett.

Nach ihrer Morgentoilette stand sie eine Weile vor dem schmalen Spiegel an ihrer Schranktür und betrachtete sich.

Sie wusste, dass ihre Urahnin Dairan eine tatarische Schamanin gewesen war, die in Moskau den Kosaken Sascha Bunin geheiratet und ihm drei Töchter geboren hatte. Das Kreuz mit der langen goldenen Kette, das neben der Ikone mit dem ewigen Licht im Schlafzimmer von Weras Eltern hing, stammte von Dairan. Man nannte es ‚Das Kreuz der Schamanin', und es rankten sich wunderliche Geschichten darum. Es sollte über magische Kräfte verfügen und seine jeweiligen Besitzer aus den verschiedensten Gefahren gerettet haben. Von Generation zu Generation war es weitergegeben worden, das Kreuz, immer an die Frauen der Familie. Entweder bekam es die zukünftige Frau des ältesten Sohnes am Tag ihrer Hochzeit oder die älteste Tochter, wenn sie sich vermählte. Und nun, vielleicht bald schon, würde sie, Weruschka, dieses sorgsam gehütete Kleinod aus den Händen ihrer Mutter erhalten.

Sie lächelte ihrem Spiegelbild zu. Dairan Bunin hatte ihren Nachfahren noch etwas anderes vererbt – über alle Generationen hinweg: das immer noch ein wenig tatarisch wirkende Äußere, eine elfenbeinfarbene Haut, schwarze glatte Haare und mandelförmige, sehr dunkle Augen.

Auch Weras Vater hatte solche Augen und Haare, wenngleich er ein großer und kräftiger Mann war. Doch sie selbst war von ausgesprochen zierlicher Gestalt mit hoch angesetzten Brüsten und schmaler Taille. Grigorij hatte sie fast mit den Händen umspannen können.

Ach, Grigorij ... Wera summte ein Lied vor sich hin, als sie sich ankleidete. Sie flocht bunte Bänder in ihr Haar und kniff sich in die Wangen, weil sie fand, dass sie ein wenig blass war. Dann lief sie zum Frühstück hinunter. Ihr Vater war im Begriff, das Haus zu verlassen, auf dem Hof führte der Stallknecht das gesattelte Pferd hin und her. Oberst Kanjewskij küsste seine Tochter auf beide Wangen. „Bis heute Abend, Weruschka. Ich muss nach Moskau. General Golowin hat mich zu sich befohlen. Wie es scheint, gibt es Wichtiges zu besprechen. Sag deiner Mutter, dass sie nicht mit dem Nachtessen auf mich warten soll."

Wera winkte ihm von der zweiflügeligen Haustür aus nach. Dann holte sie tief Atem und betrat in einer Mischung aus Freude und Scheu das Gartenzimmer. Wie würde Grigorij sich vor den Augen ihrer Mutter verhalten? Würde er kühl und höflich sein - oder ihr doch mit einer kleinen Geste, einem aufleuchtenden Blick zu verstehen geben, dass er ebenso von Liebe erfüllt war wie sie?

Er saß am Tisch und erhob sich, als Wera eintrat. „Guten Morgen, Wera Fjodorowna", sagte er unbefangen. „Ich hoffe, Ihr habt gut geschlafen?"

„Ja", entgegnete sie mit niedergeschlagenen Augen und drückte ihrer Mutter einen Kuss auf die Wange. „Und Ihr?"

„Wie ein Bär im Winter", erklärte er lachend und rückte ihr einen Stuhl zurecht. Dabei strich er ihr rasch über den Rücken. Er trug keinen Stirnverband mehr an diesem Morgen. Die Wunde war gut verheilt und zog sich nur noch wie ein breiter, verkrusteter Strich über seine linke Schläfe.

„Das ist schön", sagte Marina Karlowna. Sie läutete nach dem Hausmädchen, das gleich darauf mit der Honigmilch und einem Pfannkuchen für Wera eintrat.

„Beeile dich, Kind", sagte die Kanjewska. „Ich will mit dir nach Kitai Gorod zum Einkaufen. Habt Ihr Lust, uns zu begleiten, Graf Tutschew?"

Zu Weras Enttäuschung lehnte er ab. „Ich würde das zwar mit dem größten Vergnügen tun, aber ich muss mich um meinen Schlitten kümmern. Der Stellmacher in Preobraschenskoje scheint ein recht saumseliger Bursche zu sein, dass er ihn immer noch nicht in Ordnung gebracht hat. Offen gestanden brennt mir die Zeit allmählich auf den Nägeln, weil ich immer noch nicht bei Fürst Romodanowskij vorstellig geworden bin."

Er wollte fort. Wera sank das Herz, und der köstliche, gebutterte Pfannkuchen schmeckte plötzlich wie steinaltes schwarzes Brot. Sie fühlte sich erst wieder besser, als Tutschew ihr hinter dem Rücken ihrer Mutter mit gespitzten Lippen einen Kuss zuwarf. Wera hätte wer weiß etwas darum gegeben, wenn sie ein paar Worte mit ihm allein hätte sprechen können. Aber ihre Mutter drängte zum Aufbruch, und fünf Minuten später saß Wera neben ihr im Schlitten, und die beiden Pferde trabten in flottem Tempo die Auffahrt zur Straße hinunter.

Sonst hatte Wera die Einkaufstage in Kitai Gorod, dem großen Moskauer Handelsmarkt, genossen. Sie liebte es, durch die Reihen der Stände zu gehen, an denen es alles zu kaufen gab, was das Herz begehrte: Tuche, feine Stiefelchen, Pelzmützen, Schmuck, Branntwein, Tee aus China und England, Wein aus Italien, Singvögel in geschnitzten oder geschmiedeten Käfigen, Devotionalien, eingelegte Kürbisse und Gurken, gesalzener Fisch, Bärenschinken und geweihte Amulette sowie die verschiedensten Medizinen gegen alle möglichen Krankheiten. Wahrlich, es gab nichts im ganzen heiligen Russland, was man nicht in Kitai Gorod erstehen konnte.

Doch an diesem sonnenhellen Vormittag störten Wera der Lärm der Besucher und die Anpreisungen der Händler, und sie wartete ungeduldig, dass ihre Mutter ihre Einkäufe erledigte und sie in die beiden Körbe legte, die ein Hausknecht aus Krassnaja Dalina für sie schleppte. Wera fieberte der Heimkehr entgegen und hätte fast geweint, als sie Grigorij Tutschew dort nicht antraf. Er kam erst spät am Abend, nach dem Eintreffen von Fjodor Kanjewskij, und bat um Entschuldigung, dass er sich sofort in sein Zimmer zurückziehen wollte. Er habe sich wohl ein wenig zu viel zugemutet und sei sehr erschöpft, erklärte er.

Doch in der Nacht stand er wieder in Weras Zimmer.

„Ich bin fast verrückt geworden vor Verlangen nach dir“, sagte er und umarmte sie. „Den ganzen Tag über konnte ich an nichts anderes denken.“

Es war alles wieder gut, er war bei ihr, und er liebte sie! Wera legte die Arme um ihn und ließ sich davontragen von den Gefühlen, die er in ihr weckte.

Dieses Mal spürte sie keinen Schmerz, sondern war nur noch voller herzbebendem Verlangen, und als sie endlich erschöpft einschlief, den Kopf auf Tutschews Brust geschmiegt, dachte sie: Ich bin die glücklichste Frau der Welt, denn ich werde von dem wunderbarsten Mann geliebt, den es gibt.

Am nächsten Nachmittag reiste Tutschew nach Moskau ab. Sein Reiseschlitten stand im Gutshof. Man lud sein mitgeführtes Gepäck – Koffer, Kisten und Körbe – ein. Sein Kutscher Kolja, noch etwas lädiert von dem Unfall, denn er humpelte und trug einen dicken Verband um den Kopf, spannte die Pferde davor.

Wera war in Preobraschenskoje gewesen, wo sie eine Freundin besucht hatte. Natascha Jakubowa gehörte zu den Kammerfrauen der jungen Zarin Jewdokija, die seit der Abreise ihres Gemahls in das verderbte westliche Ausland untröstlich war, viermal täglich in der Kirche für ihn betete und ellenlange Briefe an ihn verfasste. Nicht einmal ihr Söhnchen Alexej vermochte Jewdokija von ihrem Kummer abzulenken.

Natascha Jakubowa langweilte sich unsterblich in dieser, einem Trauerhaus gleichenden Atmosphäre, deshalb hatte sie einen Boten mit einem Brief nach Krassnaja Dalina geschickt, in dem sie geradezu flehentlich um Weras Besuch bat. Gleich nach dem Frühstück war sie aufgebrochen.

Als sie nun zurückkehrte und die Reisevorbereitungen sah, sank ihr das Herz. Sie rannte in die Halle, wo Aglaja Lwowna mit einem Hausmädchen frisch gewaschene Wäschestücke in die Truhen räumte. „Was hat das da draußen zu bedeuten?", fragte Wera. „Reist Graf Tutschew ab?"

Die Haushälterin nickte. „Er hat es schon beim Mittagessen gesagt, als Ihr nicht da wart, und sich von Euren Eltern verabschiedet. Euer Vater ist zur Festung geritten, und Eure

Mutter hat sich nach der Mahlzeit ein wenig niedergelegt. Sie klagte wieder über Gliederreißen. Ich musste sie mit der Salbe von Doktor Glupin einreiben."

Das Letzte hörte Wera schon nicht mehr. Sie raffte ihre langen Röcke und rannte die Treppe hinauf zu Tutschews Zimmer.

Er war dort und legte den Mantelsack, den er gerade über dem Arm hielt, bei ihrem Eintritt auf das Bett.

„Du gehst fort?", stieß Wera atemlos hervor und schloss die Tür hinter sich.

„Allerdings", erwiderte er leichthin. „Du hast doch gewusst, dass ich nicht ewig hier bleiben kann. Himmel, Weruschka, zieh kein so entsetztes Gesicht. Irgendwann werden wir uns schon wieder sehen."

„Aber ich dachte ... Ich glaubte ..."

„Was denn?", fragte er belustigt. „Dass ich mich weiterhin jede Nacht heimlich zu dir schleiche? Kind, auf die Dauer ist mir das zu gefährlich. Wenn dein Vater von der Sache Wind bekommt, wird er mich womöglich umbringen. Oder verlangen, dass ich dich auf der Stelle heirate. Beides erscheint mir nicht besonders erstrebenswert."

Er kam zu ihr und umfasste ihr Kinn. „Jetzt mach mir um Himmels willen keine Vorwürfe, meine kleine heißblütige Geliebte. Schließlich konntest du es kaum erwarten, dass ich in dein Bett kam. Du hast es ebenso gewollt wie ich, und du hast es bekommen. Oder hat es dir etwa kein Vergnügen bereitet?"

Seine grünen Augen hatten noch immer die Farbe von Jade, hell und glänzend. Aber sie waren auch kalt und steinern, schien es Wera. Warum hatte sie das nicht eher bemerkt? Da waren sie ihr warm und leuchtend vorgekommen ...

Sie fühlte sich plötzlich wie erstarrt, kaum dass sie es schaffte, seine Hand abzustreifen, die noch immer ihr Kinn hielt. Sie brachte auch kein Wort mehr hervor. Was hätte sie sagen sollen? „Ich dachte, du liebst mich und willst mich heiraten!" Hatte sie sich das wirklich eingebildet?

Ein bisschen war es wie Sterben, was in ihr vorging. Es tat schrecklich weh und machte sie so schwach, als hätte sie viel Blut verloren, aber sie wollte weder weinen noch umsinken noch ihre gallenbittere Enttäuschung herausschreien. Sie blieb stumm und wandte sich zum Gehen. Draußen auf dem Korridor begann sie zu laufen. Sie rannte in ihr Zimmer, schob den Riegel vor die Tür und warf sich bäuchlings auf ihr Bett.

Nach einer Weile hörte sie, wie draußen im Hof die Pferde antrabten und der Schlitten sich in Bewegung setzte. Als es wieder still wurde, vergrub sie den Kopf in den Kissen, schlug mit den Fäusten auf die weichen Polster ein und brach endlich in Tränen aus.

Marina Karlowna senkte bekümmert den Kopf, als Wera das Speisezimmer verlassen hatte. „Sie hat wieder nur wie ein Vögelchen gegessen", klagte sie. „Welch ein Unglück."

Oberst Kanjewskij putzte sich mit der Serviette den Mund ab. „Wenn sie wie ein Vögelchen äße, wäre alles in Ordnung, meine Liebe, denn die kleinen Biester fressen täglich weit mehr als ihr Körpergewicht. Aber du hast Recht. Weruschkas Appetitlosigkeit ist beängstigend. Sie wird uns noch krank werden."

„Sie ist bereits krank!" Weras Mutter seufzte tief. „Und an allem ist nur Graf Tutschew schuld. Ich verfluche den Tag, an dem wir ihn bei uns aufgenommen haben. Es hat sich in ihn verguckt, unser Töchterchen, und nun leidet es, dass es einem das Herz zerreißt."

Ich verfluche diesen Tag ebenfalls, dachte Fjodor Kanjewskij, aber er sprach es nicht aus. Wozu Öl ins Feuer gießen? Außerdem wurmte es ihn insgeheim maßlos, dass seine schöne, angebetete Weruschka sich in einen Mann verliebt hatte, den sie offenbar gar nicht interessierte! War er denn blind, dieser Tutschew!

„Man muss etwas tun", murmelte der Oberst mit sorgenzerfurchter Stirn. „Wir sollten Weruschka auf andere

Gedanken bringen. Vielleicht könntest du mit ihr verreisen ...“

„Und wohin?“, fragte seine Frau.

„Vielleicht zu deiner Base nach Woronesch ... Aber ihr könntet auch eine Wallfahrt unternehmen ... etwa zum Troize-Kloster des Heiligen Sergej von Radonesch ... Wenn das Kind seine Gedanken auf Gott richtet, wird es diese unselige Verliebtheit eher überwinden.“

„Eine Wallfahrt“, sagte die Kanjewskaja gedehnt. „Ich weiß nicht recht ...“

Zweimal in ihrem Leben hatte sie eine solche unternommen, und sie waren ihr unendlich öde und strapaziös erschienen. Halbe Tage und Nächte lang lag man in den Kirchen am Wege auf den Knien, übernachtete in kalten, steinernen Klosterzellen. Und die Speisen, die man vorgesetzt bekam! In der Regel eine dünne Hirsekascha und Brot – schließlich gehörte auch zu einer Wallfahrt, dass man sich der Völlerei enthielt –, nein, das war nicht nach Marina Karlownas Geschmack.

„Ich bringe das größere Opfer“, erwiderte ihr Mann. „Immerhin muss ich einige Zeit ohne euch, meine Lieben, auskommen. Doch, doch, Marinuschka, je länger ich darüber nachdenke, umso mehr gefällt mir diese Idee. Wenn Weruschka genug gebetet hat, wird sie als ein anderer, geläuterter Mensch nach Krassnaja Dalina zurückkehren.“

„Wenn du meinst ...“ Die Kanjewska war zum Gehorsam ihrem Gatten gegenüber erzogen worden. Das überwog ihren Widerwillen gegen den Pilgerstand und die Sorge, dass ihr Gliederreißen ihr auf einer Wallfahrt noch mehr als sonst zu schaffen machen würde.

„Vielleicht könnt ihr euch einer Pilgergruppe anschließen“, meinte ihr Mann. „Ich werde mich gleich morgen einmal umhören.“

Wera nahm die Ankündigung ihrer Eltern, dass sie demnächst mit ihrer Mutter zum Troize-Kloster pilgern sollte, mit der gleichen stillen, gefühllosen Ergebenheit hin, die sie seit Grigorij Tutschews Abreise allen Dingen des täglichen Lebens gegenüber an den Tag legte. Ihr Dasein kam ihr wie eine endlose Aneinanderreihung von leeren, freudlosen Stunden vor, und sie konnte sich nicht vorstellen, dass es jemals wieder anders wurde. Vier Wochen war Grigorij Tutschew nun fort und hatte ihr kein einziges Lebenszeichen gesandt. Wahrscheinlich würde sie nie wieder etwas von ihm hören.

Und dann, eines Nachmittags, als Wera von ihrer Mutter in den Garten geschickt worden war, um ein paar der endlich blühenden Narzissen für einen Frühlingsstrauß zu schneiden, geschah das große Wunder.

Jedenfalls sah Weruschka es so an, denn sie hatte in jedem Nachtgebet darum gefleht, Gott möge Grigorijs Sinn lenken, dass er Sehnsucht nach ihr bekam und zurückkehrte, und offenbar hatte Er sie erhört.

Es war ein in ein schmutziges Hemd und eine abgerissene Hose gekleideter Bauernjunge, der plötzlich an der Gartenpforte stand und fragte: „Seid Ihr Euer Wohlgeboren Wera Kanjewska?"

Sie nickte. „Ja. Was willst du von mir?"

„Wera Fjodorowna Kanjewska?", vergewisserte sich der vielleicht Dreizehnjährige. „Bitte, führt mich nicht an der Nase herum, Euer Gnaden. Ich treibe mich schon seit dem Mittagsläuten hier herum, weil ich geschworen habe, die Nachricht nur dem Fräulein Kanjewska zu übergeben, ohne dass jemand anders es merkt."

„Was für eine Nachricht?", fragte Wera, und ihr Herz tat ein paar Stolpersprünge. „Etwa aus ... aus Moskau?"

Der Junge zog ein zerknittertes, zusammengerolltes Schreiben aus dem Hemd. Er hatte es dort, mit einem Strick festgebunden, auf der Brust getragen.

„Kann schon sein ...", sagte er mit einem verschmitzten Grinsen, drückte ihr die Rolle in die Hand und rannte mit langen Sätzen davon.

Wera blickte sich um. Hatte jemand sie beobachtet? Vorhin hatte einer der Gutsarbeiter ein paar Sträucher beschnitten. Aber er war nicht mehr zu sehen. Hastig ging Wera zu einer Gartenbank hinter einem immergrünen Rhododendronbusch, wie es viele hier gab, denn der Boden war feucht durch die manchmal sumpfigen Ufer der Jausa.

Der Brief war tatsächlich von Graf Tutschew, und schon die Anrede ließ Weras Augen aufstrahlen, als habe man Kerzen dahinter angezündet. Er nannte sie seine liebste, allerschönste Weruschka. Dann berichtete er ihr, dass er im Hause des Fürsten Romodanowskij eine Anstellung als Haushofmeister gefunden und auf diese Weise seiner drückendsten Sorgen enthoben worden sei.

„Nur deshalb bin ich so unglaublich eilig aus Deinem Elternhaus aufgebrochen, mein Herzchen. Die Ungewissheit, was aus mir werden sollte, hat mich gepeinigt. Ich bitte Dich, vergib mir, dass ich bei unserem Abschied nicht so zärtlich war, wie Du es verdient hättest, aber das wäre in diesen Minuten über meine Kraft gegangen. Ich rette mich oft in spöttische Redensarten, wenn etwas mir besonders wehtut, und ich weiß wohl, dass ich Dich damit verletzt habe. Aber wenn Du mich liebst, wirst Du mir verzeihen – und sobald es geht zu mir kommen. Ich warte voller Sehnsucht auf Dich ... In Moskau wird Dir jeder Bettler sagen können, wo Fürst Michail Romodanowskij wohnt ...“

Weruschka drückte den Brief an ihre Brust, küsste ihn und las ihn noch vier Mal hintereinander. Dann verbarg sie ihn in ihrem Mieder.

Als sie am nächsten Morgen nicht zum Frühstück kam, ging ihre Mutter nach ihr sehen. Gleich darauf stieß sie einen entsetzten Schrei aus und kam in den Gartensaal gerannt, wo Fjodor Kanjewskij bereits am Tisch saß.

„Sie ist fort ... Sie ist zu Tutschew“, stammelte Marina Karlowna. „Auf ihrem Kopfkissen lag ein Brief. Lies nur selbst ...“

Oberst Kanjewskijs Hand zitterte, als er die wenigen Zeilen las, die seine Tochter hinterlassen hatte. Sie liebe Graf Tutschew und sei ihm nach Moskau gefolgt. Die Eltern mögen ihr nicht zürnen; es werde alles in Ordnung kommen. Ganz gewiss werde der Graf in den nächsten Tagen um ihre Hand anhalten ...

Krachend landete Kanjewskijs Faust auf der Tischplatte, dass die bunt bemalten Teller und Becher klirrten. „Was für eine Idiotin!", brüllte er. „Wirft sich dem Kerl an den Hals und erwartet, dass er sie im Nachhinein heiratet, obwohl er schon vorher alles bekommen hat, was er wollte! O Gott, mit was für einer Tochter sind wir geschlagen, Marinuschka! Womit haben wir das verdient!"

Seine Frau weinte laut auf und schlug die Hände vor das Gesicht. „Heilige Schmerzensmutter, welch ein Unglück! Alle werden mit den Fingern auf uns zeigen, niemand mehr mit uns Umgang pflegen. O Weruschka, mein Kindchen, warum hast du uns das angetan!"

„Hör auf zu flennen", sagte Kanjewskij grob und fuhr in seine dunkelblaue Strelitzenjacke, die er über den Stuhl gehängt hatte. „Meinen Wagen! Ich fahre sofort nach Moskau."

Marina Karlowna lief ihm jammernd hinterher, als sie sah, wie er seinen Säbel umschnallte und eine langläufige Pistole in den Gürtel steckte.

„Um Christi Barmherzigkeit willen, Fedotka, tu ihr nichts an. Wir haben doch nur dieses eine Töchterchen ... Und bring dich nicht selbst ins Unglück, indem du Graf Tutschew tötest. Bitte, Fedotka ..."

Er schob sie mit einer Handbewegung beiseite. „Geh beten, Frau! Vielleicht hilft's ja – obwohl ich es bezweifle!"

Für einen guten Vater ist es immer hart, wenn sein Töchterchen sich verliebt. Achtzehn, neunzehn Jahre hat man's im Haus gehabt, sich gefreut, wie es heranwuchs und jedem mit stolzgeschwellter Brust erzählt, was für ein schönes, liebes Kind man habe, von dem man über alle Maßen geliebt werde. Und dann kommt eines Tages so ein fadenscheiniges Herrchen daher, macht Kratzfüße und Augen wie ein verliebter Kater – und das Väterchen rangiert plötzlich an zweiter Stelle. Eine bittere Medizin ist das, die man da schlucken soll. Einem Wildfremden sein Töchterchen geben ... O ihr Heiligen, selbst wenn es vor Gottes Altar und mit dem Segen des Popen geschieht, ist es allemal, als müsste man sich ein Stück vom Herzen reißen.

Aber wenn die Tochter bei Nacht und Nebel davonläuft wie eine rossige Stute, die es zum Hengst zieht ... das, Brüder, ist wohl das Schlimmste, was über einen liebenden Vater hereinbrechen kann.

Umbringen, dachte Kanjewskij während der Fahrt nach Moskau, ich sollte sie umbringen – alle beide. Tränen liefen über sein Gesicht, er zitterte und schwitzte, und als er vor dem Haus des Fürsten Romodanowskij aus der Kutsche stieg, schwankte er.

„Warte hier", befahl er dem Kutscher und ging auf den Türsteher vor dem Portal zu.

„Zu Graf Tutschew", stieß er hervor. „Ist er hier? Dann bring mich zu ihm."

Tutschew in seiner Funktion als neuer Haushofmeister des Fürsten hatte eine Wohnung in einem Seitenflügel des riesigen, verschachtelten Hauses an der Nikolskaja.

Der Lakai, der Kanjewskij dorthin brachte, wollte ihn anmelden, doch der Oberst schob ihn zur Seite. „Nicht nötig, man wird mich bereits erwarten."

Die Tür zum Vorsaal war unverschlossen. Fjodor Wassiljewitsch trat ein und rief: „Tutschew, wo seid Ihr?"

Der Graf erschien fast umgehend. Natürlich hatte er mit Kanjewskijs Auftauchen gerechnet, deshalb wirkte er keineswegs überrascht. Er grinste frech.

„Hat die Sorge um Eure Tochter Euch hergetrieben, Oberst? Das war unnötig, denn es geht ihr glänzend. Kommt, überzeugt Euch selbst."

Weruschka saß in einem Lehnstuhl neben dem großen Kachelofen. Ihr Haar war gelöst, und sie trug ihr schönstes Kleid, mit Spitzen und Stickereien aus Silberfäden, das sie sonst nur an hohen Feiertagen in der Kirche anhatte.

„Vater ...", sagte sie gepresst und stand auf. Aber sie kam

nicht zu ihm, sondern stellte sich neben Tutschew. „Vielleicht wirst du mir nicht verzeihen können, aber ich habe getan, was ich tun musste. Ich bin zu dem Mann gegangen, den ich liebe ..."

Kanjewskij würgte es im Hals. Seine Weruschka, sein schönes unschuldiges Töchterchen – und warf sich weg wie eine Straßendirne.

Wirklich, ich sollte sie umbringen, dachte er wieder, aber er wusste, dass er es nicht konnte. Eher konnte er sich selbst töten.

„Wie konntest du deiner Mutter und mir solch ein Leid zufügen", stieß er schließlich hilflos hervor. „Waren wir dir nicht immer gute Eltern? Hast du überhaupt nicht an uns gedacht?"

Sie senkte den Blick und griff nach Tutschews Hand. Erst in den frühen Morgenstunden war sie angekommen. Bis Kukui, der Ausländervorstadt, war sie zu Fuß gegangen, dann hatte ein Bauernfahrzeug, das auf den Markt wollte, sie für ein paar Altyn nach Moskau mitgenommen. „Ich habe daran gedacht, dass ich glücklich sein möchte", erwiderte sie leise. „Bitte, Vater, gib uns deinen Segen."

„Wozu?", blaffte Kanjewskij voller Bitterkeit. „Zu eurer Hurerei?"

Wera lächelte. „Natürlich werden wir heiraten, nicht wahr, Grigorij?" Sie blickte mit einem rührenden Augenausdruck zu Tutschew hin, an dessen Wange plötzlich ein kleiner nervöser Muskel zuckte.

„Je nun ...", setzte er an, und Kanjewskijs flüchtige Hoffnung verflog, man könne den Skandal vertuschen und seine Tochter trotz allem eine ehrbare Ehefrau werden.

„Ihr wollt meine Wera nicht heiraten?", fragte er heiser.

„Oh, ich würde es liebend gern tun", entgegnete Tutschew glatt. „Aber ich kann es nicht, denn ich habe bereits eine Frau und zwei Kinder in Nowgorod."

Kanjewskijs wütender Aufschrei erstickte, als er in Weruschkas Augen sah. Sie glichen denen seiner Hündin Rubitschka, die er hatte erschießen müssen, weil sie unter die Räder eines Erntewagens gekommen war und sich das Rückgrat gebrochen hatte. O Gott, sein Töchterchen! Kanjewskij hätte sein Leben dafür gegeben, ihm diesen Schmerz zu ersparen.

Vor seinen Augen wallten rote Schleier. Er riss seinen Säbel aus der Scheide. Aber bevor er auf Tutschew eindringen konnte, warf Wera sich dazwischen.

„Tu's nicht, Väterchen! Ich will nicht, dass du seinetwegen ins Gefängnis musst oder zum Tode verurteilt wirst. Er ist es nicht wert."

Tutschew war zurückgewichen. Er hielt plötzlich ein Messer in der Hand. Die lange Klinge blitzte im Schein der Morgensonne, die durch die Fenster fiel.

„Sie hat Recht, Oberst Kanjewskij", sagte er so gelassen, als befände er sich noch als Gast in Krassnaja Dalina. „Im Falle meines Todes würde man Euch zweifelsohne einen Kopf kürzer machen. Und wenn ich schneller bin, wäre Euer Vaterherz von meinem Messer durchbohrt. Doch dadurch wäre nichts von dem, was Euch so in Rage bringt, ungeschehen gemacht. Nach Euren altmodischen Begriffen habe ich Eure Tochter entehrt, aber das ist in meinen Augen kein so großes Unglück wie in den Euren. Zwar kann ich Weruschka nicht heiraten, doch was tut's? Ich möchte Eure Tochter trotzdem behalten, sonst hätte ich ihr nicht geschrieben, dass sie zu mir kommen soll. Wir können auch ohne den Segen des Popen ein schönes Leben haben."

„Gott verfluche dich, du Schwein!", schrie Kanjewskij. Er wollte wieder auf Tutschew losgehen, doch Wera hielt mit einer Kraft, die man ihr gar nicht zugetraut hätte, noch immer seinen Arm fest.

„Bring dich nicht ins Unglück, Väterchen!", flehte sie. „Es ist doch alles meine Schuld, weil ich so vertrauensselig war. Ich schwöre dir, ich habe nichts von seiner Frau und seinen Kindern gewusst!"

„Warum hätte ich es erwähnen sollen?" Grigorij Tutschew lächelte. Es war ein gemeines, selbstgefälliges Lächeln. „Du hast nichts gefragt, und ich habe nichts gesagt."

Während seiner Worte war er noch weiter zurückgewichen, in Richtung auf eine Tür, die in ein zweites Zimmer führte. Das Messer hielt er noch immer in seiner Rechten. Blitzschnell stieß er nun mit der Linken die Tür auf, sprang mit einem langen Satz dahinter und warf sie wieder ins Schloss. Zwei schwere Eisenriegel glitten von innen mit einem metallischen Geräusch davor. Dann entfernten sich Tutschews Schritte.

„Sie läuft davon, die Ratte", stieß Kanjewskij hervor. „Und zu solch einem Dreckskerl ist meine Tochter ins Bett gekrochen! Man kann den Verstand darüber verlieren."

Als Wera sich abwandte und die Hände vor das Gesicht schlug, riss er sie grob zu sich herum. „Willst du bei ihm bleiben, du Hure? Los, sag's! Ich werde dich nicht daran hindern. Aber glaub nicht, dass du nach ein paar Wochen, wenn er dich satt hat, wieder an meine Tür kommen kannst. Die bleibt für dich verschlossen ..."

Wera hatte immer noch die Augen der sterbenden Rubitschka. Sie weinte nicht, und sie wehrte sich auch nicht, als ihr Vater sie plötzlich wie von Sinnen zu schütteln begann. Ihr Kopf flog hin und her, aber kein Laut kam über ihre Lippen, bis Kanjewskij sie mit einem rauen Aufschluchzen losließ.

Er sank auf die Knie und umfasste seinen Kopf mit beiden Händen.

Als Wera ihn hochziehen wollte, stieß er sie von sich. „Geh ... geh zu ihm. Er hat dir doch ein schönes Leben versprochen. Kümmere dich nicht um deinen Vater!"

„Ich will lieber sterben, als noch eine Minute länger bei ihm bleiben", sagte Wera dumpf. „Bring mich von hier fort ..."

Sie hielt den Kopf tief gesenkt, als sie einige Minuten später durch die Toreinfahrt zu Kanjewskijs Kutsche gingen. Ihr langes schwarzes Haar verbarg ihr Gesicht.

Trotzdem erkannte Graf Bjelskij sie sofort. Es hätte gar

keines Blickes auf Fjodor Kanjewskij bedurft, der seine Tochter am Arm hielt.

„Fjodor Wassiljewitsch ... Wera Fjodorowna!", rief Bjelskij erfreut, während er raschen Schrittes die Nikolskaja überquerte. „Was für ein unverhofftes Vergnügen, Euch zu sehen ..."

Er wollte auf sie zu und ihnen die Hände schütteln, doch Wera kroch noch mehr in sich zusammen und stieg hastig in die Kutsche.

Alexej Iwanowitsch Bjelskij, in der Uniform eines Strelitzenleutnants, ein dreißigjähriger, großer, schlanker Mann mit goldbraunen Augen und mittelblondem Haar, blickte ihr einen Augenblick lang verblüfft nach. Dann wandte er sich ihrem Vater zu. „Was ist passiert? Ist Wera Fjodorowna krank?"

Kanjewskij sah fürchterlich aus, mit geröteten Augen und fleckigem Gesicht. „Ja", murmelte er fahrig. „So kann man sagen ... Entschuldigt mich, Graf Bjelskij, ich muss sie nach Hause bringen."

Er stieg zu Wera, der Wagenschlag wurde geschlossen, und gleich darauf zogen die Pferde an.

Mit gerunzelter Stirn blickte Alexej Bjelskij dem Gefährt nach.

Am nächsten Vormittag erschien der Graf in Krassnaja Dalina. Marina Karlowna kam gerade in die Halle des Gutshauses, als eine Hausmagd ihn einließ.

Weras Mutter sah ebenso elend aus wie gestern ihr Mann, und Bjelskij erschrak. „Um Himmels willen, es ist doch nichts Ernstliches mit Wera Fjodorowna? Ich traf Euren Gatten gestern mit ihr vor dem Haus des Fürsten Romodanowskij, und er sagte mir, dass es ihr nicht gut ginge. Deshalb wollte ich mich heute nach ihrem Befinden erkundigen."

„Nichts Ernstliches, nein, nein ...", murmelte die Kanjewska, ohne ihn anzusehen. „Nur eine ... eine Unpässlichkeit ..."

Vor einiger Zeit war Alexej Bjelskij in Krassnaja Dalina ein gern gesehener Gast gewesen. Der kluge und weltgewandte Mann hatte sich leidenschaftlich in Wera verliebt und um sie geworben. Doch sie hatte ihn mit lächelnder Standhaftigkeit abgewiesen, sodass er sich schließlich enttäuscht zurückgezogen hatte. Aber nun war er doch ziemlich beunruhigt.

„Kann ich Wera Fjodorowna sehen?", erkundigte er sich, und die Kanjewska schüttelte entsetzt den Kopf. „Nein, sie empfängt niemanden ..."

Bjelskij ergriff ihre Hände. „Wollt Ihr mir nicht sagen, was mit ihr ist? Ich bin doch nach wie vor ein Freund Eurer Familie ..."

Weras Mutter brach unvermittelt in Tränen aus. „Kommt", sagte sie und ging ihm voran in den großen Wohnraum. „Eines Tages werden es ja doch alle erfahren. Man kann es nicht geheim halten. Mein Gatte ... Er will Weruschka in ein Kloster stecken. Für immer. Sie soll Nonne werden."

Völlig entgeistert sank Bjelskij auf die Polsterbank, auf der sie ihm mit einer Geste Platz angeboten hatte. „Aber warum? Ich bitte Euch, Marina Karlowna: Weruschka eine Nonne, das ist doch absurd! Das wäre, als wollte man aus einem hübschen kleinen Paradiesvogel eine gerupfte Saatkrähe machen."

Sie betupfte sich mit einem Spitzentüchlein die nassen Augen. „Es bricht mir ja auch das Herz, Alexej Iwanowitsch, aber es muss sein. Ich muss mein Töchterchen hergeben. Nur so kann Weruschka vielleicht Vergebung für ihre Sünden erlangen ..."

„Was denn für Sünden?", fuhr er auf, und da erzählte sie ihm alles. Graf Bjelskij unterbrach sie mit keinem Wort. Er saß still da und hörte ihr zu, und sein Gesicht verriet ihr, wie hart ihre Eröffnungen ihn trafen.

„Und Wera Fjodorowna?", fragte er schließlich gepresst. „Will sie ebenfalls ins Kloster?"

Sie nickte. „Ihr würdet sie schrecklich verändert finden,

Alexej Iwanowitsch. Dieser Mann, Gott strafe ihn, hat sie zerstört."

Er stand auf und begann mit gesenktem Kopf in dem großen Raum mit der niedrigen Balkendecke auf und ab zu gehen. Dann sagte er: „Erlaubt mir, dass ich mich jetzt verabschiede, Marina Karlowna. Ich ... ich muss jetzt allein sein und in Ruhe nachdenken. Aber ich werde wiederkommen."

In der Tür blieb er noch einmal stehen. „Wann, glaubt Ihr, wird Wera Fjodorowna in ein Kloster abreisen?"

Marina Kanjewska hob die molligen Schultern. „Fjodor Wassiljewitsch hat sich noch nicht entschieden. Er will, dass sie möglichst weit weg von uns lebt. Womöglich schickt er sie noch hinter den Ural, und ich werde sie nie wieder sehen ..." Sie verstummte und weinte bitterlich.

Am nächsten Vormittag war Graf Bjelskij wieder in Krassnaja Dalina. Und dieses Mal bestand er darauf, mit Wera zu sprechen. „Allein", sagte er, „unter vier Augen, ich bitte Euch sehr darum, Marina Karlowna." Als sie zögerte, fügte er hinzu: „Ihr vertraut mir doch, dass ich sie nicht kränken oder verletzen werde." Er wirkte ernst und feierlich, darüber vermochte selbst das Lächeln nicht hinwegzutäuschen, das er der Kanjewska schenkte.

„Ich weiß nicht, ob es Fjodor Wassiljewitsch recht wäre", wandte sie ein, doch als er ihre Hand küsste und leise sagte: „Ich bitte Euch von ganzem Herzen darum ...", gab sie nach.

„Ihr könnt im Gartenzimmer mit ihr reden. Ich lasse sie rufen."

Als Wera eintrat, schnürte ihr Anblick Bjelskij das Herz ab. Sie war wahrlich nur noch ein Schatten ihrer selbst, mit stumpfen Augen und blutleerem Gesicht. Und ihr herrliches schwarzes Haar wirkte wirr und glanzlos.

Bjelskij konnte nicht anders: Er nahm sie in die Arme und drückte sie an seine breite, zuverlässige Brust. „Weruschka", sagte er leise, und er duzte sie in diesem Moment ganz selbstverständlich. „Was hat man nur aus dir gemacht!"

„Ihr wisst?“, fragte sie mit einer vom Weinen heiseren Stimme. „Und warum seid Ihr hier? Wollt Ihr über mich spotten, weil ich nicht die Spreu vom Weizen unterscheiden konnte?“

Er hatte sich überlegt, dass er sie nicht nur trösten oder bemitleiden durfte. Klüger war's vielleicht, sie ein wenig zu provozieren, um sie aus ihrer Lethargie zu holen.

„Ach Weruschka, sei nicht dumm! Du bist nicht die Einzige, der so etwas widerfährt. Das geschieht an allen Tagen unzähligen Frauen. Sie fallen auf einen Halunken herein, der sie belügt und betrügt, und jede meint, dass es sie am schlimmsten getroffen hat.“

„Was wisst denn Ihr?“, begehrte sie auf. „Ihr seid ein Mann ... Ihr könnt so etwas nicht verstehen.“

„Nun“, erwiderte er freundlich, „ein bisschen schon. Schließlich habe ich eine Zeit lang deinetwegen gelitten.“

Sie warf ihm einen raschen Blick zu. „Dann habt Ihr Euch erstaunlich gut davon erholt. Schaut mich dagegen an ...“

„Dem Himmel sei Dank, dass ich es überwunden habe. Und du wirst es ebenfalls können, wenn du nur willst. Mach es dir klar: Du bist nur eine von vielen, die so etwas durchmachen. Also hör auf, dich selbst zu bedauern, dann kannst du am Ende sogar gestärkt daraus hervorgehen.“

„Im Gebet, ja“, murmelte sie. „In einer Klosterzelle.“

„Unsinn!“, versetzte er betont heiter, obwohl ihm nicht danach zumute war. „Auf dich wartet immer noch das Leben, nicht das lebendig Begrabensein. Oder hängt dein Herz immer noch an diesem Menschen?“

Sie dachte ein paar Minuten nach, dann schüttelte sie den Kopf. „Nein. Aber ich hasse mich dafür, dass ich so dumm war.“

„Du musst nicht dich, sondern ihn dafür hassen“, verbesserte Bjelskij sie. „Allerdings wäre es noch besser, du würdest überhaupt kein Gefühl mehr an ihn verschwenden – weder Liebe noch Hass.“

Sie löste sich von ihm und setzte sich in einen Sessel.

„Seid Ihr gekommen, um mir das zu sagen? Glaubt Ihr, das könnte mir helfen?“

„Vielleicht“, erwiderte er leichthin. „Aber in der Hauptsache bin ich hier, weil ich dich vor dem Kloster bewahren möchte.“

Als sie schwieg und ihn nur aus großen Augen ansah, fügte er hinzu: „Es gibt eine Möglichkeit: Heirate mich, Weruschka.“

Sie glaubte, sich verhört zu haben. „Das ist nicht Euer Ernst. Ihr habt doch gerade gesagt ...“

„Stimmt, ich habe meine närrische Versessenheit auf dich abgelegt. Es war ein hartes Stück Arbeit, doch ich hab's geschafft. Liebe braucht Gegenliebe, wenn etwas daraus werden soll. Aber du wolltest ja absolut nichts von mir wissen. Also habe ich mir gesagt: Alexej Iwanowitsch, sei kein Idiot. Man rennt nicht hinter einem Vogel her, der davonfliegt. Man kann ihn nicht einfangen, sondern fällt höchstens auf die Nase, weil man nicht auf seine Tritte achtet. Aber ich bin immer noch dein Freund, Weruschka, und ich möchte dir helfen. Wirklich, du solltest ja zu meinem Vorschlag sagen.“

„Ihr seid verrückt“, platzte sie mit einem Anflug ihrer früheren Direktheit heraus. Außerdem ärgerte es sie seltsamerweise ein wenig, was er gerade gesagt hatte. „Schließlich liebe ich Euch gar nicht ...“

„Natürlich“, spottete er lächelnd, „ein gebrochenes Herz ist dazu nicht im Stande. Aber das sollte uns nichts ausmachen. Du hast die Wahl, Weruschka: Irgendein weltabgeschiedenes Kloster, in dem es dir miserabel gehen wird – oder ein Leben als Gräfin Bjelskij.“

Wera ging zum Fenster und lehnte die Stirn gegen die Glasscheibe. „Ich glaube, man hat Euch nicht ganz die Wahrheit gesagt: Ich war Tutschews Geliebte ...“

„Ich weiß“, erwiderte er einfach.

„Und das macht Euch gar nichts aus?“

Für einen Moment verlor seine Miene die lächelnde Gelassenheit, wurde unglücklich und zerquält, aber das konnte sie nicht sehen, weil sie ihm den Rücken zuwandte.

Dann lachte er. „Nun, ich denke, dass du nach dieser Erfahrung kein Verlangen mehr haben wirst, dein Glück in den Armen eines anderen Mannes zu suchen. Denn in diesem Fall würde ich keinen Spaß verstehen."

„Und wenn ich nun ..." Sie biss sich auf die Lippen, sprach es aber doch aus. „Wenn ich nun ein Kind von Tutschew erwarte?"

„Erwartest du eines?", fragte er rasch, und sie schüttelte den Kopf.

„Nein. Das heißt, ich weiß es nicht. Es wäre doch immerhin möglich."

Er blickte auf ihre gesenkten Schultern und den schmalen Rücken. „Weißt du, Weruschka, ich glaube nicht so sehr daran, dass die Blutsbande das Entscheidende bei der Entwicklung eines Kindes sind. Mag sein, dass ein Kind die eine oder andere schlechte Eigenschaft von einem Elternteil erbt ... Aber in meinen Augen ist es viel wesentlicher, in was für einer Umgebung es aufwächst. Und wenn du und ich bestrebt sind, diesem Kind zu vermitteln, was für uns selbst wichtig ist, dann wird es am Ende weit mehr mein Sohn oder meine Tochter sein als irgendeines Taugenichtses."

Er trat hinter sie und umfasste ihre Schultern. „Sag ja, Weruschka. Das Kloster oder ich: Ist die Entscheidung so schwer?"

„Aber ich liebe Euch nicht", wiederholte sie verbissen, und er drehte sie an den Schultern zu sich herum und versetzte ihr einen kleinen Nasenstüber.

„Liebe ist ein höchst seltenes Gewächs zwischen Eheleuten. Man kann auch ohne sie sehr gut zusammenleben."

Sie heirateten am Sonntag nach Pfingsten. Zwar hatte es noch einige Mühe gekostet, Fjodor Kanjewskijs Zustimmung zu dieser Eheschließung zu erlangen, denn Weras Vater war immer noch der Ansicht, dass seine Tochter in einem Kloster für ihre Verfehlungen büßen müsse, aber schließlich hatte er nachgegeben.

Am Morgen ihrer Hochzeit rief Marina Karlowna ihre Tochter in das elterliche Schlafzimmer. Weruschka war schon im Brautstaat, allerdings noch ohne den Schleier, der bei der Trauungszeremonie Kopf und Gesicht verhüllte.

Hausmägde und die vier Brautjungfern – Töchter von Strelitzenoffizieren – hatten Wera eingekleidet, mit einem feinen Hemdchen und Seidenstrümpfen. Darüber kamen ein weiteres, langes Hemd mit bestickten Ärmelbündchen aus hellroter und ein Gewand mit bis zum Boden reichenden Ärmeln aus weißer Seide, sowie ein mit Schwanenpelz gefütterter, silberdurchwirkter Umhang. Das Haar hatte man ihr zu einem dicken Zopf geflochten und aufgesteckt, und auf dem Kopf trug sie schon die hohe Brautkrone.

Marina Karlowna zog ihre Tochter gerührt an ihren üppigen Busen. „Ich bin so froh", gestand sie. „Du bekommst einen guten Mann, Weruschka. Gott segne euch beide." Dann nahm sie mit einer feierlichen Geste das große juwelenbesetzte Kreuz von der Wand und hängte es ihrer Tochter um. „Vom heutigen Tag an gehört es dir, bis du es an deine älteste Tochter oder Schwiegertochter an ihrem Hochzeitstag weitergibst. Bewahre es gut, dieses Kreuz. Es möge dir Glück bringen, Töchterchen."

„Danke, Matuschka", flüsterte Wera, während ihre Mutter das Kreuzzeichen über sie schlug.

Die folgenden Stunden erlebte Wera wie in halber Benommenheit. Wie es Sitte war, hatte sie am Vortag gefastet und auch an ihrem Hochzeitstag noch keinen Bissen zu sich genommen. Ihr war schwindelig, und sie fühlte eine Mischung aus Aufregung und Traurigkeit. Sie verließ ihr Elternhaus, und ihr war zumute, als ließe sie darin auch die Unbeschwertheit ihrer Jugend zurück. Alexej Bjelskij war in den vergangenen Wochen, so oft es sein Dienst zuließ, nach Krassnaja Dalina gekommen. Er war reizend zu Wera, hatte ihr kleine Geschenke mitgebracht und auf jede erdenkliche Art und Weise versucht, sie aufzuheitern. Es war ihm nicht allzu oft gelungen. Wera war kein Mensch, der das, was ihr geschehen war, abstreifen konnte wie ein schmutziges Hemd. Sie schlug sich mit ihrer Scham und den Selbstvorwürfen herum, und Tutschews Verrat schmeckte ihr noch immer bitter.

Nein, sie liebte ihn nicht mehr, denn den Grigorij Tutschew, an den sie geglaubt hatte, gab es ja gar nicht. Der echte Tutschew war anders und verabscheuungswürdig. Dennoch machte diese Einsicht nichts leichter für sie. Sie konnte ihm nicht verzeihen – und noch weniger sich selbst.

Und sie hatte auch ein wenig Angst vor dem neuen Leben, das mit dem heutigen Tag begann.

Die Trauung fand in der Moskauer Basilius-Kathedrale statt, die Iwan IV. als Dank für seinen Sieg über das Khanat Kasan vor den Kremlmauern auf dem Roten Platz hatte errichten lassen. Die Bjelskijs besaßen gegenüber ein prächtiges palastähnliches Steinhaus mit Bogenfenstern und einem Dach aus Kupfer.

Alexej bewohnte den gesamten Oberstock eines Seitenflügels, der in aller Eile für den Einzug einer jungen Frau hergerichtet worden war. „Was dir nicht gefällt", hatte er gesagt, „werden wir später ändern. Du kannst dich sogar ganz neu einrichten, wenn du willst."

Seine Eltern wussten natürlich nichts von Grigorij Tutschew. Besonders sein Vater Iwan hatte Wera freundlich aufgenommen. Alexejs Mutter Tamara war zurückhaltender. Sie gehörte zu den Müttern, die ihre Söhne am liebsten zeit ihres Lebens am Gängelband führen wollten und der Meinung waren, keine Frau sei gut genug für sie, schon gar nicht eine schlichte Obristentochter Kanjewska. Und die Mitgift, die man ausgehandelt hatte, entsprach ebenfalls keineswegs den Erwartungen der Gräfin, wenn man in ihre Familie einheiraten wollte.

Die Kanjewski'schen Verwandten waren vollzählig zu

der Hochzeit erschienen, dazu ein paar geladene Gäste, meist Freunde von Alexej.

Tamara Bjelskaja hatte auf einer traditionellen Hochzeitsfeier bestanden, und die Zeremonie im Haus der Bjelskijs erschien Wera unendlich ermüdend und langweilig.

Seit ihrer Abfahrt aus Krassnaja Dalina trug sie den Schleier, der ihr Gesicht verhüllte. Bei ihrem Eintritt in den Festsaal segnete ihr Vater sie mit einem geweihten Muttergottesbildnis, dann übergab er sie dem Brautführer Anton Bjatkow, ihrem Cousin mütterlicherseits. Er trug eine große Schüssel mit Hopfen, Seidentüchern, Zobelfellen und Münzen. Zwei Diener schleppten die fast einen Zentner schwere Brautkerze. Ihnen folgten andere mit großen Tabletts voll weißer Brote.

Weruschka wurde von Anton zu einem Sitz unter lauter Heiligenbildern geführt, und man bedeutete ihr, dort zu warten. Ihr Vater setzte sich neben sie.

Die Brote wurden zu der langen Tafel gebracht, an der die Gäste bereits Platz genommen hatten.

Dann kam Alexej Bjelskij, von seinem Freund Bogdan Stepanowitsch Korschkin und drei Popen der Basilius-Kathedrale begleitet. Sie trugen Kreuze, schwenkten Weihrauchfässer und besprengten den Boden des Saales mit geweihtem Wasser. Zwei Edelpagen blieben neben der weit geöffneten Tür stehen.

Wera blickte ihren zukünftigen Mann an. Er trug seine Galauniform, war aber barhäuptig. Der Schleier hinderte sie, seinen Gesichtsausdruck genau zu erkennen, doch sie meinte, ein ironisch vergnügtes Funkeln in seinen Augen zu entdecken, obwohl er eine ernste Miene aufgesetzt hatte. Mit ihm kam ein Dutzend Sängerinnen, Tänzerinnen und Musikanten.

Korschkin trug eine große runde Mütze in der Hand, in der viele Goldmünzen klimperten. Er wandte sich an Fjodor Kanjewskij. „Was kostet es, Euren Platz neben der Braut zu kaufen?", fragte er, und Weras Vater antwortete, wie es der

Brauch vorschrieb: „Für ein paar Altyn werdet Ihr ihn nicht bekommen. Ihr müsst schon Gold dafür bezahlen."

Korschkin leerte den Inhalt seiner Mütze auf einen Teller. „Ist es so recht?" Und als Kanjewskij nickte, nahm er ihn beim Arm und führte ihn zu einem Stuhl neben Marina Karlowna. Dann winkte er Alexej heran, der sich auf den frei gewordenen Platz setzte. Er hätte gern Weras Hand genommen, aber sie hatte die Arme über der Brust gekreuzt, und der lange Schleier bedeckte sie.

Also begnügte Bjelskij sich damit, sich ein wenig zu ihr hinüberzulehnen und seiner verschleierten Braut mit gespitzten Lippen einen Kuss zuzuwerfen, was seine Mutter veranlasste, entrüstet den Atem auszustoßen.

Welch eine Unmöglichkeit bei einer so ernsten, feierlichen Zeremonie!

Diener brachten den ersten Gang des Hochzeitsessens, und die Popen sprachen Gebete und segneten die Speisen. Trotzdem durfte sie noch niemand anrühren. Getafelt wurde erst nach der Trauung in der Kirche.

Zwei Bojarenfrauen spannten ein Leinentuch zwischen Bjelskij und Wera, während die Tänzerinnen ein Hochzeitslied anstimmten, in das die Anwesenden einfielen. Dabei nahmen die Bojarinnen Wera die Brautkrone ab und setzten ihr eine mit Perlen bestickte Frauenhaube aus weißem Samt auf. Als das Tuch fortgezogen wurde, saß sie allerdings wieder mit verhülltem Gesicht da, und Alexej Bjelskij lachte unterdrückt. „Als ob ich nicht wüsste, wie sie aussieht ..."

„Still doch", zischelte seine Mutter, die mit ihrem Gatten den Kanjewskijs gegenübersaß.

Anton Bjatkow griff mit beiden Händen in seine mitgebrachte Schüssel und bestreute die Köpfe von Alexej und Wera mit Hopfen, den er anschließend mit den Zobelfellen fortfegte. Die Seidentücher und die Geldmünzen warf er den Gästen zu.

„Gebt Euren Segen dazu", wandte er sich an Fjodor Kanjewskij, „dass wir das Brautpaar nun zur Trauung in die Kirche führen."

Alexej und Wera erhoben sich, und Marina Karlowna schluchzte gerührt auf, als sich die beiden tief vor ihrem Mann verneigten und er das Kreuzzeichen über sie schlug.

Die Popen schwenkten dabei wieder ihre Weihrauchgefäße und hüllten alles in dichte Wolken, die das Atmen schwer machten.

Oberst Kanjewskij hatte eine Lederpeitsche in seinem breiten Gürtel stecken, die er nun herauszog und seiner Tochter drei symbolische leichte Schläge versetzte. Trotzdem sah man ihm seinen Widerwillen darüber an. Er hatte seine Weruschka nie mit der Peitsche geschlagen.

Was für ein barbarischer Ritus, dachte er und leierte, so schnell es ging, die Worte herunter:

„Du, meine Tochter, hast bis zum heutigen Tage nur die Peitsche deines Vaters gespürt. Doch jetzt übergebe ich sie deinem zukünftigen Gebieter, damit er von ihr Gebrauch mache, wenn du ihm ungehorsam bist."

Er hielt die Peitsche Alexej hin, doch dieser machte keine Anstalten, sie zu nehmen. Er verschränkte sogar die Hände hinter dem Rücken, was seine Mutter zum dritten Mal zu einem ärgerlichen Zischeln veranlasste. Kanjewskij blickte hilflos von einem zum anderen und drückte die Peitsche schließlich Anton Bjatkow in die Finger, der sie hastig unter dem Tisch verschwinden ließ.

Nun formierte sich der Hochzeitszug, mit den Popen an der Spitze. Bjatkow führte Wera, Bogdan Korschkin den Bräutigam.

In der Basilius-Kathedrale, die eigentlich aus neun ineinander gehenden Kirchen bestand, die von neun farbenprächtigen Kuppeln gekrönt wurden, herrschte buntes Dämmerlicht. Bunt war es durch die farbigen Fenster, die Deckengemälde, das gelbe Licht der unzähligen Kerzen in den Kronleuchtern und vor allem durch die goldenen, mit Juwelen besetzten Heiligenstatuen und Ikonen. Dies alles mischte sich im mystischen Halbdunkel zu einer zauberischen Farbensymphonie.

Die Messe zog sich hin, und Wera fröstelte in ihren Brautgewändern. Weihrauch und Kerzenqualm kratzten in ihrer Kehle. Immerhin, der Chor hinter der Ikonostase sang herrlich und bewirkte, dass schließlich doch ein wenig Ergriffenheit in Weras Herz einkehrte.

Endlich war die Trauung vollzogen, und das Hochzeitspaar wurde im Kreis um das Betpult geführt, auf dem es bis jetzt gekniet hatte. Ein Diakon reichte ihnen das Messingkreuz, um es zu küssen, und danach sank Wera auf die Knie, wie es das Ritual vorschrieb, und küsste die in weichen Lederstiefeln steckenden Füße ihres Gatten.

Einer der Popen psalmodierte mit hoher Falsettstimme:

„Um die Seele des Weibes vor der Verdammnis zu bewahren, soll der Mann sie mit Stock und Peitsche züchtigen, denn ihr Leib ist voller Sünden und Schwachheiten."

Dies war der Moment, in dem Alexej Bjelskij seine frisch angetraute Ehefrau zu sich hochzog und eigenmächtig ihren Schleier zurückschlug. Er sah Weruschkas blasses, erschöpftes Gesicht und küsste sie auf beide Wangen.

Die Popen wechselten entsetzte Blicke, aber man musste über diese unerhörte Missachtung der heiligen, jahrhundertealten Zeremonie hinwegsehen, wenn man die gesamte Hochzeitsfeier nicht gefährden wollte. Darum stimmten die Popen, begleitet von den Sängern und Tänzerinnen, sogleich ein Loblied zur Ehre Gottes an, und Bogdan Korschkin verkündete fröhlich: „Du hast es zwar schon vorweggenommen, aber jetzt darfst du dein Weib wirklich küssen, Alexej. Tu's ruhig noch einmal."

Dieses Mal legte Alexej die Arme um Weruschka, und sie spürte seine Lippen für einen flüchtigen Augenblick auf ihrem Mund.

Anschließend kehrte die Hochzeitsgesellschaft ins Haus der Bjelskijs zurück, in dem sich indessen die Tische nicht nur unter dem ersten Gang des Hochzeitsessens, sondern unter neu aufgestellten Bratenplatten und Beigaben förmlich bogen.

Endlich langten die Gäste kräftig zu, nur das Brautpaar musste weiterhin fasten, wie es vorgeschrieben war.

Die eifrigsten Esser waren die Popen, und damit bewahrheitete sich wieder einmal das russische Sprichwort: „Der Bart des Popen hängt immer in einer fetten Suppe“, was heißen sollte, dass sich die Geistlichkeit in der Regel überall begeistert durchfraß, sei es in den Häusern der Reichen oder in den Armenhütten. Wer hätte einem geweihten Diener Gottes schon Essen und Trinken verweigert?

Zwei Stunden später – sie reichten aus, um sich die Bäuche vollzuschlagen, rief Anton Bjatkin: „Es ist an der Zeit, die Neuvermählten in ihr Brautgemach zu geleiten.“

Wieder formierte sich ein langer Zug über Treppen und Gänge zu Alexejs Wohnung, von Musik und Gesang begleitet.

Zunächst durfte nur Weruschka das Brautgemach betreten. Man nahm ihr Haube und Schleier ab und half ihr aus den Kleidern. Nur noch mit dem langen hellroten Seidenhemd bekleidet, sank sie auf die hohe Bettstatt. Erst dann durfte Alexej Bjelskij eintreten, und als er auf Wera zuging, wurden sie wieder mit Flachs und Hanf überschüttet, was ihnen Glück und Fruchtbarkeit schenken sollte.

„Ich danke euch, Freunde“, rief Bjelskij und drängte alle lachend in den Vorsaal hinaus. Er warf die Tür hinter ihnen zu und verriegelte sie.

„Sämtlichen Heiligen sei Dank! Diese schreckliche Zeremonie ist vorbei! Und ich schwöre dir, mein Herzchen, ich werde in meinem ganzen Leben kein zweites Mal heiraten, schon um dieser Prozedur zu entgehen.“

Wera saß da und verschränkte die Arme im Schoß. „Dann fandet Ihr das alles also ebenfalls furchtbar?“

„Furchtbar ist gar kein Ausdruck! Ich habe keine Ahnung, was meine Mutter dazu bewogen hat, diesen Unsinn auszugraben. Heutzutage heiraten längst nicht alle Leute mehr nach solchem uralten Brimborium.“ Er kam näher. „Aber du musst jetzt wirklich endlich du zu mir sagen. Willst du daran denken?“

„Ja“, sagte sie. Es war ihr schrecklich peinlich, aber ihr Magen knurrte so laut, dass er es hören musste.

„Ach, mein armes Schwänchen!“, rief er lachend. „Du bist sicherlich halb verhungert.“

Sie nickte. „Ich habe ja schon gestern fasten müssen, und nun ist mir ganz flau ...“

Bjelskij öffnete einen Schrank. „Gepriesen sei Bogdan Korschkin! Man kann sich wirklich auf ihn verlassen. Sieh nur, was er alles für uns hierher geschmuggelt hat!“

Er holte einen großen Teller mit verschiedenen kalten Bratensorten aus dem Schrank, dazu Blinis und eine Platte mit geräuchertem Fisch, einen Krug Wein und als Nachtisch sogar einen Kuchen mit Honig und Rhabarber. Alexej trug alles zu dem Tisch vor den Fenstern und rückte Weruschka einen Stuhl zurecht. „Komm her, meine hübsche Bjelskaja, und greif zu.“

Weruschka aß voller Heißhunger. Als Alexej ihr Wein einschenken wollte, wehrte sie zunächst ab, doch er meinte: „Trink nur, dann kannst du danach gut schlafen.“

Der Wein war schwer und schmeckte ein wenig erdig, aber er löschte hervorragend den Durst, der Wera fast noch mehr als der Hunger geplagt hatte. Also leerte sie den Becher, nachdem sie anfangs nur daran genippt hatte, und Bjelskij schenkte ihr lächelnd nach.

Weruschka wurde ganz wirbelig im Kopf. Aber die Verkrampftheit, die sie den ganzen Tag über verspürt und die sich noch verstärkt hatte, seit sie mit Alexej allein war, wich und machte einem entspannten Behagen Platz.

Als Bjelskij den Arm um sie legte, blickte sie zu ihm auf. „Es war lieb von Euch ... von dir, dass du die Peitsche aus der Hand meines Vaters nicht angenommen hast. Obwohl es natürlich ein Verstoß gegen die Zeremonie war.“

„Barbarische Sitten mache ich nicht mit!“, erwiderte er

und drückte sie leicht an sich. „Du sollst niemals Angst vor mir haben, Weruschka. Das habe ich mir in diesem Moment geschworen."

Aber sie bekam doch wieder ein wenig Angst, als er nun aufstand und ganz selbstverständlich begann, seinen Rock und die Stiefel auszuziehen.

Als er zu ihr kam, nur noch mit Hemd und Hose bekleidet, kroch sie unwillkürlich auf ihrem Stuhl in sich zusammen.

„Komm ins Bett", sagte er leise. „Du musst doch todmüde sein, Weruschka." Er umfasste sie und hob sie mit einem Schwung hoch, um sie zu der breiten Lagerstatt zu tragen. Dort ließ er sie in die Kissen sinken und zog die Decke über sie.

„Heute muss ich mich zu dir legen", flüsterte er, „sonst würden unsere Familien außer sich sein. Und wir wollen doch kein Gerede, nicht wahr? Aber natürlich wirst du in Zukunft dein eigenes Schlafzimmer haben. Ich habe es damit begründet, dass ich sehr unruhig schlafe und außerdem entsetzlich schnarche." Er lachte leise. „Das stimmt zwar nicht, aber ich weiß, dass du noch Zeit brauchst, Herzchen. Die hast du. Du hast alle Zeit der Welt ..."

Er küsste sie auf die Stirn und die Augen, die ernst und fragend zu ihm hochschauten. „So, und nun schlaf gut, meine kleine Gräfin. Ich werde mir große Mühe geben, dich nicht zu stören, wenn wir dieses Bett miteinander teilen."

Die Zarewna Sofija Alexejewna, Halbschwester von Zar Peter aus einer früheren Ehe ihres Vaters, kam aus der Kirche zurück.

Die Glocken des Nowodewitschi-Klosters läuteten noch, und Sofija presste die Lippen zusammen. Wie sie das alles hasste! Die ewigen Andachten – vier- bis fünfmal am Tag, morgens noch vor dem ersten Hahnenschrei und zum letzten Mal, wenn es draußen schon Nacht war –, die gemurmelten an- und abschwellenden Gebete, den Gesang der

Nonnen und das Glockengeläut ... Es dröhnte ihr in den Ohren, und sie musste an sich halten, um nicht laut zu schreien: „Hört auf. Ich kann es nicht mehr ertragen! Nichts mehr kann ich hier ertragen! Ich will endlich dieses verfluchte Kloster verlassen!"

Die Zarewna lebte nun seit neun Jahren hier. Freilich hatte man ihr nicht den Kopf geschoren und sie zur Nonne geweiht, aber ihr Dasein war schlimmer als das einer Klosterschwester, denn es war das einer Gefangenen.

Strelitzenregimenter bewachten das Kloster, das sie nicht mehr verlassen durfte. Auch Besucher wurden so gut wie nie vorgelassen. Nicht einmal ihre Schwestern Natalja und Marfa, die noch immer im Moskauer Kreml lebten, weil Zar Peter sie für harmlos und ihm völlig ergeben hielt, durften regelmäßig zu Sofija kommen.

Und wahrscheinlich würden sie es auch gar nicht wollen, die feigen Luder, dachte Sofija mit böse verzogenem Mund. Sie betrat die Wohnung, die ihr in einem Seitentrakt des Klostergebäudes zugewiesen worden war – vier ineinander gehende Räume, den Zellen der Nonnen nicht unähnlich mit ihren weiß gekalkten Wänden, nur dass die Einrichtung komfortabler war. Die alte Werchinskaja, eine von Sofijas Dienerinnen, kam aus dem Nebenraum hereingeschlurft, gefolgt von der Zwergin Walentina, die, kaum dass sie Sofija erblickte, vor ihr herumtanzte und in die Hände klatschte. „Schön und gütig ist sie, unsere Zarewna", plärrte sie nach einer selbst erfundenen Melodie. „Seht nur ihre funkelnden Augen. Sind sie nicht wie zwei Sterne, und ihr Mund ..."

Sie brach ab und begann wütend zu heulen, weil Sofija ihr eine schallende Ohrfeige gegeben hatte.

„Halt's Maul, dumme Trine, und verschwinde!", fuhr Sofija sie an, und die Zwergin rannte so rasch hinaus, als sei der Teufel hinter ihr her.

„Und ihr Mund", sang sie draußen, von Schluchzern unterbrochen, „spuckt Gift und Galle, als hätte sie Satanspilze gefressen!"

Sofija verzichtete darauf, ihr nachzulaufen und ihr noch eine Ohrfeige zu verabreichen, sondern legte ihren Pelz ab und ließ sich in einen Lehnsessel fallen. Die Werchinskaja warf ihr einen besorgten Blick zu. Sie war Sofija blind ergeben und hätte sich für sie in Stücke reißen lassen.

„Soll ich Euch das Nachtmahl holen, mein Augentrost?", fragte sie. „Oder wollt Ihr erst ein wenig ruhen?"

„Halt mir für heute nur die Walentina vom Leib", knurrte Sofija. „Und die vermaledeite Njuscha auch. Ich kann die Missgeburten nicht mehr sehen."

Die Werchinskaja, die beiden Zwerginnen und noch drei alte Dienerinnen waren ihre einzige Gesellschaft, seit Peter sie ins Kloster verbannt hatte, wenn man von den Nonnen absah – und dem Mönch Jermogen, der Sofijas Beichtvater war.

„Hast du nach Bruder Jermogen schicken lassen?", fragte die Zarewna, und Olga Werchinskaja nickte.

„Er will nach der Abendandacht kommen."

Sofija schloss die Augen. Sie liebte Jermogen nicht, aber er war ihr nützlich. Er war ihre wichtigste Verbindung zu der Welt außerhalb der Klostermauern. Durch ihn erfuhr sie, was in Moskau vorging, und durch ihn konnte sie auch, wenn es nötig war, Nachrichten nach draußen schmuggeln, vorbei an ihren Bewachern.

Geliebt hatte Sofija Alexejewna nur einen: Fürst Wassilij Golizyn, den Zar Peter nach dem Strelitzenaufstand vor neun Jahren all seiner Güter beraubt und in die Verbannung geschickt hatte. Ihren unvergesslichen, klugen, bezaubernden Geliebten ... Damals war Sofija Regentin für ihre beiden noch kindlichen Brüder Peter und Iwan gewesen, die vom großen Bojarenrat als gemeinsame Herrscher über Russland eingesetzt worden waren. Der geistig zurückgebliebene Iwan hatte keine Gefahr für Sofijas Pläne bedeutet, eines Tages selbst den Thron zu besteigen, doch umso mehr der heranwachsende Peter. Ihn hatte Sofija ausschalten wollen, und es war nicht schwer gewesen, einen Aufstand gegen ihn anzuzetteln. Stark bewaffnete Strelitzenregimenter waren nach Preobraschenskoje marschiert, um den inzwischen Siebzehnjährigen zu ermorden. Doch Peter war gewarnt worden und bei Nacht und Nebel ins Troize-Kloster geflohen. Seine gut gedrillten Spiel-Soldaten von Preobraschenskoje waren nicht die Einzigen, die zu den Waffen griffen, um ihren jungen Zaren zu verteidigen. Ihnen schlossen sich etliche reguläre Truppen und mehrere Strelitzenregimenter an, die mit Sofijas und Golizyns Politik nicht einverstanden waren. Sie schlugen den Aufstand nieder, und Sofija verlor nicht nur ihre Regentschaft, sondern auch ihren Liebhaber Golizyn. Seitdem lebte sie im Nowodewitschi-Kloster.

Indessen war auch Iwan, Peters Bruder, gestorben und der junge Zar alleiniger Herrscher über Russland.

Sofija unterdrückte den Impuls zu weinen. Verrecke, Brüderchen Zar, dachte sie und zitterte dabei. Du wirst Russlands Untergang sein, wenn ich dir nicht in den Arm falle.

Und der Mönch Jermogen würde ihr dabei helfen.

Er kam, als es längst dunkel war, und Sofija empfing ihn in ihrem Schlafgemach. Es hatte keiner besonderen Verführungskünste bedurft, um ihn in ihre Arme zu treiben. Der hagere, knochige Mann mit dem hässlichen Gesicht war ihr verfallen, das wusste Sofija. Er würde alles tun, was sie wollte.

„Ich habe dir eine schwere Sünde zu beichten, du heiliger Mann", sagte sie spöttisch, als er eintrat. „Die Sünde der Wollust. Wirst du mich davon befreien können?"

„Gott ist gnädig", erwiderte Jermogen. „Er weiß, dass man manchmal die Sünde mit der Sünde austreiben muss." Er kam zu ihr und umarmte ihre füllige Gestalt. Als er sie küsste, begann sie zu stöhnen. Das war das Verfluchte an ihrer Beziehung: Sie brauchte die Lust, die er ihr verschaffte. Auch wenn sie sich selbst manchmal dafür hasste, kam sie ihr doch wie ein Betrug an Wassilij Golizyn vor.

Später aßen sie miteinander in dem als Speisezimmer dienenden Raum. Die Werchinskaja hatte das Essen gebracht, noch einmal Holz im Ofen nachgelegt und war danach von Sofija hinausgeschickt worden. „Sorge dafür, dass wir ungestört bleiben", hatte sie befohlen. „Wenn jemand versuchen sollte, uns zu belauschen, kriegt er die Peitsche. Sag das vor allem den beiden Zwerginnen. Ich weiß, dass sie überall herumkriechen und sich verstecken, um irgendetwas aufzuschnappen. Am besten schließt du sie in ihrer Kammer ein."

„Ich werde tun, was die Zarewna befiehlt", hatte die Alte versprochen und sich rückwärts gehend entfernt.

Als sie mit Jermogen allein war, beugte Sofija sich über den Tisch und nahm seine Hand. „Weißt du, wer heute Nacht die Strelitzen-Wachen vor dem Kloster befehligt?", fragte sie, und er nickte.

„Es ist Graf Bjelskij."

Sie unterdrückte einen Fluch. „Dann kannst du nicht allzu lange bleiben. Bjelskij hält es mit dem Zaren. Er würde sofort Meldung machen, wenn du dich über Gebühr bei mir aufhältst. Also beeilen wir uns. Du warst die ganze Woche über in Moskau. Was hört man von der Auslandsreise des Zaren? Wo ist er jetzt, und wie lange wird er noch fortbleiben?"

„Noch eine ganze Weile, meine Schönste."

Ein Lächeln huschte über ihren breiten Mund. Fand Jermogen sie wirklich schön? Sie selbst war der Meinung, dass sie eher hässlich war, zu groß, zu dick, mit üppigem Pferdehaar und einem flächigen Gesicht. Wirklich schön waren nur ihre großen, glänzenden Augen unter den starken schwarzen Brauen.

„Erzähle", verlangte sie, und Jermogen begann.

Ein eifriger Briefeschreiber sei er, der Zar, der lange Episteln an Fürst Romodanowskij und den Rat Winius in Moskau verfasse. Und es stünde zu vermuten, dass die beiden ihm ebenso häufig berichteten, was sich in Moskau und im ganzen heiligen Russland zutrage. Ständig gingen Kuriere hin und her.

Die Briefe des Zaren seien zum Teil mit Geheimtinte geschrieben, die nur sichtbar werde, wenn man sie über eine Flamme halte. Aber da Romodanowskij jede Nachricht des „Herrn Pieter", wie der Zar alle seine Schreiben unsinnigerweise unterzeichne, weil ihn die verfluchten Ausländer in Kukui ohne den schuldigen Respekt so ansprechen durften, zum Anlass nähme, ein Freudengelage mit Generälen und Offizieren sowie einigen Bojaren zu veranstalten, bei dem keiner nüchtern blieb, sei doch vieles der geheimen Botschaften bekannt geworden und durch die Kremlmauern nach draußen gesickert.

„Und?", forschte Sofija ungeduldig. „Was steht in den Zarenbriefen?"

„Nun, Herr Pieter ist in Königsberg mit dem Kurfürsten von Brandenburg zusammengetroffen, hat aber alle Verhandlungen über ein Bündnis gegen die Türken seiner ‚Außerordentlichen Gesandtschaft' überlassen. Er selbst hat sich währenddessen bei den brandenburgischen Ingenieuren als Bombenwerfer und in der Schießkunst geübt. Kurfürst Friedrich zeigte wenig Entgegenkommen in der Bündnisfrage, versuchte aber, Russland zum Verbündeten gegen die Vorherrschaft der Schweden in der Ostsee zu gewinnen."

Sofijas dichte Brauen schoben sich zusammen. „Der Zar hat sich hoffentlich nicht darauf eingelassen? Ein Bündnis mit Brandenburg – lächerlich! Das mit Polen gegen die Türken ist wichtig!"

„Gewiss", stimmte Jermogen zu. „Kurfürst Friedrich musste sich zu guter Letzt auch mit einem faulen Kompromiss zufrieden geben. Zwischen ihm und Russland wurde lediglich ein geheimer Vertrag aufgesetzt, der besagt, dass der Zar ihm zu Hilfe kommen würde, falls er einmal in Schwierigkeiten geriete. So etwas heißt nicht viel."

Sofija stieß die angestaute Luft aus. Sie griff nach einem mit Hasenleber gefüllten Blini und stopfte es sich in den Mund. Dann spülte sie mit Wein nach. „Und weiter?"

„Das geschah im Juni ... Der Zar und seine Gesandtschaft

wurden gegen ihren Willen in Pillau aufgehalten. In Polen musste ein neuer König gewählt werden, wie du dich erinnern wirst, meine Schöne. Zwei Kandidaten standen zur Wahl: Prinz Conti, der Bruder des Königs von Frankreich, und Kurfürst August von Sachsen. Dieses Mal griff der Zar persönlich ein und beauftragte den Rat Winius, den Polen das Messer an die Kehle zu setzen. Sollte im polnischen Reich ein französischer König an die Macht gelangen, so ließ der Zar Polen mitteilen, dann sei nicht nur das bereits geschlossene Bündnis gegen die Türkei in Gefahr, sondern auch der Friede mit Polen selbst. Als die leichtfertigen polnischen Narren schließlich beide, Conti und August, zum König wählten, wollte Peter Truppen an die Grenze schicken. Doch das war nicht mehr notwendig, denn August von Sachsen erschien mit einem Heer von zwölftausend Mann, um seinem Thronanspruch Nachdruck zu verleihen. Conti kam nur bis Boulogne und kehrte dort um. König August aber schwor dem russischen Residenten in Warschau, dass er allezeit treu zu Zar Peter stünde."

Sofija nagte an der Unterlippe. Er ist geschickt, der kleine knopfäugige Kretin, dachte sie verärgert. Ich hätte es nicht anders gemacht. Es lernt, das Brüderchen. Nicht nur schießen und Schiffe bauen, sondern auch politische Ränkespiele, denen man Nachdruck durch eine rechtzeitig zur Schau gestellte Militärmacht verleiht. Sie trank wieder von ihrem Wein und blickte Jermogen aus leicht verschleierten Augen an.

„Und wo ist er jetzt, der großmächtige Zar?"

„In Holland", entgegnete Jermogen und verzog spöttisch den Mund. „Dem Land seiner Sehnsucht. Er lebt in Zaandam, nachdem er einen Großteil seiner Begleiter nach Amsterdam geschickt hat. Bei ihm befinden sich nur noch sein Herzensfreund Alexej Menschikow, Aljoscha Browkin und der versoffene Pope Bitka. Der Zar lebt mit ihnen im Haus des Schmieds Gerrit Kist, der sich eine Zeit lang in der Moskauer Ausländervorstadt aufgehalten hat, bis er in seine

Heimat zurückgekehrt ist. Nun haben er und ‚Herr Pieter' ein gerührtes Wiedersehen gefeiert, und Arbeit hat unser allerdurchlauchtigster Herrscher auch gefunden: auf der Werft eines gewissen Lynst Rogge. Er erlernt dort das Handwerk des Schiffszimmermanns."

Der Mönch begann zu lachen, doch ein Blick in Sofijas zornfunkelnde Augen ließ ihn verstummen.

„Er hat den Verstand verloren", sagte sie heiser. „Natürlich war er schon immer sonderbar und kam auf die absurdesten Einfälle, doch indessen ist er offensichtlich völlig verrückt geworden."

„Aber es steckt Methode in diesem Wahnsinn." Jermogen beugte sich näher zu ihr und dämpfte die Stimme. „Aus Romodanowskijs Palast hört man, dass der Zar alle, die mit ihm gereist sind, gezwungen hat, ähnliche Aufgaben zu übernehmen. Sie arbeiten im Schiffs- und Mastenbau, lernen die Errichtung von Wassermühlen, dienen auf verschiedenen Schiffen als Matrosen, und der junge Artschilo studiert Ballistik. Die vor zwei Jahren in Woronesch gebauten Schiffe genügen dem Zaren nicht mehr. Er will, wenn er zurückkehrt, eine ganze Flotte aus dem Boden stampfen. Außerdem plant er, noch mehr Ausländer ins Land zu holen: Kapitäne, Steuerleute, Ärzte, Schiffsbauer und Waffenmeister. Sie sollen in Moskau vorerst bei den Bojaren und den reichen Kaufleuten untergebracht werden, bis man ihnen eigene Häuser gebaut hat."

Sofija sprang auf. Wie eine gefangene Wölfin wanderte sie durch den Raum und hatte die Zähne so fest aufeinandergepresst, dass die Kieferknochen eckig hervortraten. Schließlich blieb sie an einem der tief in das Mauerwerk eingelassenen Fenster stehen und starrte hinaus in die Nacht.

„Und das Volk", fragte sie nach einer langen Weile. „Was sagt das Volk zu alledem?"

„Es bedauert den Zaren", erwiderte Jermogen zögernd, weil er wusste, dass Sofija eine andere Antwort hören wollte. Aber er mochte sie nicht anlügen. „Die Leute sagen, all diese Ausländer, mit denen er sich schon hier umgeben hat, hätten ihn verführt. Sie seien schuld am Elend Russlands, denn sie saugen es immer weiter aus ..."

„Aber es ist Peter, der die Not heraufbeschwört!", fuhr sie auf. „Hast du nicht gesagt, dass täglich ganze Wagenzüge mit Waffen, Munition, Maschinen und Werkzeugen über unsere Straßen rollen, dazu Kisten voller absonderlicher Schaustücke ... Missgeburten in Spiritus, ausgestopfte Krokodile und anderes Getier, Astrolabien und nautische Geräte ... was weiß ich! Die beiden Feldzüge gegen Asow haben bereits Unsummen verschlungen, ebenso die Festungsbauten in Livland, und es ist noch längst kein Ende abzusehen! Wie will dieser Wahnsinnige das alles bezahlen? Durch neue Steuererhebungen, wo das Volk doch schon unter den vorherigen stöhnt, die der Zar eingeführt hat. Ich habe sagen hören, dass das Volk kaum mehr Brot hat, um sich satt zu essen, und Moskau überschwemmt ist von Bettlern. Selbst die Straßenräuber und Diebe litten Not, weil es nichts mehr zu stehlen gibt ... Und trotz allem bedauern sie den Verursacher ihres Unglücks?"

„Nicht alle", wandte Jermogen ein. „Es gibt auch welche, die denken können."

„Dann müssen es mehr werden!", rief sie mit mühsam unterdrückter Stimme. Sie kehrte an den Tisch zurück und stemmte beide Hände auf die Platte. Ihr Atem streifte Jermogens Gesicht, und ihr Blick bohrte sich in seinen.

„Die Zeit war nie günstiger als jetzt, während seiner Abwesenheit. Man muss die Leute aufwiegeln. Sie sollen ihn hassen lernen, diesen Zaren, der sie an voll gefressene Ausländer verschachert. All unsere Traditionen zerstört er mit seiner blinden Anbetung für alles Ausländische. Die westlichen Lehren vergiften unseren Glauben, das Althergebrachte wird in den Schmutz gezogen. Was muss denn noch alles geschehen, ehe das Volk den Abgrund sieht, an den es Peter herangeführt hat?"

„Zarewna ... Liebste", stammelte Jermogen, von ihrem Ausbruch erschrocken. „Was hast du vor?"

Sie zog ihn am Halsausschnitt seiner Kutte noch näher an sich heran. „Neun Jahre", keuchte sie, „neun Jahre bin ich hier gefangen. Denkst du nicht, dass das genug ist? Zweimal haben die Strelitzen mit mir gemeinsame Sache gemacht. Sind sie inzwischen entmannt und zu greinenden alten Weibern geworden? Oder denkst du nicht, dass man sie ein drittes Mal für eine Zarin Sofija Alexe jewna begeistern kann?"

„Ein Großteil von ihnen ist unzufrieden, das ist wahr", gab Jermogen zu. „Aber die meisten sind in Asow oder Tagenrog und in Livland ... Der Zar hält sie von Moskau fern. Er liebt die Strelitzen nicht, sondern zieht seine neuen Regimenter ihnen vor."

„Natürlich liebt er sie nicht", entgegnete Sofija und ließ ihn los. „Er liebt sie so wenig wie mich! Wie sollte er auch?"

Jermogen nickte. Im Mai 1682 war es gewesen ... Der damals zehnjährige Peter war gerade vom Bojarenrat zum neuen Zaren gewählt worden, als Sofija ihre erste Rebellion angezettelt hatte. Mit Hilfe der Strelitzen, vom rasch aufgewiegelten Moskauer Volk unterstützt, wollte sie den Thron besteigen. Drei Tage lang hatte das Morden im Kreml gedauert, und Peter hatte es mit angesehen.

„Man muss wieder auf die Strelitzen setzen", sagte Sofija. „Komm morgen noch einmal her, Jermogen. Dann gebe ich dir eine Botschaft an meine Schwester, die Zarewna Marfa, in den Kreml mit. Ich werde sie in einer Pastete verstecken, die du ihr bringst. Marfa soll sich zunächst umhören, ob unter den Strelitzen genügend Regimenter bereit sind, mich zu befreien und nach Moskau zu führen. Danach sehen wir weiter. Wir haben genug Zeit, bis der Zar zurückkehrt, und können alles in Ruhe vorbereiten. Dieses Mal müssen wir siegen."

Als er aufstand, schob sie ihn zur Tür. „Geh jetzt. Du warst schon viel zu lange bei mir. Wenn die Wachen dich fragen, was dich aufgehalten hat, so sag ihnen, dass du auch noch zwei meiner Dienerinnen die Beichte abgenommen hast."

Sie umarmte ihn und küsste ihn auf den Mund. „Geh mit Gott. Ich brenne darauf, dich morgen wieder zu sehen ..."

Der Winter in Moskau war lang und hart in diesem Jahr. Noch Anfang März versank die Stadt in Schnee und Eis, die Moskwa und die anderen Flüsse um die Hauptstadt waren seit November schon zugefroren, und in den Wäldern brachen krachend die Bäume im Frost.

Alexej Bjelskij zog seinen mit Zobelfellen gefütterten Mantel enger um sich, als er aus einem Seitenportal von Fürst Romodanowskijs Palast trat. Er drückte die hohe Pelzmütze tiefer in die Stirn und wollte rasch den von einer Zwiebelkuppel gekrönten Treppenaufgang hinuntergehen, als jemand vom Hof aus auf ihn zukam.

Die Nacht war dunkel und mondlos, nur der Schnee verbreitete matte Helligkeit.

Der ebenfalls in einen Pelz gehüllte Mann blieb vor Alexej stehen und spähte ihm ins Gesicht. „Graf Bjelskij, nicht wahr?", fragte er. „Welche Freude, Euch zu treffen. So finde ich doch endlich Gelegenheit, Euch zu Eurer Vermählung meine ergebensten Glückwünsche auszusprechen. Ich weiß, sie hat bereits vor einigen Monaten stattgefunden, dennoch drängt es mich, Euch nachträglich noch die Hände zu schütteln."

Bjelskij blickte in das unbekannte Gesicht. „Verzeiht", erwiderte er zögernd, „kennen wir uns? Ich kann mich nicht erinnern ..."

„Grigorij Stepanowitsch Tutschew", stellte der andere sich vor. „Sie werden gewiss von mir gehört haben."

„Allerdings", sagte Bjelskij eisig. „Und das genügt mir, auf Eure Bekanntschaft zu verzichten."

Er wollte an Tutschew vorbei, doch dieser vertrat ihm den Weg. „Warum so eilig? Zieht es Euch nach Hause zu Eurem tugendhaften Weibchen? Oder ist es mit der Tugend nicht so weit her, und Ihr fürchtet, es könne sich in Eurer Abwesenheit anderweitig vergnügen?"

„Kerl!", knirschte Alexej. „Noch ein Wort, und ..."

„Was und?", höhnte Tutschew. „Sie hat zwar wie eine unschuldige, unberührte Braut geheiratet, Eure Weruschka, aber wir beide wissen, dass ihr die Brautkrone nicht mehr zustand. Ihr solltet mir dankbar sein, dass ich dieses Geheimnis für mich behalten habe. Oder wäre es Euch nicht peinlich, wenn alle Welt erführe, dass die schöne Gräfin Bjelskij eine Ware aus zweiter Hand ist! Hübsch, aber eben schon gebraucht ..."

Weiter kam er nicht, denn Alexej hatte ihn gepackt und die Treppe hinuntergeschleudert. Der Schnee milderte den Sturz, und Tutschew kam gleich wieder auf die Füße. „Aber, aber", sagte er mit einem perfiden Unterton, „warum so hitzig? Ich wollte Euch nur bitten, der Gräfin Bjelskaja meine ergebensten Glückwünsche auszurichten."

Rasend vor Zorn stürmte Alexej die Stufen hinunter. „Du niederträchtige Wanze! Wag es nicht noch einmal, den Namen meiner Frau in den Mund zu nehmen! Ich prügle dir deine verdammte Seele aus dem Leib!"

Er schüttelte Tutschew, als wäre er eine Puppe. Dieser wehrte sich, aber er war dem kräftigeren Bjelskij unterlegen. Ein paar Minuten rangen sie keuchend miteinander, dann fiel Tutschew abermals in den Schnee. Als Bjelskij sich zum Gehen wandte, schrie er ihm nach: „Sie ist gut im Bett, nicht wahr, die kleine Hure!"

In dieser Sekunde legte Alexej Bjelskij sich keine Rechenschaft mehr über sein Tun ab. Blindwütig machte er kehrt und riss seine Strelitzenaxt aus dem Gürtel unter seinem Pelz.

Tutschew brüllte auf, als die scharfe Waffe seine linke Wange traf. Alexej brachte ihm einen knapp fingerlangen Schnitt bei, der sofort zu bluten begann. Wenn die Verletzung abheilte, würde todsicher eine Narbe zurückbleiben und das glatte, hübsche Gesicht von Grigorij Tutschew entstellen.

„Du Schwein!", keuchte er. „Du elendes, gottverdammtes Schwein! Das wirst du mir büßen." Er rappelte sich auf, machte aber keine Anstalten mehr, sich auf Alexej zu stürzen, sondern rannte, die Hand auf die Wange gepresst, die Treppe zum Palast hinauf. Dicke Blutstropfen fielen in den Schnee.

Als Graf Bjelskij heimkam, schlief Wera bereits. Nur Danila, sein Leibdiener, war noch auf. Er half Alexej aus seinen schweren Überkleidern, die feucht und klamm waren, denn es hatte während der Heimfahrt wieder zu schneien begonnen. „Habt Ihr noch einen Wunsch, Herr?", fragte der Diener, und Bjelskij schüttelte den Kopf.

„Geh schlafen, Danila. Ich werde ebenfalls gleich zu Bett gehen. Es ist spät geworden bei Fürst Romodanowskij."

Und für die, die noch dort geblieben sind, wird es noch viel später werden, fügte er in Gedanken hinzu. Alexej war einer der Ersten gewesen, der sich verabschiedet hatte. Zwar war es eine Ehre, in das Haus des Fürsten eingeladen zu werden, den alle Bojaren und Militärs kriecherisch umschmeichelten, aber Bjelskij liebte die üppigen Gelage nicht, die dort veranstaltet wurden. Als er ging, war keiner in dem riesigen Saal mit der niedrigen gewölbten Decke mehr nüchtern gewesen, auch Romodanowskij nicht. Er thronte feist und scheinbar schläfrig auf seinem erhöhten Sessel, die schweren Lider halb geschlossen, doch ihm entging kein Wort von dem, was seine Gäste redeten. Außerdem hatten seine Zwerge und Narren Anweisung, unter den Tischen herumzukriechen und zu lauschen, ob da und dort heimliche Gespräche geführt wurden. Romodanowskij kannte seine Bojaren: Es waren viele darunter, die nur darauf lauerten, aus Holland oder England, wo der Zar sich indessen aufhielt, ungünstige Nachrichten zu erhalten. Es gingen bereits Gerüchte um, Peter sei gar nicht mehr am Leben, sondern in irgendeiner holländischen Gracht ertrunken, und Franz Lefort, der verhasste Günstling, habe einen jungen Mann gefunden, der Peter sehr ähnlich sähe. Ihn gäbe er jetzt als den

Zaren aus, um mit Hilfe dieser Strohpuppe die Macht in Russland an sich zu reißen.

„Aber das sind nichts als bösartige Lügen", hatte Romodanowskij erklärt und einen dressierten Bären abzuwehren versucht, der zwischen den Gästen umhertrottete. „Pass doch besser auf ihn auf, Hundesohn", drohte er dem Bärenführer, der das Ungetüm an einer langen Kette hielt, die an der empfindlichen Tiernase befestigt war. „Halt ihn zurück."

Der Bärenführer riss an der Kette, und der Bär stieß ein zorniges Grunzen aus, ließ sich aber fortziehen. Romodanowskij hieb mit der Faust auf den Tisch.

„Wahrhaft dreckige Lügen sind's", nahm er den vorherigen Gesprächsfaden wieder auf. „Unser allergnädigster Zar, Gott segne ihn, ist wohlauf. Erst gestern habe ich Nachricht von ihm erhalten. Es geht ihm wohl, allen Heiligen sei Dank. Die Lügner und Aufwiegler aber, die das Gerücht von seinem Tod verbreiten, lasse ich festnehmen und auspeitschen." Er hatte sich zu Alexej Bjelskij gebeugt, der neben ihm saß, und die Stimme gesenkt. „Und ich habe Befehl gegeben, die Wachen im Nowodewitschi-Kloster verstärken zu lassen, damit die Zarewna Sofija auf gar keinen Fall verbotene Kontakte nach draußen knüpfen kann. Ich verlasse mich darin vor allem auf Euch, mein lieber Alexej Iwanowitsch. Haltet Augen und Ohren offen."

Während Bjelskij in sein Schlafzimmer ging, dachte er noch einmal an dieses Gespräch zurück. Er war sicher, dass die Zarewna völlig von der Außenwelt abgeschnitten und Romodanowskijs Sorge unnötig war.

Mehr Unruhe bereitete Alexej im Augenblick der Streit mit Tutschew. Würde er ihn anzeigen? Aber wenn Tutschew die Sache an die große Glocke hängte, kam auch sein eigenes schändliches Verhalten heraus, und das konnte eigentlich nicht in seinem Interesse liegen.

Alexej blieb vor der Tür von Weras Schlafzimmer stehen. Leise drückte er die Klinke hinunter und spähte hinein. Der Raum war dunkel bis auf den Widerschein der Glut, der aus dem großen Ofen fiel, und er hörte Weras leichte regelmäßige Atemzüge. Auf Zehenspitzen kam Bjelskij näher und betrachtete die Schlafende, nachdem seine Augen sich an das rötliche Dämmerlicht gewöhnt hatten. Sie hatte die rechte Hand unter ihre Wange geschoben, und ihr schwarzes Haar umfloss ihr Gesicht und die Schultern.

Meine Frau, dachte Alexej Bjelskij, meine schöne, geliebte Frau ...

Indessen hatte er längst die aufgeschobene Hochzeitsnacht nachgeholt, weil er es vor Sehnsucht und Verlangen nach ihr nicht mehr ausgehalten hatte. Wera hatte ihn nicht abgewiesen, sondern war weich und willig in seinen Armen geworden. Doch am nächsten Tag war sie ihm ausgewichen, und er hatte sich beklommen gefragt, ob es immer noch Tutschew war, der zwischen ihnen stand. Konnte es sein, dass Weruschka nie aufgehört hatte, diesen Mann zu lieben – egal, was er ihr angetan hatte?

Es gab solche Frauen. Man konnte sie hundert Mal demütigen und zurückstoßen – sie hingen mit unverminderter Leidenschaft an dem Verursacher ihrer Qualen. Gehörte Weruschka zu ihnen?

Alexej hatte Furcht, sie danach zu fragen. Aber es war jedes Mal das Gleiche, wenn sie miteinander geschlafen hatten: Danach zog Wera sich von ihm zurück, sie wirkte niedergeschlagen und unsicher, und der Schatten Tutschews erstand wieder riesengroß vor Alexejs Augen. Er hatte nie aufgehört, Weruschka zu lieben, auch wenn er ihr das Gegenteil versichert hatte. Sie sollte sich halt nicht durch seine Gefühle bedrängt fühlen – und vor allem nicht wissen, wie hart ihn ihre Beziehung zu Tutschew getroffen hatte.

Und so versteckte Alexej Bjelskij seine Empfindungen hinter einem betont unbekümmerten Auftreten. Er behandelte Weruschka wie ein reizendes Spielzeug, neckte sie und alberte mit ihr herum, bis sie lachte. So oft sein Dienst es zuließ, unternahm er Spazierfahrten mit ihr, besuchte ihre Eltern und Freundinnen oder lud diese in sein Haus ein. Und bei alledem lag er innerlich fast ständig auf der Lauer: War Weruschka unglücklich, oder gelang es ihm allmählich, sie wieder zu dem fröhlichen Menschenkind zu machen, das sie früher gewesen war? Lernte sie, ihm zu vertrauen? War ihre manchmal zu Tage tretende scheue Zuneigung nur Dankbarkeit, dass er sie vor dem Kloster bewahrt hatte, oder brachte sie ihm indessen ein herzlicheres Gefühl entgegen?

Alexej Bjelskij unterdrückte einen Seufzer und wandte sich von Weruschkas Bett ab. Ebenso leise wie er gekommen war, ging er hinaus und in sein eigenes Schlafzimmer hinüber.

Dort brannte noch ein Talglicht, das auf einer mit Wasser gefüllten Schale schwamm. Er setzte sich auf die hohe Bettstatt und blickte grübelnd vor sich hin. Und dann musste er plötzlich lachen, als er sich daran erinnerte, wie Tutschew schreiend und fluchend die Palasttreppe hinaufgerannt war. Ach, es hatte gut getan, diesem abgefeimten Schurken das glatte Gesicht zu verunstalten! Alexej Iwanowitsch, sagte Bjelskij zu sich selbst, was auch immer daraus entstehen mag – es war eine lobenswerte, befreiende Handlung!

Er hörte nichts mehr von Tutschew, deshalb kam er zu der Überzeugung, dass dieser nicht Klage gegen ihn geführt hatte.

Wera gegenüber erwähnte Alexej nichts von seinem Zusammenstoß mit Tutschew. Es war besser, fand er, diesen Namen gar nicht mehr vor seiner Frau zu nennen.

Einige Tage später nahm er sie in die Ausländervorstadt mit, wo er mit dem Holländer Jan Steenhoff den Bau einer neuen Karosse besprechen wollte.

Bjelskij hatte schon vieles in Kukui anfertigen lassen, denn er wusste, dass er dort gut bedient wurde.

Wera war auch mit ihren Eltern schon öfter in der Ausländervorstadt gewesen, dennoch erstaunten sie jedes Mal von neuem die sauber gefegten Straßen, die akkurat angelegten Gärten mit ihrem Blumenschmuck im Sommer und die stattlichen Steinhäuser.

„Wieso ist es in Moskau so schmutzig?", fragte sie Alexej, als er die Schlittentroika, die er dieses Mal selbst kutschierte, auf einem freien Platz inmitten der Siedlung zum Stehen brachte. „Wenn die Schneeschmelze einsetzt, waten wir im Schlamm, im Sommer ersticken wir im Staub, überall gibt es Abfallberge, weil jeder alles in die Gosse wirft, was er nicht brauchen kann, und selbst auf den hölzernen Gehsteigen muss man die Röcke heben, weil die Bohlen niemals sauber sind."

„Kukui ist eben eine Mustersiedlung inmitten des russischen Chaos", erwiderte Alexej und half ihr aus dem Schlitten. „Und gleichzeitig der Beweis, dass wir mit ein bisschen Mühe ebenso leben könnten, wenn wir wollten." Er lachte. „Warte nur, bis Zar Peter zurückkehrt. Er weiß jetzt genug von der westlichen Lebensart, um sie in die Köpfe unserer Landsleute notfalls hineinprügeln zu lassen, du wirst sehen. Eines Tages ist Moskau genauso sauber wie Kukui. Es sei denn ..."

Er sprach nicht weiter, sondern winkte einen halbwüchsigen Jungen heran, der damit beschäftigt war, den Platz vom Schnee zu befreien, drückte ihm ein paar Münzen in die Hand und trug ihm auf, auf die Pferde und den Schlitten Acht zu geben. Dann nahm er Weruschkas Arm und führte sie über die Straße zu einem Haus mit großem Vorgarten, in dem allerlei zu Figuren und Kugeln geschnittene immergrüne Sträucher standen. Das Haus hatte ein spitzes Ziegeldach, und zu der Haustür führten steinerne Stufen mit einem breiten Geländer.

„Es sei denn", vollendete Alexej den vorhin angefangenen Satz, „der Zar setzt eines Tages seine Idee in die Tat um, irgendwo anders eine neue Hauptstadt zu erbauen."

Wera blickte mit großen Augen zu ihm auf. „Im Ernst? Hat er das gesagt?"

„Mehr als einmal. Er liebt Moskau nicht. Für ihn ist es voll von schlimmen Erinnerungen. Und außerdem symbolisiert es für ihn das alte barbarische Moskowien mit seiner Unwissenheit und Rückständigkeit."

„Aber wo soll diese neue Stadt denn entstehen?", fragte sie, und Alexej hob die Schultern.

„Das weiß er, glaube ich, selbst noch nicht. Aber auf jeden Fall wird sie am Meer liegen, damit er einen Hafen hat, der groß genug ist für die Schiffsflotte, die er bauen lässt." Er betätigte den blitzenden Türklopfer aus Messing, der einem Eulenkopf nachgebildet war, und gleich darauf wurde die Tür geöffnet. „Oh, Ihr seid es, Euer Gnaden!", rief Jan Steenhoff erfreut aus. „Tretet ein ..."

„Ich habe meine Frau mitgebracht", erklärte Alexej und drückte dem rundlichen Holländer mit der rosigen Haut die Hand. „Ihr sollt mir eine neue Karosse bauen, Meister Jan, und ich bin der Meinung, dass sie nicht nur mir, sondern auch Wera Fjodorowna gefallen muss, wenn sie darin spazieren fährt."

Es war warm in der freundlichen, hellen Wohnstube, in die Jan Steenhoff seine Gäste führte. Seine Frau kam, nahm Alexej und Wera die Pelze ab und brachte eine dickbauchige Kanne Tee und einen Teller mit köstlich schmeckendem Vanillegebäck.

Meister Steenhoff holte aus seiner Werkstatt einen ganzen Stapel sorgfältig gezeichneter Entwürfe von allen möglichen Kutschen, von einfachen Kaleschen bis hin zu reich verzierten Prunkgefährten. Nach einer halben Stunde war man sich einig, wie die neue Karosse für Alexej Bjelskij auszusehen hatte. Man konnte sie vierspännig fahren, und dass sie gut gefedert sein musste, verstand sich von selbst bei den Moskauer Straßen.

„So", sagte Alexej zufrieden, als er mit Wera das Haus verließ. „Und nun gehen wir zum Uhrmachermeister und Goldschmied Heinrich Öhmke, und du suchst dir dort einen Schmuck aus."

Öhmkes Laden befand sich nur zwei Straßen weiter, und

er war voll gestopft mit Uhren in allen Größen und Formen und Glasschränken voller Ketten, Ringe, Armbänder und anderem Zierrat.

Wera wollte nur eine dünne Halskette mit einem Amethystanhänger haben, doch Alexej überredete sie zu einem viel teureren Schmuck, bestehend aus einem Rubinhalsband mit dazu passenden Ohrgehängen und einem Haarreif.

„Das ist viel zu kostbar für mich", sagte sie, als sie wieder auf der Straße standen, und Alexej drückte lächelnd ihren Arm. „Vergiss nicht, Herzchen, du hast einen wohlhabenden Mann geheiratet."

Das war wahr. Wera hatte sich vor ihrer Ehe keine Gedanken über Alexejs Vermögensverhältnisse gemacht. Sie selbst hatte in ihrem Elternhaus nie irgendetwas entbehrt. Aber verglichen mit dem Lebensstil der Bjelskijs war es in Krassnaja Dalina doch eher bescheiden zugegangen.

Das große Haus am Roten Platz war mit allem erdenklichen Prunk eingerichtet. Es gab ein Heer von Dienstboten. In den Stallungen standen die prächtigsten Pferde. Bei allen Mahlzeiten war die Tafel reich gedeckt mit erlesenem Porzellan, schweren vergoldeten Bestecken und Gläsern aus böhmischem Kristall.

Der Reichtum der Bjelskijs war teilweise ererbt, aber Alexejs Vater Iwan Antonowitsch hatte ihn mit seinem ausgeprägten Geschäftssinn erheblich vermehrt. Die Bjelskijs besaßen riesige Ländereien am Oberlauf der Wolga, Handelsschiffe, die von Astrachan aus nach England und Frankreich segelten, Eisenerzhütten bei Tula und wer weiß was noch. Weruschka hatte sich gar nicht alles merken können, als Alexej es ihr einmal aufgezählt hatte.

Auf jeden Fall war es ein unvorstellbarer Reichtum in ihren Augen.

Vom Turm der Kirche in Kukui erklang das Mittagsläuten, und Alexej meinte: „Ich habe Hunger. Lass uns in dem Wirtshaus unten an der Jausa etwas essen."

Zu Fuß gingen sie zum Fluss hinunter, denn auch dieser Weg war sorgsam vom Schnee befreit worden. Ein Stück von dem Wirtshaus „Zum schwarzen Schwan“ entfernt, stand ein neues schlossähnliches Gebäude. Es hatte ein vergoldetes Gittertor, einen mit bunten Fliesen ausgelegten Innenhof, und weiße Säulen trugen das kupferne Dach.

Überrascht blieb Weruschka stehen. „Was ist das? Das kenne ich ja noch gar nicht.“

„Es ist auch im Herbst erst fertig gestellt worden“, erwiderte Alexej und freute sich an ihren glänzenden Augen und den rosigen Wangen. Man sah ihr an, dass ihr dieser Ausflug Freude bereitete. „Zar Peter hat es für Anna Mons bauen lassen.“

„Die Wirtstochter aus der Schänke neben der Kirche?“, fragte Wera überrascht. „Aber wieso?“

„Sie ist längst keine Wirtstochter mehr ... Und die Schänke ist seit dem Tod ihres Vaters vor drei Jahren geschlossen. Jetzt lebt die Geliebte unseres Zaren mit ihrer Mutter in diesem prächtigen Haus dort drüben.“

Wenn er ihr gesagt hätte, ihre Nase sei plötzlich grün gefärbt, sie hätte nicht überraschter sein können. Sprachlos blickte sie Alexej an, der ihren Arm nahm und sie die Stufen zum „Schwarzen Schwan“ hinunterführte. Sie waren die einzigen Gäste in der Wirtsstube mit der niedrigen Balkendecke und den blank gescheuerten Tischen. Der Wirt, der eine bunt gestrickte Zipfelmütze auf dem Kopf trug und dessen praller Bauch verriet, dass ihm die eigene Küche allzu gut schmeckte, kam eilfertig herbeigewieselt und fragte nach ihren Wünschen.

Wera und Alexej setzten sich an einen Tisch in der Nähe des Ofens aus grün lasierten Kacheln. Alexej bestellte einen Krug heißen Gewürzwein und ein Fischgericht.

Als der Wirt in der Küche verschwand, beugte sich Wera zu ihrem Mann. „Ist das wirklich wahr - oder nur ein Gerücht?“, fragte sie aufgeregt.

„Dass Annchen Mons die Geliebte unseres Zaren ist? Das

ist doch seit Jahren bekannt. Sie war es schon vor seiner Heirat mit Jewdokija Lopuchina."

„Ich höre das heute zum ersten Mal ..." Verwirrt schüttelte sie den Kopf, und Alexej lachte.

„Nun ja, vor einem jungen Mädchen, wie du es noch vor gar nicht allzu langer Zeit warst, ist so etwas auch kein Gesprächsthema. Aber sonst weiß es alle Welt."

„Weiß es auch die Zarin?"

„Irgendjemand wird es ihr schon zugetragen haben", versetzte er gleichmütig.

Sein Lächeln ärgerte sie. „Wie abscheulich! Mir tut die Zarin von Herzen leid ..."

„Und Annchen Mons nicht?", neckte er sie mit liebevollem Spott. „Immerhin hatte sie die älteren Rechte. Genau betrachtet, ist sogar sie die Betrogene ..."

„Aber die Zarin ist mit Peter verheiratet!", begehrte Weruschka auf.

Er ergriff ihre Hand, die auf dem Tisch lag. „Nimm die Sache nicht zu tragisch, Kind. Die Hochzeit zwischen Peter und Jewdokija wurde von seiner Mutter und den Lopuchins ausgehandelt. Die beiden haben einander vor der Trauung überhaupt nicht gesehen. Solche Ehen werden selten glücklich. Man kann verstehen, dass der Zar sein Annchen deswegen nicht aufgeben wollte."

„Aha!", machte sie pikiert und zog ihre Finger zurück. „*Du* kannst es verstehen!"

Sie verstummte, weil der Wirt das Essen und den Wein brachte. „Ich wünsche untertänigst einen gesegneten Appetit", sagte er in seinem drolligen akzentgefärbten Russisch. Dann zog er sich wieder zurück.

Alexej goss seiner Frau den heißen Gewürzwein ein und legte ihr von dem Fisch vor, der in einer goldgelben dicken Soße schwamm. Dazu gab es heiße, wunderbar luftig aufgegangene Pirogen.

„Ich wünsche ebenfalls untertänigst einen guten Appetit", meinte Bjelskij fröhlich, doch Weruschka hatte die schwarzen Brauen gerunzelt und warf ihm nur einen finsteren Blick zu.

Ein Gedanke war ihr gekommen, der plötzlich wie ein kleiner scharfkantiger Stein in ihrem Inneren bohrte.

Hatte Alexej vor der Ehe mit ihr etwa auch eine Geliebte gehabt, von der er sich nicht trennen wollte? Er hatte es ja selbst gesagt: Er liebte sie nicht mehr. Aus Mitleid hatte er um sie angehalten und gemeint, es sei gar nicht so gut, eine Ehe mit einem Gefühlsballast wie Liebe und Leidenschaft zu beschweren ... Zweifellos hatte er sie indessen recht gern, das spürte sie. Aber wenn er in den Nächten zu ihr gekommen war, hatte er sich danach jedes Mal auffallend schnell von ihr zurückgezogen. Einmal war Wera aufgestanden und zu seinem Zimmer gehuscht. Unter der Tür war Lichtschein vorgedrungen, und sie hatte Alexej auf und ab gehen gehört. Dabei hätte sie es so gern gehabt, dass er noch für ein Weilchen bei ihr geblieben wäre ...

Wahrscheinlich ist er von mir enttäuscht, hatte sie gedacht, und sich dafür geschämt.

„Schmeckt es dir nicht?“, fragte Alexej, als er sah, dass sie nur auf ihrem Teller herumstocherte.

„Doch, es ist recht gut“, erwiderte sie. Dann legte sie das Besteck zur Seite und sah ihn an. „Du findest also nicht schlimm, wenn Ehegatten einander betrügen?“, fragte sie geradeheraus.

„Das kommt auf die Ehegatten an ...“, antwortete er gedehnt, und da sie sich noch nie gut verstellen konnte, ahnte er, was sie dachte. „Ich, zum Beispiel, bin recht zufrieden mit dir, Herzchen, und ich denke, wir könnten gar nicht besser miteinander leben. Oder befürchtest du etwa, dass ich eine heimliche Geliebte habe?“

„Wie geschmacklos“, sagte sie.

„Was? Deine Befürchtung – oder die Geliebte?“, erkundigte er sich scheinbar ernst, während er Mühe hatte, nicht laut herauszulachen. War sie etwa eifersüchtig, seine Weruschka?

„Beides“, sagte sie so würdevoll, wie es ihr nur möglich war. „Im Übrigen hätten mir solche Befürchtungen absolut fern gelegen, wenn du nicht so viel Verständnis für den Zaren aufbringen würdest. Wahrscheinlich weint sich seine Frau wegen Anna Mons die Augen aus.“

„Würdest du das in meinem Fall auch tun?“ Täuschte sie sich, oder blitzte in seinen Augen eine absolut unangebrachte Heiterkeit auf? Nein, sie täuschte sich nicht: Er verbiss sich das Lachen, der Schuft. Oh, das sollte ihm schlecht bekommen!

„Keineswegs“, entgegnete sie kühl. „Schließlich haben wir nicht aus Liebe geheiratet.“

Sie griff nach ihrem heißen Wein, nahm einen großen Schluck und verbrannte sich prompt den Mund. Immerhin war das belustigte Funkeln aus Alexejs Augen verschwunden.

Den Rest der Mahlzeit nahmen sie ziemlich schweigsam ein, und als sie nach Moskau zurückfuhren, blickte Weruschka auf den breiten Rücken ihres Mannes, beobachtete, mit welcher Kraft und Sicherheit er das Troikagespann lenkte, und dachte:

Er hat vor unserer Hochzeit bestimmt nicht wie ein Mönch gelebt. Und die Frauen werden es ihm leicht gemacht haben. Seltsam, dass ihr früher nie so recht aufgefallen war, wie gut er aussah mit seinem kühn geschnittenen Gesicht, dem vollen mittelblonden Haar und der hoch gewachsenen Gestalt.

Weruschka seufzte und drückte sich tiefer in die Felldecken. Gewisse Weiber werden es Alexej auch heute noch leicht machen, überlegte sie. Und was kann ich dagegen tun, wenn ihm eine besser gefällt als ich? Nichts!

Sie wusste so wenig von Alexej. Wohin ging er, wenn er das Haus verließ? Gab es Geheimnisse, die er vor ihr verbarg? Weruschka hatte keine Ahnung, aber der kleine scharfkantige Stein in ihrem Inneren wuchs und schmerzte ...

Es vollzog sich zunächst ohne besonderes Aufsehen, und niemand nahm groß Notiz davon außer denen, die es betraf. In Moskau sah man immer eine Menge Strelitzen auf den Straßen und Märkten, in ihrer Wohnsiedlung oder vor dem Strelitzenamt. Es war ein gewohntes Bild, die Männer in den bunten Röcken, die ihre Axt an einem Gürtel um die Taille trugen.

Nur in der Strelitzensiedlung herrschte heimliche Aufregung. Hundertfünfzig Männer waren im Schutz der Dunkelheit dort aufgetaucht. Sie hatten seinerzeit geholfen, Asow zu stürmen, und waren anschließend dort zurückgelassen worden, um die zerstörten Festungsanlagen wieder aufzubauen. Doch wenn sie gehofft hatten, danach endlich zu ihren Familien und ihren nebenher betriebenen Geschäften in Handel und Handwerk heimkehren zu können, hatten sie sich getäuscht. Zar Peter befahl, sie an die litauische Grenze zu schicken, damit sie dort weitere Befestigungen bauen konnten.

Zähneknirschend hatten die armen Teufel es eine Zeit lang dort ausgehalten. Aber die Sehnsucht nach ihren Frauen – der Himmel wusste, was sie in all den Jahren ohne ihre Männer getrieben hatten, denn nicht jedes Weibchen hält das Alleinsein treu und standhaft aus –, diese Sehnsucht war immer übermächtiger geworden. Sie wollten endlich ihre Maschkas oder Sonjas wieder umarmen, bis sie nach genossener Lust vor Glück und Erschöpfung keinen Finger mehr rühren konnten, sondern nur noch selig in einen tiefen Schlaf fielen. Sie wollten ihre Kinder ans Herz drücken und von Väterchen und Mütterchen gesegnet werden.

Es war nass und kalt dort unten an der litauischen Grenze, eine Kälte war's, die in die Knochen drang, weil sie so feucht war, nicht so trocken und klar wie in Moskau, und die Essensrationen waren so knapp bemessen, dass man nicht einmal satt wurde.

„Ein Scheißleben ist's!", hatte es plötzlich geheißen. Zunächst noch hinter vorgehaltener Hand, aber allmählich immer lauter. „Wie lange will man uns noch hier festhalten? Bis wir alle krepiert sind? Sind wir denn Strohpuppen in der Hand des Zaren, die er zerquetschen kann?“

Es hatte nicht viele solcher Reden bedurft, um die allgemeine Unzufriedenheit zu schüren, und die Stimmen derer, die zu offenem Widerstand aufriefen, wurden ständig mehr.

„Lasst uns nach Moskau ziehen“, verlangten die einen, „und Fürst Romodanowskij eine Bittschrift überreichen, damit es endlich anders und besser wird mit uns.“ Andere gingen sogar noch weiter. „Den Hintern wird er sich mit der Bittschrift abwischen! Der Romodanowskij ist doch auch nur eine Kreatur des Zaren und führt aus, was der befiehlt. Nein, Brüder, wir müssen sie das Fürchten lehren in Moskau. Haben wir nicht bei Asow gekämpft und gesiegt? Wo ist euer Mut geblieben? Wenn erst die Moskauer Vorstädte brennen und ein paar hundert Leichen in der Moskwa schwimmen, werden sie sehen, dass wir es ernst meinen.“

Aber noch setzten sich die radikalen Schreier nicht durch. Man wollte es erst im Guten versuchen und wählte deshalb hundertfünfzig beherzte Männer aus, die sich auf den Marsch in die Hauptstadt machen und zunächst die Stimmung im Volk erkunden sollten.

„Je mehr Leute sich uns anschließen, umso besser ist es“, sagte Mitja Michailowitsch Popkow, der den Zug anführen sollte. „So war's auch Anno 82, habe ich mir erzählen lassen, als die Strelitzen den Kreml stürmten und die Zarewna Sofija zur Regentin machten. Das Volk ist mit ihnen gezogen, und sie haben drei Tage lang geplündert, gebrandschatzt und die verdammte Sippe der Naryschkins und die schlimmsten verräterischen Bojaren zur Hölle geschickt.“

Und so kamen sie nun nach Moskau. Doch mit dem, was sie in Erfahrung bringen sollten, hatten sie's nicht so eilig, dass sie auf der Stelle damit begannen. Sie schlugen keinen Lärm, sondern begaben sich heimlich und leise bei Nacht und Nebel in die Stadt, um zu allererst ihre Frauen, Eltern und Kinder zu umarmen. Man muss das verstehen nach so vielen Jahren der Trennung, auch wenn das Wiedersehen bei ein paar von ihnen wütende Enttäuschung hervorrief, weil ihre Weiber, Gott strafe sie, die läufigen Hündinnen, sich längst anderweitig getröstet hatten und da und dort die Sünde sichtbar geworden war durch einen schreienden Säugling. Im Großen und Ganzen aber war es doch eine das Herz wärmende Freude. Sie bestärkte die Heimkehrer in ihrer Ansicht, dass es hohe Zeit war, auf ihre alten verbrieften Rechte zu pochen und wieder das Strelitzenleben von einst zu führen.

Die daheim gebliebenen Familienmitglieder allerdings waren einhellig der Meinung, dass es keinen Sinn habe, sich mit einer Petition an Fürst Romodanowskij zu wenden. Die Zarewna Sofija, Gott sei's geklagt, lebte zwar immer noch im Nowodewitschi-Kloster und werde streng bewacht. Aber anders sei es mit ihrer Schwester Marfa, die im Kreml aus und ein gehen durfte, wie es ihr beliebte. Wohlgemerkt Marfa – nicht Natalja, die andere Schwester des Zaren, die es genau wie Romodanowskij mit Peter hielt.

Es gelang am nächsten Mittag durch eine Magd aus dem Kreml, das Bittgesuch der Strelitzen in die Frauengemächer zu schmuggeln. Sie überbrachte auch die Antwort der Zarewna Marfa in die Strelitzensiedlung. „Ihr seid zu wenige", ließ sie die Strelitzen wissen. „Ihr müsst alle von der Grenze herkommen und losschlagen. Es steht schlimm um Russland. Die Bojaren werden immer dreister und sind gut Freund mit den Ausländern, mit denen sie prassen und saufen. Das Volk aber hungert, und es wird noch ärger werden. Vom Zaren jedoch weiß niemand, ob er noch lebt. Ist er aber tot, werden seine verfluchten ausländischen Freunde versuchen, zusammen mit den Bojaren die Macht an sich zu reißen. Darum beeilt euch, Strelitzen, und tut, was getan werden muss."

Dies war Zündstoff für die heimgekehrten Männer, und sie liefen auf die Marktplätze und fluchten über die himmelschreienden Verhältnisse im ganzen heiligen Russland.

Auch vor dem Strelitzenamt rotteten sie sich zusammen, und als einer der dortigen Hauptleute, der dem Zaren treu ergeben war, die ärgsten Schreier verhaften ließ, befreiten ihre Kameraden sie wieder und zogen johlend davon.

So erfuhr nun auch Fürst Romodanowskij, dass hundertfünfzig von der litauischen Grenze desertierte Strelitzen in Moskau waren, und rief die Generäle Patrick Gordon und Artamon Golowin zu sich. „Wir müssen sie aus der Stadt vertreiben", befahl der Fürst, „aber ohne großes Aufsehen, damit der Aufruhr nicht auf andere übergreift. Nehmt eine Hundertschaft der Semjonowskij und Freiwillige der Kaufmannschaft aus den Vorstädten. Und dann überfallt sie in der Nacht in ihrer Siedlung. Lasst ein paar Deserteure aufhängen, dann werden die anderen klein beigeben."

Indessen hatte auch Sofija Nachricht von den Ereignissen durch ihren Beichtvater Jermogen erhalten, und er hatte einen Brief der Zarewna an die Strelitzen hinausgeschmuggelt. „Gott segne euch, meine Braven!", hatte Sofija geschrieben. „Es ist mein Wunsch und Wille, dass ihr auf dem schnellsten Weg nach Litauen zurückkehrt. Zeigt euren Kameraden diesen Brief und marschiert gemeinsam mit allen vier Regimentern hierher zum Nowodewitschi-Kloster. Dort schlagt euer Lager auf und verlangt, ich solle mit euch nach Moskau ziehen und die Herrschaft übernehmen. Greift jeden an und macht ihn nieder, der sich euch in den Weg stellen will."

Als das Soldatenaufgebot von Fürst Romodanowskij in der Nacht gegen drei Uhr in die Strelitzensiedlung eindrang und die Tore der Häuser einschlug, leisteten die Strelitzen keine Gegenwehr. Im Gegenteil, sie nahmen jeder einen Sack voll Verpflegung mit, dazu ihre Äxte und Flinten und zogen in geordneter Formation aus der Stadt. Das Schreiben der Zarewna Sofija aber trugen sie bei sich.

Zu Pfingsten marschierten sie wieder nach Moskau. Und dieses Mal waren es alle vier in Litauen stationierten Strelitzenregimenter. Im Tross führten sie Kanonen, Munition und Proviant mit sich, Fahnen und Heiligenbilder. Und natürlich hatten sie auch ihre Regimentspopen mitgebracht, die genauso abgerissen und verhungert waren wie sie selbst.

Ihre Offiziere hatten den Aufbruch zu verhindern versucht und waren sämtlichst erschlagen worden. Ein Blutbad hatte es gegeben, bevor sie hatten abziehen können, aber die Zarewna Sofija hatte es ihnen ja geschrieben: Greift jeden an und macht ihn nieder, der sich euch in den Weg stellen will.

Am Pfingstsonntag hatte das aufständische Strelitzenheer, bestehend aus den Regimentern Hundertmarck, Tschubarow Kolsakow und Tschermny, das Kloster Woskressenskij erreicht, das auch Neu-Jerusalem genannt wurde. Das schmale Flüsschen Istra schlängelte sich daran vorbei, ebenso an dem zum Kloster gehörigen Dorf Sytschowka. Überall, auch im Kloster, hatte man vor den herannahenden Aufständischen Fenster und Tore verrammelt, und kein Mensch war draußen zu sehen.

Die Strelitzen machten Halt, um ihre Pferde zu füttern und zu tränken. Morgen, nach Sonnenaufgang, wollten sie den Fluss überqueren, und dann ging's weiter ins nahe Moskau zum Nowodewitschi-Kloster.

Doch plötzlich wurde es am gegenüberliegenden Ufer der Istra laut. Man hörte Pferde schnauben, Kommandorufe und das Knarren von Wagenrädern und Lafetten.

Und dann brüllte einer mit gewaltiger Stimme über den Fluss: „Ergebt euch, mörderische Bande! Euer Weg endet hier. Man hat uns von eurem schändlichen Vorhaben unterrichtet, und so stehen euch nun viertausend Mann zarentreue Truppen gegenüber. Was wollt ihr gegen sie ausrichten?"

Sie erkannten den Rufer an seinem starken Akzent. „General Gordon ist's", rief Mitja Popkow, den die Strelitzen vor ihrem Abzug zu ihrem obersten Anführer gewählt hatten. „Der verfluchte Schotte." Er ging näher ans Flussufer und legte die Hände trichterförmig vor den Mund. „Fahr zur Hölle, General! Und wenn du achttausend Männer bei dir hättest, so würden wir mit ihnen fertig. Die meisten sind doch arme Hunde wie wir. Sie werden zu uns überlaufen, wenn wir den Fluss durchschritten haben."

Es dämmerte bereits, und von der Istra stiegen Nebel auf. Nur undeutlich erkannten die Strelitzen den schottischen General, der mit wehendem Helmbusch auf seinem Pferd saß.

Das Ufer stieg dort zunächst steil an und ging in eine Senke über. Man konnte nicht viel von dem sehen, was hinter der Böschung versammelt war. Aber den Geräuschen nach zu urteilen und dem Schein der Biwakfeuer, die an mehreren Stellen entzündet wurden, mussten es tatsächlich mehrere tausend Soldaten sein.

Die Anführer der Strelitzen berieten sich. Einige wollten noch in der Dämmerung den Fluss überqueren, um auf die alte Heerstraße nach Moskau zu gelangen, andere wollten bis zum Morgen warten, und wieder andere schlugen vor, Gordons Heer in weitem Bogen zu umgehen und auf Umwegen nach Moskau zu marschieren.

Diejenigen, die erst im Morgenlicht den Angriff wagen wollten, setzten sich schließlich durch. „Die Istra ist tief und reißend an manchen Stellen. Wenn es dunkel ist, können wir die Stromschnellen nicht sehen und abgetrieben werden", erklärte Popkow. „Außerdem brauchen wir und die Pferde eine längere Rast. Klüger ist es, morgen in der Frühe anzugreifen."

Als General Gordon sah, dass die Strelitzen ein Nachtlager aufschlugen, wendete er sein Pferd und ritt zu seinem Heerlager zurück. Oberkommandierender der Truppe war Generalissimus Schejin, der ihn in seinem Zelt erwartete. Der alte Haudegen nickte nur, als Gordon meldete: „Sie lassen es auf einen Kampf ankommen. Bei Sonnenaufgang geht's los."

„Dann sei Gott ihren verirrten Seelen gnädig", erwiderte

der Generalissimus grimmig. Ein frommer Wunsch angesichts dessen, was sich am folgenden Tag ereignete.

Im Morgengrauen ließ General Gordon seine Männer in Schlachtordnung antreten: die Preobraschenskij links oberhalb des aufsteigenden Flussufers, die Dragoner auf der rechten Seite. Die Fähnchen an ihren Lanzen flatterten im Wind. Etwas höher noch waren die Kanoniere mit zwölf Kanonen postiert. Die übrigen Soldaten, unter ihnen auch die Strelitzenregimenter, die Oberst Kanjewskij in Preobraschenskoje befehligte und von denen man wusste, dass sie eher sterben als den Treueid verraten würden, den sie auf Zar Peter abgelegt hatten, standen zum Sturm bereit Fjodor Kanjewskij war es elend zumute. Welch ein schrecklicher Tag, an dem man auf seine einstigen Kameraden losschlagen musste! Er hätte sonst etwas darum gegeben, wenn die Strelitzen auf der anderen Seite des Flusses heimlich im Schutz der Nacht abgezogen wären, zurück an die Grenze.

Aber sie waren alle da, keiner hatte sich aus Angst heimlich davongemacht.

Noch einmal versuchte Gordon, die Meuterer zum Aufgeben zu bewegen. Durch eine Furt ritt er bis in die Mitte des Flusses. „Ihr seht, dass ich gestern die Wahrheit gesagt habe, Strelitzen. Gegen unsere Übermacht kommt ihr nicht an. Ergebt euch und liefert eure Rädelsführer aus, dann verspreche ich euch freien Abzug."

Wütendes Geschrei erhob sich unter den Aufständischen. „Zu spät, Schotte, zu spät! Ihr habt das Fass zum Überlaufen gebracht. Euer verfluchter Ketzer Franz Lefort hat die Besten der Unseren auf dem Gewissen, als er sie bei Asow in den Tod schickte. Und wir sollen in den nassen Wäldern an der Grenze verrecken, während der böse Geist Lefort dem Zaren eingeflüstert hat, das Volk zu zwingen, sich den Bart abzuschneiden und euren stinkenden Tabak zu rauchen. Unseren alten, ehrwürdigen Glauben will er vernichten und Gott ins Gesicht spucken, der Satan!"

Gordon gab es auf, sich unter dem Schreien Gehör zu verschaffen, und ritt zurück zu seinen Soldaten. Vor dem Zelt von Generalissimus Schejin war indessen ein Altar aufgebaut worden, und einige Popen in prächtigen Messgewändern begannen mit der morgendlichen Messe.

Auch die Strelitzen wollten einen Gottesdienst abhalten, bevor es ans Töten und Sterben ging. Und waren auch ihre Popen zerlumpt und barfüßig, so beteten sie doch mit herzzerreißender Inbrunst um den Sieg.

Danach bekreuzigten die Männer sich hastig und rannten zu den mitgeführten Wagen, die sie nach Kosakenart bespannten und im Karree zu einer Wagenburg aufstellten.

Mischka Popkow riss seinen Säbel hoch. „Vorwärts, Brüder! Erkämpft euch den Weg nach Moskau! Noch vor Sonnenuntergang sind wir dort!"

Als die Ersten in der Mitte des Flusses waren, donnerten Gordons Kanonen los. Die Strelitzen schossen mit ihren mitgeführten Haubitzen zurück, und innerhalb kurzer Zeit war alles in dichten Rauch gehüllt.

Sie kämpften mit dem Mut der Verzweiflung, die Strelitzen, hieben, stachen und schossen ihre Flinten ab, stürmten die Uferböschung hinauf. Doch dort hatten sich das Butyrski- und das Lefort-Regiment verschanzt und schlugen die Angreifer zurück. Wieder feuerten die Bronzekanonen von General Gordon, und die Phalanx der Anstürmenden brach auseinander. Wie hingemäht sanken die Männer in das taufeuchte Gras und starben.

Die nächste Welle der Angreifer ging trotzdem todesmutig weiter vor, aber sie waren der Übermacht nicht gewachsen. Bei der dritten Kanonensalve wandten sie sich zurück über den Fluss, warfen ihre Standarten und Waffen weg und suchten ihr Heil in der Flucht. Blindlings rannten sie auseinander, doch die Dragoner setzten ihnen nach und trieben sie wie die Hasen zu ihrer Wagenburg zurück.

Noch am selben Tag begann Generalissimus Schejin mit den Verhören der Gefangenen. Viele, die man vor ihn führte, waren verwundet, viele warfen sich auf die Knie und flehten um Gnade. Die Wut über die Jahre währende schlechte Behandlung habe sie vorwärts getrieben. Ein Ende ihrer Leiden hätten sie erkämpfen wollen, weil sie unerträglich geworden seien. Aber kein einziger Strelitze verriet die Zarewna Sofija und ihren Aufruf zum Umsturz.

Schejin ließ achtundfünfzig von ihnen an eilig errichteten Galgen neben der Straße nach Moskau aufhängen, unter ihnen Mischka Popkow. Die Übrigen wurden unter scharfer militärischer Bedeckung in die Moskauer Gefängnisse gebracht, wo man sie neuen Verhören unterziehen wollte.

Oberst Kanjewskij kam als gebrochener Mann nach Krassnaja Dalina zurück. Er hatte getan, was er hatte tun müssen: gegen Verräter gekämpft. Aber es waren Strelitzen gewesen wie er, und dieser Zwiespalt zerriss ihn. Oftmals wanderte er stundenlang über die Felder und Wiesen von Krassnaja Dalina, und wenn er zurückkam, sah er womöglich noch trübseliger aus, als er aufgebrochen war. Er konnte, die Arme nach Altmännermanier auf den Knien ruhend, die Hände und den Kopf gesenkt, stumm da sitzen, und manchmal weinte er auch.

Seine Frau versuchte vergeblich, ihn aufzurichten. „Sei nicht verrückt, Fjodorenka, du hast nur die Pflicht erfüllt, die du unserem allergnädigsten Zaren schuldig bist. Also hör auf, dich zu quälen. Es waren Aufrührer, und bei denen darf man keine Gnade kennen."

Fjodor blickte sie aus trüben, tränenverschleierten Augen an. „Trotzdem waren es einmal meine Kameraden. Die Gefallenen werden mich vor Gott verklagen, und die Überlebenden, die man jetzt in den Gefängnissen foltert, verfluchen mich. Gestern haben sie die Fäuste gegen mich geschüttelt, als ein Trupp von ihnen nach Preobraschenskoje gebracht wurde. Einige haben mich erkannt und vor mir ausgespuckt. O Marinuschka, wie soll ich das jemals vergessen!"

Man weiß es ja, Fjodor Kanjewskij war kein harter Mann.

Auch seine in Preobraschenskoje stationierten Strelitzen ließ er nicht auf unmenschliche Weise drillen. Sie hatten eine schlagkräftige, zuverlässige Truppe zu sein – das ja, aber keine Mörderbande, vor der jeder zitterte.

In ihrer Not schickte Marina Karlowna schließlich eine Nachricht an Wera: „Bitte, komm nach Hause, Töchterchen. Deinem Vater geht es nicht gut. Vielleicht gelingt es dir, ihn seinen Kummer vergessen zu lassen."

Alexej begleitete Wera, als sie nach Krassnaja Dalina fuhr. Er wusste zwar nicht, wie er helfen konnte, aber er wollte es wenigstens versuchen.

Graf Bjelskij hatte während des Strelitzenaufstandes weiterhin Dienst beim Nowodewitschi-Kloster getan. Er hatte die Anweisungen Fürst Romodanowskijs befolgt und die Wachen verstärken lassen. Auch die Kontrollen, wer ins Kloster hinein und aus dem Kloster heraus wollte, waren verschärft worden. Darum war er fest überzeugt, dass die Zarewna Sofija nichts von den Ereignissen außerhalb des Klosters wusste.

Als Wera und Alexej in Krassnaja Dalina eintrafen, war Fjodor Kanjewskij im Obstgarten. In der Nacht hatte es ein frühsommerliches Gewitter gegeben, und der Sturm hatte einen alten morschen Apfelbaum entwurzelt.

Kanjewskij saß auf dem Stamm und nahm kaum Notiz von der Ankunft seiner Tochter und seines Schwiegersohnes. „Hat meine Frau euch alarmiert?", fragte er nur. „Ich weiß ja, dass sie sich Sorgen um mich macht. Aber ihr könnt mir auch nicht helfen."

Wera umarmte ihren Vater und küsste ihn auf beide Wangen. „Freust du dich denn nicht, uns zu sehen?"

Kanjewskij nickte abwesend. „Doch, schon." Dann deutete er auf den Apfelbaum. „So wie dem geht's mir auch, ausgehöhlt und morsch. Der nächste Windstoß kann mich fällen."

„Rede keinen Unsinn, Väterchen", widersprach Wera resolut. „Eine Eiche bist du, stark und kräftig. Dich wirft so leicht nichts um."

Er schüttelte störrisch den Kopf: „Warum hat mich an der Istra keine Kugel oder ein Axthieb erwischt! Dann wäre es jetzt aus mit mir, und ich hätte meine Schuld mit dem Leben bezahlt. So muss ich sie mit mir herumschleppen." Mit einem verzerrten Lächeln blickte er zu Alexej hoch. „Hättest du auf Strelitzen geschossen, Söhnchen?"

„Es wäre mir schwer gefallen", antwortete Bjelskij. „Aber an der Istra hätte ich es getan. Das waren keine Strelitzen mehr, sondern Deserteure. Damit haben sie sich selbst aus der Truppe ausgeschlossen. Sieh es doch bitte ein."

Kanjewskij legte die Hand über die Augen. „Fahr nach Preobraschenskoje und hör, wie sie bei den Folterungen schreien. Es geht mir durch Mark und Bein. Sie wollten ja nur ein bisschen besser leben, die armen Hunde. Der Zar ist nicht gut mit ihnen umgegangen. Sie haben Recht mit allem, was sie gegen ihn vorbringen. Trotzdem bereuen sie nun. Sie betteln um Gnade, aber sie werden geknutet, bis ihnen das Fleisch in Fetzen herunterhängt. Man bricht ihnen die Rippen mit glühenden Zangen und legt sie auf brennendes Stroh. Und man fragt sie immer wieder das Gleiche: Wer sie zu ihrer Rebellion angestiftet hat. Aber sie antworten: Niemand. Wir haben es nur aus Not und Elend getan."

Es zerriss Wera das Herz, als ihr Vater zu weinen begann. Wie ein alter gebrochener Mann saß er da und stieß immer wieder hervor: „Dass ich das erleben muss ... Ach, ich wünsche, ich wäre tot!"

„Väterchen!" Sie zog ihm die Hände vom Gesicht und hielt sie fest. „Väterchen, hör zu: Das darfst du nicht einmal denken. Wir brauchen dich. Du musst wieder mein gesundes, fröhliches Väterchen werden und ..." Sie zögerte, warf Alexej einen um Entschuldigung bittenden Blick zu und sprach es dann doch aus. „Und ein glückliches Großväterchen."

Noch bevor Fjodor Kanjewskij den Sinn ihrer Worte begriff, stieß Alexej einen Schrei aus. „Weruschka, du ..."

Mit glänzenden Augen sah sie zu ihm hoch. „Ja, ich erwarte ein Kind. So Gott will, wird es im Winter geboren werden."

Bjelskij nahm sie in die Arme. „Weruschka, mein Herz ... ist das wirklich wahr? Wir werden ein Kind haben?" Als sie nickte, drückte er sie an sich und schwenkte sie im Kreis herum, dass sie den Boden unter den Füßen verlor. Doch im nächsten Augenblick setzte er sie erschrocken wieder ab. „Habe ich dir wehgetan? O Gott, das Kleine ... Spürst du Schmerzen, Weruschka? Bitte verzeih mir, aber ich war ganz außer mir vor Freude!"

Sie lachte. „Es ist wahr", beantwortete sie nacheinander seine Fragen. „Im Januar bist du ein Väterchen, Alexej. Nein, du hast mir nicht wehgetan, und ich habe auch keine Schmerzen. Und natürlich verzeihe ich dir ... Aber du musst mir auch verzeihen, denn eigentlich habe ich es zuerst dir allein sagen wollen, aber dann dachte ich, dass ich es am besten jetzt gleich erzähle ..."

Sie wandte sich an Fjodor Wassiljewitsch. „Nicht wahr, du freust dich auch? Du bekommst ein Enkelkind, Papuschka. Das wird dir schon die Gedanken an den Tod austreiben ..."

Am Abend fuhr Alexej wieder nach Moskau zurück, da er am folgenden Morgen Dienst hatte. Wera blieb noch ein paar Tage bei ihren Eltern. Zum ersten Mal nach den Kämpfen an der Istra wirkte Fjodor Kanjewskij ein wenig gefasster. Er lächelte sogar, als er seiner Frau mitteilte, dass sie in ein paar Monaten Großmutter wurde, und Marina Karlowna sagte später zu ihrer Tochter: „Dieses Kindchen hat Gott zum rechten Zeitpunkt entstehen lassen. Wirst sehen, jetzt geht es wieder aufwärts mit deinem Vater. Ach, ich könnte heulen wie ein Steppenwolf vor Erleichterung. Es war ja nicht mehr zum Aushalten mit ihm!"

„Versprich mir, Weruschka", bat Alexej Bjelskij, als er sich von seiner Frau verabschiedete, „dass du gut auf unser Töchterchen aufpasst. Du musst dich schonen und solltest am besten überhaupt nicht mehr mit einer Kutsche fahren. Die rüttelt viel zu sehr."

Sie lachte ihn aus. „Dann muss ich bis zur Geburt hier bleiben! Wäre dir das recht? Und außerdem – woher willst du wissen, dass es ein Töchterchen ist? Es kann ja auch ein Söhnchen sein."

„Hauptsache, es ist gesund ... obwohl ich eigentlich kleine Mädchen lieber habe", versicherte er ernsthaft. „Jedenfalls für den Anfang."

Er sah, dass sie rot wurde, und drückte sie heftig an sich. „Gott behüte dich, Herzchen." Dann wandte er sich rasch ab und stieg in die Kutsche.

Wera blickte ihr nach, solange sie zu sehen war.

Am 4. September 1698 kehrte Zar Peter nach Moskau zurück. Die Nachricht vom Strelitzenaufstand hatte ihn in Wien erreicht, wo er mit Kaiser Leopold zäh und ohne nennenswertes Ergebnis um Österreichs zukünftigen Beistand gegen das Osmanische Reich gerungen hatte.

Entgegen allen früheren Beteuerungen hatte Leopold Friedensverhandlungen mit den Türken aufgenommen, nachdem es endlich gelungen war, das osmanische Heer, das bereits vor den Toren der Hauptstadt gestanden hatte, vernichtend zu schlagen.

Einen weiteren Türkenfeldzug, um das heilige Grab Christi aus den Händen der Ungläubigen zu befreien, werde es nicht geben, erklärte der Kaiser. Österreich brauche Frieden, denn die Staatskassen seien leer.

Peter hätte am liebsten mit der Faust auf den Tisch geschlagen. Das nervöse Zucken, das in Augenblicken der Erregung sein Gesicht entstellte, verzerrte seine Züge.

„Frieden, Frieden", entgegnete er in seinem harten Deutsch, das er in Kukui gelernt hatte. „Ihr redet davon, aber in Wahrheit wollt Ihr nur einen neuen Krieg. Einen mit Frankreich, um die Erbfolge auf dem verwaisten spanischen Thron zu Euren Gunsten zu entscheiden."

Er bekam keine Antwort; Kaiser Leopold lächelte nur verbindlich.

Zar Peter nagte an der Unterlippe. Er fühlte sich zum Narren gehalten. Für ihn waren Verträge verpflichtend – unter allen Umständen. Aber in Wien versuchte man, sich mit jeden nur möglichen diplomatischen Verrenkungen aus der Affäre zu ziehen. Solange die Türken ungeschlagen vor Wien gestanden hatten, war Russland den Österreichern ein willkommener Verbündeter gewesen – doch nun brauchte man es nicht mehr.

Aber auch England und die Niederlande, die Peter auf seiner Seite geglaubt hatte, schwenkten plötzlich um. Sie unterschätzten die österreichischen Friedensverhandlungen ebenso wie den bevorstehenden Krieg mit Frankreich.

Allerdings war es beiden Staaten ziemlich gleichgültig, wer in Zukunft auf dem spanischen Thron sitzen würde. Ihnen ging es nur darum, dass durch einen Krieg Frankreichs Vorherrschaft im Atlantik und Mittelmeer gebrochen wurde, damit ihre eigenen Schiffe umso ungehinderter Handel treiben und Freihäfen anlaufen konnten. Ein raffinierter Plan, dachte der Zar. Meine bisherigen Verbündeten greifen selbst nicht zu den Waffen, sondern lassen Österreich für ihre Ziele bluten.

Oh, er hatte viel gelernt auf dieser Auslandsreise. Nicht nur als Schiffsbauer, Zimmermann und Bombenwerfer. Er hatte auch gelernt, wie das politische Ränkespiel zwischen den europäischen Staaten verlief. In Zukunft würde er sich darauf einstellen, der dumme russische Bär, für den man ihn trotz aller zur Schau gestellten Liebenswürdigkeit immer noch hielt. Sie sollten sich getäuscht haben, sie alle! Sobald er in seinem eigenen Reich Ruhe und Ordnung hergestellt hatte, würde man in Europa mit Russland rechnen müssen!

Ursprünglich hatte Peter vorgehabt, von Wien aus nach Venedig zu reisen, doch Romodanowskijs Nachricht von dem Strelitzenaufstand hatte ihn alarmiert. Abrupt brach er seinen Auslandsaufenthalt ab und kehrte auf schnellstem Wege nach Moskau zurück.

Alexej Menschikow, sein vertrautester Freund, der durch

die Gunst Peters aus armseligsten Verhältnissen zu Ehren, Ämtern und Reichtum gekommen war, fuhr in der Zarenkutsche mit. In einer zweiten saßen Lefort und Iwan Golowin, der Sohn des Generals. Die übrige Begleitung des Zaren würde später nachfolgen.

Dieses Mal reiste der Zar auf dem Landweg und trieb Kutscher und Pferde zu allergrößter Eile an. Kaum dass man in der Nacht in einer Poststation ein paar Stunden Schlaf fand - schon saß man wieder in der rüttelnden Kutsche, schluckte Staub und sah die Landschaft, in der Spätsommersonne leuchtend, vorüberfliegen.

Menschikow, berühmt für seine Fähigkeit, den Zaren aufzuheitern, hatte diesmal wenig Erfolg. Peter war schweigsam und voll düsterer Gedanken. Was erwartete ihn in Moskau? War der Aufstand wirklich niedergeschlagen - oder hatten die Rebellen, von dem aufgehetzten Mob unterstützt, am Ende doch gesiegt?

„Du musst dich nicht sorgen, mijn Herz", sagte Menschikow. So nannte er den Zaren meistens, wenn er mit ihm allein war. „Sobald deine Russen erfahren, dass du zurückgekehrt bist, werden sie weinen vor Freude. Haben sie es nicht sogar bei Iwan dem Schrecklichen getan, als er nach Monaten aus Alexandrowa Sloboda nach Moskau zurückkehrte, um den Thron wieder einzunehmen, auf den er zuvor hatte verzichten wollen? Das Volk wusste: Der Zar kam als sein Peiniger, und doch haben die Leute vor ihm gekniet und Hymnen gesungen." Er lachte. „Aber wenn du kommst, mijn Herz, werden sie Freudenfeuer anzünden und den Boden küssen, über den du gehst."

Peter paffte dicke Rauchwolken aus seiner Tabakspfeife. „Vielleicht - vielleicht auch nicht. Was wirst du tun, Alexaschka, wenn sie mich über die rote Treppe im Kremlpalast werfen - direkt auf die Speere und Piken der Strelitzen?"

„Dir nachspringen, mijn Herz", sagte Menschikow fröhlich. „Was sonst?" Er zupfte an den Spitzen seiner Ärmelmanschetten. „Ich will nicht von stinkenden, ungewaschenen Leuten angefasst werden. Deshalb springe ich freiwillig."

Dieses Mal lächelte der Zar. Aber es war ein grausames Lächeln. „Wenn Romodanowskij es nicht geschafft hat, alle Aufrührer in Ketten zu legen, müssen sie sich wehren, sobald sie hören, dass ich komme. Denn dann wissen sie, dass ich ein Strafgericht abhalten werde, das sich mit Zar Iwans Taten messen kann. Ich muss sie ausrotten, die Brut, die Russland zerstört."

Er schwieg eine Weile, den Kopf mit geschlossenen Augen zurückgelehnt, und sagte dann mehr zu sich selbst:

„Dabei liebe ich mein Volk. Es wohnt viel Gutes in der russischen Seele und eine schier unerschöpfliche Geduld. Wie ist es nur möglich, dass diese Eigenschaften urplötzlich ins Gegenteil verkehrt werden können? Dann werden sie rasende Tiere, meine Russen, vollkommen unberechenbar und voll wilder Zerstörungswut."

Er blickte Menschikow an. „Weißt du, was das schlimmste Geschwür an Russlands Leib ist? Die Unwissenheit. Ihr habe ich den Kampf angesagt. Das Volk muss lernen, zu denken, abzuwägen und sich nicht von jedem Schreihals aufwiegeln zu lassen. Freilich werde ich mich deshalb auch mit der Geistlichkeit anlegen müssen. Aber sei's drum! Es darf ihr einfach nicht mehr gestattet sein, die Leute dumm, unwissend und in Furcht zu halten."

„Du hast so viele Pläne ..." Menschikows Stimme klang nachdenklich. „Glaubst du, dass ein Leben ausreicht, sie zu verwirklichen?"

„Ich habe mir geschworen, es zu versuchen", entgegnete der Zar fest.

Er wusste es wohl: Wie ein Gebirge lag vor ihm, was er vorhatte, schier unüberwindlich. Und die Hindernisse, die sich auftürmten, waren zu einem großen Teil im Wesen seines Volkes verankert, in seiner Rückständigkeit des Denkens, seinem fanatischen Festhalten am alten Glauben, alten Traditionen, der fast abergläubischen Furcht vor allem

Fremden ... Er würde nicht nur die echten Bärte der altrussischen Bojaren abschneiden müssen, – es waren noch weitaus mehr symbolische Bärte ...

„Und wie willst du die gottgesegnete russische Faulheit ausrotten?", fragte Menschikow. „Mit der Knute?"

„Wenn es sein muss, ja", erwiderte Peter. „Aber ich hoffe dass die Leute im Lauf der Zeit von selbst mehr Fleiß entwickeln, wenn sie merken, dass es ihnen durch Arbeit besser geht. Ich will, dass wir eine florierende Wirtschaft und Industrie bekommen, ausgedehnten Handel mit dem Ausland, gute Schulen und Universitäten ... Das einzige wirklich wirksame Mittel gegen Unvernunft ist Bildung."

„Aber du kannst nicht auf den Verstand bauen, mijn Herz, wenn Hunger die Bäuche zusammenkrampft."

„Gewiss nicht", sagte Peter. „Zuerst muss man sie satt machen. Die Bojaren sollen sich in Acht nehmen. Mit ihrer schamlosen Gier nach immer mehr Reichtümern, ihrer Bestechlichkeit, ihrer bodenlosen Trägheit saugen sie das Volk aus. Sie sind der Untergang Russlands. Ich werde jeden zermalmen, der in diesem Sinne schuldig geworden ist. Winseln wie die Hunde sollen sie!"

„Ich freue mich darauf", meinte Menschikow grinsend. „Hej, das wird ein Spaß werden, mijn Herz ..."

Zar Peter reagierte nicht auf seinen Einwurf. „Und dann muss man sein Augenmerk auf Sibirien richten", murmelte er. „Ich will neue Expeditionen ausrüsten. Wir brauchen Kupfer, Eisen, Gold ... Nikita Demidow – du weißt, der Büchsenmacher aus Tula, dem wir auf einer meiner Reisen begegnet sind, – also dieser Demidow behauptet, dass die sibirischen Ressourcen unerschöpflich sind ... Erinnere mich an den Mann. Ich will ihn rufen lassen."

Er wandte sich jetzt direkt Menschikow zu. „Russland hat alles, Alexaschka: Bodenschätze, unendliche Ländereien, Ströme, die man zum Fischfang, zum Transport und als Reisewege benutzen kann, unendliche Wälder ... Ich denke oft, dass es das reichste Land der Erde ist, wenn man nur versteht, seine Möglichkeiten zu nutzen."

Das reichste Land der Erde – und doch gefangen in einer jahrhundertealten, selbst gewollten Isolation!

Welch eine Aufgabe, Russland seinem Schlaf zu entreißen!

Nach seiner Ankunft in Moskau fuhr der Zar zunächst zu Fürst Romodanowskij, um sich Bericht erstatten zu lassen. Es herrsche wieder Ruhe im Land, versicherte der Fürst. Die aufständischen Strelitzen seien gefangen und warteten in ihren Gefängnissen auf ihre Verurteilung. Bedauerlicherweise habe die Folterung keinen Hinweis auf mögliche Anstifter erbracht. Man müsse wohl davon ausgehen, dass die Rebellen tatsächlich auf eigene Faust gehandelt hätten.

„Man wird sehen", entgegnete der Zar düster. „Ihr wart vielleicht zu zimperlich, mein lieber Michail."

Anschließend fuhr er zum Kremlpalast, wo seine Frau Jewdokija in ihren schönsten Kleidern auf ihren Gatten wartete. Doch Peter hatte kein Verlangen, sie zu sehen. Er bat seine ebenfalls im Kreml wohnende Lieblingsschwester Natalja, lediglich den Zarewitsch zu holen. Ihn herzte und küsste er, doch danach übergab er das Kind wieder seiner Schwester und fuhr nach Preobraschenskoje, wo die meisten gefangenen Strelitzen in den Gefängnissen saßen.

Die junge Zarin Jewdokija weinte heiße Tränen, dass ihr Gemahl es nach so langer Abwesenheit nicht für nötig befunden hatte, sie zu begrüßen. Aber Peter war mit anderen Dingen beschäftigt ...

Als die Bojaren und die hohen Würdenträger der Geistlichkeit eilends nach Preobraschenskoje kamen, um vor ihm niederzufallen und ihm zu huldigen, nahm der Zar dies mit unbewegter Miene an. „Ich danke euch, meine Getreuen", sagte er, griff nach einer eigens für diesen Zweck bereitgelegten Schere und begann, die langen Bärte der Bojaren eigenhändig abzuschneiden. Die so Geschändeten brachen in lautes Wehklagen aus; glaubten sie doch, dass ihre Bärte ihnen von Gott geschenkt worden seien und ihnen den Weg in den Himmel bereiteten.

Doch das berührte Peter nicht. Diese Narren mussten begreifen, dass kein noch so langer und sorgsam gekämmter Bart sie vor dem Zorn des Zaren schützte – und ebenso wenig eine Himmelsleiter darstellte, die man, ungeachtet früherer Sünden, freudig erklimmen konnte.

„Geht und erzählt es allen, die es betrifft", sagte Peter grimmig. „Straflos darf in Zukunft niemand mit solch einem Bart vor mir erscheinen. Also tut jeder gut daran, ihn sich vorher abzuscheren." Das schreckliche Muskelzucken verzerrte wieder sein Gesicht, und die jammernden Bojaren verstummten und wichen zurück.

Die große Schere in der Faust, kam der Zar ihnen nach. „Und nicht nur bartlos will ich euch sehen, sondern anständig gekleidet. Eure langen Kaftane beleidigen mein Auge ebenso wie eure spitzen Mützen. Fort damit: Werft das Zeug ins Feuer! Das ist ein kaiserlicher Befehl! Von Stund' an dürft ihr nur noch Kleider nach westlichem Zuschnitt tragen! Also holt die Sachen aus euren Truhen auf dem Speicher, wohin ihr sie nach meiner Abreise im vergangenen Jahr zweifellos verbannt habt. Oder lasst euch neue anfertigen!"

„Ihr seid der Zar", murmelten die Bojaren. „Euren Willen zu tun, ist unsere größte Freude." Dann verließen sie rückwärts gehend den Empfangssaal im Palast von Preobraschenskoje.

Das Lachen des Zaren schallte ihnen nach, und Alexej Menschikow und Franz Lefort, die der Zeremonie beigewohnt hatten, stimmten darin ein.

„Das ist das Ende unseres geliebten heiligen Russlands", sagte der Bojar Jakow Tschirin, und Tränen verdunkelten seine zwischen dicken Fettwülsten liegenden Augen. „Gott wird seine Hand von uns abziehen, und wir werden alle zu Grunde gehen. Oh, ihr Heiligen, welch ein schwarzer, schrecklicher Tag."

Manchmal stellt sich etwas, das zunächst als Unglück erscheint, im Nachhinein als ein echter Glücksfall heraus. So war es auch mit Fjodor Kanjewskijs Unfall. Er musste das Bett hüten, weil ihm eines seiner Pferde – der Hengst Ataman war's, ein echter Teufelsbraten, schwarz wie die Hölle und feurig wie ein ganzes Fässchen Pfeffer – einen bösartigen Tritt versetzt hatte. Der Oberst hatte Ataman im Stall besucht und die Wunde begutachtet, die ein zu straff gespannter Sattelriemen im Fell des Rappen verursacht hatte.

Sie war schon fast verheilt, und Oberst Kanjewskij hatte zufrieden überlegt, dass man Ataman in zwei Wochen auf dem Pferdemarkt in Moskau verkaufen könne. Er war ein herrliches Tier, aber für Kanjewskijs Geschmack zu unberechenbar. Darum wollte er ihn nicht länger behalten.

„Wir werden schon ein feuriges Herrchen für dich finden, mein Schöner", sagte Fjodor Kanjewskij, tätschelte dem Hengst die Kruppe und wandte sich zum Gehen.

Sei es nun, dass Ataman es ihm übel nahm, dass er verkauft werden sollte, sei es aus purer Widerborstigkeit – auf jeden Fall flog Oberst Kanjewskij in der nächsten Sekunde auf den harten Boden der Stallgasse, weil der Hengst ihm einen wohl gezielten Tritt in den Rücken versetzt hatte.

„Du Satan!", ächzte der Oberst und versuchte vergeblich, sich aufzurichten. Er lag flach, und erst zwei Stallknechte, die auf seine Hilferufe herbeieilten, schafften es, ihn umzudrehen und ins Gutshaus zu bringen.

Oberst Kanjewskij hatte nicht nur eine Rückenverletzung durch den Pferdehuf erlitten, der sich dunkelblau und exakt wenig später auf seiner Haut abzeichnete, er hatte sich durch den Sturz auch noch den Brustkorb geprellt, und der eiligst herbeigerufene Doktor Glupin verordnete dem Patienten strenge Bettruhe und Kompressen aus schmerzlindernden Kräutern. „Tja, mein lieber Fjodor Wassiljewitsch", sagte der Arzt in seiner jovialen Art, „macht Euch auf ein längeres Krankenlager gefasst. So schnell kann man das nicht auskurieren."

So kam es, dass es dem Oberst erspart blieb, die folgenden Tage in Preobraschenskoje mitzuerleben.

Zar Peter verhörte die gefangenen Strelitzen persönlich – und er wohnte auch ihren Folterungen bei. Sie waren furchtbarer als alles, was die Gefangenen bisher ausgehalten hatten. Man riss ihnen die Nägel aus, grub sie nach Kosakenart in Ameisenhaufen ein und holte sie erst heraus, wenn sie das Bewusstsein verloren. Dann flößte man ihnen Branntwein ein, damit sie wieder zu sich kamen und die folgenden Torturen bei voller Besinnung über sich ergehen lassen konnten.

In diesen schrecklichen Tagen gewann die dunkle Seite von Zar Peter die Oberhand. Er kannte keine Gnade, sondern sah unbewegt zu, wie die Delinquenten schrien, um Erbarmen winselten und in ihrer Angst und ihren Schmerzen nichts Menschliches mehr an sich hatten.

„Ihr werdet sowieso sterben", sagte der Zar. „Es liegt an euch, ob es bald geschieht oder ob ihr noch mehr aushalten müsst. Wollt ihr, dass ich euch die Augen ausstechen und die Hände abhacken lasse, die ihr gegen euren Zaren erhoben habt? Wollt ihr, dass man euch die Haut in Streifen abzieht, bis ihr nur noch eine blutende, formlose Masse seid? Schreit nur nach dem Tod, der euch befreit. Aber er kann lange auf sich warten lassen, wenn ihr nicht endlich preisgebt, wer euch zu eurem Aufruhr angestiftet hat."

„Es war die Zarewna Sofija", stieß einer der Gefolterten schließlich hervor. Er hieß Grischka Balkowitsch und war ein einfacher Soldat, dem der Zar angedroht hatte, ihn zu entmannen. „Sie hat uns einen Brief geschickt, in dem sie uns aufforderte, sie aus dem Nowodewitschi-Kloster zu befreien und nach Moskau zu führen, damit sie dort den Thron besteigen kann. Wir haben ihren Brief an der Istra in einer Wurzelhöhle versteckt. Eine Weide am Flussufer war's ..."

Endlich! Peter hatte von Anfang an geahnt, dass seine ehrgeizige Schwester hinter dem Aufruhr steckte. Aber wer hatte ihr geholfen, das Schreiben aus dem Kloster zu schmuggeln?

Weitere Folterungen brachten keine Antwort auf diese Frage. Dennoch stand es nun fest, dass Sofija Helfer gehabt hatte. Aber wer war es?

„Man muss den Verräter bei den Bewachern der Zarewna suchen", sagte Graf Tutschew eines Morgens zu Fürst Romodanowskij. „Niemand sonst kann es gewesen sein." Er lächelte verzerrt. Die Wunde, die Alexej Bjelskij ihm beigebracht hatte, war zwar verheilt, aber seitdem war Tutschews Mund ein wenig schief, und wenn er sich erregte, flammte die Narbe wie ein breiter roter Strich auf. Und jedes Mal, wenn Tutschew sich in einem Spiegel erblickte, schwor er Bjelskij von neuem furchtbare Rache.

Tutschew hatte ihn nicht angezeigt, weil er nicht wollte, dass die Geschichte mit Wera Fjodorowna ans Licht gezerrt wurde – der überaus fromme, sittenstrenge Romodanowskij hätte ihn zweifelsohne auf der Stelle entlassen. Aber es gab andere, subtilere Wege, Graf Bjelskij zu vernichten.

Grigorij Tutschew hatte seit kurzem eine neue Geliebte. Es war Amalja, eine Magd der Zarewna Marfa, ein schmales, blondhaariges Ding, das ihn anbetete. Außerdem war sie geschwätzig, und er hatte nicht viel Mühe gebraucht, um allerhand Interessantes und auch Uninteressantes aus den Frauengemächern des Kremlpalastes zu erfahren. So wusste Tutschew indessen, dass die Zarewna Marfa Verbindung mit den Strelitzen gehabt hatte. Amalja selbst war es gewesen, die die Bittschrift der ersten hundertfünfzig Deserteure in den Palast geschmuggelt und Marfas Antwort in die Strelitzensiedlung gebracht hatte. Seitdem standen sie und ihre Herrin große Ängste vor Peters Zorn aus, falls die Sache herauskam.

Aber Tutschew war es gelungen, Amaljas Furcht zu besänftigen.

„Sprich nur mit der Zarewna Marfa darüber, mein Täubchen", hatte er gesagt. „Ich bin sicher, sie wird dem Plan, den ich ausgeklügelt habe, freudig zustimmen. Hör zu: Du musst dich an Fürst Romodanowskij wenden. Wirf dich ihm zu Füßen und gestehe ihm, dass du einen Brief der Zarewna Sofija den Strelitzen ausgehändigt hast."

„Aber das habe ich doch gar nicht!", wehrte Amalja entsetzt ab. „Man wird mich totschlagen, wenn ich so etwas behaupte."

„Still, still", sagte Tutschew beruhigend. „Gar nichts wird dir geschehen. Pass auf, ich erkläre es dir, und du weihst anschließend deine Herrin ein, damit auch sie sich keine Sorgen mehr machen muss. Sie soll nur bezeugen, was sie angeblich von dir erfahren hat ..."

Es war eigentlich ein ganz simpler Plan, aber er wirkte.

Fürst Romodanowskij war der Erste, der darauf hereinfiel. Er blickte seinen Haushofmeister aus zusammengekniffenen Augen an. „Ihr meint, die Helfershelfer von Sofija sind unter ihren Bewachern zu finden? Das glaube ich nicht. Es sind zwar ebenfalls Strelitzen, aber zuverlässige, unserem allergnädigsten Zaren ergebene Leute."

„Sie hatte nur einen Helfer", versetzte Tutschew. „Die anderen waren ahnungslos."

Michail Romodanowskij wuchtete seine massige Gestalt aus dem geschnitzten, mit vergoldetem Leder bespannten Sessel. „Redet!", forderte er Tutschew auf. „Was wisst Ihr?"

„Erlaubt, dass ich Euch einen an der Sache beteiligten Zeugen bringe ... Er wartet im Vorsaal."

Er ging zur Tür und winkte Amalja herein. Sie schlotterte vor Angst und fiel vor dem Fürsten auf die Knie. „Gnade, Herr!", wimmerte sie. „Bestraft mich nicht für meine Tat. Ich wusste nicht, von wem der Brief stammte und was darin stand. Ich habe ihn nur zu den Strelitzen gebracht. Es war einer ihrer Offiziere, der ihn mir gab, und ich dachte, er enthielte irgendeinen Befehl."

Romodanowskij wich zurück, als sie seine Beine umklammerte. „Wer hat dir einen Brief übergeben? Und wo?"

„Es war am Spasskij-Tor. Ich kannte den Mann, weil er in

dem prächtigen Haus gegenüber der Basilius-Kathedrale wohnt. Es ist Graf Alexej Bjelskij, der die Strelitzen am Nowodewitschi-Kloster befehligt. Das weiß ich von einem Diener der Bjelskijs."

Amalja begann zu heulen. Sie spielte kein Theater, sie war wirklich außer sich vor Furcht.

„Weiter!", bellte Romodanowskij. „Du behauptest also, Graf Bjelskij habe dir einen Brief übergeben."

„Ja ... Er hat mir einen Goldrubel in die Hand gedrückt und mir befohlen, den Brief auf der Stelle in die Strelitzensiedlung zu bringen. Das habe ich getan. Ich schwöre bei Gott und unserem Herrn Jesus Christus, dass ich mir nichts Böses dabei gedacht habe. Erst jetzt, seit man sich überall erzählt, dass die Strelitzen durch einen Brief der Zarewna Sofija aufgewiegelt worden sind, kam mir der Verdacht ..."

„Welcher Verdacht?", fuhr Michail Romodanowskij dazwischen, weil sie immer wieder laut aufheulte. „Rede endlich, Frauenzimmer."

„Je nun ... dass Graf Alexej Bjelskij, Gott strafe ihn dafür, mir diesen Brief gegeben hat. Als mir das klar wurde, habe ich mich zunächst meiner Herrin, der Zarewna Marfa, anvertraut, und sie befahl mir, Euch unverzüglich alles zu gestehen. Ihr könnt sie fragen, Euer Gnaden. Sie wird bestätigen, dass ich unwissend und schuldlos war ..."

Der Fürst hatte dicke Schweißtropfen auf der Stirn. Bjelskij, dachte er erschüttert. Ist das möglich? Heiliger Jesus Christ, welchem ehrlichen Gesicht kann man dann noch trauen?

Er warf seinem Haushofmeister einen verstörten Blick zu. „Und woher wusstet Ihr es ..."

Tutschew verneigte sich. „Die Kleine hatte Angst, zu Euch zu kommen, Euer Gnaden. Deshalb hat sie sich zuerst an mich gewandt." Er war hoch zufrieden. Amalja hatte ihre Sache gut gemacht, auch wenn es ein hartes Stück Arbeit gewesen war, ihr die Geschichte so einzutrichtern, dass sie sie überall glaubwürdig wiederholen konnte. Natürlich würde man auch die Zarewna Marfa befragen. Doch die würde Amaljas Behauptungen bestätigen, ohne auch nur mit der Wimper zu zucken.

Und das, dachte Grigorij Tutschew und hatte Mühe, nicht zu lächeln, ist dein Todesurteil, Alexej Bjelskij. Wer auch immer in Wahrheit der Zarewna Sofija geholfen hat, sie wird diesen Menschen schützen wollen und gern zulassen, dass man an seiner Stelle dich aufhängt.

Alexej wurde noch am selben Tag im Nowodewitschi-Kloster verhaftet und nach Preobraschenskoje gebracht. Weruschka erfuhr es erst, als sie, nachdem sie zwei Stunden vergeblich auf ihren Mann gewartet hatte, einen Hausknecht ins Kloster schickte, um nach ihm zu fragen.

Eine halbe Stunde später war sie ebenfalls auf dem Weg nach Preobraschenskoje. Weruschka fühlte sich nicht besonders gut an diesem Tag. Sie war jetzt im dritten Monat schwanger, litt unter Übelkeit und Erbrechen, und Alexej hatte besorgt gemeint, dass sie statt runder immer schmaler würde.

„Das kommt noch", hatte sie zu ihm gesagt. „Warte es nur ab – eines Tages werde ich so unförmig sein, als hätte ich eines der kugelig geschnittenen Bäumchen aus Kukui verschluckt."

Heute Morgen war das gewesen, bevor er zum Nowodewitschi-Kloster gefahren war ...

Wera Fjodorowna biss sich auf die Lippen. Nein, sie wollte nicht weinen, nicht jetzt. Gewiss war alles nur ein schrecklicher Irrtum, und Alexej würde kein Haar gekrümmt werden ...

Über Preobraschenskoje hing eine grauenhaft stinkende Dunstglocke. Es roch nach Blut, versengtem Fleisch und verwesenden Leichen, denn der Zar hatte befohlen, diejenigen, die man inzwischen aufgehängt hatte, zur Abschreckung noch zwei Tage am Galgen zu lassen. Überall brannten Holzfeuer, durch die es beinahe taghell war, und als Wera ihre Kutsche vor den Soldatenkasernen halten ließ, war sie sofort von Wachen umringt.

Sie wusste, dass ihr Vater immer noch zu Bett lag, deshalb fragte sie nicht nach ihm, sondern nach Oberst Makujew, seinem Stellvertreter. Tichon Makujew empfing sie auch sogleich.

„Gräfin Bjelskaja, was ist Euch nur eingefallen! Ich rate Euch, auf dem schnellsten Weg nach Moskau zurückzukehren."

Sonst war er immer sehr freundlich zu ihr gewesen, und als Kind hatte er sie sogar manchmal auf seinen Knien geschaukelt. Aber dieses Mal wirkte er peinlich auf Abstand bedacht. Es war seinem gelblichen Hamstergesicht mit den Hängebacken anzusehen, wie unbehaglich er sich fühlte.

„Mein Mann ...", stieß Wera hervor. „Man soll ihn hierher gebracht haben. Ich will zu ihm ..."

„Das ist unmöglich. Ich weiß nicht, ob es Euch gestattet sein wird, ihn überhaupt noch einmal zu sehen."

„Noch einmal?", wiederholte Wera alarmiert. „Was heißt das?"

„Unser durchlauchtigster Zar hat den Leutnant Alexej Bjelskij zum Tode verurteilt", sagte der Oberst militärisch und zuckte gepeinigt zusammen, als Wera aufschrie:

„Das ist nicht wahr! Das kann nicht sein!"

Sie stürzte auf Makujew zu und packte ihn bei den Ärmeln seiner Uniform. „Ich bitte Euch, Tichon Andrejewitsch ... Ihr müsst doch wissen, dass Alexej unschuldig ist. Niemals hat er sich an irgendeiner Verschwörung gegen den Zaren beteiligt! Alle, die ihn kennen, müssen das wissen, auch der Zar selbst."

Der Oberst machte sich frei und kehrte hinter einen Tisch zurück, der mit allerlei Schriftstücken bedeckt war. Er musste vorsichtig sein. Heutzutage saß jedem Strelitzen der Kopf locker auf dem Hals. Am besten hätte er die Bjelskaja gar nicht vorgelassen. Womöglich verdächtigte man ihn sonst noch geheimer Konspiration mit der Familie eines Verurteilten.

„Man hat, als man Graf Bjelskij verhaftete, auch sogleich die Zarewna Sofija vernommen. Der Zar war anwesend, und die Zarewna hat die Anschuldigungen gegen Euren Gatten bestätigt."

Wera presste die Hände gegen die Schläfen. „Dann lügt sie! Alle lügen, die so etwas behaupten! Oder ..." Ihre Augen wurden ganz weit vor Entsetzen. „... Oder hat man meinen Mann gefoltert, bis er ein Geständnis abgelegt hat?"

„Soweit ich informiert bin", entgegnete Makujew, „behauptet er, das Opfer einer Intrige zu sein, um den wahren Schuldigen zu schützen."

„Hat man ihn gefoltert?", wiederholte sie. „Los, sagt es mir, ich will es wissen!"

„Man wird ihn hinrichten ... irgendwann in den nächsten Wochen. Unser allergnädigster Zar hat eine große öffentliche Hinrichtung auf dem Roten Platz in Moskau befohlen, zusammen mit dreihundert ebenfalls zum Tode Verurteilten. Es soll vor den Augen der Bojaren und des ganzen Volkes geschehen."

Also nicht heute oder morgen, dachte Wera. Dann bleibt mir noch Zeit, etwas zu unternehmen.

„Ich bitte Euch, Gräfin, geht jetzt", sagte Makujew nervös. Sein herabhängender Schnauzbart zuckte. „Es bleibt Euch unbenommen, ein Bittgesuch einzureichen, damit Ihr Euren Gatten sehen könnt. Vielleicht wird es bewilligt. Ich bin leider nicht befugt ..."

Er sagte „Gräfin", nicht etwa Wera Fjodorowna wie sonst. Wera presste die Lippen zusammen. „Sagt mir nur noch eines, Oberst: Wo ist der Zar? Hier in Preobraschenskoje?"

„Weiß ich's?" Makujew lächelte dünn. „Die Majestät geht, wohin sie will, und bleibt, wo sie möchte."

Er begleitete Wera höchstpersönlich zu ihrer Kutsche, um sicher zu sein, dass sie auch wirklich davonfuhr.

Wera blieb bei ihren Eltern in Krassnaja Dalina. Und sie fuhr am nächsten und übernächsten Tag wieder nach Preobraschenskoje in der vergeblichen Hoffnung, Alexej sprechen zu dürfen. Sie sah die Leichen der Gehenkten, um die die Raben kreisten, sie roch Tod und Verwesung und hörte aus den Kellern der Gefängnisse die schrecklichen Schreie derer, die noch immer gefoltert wurden.

Ihre Eltern bestürmten sie, sich dieser Qual nicht länger auszusetzen, doch Wera erwiderte: „Versteht ihr denn nicht, dass ich es tun muss? Ich muss in Alexejs Nähe sein. Vielleicht spürt er, dass ich da bin. Oder ich sehe den Zaren und kann mich ihm zu Füßen werfen. Er hat mich recht gern gehabt. Vielleicht ist davon noch etwas übrig in seinem Herzen."

„Aber denk doch an das Kindchen, das du erwartest", beschwor ihre Mutter sie. „Du wirst ihm Schaden zufügen, Weruschka."

Wera schüttelte den Kopf. „Ich denke an Alexej."

Sie hatte sich angewöhnt, nur von ihrem Kutscher Jefim begleitet, zu Fuß durch Preobraschenskoje zu wandern, und dabei traf sie am dritten Tag in der Nähe des Palastes auf Alexander Menschikow. Als sie auf ihn zulief, blieb er stehen.

„Wera Fjodorowna, nicht wahr? Seit einiger Zeit die Gräfin Bjelskij. Man hat mir schon berichtet, dass du täglich hier bist."

„Alexander Menschikow ..." Wera griff nach seiner Hand, die weiß, weich und gepflegt war. Ein großer Solitär schmückte den Ringfinger. „Ich flehe Euch an ... Verschafft mir eine Audienz beim Zaren. Ich muss ihn sprechen."

Menschikow legte den Kopf schief. „Der Zar ist sehr beschäftigt ... und keineswegs glänzender Laune. Kann sein, dass er dich davonjagen lässt. Der Name Bjelskij hat keinen guten Klang für ihn."

„Eben deshalb will ich zu ihm. Ich muss ihn überzeugen, dass mein Mann unschuldig ist. Bitte helft mir doch!"

Als Kind hatte sie Menschikow immer für ein herzloses kleines Ungeheuer gehalten, weil es ihn belustigte, jemanden in Angst und Schrecken zu versetzen. Wie es hieß, hatte er, bevor er nach Preobraschenskoje gekommen war, auf den Märkten herumgelungert, Pasteten verkauft, Gauklerkunststücke vorgeführt, gebettelt und vielleicht sogar gestohlen. Inzwischen hatte Peter ihn zu seinem Kämmerer gemacht und ihm den Grafentitel verliehen. Die einen sagten von Menschikow, dass seine Arroganz Gott beleidige, andere, dass es nur einen einzigen Menschen gäbe, für den er liebevolle Gefühle hege, und das sei der Zar. Alle Übrigen seien ihm so gleichgültig wie eine tote Wanze.

Aber jetzt trat ein etwas wärmerer Schein in Menschikows blassblaue kühle Augen. „Komm am Abend nach Kukui. Ich will versuchen, dass der Zar dich empfängt. Wenn nicht, musst du dich ihm draußen in den Weg werfen. Er ist meist bei Anna Mons. Warte bei ihrem Haus und bring Geduld mit. Es kann sehr spät werden." Er grinste anzüglich. „Aber je später es wird, umso besser gelaunt ist der Zar."

Sie wartete in der Dunkelheit in ihrer Kutsche. Die Fenster im Erdgeschoss des großen Hauses am Jausa-Ufer waren hell erleuchtet. Musik und Gelächter drangen nach draußen. Nach Mitternacht gingen etliche Gäste. Sie waren betrunken und hatten sich untergehakt. Wera erkannte an ihrer Kleidung, dass es allesamt Männer aus der Ausländervorstadt waren. Der Zar war nicht dabei. Und dann, gut eine Stunde später, tauchte endlich Menschikow auf. Wera sprang aus der Kutsche und lief ihm entgegen.

„Komm", sagte er. „Der Zar will dich anhören."

„Oh, ich danke Euch ...", stieß sie hervor, doch er schüttelte den Kopf. „Mir musst du nicht danken. Es war Annchen Mons, die für dich gebeten hat."

Sie durchschritten einen langen Korridor und eine anschließende Flucht von mehreren Zimmern, ehe Alexej Menschikow eine letzte Tür öffnete. „Die Gräfin Bjelskaja", sagte er und zog seinen Federhut mit einer tiefen Verbeugung. Dann schob er Wera über die Schwelle und schloss die Tür von draußen.

Zar Peter lag auf einem Sofa, die langen Beine in schenkelhohen Stiefeln über die Lehne gehängt, während Anna Mons in anmutiger Haltung auf einem gepolsterten Schemel neben ihm saß. Sie erhob sich bei Weras Eintritt und kam auf sie zu. Die ehemalige Wirtstochter aus der Ausländervorstadt trug ein tief ausgeschnittenes Kleid aus silberglänzendem Brokat, mit spitzer Schnepfentaille und einem so breit aufgebauschten Rock, dass sich dahinter gut und gern drei der in den vornehmen Familien so beliebten Zwerge verstecken konnten. Spitzengeriesel umwogte ihre nackten Schultern. „Viel Glück", sagte sie im Hinausgehen zu Wera. „Die, die wir lieben, brauchen immer besonders viel Glück." Dann verschwand sie.

Wera schluckte. Vor wenigen Monaten noch hatte sie schlecht von Anna Mons gedacht und sie verurteilt. Und nun musste sie für ihre Hilfe dankbar sein. Aber so war das öfter im Leben. Im warmen Nest ließ sich genüsslich über manche den Stab brechen, doch wenn die Verhältnisse sich wandelten, sah es anders aus. Dennoch, es war eine bittere Medizin ...

„Da bist du also", sagte der Zar, ohne seine Position auf dem Sofa zu verändern. „Komm näher." Sie gehorchte und versank in einer tiefen Verneigung.

„Steh auf", verlangte er unwirsch, „und sage mir, was dich dazu treibt, bei mir um Gnade für deinen Mann bitten zu wollen."

„Weil er unschuldig und das Opfer einer Verleumdung geworden ist", erwiderte sie. „Und ich bitte daher nicht um Gnade, sondern um die Gerechtigkeit des Zaren."

Peter setzte sich abrupt auf. „Ist es etwa nicht gerecht, dass ich ihn zum Tode verurteilt habe?"

„Nein, allergnädigster Zar", entgegnete sie mit flammenden Augen. „Ich weiß, wie sehr mein Gatte Euch liebt und bewundert. Deshalb bitte ich Euch von Herzen, nennt mir den Namen dessen, der ihn bei Euch verklagt hat. Es kann nur der Name eines Lügners sein."

„Heh, willst du etwa Fürst Romodanowskij einen Lügner nennen? Oder meine Schwestern Sofija und Marfa? Sie haben die Sache bestätigt. Es war dein Mann, der Sofijas Brief aus dem Kloster geschmuggelt und einer Hausmagd meiner Schwester Marfa übergeben hat, die ihn in die Strelitzensiedlung brachte."

„Niemals hat mein Mann so etwas getan", beharrte Wera.

Peter schob die dunklen Brauen zusammen. „Und wenn er es inzwischen selbst zugegeben hat?"

„Dann war es unter der Folter." Sie brach in Tränen aus. „O mein Gott, was habt Ihr nur mit ihm gemacht ..."

„Hör auf zu flennen", knurrte Peter. „Falls es dich beruhigt – er hat nichts zugegeben. Noch nicht."

Sie versuchte, sich das Weinen zu verbeißen, aber es gelang ihr nicht. Kaum dass sie die nächsten Worte herausbrachte. „Ich bitte Euch, vertraut ihm. Er wäre nie zu einem Verrat an Euch fähig."

Peter zog ein Spitzentuch aus seiner Rocktasche. „Hier, putz dir die Nase, alte Heulsuse." Dann stand er auf und durchmaß mit langen Schritten den Raum. „Vertrauen ...", wiederholte er mit verzogenem Mund. „Wem kann der Zar von Russland vertrauen? Lefort vielleicht und Menschikow ... aber sonst? Ich bin von Verrätern, Schmeichlern, Lügnern umgeben. Und wer heute noch nicht mein Feind ist, wird es vielleicht morgen sein ... Sie lassen sich beschwatzen, bestechen, aufwiegeln. Wieso glaubst du, dein Mann wäre besser?"

„Weil ich ihn liebe", sagte sie, und der Zar fuhr herum.

„Liebe – pah!"

„Ihr mögt darüber spotten", fuhr sie unbeirrt fort. „Aber es ist so. Ich liebe Alexej Bjelskij ..."

Sie sprach es zum ersten Mal aus, und sie dachte es wohl auch in solcher Deutlichkeit zum ersten Mal. Wirklich eingestanden hatte sie es sich noch nie.

Sie wusste nicht, wann es begonnen hatte – vielleicht schon in ihrer Hochzeitsnacht, als er gesagt hatte: „Du hast alle Zeit der Welt, Weruschka ..."

Oder später, wenn er sie umarmt hatte und sie sich so verloren gefühlt hatte, weil er sie kurz darauf verließ und sie sich danach sehnte, noch länger in seinen Armen zu sein ...

Oder seit sie wusste, dass sie sein Kind trug ... und seine überströmende Freude darüber erlebt hatte.

Doch ja, sie liebte diesen grundgütigen, aufrechten, manchmal spöttischen Mann, der ihr immer dann lächelnd ausgewichen war, wenn eben diese unbewusst in ihr wachsende Liebe seine Nähe und Wärme suchte.

Zar Peter hatte seine unruhige Wanderung fortgesetzt. Als Wera einen Blick in sein Gesicht warf, wirkte es zerquält und unschlüssig.

„Ich kann Bjelskij nicht begnadigen", sagte er schließlich. „Er befehligt das Kommando in Nowodewitschi. Also ist er in jedem Fall für das verantwortlich, was dort geschieht, selbst wenn ein anderer den Brief hinausgeschmuggelt hat."

„Ihr haltet es also für möglich, dass es ein anderer war?", fragte Wera sofort.

„Woher soll ich das wissen?", blaffte der Zar. „Auf jeden Fall hat Bjelskij den Tod verdient."

Wera spürte eine ziehende Schwäche in ihrem Leib, die sich urplötzlich zu einem heftigen Schmerz steigerte. Unwillkürlich stöhnte sie auf und presste die Hände gegen den Bauch. Etwas Warmes, Zähflüssiges drängte aus ihr heraus. Nein, nicht ... dachte sie entsetzt und voller Scham und tastete sich zu dem Sofa, auf dem vorhin der Zar gelegen hatte. „Verzeiht, ich muss ... mich setzen ...", murmelte sie. „Mir ist nicht wohl ..."

Sie sank auf das Polster, und der Schmerz in ihr wuchs und wuchs. Wieder stöhnte sie, während feurige Funken vor ihren Augen tanzten.

„He, was zum Teufel ist los mit dir?", hörte sie die Stimme des Zaren wie durch eine Wand aus dichten Schneeflocken. Sie wollte etwas antworten, aber sie schaffte es nicht. Ihr war sterbenselend, und als Peter sie bei den Schultern fasste, fiel sie in Ohnmacht.

Sie wusste, dass sie das Kind verloren hatte, Alexejs Söhnchen oder Töchterchen. Sie wusste auch in ihren wenigen klaren Augenblicken, dass sie in ihrem früheren Mädchenzimmer in Krassnaja Dalina lag. Aber sie hatte keine Ahnung, wie sie dorthin gekommen war.

Erst später erzählte man ihr, dass der Zar selbst sie gebracht hatte, begleitet von einem eilig aus Kukui herbeigerufenen deutschen Arzt. Doktor Johann Scherer sah auch in den folgenden Tagen nach Wera und verordnete allerlei das Blut reinigende und fiebersenkende Mittel.

Wera delirierte oder war vor Erschöpfung bewusstlos. Es war fast so, als wolle sie sich aus dem Leben davonstehlen, weil sie die Wirklichkeit nicht aushalten konnte.

Menschikow kam im Auftrag des Zaren, um nach ihr zu sehen, aber sie erkannte niemanden. Trotzdem sagte er ihr, dass der Zar Alexejs Todesurteil in eine lebenslange Verbannung nach Sibirien umgewandelt habe. „Er wird am Leben bleiben, verstehst du? Da gibt es bei Irkutsk ein Dorf, das Verbannte gebaut haben. Nowaja Rodina heißt es. Dort wird er hingebracht."

„Alexej ...", murmelte sie mit vom Fieber glühenden Wangen und warf den Kopf hin und her. „Mein Kindchen ..." Sie begann zu wimmern, und ihre Mutter flößte ihr einen Tee ein, der sie beruhigen sollte.

Endlich, nach drei Wochen, sank das Fieber. Als Wera zum ersten Mal bei klarem Bewusstsein die Augen aufschlug, saß ihre Mutter an ihrem Bett. Marina Kanjewska sah, dass Wera sie erkannte, und beugte sich über sie, um ihr die Stirn zu fühlen. Sie war kühl.

„Weruschka ...", stammelte Marina überwältigt, „mein Töchterchen ..."

Wera war so matt, dass sie ein paar Mal ansetzen musste, um sprechen zu können. „Alexej ... Ist er ... tot?"

Marina nahm ihre Hände und küsste sie. „Nein, mein Herzchen. Dem Himmel sei Dank, er lebt. Der Zar hat die Todesstrafe in eine Verbannung umgewandelt. Dein Mann ist vor zwei Wochen mit anderen Gefangenen nach Irkutsk aufgebrochen."

Ein Schleier legte sich über Weras Augen. „Irkutsk ... Das ist in Sibirien, nicht wahr?" Sie verzog den Mund, als wolle sie weinen, doch ihre Mutter legte ihr die Hand auf die Lippen.

„Keine Tränen bitte! Du darfst dich nicht aufregen, dann kommt das Fieber zurück. Denk nur daran, dass Alexej lebt."

„Ich will zu ihm", flüsterte Wera. „Sobald es mir besser geht, werde ich ihm nachreisen. Dafür muss ich gesund werden."

Freilich, ihr Kind war tot. Sie würde mit leeren Armen zu Alexej kommen, aber sie würde zu ihm kommen.

Von diesem Tag an erholte sie sich erstaunlich rasch. Ein eiserner Wille trieb sie zum Aufstehen und den ersten Gehübungen. Das Laufen musste sie allerdings erst wieder lernen. Ein mühsames Herumtaumeln war's zuerst nur, von den Armen ihrer Mutter oder ihrer Kinderfrau Darja Gawrilowna gestützt, aber es wurde mit jedem Tag besser. Noch hatte Wera wenig Appetit, doch sie zwang sich, alles zu essen, was man ihr brachte: eine kräftige Fleischbrühe, zartes gedünstetes Geflügel, Fisch aus der Jausa, Eierspeisen und Milchsuppen. Sie war erbarmungswürdig mager geworden, aber allmählich rundeten sich ihre Wangen wieder, und sie spürte, wie die Kraft in ihren Körper zurückkehrte.

Als sie das erste Mal das Haus verließ und einen Spaziergang durch den schon winterlich kahlen Park machte, war sie voller Zuversicht. „Du wirst schon sehen", sagte sie zu ihrem Vater, der sie begleitete, „bald nach Weihnachten bin ich reisefertig."

Er blieb stehen und sah sie unglücklich an. „Weruschka, bist du wirklich fest entschlossen, Alexej zu folgen? Willst du es dir nicht noch einmal überlegen? Allein der weite, gefährliche Weg ..."

„Für Alexej wird er beschwerlicher sein", erwiderte sie.

„Und ... und wenn du nun ganz umsonst dorthin kommst ...", fragte er zögernd. „Ich meine, wenn man dir mitteilen muss, dass dein Mann unterwegs gestorben ist ..."

Sie schüttelte den Kopf. „Ich weiß, dass er lebt. Ich würde es spüren, wenn es anders wäre."

„Aber du weißt nicht, was dich dort erwartet ... Es wird ein sehr hartes Dasein sein, unter lauter Verbannten. Hast du das bedacht?"

Sie küsste ihn auf die Wange. „Nein, Väterchen. Es genügt, daran zu denken, wenn ich dort bin."

Er zog sie an sich. „Du bist so mutig, Töchterchen. Aber deiner Mutter und mir bricht es das Herz, dich fortgehen zu lassen. Wie sollen wir leben ohne dich ..."

„Wenn ich damals in ein Kloster gegangen wäre, hättet ihr es auch lernen müssen", erwiderte sie mit der neuen Ernsthaftigkeit und Entschlossenheit, die sie seit Alexejs Verbannung an den Tag legte. „Und vielleicht kehren wir ja irgendwann zurück. Der Zar wird Alexej begnadigen, wenn sich herausstellt, dass er zu Unrecht verurteilt wurde." Sie umarmte ihn fest. „Bitte versteh mich! Ich gehöre jetzt zu meinem Mann."

Das Gleiche sagte sie auch Alexejs Eltern, als die sie besuchen kamen. Die Bjelskijs waren seit Alexejs Verurteilung voller Furcht, man könne auch sie als Angehörige eines Verbannten zur Rechenschaft ziehen. Es wäre nicht das erste Mal, dass ein ergrimmter Zar wegen des Vergehens eines Einzelnen die ganze Familie bestrafte.

Und nun wollte Wera, dieses unvernünftige Geschöpf, Alexej nachreisen und damit womöglich den Zorn des Zaren auf sie alle herabbeschwören!

„Bleib hier", sagte Tamara Bjelskij. „Wir können nicht riskieren, dass der Zar über deine Abreise wütend wird und dich verfolgen lässt. Wir alle werden dann mit dir untergehen."

Iwan Bjelskij pflichtete seiner Frau bei. „Ich kann mir nicht vorstellen, dass der Zar es dir gestatten würde, Alexej zu folgen. Eine Verbannung bedeutet schließlich nicht die Reise an einen anderen Ort, an dem man sein Leben fortsetzt, wie es vorher war. Sie ist eine Strafe, die über unseren Sohn wegen seiner Schuld verhängt wurde."

„Welche Schuld?", fuhr Wera auf. „Glaubt ihr etwa, Alexej sei für die Vorkommnisse im Nowodewitschi-Kloster verantwortlich?"

„In gewissem Sinne schon, weil er die Wachen befehligt hat", erklärte Iwan Bjelskij, und seine Gattin setzte weinerlich hinzu:

„Er hat uns alle ins Unglück gebracht ..."

„Armer Alexej", sagte Wera bitter. „Er hat keine Eltern mehr. Aber er hat eine Frau, die sein Elend mit ihm teilen will."

Anfang Januar kam sie noch einmal in das Haus ihrer Schwiegereltern, um einige Sachen zusammenzupacken. Aber sie verabschiedete sich nicht von ihnen, weil Iwan Bjelskij sie hatte wissen lassen, dass sie, um keine Schwierigkeiten zu bekommen, behaupten würden, von Weras Abreise nichts gewusst zu haben. Sie nahm auch keinen der Dienstboten aus dem Bjelskijschen Haushalt mit, sondern nur ihre Kinderfrau Darja Gawrilowna, den Kutscher ihrer Eltern Jefim Trofimowitsch und Igor Pachomytsch, einen der Hausknechte aus Krassnaja Dalina. Er war ein kräftiger Mann, den Kanjewskijs ergeben wie ein treuer Hund, und wusste mit seinen Fäusten ebenso gut wie mit Waffen umzugehen.

„Mehr Beschützer brauche ich nicht", hatte Wera ihren Eltern erklärt, die ihr am liebsten eine ganze Eskorte Bewaffneter mitgegeben hätten. Aber ihr Aufbruch sollte möglichst unauffällig erfolgen, denn die Bedenken von Alexejs Eltern waren nicht ganz von der Hand zu weisen. Man wusste nicht, wie Zar Peter auf Weras Abreise reagierte. Er war unberechenbar, im Guten wie im Bösen.

Noch während sie krank gewesen war, hatte die vom Zaren befohlene Massenhinrichtung in Moskau stattgefunden. Über dreihundert Strelitzen waren zum Schafott geführt worden, und der Zar hatte von den versammelten Bojaren, den Senatoren, der Staatsduma und seinen Räten verlangt, sich an der blutigen Schlächterei zu beteiligen. Jeder von ihnen musste einem Delinquenten sein Todesurteil verlesen und ihn dann selbst enthaupten. Die Übrigen wurden von den Henkersknechten aufs Rad geflochten, gevierteilt oder an den Pfählen aufgehängt, die der Zar in den Schießscharten der Moskauer Stadtmauern hatte anbringen lassen, um jedem, der es sah, klar zu machen, dass Moskaus heilige Mauern für Aufrührer und Verbrecher uneinnehmbar waren. Mit Schaudern hatte man in Krassnaja Dalina davon gesprochen, und Wera hatte sich gefragt, wieso der Zar gerade bei ihr so gnädig gewesen war. Aber man durfte diese Tatsache nicht strapazieren ...

Als Wera mit einer Dienerin vier Tage vor ihrer Abreise bei den Pelzhändlern in der Moskauer Warwarka-Straße drei Bärenfelle für ihren Reiseschlitten kaufen wollte, begegnete ihr Grigorij Tutschew. Er kam aus dem Laden, den sie gerade betreten wollte, und war unglaublich elegant gekleidet in einen bodenlangen Fuchsmantel, Lederstiefel, deren Schäfte über die Knie reichten, und einer Lockenperücke in der Farbe seines eigenen Haares. Darauf saß ein großer, mit Reiherfedern besetzter Hut.

Als Wera ihn erkannte, wollte sie wortlos an ihm vorbeigehen, doch er verstellte ihr die Stufen, die in den Laden führten. „Ah, die schöne Gräfin Bjelskaja", sagte er mit einem breiten Grinsen. „Was für ein herzerwärmender Anblick an diesem frostigen Wintertag. Ich habe oft an Euch gedacht, seit ich hörte, welches Schicksal Euren Gatten ereilt hat."

„Lasst mich auf der Stelle vorbei, Graf Tutschew", erwiderte sie mit zusammengebissenen Zähnen. Sie wollte ihn zur Seite schieben, aber er griff blitzschnell nach ihrer in einem Pelzhandschuh steckenden Hand und hielt sie fest.

„Ihr seht gut aus – eigentlich viel zu gut für die Frau eines Verbannten. Oder wäret Ihr lieber Bjelskijs Witwe geworden? Dann wäret Ihr heute wieder frei ... Und ich muss gestehen, dass ich Eurem Gatten mit Vergnügen auf dem Roten Platz eigenhändig den Kopf vom Rumpf getrennt hätte, nachdem er mir das da angetan hat."

Seine Hand deutete auf die Narbe an seiner Wange.

Er fing Weras verständnislosen Blick auf und fügte mit vor Wut funkelnden Augen hinzu: „Wisst Ihr etwa nichts davon? Bjelskij ist über mich hergefallen, obwohl ich unbewaffnet war. Seitdem habe ich überlegt, wie ich ihm das heimzahlen kann – aber das Schicksal war so gütig, mir zuvorzukommen. Auf jeden Fall seid Ihr für alle Zeiten von Eurem Gatten befreit, und das freut mich. Meine Stellung bei Fürst Romodanowskij habe ich übrigens aufgegeben, weil der Zar so gnädig war, mich in seine Geheime Kanzlei zu berufen. Ein sehr verantwortungsvoller Posten, den er mir übertragen hat, wobei ich nicht einmal über die Einzelheiten sprechen darf."

Wera wusste, dass die Geheime Kanzlei sich hauptsächlich mit der Überwachung unliebsamer Personen befasste und immer noch mit der Suche nach denen beschäftigt war, die die aufständischen Strelitzen unterstützt hatten. Sie hatte ihre Spitzel überall, auf den Märkten und in den Gasthäusern, in den Bojarenpalästen und den Kasernen. Noch immer gab es Verhaftungen und neue Prozesse, Folterungen und rasch vollstreckte Todesurteile, denn der Zar wollte mit Stumpf und Stiel ausrotten, was auch nur im Entferntesten nach Aufruhr und Widerstand roch.

Mit seiner Schwester war er freilich glimpflich verfahren. Er hatte sie lediglich gezwungen, Nonne zu werden. Offenbar schrak er davor zurück, das Leben einer Zarentochter anzutasten. Aber sonst schien zurzeit niemand mehr in Moskau sicher zu sein wegen der rigorosen Säuberungsaktionen der Geheimen Kanzlei.

Dies alles ging Wera durch den Kopf, und sie dachte: Man muss diese Ratte Tutschew vorsichtig behandeln. Wenn man ihn sich zum Feind macht, könnte er gefährlich werden. Also zwang sie sich zu einem Lächeln.

„Dann seid Ihr ja ein wichtiger Mann am Zarenhof geworden, Graf. Vermutlich werdet Ihr noch höher auf der Leiter des Erfolges hinaufsteigen."

„Vermutlich", antwortete er selbstgefällig. „Der Zar hält viel von mir. Gewiss könnte ich auch für Euch einiges tun, meine Liebe. Die Familien Kanjewskij und Bjelskij stehen augenblicklich nicht sehr hoch in der Gunst des Zaren. Ich könnte das vielleicht ändern ..."

„Ich kehre vorläufig zu meinen Eltern zurück", erklärte sie, „um mich von einer längeren Krankheit zu erholen. Aber im Frühjahr will ich wieder in der Hauptstadt sein."

Wie hatte sie nur jemals auf das lüsterne Glitzern dieser grünen Augen hereinfallen können! Noch im Nachhinein schämte Wera sich dafür.

Tutschew schob ihren Handschuh zurück und küsste ihre nackte Haut. „Dann werde ich mir erlauben, bei Euch vorzusprechen ..."

„Tut das", antwortete sie leichthin und musste sich beherrschen, ihn nicht zu ohrfeigen, um sein Grinsen auszulöschen. Aber es war wohl klüger, Grigorij Tutschew in seiner Überheblichkeit und Eigenliebe zu bestärken. Wenn er merkte, dass sie ihm etwas vorgemacht hatte, würde sie längst weit fort sein.

Vier Tage später brach sie von Krassnaja Dalina auf. Der geräumige Reiseschlitten mit Jefim auf dem Bock, Darja und Igor Pachomytsch auf der Rückbank des Innenraums stand vor dem Portal. Offiziell war verbreitet worden, dass Wera eine Wallfahrt zum Kyrill-Kloster am Weißen Meer antrat. Man verstand das ja; das arme Täubchen hatte vieles von dem Heiligen zu erflehen, dem das Kloster geweiht war ...

Der Abschied von den Eltern war herzzerreißend. Marina Karlowna malte ihrer Tochter das Kreuzzeichen auf die Stirn. Vor Schluchzen konnte sie kaum sprechen. Fjodor Kanjewskij umarmte seine Tochter – ein Mann, der in dieser Stunde die Sonne seines Lebens verlor. „Ich könnte

Alexej Bjelskij verfluchen, weil du ihn so sehr liebst", stieß er hervor. „Gott schütze dich. Und wenn dir das Leben bei den Verbannten zu grausam ist, dann kehr zurück. Bitte versprich es mir."

„Ich schwöre es, Papuschka", sagte sie weinend. „Ich weiß ja, dass ich ein liebendes Elternhaus habe, dem Himmel sei Dank dafür."

Sie riss sich von ihm los und rannte zum Schlitten. Als er sich in Bewegung setzte, warf sich Marina Karlowna in den Schnee und schlug immer wieder mit der Stirn auf den verharschten Boden. „Sie verlässt uns! O ihr Heiligen, wie kann man das aushalten!"

Ihr Mann hob sie hoch. „Still, still", sagte er begütigend. „Sie geht ja nur auf eine Wallfahrt, unsere Weruschka. Irgendwann wird sie zurückkehren. Lass uns dafür beten, Marinuschka ..."

Sie kehrten ins Haus zurück, zwei Menschen, die sich aneinander festhielten, um sich gegenseitig zu stützen. Sie hatten jetzt nur noch sich.

Wera hatte nicht viel in ihr neues Leben mitgenommen. Einige tausend Goldrubel gehörten dazu, die ihr Vater ihr gegeben hatte. Es war alles, was er im Lauf seines Lebens hatte ersparen können. „Damit du und Alexej keine Not leiden müssen", hatte er gesagt, als er ihr diesen Schatz, sorgsam in mehrere prall gefüllte Lederbeutel gepackt, aushändigte. „Mehr habe ich nicht, aber vielleicht reicht es, dass du sicher und einigermaßen behaglich leben kannst."

Wera hatte auch ihren Schmuck dabei, von ihr und Darja Gawrilowna in ihre Kleidung eingenäht – und das Kreuz ihrer Urahnin Dairan, das Wera an ihrem Hochzeitstag von ihrer Mutter bekommen hatte.

Ob es wohl stimmte, dass es wundertätige, magische Kräfte besaß? Hoffentlich, dachte Wera, ich werde Schutz und Hilfe sehr nötig haben ...

Eine Reise von vier- oder fünftausend Werst lag vor ihr;

sie wusste es nicht genau, denn wer hatte die Wege quer durch Russland, über den Ural und weiter ins ferne, fremde Sibirien bis hinunter zu einem See, der so riesig sein sollte wie ein Meer und den man den Baikal nannte, jemals in Längenmaßen gemessen? Man rechnete in Tagen, Wochen, Monaten, und auch dann konnte man sich nicht festlegen. Immer wieder gab es Hindernisse, die einen Aufenthalt oder Umwege erforderten, Sümpfe, unwegsame Steppen, Gebirge, Flüsse, die nach der Schneeschmelze oder durch Unwetter über die Ufer traten und ganze Landstriche überschwemmten.

Darja Gawrilowna hatte es so ausgedrückt: „Man darf nur von einem Tag auf den andern denken. Heute sind wir hier, morgen vielleicht dort, und übermorgen, wenn es Gott gefällt, werden wir wieder ein Stück weiter sein."

Sie war eine couragierte, dickköpfige und stämmige Person, und sie hatte darauf bestanden, Wera zu begleiten. Nichts und niemand hätte sie zurückhalten können.

„Wer soll denn sonst auf sie aufpassen?", hatte sie gesagt. „So ganz allein in der Fremde, in schmutzigen Herbergen, wo sich allerlei Gesindel herumtreibt! Wer soll dafür sorgen, dass sie alle Tage etwas Heißes zu trinken hat und eine vernünftige Mahlzeit? Und außerdem gehört es sich nicht für eine Gräfin Bjelskij, allein mit zwei Männern durch die Wildnis zu reisen."

Auch Jefim und Igor waren freiwillig mitgekommen. Bislang waren sie als Hörige fest an Krassnaja Dalina gebunden gewesen. Aber in Sibirien konnten sie als freie Bauern siedeln.

In den ersten beiden Wochen fürchtete Wera, der Zar könne von ihrem Aufbruch erfahren haben und ließe sie verfolgen. Deshalb vermieden sie die allzu einsam gelegenen Posthaltereien, in denen nur wenige Reisende die Pferde wechselten oder übernachteten. Dort hätte man sich sofort an sie erinnert, falls jemand nach ihr suchte. In den Städten aber wie Wladimir, Nishnij Nowgorod oder Kasan fielen sie nicht auf zwischen den vielen Menschen, die Straßen, Plätze und Gasthöfe bevölkerten.

In Kasan schlossen sie sich einer Handelskarawane an, die aus Nowgorod kam und ins Permer Land wollte. Es war sicherer, in einer großen Gruppe unterwegs zu sein, denn überall gab es Räuberbanden, die den Reisenden auflauerten.

Einmal, in der Steppe vor Kasan, hatten drei verwegen aussehende Burschen bereits versucht, Weras Schlitten anzuhalten, doch Jefim hatte den Pferden die Peitsche gegeben, sodass sie einen der Wegelagerer umrannten, und Igor hatte mit seiner Muskete wild aus dem Schlitten geschossen. Dann waren sie vorbei gewesen, und Igor hatte mit einem grimmigen Auflachen gesagt: „Das waren die Ersten, aber es werden nicht die Letzten sein. Was für ein Lumpengesindel!"

Die Nowgoroder Kaufleute waren umgängliche Menschen und die Pferde vor ihren Schlitten schnell und kräftig, sodass man rasch vorwärts kam. Außer den vier Händlern, die Tuche, Gewürze, Tee und allerlei ausländische Waren mit sich führten, begleiteten den Transport noch ein Dutzend bewaffnete Knechte, und Wera fühlte sich bei ihnen sicher.

„Wenn Ihr in Perm seid", sagte der Tuchhändler Russlan Filippowitsch Starkow, als er eines Abends mit Wera in einer Posthalterei beim Essen saß, „solltet Ihr Euch ebenfalls einige bewaffnete Begleiter suchen. Man kann sie dort anwerben - nicht nur zum Schutz, sondern auch als Wegführer. Sie ersparen Euch ärgerliche Umwege, wenn Ihr Euch verirrt habt, Wera Fjodorowna."

Sie hatte ihm ihren richtigen Vornamen und Vatersnamen genannt, es aber für klüger gehalten, ihren Familiennamen zu verschweigen. Stattdessen nannte sie sich Karowa und behauptete, auf der Reise zu ihrem Vater zu sein, der in der Nähe von Irkutsk als Verbannter lebte. „Ich hoffe, man gestattet mir, mich um ihn zu kümmern", hatte sie gesagt, und die Nowgoroder Kaufleute hatten skeptisch mit den Schultern gezuckt.

„Das hängt davon ab, ob Euer Vater nur verbannt oder zur Sträflingsarbeit verurteilt wurde", hatte Starkow erklärt. „Die Sträflinge werden wie Abschaum behandelt. Sie arbeiten in den Bergwerken und leben, ständig in Ketten geschmiedet, in Lagern. Soviel ich weiß, bekommt niemand die Erlaubnis, sie zu besuchen."

„Nein, nein", hatte sie rasch erwidert, während ihr vor Schreck eiskalt geworden war. Was war, wenn Alexej zu den Sträflingen gehörte? „Mein Vater ist nur verbannt worden, glaube ich. Ich war noch ein Kind, als er fort musste, und ich habe die ganzen Jahre mit meiner Mutter zusammengelebt, bis sie im letzten Sommer gestorben ist."

„Am besten", hatte der dicke glatzköpfige Gewürzhändler Stolpin gemeint, „Ihr wendet Euch in Irkutsk an den dortigen Wojwoden. Der kann Euch weiterhelfen. Graf Zenkowskij soll ein umgänglicher, loyaler Mann sein – im Gegensatz zu seinem Vorgänger Gribojedow, den alle gefürchtet haben. Zum Glück hat er sich zu Tode gesoffen."

Es war warm in der Gaststube, und der Wirt hatte auch die Kammern für die Schlafgäste geheizt. Draußen heulte der Schneewind um das Haus und rüttelte an den Fenstern, die mit Filz verklebt waren, um die Kälte abzuhalten. Darja Gawrilowna saß neben Wera an dem Holztisch, während Jefim und Igor auf der Ofenbank in ein Würfelspiel vertieft waren. Sie waren etwa zwei Tagesreisen vor Perm, und Wera dachte: Der Abschied von diesen netten freundlichen Kaufleuten hier wird mir nicht leicht fallen. Wenn man viele Tage unterwegs ist in Schnee und Kälte, und die Abende in einer mehr oder weniger komfortablen Herberge verbracht hat, dann schmiedet das zusammen.

Man kennt das ja: Da gibt es Häuser, die sind sauber und anheimelnd, und die Sbornaja – eine Suppe aus Fleischbrühe mit Schinken, Rindfleisch, Würstchen und saurer Sahne, zu der frisch gebackener Kalatsch aus Sauerteig serviert wird –

ist eine Gaumenfreude, für die sogar der Teufel einen frommen Choral singen würde. Und dann wieder kommt man in eine Spelunke mit muffigen, steinharten Betten, wo es so kalt ist, dass selbst die Wanzen erfrieren und die Ratten schrill jammern. Man bekommt eine Kascha vorgesetzt, von der man selbst halb verhungert nur ein paar Löffel hinunterwürgen kann, und der Tee schmeckt nach fauligem Wasser. Auch so etwas lässt sich besser gemeinsam ertragen, Freunde, denn irgendein Spaßvogel findet sich immer, der darüber Witze reißt, und auf einmal scheint alles viel weniger schlimm.

„Versprecht mir, dass Ihr nicht ohne eine kundige Begleitung von Perm aufbrecht", sagte Russlan Starkow, und Wera nickte.

„Macht Euch keine Sorgen, ich werde Euren Rat befolgen."

Seine Begleiter waren schon vor einer Stunde schlafen gegangen, erschöpft von den Strapazen des Tages, denn es hatte seit Mittag geschneit und gestürmt, und man hatte alle Kraft gebraucht, um sich vorwärts zu kämpfen.

„Sagt", fragte Wera, plötzlich von Neugier ergriffen, „kennt Ihr in Nowgorod einen Grafen Tutschew?"

„Stepan Jossipowitsch Tutschew? Aber ja", erwiderte Starkow. „Ein sehr aufrechter, ehrenwerter Mann ..."

„Nein, ich meine Grigorij Tutschew. Vermutlich sein Sohn."

Starkows Gesicht wurde finster. „Er war sein Sohn. Stepan Jossipowitsch hat ihn verstoßen. Mit Fug und Recht. Seid ihr dem Taugenichts etwa begegnet?"

Wera wurde ein wenig rot. „Ja, flüchtig ... Er lebt jetzt in Moskau am Zarenhof."

Starkow schlug ein Kreuz. „Dass solche Teufelsbraten immer wieder auf die Beine kommen! Ein Jammer ist's! Man sollte sie totschlagen, die Ratte!"

„Aber warum? Was hat er denn verbrochen?", fragte Wera, nun vollends neugierig geworden.

„Ein Hurenbock ist er, wie es keinen schlimmeren gibt",

sagte Starkow. „Entschuldigt das raue Wort, aber ich weiß kein passenderes. Er hat immer Weibergeschichten gehabt, aber zuletzt hat er sich an die Frau seines Bruders herangemacht. Sie war völlig verrückt nach ihm und wollte mit ihm davonlaufen. Aber ihr Gatte ist dahinter gekommen und hat erst sie und dann sich selbst umgebracht. Grigorij Tutschew ist dann bei Nacht und Nebel aus Nowgorod verschwunden – nachdem er sich die Taschen mit dem Geld seines Vaters voll gestopft hat. Graf Stepan Tutschew ist seitdem ein einsamer gebrochener Mann. Man könnte weinen, wenn man ihn sieht."

Wera dachte an das Empfehlungsschreiben, das Tutschew erwähnt hatte und das angeblich von einem Bruder von Fürst Golizyn, dem ehemaligen Wojwoden von Nowgorod, stammte. Wahrscheinlich war es eine Fälschung gewesen. Oder dieser Bruder war ein solcher Halunke wie Grigorij Tutschew.

„Aber der Graf hat in Moskau erzählt, dass er verheiratet sei und zwei Kinder hätte", sagte Wera, und Starkow schüttelte grimmig den Kopf.

„Dann hätte er ja noch mehr Unglück über seine Familie gebracht. Nein, verheiratet war er nicht ... und Gott möge verhindern, dass er es jemals sein wird. Die arme Frau könnte einem nur leidtun!"

Wera nickte, und Darja Gawrilowna bemerkte, dass sie ganz blass geworden war. „Du siehst erschöpft aus, Weruschka", sagte sie. „Zeit ist's, um schlafen zu gehen."

Wera stand sofort auf. „Du hast Recht, Darja, meine Gute." Sie lächelte ein wenig. „Wozu sich die Köpfe heiß reden über Grigorij Tutschew. Solch ein Mensch ist es nicht wert, nicht wahr, Russlan Filippowitsch?"

„Gewiss nicht", erwiderte der Tuchhändler und gähnte. „Ich wünsche Euch eine gute Nacht."

In Perm fragte Wera den Wirt der Herberge, in der sie übernachteten, ob er nicht ein paar kräftige zuverlässige Männer wisse, unter deren Schutz sie die Weiterreise nach Sibirien fortsetzen könne. „Vielleicht", sagte der Mann und dienerte beflissen. „Ich werde mich umhören, Euer Gnaden."

Sie waren gegen Mittag in der Stadt eingetroffen, und die Nowgoroder Handelskarawane hatte nach einem kurzen, aber herzlichen Abschied ihren Weg nach Orjol, einer der Residenzen der Stroganows, fortgesetzt, denn die steinreichen, immer noch das Permer Land beherrschenden Kaufleute waren seit vielen Jahren geschäftlich mit ihnen verbunden.

Am Abend erschienen vier Männer in der Herberge „Zum Kranich", die der Wirt zu Wera brachte.

„Von uns ist jeder so gut wie zwei", erklärte ihr Wortführer, als Wera meinte, sie hätte eigentlich lieber eine zahlenmäßig größere Begleitung gehabt. Er hieß Sachar Denissowitsch Jugrin, die anderen waren seine Brüder Ignat, Anika und Ljuba. Wie sie sagten, stammten sie aus einem Dorf in der Nähe von Irkutsk und hätten den Weg dorthin schon ein dutzendmal zurückgelegt. Jetzt seien sie mit der Frau und der Tochter eines Kanzleibeamten, die nach Perm wollten, hierher gekommen. „Wenn Euer Gnaden sich uns anvertrauen wollen", erklärte Sachar Jugrin mit einem kriecherischen Grinsen, „so können wir einen günstigen Preis aushandeln, denn wir müssen ja ohnehin den Heimweg antreten. Wenn es Euer Gnaden beliebt, können wir in zwei Tagen losfahren. So lange brauchen wir noch, um unsere Schlitten in Ordnung zu bringen, Munition, Proviant und frische Pferde zu besorgen."

Irgendwas gefiel Wera an Sachar und seinen Brüdern nicht, aber nachdem sie Darja, Jefim und Igor auf den Plätzen und Straßen vergeblich nach einer anderen Begleitung hatte herumfragen lassen, wurde sie mit den vieren handelseinig.

So brachen sie denn auf: Voran Sachar und seine Brüder in zwei offenen mit je drei Pferden bespannten Troikas, dahinter die etwas schwerfälligere Schlittenkutsche. Sie fuhren über die breite sibirische Poststraße, die seit Jermaks Eroberung gebaut worden war und über die schon unzählige Soldaten, Händler, Jäger und Gefangenentransporte gezogen waren. Zweimal überholten sie einen solchen Transport, und Weras Herz krampfte sich zusammen, als sie die ausgemergelten, in Ketten gelegten armen Kreaturen sah, die sich mühsam durch Schnee und Kälte vorankämpften. War auch Alexej diesen Weg gegangen?

„Ob er das überhaupt überlebt hat?“, fragte Wera mit tränenüberströmtem Gesicht ihre Kinderfrau. All ihr Mut war plötzlich wie ein Häufchen Asche in sich zusammengesunken. Darja zog ihren Kopf an ihre üppige Brust.

„Hast du nicht immer behauptet, du würdest es spüren, wenn er nicht mehr am Leben wäre?“, erwiderte sie. „Außerdem – das hier sind Sträflinge. Es heißt, die Verbannten wären besser dran. Man transportiert sie mit Pferdefuhrwerken. Also mach dir das Herz nicht unnötig schwer, Weruschka.“

Sie nannte sie wieder beim Namen ihrer Kinderzeit, nicht mehr „Euer Gnaden“, wie sie Wera nach der Hochzeit mit Alexej Bjelskij angeredet hatte. Ein bisschen war sie ja auch Darja Gawrilownas Kind, das sie viele Jahre behütet und gehätschelt, manchmal gescholten, aber noch öfter geherzt und geküsst hatte.

Nein, Darja Gawrilowna hätte es nicht über sich gebracht, ihre Weruschka allein in dieses wilde, fremde Sibirien ziehen zu lassen, zu Wölfen und Bären und Eingeborenen, von denen man sich in Krassnaja Dalina erzählte, dass sie mit Pfeil und Bogen schossen und ihre getöteten Feinde aufaßen.

Eigentlich, dachte Darja, während sie Wera an sich gedrückt hielt, als könne sie sie auf diese Weise vor allen Gefahren schützen, ist's ein Wahnsinn, was das Vögelchen sich vorgenommen hat. In Wahrheit war Darja nämlich keineswegs so zuversichtlich, wie sie tat, und rief jeden Morgen nach dem Aufstehen Gott und alle Heiligen an, sie möchten dieses Abenteuer glücklich enden lassen. „Wenn nicht", fügte sie jedes Mal hinzu, „werde ich nie wieder ein Wort mit dir sprechen, Gott."

Der Herr würde schon verstehen, wie sie das meinte: Sie war immer eine fromme und rechtschaffene Frau gewesen und hatte ihn nie mit unbilligen Wünschen behelligt. Deshalb konnte er sie nicht so bitter enttäuschen, dass er ihr diese eine große Bitte abschlug. Das wäre zu gemein gewesen ...

Sie waren von Werchnjaja Tura aus, dem „Tor nach Sibirien" am Oberlauf der Tura über den Ural in die sibirische Tiefebene gelangt, und Igor Pachomytsch hatte mit einem schiefen Grinsen gemeint, dass sie nun wohl ein Drittel ihres Weges zurückgelegt hätten. Doppelt so lange würden sie also noch brauchen ...

Aber sie kamen gut voran, nachdem sie das Gebirge hinter sich gelassen hatten, und der sibirische Winter war ihr Verbündeter.

Die Tage waren klar und frostig, kein Schneesturm hielt sie auf, und entlang der Heerstraße gab es genügend Posthaltereien für den Pferdewechsel und ein Nachtquartier.

„Erst hinter dem Irtysch wird es schwieriger", behauptete Sachar Jugrin. „Da sind die Straßen zum Gotterbarmen und die Herbergen noch mehr. Außerdem liegen sie weit auseinander. Kann sein, dass wir dann im Freien übernachten müssen. Aber seid unbesorgt, Euer Gnaden, wir kennen uns damit aus."

Seine Brüder redeten kaum mit ihr. Sie waren wortkarg und verschlossen, und dass sie gelegentlich miteinander flüsterten, trug nicht dazu bei, Weras Unbehagen gegen sie zu entschärfen. Im Gegenteil, sie gefielen ihr immer weniger ...

Umso mehr allerdings gefiel ihr das Land, das sie durchzogen. Welch eine unberührte, tief verschneite Pracht! Man meinte, den Atem Gottes zu spüren in den unendlichen Urwäldern der Taiga, die sich zu beiden Seiten ihres Weges erstreckten.

Sachar behielt Recht: Nachdem sie den Irtysch überquert hatten, begann die Reise mühsamer zu werden. Einmal übernachteten sie unter freiem Himmel, weil weit und breit keine Herberge war. Sachar und seine Brüder bauten einen Unterstand aus abgeschlagenen Ästen, schirrten die Pferde ab und hingen ihnen die mitgeführten Futtersäcke um. Dann entzündeten sie ein Feuer, an dem sie drei rasch erlegte Schneehasen brieten. Es reichte nicht, um alle satt zu machen, deshalb steuerten die Jugrins noch Speck und gefrorenen Kohl bei, der abscheulich süßlich schmeckte, nachdem er gekocht war, aber wenigstens den Hunger stillte.

In ihrer ersten Nacht im Freien fand Wera lange keinen Schlaf.

Sie lag neben Darja Gawrilowna in ihrem Schlitten, tief in die Pelze und Felldecken vergraben, und lauschte auf die Geräusche der Dunkelheit. Der Wind bewegte die Bäume, dass die Äste knackten und ab und zu etwas von ihrer Schneelast abwarfen. Ein Pferd schnaubte, und aus den offenen Schlitten der Jugrins ertönte rasselndes Schnarchen, halb erstickt von dem Stroh, in das sie sich gewühlt, und den Decken, die sie über sich gezogen hatten. Irgendwo bellte ein Fuchs. Und dann war da plötzlich noch ein anderes Geräusch ... ein heiseres, klagendes Heulen, das auf und ab schwoll und sich schließlich zu einem Kreischen steigerte.

Wölfe ... Sie mussten noch weit entfernt sein, aber wenn sie ihre Witterung bekamen und hungrig waren ...

Wera richtete sich auf und schälte sich aus den Fellen. Sie hörte, wie jemand draußen unterdrückt fluchte. Einer von den Jugrins war wach geworden und aus dem Schlitten gestiegen. Auch Jefim, der Kutscher, erwachte und fragte flüsternd: „Was ist los?"

„Hörst du's nicht?", flüsterte Wera zurück. „Wölfe ..."

Vorsichtig und ohne Darja und Igor zu wecken, kletterten sie ins Freie.

Draußen war Sachar damit beschäftigt, das heruntergebrannte Feuer neu anzufachen. Er hatte Reisig auf die Glut gelegt, und bald loderten die ersten Flämmchen empor. Auch die Pferde waren unruhig geworden, und Sachar sagte zu Jefim: „Kümmere dich um sie. Sie machen sich sonst gegenseitig verrückt."

Mit einer Axt verließ er den Unterstand, und Wera hörte, wie er draußen stärkere Äste von den Bäumen schlug, die er zum Feuer schleppte. Als es kräftig brannte, setzte er sich, in seinen Fellmantel und in eine Decke gewickelt, davor.

Die Wölfe heulten noch immer, aber es schien, als wären sie nicht näher gekommen.

Jefim sprach beruhigend auf die Pferde ein.

„Still, still, meine Gäulchen ... Ihr müsst keine Angst haben. Niemand tut euch was, ihr Braven."

Er hatte eine Gabe, mit den Tieren umzugehen, die fast ans Wunderbare grenzte. Weruschka hatte es während ihrer Reise beobachtet: Selbst das störrischste Pferd wurde sanft und folgsam, wenn er mit ihm redete und es dabei tätschelte.

Auch jetzt warfen die Tiere zwar noch eine Weile wiehernd und schnaubend die Köpfe und scharrten mit den Hufen, aber allmählich wurden sie still.

Wera war zu Sachar ans Feuer getreten. „Meinst du, die Wölfe haben Witterung von uns aufgenommen?"

„Weiß man's?", erwiderte er. „Besser ist es, wenn jemand wacht. Wir lösen uns ab, meine Brüder und ich, damit jeder ein paar Stunden Schlaf kriegt. Sobald die Biester auftauchen, knallen wir sie ab."

„Aber es scheinen viele zu sein", sagte Wera unruhig, und er lachte.

„Und wenn's zwei Dutzend sind ... Wisst Ihr nicht, dass Wölfe ihre Artgenossen fressen? Man muss nur ein paar von ihnen treffen, dann fallen die anderen darüber her ... Wir sind mit Jefim und Igor sechs Männer, von denen jeder eine Muskete hat. Das genügt, um sich die Satansbraten vom Leib zu halten. Geht schlafen, Euer Wohlgeboren. Ihr habt nichts zu befürchten."

Die Wölfe heulten die halbe Nacht, und so lange lag Wera wach in ihrem Schlitten. Erst als die schauerlichen Stimmen leiser wurden und endlich irgendwo in der Ferne verklangen, schlief sie ein.

Es geschah drei Tagesreisen vor Krasnojarsk ...

Sie hatten den Fluss Tschulym erreicht, und Sachar Jugrin kam, als es Abend wurde, an Weras Schlitten und sagte: „Etwa drei Werst von hier gibt es einen verlassenen Ostrog, den vor vielen Jahren Kosaken gebaut haben. Dort können wir über Nacht bleiben, wenn es Euch recht ist, Wohlgeboren. Wir haben dort schon mehrere Male Rast gemacht."

„Ist denn keine Posthalterei in der Nähe?", fragte Wera, und er schüttelte mit einem bedauernden Grinsen den struppigen Kopf. „Morgen werden wir eine erreichen. Heute nicht mehr. Seht nur, es beginnt wieder zu schneien. Wenn wir in einen Schneesturm geraten, könnten wir uns verirren ..."

„Dann in Gottes Namen ... bring uns zu diesem Ostrog", erwiderte sie, auch wenn ihr der Gedanke wenig gefiel, in einem halb verfallenen, leer stehenden Gebäude zu übernachten. Aber es war vermutlich immer noch besser, als im Freien zu schlafen.

Nach einer halben Stunde – der Schneefall hatte indessen zugenommen – tauchten aus den wirbelnden Flocken die dunklen Umrisse einiger Gebäude auf.

Neben einem hölzernen viereckigen Wachturm erstreckte sich ein Haus mit mehreren Kammern. Daran schlossen sich wohl ehemals als Vorratsräume dienende Schuppen an und ein geräumiger Stall für die Pferde, in dem es, o Wunder, sogar Heu und Hafer gab, woraus man schließen konnte, dass dieser Ostrog häufiger als Übernachtungsstation diente. Das Ganze war von einem hohen Palisadenzaun umgeben.

In den Kammern gab es Feuerstellen und Strohsäcke, aber Wera und Darja zogen es vor, auf den Felldecken aus ihrem Schlitten zu schlafen. Die Jugrins, offenbar mit den Gegebenheiten vertraut, holten Holz aus einem der Schuppen und heizten die Räume. In einem gab es sogar einen gemauerten Herd, um zu kochen, und alles in allem, fand Wera, war dieses Nachtquartier weit weniger schlimm, als sie befürchtet hatte.

Sie war todmüde, denn seit Tagen waren sie durch eine öde Steppenlandschaft gezogen, flach wie ein Teller und so gleichförmig, dass man hätte meinen können, man habe sich kaum von der Stelle bewegt. Eine weiße grenzenlose Schneefläche, die am Horizont mit dem Himmel verschmolz ...

Im Sommer gäbe es hier riesige Sumpfgebiete und Milliarden von Stechmücken, hatte Sachar erzählt. Im Vergleich dazu sei die Reise im Winter das reinste Paradies.

Ignat, sein Bruder, brachte Becher mit frisch gekochtem Tee. Er drückte erst Wera, dann Darja, Jefim und Igor einen in die Hand. „Trinkt nur ... Ich habe Honig und einen guten Schuss Branntwein hineingetan. Das wärmt von innen, und Ihr werdet gut schlafen."

Es war der längste Satz, den man jemals von ihm gehört hatte.

Am Morgen – es war schon taghell – erwachte Wera, weil sie draußen Jefim schreien hörte. „Was für ein Lumpengesindel!", brüllte er. „Macht sich einfach davon! O ihr Heiligen, welch ein Verbrechen!"

Als sie aus dem Haus stürzte, stand der Kutscher vor dem Pferdestall und schüttelte wild die Fäuste. „Krepieren sollen sie, die Hundesöhne! Sie haben alles mitgenommen, die Pferde, unseren Schlitten ... alles! Bei Nacht und Nebel müssen sie abgehauen sein! O Gott, Euer Gnaden, was soll jetzt aus uns werden?"

Wera wurde es ganz übel vor Entsetzen, und in ihrem Kopf dröhnte es, als hätte sich ein Hornissenschwarm darin eingenistet. Taumelnd rannte sie zum Stall, sah, dass er tatsächlich leer war, und lief Darja in die Arme, als sie, von einer bösen Vorahnung erfasst, ins Haus zurück wollte.

„Was ist los? Was ist passiert?“, fragte die Kinderfrau. Auch sie wirkte halb benommen und hielt sich am Türbalken fest.

Wera gab ihr keine Antwort. Sie stürzte in ihre Kammer, wühlte verzweifelt in ihrer Kleidertruhe herum, die sie wie jeden Abend aus dem Schlitten geholt hatte – und ließ sich schließlich mit einem Aufschluchzen daneben auf den Boden fallen. „Weg ... das ganze Geld ... Sie haben es gestohlen, während wir schliefen. Und das goldene Kreuz haben sie mir auch abgenommen.“

Igor Pachomytsch schlief noch. Es war ein totenähnlicher Schlaf, aus dem er erst richtig zu sich kam, als Jefim ihn ins Freie zerrte und mit Schnee abrieb.

„Der Tee“, sagte er dumpf. „Außer dem Schnaps müssen sie noch ein Betäubungsmittel hineingetan haben, damit wir nicht merken, wie sie abhauen. Und wahrscheinlich müssen wir noch froh sein, dass sie uns nicht die Kehlen durchgeschnitten haben ...“

Es war eine verzweifelte Situation. Der Schlitten, die Pferde, das Geld, ihre Waffen – alles hatten die Jugrins mitgenommen. Sie waren allein in der Wildnis, würden verhungern oder erfrieren, wenn kein Wunder geschah.

Darja Gawrilowna heulte, betete und verfluchte abwechselnd die Räuber, während Wera, in ihre Felldecken gewickelt, dumpf und tränenlos vor sich hin starrte. Zum ersten Mal, seit sie von Krassnaja Dalina aufgebrochen war, hatte aller Mut sie verlassen. Das Kreuz ... dachte sie. Wenn sie mir doch wenigstens das Kreuz gelassen hätten ...

Ein Glücksbringer sollte es sein, über besondere magische Kräfte verfügen? Wenn das stimmte, dann hätte den Mann, der es ihr in der Nacht abgenommen hatte, ohne dass sie aus ihrem bleiernen Schlaf erwacht war, ein Blitzschlag oder etwas ähnlich Vernichtendes treffen müssen. Aber nichts dergleichen war geschehen ...

Jefim und Igor kamen von einem Erkundungsgang zurück. Sie brachten Feuerholz mit und legten es auf die halb erloschene Glut in dem gemauerten Herd. Einige Minuten später züngelten die ersten hellen Flämmchen empor.

Die Reste des gestrigen Abendessens waren noch da und ein wenig Tee, den sie mit geschmolzenem, kochendem Schneewasser aufbrühten. Sie aßen und tranken stumm, weil keiner es wagte, die Frage zu stellen: Und was nun?

Irgendwann sagte Wera: „Wenigstens ist der Schmuck noch da, der in Darjas und meinen Kleidern eingenäht ist. Davon haben sie wohl nichts gewusst ... Aber was nützt uns das hier? Gold kann man nicht essen ..."

„Aber Fische!", erklärte Igor. „Der Fluss ist nicht weit. Wenn man ein Loch in das Eis hackt ..." Ein wenig zuversichtlicher blickte er in die Runde. „Ich werde gehen und versuchen, etwas zu fangen. Wenigstens habe ich noch mein Messer. Und Holz zum Kochen ist auch da. Das reicht noch für eine Weile."

„Du meinst also, wir sollten hier bleiben?", fragte Wera, und er nickte.

„Hier haben wir ein Dach über dem Kopf. Das ist besser, als zu Fuß durch die Wildnis zu gehen."

„Und vielleicht ...", fügte Jefim zögernd hinzu, „vielleicht kommen ja mal ein paar Reisende vorbei ... Krasnojarsk soll immerhin eine größere Stadt sein."

Darja begann wieder zu heulen. „Aber wir sind hier in der Einöde. Darum haben diese Verbrecher uns ja hierher gelockt. Wer wird uns hier finden?"

„Es gibt immerhin Jäger, die die Gegend durchstreifen. Etliche kennen diesen Ostrog vielleicht und haben hier auch schon ihr Nachtlager aufgeschlagen ... Kann sein, dass in den nächsten Tagen ... oder Wochen ..." Weras Stimme brach. „Wir dürfen einfach die Hoffnung nicht verlieren", setzte sie nach einer Weile hinzu. Dann barg sie das Gesicht in den Händen.

Vier Tage lebten sie von den Fischen, die Igor und Jefim aus einem Eisloch des Tschulym holten. Zu trinken hatten sie nur noch heißes Wasser, weil der Tee aufgebraucht war, und am Abend des vierten Tages sagte Wera: „Ich halte das nicht mehr aus. Wir müssen versuchen, irgendwo auf Menschen zu stoßen. Wenn wir uns nach der Sonne richten und nach Osten wandern, gelangen wir eventuell auf die Poststraße nach Krasnojarsk."

Jefim und Igor stimmten ihr zu. Nur Darja widersprach:

„Wir werden erfrieren in diesem verfluchten Land! Seht euch doch um. Nicht einmal Bäume gibt es hier, dass man ein Feuer machen kann. Nichts als Schnee ..."

Die dralle, resolute Frau, vor deren Mundwerk selbst die stämmigsten Männer in Krassnaja Dalina die Köpfe eingezogen hatten, war völlig verändert. Das runde bäuerliche Gesicht mit den Apfelbäckchen war eingefallen, das Haar, das sie sonst in einem adretten Zopf aufgesteckt trug, wirkte verfilzt und glanzlos, und die Augen, sonst blank wie schwarze Kirschen, lagen in tief umschatteten Höhlen.

„Dann bleib du hier, zusammen mit Jefim", entschied Wera, „während Igor und ich versuchen, Hilfe zu holen. Morgen brechen wir auf. Und jetzt hör um Himmels willen auf zu heulen, Darjenka, sonst bekomme ich einen Schreikrampf."

In der Nacht betete Darja sämtliche Gebete, die sie kannte, und das war eine Menge. Und später schwor sie jeden Eid darauf, dass es nur diese Gebete gewesen seien, die die Schicksalswende herbeigeführt hätten.

Als nämlich der Tag graute, hörten sie von weit her Rufe. Sie klangen wie „Hej – hej ...", begleitet von schrillem Pfeifen. Darja stürzte als Erste ins Freie. Sie rannte mit flatternden Haaren über den verschneiten Hof durch das Tor im Palisadenzaun.

Zwei schwarze Punkte waren auf der Schneefläche zu erkennen. Manchmal nebeneinander, dann wieder hintereinander. Und die eisige Luft trug das „Hej – hej" und die Pfiffe zu der winkenden und schreienden Frau hin, die meinte, in ihrem ganzen Leben noch nie etwas Schöneres gehört zu haben.

Nach ihr stürzten Wera und Jefim nach draußen, während Igor noch mal ins Haus zurückkehrte und einen längeren armdicken Ast aus dem Herdfeuer zerrte, den er vorhin aufgelegt hatte. Er verbrannte sich die Hände daran und wickelte fluchend seinen Pelzhandschuh um das untere Ende. Dann rannte er vor das Tor und schwenkte den Ast wild hin und her.

„Heiliger Jesus Christ", stammelte er, „lass sie das Feuer sehen! Lass sie herkommen!"

Die menschliche Vorstellung von einem rettenden Engel entspricht in der Regel einem wunderschönen goldhaarigen Wesen in langem, weißem Gewand und mit Flügeln wie überdimensionale Schwanenschwingen. Der Mensch denkt eben so: Was gut ist, das muss auch schön sein. Und dabei vergessen die meisten, dass ihnen im Lauf ihres Lebens einige, oft gar nicht ansehnliche irdische Engel aus verheerenden Situationen geholfen haben.

Auch die Männer, die mit zwei von Rentieren gezogenen Schlitten herankamen, waren keine Schönheiten.

Im Gegenteil. Sie hatten platte Sattelnasen, kleine schwarze schiefe Augen, die fast in den Lidern verschwanden, wenn sie lächelten, und lückenhafte, gelblich verfärbte Zähne. Auch rochen sie nicht besonders gut, was man verstehen muss, Freunde. Schließlich waren sie seit fünf Tagen unterwegs, hatten einen Bären erlegt und sich an die Spur eines riesigen Wolfsrudels geheftet, das einige von ihren Rentierkälbchen gerissen hatte. Wer denkt da an Körperhygiene!

Es waren Tungusen, die einige Werst weiter nördlich ihr Winterquartier hatten.

Sie sprachen ein wenig Russisch, sodass man sich verständigen konnte.

Darja Gawrilowna heulte wieder, aber diesmal vor Glück, und Wera sagte zu dem Ältesten, der sich Kura nannte und offenbar der Anführer der vier Männer war: „Euch hat Gott geschickt. Wir hatten schon fast die Hoffnung aufgegeben, dass jemand hierher kommt."

Einer der vier Tungusen wühlte einen prallen Lederbeutel aus den Fellen in seinem Schlitten und drückte ihn mit einem breiten Lachen der schluchzenden Darja in die Hand. „Da, Mütterchen, trink. Es ist Renmilch, und sie ist noch ein bisschen warm. Aber gib den anderen auch etwas ab."

Nach vier Tagen, in denen sie nur Schneewasser gehabt hatten, war die Milch eine himmlische Köstlichkeit, und nachdem der Ledersack die Runde gemacht hatte, war er leer.

Natürlich wollten die Tungusen wissen, was geschehen war, und Wera berichtete es ihnen. Kura schnalzte beim Anhören mehrmals mit der Zunge, warf seinen Begleitern einen bedeutungsvollen Blick zu, und dann unterhielten sie sich ziemlich aufgeregt in ihrer Sprache. Ihren Mienen war zu entnehmen, dass sie über irgendetwas hoch erstaunt waren.

Dann sagte Kura auf Russisch: „Wir nehmen euch mit. Nach Vollmond werden einige von uns nach Krasnojarsk fahren. Ihr könnt sie begleiten und dort einen neuen Schlitten und Pferde kaufen."

Das Dorf der Tungusen bestand aus sechzehn Zelten. Das Baumaterial war Rentierleder, das über rund gebogene Holzstangen gespannt war. Von außen hatte man Schnee gegen die Wände geschaufelt, der als Wärmedämmung diente.

Die Heimgekehrten, die fünf Tage fort gewesen waren, wurden lebhaft begrüßt. Männer, Frauen und Kinder kamen aus den Zelten, und Kura erklärte ihnen in seiner Sprache, was es mit den Neuankömmlingen für eine Bewandtnis hatte. Allerdings schien er die Geschichte reichlich auszuschmücken, denn er redete erstaunlich lange, und die Mienen der Zuhörer wechselten von Entrüstung über furchtsames Staunen bis hin zu heller Begeisterung. Die Kinder klatschten sogar in die Hände und sprangen aufgeregt im Schnee herum.

Die Gastfreundschaft der Tungusen war überwältigend.

Nicht nur, dass man Wera und ihren Begleitern das größte Zelt als Quartier anwies – es gehörte Kura, und seine zahlreichen Familienmitglieder mussten ausziehen und sich auf die anderen Zelte verteilen –, die Frauen machten sich auch gleich daran, ein üppiges Mahl zuzubereiten, bestehend aus Suppe, gebratenem Fleisch und eingesalzenem, gesäuertem Kohl. Dazu gab es Fladenbrot und vergorene Renmilch, die wohl fremdartig, aber nicht unangenehm schmeckte.

Noch einmal ließen ihre Retter sich erzählen, wie die Jugrin-Brüder sie ausgeraubt hatten, nickten sich bedeutungsvoll zu, und Kura sagte: „Es waren schlechte Menschen. Aber die Götter haben sie bestraft."

Dass er in der Vergangenheitsform sprach, verwunderte Wera. Doch dann hielt sie es seinen mangelhaften Russischkenntnissen zugute.

Nach zwei Nächten, in denen der Mond groß und rund am sternklaren Himmel stand, rüsteten sich einige Männer für die Reise nach Krasnojarsk. Sie wollten auf dem Markt Felle und von den Frauen genähte Gewänder aus federleichtem Renpelz, getrocknete Fische und Dörrfleisch verkaufen oder gegen andere Dinge eintauschen, die sie selbst benötigten.

Die Schlitten wurden bereits am Vorabend beladen, sie waren groß genug, dass Wera, Darja und die beiden Männer gemeinsam in einem fahren konnten. Da Jefim noch nie ein Rentiergespann kutschiert hatte, war er froh, dass einer der Tungusen das übernahm.

„Die Rens sind störrische Geschöpfe", behauptete Jefim. „Man kann ihnen nicht trauen. Seht sie Euch doch an, Euer Wohlgeboren. Mehr Hörner haben sie auf dem Kopf als der Teufel, und ihre zottige Halskrause lässt sie wie böse Geister erscheinen. Nein, nein, ich setze mich erst wieder auf einen Kutschbock, wenn anständige Gäulchen davorgespannt sind."

Am Abend vor dem Aufbruch kam Kura zu Wera ins Zelt.

Sie glaubte ihren Augen nicht zu trauen, als sie im Feuerschein gewahrte, was er um den Hals hängen hatte.

Unwillkürlich sprang sie auf. „Dieses Kreuz ...", stieß sie hervor. „Woher hast du es?"

„Du kennst es also?", fragte der Tunguse, und sie nickte.

„Es hat mir gehört. Die Jugrins haben es gestohlen."

„Und ich habe es gefunden", erklärte Kura und grinste wieder so, dass seine schwarzen Augen in seinen Lidern verschwanden.

„Wann? Wo?", erkundigte sie sich atemlos.

„Es war, als wir dem Wolfsrudel gefolgt sind. Es waren fünfundzwanzig oder dreißig Wölfe. Noch nie haben wir die Spuren eines so großen Rudels gesehen. Erinnerst du dich, wie ich sagte, dass die Männer, die dich bestohlen haben, von den Göttern bestraft worden sind? Die Wölfe haben sie angefallen und getötet. Sie müssen sehr hungrig gewesen sein, denn es war nicht mehr viel von ihnen übrig. Es hatte neu geschneit an diesem Abend, fast ein Schneesturm war's, und die Männer hatten sich in einer Höhle am Fluss verkrochen. Ich glaube, sie waren betrunken, weil sie dumm genug waren, alle zu schlafen. Als sie erwachten, waren die Wölfe schon da. Die Pferde waren im Freien und losgeschirrt. So ein Tier ist manchmal klüger als der Mensch. Man weiß das ja: Wölfe umzingeln in einem weiten Bogen ihre Opfer. Bevor der Kreis geschlossen ist, kann man vielleicht noch flüchten, und das haben die Pferde getan. Sie sind entkommen, und die Wölfe haben sich nicht weiter um sie gekümmert. Sie hatten ja die Menschen."

Kura nahm an, dass die vier Männer noch wild um sich geschossen und auch zwei oder drei Wölfe getroffen hätten, die gleichfalls von ihren Artgenossen zerrissen worden seien. Es sei eine schreckliche Metzelei gewesen.

„Und das Kreuz hier hing an einem vorspringenden Stein beim Höhleneingang. Verrückt war das, man konnte es schon von weitem funkeln sehen, denn es war seltsamerweise nicht mit Schnee bedeckt. Wie es da hingekommen ist, weiß ich nicht. Vielleicht hat es einer der Getöteten beim Kampf mit den Wölfen verloren."

Er nahm das juwelenbesetzte Kreuz vom Hals und hielt es Wera mit einer fast ängstlichen Geste hin. „Nimm es zurück. Es gehört dir, und ich will es nicht haben, auch wenn ich es gefunden habe. Kann sein, dass es Unglück bringt, wenn jemand es stiehlt. Darum haben wir beschlossen, dir auch alles andere wiederzugeben, was wir noch in der Höhle gefunden haben."

Wera gaben die Knie nach, als der Tunguse hinausging und gleich darauf mit den prallen Ledersäcken zurückkehrte, in denen sich die Goldrubel ihres Vaters befanden.

„Du bist sehr reich und kannst dir eine ganze Pferdeherde und so viele Schlitten kaufen, wie du willst", sagte er verlegen. „Aber wenn du großmütig sein willst, überlass uns die drei Schlitten, die noch bei der Höhle sind, und die Waffen der Getöteten. Vielleicht gelingt es uns auch, die Pferde wieder einzufangen. Ich habe ein paar Männer losgeschickt, nach ihnen zu suchen. Sie sind noch nicht zurück, deshalb wissen wir nicht, ob sie die Tiere lebend gefunden haben."

Wera würgte es im Hals. Fast ebenso scheu, wie Kura es ihr gegeben hatte, nahm sie das Kreuz entgegen und streifte sich die lange Goldkette, an der es befestigt war, über den Kopf.

„Es gehörte einmal einer Frau, die in Sibirien lebte und Schamanin war. Dairan hieß sie und entstammte einem Nomadenvolk wie dem euren, Kura. Vor über hundert Jahren kam sie mit dem Mann, den sie liebte, nach Moskau. Sie ist meine Urahnin, und ihr Kreuz ist in meiner Familie von einer Generation zur anderen vererbt worden."

Der Tunguse verneigte sich bis fast zum Boden. „Dann darf es auch nur dir gehören, und wir wären furchtbar bestraft worden, wenn wir es behalten hätten – so wie diese vier Männer, die es dir fortgenommen haben."

Wera presste die Hände gegen die Schläfen. Sie lachte und weinte in einem Atemzug. „Es ist wie ein Wunder! Ich begreife es nicht! Ihr habt uns nicht nur das Leben gerettet, sondern gebt uns auch zurück, was man uns gestohlen hatte! Komm her, Kura ...“ Sie löste die Verschnürung des einen Lederbeutels und griff mit beiden Händen hinein. Dann zog sie dem Tungusen die Fellmütze vom Kopf und füllte sie mit Goldrubeln. „Das ist für dich und deinen Stamm. Und natürlich könnt ihr die Pferde, Schlitten und Waffen ebenfalls behalten. Du hast Recht: Das alles kann man in Krasnojarsk wieder kaufen.“

Graf Alexej Bjelskij reparierte das Dach eines Hauses, das der Schnee teilweise eingedrückt hatte. Er saß rittlings auf einem verbliebenen Balken und schlug die Querverstrebungen ein. Seine Hammerschläge schallten in gleichmäßigem Rhythmus durch den immer noch winterlichen Morgen, trotzdem rief der Aufseher der Verbannten in dem Dorf, das zynischerweise Nowaja Rodina – neue Heimat – genannt wurde, von unten herauf:

„Bist du eine lahme Schnecke, Bjelskij? Der Teufel soll dich holen, wenn du nicht schneller arbeitest! Das Dach muss heute fertig sein, denn ab morgen bist du dem Trupp zum Bau der neuen Häuser zugeteilt. Also mach voran, du adliger Arsch!“

Der Aufseher hieß Stenka Antonowitsch Klop – und Klop heißt nichts anderes als Wanze. Ein schrecklicher Name, für den er nichts konnte. Er hätte höchstens seine Mutter dafür verantwortlich machen können, dass sie einen Mann dieses Namens zum Vater ihrer Kinder gemacht hatte.

Auf jeden Fall war Stenka seit seiner frühesten Kindheit deswegen gehänselt worden, und das hatte ihn gehässig werden lassen. Eine Wanze ist ein Tier, das niemand liebt; wen wundert es daher, dass Stenka Antonowitsch in Wut geriet, wenn man ihn „du Wanze“ nannte. Aber Hohn und Demütigungen hatten noch etwas anderes bei ihm bewirkt: nämlich Ehrgeiz. Eines Tages, so hatte er sich schon als kleines dickliches, verspottetes Kind geschworen, sollte man ihn kennen lernen. Er hatte frühzeitig begriffen, dass man bei höher gestellten Persönlichkeiten katzbuckeln und schmeicheln musste, damit man eine Stellung bekam, in der man dann die unter sich Stehenden treten konnte. Und so war er wirklich eine Wanze geworden, dieser Stenka Antonowitsch Klop, dessen schlechtes Benehmen Gott und die Menschen beleidigte, in dem er sich aber suhlte wie ein Schwein im Schlamm.

Alexej Bjelskij verzichtete darauf, Stenka eine Antwort zu geben, sondern fuhr mit seiner Arbeit fort wie zuvor. Dabei durfte man nicht pfuschen, denn wenn die Dachsparren und Balken nicht ordentlich angebracht waren, hielten sie den nächsten Winter mit seinen Schneemassen nicht aus.

Das Dorf der Verbannten lag nicht weit vom Baikal entfernt, etwa dreißig Werst östlich von Irkutsk. Wenn Alexej den Kopf hob, konnte er von seinem erhöhten Platz aus ein Stück des zugefrorenen Sees sehen. Das heißt, den Baikal als See zu bezeichnen, wäre eine Kränkung. Er war ein Meer in seiner unendlichen Weite, das heilige Meer Sibiriens.

Nowaja Rodina bestand aus zwanzig windschiefen Holzhütten, die nicht ausreichten für den Strom der Verbannten, die in Transporten von jeweils zwanzig oder dreißig Männern an den Baikal kamen. Darum mussten neue Häuser gebaut werden. Die Verbannten lebten zu dritt oder viert in den Häusern, die aus einem großen Raum zum Schlafen, Essen und Kochen, einer Vorratskammer und einem angebauten Stall bestanden. Nach der Schneeschmelze, so hatte Alexej gehört, sollte jedes Haus ein paar Ziegen und Hühner bekommen.

Alexej teilte sich ein Haus mit Maxim Brokow, einem Arzt aus Archangelsk, der schon vier Jahre in Nowaja Rodina war, weil er lauthals gegen die ständig wachsenden Steuererhebungen des Zaren gewettert hatte, und Vater Afanasij, einem glühenden Anhänger der Altgläubigen, der als Ketzer angeklagt und verbannt worden war.

Auch Afanasij war schon seit zwei Jahren in Nowaja Rodina, und beide hatten den Neuankömmling Alexej unter ihre Fittiche genommen und ihm beizubringen versucht, was man wissen und können musste, um in der Baikalregion zu überleben: jagen, fischen, ein Haus bauen oder Baufälliges wieder herrichten, mit den breiten geflochtenen Schneeschuhen umgehen und Felle gerben können.

„Im Frühjahr wird's noch ärger werden, Söhnchen", hatte der bärtige Brokow gesagt. „Dann müssen wir den Wald roden und Kohl und Getreide anbauen, damit wir nicht verhungern. Der Zar will aus Sibirien eine blühende Ackerlandschaft machen, weil die Nahrungsmitteltransporte aus Russland Unsummen verschlingen." Er hatte Alexej lachend auf die Schulter geschlagen. „Und du kennst ihn ja, unseren Zaren: Heute erlässt er einen Ukas, und morgen muss alles schon getan sein. Er hat zwangsweise Tausende von Bauern deportieren lassen, die hier siedeln sollen. Rings um Nowaja Rodina gibt es bereits eine Reihe von Dörfern. Aber sei nicht neidisch: Sie sehen mindestens so armselig aus wie dieses elende Nest hier."

Sie lebten gut zusammen, die drei, trotz Vater Afanasijs gelegentlicher religiöser Anwandlungen, die sich in langen Klagen über den Verfall der russisch-orthodoxen Kirche äußerten. Dann sagte Maxim Grigorjewitsch freundschaftlich: „Halt's Maul, Väterchen. Du bringst mich zum Gähnen!" Und Afanasij schwieg beleidigt.

Aber das hielt nie lange an. Überhaupt verstand man sich in Nowaja Rodina. Die Männer waren eine verschworene kleine Gemeinschaft, in der alle gleich waren, alles arme Hunde, wie Fürst Andrej Wytenskij, ebenfalls zu lebenslanger Verbannung verurteilt, oftmals sagte. Das Leben war hart, und Hoffnung auf eine Änderung gab es nicht. Es hatte keinen Sinn zu fliehen. War einer der Verbannten verschwunden, musste Stenka Klop das nach Irkutsk melden, und dann wurde der Flüchtling von einem Aufgebot von Soldaten gesucht. Fand man ihn, wurde er hingerichtet. Fand man ihn nicht, kam er irgendwo in den Wäldern oder Steppen des riesigen Landes um. Nach Hause jedenfalls kehrte keiner zurück, das war so sicher wie das Donnern des

Eisgangs auf der Angara und dem Baikal, wenn die riesigen Schollen im warmen Tauwind barsten und sich krachend übereinander türmten.

Wie es hieß, werde man nach dem Roden und der Ackerbestellung auch noch zu anderen Arbeiten herangezogen, zum Bau von Unterkünften für die Sträflinge etwa, die weiter östlich in den Erzgruben schufteten.

Das waren die Ärmsten der Armen, und falls man in diesem Zusammenhang überhaupt von Glück sprechen konnte, so hatte Alexej Bjelskij es gehabt. Sein Todesurteil war in lebenslange Verbannung, nicht in Sträflingsarbeit umgewandelt worden, und er wusste bis heute nicht, was diese Sinneswandlung des Zaren bewirkt hatte. Dass es ihn das Leben seines ungeborenen Kindes gekostet hatte, ahnte er ebenso wenig.

Es verging kein Tag, an dem Alexej nicht an Wera dachte. Sein Sohn oder sein Töchterchen musste indessen zur Welt gekommen sein. War es gesund, und half es Weruschka, mit dem Leben ohne ihn fertig zu werden?

Es hatte wilde Gerüchte gegeben, dass der Zar verboten hatte, die Frauen und Kinder der verbannten oder hingerichteten Strelitzen aufzunehmen, und das marterte ihn mehr als seine eigene Situation. Manchmal träumte er von Wera, sah sie obdachlos und hungernd mit ihrem Kind in den Armen umherirren ... Wenn er dann erwachte, weil Maxim den Stöhnenden geweckt hatte, haderte er mit seinem Schicksal und verfluchte den Zaren. Aber Maxim sagte: „Du musst das durchstehen, Söhnchen. Vergiss, dass du Frau und Kind hast. Du bist hier – und sie sind viele tausend Werst entfernt. Du kannst ihnen nicht helfen. Wichtig ist, dass du hier überlebst. Die einzige Hoffnung, die wir haben, ist schließlich, dass man uns irgendwann begnadigt und wir heimkehren können. Tote kehren nicht mehr heim. Mach dir das klar, wenn dich das heulende Elend packt."

Alexej ließ seinen schweren Hammer mit solch verzweifelter Wut auf einen Dachbalken prallen, dass dieser aus seiner Verankerung brach und über das Dach nach unten polterte, und Stenka, die Wanze, zeterte sofort:

„Du Hundesohn vergeudest das Eigentum Russlands! Ein Zerstörer bist du, ein Nichtskönner, den man bestrafen muss!"

„Halt endlich dein Maul, Klop", entgegnete Alexej. „Warte, bis ich hier fertig bin, dann komme ich runter und hau dir den Dachbalken um deinen dämlichen Schädel. Und außerdem werde ich mich schriftlich beim Wojwoden von Irkutsk, Graf Zenkowskij, beschweren, weil du schlechte Arbeit von uns verlangst, anstatt darauf zu achten, dass so ein Dach fest und haltbar ist."

„Ha!", schrie Stenka giftig und verstummte jäh, weil auf der Straße von Irkutsk zwei Schlitten herankamen. Sechs Soldaten saßen in dem ersten, was bedeutete, dass sich in dem zweiten eine wichtige Persönlichkeit befinden mochte.

Heiliger Sergius, dachte Stenka Klop beklommen. Wer mag das sein? Die Erfahrung hatte ihn gelehrt, dass solche Gäste mehr Ungelegenheiten als Gutes brachten ...

„Hej", schrie einer der Soldaten, „ist das hier das Verbanntendorf Nowaja Rodina?"

Stenka stapfte eilig näher. „Gewiss, gewiss, Herrchen ... Und ich bin der Aufseher. Womit kann ich dienen?"

Die beiden Schlitten waren zum Stehen gekommen, und die vorgespannten Pferde, kräftige sibirische Stuten waren es, schüttelten die Mähnen und schnaubten.

Eine Frau schälte sich aus den Fellen und Decken des zweiten Schlittens. Hui, dachte Stenka, das ist aber mal eine Feine! Was will so ein Schwänchen hier?

In diesem Augenblick stieß Alexej Bjelskij oben auf dem schadhaften Dach einen Schrei aus. Gleich darauf fiel sein schwerer Hammer in den Schnee, so nah neben Stenka Antonowitsch, dass er darauf spucken konnte.

„Du Missgeburt, willst mich wohl erschlagen!", brüllte er und ließ den Unterkiefer nach unten klappen, als Alexej sich einfach bäuchlings vom Dach gleiten ließ und auf den Boden sprang.

„Wera ... Weruschka ...", schrie er und rannte auf seine Frau zu. Sie warf sich in seine Arme, lachend und weinend zugleich, und es geschah so stürmisch, dass er das Gleichgewicht verlor und hinfiel, sie mit sich ziehend.

Sie hielten sich umklammert und rollten ein paar Mal im Schnee hin und her, ehe sie sich endlich auf die Knie richteten und einander umarmten.

„Du bist es wirklich ...", stammelte Alexej. „Du bist hier ... bei mir ... O Gott, ich kann's nicht glauben!"

Auch er weinte nun und umfasste ihr Gesicht unter der Pelzmütze mit seinen rauen, rissigen Händen, tastete darüber hin wie ein Blinder, und Wera nahm diese Hände, die voller Schwielen und Verletzungen waren, betrachtete sie mit unbeschreiblicher Liebe und presste ihre Lippen darauf.

Als sie sich küssten, erwachte Stenka Klop aus seiner Erstarrung. „Heh, was soll das? Auseinander! Nimm deine dreckigen Pfoten weg, Bjelskij! Hat man so was schon gesehen? Fällt der Kerl über ein so zartes Vögelchen her ..."

Die Soldaten lachten und klatschten Beifall, und aus Weras Schlitten stiegen nacheinander Darja Gawrilowna, Igor Pachomytsch und Jefim, der Kutscher.

„Euer Gnaden ...", rief Darja und rannte auf Alexej zu. „O Gott, mein Herz! Es zerspringt vor Freude ..."

Sie stieß Stenka zur Seite, der Alexej fortzerren wollte. „Lass Seine Gnaden los, du schielender Krüppel!" Dann warf sie sich vor Alexej auf die Knie und umklammerte seine Beine. „Dass ich das erleben darf ... Alle Tage will ich den Heiligen dafür danken."

Das sind lauter Verrückte ... dachte Stenka entgeistert, als nun auch noch Igor und Jefim sich tief vor Alexej verbeugten und er erst Darja, dann die beiden Männer umarmte und nach russischer Sitte auf die Wangen küsste. Heiliger Sergius, sie haben den Verstand verloren. Wer sind sie, aus welchem Irrenhaus sind sie ausgebrochen!?

Der Anführer der Soldaten brachte endlich ein wenig Licht in Stenka Klops Verwirrung. Er kam mit einem zusammengerollten Schreiben und hielt es ihm unter die Nase.

„Kennst du das Siegel? Es ist das des Wojwoden Graf Zenkowskij."

„Ja, o ja, ich kenne es", stotterte Stenka. „Und was geruht Seine Wohlgeboren ..."

Der Soldat entrollte das Schreiben. „Kannst du lesen? Nein? Dann werde ich dir sagen, was darin steht. Dies ist die Gräfin Wera Fjodorowna Bjelskaja, auf der Reise zu ihrem Gatten." Er grinste breit und blickte zu Wera hinüber, die immer noch Alexej umarmt hielt. „Wie es scheint, hat sie ihn gefunden. Seine Wohlgeboren, Graf Zenkowskij, hat verfügt, dass die Gräfin hier bleiben darf, so lange sie will, sogar ihr Leben lang. Sie ist entschlossen, die Verbannung ihres Gatten zu teilen, und der Wojwode erwartet, dass man ihr keine Hindernisse in den Weg legt, ebenso wenig ihren Begleitern. Ist das klar?"

Stenka Klop nahm Haltung an und zog den Bauch ein. „Gewiss, Euer Gnaden. Völlig klar."

Sie waren wirklich echte Freunde, Maxim Brokow und der fromme Vater Afanasij. Nachdem sie die schier unglaubliche Neuigkeit von Weras Ankunft in Nowaja Rodina erfahren hatten, ließ Maxim die Holzpfähle fallen, aus denen er und Afanasij die Befestigungen für einen Flechtzaun bauen sollten, und sagte: „Komm, packen wir unsere Sachen und fragen herum, bei wem wir unterkommen können."

„Wieso? Warum?", fragte Afanasij, der nicht so schnell im Denken war, und Maxim boxte ihn vor die Brust. „Willst du etwa bei ihnen schlafen und das Liebesglück beobachten, du Ferkel? Oder sollen sie's draußen im Schnee tun?" „Maxim Grigorjewitsch ...", stieß Afanasij entsetzt hervor. „Was hast du nur für schlechte Gedanken!"

Dann trottete er hinter Maxim her, um seine wenigen

Habseligkeiten in dem bisher gemeinsam bewohnten Haus zusammenzusuchen. Sie wurden im Haus von Semjon Wodschikin, einem anderen Verbannten, aufgenommen, wo es nun zwar etwas enger wurde, aber Semjon meinte, dass ein Haus für drei Personen auch für fünf ausreichte.

Das fand auch Nikita Kaschgarin, von dem Jefim, der Kutscher, und Igor Pachomytsch eine Bleibe angeboten bekamen, und somit blieb nur noch Darja Gawrilowna übrig. Ihr konnte man schlecht ein Nachtlager in einem Männerhaus zumuten.

Es war Stenka Klop, dem die Lösung einfiel. Natürlich war er nicht von einem perfiden Kerl zu einem Wohltäter geworden – Gott bewahre! Aber wenn seine Wohlgeboren, der Wojwode von Irkutsk, verfügt hatte, dass man der Gräfin Bjelskaja behilflich sein musste, dann konnte man sich nicht davor drücken, auch wenn man fand, dass das Ganze zum Himmel schrie. Schließlich war Nowaja Rodina ein Verbanntendorf und kein Liebesnest!

„Sie kann bei mir wohnen“, erklärte Stenka deshalb beflissen, als man über Darjas künftigen Aufenthaltsort beratschlagte. „Ich habe noch eine leer stehende Kammer. Sogar ein gemauerter Kamin ist darin, sodass man Feuer machen kann.“

Er blickte Darja aus seinen hellen, von rötlichen Wimpern umgebenen Schweinsäuglein an. „Ihr werdet es freilich bequemer gewöhnt sein ... Aber fürs Erste wird's vielleicht gehen.“

„Fürs Erste, ja“, entschied Darja. „Ihre Gnaden wird natürlich so schnell wie möglich ein vernünftiges Haus für uns alle bauen lassen.“

„Hier?“, fragte Stenka Klop und versteckte seine Missgunst hinter einem scheinheiligen Grinsen, und Darja erwiderte:

„Wo denn sonst?“ Sie warf ihm einen schiefen Blick zu. „Aber versprich dir ja nicht gewisse Vorrechte, wenn ich in deinem Haus schlafe. Ich werde meine Tür verriegeln, und wenn du auch nur den geringsten Versuch machst, sie zu öffnen, schlage ich dir ein Holzscheit über deinen dummen Schädel."

„Da sei Gott vor", sagte Stenka Klop demütig und zog den Kopf zwischen die Schultern, als spüre er schon den Hieb.

Als sie Alexej sagte, dass sie das Kind verloren hatte, weinte Wera ein wenig an seiner Brust, von seinen Armen umfangen. Sie waren allein in der Hütte, die Maxim und Afanasij für sie geräumt hatten. Bevor er ging, hatte Maxim Alexej auf die Schulter geschlagen. „He, du unverschämter Glückspilz! Mir sind in Archangelsk früher auch die Weiber nachgelaufen, aber nicht weiter als bis zu meinem Bett. Bis Nowaja Rodina wäre keine gekommen – und schon gar keine wie deine Weruschka. Himmel, muss sie dich lieben! Hast du das eigentlich verdient, du miserabler Kerl?" „Nein", hatte Alexej glücklich geantwortet. „Dann versuch es dir wenigstens in Zukunft zu verdienen", hatte Maxim augenzwinkernd erklärt. „Nicht dass deine Weruschka eines Tages deinetwegen Tränen vergießt. Dann soll dich der Teufel holen."

Er war gegangen und hatte die Tür hinter sich zugeschmettert, und während er zu Semjon Wodschikins Haus stapfte, hörte man ihn singen. Das Lied von der Bojarentochter Glafira war's, die sich unsterblich in einen Wasserträger verliebt hatte und, als ihr Vater ihren Liebsten von seinen Hunden zerreißen ließ, in die Moskwa gegangen war. „Mein Leben geb ich, um dir nah zu sein, Geliebter", schmetterte Maxim. „Mein Leben ist nur Elend ohne dich ..."

„Wie ist das nur möglich", flüsterte Alexej, die Lippen an Weras Hals. „Du bist zu mir gekommen! Ich sollte dich fortschicken, weil du überall besser leben könntest als hier, aber ich bringe es nicht fertig."

„Ich ginge auch nicht", erwiderte sie und sah zu ihm hoch. „Oder wäre es dir lieber, ich wäre nicht gekommen?"

„Es ist der Himmel, dass du da bist ..." Er zog sie auf das Strohlager, auf dem Darja vorhin Decken und Felle ausgebreitet hatte, um die Armseligkeit zu verjagen. „Aber wieso hat Graf Zenkowskij überhaupt gestattet, dass du zu mir kommst?“

Sie lachte leise, den Kopf in seine Armbeuge geschmiegt. „Ich habe vier Tage gebraucht, um ihn so weit zu bringen. Zwei Tage bestand er darauf, mich nach Moskau zurückzuschicken. Am dritten Tag hielt er mir vor Augen, dass ich genauso als Verbannte gelten und behandelt werden würde wie alle hier, wenn ich mit dir leben wollte. Und unsere Kinder müssten dem Gesetz nach Leibeigene der Krone werden. ‚Tut, was Ihr wollt‘, habe ich ihm gesagt. ‚Setzt ein Schriftstück auf, in dem alles festgehalten wird – ich werde es unterschreibend Zenkowskij hat mich eine Idiotin genannt, er tobte und flehte abwechselnd, ich solle doch Vernunft annehmen, sonst müsse er mich zwangsweise wieder nach Moskau bringen lassen – und da habe ich mich hinter seiner Frau gesteckt. Ich habe ihr aufgelauert, als sie aus der Kirche kam, und mich ihr zu Füßen geworfen. Die Zenkowskaja ist eine reizende Person und ihr Mann genauso in sie verliebt wie ich in dich. Ihr verdanken wir, dass ich jetzt bei dir sein darf.“ Wieder lachte sie. „Der arme Zenkowskij war ihren Überredungskünsten nicht gewachsen.“

„Du bist also in mich verliebt?“, forschte er lächelnd, weil ihm dies als der wichtigste Satz ihres Berichtes erschien.

„Nein“, versetzte sie und zeichnete mit ihrem Finger die Umrisse seiner Lippen nach. „Ich liebe dich. Das habe ich auch Zar Peter gesagt, als ich ihn um dein Leben bat ...“

„O Weruschka ...“ Er riss sie an sich und bedeckte ihr Gesicht und ihren Hals mit Küssen. „Und ich dachte immer ... ich fürchtete ...“

„Was? Dass ich nie begreifen würde, was für einen einmaligen, wunderbaren Mann ich habe? Ach Alexej ... manchmal war ich freilich unsicher, ob du nicht nur Mitleid mit mir hattest. Du bist mir so oft ausgewichen ...“

„Weil ich mir einbildete, dass Tutschew vielleicht doch

noch in deinem Kopf herumspukte. Ich wollte dir Zeit lassen und habe mir selbst Fesseln angelegt ..."

„Hast du deshalb behauptet, mich nicht mehr zu lieben?", fragte sie, und er nickte.

„Ich fürchtete, du könntest dich sonst weigern, mich zu heiraten. Es war wohl die dümmste Lüge meines Lebens!"

„Wir waren beide Dummköpfe", sagte sie. „Wie viel haben wir versäumt! Denkst du, dass wir es nachholen können?"

„Ganz gewiss", erwiderte Alexej Bjelskij und küsste sie, wohin er traf. Er war sicher, der glücklichste Mensch in Sibirien – ach was, im ganzen heiligen Russland und dem Rest der Welt zu sein.

Die Gräfin Wera Bjelskaja wurde zu einer Art Legende in Sibirien. Eine mutige schöne Frau, die ihrem Mann in die Verbannung gefolgt war, um sein Leben zu teilen. Es gibt ein Sprichwort, in dem heißt es, dass hundert Männer wohl ein Lager schaffen können, aber eine einzige Frau ein Heim.

Das traf auch auf das Haus zu, das Wera in Nowaja Rodina errichten ließ. Hier wurden ihre drei Kinder geboren – zuerst die kleine Lisaweta Alexejewna, dann die Söhne Anton und Boris. Sie alle wurden von Doktor Maxim Brokow ans Licht der Welt geholt, und Vater Afanasij taufte sie.

Es war kein prächtiges Haus, das die Bjelskijs besaßen, aber es war groß genug für die ganze Familie. Auch Jefim, Igor und Darja Gawrilowna lebten dort, bis Darja ein Jahr nach ihrer Ankunft – ebenfalls mit Vater Afanasijs Segen – einen Verbannten heiratete: Otton Makurin.

Graf Zenkowskij, der Wojwode von Irkutsk, erlaubte, dass Wera Land kaufen konnte, das von den Sträflingen urbar gemacht und bearbeitet wurde. Es gab Äcker, auf denen Hafer, Gurken und Kohl gediehen, und Weiden, wo Schafe und die zähen sibirischen Pferdchen grasten. Die Sträflingskolonnen, die zur Arbeit bei den Bjelskijs eingeteilt wurden, waren Bevorzugte des Himmels. Man riss sich darum, denn Wera und Alexej behandelten sie gut. Es gab genug zu essen und menschenwürdige Unterkünfte. Und wenn einer krank oder verletzt war, wurde er nicht mit der Peitsche auf die Felder getrieben, sondern von Maxim Brokow behandelt und in einer eigens von Wera eingerichteten Krankenstation gepflegt. Das galt natürlich auch für die Verbannten.

„Hier ist Sibirien, und der Zar ist weit", pflegte Wera Bjelskaja zu sagen, wenn Stenka Klop herumzeterte, dass Nowaja Rodina ein Ort der Bestrafung sei und kein Paradies für Faulenzer.

„Stellt Euch nicht so an, Stenka Antonowitsch. Es ist hart genug, dass die Männer nicht zu ihren Angehörigen nach Hause zurückkehren dürfen. Man muss ihre Lebensbedingungen nicht noch durch unnötige Schindereien verschlimmern. Ich weiß, dass Ihr das auch nicht wollt, denn Ihr seid im Grunde Eures Herzens ein gütiger Mensch. Es wäre grundfalsch, das zu unterdrücken."

Und dabei lächelte sie den Aufseher auf eine Weise an, dass er begann, selbst an seine Güte zu glauben. Was wieder einmal bewies, was für ein beeinflussbares Geschöpf der Mensch doch war.

Zar Peter I. herrschte noch fast fünfundzwanzig Jahre, die Blut und Tränen kosteten. Einundzwanzig Jahre lang dauerte der Nordische Krieg, den Russland mit Polen, Sachsen und Dänemark als Verbündete gegen den schwedischen König Karl XII. führte und der Schwedens Vormachtstellung als Seemacht endgültig zerstörte.

Schon bald nach Kriegsausbruch eroberten die russischen Truppen den äußerst günstigen Zugang zum Finnischen Meerbusen, der bis dahin in schwedischer Hand gewesen war – und Zar Peter beschloss, hier seinen lange gehegten Traum wahr zu machen: die Gründung seiner neuen Hauptstadt.

Den Grundriss dieser dem Heiligen Petrus geweihten Stadt hatte der Zar selbst entworfen, ausländische Stadtbaumeister setzten die Arbeit fort. Als Ostseehafen sollte St. Petersburg das Fenster Russlands in den Westen sein.

Auch im fernen Sibirien erfuhr man, dass der Zar dem von ihm nie geliebten Moskau den Rücken gekehrt hatte und mit dem ganzen Hof in seine neue Hauptstadt übersiedelt war.

Die Pracht St. Petersburgs und der endlose Krieg verschlangen Unsummen, die der Zar durch die Einführung immer neuer Steuern aus seinem Volk herauspresste. Er selbst heiratete zum zweiten Mal, nachdem er seine erste Frau Jewdokija in ein Kloster verbannt hatte. Die neue Gemahlin hieß Marta Skawronska und war eine litauische Magd. Eine außergewöhnliche Frau, von der es hieß, sie habe einen großen und guten Einfluss auf den Zaren und die dunkle grausame Seite seines Wesens einzudämmen gewusst. Sie begleitete ihn sogar häufig auf seinen Feldzügen. Unter ihrem neuen Namen Katharina Alexejewna, den sie bei ihrem Übertritt zum orthodoxen Glauben angenommen hatte, ließ Peter sie schließlich mit allem kirchlichen und weltlichen Pomp in Moskau zur Zarin krönen.

Katharina Skawronska gebar Peter neun Kinder. Sein Sohn aus der Ehe mit Jewdokija lebte nicht mehr. Der Zarewitsch Alexej hatte seinen Vater in zunehmendem Maße gehasst und sah in ihm einen Verräter der altrussischen Traditionen. Er konspirierte ständig gegen ihn, verbündete sich mit jenen Geistlichen und Bojaren, denen Peters Politik ein Dorn im Auge war. Auch in diesem Fall schlug der Zar mit der ihm eigenen gnadenlosen Härte zu: Er ließ seinen Sohn des Hochverrats anklagen und vor ein Gericht stellen. Er wurde zum Tode verurteilt, aber bevor die Strafe vollzogen werden konnte, starb der Zarewitsch einige Stunden nach der letzten Tortur, der man ihn während des Prozesses unterzogen hatte.

Dennoch, Zar Peter, der Sieger des Nordischen Krieges, der Begründer von St. Petersburg, zahlreicher Hochschulen und einer großen Kriegsflotte, der Reformer, der viele der „alten russischen Bärte“ abgeschnitten hatte, wurde bei den Festlichkeiten wegen des Friedens von Nystad geradezu überwältigend gefeiert. Unter Glockengeläut und dröhnenden Böllerschüssen zog Peter in St. Petersburg ein, und der von ihm gegründete Senat bat ihn untertänigst, den Titel „Peter der Große, Vater des Vaterlandes, Kaiser aller Reußen“ anzunehmen.

Peter der Große starb am 28. Januar 1725. Er erlag einer schweren Erkältung, die er sich zugezogen hatte, als er in das eisige Meer hinausgeschwommen war, um einige ertrinkende Seeleute zu retten.

Nach ihm bestieg Katharina Skawronska als Katharina I. den russischen Zarenthron, und im ganzen Reich hofften Verbannte und Verurteilte nun auf eine Begnadigung. Sie erfolgte nicht. Und es dauerte nach den verschiedensten Herrschern bis zum Jahr 1741, dass eine Palastrevolution Elisabeth Petrowna, Tochter Peters des Großen mit Katharina Skawronska, auf den Thron brachte.

Eine ihrer ersten Taten als neue Zarin war endlich die Begnadigung vieler Verbannter. Sie ließ ihnen teilweise ihre konfiszierten Vermögen und Besitzungen zurückgeben, und so setzte bald nach Bekanntwerden dieser Amnestie ein großer Rückstrom von Verbannten aus Sibirien ins russische Kernland ein.

Auch Wera und Alexej Bjelskij kehrten heim. Sie waren alt geworden in Nowaja Rodina, aber nun wollten sie Moskau wieder sehen und St. Petersburg kennen lernen, die Stein gewordene Vision Zar Peters. Ihre beiden Söhne Anton und Boris begleiteten sie, während ihre Tochter Lisaweta in Sibirien blieb. Sie hatte in Irkutsk den Obersten der Garde zu Pferde, Nikolaj Awdejewitsch Petrow, geheiratet.

Einundvierzig Jahre zuvor hatte Wera Bjelskaja das Kreuz der Schamanin wieder nach Sibirien gebracht. Nun blieb es bei ihrer Tochter Lisaweta.

Den Petrows in Irkutsk wurde seltsamerweise in jeder Generation nur ein Kind geboren – und jedesmal ein Sohn, sodass der Familienname erhalten blieb und in der Baikalregion sogar recht bekannt wurde. Die Familie stellte Offiziere, Verwaltungsbeamte, Bergwerksdirektoren, und am Hochzeitstag des einzigen Sohnes ging das juwelenbesetzte Kreuz stets in den Besitz seiner Frau über.

Im Jahre 1860 gehörte das Kreuz Anna Sergejewna Petrowa, und sie hütete es so gewissenhaft wie ihre Vorgängerinnen, um es in hoffentlich nicht allzu ferner Zukunft der Braut ihres Sohnes Jurij zu übergeben.

Jurij Michailowitsch Petrow war 22 Jahre alt und studierte in St. Petersburg Geologie und Bergbau. Im Frühjahr 1860 unterbrach er sein Studium, nachdem er sich im Sumpfklima der Hauptstadt eine langwierige Infektion der Atemwege und Lungen zugezogen hatte, die er in der klaren, gesunden Luft des Baikal auszukurieren hoffte.

Kira, die Leibeigene

Als der Irkutsker Kaufmann Ilja Bogdanowitsch Waljurew an den Folgen eines Schlaganfalls starb, wurde er mit großer Anteilnahme der Bevölkerung zu Grabe getragen. Waljurew war ein hoch geachteter Mann gewesen. Vor neunzehn Jahren war er von Kiew an den Baikal gezogen und hatte dort von Jemeljan Burawskij, der sich aus Altersgründen zur Ruhe setzen wollte, dessen Pelzhandel übernommen. Waljurew hatte das eher bescheidene Geschäft ausgeweitet. Zum Handel mit Zobel-, Fuchs-, Bären- und Wolfsfellen waren die viel begehrten Seehunde des Baikal gekommen, Otternpelze aus Kamtschatka, Walknochen und Walrosszähne, aus denen man wunderschöne, aber auch nützliche Utensilien herstellen konnte, und in den letzten Jahren seines Lebens hatte Waljurew sogar mit Diamanten und anderen Edelsteinen wie Turmalinen, Granat, Beryll, Topasen, Smaragden und Amethysten gehandelt, die aus dem Mursinsker Gebiet kamen.

Kurz gesagt, er war ein sehr wohlhabender Mann geworden, und – was wohl seine größte Leistung war – er war dabei anständig geblieben. Er hatte niemanden übervorteilt und dank seines wachsenden Wohlstandes manches Gute getan, ohne viel Aufhebens darum zu machen. Frau und Kinder hatte er nicht, wohl aber, wie einige Freunde wussten, einen Neffen in Kiew, Sohn seines vor Jahren verstorbenen jüngeren Bruders, den er zu seinem Erben bestimmt hatte. Deshalb war dieser Nikita Stepanowitsch Waljurew vom Ableben seines Onkels unterrichtet worden, ohne dass er allerdings zu dessen Begräbnis erscheinen konnte.

Ilja Waljurew hatte vor neunzehn Jahren ein Dutzend Leibeigene nach Irkutsk mitgebracht, darunter seinen Diener Wassja und eine schwangere Hausmagd, die ein paar Wochen nach ihrer Ankunft eine Tochter zur Welt brachte, die auf den Namen Kira getauft wurde. Die Geburt des Kindes kostete die Mutter das Leben, aber Ilja Waljurew nahm sich des armseligen Säuglings an, dessen Vater schon auf der Reise nach Irkutsk gestorben war.

Ilja Waljurew sorgte für eine Amme, die das Kleine nährte, und kümmerte sich auch in den folgenden Jahren väterlich um das heranwachsende Mädchen. Kira wurde nicht wie eine Leibeigene in seinem Haus gehalten, sondern eher wie eine Tochter. Waljurew engagierte später sogar einen Hauslehrer für Kira Nikolajewna und freute sich an ihrer wachen Intelligenz, mit der sie alles aufnahm, was man ihr beibrachte.

Kira liebte ihn für seine Güte. Nach seinem Schlaganfall hatte sie ihn aufopfernd gepflegt, und als er nach vierzehn Tagen für immer die Augen schloss, gab es niemanden, der ihn tiefer betrauerte als sie. Sie stand an seinem Grab wie eine Tochter, die ihren Vater beweint, und genauso empfand sie diesen Verlust auch.

Von den Leibeigenen, die Waljurew nach Irkutsk mitgebracht hatte, lebte außer Kira nur noch sein Diener Wassja. Er war indessen alt und gebrechlich geworden. Dennoch hoffte er, dass der Erbe Nikita Waljurew ihn in seinem Haushalt behielt. Wohin sonst hätte Wassja auch gehen sollen, denn wer kaufte schon einen Fünfundsiebzigjährigen? Vermutlich blieb ihm, falls man ihm nicht das Gnadenbrot im Haushalt des Erben zukommen ließ, nur noch das Betteln.

Doch Ilja Waljurew hatte Kira zwei Tage vor seinem Tod eine Eröffnung gemacht, die sowohl ihr als auch Wassjas Leben entscheidend verändern würde. Der Kranke berichtete ihr mühsam und manchmal kaum verständlich, dass er sie und Wassja schon vor Jahresfrist freigelassen hätte. Er habe die entsprechenden Urkunden in seinem Comptoir hinterlegt, dazu zwei Bankanweisungen, ausgestellt auf sein Irkutsker Bankhaus Mendelejew. Kira und Wassja sollten das Geld nach seinem Tod ausgezahlt bekommen.

„Verzeiht mir, dass ich dir und Wassja das alles bis heute verschwiegen habe“, hatte der Todkranke gemurmelt. „Aber ich fürchtete, ihr würdet mich auf der Stelle verlassen, und das wollte ich nicht, Töchterchen. Doch wenn ich nicht mehr lebe, geh in mein Comptoir ...“

Er stockte und rang nach Luft. Kira sah angstvoll, wie seine Augen sich verschleierten. „Du musst danach suchen, Töchterchen ... Ich weiß nicht mehr, wo ich die Sachen aufbewahrt habe. Bitte verzeih!“

Ach, da gab es nichts zu verzeihen! Kira hoffte doch immer noch mit zitterndem Herzen, dass Waljurew wieder gesund wurde.

Aber er wurde nicht mehr gesund, und seine geistige Verwirrung nahm in den letzten beiden Tagen so zu, dass es eine Gnade war, als er endlich sterben durfte. Es war Kira, die ihm die Augen zudrückte und den Angestellten des Hauses und des Geschäfts weinend mitteilte, dass ihr guter Herr nicht mehr lebte.

Natürlich hätte Kira gleich nach seinem Tod das Comptoir nach den für sie und Wassja so wichtigen Papieren durchsuchen können. Doch sie brachte es nicht über sich, in der Hinterlassenschaft des Verstorbenen mit so unanständiger Eile herumzustöbern. Das, so fand sie, hatte Zeit, bis Ilja Waljurews Neffe eingetroffen war.

Kira erwartete einen Mann, der dem Toten glich: aufrichtig, gütig und ohne Winkelzüge.

Doch dieser Nikita Stepanowitsch Waljurew war das genaue Gegenteil seines Onkels: ein versoffenes Schwein, herzlos, herrschsüchtig und geldgierig.

Er traf an einem Apriltag 1860, einige Wochen nach Ilja Waljurews Tod ein.

Zunächst suchte er den Notar auf, der ihn von dem Ableben seines Onkels benachrichtigt hatte, blieb aber nur eine halbe Stunde und fuhr anschließend zu dem prächtigen Haus am Alexander-Prospekt, das nun ihm gehörte.

Als Nikita aus dem Schlitten stieg und sich umsah, blitzten seine Augen triumphierend auf. Das Gebäude war im Geviert um einen schön gestalteten, jetzt allerdings verschneiten Innenhof mit hohen schlanken Säulen und einem Brunnen mit Wasser speienden Tritonen gebaut. Die Geschäftsräume befanden sich im rückwärtigen Teil, an die sich die Lagerhallen anschlossen.

Nikita Waljurew trug einen hechtgrauen Reiseanzug unter seinem Fellmantel und eine Pelzmütze, unter der rötlichblondes Haar hervorquoll. Ohne Mütze sah man seine Halbglatze, die von fettigen Kringellöckchen umgeben war. Als Kleinkind mochte er niedlich ausgesehen haben mit diesen Löckchen und seinem pausbäckigen Gesicht. Aber das war lange her. Indessen hatte Nikita Waljurew das Gesicht, das er sich in seinen vierzig Lebensjahren selbst erworben hatte: verschlagen, gierig, verfettet.

Er trampelte in das Bürogebäude und befahl dem Angestellten, der ihm höflich entgegenkam: „Karimenko soll herkommen, aber ein bisschen schnell, wenn ich bitten darf."

Pawel Karimenko hatte die Geschäfte nach Ilja Waljurews Tod weitergeführt, das hatte Nikita der Notar Dawid Melkow berichtet.

Als Pawel Karimenko nun erschien, blaffte Waljurew ihn an: „Zeigen Sie mir den Raum, in dem mein Onkel gearbeitet hat. Und bringen Sie mir die Geschäftsbücher. Wenn ich sie geprüft habe, führen Sie mich herum. Ich will die Lagerbestände sehen und wissen, welchen Gewinn Sie erwirtschaftet haben."

„Wie Sie wünschen, Herr Waljurew", erwiderte Karimenko. Er war ein älterer, zurückhaltender Mann, ehrlich bis auf die Knochen, was man seinem offenen Gesicht auch ansah.

Waljurews bissige Antwort: „Ja, ich wünsche!", ließ ihn zusammenzucken. Was für ein unangenehmer Mensch, dachte er. Ob der Verstorbene das gewusst hat? Wohl kaum ...

Dennoch blieb Pawel Karimenko unerschütterlich höflich, als Nikita ihm während der Durchsicht der im übrigen äußerst korrekt geführten Geschäftsbücher und dem anschließenden Rundgang tausend Fragen stellte, die einerseits verrieten, dass er keine Ahnung vom Edelstein- und Pelzhandel besaß, andererseits mit beleidigendem Misstrauen nach Unregelmäßigkeiten suchten.

Am Ende meinte er gönnerhaft: „Auf den ersten Blick scheint ja alles in Ordnung zu sein. Aber sagen Sie den übrigen Angestellten, dass ich ihnen scharf auf die Finger sehen werde. Wer auch nur den Versuch unternimmt, mich zu betrügen, der fliegt! Haben wir uns verstanden?"

„Gewiss, Herr Waljurew", entgegnete Karimenko. „Aber ich denke, dass Sie keinen Grund zur Klage haben werden. Die Angestellten sind alle sehr lange bei uns und sind absolut vertrauenswürdig."

Waljurew lachte meckernd. „Kein Mensch ist absolut vertrauenswürdig, es sei denn, er hat Angst vor einer rigorosen Bestrafung." Eine Bemerkung, auf die Karimenko es vorzog, keine Antwort zu geben.

Aber später sagte er zu den Angestellten: „Ich fürchte, der verstorbene Herr Waljurew hat sich wenig Gedanken um seinen Nachfolger gemacht. Vermutlich hat er ihn kaum gekannt. Er ist eine Rattenpest, dieser neue Waljurew ..." Und das war für den zurückhaltenden, verbindlichen Pawel Karimenko eine erstaunliche Äußerung.

Nikita Stepanowitsch hatte sich indessen in das Wohnhaus seines Onkels begeben. Auf seinen Befehl waren die Hausangestellten in die Eingangshalle gerufen worden; die Köchin Sonja Arkadjewna, die beiden Hausmägde Walja und Jelena, die zwei Kutscher, die Stallknechte, die Diener mit dem alten Wassja Rodjonowitsch, die drei Gärtner – und Kira Nikolajewna. Sie standen in zwei Reihen im Halbkreis, und Nikita schritt sie ab wie ein Kommandeur seine Soldaten.

„Wer ist die Haushälterin?“, bellte er, und die Angesprochenen blickten einander ratlos an. Schließlich trat Kira einen Schritt nach vorn.

„Es gibt keine Haushälterin, Euer Gnaden. Sonja Arkadjewna ist für die Küche zuständig, und ich habe dafür gesorgt, dass alle anderen Arbeiten getan wurden. Das hat wenig Mühe gemacht, denn jeder wusste, was nötig war, und hat es meist von selbst erledigt.“

Nikita betrachtete sie von oben bis unten, und was er sah, ließ ein Funkeln in seine Augen treten. „Und wie heißt du?“

„Kira Nikolajewna, Euer Gnaden.“ Sie knickste. „Ich lebe seit meiner Geburt hier. Meine Eltern sind tot, und Herr Waljurew hat sich meiner angenommen. Er war immer sehr gut zu mir ...“

Seine Geliebte wird sie gewesen sein, jedenfalls in den letzten Jahren, dachte Nikita und fuhr sich mit der Zunge über die Lippen. Was für ein hübsches zusätzliches Erbstück! „Aha“, wiederholte er ölig, „er hat sich deiner angenommen. Warum, mein Täubchen?“

„Weil er ein guter Mensch war“, antwortete Kira arglos. „Das kann jeder hier im Haus bestätigen. Zwei Tage vor seinem Tod hat er mir noch erzählt, dass er seinen Diener Wassja und mich freigelassen hat ...“

„Ach, ihr seid Leibeigene!“ Nikita Waljurew grinste breit.

„Nicht mehr, Euer Gnaden ... Herr Waljurew sagte, dass sich die entsprechenden Unterlagen in seinem Comptoir hier im Haus befänden. Es ist der Raum neben der Treppe.“

„Herzeigen!“, verlangte Nikita, und Kira senkte den Blick.

„Ich habe noch nicht danach gesucht, Euer Gnaden. Ihrem Onkel ging es bereits sehr schlecht, aber ich hoffte noch immer, er würde sich wieder erholen und mir und Wassja die Freibriefe und die Anweisungen auf sein Bankhaus selbst aushändigen können. Und nach seinem Tod ...“ Sie schluckte, und in ihren braungoldenen Augen mit den langen Wimpern glänzten Tränen. „Ich habe es einfach nicht fertig gebracht, in seinen Sachen zu stöbern. Ich dachte, das hätte Zeit, bis Sie eingetroffen sind."

„Aha, aha!", sagte Nikita Stepanowitsch wieder und wippte mit den Fußspitzen. „Weißt du was, du kleine Schlampe? Das hast du dir sehr geschickt aus deinen feinen weißen Fingerchen gesogen. Hast wohl gedacht, du könntest dir deine Freiheit erschwindeln? Und für diesen Wassja gleich mit? Wer ist das überhaupt?"

Der alte Diener hob zaghaft den Arm. „Ich, Euer Gnaden. Aber Kira lügt nicht. Wenn sie sagt, dass Herr Waljurew uns freigelassen hat, dann ist es die Wahrheit."

„Halt's Maul", fuhr Waljurew ihn grob an. Dann blickte er in die Runde. „Gibt's hier noch mehr Leibeigene?"

Sonja Arkadjewna, die Köchin, schüttelte den Kopf. „Nein, Herr. Wir sind freie Bedienstete, die Herr Waljurew immer anständig entlohnt hat. Er war stets zufrieden mit uns."

„Ob ich das sein werde, wird sich noch zeigen! Und jetzt geht wieder an eure Arbeit." Er wandte sich der Köchin zu. „Du kannst mir einen Imbiss und etwas zu trinken herrichten. Aber gib dir Mühe. Ich bin hungrig nach der langen Reise."

„Gewiss, Euer Gnaden", sagte Sonja eingeschüchtert und öffnete eine der Türen, die von der Halle abgingen. „Wenn Sie indessen im Speisezimmer Platz nehmen wollen ... Ich werde mich beeilen."

„Tu das", blaffte er und blickte Kira an. „Und du sorgst dafür, dass meine Sachen ausgepackt werden. Lass dir von dem alten Tölpel helfen." Damit war Wassja gemeint. „Und wehe, wenn nicht alles ordentlich eingeräumt ist."

„Wassja, Wassja", flüsterte Kira wenig später im Oberstock des großen Hauses, wo die Zimmer für Ilja Waljurews Neffen schon seit Tagen hergerichtet waren, „ich fürchte, ich habe einen großen Fehler gemacht. Ich hätte nach den Urkunden über unsere Freilassung suchen sollen, bevor dieser Mann herkam. Er wird mir nicht erlauben, es jetzt noch zu tun ..."

Der alte Diener wiegte bekümmert den Kopf. „Wahrscheinlich nicht. Aber vielleicht hast du Gelegenheit, dich einmal heimlich in das Comptoir zu schleichen, wenn er nicht da ist. Oder du wendest dich an den Notar des gnädigen Herrn. Bestimmt kann er bezeugen, dass wir freigelassen wurden. Soviel ich weiß, ist es immer Sache eines Notars, solche Freibriefe auszustellen."

Ein Hoffnungsschimmer erhellte ihr hübsches Gesicht. „Das ist wahr. Sobald ich einmal fort kann, werde ich zu Herrn Melkow gehen." Sie kam zu dem Alten und lehnte den Kopf gegen seine Schulter. „Ach Wassja, er gefällt mir nicht, dieser Nikita Waljurew. Er ist so rau, so grob. Und wie er mich angesehen hat ..."

„Geh ihm aus dem Weg, so gut du kannst, Töchterchen", riet der Diener. „Vielleicht hilft uns ja der Notar. Dann können wir immer noch von hier fortgehen, wenn es gar zu schlimm wird."

Kira schlief schlecht in dieser Nacht. Schließlich stand sie auf, öffnete die Fenstertür ihres hübschen Zimmers im zweiten Stock und trat auf den Balkon hinaus. Unter ihr lag der Innenhof mit seinem Springbrunnen. Aus dem Comptoir im Parterre fiel Lichtschein auf den Schnee.

Er ist also noch auf, dachte sie. Warum? Was tut er dort so spät in der Nacht? Es war nicht nur die Kälte, die sie zusammenschauern ließ. Nikita Waljurew hatte befohlen, dass sie ihm das Abendessen servierte, und seine unangenehmen Blicke hatten ihr Angst gemacht. Er hatte reichlich gegessen und noch mehr getrunken - erst Wein und dann Champagner, in den er sich Wodka geschüttet hatte.

„Komm her", hatte er plötzlich gesagt und sie, als sie gehorchte, auf seinen Schoß zu ziehen versucht. Als sie zurückwich, hatte er gelacht. „Du zierst dich noch? Von mir aus. Ich kriege dich doch eines Tages, mein scheues Vögelchen. Bilde dir nicht ein, dass du mir davonflattern kannst. Ein Nikita Waljurew lässt nicht zu, dass man ihm fortnimmt, was ihm gehört. Andererseits könnten wir uns, vorausgesetzt, du tust, was ich von dir erwarte, ein vergnügliches Leben machen. Nicht hier in Sibirien, sondern in St. Petersburg. Was hältst du davon, wenn ich hier alles verkaufe und dich mitnehme?“

„Nicht viel, Herr“, entgegnete sie zitternd. „Ich bin gern in Irkutsk und möchte gar nicht woanders leben.“

„Nun ja, vorläufig bleibe ich noch hier“, sagte Waljurew und streichelte ihre Brust. „Und ich werde mich, genau wie mein Onkel ‚deiner annehmen‘, wie du es so dezent ausgedrückt hast … Du hast ein paar Tage Zeit, dir zu überlegen, ob du freiwillig zu mir kommst oder ob ich dich zwingen muss. Das wäre dann weniger erfreulich für dich.“

Kiras Lippen zitterten. Ihr war klar, dass sie Nikita Waljurew ausgeliefert war, wenn sie nicht beweisen konnte, dass sein Onkel sie freigelassen hatte. Was war denn eine Leibeigene? Nicht mehr als ein Pferd oder ein Hund, über die ihr Besitzer nach Gutdünken verfügte.

Kira hatte den Fluch der Leibeigenschaft nie am eigenen Leib verspürt, solange sie in Ilja Waljurews Haushalt gelebt hatte. Umso grausamer wurde er ihr jetzt bewusst.

O Gott, dachte sie, ich habe mich achtzehn Jahre in einer trügerischen, falschen Sicherheit gewiegt. „Herr“, setzte sie an und wich wieder ein Stück zurück. „Sie irren sich. Ich bin keine Leibeigene mehr. Darum lasst mich in Frieden.“

Er lachte schallend. „Hör mit deinen Lügen auf! Es ist klüger, wenn du dich damit abfindest, dass du mir gehörst.“ Er schenkte sich wieder Champagner mit Wodka nach. „Und jetzt geh. Du langweilst mich mit deiner Leichenbittermiene. Aber zu gegebener Zeit werde ich mich an dich erinnern, du kleine Hure.“ Er wedelte mit den Händen, als wolle er ein lästiges Insekt verscheuchen. „Verschwinde, ich habe heute noch eine Menge zu tun.“

Kira war nicht erleichtert gewesen, als sie aus dem Zimmer floh. Sie hatte nur einen kleinen Aufschub gewonnen, eine Galgenfrist. Und während sie nun in der eisigen Luft auf den Lichtschein blickte, der aus dem Comptoir fiel, wäre sie am liebsten davongelaufen. Aber Nikita Waljurew hatte es ja gesagt: Er würde sie einfangen. Und er war gewiss kein Mann, der leere Drohungen aussprach.

Indessen war Nikita Stepanowitsch im Comptoir seines Onkels damit beschäftigt, den Inhalt des Schreibtischs sowie Schränke und Truhen zu durchsuchen. Er war ein wenig betrunken, aber es reichte nicht, um ins Bett zu fallen. Im Gegenteil - er war von hektischer Wachheit erfüllt.

Diese dumme Kira hatte ihm verraten, was er zu tun hatte: die Beweise für ihre und Wassjas Freilassung und die Bankanweisungen zu finden, die sein offenbar seniler Onkel hatte ausstellen lassen.

Er musste nicht lange suchen. Ilja Waljurew war ein ordentlicher, gewissenhafter Mensch gewesen. Er hatte beides - die Freibriefe und die Geldanweisungen - in einer Schublade deponiert, in der sich noch andere wichtige Papiere befanden: persönliche Aufzeichnungen über geplante Käufe und Verkäufe, Notizen über Bankgeschäfte und verschiedene Transaktionen - alles Dinge, die Ilja noch vorgehabt aber nicht mehr ausgeführt hatte.

Nikita Stepanowitsch las alles durch, stopfte die geschäftlichen Unterlagen in die Schublade zurück - damit konnte man sich später genauer befassen - und warf die Bankanweisungen und Urkunden über Wassjas und Kiras Freilassung in den Ofen. Er grinste bösartig, als die Papiere hell aufflammten und dann zu einem Häuflein grauweißer Asche zusammenfielen.

Am nächsten Mittag, Waljurew hatte nach seiner nächtlichen Betriebsamkeit noch einiges getrunken und bis in die Vormittagsstunden geschlafen, erschien er in Dawid Melkows Kanzlei. Der Notar empfing ihn sofort, schließlich war Nikita Waljurew durch seine Erbschaft zu einem bedeutenden Mann geworden, und fragte beflissen, was ihm die Ehre dieses Besuches verschaffe.

Waljurew redete nicht lange um den heißen Brei herum. „Es gibt zwei Leibeigene im Haushalt meines Onkels, die behaupten, von ihm freigelassen worden zu sein. Was wissen Sie darüber?"

Dawid Dawidowitsch Melkow druckste herum. „Je nun ..."

„Sie wissen gar nichts", fiel Waljurew ihm grob ins Wort. „Sie haben nie von der Sache gehört, ebenso wenig von den Geldanweisungen, die mein Onkel den beiden angeblich zugedacht hatte. Das sind alles Hirngespinste dieser Kira und des alten Dieners. Ist es nicht so, mein lieber Dawid Dawidowitsch?"

„Es ist wohl wahr, Herr Waljurew: Manche Leute verfügen über eine gottgesegnete Fantasie, aber ..." Der Notar verstummte, weil Nikita ihn wieder unterbrach.

„Aber das nur nebenbei ... Der Hauptgrund meines Besuches ist, dass ich Sie mit der Abwicklung meiner Geschäfte beauftragen will. Ich habe vor, hier alles zu verkaufen und dann in St. Petersburg zu leben. Sie sollen das für mich erledigen und – sagen wir – fünf Prozent der Verkaufssumme erhalten. Es liegt also an Ihrem Geschick, wie viel diese Prozente für Sie ausmachen. Schlagen Sie einen günstigen Preis heraus; ich werde mich nicht knauserig zeigen.

Dawid Dawidowitsch Melkow war kein Winkeladvokat und hatte auch noch nie krumme Geschäfte gemacht. Aber er wusste ziemlich genau, wie groß Nikita Waljurews Erbschaft war. Wenn man das alles in Rubel umrechnete ..., schwindlig konnte einem dabei werden. Er selbst war kein reicher Mann und verdiente gerade so viel, das er seinen Kanzlisten bezahlen und einigermaßen leben konnte. Aber natürlich hatte er Träume: von einer großen Kanzlei in einer teuren Gegend, die jedem von vornherein signalisierte, dass hier ein erfolgreicher Mensch residierte, dem man ohne Bedenken die kniffligsten Fälle übertragen konnte.

„Ihr Vertrauen ehrt mich, verehrter Nikita Stepanowitsch", sagte der Notar und hatte plötzlich rote Flecken auf den Wangen. Nervös strich er sich über seinen Schnauzbart. „Natürlich werde ich mich bemühen, alles zu Ihrer Zufriedenheit ..."

„Und so weiter und so weiter“, fiel Nikita ihm wieder ins Wort. „Es täte mir sehr leid, wenn ich jemand anderen in dieser Angelegenheit bemühen müsste. Wir verstehen uns?“

Dawid Melkow legte die Fingerkuppen aneinander und dachte nach. „Sagen wir: acht Prozent ...“

„Sieben – und das ist mein letztes Wort!“ Der Notar nickte, und Waljurew zog ein bekümmertes Gesicht. „Ich will die beiden Leibeigenen ja nicht direkt der Lüge bezichtigen, aber sie haben keine Beweise für ihre Freilassung. Es wäre ebenso möglich, dass mein Onkel in seinen letzten Tagen unter geistiger Verwirrtheit litt und Dinge behauptete, die gar nicht stattgefunden haben. So etwas gibt es leider.“

„Leider“, bestätigte Melkow. „Man weiß ja, dass so ein Schlaganfall große Zerstörungen im Gehirn anrichten kann. Sehr tragisch, so etwas. Allerdings erfreute sich Ihr Onkel, als er vor drei Jahren sein Testament von mir aufsetzen ließ, einer hervorragenden geistigen Gesundheit. Das kann ich bezeugen ...“

Man trennte sich in freundschaftlicher Übereinstimmung, und Melkow überließ seine Kanzlei für ein paar Stunden seinem Angestellten Timur Doroschkow. Er verzichtete darauf, sich eine Schlittendroschke zu nehmen, sondern ging zu Fuß in die Innenstadt mit ihren prächtigen Steinhäusern, eleganten Restaurants und Geschäften.

An der Bolschaja Uliza stand ein Haus, das demnächst verkauft werden sollte – mit prächtiger Stuckfassade und vielen Fenstern aus Marienglas, das Dawid Dawidowitsch schon lange ins Auge stach. Er betrachtete es ausgiebig. Im oberen Stock konnte man die Wohnung einrichten, im Parterre die Kanzlei. Bislang waren das nur Wunschbilder gewesen, doch auf einmal nahmen sie Gestalt an. In Gedanken sah er schon das große, blank polierte Messingschild neben dem Portal mit den reichen Schnitzereien: *Dawid D. Melkow, Anwalt und Notar.* Dafür lohnte es sich schon, gewisse Erinnerungslücken zu haben.

Zornig warf Oberst Michail Pawlowitsch von Petrow – die Familie war von Zar Alexander I. in den Adelsstand erhoben worden – seine Serviette auf den Tisch. „Was hat man dir in Petersburg eigentlich beigebracht, Jurij! Geologie und Bergbaukunde – oder aufrührerische Ideen? Wie kannst du dich erdreisten, die Politik unseres allergnädigsten Zaren zu kritisieren!"

Sein grau melierter Backenbart zitterte vor Empörung.

Jurij Michailowitsch lächelte seinen Vater um Entschuldigung bittend an. „Ich kritisiere nicht, Papa, ich spreche nur aus, was alles in Russland im Argen liegt. Und das muss eigentlich jedem klar werden, wenn er sich umsieht. Zar Alexander II. war bei seiner Thronbesteigung eine große Hoffnung für unser Land. Aber das waren seit Peter dem Großen auch andere Zaren zu Beginn ihrer Regierung."

Er zählte auf: „Elisabeth Petrowna, die große Katharina, Alexander I. – und nun eben Alexander II. Alle haben von Reformen gesprochen, von einer Verbesserung der Lebensbedingungen der Leibeigenen und Fabrikbauern, sie haben mit dem Gedanken an eine konstitutionelle Verfassung geliebäugelt – und kaum etwas davon zu Ende gebracht. Stattdessen haben sie Kriege geführt, sich bereichert, sich ein unvorstellbares Luxusleben in immer neuen, immer prächtigeren Palästen gegönnt, und alles, was sie für das Volk tun wollten, vergessen oder zumindest verdrängt. Sie alle waren und sind Autokraten reinsten Wassers, und die einzigen Privilegien, die sie anderen einräumen, sind die Vorrechte des Adels und der Geistlichkeit. Seit Peter dem Großem hat es keiner mehr gewagt, sich mit ihnen anzulegen."

„Schweig!", donnerte Oberst von Petrow. „Es ist ungeheuerlich! Muss ich mir in meinem eigenen Hause solche Reden anhören?" Er sprang auf und stützte sich mit beiden Händen auf den Tisch. „Ich sage dir eins, mein Sohn: Ich bin stolz und glücklich, meinem hochverehrten Zaren dienen zu dürfen. Als junger Offizier habe ich den Treueid auf ihn abgelegt, der ein Leben lang gilt ... Darum hüte deine Zunge! Ich erlaube niemandem, ein böses Wort gegen ihn zu sagen. Haben wir uns verstanden?"

„Ja, Papa", sagte Jurij. Trotz funkelte in seinen dunklen Augen aber er schwieg. Er war ein sehr gut aussehender junger Mann, schlank und geschmeidig, mit einem kühn geschnittenen Gesicht unter schwarzen Haaren.

Michail von Petrow warf einen Blick auf die Uhr auf dem Kaminsims, die gerade zu zwei silberhellen Schlägen ansetzte.

„Ich muss gehen. Für halb drei habe ich eine Besprechung mit den Regimentskommandeuren der Garnison angesetzt."

„Aber du hast doch kaum etwas gegessen", warf seine Frau ein.

„Egal!" Der Oberst knöpfte seinen Uniformrock zu. „Mir ist ohnehin der Appetit vergangen. Adieu, meine Liebe."

Ein kurzes Nicken noch in Jurijs Richtung, dann verließ von Petrow das Speisezimmer, das von der Mittagssonne durchflutet war.

„Puh ..." Jurij von Petrow stieß zischend den Atem aus, als er das schwere Portal hinter seinem Vater zufallen hörte. „Ich hatte fast vergessen, wie dominant Papa sein kann. Tut mir leid, Mama, ich wollte wirklich keinen Streit heraufbeschwören."

Anna Sergejewna nickte bekümmert. „Vermeide einfach in Zukunft solche Gespräche. Dein Vater fährt jedesmal aus der Haut, wenn er auch nur die geringste abfällige Bemerkung über den Zaren hört. Und was wir hier gelegentlich von anarchistischen Zirkeln, Verschwörungen und Attentaten in St. Petersburg erfahren, regt ihn dermaßen auf, dass ich manchmal um seine Gesundheit fürchte." Sie beugte sich zu ihrem Sohn. Ihre ausdrucksstarken graublauen Augen waren voller Sorge. „Jurij, du hast dich doch nicht etwa auf der Universität solchen Leuten angeschlossen?"

Er schüttelte den Kopf. „Nein, Mama. Ich halte nichts von einem gewaltsamen Umsturz. Bombenattentate sind keine Argumente in meinen Augen. Doch das heißt nicht, dass ich blind für die Missstände in Russland bin. Überall in Europa haben liberale Ideen Einzug gehalten, aber in Russland herrscht immer noch der alte moskowitische Geist. Wir hinken zweihundert Jahre hinterher. Und hast du einmal die Zwangsarbeiter und Sträflinge in den Bergwerken gesehen, Mama? Sie tragen schwere Ketten um die Fußgelenke, die ihnen niemals, auch in der Nacht nicht, abgenommen werden. Fünfzig Männer schlafen zusammengepfercht in Räumen, die kaum für zwanzig reichen. Sie sind unterernährt, schwindsüchtig und voller Ungeziefer. Die Aufseher prügeln gnadenlos auf die Schwachen und Kranken ein, und für das geringste Vergehen werden sie ausgepeitscht ... Ach, es ist barbarisch, sage ich dir, und ich schäme mich dafür! In Petersburg und Moskau aber sind die Adelspaläste bis in die Morgenstunden hell erleuchtet, man tanzt, trinkt und amüsiert sich und wirft das Geld mit vollen Händen zum Fenster hinaus. Man kann Leibeigene gegen eine Hundemeute eintauschen und jeden Bauern aus eigener Machtvollkommenheit totschlagen, wenn er durch Flucht sein elendes Dasein zu ändern versucht hat. Dem Zaren aber redet man ein, es sei alles in bester Ordnung und sein Volk liebe ihn – bis auf einige wenige subversive Elemente, die ständig versuchten, Aufruhr zu stiften und gegen die man mit aller Härte vorgehen müsste."

Er lachte bitter. „Es stehen ja auch immer ein paar Hundert an den Straßen, die auf die Knie fallen und ihm zujubeln, wenn er sich zeigt."

Die Petrowa legte ihm die Hand auf den Arm. „Bitte, Jurjenka, nicht so laut. Wenn die Dienstboten dich hören ..."

„Also gibt es auch hier Polizeispitzel?", fragte er aufgebracht, und sie hob die Schultern.

„Ich glaube nicht. Trotzdem ist es besser, vorsichtig zu

sein. Es genügt ja schon, wenn jemand es deinem Vater zuträgt ..."

„Er ist ein Narr", sagte Jurij hitzig. „Blind und verbohrt. Der ehrenwerte, zarentreue Garnisonskommandeur von Petrow, der kein Brett vor dem Kopf hat, sondern einen Zarenadler."

„So darfst du nicht von deinem Vater reden, Jurij", protestierte Anna Sergejewna. „Er ist ein guter, ehrenhafter Mensch, er liebt dich und würde alles für dich tun."

„Ich weiß", sagte er düster. „Trotzdem frage ich mich manchmal: Wenn er den kaiserlichen Befehl erhielte, mich zu erschießen, weil ich mich irgendeines Vergehens gegen die Krone schuldig gemacht hätte – würde er es tun oder nicht?"

Er dachte ein paar Sekunden nach. „Wahrscheinlich würde er es tun – aber es würde ihm das Herz brechen."

„Jurij", sagte Anna Sergejewna entsetzt, „wohin verirrst du dich? Bist du am Ende doch ... ein Anarchist?" Sie sprach das Wort aus, als beschwöre sie den Teufel.

„Nein, Mama", versicherte er. „Aber keinem revolutionären Zirkel anzugehören, heißt doch nicht, dass man nicht eine Veränderung der Verhältnisse herbeiwünscht. Der Kaiser ist von falschen Ratgebern umgeben. Da ist Adlerberg, Minister des kaiserlichen Hauses, der mit dem *Zaren* zusammen erzogen wurde – rückständig bis auf die Knochen und ebenso korrupt und bestechlich. Aber Seine Majestät vertraut ihm blind. Da sind Kanzler Gortschakow und Dimitri Tolstoj. Der Erstere war einmal ein hervorragender Staatsmann, aber indessen ist er alt und senil. Und Tolstoj, der Oberprokurator des Heiligen Synod ... ein fanatischer Frömmler, der die Kirche als Machtinstrument benutzt, um das Volk in Unwissenheit und kritikloser Ehrfurcht niederzuhalten. Ach, und nicht zu vergessen Innenminister Timaschew, der Presse- und Meinungsfreiheit als ein Krebsgeschwür am russischen Staat ansieht und auf Biegen und Brechen an der zaristischen Autokratie festhält. Aber das geht heute nicht mehr – nicht im 19. Jahrhundert! Die Menschen haben zu denken gelernt, trotz Timaschews Zensur und verbotener Schriften, und das wird auf die Dauer niemand mehr eindämmen können. Auch nicht mit Kosakensäbeln, die zu einer Mordwaffe des Zaren verkommen sind."

„Ist es denn wirklich so schlimm in Russland?", fragte Anna Sergejewna bedrückt, und Jurij nickte.

„Nicht für uns, die wir zu den Bevorzugten gehören, wenn wir die Augen zukneifen und nicht sehen wollen, was um uns herum geschieht. Ich aber sehe die Armut, die Ungerechtigkeit, die Korruption, die religiöse Heuchelei und die gottverfluchte, gedankenlose Verschwendung. Und ich spüre die Gefahr, die von der Wut der Betroffenen ausgeht und mit jedem Tag wächst."

„Aber was willst du dagegen tun?", fragte Anna Sergejewna, immer noch geängstigt von dem Gedanken, ihr Sohn könne sich einer umstürzlerischen Vereinigung anschließen.

„Im Moment noch nicht viel", entgegnete er. „Aber ich schwöre dir, Mama, wenn ich mein Studium beendet und eine Anstellung als Bergbauingenieur habe, werde ich mich darum kümmern, dass es den mir unterstellten Arbeitern besser geht. Und wenn das viele tun, jeder an seinem Platz, kann man eine Veränderung der Verhältnisse bewirken."

Anna Sergejewna verstand nicht viel von Politik. Aber sie war eine Mutter, die ihren Sohn liebte. Deshalb begriff sie mit ihrem mütterlichen Herzen, wie ernst er es meinte und wie unglücklich er über das war, was er ihr erzählt hatte.

Trotzdem – möglicherweise sah er viel zu schwarz, beeinflusst von Leuten, die ihr Mann als Vaterlandsverräter und Verbrecher bezeichnete. Besonders unter den Studenten sollte es ja viele geben, die nach einem Umsturz schrien.

„Vielleicht war es nicht gut, dass wir dich zum Studium nach St. Petersburg geschickt haben", meinte sie aus ihren Gedanken heraus. „Man hat dich dort, ob du es wolltest oder nicht, beeinflusst ..."

„Unsinn!“, entgegnete er heftig. „Ich habe mir meine eigene Meinung gebildet!“

„Aber es war doch früher nicht so schlimm, in Russland zu leben“, wandte sie zaghaft ein, doch er winkte zornig ab.

„Erzähle mir nichts von der guten alten Zeit, Mama, denn die hat es in Wirklichkeit nie gegeben. Das russische Volk ist unsagbar langmütig und geduldig. Es rebelliert erst, wenn seine Situation ganz und gar unerträglich geworden ist, dann aber umso grausamer. Denk nur an die Strelitzenaufstände, an Stenka Rasin, dessen Kosaken sich Abertausende von Bauern anschlossen, an die Pugatschewtschina unter Katharina II. oder die Dekabristen-Revolte bei der Thronübernahme von Zar Nikolaus I.“

„Aber was haben sie gebracht, all diese Rebellionen?“, rief Anna Sergejewna. „Niedergebrannte Dörfer und Städte, Berge von Toten – und am Ende hat doch der Zar gesiegt.“

„Bisher – ja ... Aber das muss nicht immer so sein. Und vor allem hat selbst die blutigste Niederwerfung die Hoffnung auf ein wenig mehr Freiheit, ein wenig mehr Sattwerden in den Herzen und Hirnen nicht zu töten vermocht. Die Erschlagenen, Hingerichteten, Verbannten haben sie an ihre Kinder weitervererbt und diese an ihre Kinder ... Es ist ein unsterblicher russischer Traum, Mama ...“

Er stand auf und gab seiner Mutter einen Kuss auf die Wange. „Sieh mich nicht an, als wolltest du im nächsten Moment in Tränen ausbrechen. Ich bin kein Verschwörer, der in dunklen Hinterzimmern Attentate plant und Bomben bastelt. Aber bitte, gestehe deinem Söhnchen zu, dass es ein erwachsener Mensch mit einem eigenen Verstand und eigenem Herzen ist – und sich deshalb auch eigene Gedanken macht ...“

Sie nahm seine Hände und sah mit einem flehenden Blick zu ihm auf. „Versprich mir nur eines, Jurjenka: Sag solche Dinge niemals zu deinem Vater ...“

„Ich will's versuchen“, antwortete er. „Aber du musst darum beten, dass er mich nicht dazu reizt ...“

„Bitte!“, beharrte sie. „Wahrscheinlich hast du Recht mit allem, was du mir erzählt hast, aber dein Vater würde es nicht verstehen. Und ich will doch Frieden in der Familie.“

„Also gut“, gab er nach. „Kein Wort zu dem alten verknöcherten Petrow, versprochen!“

Eine halbe Stunde später verließ Jurij das Haus. Er hatte die Schlittentroika anspannen lassen und kutschierte sie selbst.

Einen Moment lang überlegte er, ob er seinen Freund Stepan Tarnow besuchen sollte, aber dann beschloss er, dies erst am Abend zu tun. Der Tag war zu schön, um ihn in geschlossenen Räumen zu verbringen. Zwar herrschte immer noch Frost, aber die Sonne hatte schon eine erstaunliche Kraft. Auf der Angara hatte bereits der Eisgang eingesetzt. Nicht lange, und es würde endlich auch in Sibirien Frühling werden.

Jurij von Petrow lenkte das Schlittengespann über eine Flussbrücke und ließ die Pferdchen dann in flottem Galopp die erhöhte Uferstraße entlangtraben. Er überholte einige andere Schlitten, winkte ihren Lenkern fröhlich zu und ließ sich sogar für eine Weile auf ein Wettrennen mit einer anderen Troika ein. Mal lag Jurijs Gefährt vorn, mal das andere, vor das drei prachtvolle Füchse gespannt waren. Irgendwann ließ Jurij seinen Kontrahenten gewinnen und rief ihm lachend hinterher: „Mach's gut, Brüderchen! Hast ein paar tolle Pferdchen. Sie laufen wie die Teufel!“

Er ließ seine eigenen in einen gemächlicheren Trab fallen, wendete die Troika an einer geeigneten Stelle und kehrte zur Stadt zurück.

Als er in die Bolschaja Uliza einbog, sah er sie. Und obwohl sie den Kopf gesenkt hielt, erkannte er sie sofort.

„Kira!“, rief er und lenkte den Schlitten an den Straßenrand. „Kira Nikolajewna ...“

Sie blieb stehen und legte die Hand über die Augen, weil die Sonne sie blendete. „Jurij ...?“, fragte sie zögernd, und er lachte.

„Wann haben wir uns das letzte Mal gesehen? Im Sommer vor drei Jahren, nicht wahr? Aber trotzdem habe ich dich sofort erkannt." Er schwang sich vom Schlitten. „Wo willst du hin? Komm, steig ein, ich fahre dich ..."

Sie zögerte. „Ich weiß nicht ... Es wäre nicht gut, wenn man uns zusammen sieht ..."

„Für wen wäre es nicht gut?", fragte er sofort, und sie hob die Schultern.

„Herr Waljurew könnte ärgerlich werden."

„Ilja Bogdanowitsch? Ausgeschlossen! Ich würde ihm gern einen Besuch machen, wenn ich dich heimbringe ..."

Ihr Gesicht verschattete sich. „Ilja Waljurew ist Ende Januar gestorben. Ich spreche von seinem Neffen Nikita, der ihn beerbt hat."

„Ach ...", sagte Jurij betroffen. „Das wusste ich nicht. Es tut mir leid. War es sehr schlimm für dich?"

„Ja", murmelte sie und kroch noch ein bisschen mehr in sich zusammen. „Sie wissen ja, wie gut Ilja Bogdanowitsch zu mir war. Sein Neffe ist ganz anders ..."

„Komm, steig ein", forderte er sie wieder auf. „Fahren wir in eine Teestube, und dort erzählst du mir alles. Und sag um Himmels willen nicht Sie zu mir. Ich duze dich schließlich auch, genau wie früher."

Ilja Waljurew und die Petrows hatten zwei Datschas etwa zehn Werst hinter Irkutsk am Ufer der Angara besessen. In den Sommermonaten hatte man einen gutnachbarlichen Kontakt gepflegt, und Jurij und Kira hatten schon als Kinder miteinander gespielt.

Später hatte er das zierliche, bildhübsche Mädchen etwas angehimmelt und ihr, als er im Sommer vor drei Jahren nach Petersburg abreiste, beim Abschied einen ersten scheuen Kuss gegeben.

Sie war damals über und über rot geworden und davongelaufen. Jetzt führte Jurij sie zum Schlitten und half ihr hinein. Sie lächelte dankbar, als er sorgsam die Felldecken um sie herum feststopfte. „Aber lange kann ich nicht bleiben ...

Ich bin vorhin aus dem Haus gegangen, ohne Herrn Waljurew um Erlaubnis zu fragen. Wenn er nach mir ruft, und ich bin nicht da, wird er wütend sein."

Dennoch machte es sie froh, Jurij von Petrow getroffen zu haben. Es wog sogar die mögliche Schelte von Nikita Waljurew auf. Kira hatte Jurijs Abschiedskuss nie vergessen, und manchmal hatte sie sich Vorwürfe gemacht, dass sie danach davongelaufen war. Vielleicht hätte er sie sonst weiter geküsst und ihr gestanden, dass er sie zum Verlieben schön fand ...

Insgeheim wünschte Kira sich das auch heute noch.

In der Teestube, in die er sie führte, saßen sie allein in einer Nische, und der Jurij von heute erschien Kira noch aufregender und liebenswerter als der schüchterne Junge von früher. Er war männlicher geworden, mit breiten Schultern und ausgeprägteren Gesichtszügen, aber er war gleichzeitig immer noch der Jurij, mit dem sie als Kind gespielt und der sie als Erster und Einziger geküsst hatte.

„Erzähle", forderte er Kira auf, als die dampfenden Teegläser und das Gebäck, das er dazu bestellt hatte, vor ihnen standen. „Was ist mit diesem Nikita Waljurew? Du hast Angst vor ihm, nicht wahr?"

„Ja", gestand sie. Und dann berichtete sie Jurij die ganzen Schwierigkeiten, in denen sie sich befand. „Heute bin ich deshalb zu Ilja Waljurews Anwalt gegangen", schloss sie. „Ich hoffte, dass er über unsere Freilassung Bescheid weiß und uns zu unserem Recht verhelfen kann. Aber dieser Melkow bestreitet das. Nie habe Ilja Waljurew etwas Derartiges in die Wege geleitet. Melkow hat mir sogar gedroht, ich solle mich nicht erdreisten, solche Lügen zu verbreiten, sonst müsste er im Namen von Nikita Waljurew mit aller Strenge des Gesetzes gegen mich vorgehen."

Ihre schönen goldbraunen Augen wurden feucht. „Ich weiß nicht mehr, was ich noch tun kann. Wassja und ich sind Nikita Waljurew ausgeliefert. Ach Jurij, ich wünschte, ich wäre mit Ilja Waljurew gestorben!"

Fast schmerzhaft drückte er ihre Hand, die auf dem Tisch lag. „Das darfst du nicht einmal denken, Herzchen!"

„Und warum nicht?", fragte sie bitter. „Was ist das denn für ein Leben, das mich erwartet? Das Leben eines Hundes, der kuscht, wenn sein Herr es befiehlt." Sie hatte die Tränen zurückhalten wollen, aber nun weinte sie doch. „O Jurij, Jurij, wie kann ich es nur verhindern, dass Waljurew mich in sein Bett zerrt."

Jurij blickte sie an. Dieses süße, verletzliche Gesicht mit dem zarten Oval der Wangen, die goldbraunen Rehaugen – durfte ein lüsterner Hurenbock diese von Gott erschaffene Schönheit zerstören?

„Meinst du, man kann dich ihm abkaufen?", fragte Jurij gepresst, doch sie schüttelte den Kopf.

„Vielleicht irgendwann, wenn er genug von mir hat. Im Augenblick jedoch wird er mich nicht hergeben."

Jurij biss die Zähne zusammen. „Ich werde es trotzdem versuchen, gleich jetzt, wenn ich dich nach Hause bringe. Vielleicht ist seine Geldgier größer als sein Gefallen an dir ..."

Aber Nikita Waljurew empfing Jurij gar nicht, denn er war eine Stunde zuvor die hohe, lange Treppe hinuntergestürzt, die in den Oberstock des Hauses am Alexander-Prospekt führte. Betrunken war er gewesen, das feine Herrchen, und obwohl man ja niemandem etwas Schlechtes wünschen soll, so war's, bei Licht betrachtet, geradezu ein Jammer, dass er sich nicht das Genick gebrochen hatte. Trotz aller gepredigten Nächstenliebe – manche Menschen sind es einfach nicht wert, Gottes Sonne zu genießen.

Doch Nikita Waljurew hatte sich nur einige Beulen und Prellungen geholt und das Kreuz verrenkt – das allerdings so übel, dass er nicht aufstehen, geschweige denn laufen konnte, sodass man ihn in sein Bett hatte tragen müssen.

Die von Nikita neu eingestellte Haushälterin, eine lange, dürre Person mit jettschwarzen Mausäuglein namens Pelageja Petschoka, hatte nach einem Arzt geschickt, und Doktor

Klutschew hatte dem jammernden Patienten strengste Bettruhe verordnet, dazu Einreibungen mit einer scheußlich stinkenden und noch scheußlicher brennenden Salbe.

„Herr Waljurew ist schwer verletzt", erklärte Pelageja Petschoka, „und außerstande, das Bett zu verlassen." Ihre flinken Augen wanderten neugierig zwischen Jurij und Kira hin und her. „Fragen Sie in zwei Wochen noch einmal nach, Euer Gnaden." Dann wandte sie sich in strengem Ton an Kira. „Der Herr hat mehrmals nach dir gerufen. Wieso warst du nicht da?"

„Ich habe Kira Nikolajewna in der Stadt getroffen", antwortete Jurij an Stelle des jungen Mädchens. „Sie hatte etwas zu besorgen. Das ist wohl nicht verboten ..."

Die Haushälterin presste die dünnen Lippen zusammen. „Nein, aber es macht einen schlechten Eindruck, dass sie mit einem fremden Herrn zurückkehrt."

Jurij lachte. „Oh, ich bin kein Fremder für sie. Mein Name ist übrigens Jurij von Petrow. Kira und ich kennen uns seit unserer Kinderzeit."

„Aha", machte die Petschoka. „Wie gesagt, Herr Waljurew empfängt nicht. Kommen Sie ein anderes Mal wieder."

„Das werde ich tun", entgegnete Jurij, unbeeindruckt von ihrer säuerlichen Miene, und griff nach Kiras Hand. „Komm noch für einen Augenblick nach draußen. Ich will etwas mit dir besprechen ..."

„Sie bleibt hier!", zeterte Pelageja. „Der gnädige Herr will sie sehen ..."

„In fünf Minuten", erklärte Jurij gelassen.

Draußen vor dem Portal zog er Kira in eine Mauernische zwischen zwei Säulen, die das Vordach trugen. „Ich muss dich wiedersehen, Kira ... bitte! Sieh zu, dass du heute Abend das Haus verlassen kannst. Ich warte bei der Blagowestschenskij-Kirche auf dich. Um acht Uhr, ja?"

Sie nickte. „Ich will versuchen, zu kommen."

Für einen flüchtigen Moment umarmte er sie und drückte sie an sich. Dann küsste er sie rasch auf beide Wangen.

„Denk immer daran, dass ich für dich da bin. Ich werde schon einen Weg finden, dich von diesem ekelhaften Menschen zu befreien."

Kira schaffte es tatsächlich, gerade als die Glocken der nahe gelegenen Blagowestschenskij-Kirche die achte Abendstunde einläuteten, ungesehen aus dem Haus zu kommen. Jurij war schon da, als sie über den Kirchenvorplatz lief, und fing sie in seinen Armen auf. Dann hob er ihr Kinn an und küsste sie auf den Mund.

„Das hab ich mir schon den ganzen Tag über gewünscht", erklärte er lächelnd, und weil sie sich nicht wehrte, küsste er sie gleich noch einmal. „Ach, Kira, warum bin ich nicht ein paar Monate früher heimgekommen! Dann hätte Ilja Waljurew noch gelebt, und er hätte sich sicherlich darüber gefreut, dass wir uns wieder gesehen haben ... Übrigens habe ich meiner Mutter von dir erzählt. Sie lässt dich grüßen."

„Danke", murmelte Kira. Ihr war ganz schwach und schwindelig von seinen Küssen. „Geht es ihr gut, deiner Mutter?"

„Ja, besonders jetzt, wo ich für längere Zeit zu Hause sein werde. Ich kehre erst im Herbst wieder nach St. Petersburg zurück. Das feuchte Klima in der Hauptstadt hat mir eine hartnäckige Infektion der Bronchien beschert, die ich hier besser auskurieren kann."

Sie blickte erschrocken zu ihm hoch. „Du bist krank?"

„Es geht mir schon viel besser, und ich muss nur noch ganz selten husten. Trotzdem bleibe ich den ganzen Sommer über hier, weil die heiße Jahreszeit in Petersburg ziemlich ungesund ist."

Er hakte sie unter, und nebeneinander schlenderten sie die Straße entlang. „Ich würde dich gern ausführen, Kira", sagte er. „Was hältst du davon, wenn wir zuerst essen gehen und dann ..."

„Nein, o nein", fiel sie ihm ins Wort. „Ich darf nicht so lange fortbleiben. Wenn die Petschoka merkt, dass ich nicht da bin, meldet sie es sofort Herrn Waljurew. Dann darf ich vielleicht gar nicht mehr aus dem Haus. Er verlangt, dass ich ihn pflege."

„Aber du bist doch keine Gefangene!", protestierte er empört, und sie lächelte traurig.

„In seinen Augen schon."

Er blieb stehen und legte ihr die Hände auf die Schultern. „Ach Kira, ich will dir doch noch so viel sagen! Und wir müssen beratschlagen, was man tun kann, um dich Waljurew zu entreißen."

„Ich werde versuchen, morgen Abend wieder zur Blagowestschenskij-Kirche zu kommen", versprach sie und lehnte den Kopf an seine Brust.

Sie wusste, dass sie schleunigst nach Hause zurückkehren musste, aber sie blieb in seinen Armen und ließ sich von ihm küssen.

Sie trafen sich noch drei Mal, und jedes Wiedersehen war süßer und von Liebe erfüllter als das vorangegangene. Und jedes Mal fiel es ihnen schwerer, sich wieder zu trennen.

Jurij fragte: „Was ist mit Waljurew? Liegt er noch im Bett und kann sich nicht rühren?" Und Kira antwortete: „Er flucht und stöhnt und verlangt alle fünf Minuten etwas anderes von mir ... dass ich seine Kissen aufschüttele, ihm etwas zu essen bringe, ihm Wodka einschenke, das Fenster öffne und gleich darauf wieder schließe, ach, er ist sehr erfinderisch im Herumscheuchen ..."

„Aber er rührt dich nicht an?", wollte Jurij wissen, und sie schüttelte den Kopf.

„Nein, denn er hat wohl wirklich arge Schmerzen."

Am vierten Abend kam der alte Wassja zur Kirche. „Kira darf das Haus nicht mehr verlassen, Euer Gnaden", berichtete er. „Die Petschoka hat ihr gestern aufgelauert, als sie heimkam, und alles brühwarm Herrn Waljurew erzählt. Er hat befohlen, dass Kira in ihrem Zimmer eingesperrt wird, wenn sie nicht gerade bei ihm ist."

Wenige Minuten später läutete Jurij am Portal des Waljurewschen Hauses und verlangte Kira zu sprechen. Der Diener, der ihm geöffnet hatte, rief die Petschoka.

„Kira Nikolajewna ist nicht hier", erklärte sie kalt lächelnd. „Sie haben sich umsonst herbemüht."

„Aber wo ist sie dann?", fragte Jurij, blass vor Zorn über diese Lüge.

Die Haushälterin zuckte schnippisch die knochigen Schultern. „Was geht Sie das an? Ich bin nicht befugt, Ihnen Auskunft zu geben."

„Dann möchte ich zu Herrn Waljurew!"

Ihr Lächeln wurde perfide. „Herr Waljurew empfängt niemanden. Er ist krank."

Einen Augenblick erwog Jurij, einfach an ihr vorbei die Treppe in den Oberstock hinaufzustürmen und sämtliche Zimmertüren aufzureißen, bis er Nikita Waljurew gefunden hatte. Aber ihm war klar, dass dies ein sinnloses Unterfangen war. Bevor er den Hausherrn entdeckte, würde man ihn, Jurij, durch ein paar kräftige Diener hinauswerfen.

Er starrte die Petschoka mit einem mörderischen Blick an, der sie sich unwillkürlich ducken ließ, dann machte er kehrt und verließ die Halle.

Er war so verzweifelt wie niemals zuvor in seinem zweiundzwanzigjährigen Leben.

„Jurij von Petrow heißt er also, dein Galan", sagte Nikita Waljurew am nächsten Morgen zu Kira, als sie ihm das Frühstück brachte. „Er war gestern Abend hier, weil du nicht zu eurem Stelldichein kommen konntest. Schade, dass man mich erst darüber informiert hat, als er schon wieder weg war. Es hätte mir Vergnügen bereitet, ihn eigenhändig aus dem Haus zu werfen."

Er saß, von Kissen gestützt, auf seinem Lager und beobachtete grinsend, wie Kira blass wurde. „Ist er gut im Bett, das schneidige Herrchen?"

Als sie schwieg, schrie er sie an: „Heh, ich will eine Antwort! Oder soll ich sie aus dir herausprügeln lassen?"

„Ich weiß es nicht“, entgegnete Kira mit abgewandtem Gesicht. „Ich bin nicht seine Geliebte.“

„Wenn das stimmt, hast du klug gehandelt. Ich sehe es nicht gern, wenn ein anderer mein Eigentum mit seinen dreckigen Fingern betatscht. Da kann ich verdammt ungemütlich werden, ist dir das klar?“

„Ja, Herr ...“

„Gieß mir die heiße Schokolade ein“, befahl Waljurew. „Und dann gib mir die Tasse ... Pass doch auf, du Trampel! Du verschüttest ja die Hälfte.“

In der Tat zitterten Kiras Hände so stark, dass ein paar Tropfen der braunen Flüssigkeit auf Waljurews Bettdecke schwappten. Im nächsten Augenblick hatte er sich aufgerichtet und ihr eine schallende Ohrfeige gegeben. Kein Ton kam über ihre Lippen. Sie stand nur da und starrte Waljurew an, und sie dachte: Ich gehe in die Angara, wenn ich mit ihm ins Bett soll, so wahr mir Gott helfe ... Dann wandte sie sich um und rannte aus dem Zimmer.

An diesem Nachmittag verließ Waljurew zum ersten Mal das Bett. Auf einen Stock gestützt, humpelte er herum, noch immer von Schmerzen geplagt, aber nicht so schlimm, dass er sich wieder niedergelegt hätte.

Am Abend nach einem ausgiebigen Essen, das er im Kaminzimmer eingenommen hatte und zu dem Wassja ihm Champagner mit Wodka hatte servieren müssen, befahl er, Kira zu holen.

Sie kam, nachdem Pelageja Petschoka ihre Zimmertür aufgeschlossen hatte, und wusste, was nun folgte. Sie sah es an Waljurews funkelnden Augen und seinem lüsternen Grinsen.

„Komm her“, verlangte er mit schwerer Zunge. „Wie du siehst, geht es mir besser. Gut genug jedenfalls, um dich kirre zu machen, mein Täubchen.“

Er stand auf, diesmal ohne seinen Stock, und drängte sie zu der breiten Ottomane, die vor den verhängten Fenstern stand. Kira wollte ihm ausweichen, doch mit mehr Gewandtheit, als sie ihm zugetraut hätte, griff er nach ihr und warf sie auf die Polster. In der nächsten Sekunde war er über ihr. Er presste seine Lippen auf ihren Mund, öffnete ihn gewaltsam und ließ seine Zunge eindringen. Dann zerfetzte er das leichte Hauskleid, das sie trug, und riss ihr Mieder auf. Grunzend umfasste er ihre Brüste.

Kira wand sich unter ihm, aber er war viel stärker und tat ihr weh. Sie keuchte, als er ihre Beine auseinander zwängte, rutschte zurück und riss Waljurew mit sich.

Halb rasend vor Angst und Ekel, schlug und trat sie um sich wie ein in Panik geratenes Tier, und Waljurew schrie plötzlich auf.

„Du Dreckstück! Das wirst du mir büßen!"

Sein Griff lockerte sich, sodass Kira sich unter ihm hervorwinden und zur Tür stürzen konnte. Das Letzte, was sie von Waljurew sah war, dass er die Hände auf seinen Unterleib gepresst hatte und sein Gesicht blau-rot angelaufen vor Wut und Schmerzen war.

So wie sie war, in ihrer zerrissenen Kleidung, nur dünne Schuhe an den Füßen, rannte Kira die Treppe hinunter und durch die Halle. Das Portal war abgeschlossen, aber der Schlüssel steckte von innen. Kira drehte ihn herum, während sie von oben Waljurew brüllen hörte: „Haltet das Luder fest! Nikolka, Borja ... Wo steckt ihr Teufelsbraten! Lasst das Miststück nicht entkommen!"

Weg, weg, war Kiras einziger Gedanke. Sie stürzte ins Freie.

Und dann schrie sie gellend auf, als plötzlich eine dunkle Gestalt vor ihr auftauchte und sie festhielt.

„Nein!", schrie sie, „nein, nicht!", und schlug mit ihren kleinen Fäusten um sich.

„Kira", sagte Jurij von Petrow und versuchte, ihre Handgelenke festzuhalten. „Kira, ich bin es doch ..."

Ein Ruck ging durch ihren Körper, sie starrte ihn an, als sähe sie einen Geist, dann wurde sie schlaff in seinen Armen. Jurij trug sie zu seinem Schlitten, der ein paar Schritte entfernt stand. Er hatte sie kaum hineingehoben und flüchtig eine Decke über sie gezogen, als das Portal des Waljurew'schen Hauses wieder aufsprang und zwei Männer herausstürmten. Ein, zwei Sekunden verharrten sie und blickten die Straße hinauf und hinunter, während Jurij sich auf das Kutschbrett schwang und die Pferde antraben ließ.

„Halt! Stehen bleiben!", schrie einer der Männer, die Kira verfolgten. Er sprang auf die Straße, aber Jurij gab den Pferden die Zügel frei. In voller Karriere preschten sie auf den wild mit den Armen Rudernden zu, der im letzten Augenblick zur Seite sprang. Gleich darauf war Jurijs Schlitten am Ende des Alexander-Prospekts um eine Ecke verschwunden.

„Wie ist das nur möglich", stammelte Kira eine halbe Stunde später, als sie, von Jurijs Armen gestützt, im Schlitten saß, den er vor der Stadt in ein Waldstück gelenkt hatte. „Du warst da ... Du hast mich gerettet! O Jurij, Jurij, ich wäre sonst tot. Lebendig hätten sie mich nicht gefangen. Ich wäre in die Angara gesprungen." „Still, still", murmelte er, das Gesicht in ihr Haar gelegt, das die gleiche braungoldene Farbe wie ihre Augen hatte. „Es ist vorbei, mein Herz. Niemand mehr kann dir etwas tun."

Kira war schon während der Fahrt zu sich gekommen. Als sie seinen Namen rief, hatte Jurij sich nach ihr umgewandt. „Hab keine Angst, ich bringe dich in Sicherheit", hatte er gesagt.

Wie er ihr nun erzählte, war er an diesem Abend, von einer sonderbaren Unruhe erfasst, wieder zur Blagowestschenskij-Kirche gekommen und hatte dort gewartet in der Hoffnung, ein Lebenszeichen von Kira zu erhalten. Drei Stunden hatte er ausgeharrt, dann war er das kurze Stück zu Waljurews Haus gefahren. Es lag im Dunkeln bis auf zwei nebeneinander liegende Fenster im Oberstock. Jurij hatte vom Schlitten aus zu ihnen hinaufgestarrt. Was geschah dort? War das Waljurews Zimmer – und war Kira bei ihm?

Als er plötzlich Geschrei und Lärm aus dem Haus gehört

hatte, war Jurij aus dem Schlitten gesprungen, fast gleichzeitig als die Haustür aufflog und Kira herausstürmte.

„Dem Himmel sei Dank, dass ich so lange gewartet habe", sagte er jetzt und küsste sie auf die Stirn. „Ich war zwar ziemlich durchgefroren, aber ich konnte mich einfach nicht dazu entschließen, nach Hause zu fahren ..."

Sie schauerte zusammen. „Du hast mich gerettet", stammelte sie wieder. „Ach Jurij, es war so schrecklich – und ich hatte solche Angst."

Sein Mund wurde plötzlich staubtrocken. „Hat ... hat Waljurew dir etwas getan?"

Sie schüttelte den Kopf. „Ich konnte mich im letzten Moment befreien ..."

Er küsste sie auf die zitternden Augenlider, die Wangen, den Mund. „Du musst nie mehr zu ihm zurück. Von nun an bleiben wir für immer beisammen. Sag, fühlst du dich kräftig genug, einen Besuch zu machen?"

Sie blickte ihn verwirrt an. „Wie meinst du das?"

„Ich bringe dich zu meinem Freund Stepan Tarnow. Er hat ein Jagdhaus in den Sajatz-Bergen. Ich hoffe, dass du dort vorläufig bleiben kannst, bis ich eine andere Lösung gefunden habe."

Jurijs Freund Stepan Wassiljewitsch Tarnow, sechs Jahre älter als er selbst, war Gold- und Silberschmied und hatte die Werkstatt seines verstorbenen Vaters übernommen. Kostbare Ikonenbeschläge in vielen Irkutsker Kirchen, goldener und silberner Zierrat in den reichen Häusern und Palästen der Stadt und wunderschöne Ketten, Ringe, Diademe und Armreifen zeugten von seiner Geschicklichkeit und seinem Kunstsinn. Zusammen mit seiner Mutter Jekaterina bewohnte er ein Haus am Angara-Prospekt, in dem auch seine Werkstatt untergebracht war, und als Jurij den bronzenen Türklopfer betätigte, öffnete Stepan ihm gleich darauf die Tür. Er arbeitete oft halbe Nächte hindurch, deshalb war er noch auf.

„Jurij, was für eine freudige Überraschung!", rief er mit

seiner kräftigen Bassstimme und umarmte den Freund. „Noch beim Abendessen habe ich zu Mama gesagt, dass du dich lange nicht mehr bei uns hast blicken lassen. Komm rein."

„Ich habe jemanden mitgebracht", sagte Jurij. „Und wir beide brauchen deine Hilfe."

Fünf Minuten später kannte Stepan Kiras Geschichte und hieb mit seiner für einen Goldschmied erstaunlich kräftigen Hand auf den Tisch.

„Ich habe schon gehört, dass dieser Nikita Waljurew ein Stinktier ist. Natürlich helfe ich euch. Fahrt zu meinem Jagdhaus."

Er lächelte Kira zu. „Sie können dort bleiben, so lange Sie wollen, Kira Nikolajewna. Und du, mein Freund, kannst so oft bei ihr sein, wie es dich hinzieht. Halte es nur gut fest, dein Schwänchen!"

Er plünderte Küche und Keller, um die beiden mit Lebensmitteln zu versorgen, und weckte sogar seine Mutter auf, um Kira mit ein paar Kleidungsstücken auszuhelfen. „Ich erkläre es dir morgen, Matuschka", vertröstete er sie, als sie Fragen stellen wollte. „Aber du musst ein paar von deinen Sachen opfern – Kleider, Mäntel und Schuhe. Sei versichert, es ist für einen guten Zweck."

Jekaterina Tarnowa war eine zierliche Person. Kira würde das Ausgesuchte einigermaßen passen. Zum Abschied küsste Stepan sie schmatzend auf beide Wangen. „Wie verschreckt es aussieht, das arme Herzchen! Aber hab keine Angst mehr, in den Sajatz-Bergen vermutet der alte Bock Waljurew dich bestimmt nicht. Da bist du sicher wie der heilige Lazarus in Vater Abrahams Schoß."

Es war drei Uhr morgens, als Jurij und Kira das auf einer einsamen Waldlichtung gelegene, aus rohen Baumstämmen errichtete Häuschen erreichten. Jurij zündete ein Feuer im Kamin an, und als wohlige Wärme den einzigen Raum erfüllte, der zum Wohnen, Schlafen und Kochen diente, war Kira so erschöpft, dass sie kaum einen Bissen des Nachtessens, bestehend aus Brot, geräuchertem Bärenschinken und eingelegten Gurken, hinunterbrachte. Jurij trug sie zu dem Bett an der Längswand. „Schlaf, mein liebes Herz. Es kann dir hier nichts mehr geschehen."

Sie umklammerte seine Schultern. „Bitte, bleib bei mir, Jurij. Nur diese eine Nacht. Morgen werde ich mich nicht mehr fürchten, ich verspreche es dir. Aber jetzt ist alles noch so fremd. Bitte geh nicht fort."

Als er sich zu ihr legte, schmiegte sie sich wie ein kleines verängstigtes Tier in seine Armbeuge, den Kopf auf seine Brust gelegt. Jurij hielt sie an sich gedrückt und hörte auf ihre Atemzüge, die allmählich ruhiger und gleichmäßiger wurden. Doch selbst im Schlaf schien sie das Durchlebte nicht ganz vergessen zu können, denn mehrmals schauerte sie zusammen, und ein Zittern lief über ihren Körper.

Jurij von Petrow verspürte eine große, warme Zärtlichkeit. Nie mehr gebe ich sie her, dachte er. Egal, was wird. Wir werden zusammen fortgehen und miteinander leben. Und es wird trotz allem ein herrliches Leben sein ...

Es war später Vormittag, als Jurij nach Hause zurückkehrte. „Ich komme wieder, sobald ich kann", hatte er Kira beim Abschied versprochen. „Doch jetzt muss ich heim, schon um herauszufinden, ob Waljurew dich suchen lässt."

Sie hatte mit großen ernsten Augen genickt. „Aber lass mich nicht zu lange warten, wenn es möglich ist."

Als er sie küsste, unterdrückte sie tapfer das Weinen, und Jurij sagte: „Ich werde eher wieder bei dir sein, als du denkst. Schon aus Sehnsucht ..."

Als er sein Elternhaus betrat, wurde er bereits von Nikita Waljurew erwartet, der zur Unterstützung zwei Polizisten mitgebracht hatte. Sie lümmelten sich in den Sesseln des Salons, während Oberst von Petrow und seine Frau den endlich heimgekehrten Sohn zwar erleichtert, aber auch mit vorwurfsvoller Strenge empfingen.

„Wo warst du die ganze Nacht über?", erkundigte sich der

Oberst sofort, während Anna Sergejewna ihren Sohn umarmte.

„O Jurjenka, ich habe mir solche Sorgen um dich gemacht! Wie konntest du uns nur ohne Nachricht lassen!"

Jurij setzte ein zerknirschtes Lächeln auf. „Verzeih, Mama. Aber ich dachte, ihr würdet es nicht merken, wenn ich einmal für eine Nacht ausbleibe. Es tut mir leid."

„Beantworte meine Frage!", ging der Oberst aufgebracht dazwischen. „Wo hast du dich die ganze Nacht herumgetrieben?"

„Das würde ich auch gerne wissen!", rief Waljurew und tauchte in der offenen Salontür auf. „Das heißt, ich kann es mir vorstellen. Er war mit dem Hürchen zusammen, das mir davongelaufen ist, nachdem es mir zweitausend Rubel gestohlen hat. Wo hältst du die Diebin versteckt? Los, spuck's aus. Sie ist eine Leibeigene und gehört mir."

Jurij setzte seine hochmütigste Miene auf. „Wer sind Sie überhaupt? Und wie reden Sie mit mir? Ich verbitte mir ganz entschieden ..."

„Das ist Herr Waljurew", erklärte sein Vater schroff. „Er behauptet, du hättest etwas mit seiner entflohenen Leibeigenen Kira Nikolajewna zu tun."

„Ach, um Kira geht es!", sagte Jurij scheinbar erstaunt, während er den Salon betrat. „Du wirst dich erinnern, Papa, dass ich schon als Kind mit ihr gespielt habe. Der verstorbene Ilja Waljurew hatte seine Datscha neben der unseren. Und sie ist Ihnen davongelaufen, Herr Waljurew? Wann?"

„Als ob du das nicht genau wüsstest!", zeterte Nikita. „Seit gestern Abend ist das Frauenzimmer verschwunden – und zwar mit deiner Hilfe. Gestehe, wo hältst du es versteckt?"

„Das ist eine unerhörte Unterstellung!", begehrte Jurij auf. Er wandte sich an einen der beiden Polizisten. „Sergeant, bitte, sorgen Sie dafür, dass Herr Waljurew den Mund hält. Sein Benehmen ist eine Frechheit, die ich nicht länger hinnehmen kann. Fragen Sie mich, was Sie wissen wollen, ich werde Ihnen wahrheitsgemäß antworten."

Der Polizeisergeant zog den Kopf ein. Ein forsches Herrchen war das, dieser junge Petrow. Es war sicher nicht klug, ihn noch mehr zu reizen. Und überhaupt – er war der Sohn des Garnisonskommandeurs. Man konnte sich Ungelegenheiten einhandeln, wenn man eine solche Persönlichkeit verärgerte. Da war Mäßigung angebracht.

„Sergeant Golubkin", stellte er sich vor und salutierte zackig. Dann warf er Waljurew, der schon wieder dazwischenreden wollte, einen warnenden Blick zu. „Lassen Sie mich das machen, Herr Waljurew, gewissermaßen von Amts wegen. Das ist besser." Er zückte ein schwarzes, abgegriffenes Notizbuch und blätterte darin herum. „Sie kennen also die Leibeigene Kira Nikolajewna Demskaja?"

„Ja natürlich", erwiderte Jurij leichthin. „Seit ewigen Zeiten. Jetzt habe ich sie zufällig wiedergetroffen."

„Zufällig!", höhnte Waljurew. „Heimliche Verabredungen hatten sie, ich weiß nicht, wie oft. Als ich dahinterkam, habe ich dem Weibsstück verboten, das Haus zu verlassen, und da ist das feine Herrchen bei mir aufgetaucht und hat erst sie und dann mich sprechen wollen."

„Stimmt das?", fragte Golubkin, und Jurij zuckte mit den Achseln.

„Wie man's nimmt. Wie gesagt, Kira ist eine alte Freundin von mir, ich hab sie recht gern, und deshalb haben wir uns zwei- oder dreimal wiedergesehen. Ich glaube nicht, dass das verboten ist. Als Kira dann neulich nicht kam, war ich ein wenig beunruhigt und wollte mich erkundigen, ob sie vielleicht krank sei. Aber die Haushälterin von Herrn Waljurew hat mich nicht zu ihr gelassen, und Herr Waljurew selbst war ebenfalls nicht zu sprechen. Da bin ich wieder gegangen. Seitdem habe ich Kira weder gesehen noch etwas von ihr gehört."

„Er lügt!", kreischte Waljurew, krebsrot im Gesicht vor Wut. „Er hat auf sie gewartet, als sie gestern Abend aus dem Haus rannte. Meine Diener haben gesehen, wie ein Mann sie zu seinem Schlitten trug. Er ist mit ihr weggefahren – und das kann nur dieser Halunke hier gewesen sein."

„Haben Ihre Diener Herrn von Petrow erkannt?", fragte Sergeant Golubkin, und Jurij lachte.

„Wenn sie das behaupten, muss man sie wegen einer Falschaussage belangen. Ich war gestern Abend ganz woanders."

„Und wo?", erkundigte sich Golubkin.

„Das werde ich Ihnen in keinem Fall verraten, um die Dame nicht zu kompromittieren, bei der ich mich aufgehalten habe – übrigens die ganze Nacht."

Jurijs Mutter – wie die meisten Mütter von der Unschuld und Tugendhaftigkeit ihrer jugendlichen Söhne fest überzeugt – stieß einen unterdrückten Schrei aus. „Jurij, du hast ... du warst ..."

Er wandte ihr sein lächelndes Gesicht zu. „Es tut mir leid, Mama, aber auch dir werde ich nicht mehr sagen. Schließlich handelt es sich um eine verheiratete Frau."

„Heilige Gottesmutter von Wladimir", ächzte die Petrowa erschüttert. „Jurij, wie konntest du nur!"

„Eine unglücklich verheiratete Frau", ergänzte er und fügte, an die beiden Polizisten gewandt, hinzu: „Ihr Gatte ist ein höchst unangenehmer, gewalttätiger Mensch. Zweifellos würde er mich zum Duell fordern, wenn er Bescheid wüsste. Und seine Frau hätte die schlimmsten Demütigungen zu erwarten. Sie werden begreifen, meine Herren, dass ich ihr das um jeden Preis ersparen muss. Aber ich denke, dass Ihnen mein Wort genügt: Mit der Flucht von Kira Nikolajewna Demskaja habe ich nichts zu tun. Ich war anderweitig ... nun ja ... engagiert."

„Ich verlange den Namen dieser Frau!", schrie Waljurew. „Man muss sie befragen!"

„Ich bitte Sie", sagte Jurij und hob indigniert eine Augenbraue. „Es handelt sich um eine Dame der Gesellschaft. Wer sind Sie denn, dass Sie sich wegen einer davongelaufenen Leibeigenen erdreisten können, diese Dame bloßzustellen! Damit können Sie sich große Ungelegenheiten einhandeln."

Anna Sergejewna vergoss ein paar Tränen. „O Gott, Jurij, wie konntest du uns das antun! Du und eine verheiratete Frau!"

Und sein Vater setzte ingrimmig hinzu: „Hat man dir in St. Petersburg diese Leichtfertigkeit beigebracht? Natürlich wirst du diese schmutzige Affäre sofort beenden!"

„Nein, Papa", entgegnete Jurij, weil er einen plausiblen Grund brauchte, warum er in Zukunft oft außer Haus war. „Wir lieben uns. Deshalb ist es nur natürlich, dass wir uns auch weiterhin sehen wollen."

Waljurew sah seine Felle davonschwimmen. Das machte ihn noch wütender. „Ich verlange, dass Sie den Kerl festnehmen, Sergeant! Wenn man ihn lange genug verhört, wird er schon gestehen, dass er meine Leibeigene entführt hat, und die zweitausend Rubel herausrücken, die sie mir gestohlen hat." Er wollte Jurij am Kragen packen, doch Oberst von Petrow ging dazwischen. „Das genügt, Herr Waljurew", sagte er scharf. „Ich habe mir Ihr Geschrei in meinem Haus jetzt lange genug angehört. Und dass Sie jetzt auch noch meinen Sohn des gemeinsamen Diebstahls mit Ihrer Leibeigenen verdächtigen, geht entschieden zu weit. Verschwinden Sie endlich, bevor ich Sie durch die Diener hinauswerfen lasse!"

Golubkin klappte sein Notizbuch zu. Die Situation entwickelte sich genauso, wie er befürchtet hatte.

„Ja, gehen wir", sagte er hastig. „Herr von Petrow hat offensichtlich nichts mit der ganzen Angelegenheit zu tun. Wir werden in eine andere Richtung ermitteln müssen."

„Aber ...", setzte Nikita Waljurew an, doch Golubkin ergriff seinen Arm. „Kommen Sie." Er winkte seinem Kollegen, der an Nikitas andere Seite trat, und Jurij verbiss sich ein Lachen, als sie den Dicken fast wie einen Inhaftierten zur Tür führten. Oberst von Petrow schloss sie mit Nachdruck hinter ihnen.

Anna Sergejewna ließ sich auf ein Sofa fallen. „Was für

ein Tag!“, stöhnte sie. „Mir zerspringt der Kopf von all dem Geschrei. Ich muss mich ein wenig niederlegen, und Warwara soll mir kalte Kompressen machen.“

Sie wollte an der grünen seidenen Klingelschnur neben dem Sofa ziehen, um ihre Zofe zu rufen, doch ihr Mann hielt sie zurück. „Warte noch einen Augenblick, damit du hören kannst, was ich Jurij zu sagen habe ...“

Er zog seine Uniformjacke straff und musterte seinen Sohn mit einem verächtlichen Blick. „Ich bin tief enttäuscht von dir, Jurij, und deine Mutter ist es ebenfalls. Nicht wahr, meine Liebe?“

Die Petrowa nickte mit leidender Miene und presste die Hände gegen die Schläfen. „Du wirst dich in schreckliche Schwierigkeiten bringen mit dieser unseligen Liaison. So etwas kann auf die Dauer nicht verborgen bleiben.“

„Aber wir sind äußerst vorsichtig, Mama“, beteuerte Jurij. „Mach dir darüber keine Gedanken.“

„Vorsichtig!“, wiederholte Michail von Petrow mit ätzender Schärfe. „Schamlose Ehebrecher seid ihr – alle beide! Deine Mutter und ich werden einen solchen skandalösen Betrug niemals goutieren. Nach wie vor erwarten wir von dir, dass du dich von dieser ... Dame auf der Stelle trennst! Nicht auszudenken, wenn unser guter Name eines Tages im Mittelpunkt eines Eklats stehen sollte! Das würde ich dir nie verzeihen, Jurij!“

Einen Moment lang war Jurij versucht, seinen Eltern die Wahrheit einzugestehen. Aber dann verwarf er diesen Gedanken sofort wieder. Sein Vater würde ebenso wenig Verständnis für seine Liebe zu Kira haben wie für seine angebliche Affäre mit einer verheirateten Frau. Er würde es als seine Pflicht ansehen, Kira sofort an Nikita Waljurew auszuliefern. Jurij unterdrückte einen Seufzer. Als Kind hatte er seinen Vater wegen seiner Strenge und Unerbittlichkeit oft gefürchtet. Aber nun mischte sich ein leises Gefühl der Verachtung in diese Empfindung. Es war gewiss anerkennenswert, ein ehrenhafter Mann zu sein, Ansehen zu genießen, ein untadeliges Leben zu führen – aber wenn dies alles zu einem eisenharten Prinzip wurde, unter dem Herz und Verstand verknöcherten und die Seele verkümmerte, dann wurde Unmenschlichkeit daraus.

„Jurij“, sagte Oberst von Petrow grollend, „ich erwarte eine Antwort von dir.“

Jurij atmete tief durch. „Es tut mir leid, Papa, aber ich werde nicht tun, was du von mir verlangst. Mehr kann ich dazu nicht sagen.“ Dann ging er rasch hinaus.

„Ihr müsst fortgehen“, sagte Stepan Tarnow, als Jurij am Spätnachmittag zu ihm kam und erzählte, was sich zugetragen hatte. „Dieser Waljurew wird nicht so schnell aufgeben. Und wenn ihm die Polizei nicht hilft, wird er Kira auf eigene Faust suchen. Er kann dich durch Privatdetektive beobachten lassen und auf diese Weise herausfinden, wo Kira ist. Wenn du zu ihr fährst, musst du sehr aufpassen, ob dich jemand verfolgt. Am besten, du lässt dich in den nächsten Tagen überhaupt nicht bei ihr blicken.“ Er grinste, als er Jurijs abwehrende Miene sah. „Ach ja, die Liebe! Du hältst es natürlich nicht aus ohne Kira! Dann sei aber um Himmels willen vorsichtig.“

Jurij versprach es. Abends im Schutz der Dunkelheit fuhr er wieder zur Jagdhütte. Noch lag Schnee, aber es würde bald Tauwetter einsetzen. Die Sonne, die tagsüber geschienen hatte, war schon recht kräftig, sodass die dicke Eisschicht der Angara barst und sich riesige Schollen krachend übereinander und auf die Uferwiesen schoben.

Jurij hatte nicht das Gefühl, dass er verfolgt wurde. Trotzdem fuhr er zunächst kreuz und quer durch die Stadt, bog unerwartet in Seitenstraßen ein und wählte mehrere Umwege, bis er endlich die Richtung zu den Sajatz-Bergen einschlug.

Als er die Lichtung mit dem Jagdhaus erreichte, sah er Lichtschein durch die Fenster schimmern. „Ich bin's, Jurij!“, rief er laut, noch bevor er ausstieg, die Pferde in den angebauten Stall führte, wo die Krippe mit Stroh, Hafer und Rüben gefüllt war – auch daran hatte Stepan, Gott segne ihn dafür, gedacht –, und ihnen Decken überwarf.

Als Jurij wieder herauskam, riss Kira die Haustür auf und flog förmlich auf ihn zu. „Du bist da ... Du bist gekommen!“, stieß sie hervor und umarmte ihn. „O Jurjenka, mein Liebster ...“

Sie trug nur Rock und Bluse von Jekaterina Tarnowa, und Jurij hob sie auf seine Arme und brachte sie rasch ins Haus, denn die Nächte waren noch empfindlich kalt.

Drinnen schob er sie ein Stück von sich und musterte sie besorgt. „Wie geht es dir, mein Herz?“

„Gut, gut“, stammelte sie und warf sich von neuem an seine Brust. „Jetzt, wo du da bist ...“

Jurij von Petrow war mit dem festen Vorsatz gekommen, seiner Sehnsucht nach Kira Zügel anzulegen. Natürlich würde er, wenn sie es wollte, auch diese Nacht bei ihr verbringen. Es war ja schon Glück, neben ihr zu liegen und ihren zierlichen Körper zu spüren.

Aber in keinem Fall, hatte er sich vorgenommen, darfst du dich so aufführen, dass sie verschreckt wird und sich an Waljurew, das Schwein, erinnert. Benimm dich wie ein sanftes, keusches Brüderchen, und wenn's noch so schwer fällt.

Doch es war Kira selbst, die seine edelmütigen Absichten zunichte machte. Zwar hatte sie den Tisch gedeckt, Kartoffeln mit Eiern und Speck gebraten und Tee gekocht. Aber Tee und Kartoffeln wurden kalt, denn die beiden, die sich umarmt hielten, als wären sie Monate lang getrennt gewesen, hatten nur Hunger auf Liebe und Zärtlichkeit.

„Kira, Kira, was tust du mit mir“, stammelte Jurij, als sie ihn zum Bett zog und darauf niedersank, ohne ihn loszulassen. „Sei vernünftig, Herzchen, ich bin auch nur ein Mann ...“

„Ich will nicht vernünftig sein“, flüsterte sie an seinem Hals. „Ich habe den ganzen Tag an dich gedacht und mich nach dir gesehnt. Ich wäre verrückt geworden, wenn du nicht gekommen wärst ... Bitte, Liebster, küss mich, streichle mich ... Ich will deine Hände spüren und deinen Mund ...“

Man weiß es ja – ein vor Liebe glühender Mann ist ein wehrloses Geschöpf, wenn ein Weibchen es darauf anlegt, ihn zu verführen. Jurij von Petrow bildete da keine Ausnahme. Und Kira, so unerfahren sie auch war, tat instinktiv all die Dinge, die ihn um den Verstand brachten. Als sie nackt vor ihm lag, das herrliche braungoldene Haar wie einen Fächer um Kopf und Schultern gebreitet, eine vollkommene kleine Schönheit mit festen Brüsten und weich geschwungenen Hüften, starrte Jurij verzückt auf sie hinunter.

„Du bist atemberaubend“, sagte er bebend. „O Kira, ich liebe dich so ... Willst du es wirklich, mein Herz?“

Ihre Augen waren groß und unergründlich. „Ja. Ich gehöre dir, Jurij, niemandem sonst. Ich will deine Frau sein ...“

„Aber ich werde dir wehtun müssen ...“

„Ich liebe alles, was von dir kommt, auch den Schmerz“, stieß sie hervor und zog ihn vollends zu sich hinunter.

Es war die vollkommene Erfüllung, die sie sich gegenseitig schenkten, ein seliges Geben und Nehmen, und als es vorüber war, sagte Kira mit geschlossenen Augen: „Ich sterbe, wenn du mich jetzt noch verlässt ...“

„Nie, niemals wird das geschehen“, erwiderte er und küsste ihren schweißfeuchten Körper. „Es würde mich selbst umbringen ...“

Später dann, als sie am Tisch saßen, Kira das Essen aufwärmte und frischen Tee aufgoss, berichtete er ihr vom Zusammentreffen mit Waljurew. Ihre Augen wurden dunkel vor Furcht, und Jurij sagte rasch: „Ich habe schon alles mit Stepan besprochen. Drei, vier Tage musst du noch hier bleiben. Es ist möglich, dass ich nicht jeden Tag zu dir kommen kann, falls Waljurew mich beobachten lässt. Aber danach gehen wir zusammen fort. Stepan besorgt alles Nötige und bringt es her.“

„Und wohin werden wir gehen?“, fragte sie mit einer ganz dünnen Stimme.

Jurij küsste sie rasch. „Auf gar keinen Fall über den Ural und weiter nach Moskau oder St. Petersburg. Wenn Waljurew dich suchen lässt, wird man uns dort vermuten. Also nehmen wir einen anderen Weg: über das Gebirge an den Amur hinunter bis zum Meer. Dort werden wir uns ein Schiff suchen, das uns nach Japan mitnimmt – und dann weiter nach Amerika."

„Du willst fort aus Russland?" Kira starrte ihn an, und er nickte.

„Wir werden es müssen, solange hier noch die verfluchte Leibeigenschaft besteht. Hier können wir nirgendwo sicher sein."

„Und dein Studium? Dein Beruf? Deine Eltern?" Ihre Stimme schwankte. „Willst du das alles aufgeben für mich, Jurij?"

„Für uns", verbesserte er sie sanft. „Alles ist gut, solange wir nur zusammen sind."

Stepan Tarnow kam am übernächsten Tag. Er lenkte eine geräumige Kibitka, ein Gefährt, das im Winter als Schlitten, im Sommer als Kutsche zu benutzen war. Zwei kräftig und ausdauernd wirkende Pferde waren davorgespannt. Ein zweiter Schlitten mit Jurij folgte.

„Leider kann er dieses Mal nicht bei dir bleiben, mein Täubchen", erklärte Stepan augenzwinkernd. „Er muss mich nach Irkutsk zurückbringen und noch ein paar Sachen zusammenpacken. Ich habe ein paar Landkarten besorgt. Sie sind wahrscheinlich miserabel gezeichnet, aber vielleicht helfen sie euch trotzdem, sich zu orientieren. Eure ungefähre Reiseroute habe ich schon eingezeichnet. Und in der Kibitka ist fast alles, was ihr braucht, denke ich, Kleidung, Proviant, zwei Gewehre mit Munition, Decken, Äxte und alles Mögliche an Werkzeugen."

Sich die Hände reibend, betrat er die Jagdhütte. „Es ist wieder kälter geworden – welch ein Glück! Gott scheint auf eurer Seite zu stehen, dass er noch einmal den Winter zurückschickt. Seht zu, dass ihr bis zur Schneeschmelze über alle Berge seid. Danach wird das Weiterkommen schwieriger, wenn die Flüsse über die Ufer treten und die Straßen unpassierbar werden. Notfalls müsst ihr eben ein paar Wochen warten, bis ihr eure Reise fortsetzt."

Er tat ganz so, als sei ihre Flucht ein spannendes Abenteuer, das sie ohne besondere Schwierigkeiten überstehen würden, und seine Zuversicht färbte auf Kira und Jurij ab.

Die beiden küssten sich, während Stepan wieder nach draußen ging, und Jurij sagte: „Morgen bringt er mich her, und dann bleibe ich bei dir. Dann beginnt unser gemeinsames Leben, mein Herz."

„Heh-heh!", rief Stepan von draußen und trampelte im Schnee herum. „Reißt euch los von einander! Ich hab keine Lust, mir den Hintern abzufrieren!"

Von seiner Großmutter mütterlicherseits hatte Jurij ein kleines Vermögen von fünftausend Rubeln geerbt. Er hatte es bereits bei seiner Bank abgehoben. Als er an diesem Abend nach Hause kam, versteckte er die Kassette mit dem Geld auf dem Boden eines Korbs, in den er Kleidungsstücke und Papiere packte. Obenauf legte er ein Porträtbild seiner Mutter, das über seinem Bett gehangen hatte.

Er stellte den gepackten Korb in seinen Kleiderschrank und schloss ihn ab. Den Schlüssel wollte er gerade in seine Jackentasche stecken, als Anna Sergejewna sein Zimmer betrat.

Ihr rundes, hübsches Gesicht war blass, und sie sah verweint aus. „Tu's nicht, Jurij", bat sie. „Geh nicht fort mit dieser Frau. Sie taugt nichts, und du wirst mit ihr unglücklich werden."

Er war so erschrocken, dass er zunächst kein Wort herausbrachte. „Wie ... wie kommst du auf diesen Gedanken?", stotterte er schließlich, und Anna lächelte traurig.

„Du hast dein ganzes Geld von der Bank geholt. Ich war kurz nach dir dort, weil ich etwas für dich einzahlen wollte ... Dein Vater weiß nichts davon, ich hatte es heimlich gespart. Und als er mir gestern sagte, du könntest nicht mehr mit seiner finanziellen Unterstützung rechnen, solange du dieses Frauenzimmer nicht aufgibst, dachte ich, du könntest das Geld von mir gut gebrauchen. Es sind etwas über zweitausend Rubel, und als ich sie auf der Bank Herrn Nyrajew gab, meinte er, das würde dich sicher freuen, nachdem du kurz vorher alles, was auf deinem Konto war, abgehoben hast. Da wurde mir klar, dass du mit dieser Person davonlaufen willst."

Sie sank auf sein Bett und begann zu weinen. „Ich kann dich nur bitten, Jurij: Tu's nicht."

„Weiß Papa ...", würgte er hervor, und sie schüttelte den Kopf.

„Ich werde es ihm auch nicht sagen, weil ich nicht will, dass ihr wieder Streit bekommt. Er ist auch noch gar nicht daheim, sei unbesorgt."

Ihre Tränen flossen heftiger. „Sag mir, wer diese Frau ist, und ich werde zu ihr gehen und sie anflehen, nicht deine ganze Zukunft zu zerstören. Sie hat doch einen Mann, zu dem sie gehört."

Plötzlich lag Jurij vor ihr auf den Knien. Er nahm ihre Hände und küsste sie. „Ich muss fortgehen, Matuschka. Aber es gibt keine verheiratete Frau, mit der ich eine Affäre habe. Das habe ich nur erfunden. In Wahrheit ist es Kira Nikolajewna, die ich liebe. Ich habe sie in jener Nacht in ein Versteck gebracht. Du kennst sie doch auch, Matuschka, und hattest sie immer gern. Man kann sie nicht diesem Schwein Waljurew ausliefern ..."

„Kira?", wiederholte Anna. „Ist das wahr, Jurjenka?"

„So wahr, wie ich dein Sohn bin. Wir lieben uns, Matuschka."

Er sagte nicht mehr Mama, sondern Matuschka – Mütterchen –, und was könnte zärtlicher klingen als dieses russische Wort ...

Anna Sergejewna war eine gläubige Frau. Ehebruch war eine Todsünde, hatte man sie gelehrt, und sie hatte gelitten, wie nur eine Mutter um ihr Kind leiden konnte, das etwas für Gott Unverzeihliches tat. Deshalb war sie zunächst durch Jurijs Geständnis erleichtert. Doch gleich darauf wurde ihr bewusst, dass sie ihren Sohn trotzdem verlieren würde. Er würde fortgehen, und sie würde ihn vielleicht nie wieder sehen. Nicht einmal erfahren würde sie es, wenn er ins Elend geriet oder starb. O Gott, wie konnte man das aushalten!

„Jurij", bettelte sie weinend, „bleib hier! Du bist alles, was ich habe! Gott verzeih mir die Sünde, aber dein Vater ist ein Mann, neben dem man erfrieren kann. Wie soll ich leben ohne dich?"

„Wie soll Kira ohne mich leben? Oder ich ohne sie?", erwiderte er mit der Selbstsucht des Liebenden, den nichts davon abhalten kann, dieser Liebe zu folgen. Er wusste, dass er Wunden schlug, aber der Wille zum eigenen Glück war stärker.

Wofür zieht man sein Söhnchen groß?, dachte Anna Sergejewna. Für eine andere Frau. An sie muss man es eines Tages abgeben. Das tut schon unter normalen Umständen weh, obwohl es eine Hochzeit gibt, bei der alle tanzen und feiern. Und eines Tages wird man durch die Enkelchen für den Verlust entschädigt. Dann ist man wieder glücklich, vor allem, wenn das Schwiegertöchterchen lieb und freundlich ist ... Aber in diesem Fall? Sie würde Jurij an ein Ungewisses Schicksal verlieren und wohl nie ein Enkelkind an die Brust drücken dürfen ...

Anna blickte auf Jurijs gesenkten Kopf, und der Schmerz zerriss ihr das Herz wie mit Raubtierkrallen. In diesem Moment hätte sie die Frau erwürgen mögen, die ihr den Sohn fortnahm. Doch in der nächsten Minute fragte sie sich: Soll es leiden, mein Söhnchen? Vielleicht noch unglücklicher sein als ich?

„Liebt sie dich wirklich, deine Kira?", fragte Anna mit schwankender Stimme, und er nickte.

„Ich bin alles, was sie hat. Bitte, Matuschka, versteh uns doch!"

„Dann geh“, sagte Anna Sergejewna. „Und sag deiner Kira, dass ich sie verfluchen werde, wenn sie dich ins Unglück stürzt – und alle Tage segnen, wenn sie dich zu einem glücklichen Mann macht.“

„Dann segne uns, Matuschka“, bat Jurij, nun selbst den Tränen nahe. „Denn ich bin trotz allem schon jetzt ein glücklicher Mann – durch sie.“

Sie nickte. „Sag es ihr trotzdem – für die Zukunft.“

Dann zog sie ihn an den Händen hoch und stand selbst auf. „Diese verfluchte Leibeigenschaft“, murmelte sie. „Welch ein Wahnsinn, Menschen zu seinem Eigentum zu machen, und welch ein Unglück für die, die es trifft.“

Ein schwaches Lächeln erhellte plötzlich ihr Gesicht. „Ich habe die zweitausend Rubel natürlich nicht mehr auf dein Konto eingezahlt, als mir klar wurde, dass du dein Geld für deine Flucht abgehoben hast. Aber jetzt gebe ich sie dir. Ihr werdet jede Kopeke nötig haben. Und außerdem gebe ich euch etwas von meinem Schmuck mit, den ihr verkaufen könnt.“

Sie ging in ihr Schlafzimmer, holte das Geld und eine Kassette aus rotem Saffianleder, in der allerhand Broschen, Ketten und Ringe lagen. Und noch etwas nahm sie mit: das juwelenbesetzte Kreuz. „Gib es Kira, wenn ihr heiratet“, sagte sie. „Ihr werdet doch heiraten, nicht wahr? Und sie soll gut darauf Acht geben, um es einmal weiter vererben zu können.“

Ihre Stimme brach, und sie konnte Jurij nur noch umarmen. „Wann willst du gehen?“

„Morgen in aller Frühe“, sagte er, und Anna Sergejewna senkte den Kopf. Wie eine alte Frau sah sie plötzlich aus, mit erloschenen Augen und zitterndem Mund.

Aber auf einmal ging mit der kleinen zusammengesunkenen Person, die von ihrem Mann herumkommandiert und unterjocht worden war, die seine Wünsche ausgeführt und fast schon seine Gedanken gedacht hatte, eine erstaunliche Veränderung vor. Sie bettelte nicht mehr, dass Jurij bleiben solle, sie jammerte nicht mehr, sondern sagte mit einer plötzlich ganz klaren festen Stimme: „Ich verstehe dich, Söhnchen. Du tust Recht. Immer mit dem Strom schwimmen und nie etwas wagen, ist grundfalsch. Es ist dein Leben – und wer darf dir vorschreiben, wie du es zu leben hast."

Sie malte ihm das Kreuzzeichen auf die Stirn. „Lass uns jetzt voneinander Abschied nehmen. Morgen früh, wenn dein Vater hier ist, wird es nicht möglich sein, ohne dass er Verdacht schöpft. Gott segne dich, mein Jurjenka."

Sie schaffte es tatsächlich, nicht mehr zu weinen, weil sie ihm das Herz nicht länger schwer machen wollte. Für Tränen war später noch Zeit. Ein ganzes Leben lang vielleicht ...

„Ach, Matuschka", flüsterte Jurij hilflos und umarmte sie. „Sorge dich nicht. Wenn alles hinter uns liegt, werde ich dir schreiben. Und dann musst du uns besuchen kommen."

„Ja", sagte sie, „das werde ich. Dein Vater wird mich nicht daran hindern können. Dann müsste er mich schon umbringen."

Sie löste sich aus seiner Umarmung und ging sehr rasch und sehr gerade aus dem Zimmer.

Sie brauchten fast zwei Monate bis Tschita, die Stadt, die von Verbannten für Verbannte gebaut worden war, der letzte Umschlagplatz der „verlorenen Seelen".

Hier wurden die Sträflingstransporte neu zusammengestellt. Man zählte die, die noch lebten, und strich, sofern das nicht schon unterwegs geschehen war, auf den mitgeführten Listen die Namen derjenigen aus, die die Stadt nicht mehr erreicht hatten.

Die Osmita, der riesige Festungs- und Gefängniskomplex, „die Unüberwindbare" genannt, die sich dunkel und wuchtig auf einem Hügel über Tschita erhob, war überfüllt mit Gefangenen. In jeder Woche kamen neue, und genauso oft verließen lange Konvois die Stadt. Sie zogen nach Osten und Norden, in die Bergwerke, Silber-, Eisen- und Kupferminen, in die Eisenhütten, zum Goldwaschen an die Flüsse Olekma,

Witim und Aldan, nach Kamtschatka, um in den Schiffswerften von Petropawlowsk zu arbeiten, und in die fast immer währende Dunkelheit des hohen Nordens, in die Bleigruben von Kap Deschnew. Wer Glück hatte, wurde an den Amur zum Ackerbau geschickt, wo das Klima wärmer war und der Boden fruchtbar. Dort gediehen Getreide, Hanf, Obst und Gemüse.

Im April waren Kira und Jurij von Irkutsk aufgebrochen. Jetzt war es Juni, und die Schneeschmelze hatte das Land während ihrer Flucht teilweise in riesige Seen verwandelt. Schlamm, Geröll und Eisverkrustungen hatten die Pässe über das Jablonowyj-Gebirge versperrt, sie hatten Umwege machen müssen und waren oft nur quälend langsam vorangekommen. Aber nun, so sagte Kira, werde es besser werden.

Sie saß neben Jurij auf dem Kutschbock der Kibitka, die Haare zu einem Zopf geflochten, in einem fleckigen Wollrock und einer Leinenbluse, die ihr zu weit geworden war. Deshalb hatte sie sie in der Taille mit einem Lederriemen zusammengebunden. Jurij hatte ihr die Sachen in Werchne-Udinsk auf einem Markt gekauft, wo er sich ebenfalls eingekleidet hatte. Das, was sie von Irkutsk mitgenommen hatten, war ihnen zu elegant erschienen. Es war besser, sich einfach und bäuerlich anzuziehen, um nicht aufzufallen. Und es war auch zweckmäßiger.

Jurij trug Hosen, Stiefel, ein Kosakenhemd und eine runde schirmlose Mütze. Wenn man sie nach dem Woher und Wohin fragte, erzählten sie, dass sie in Krasnojarsk in einer Gerberei gearbeitet hätten, dass aber das Heimweh sie in ihr Heimatdorf am Amur, Seljonaja Roschtscha, zurückzöge, wo ihre Eltern und Geschwister lebten.

Kira warf einen scheuen Blick zur Osmita hinüber. Dann legte sie Jurij die Hand auf den Arm. „Bitte, lass uns nicht in dieser Stadt bleiben. Sie macht mir Angst mit dieser düsteren Festung, den vielen Soldaten, Bewachern und Sträflingstrupps.“

Jurij nickte. Auch ihm flößte Tschita mehr Unbehagen ein als der hinter ihnen liegende Weg über das Gebirge, der wahrlich hart und bitter gewesen war.

Die ganzen Wochen war Kira rührend tapfer gewesen, hatte geholfen, die Kibitka aus dem Schlamm zu ziehen, wenn sie irgendwo festsaß, hatte klaglos gewartet, wenn er stundenlang im Schnee oder Regen zerbrochene oder abgerissene Teile reparierte, war neben dem Wagen zu Fuß hergewandert, wenn der Weg so steil oder abschüssig war, dass man die Pferde am Zügel führen musste. Sie hatte nie gejammert, wenn das Rütteln des Gefährts alle Knochen schmerzen ließ oder sie unter freiem Himmel übernachten mussten, weil die Tiere zu erschöpft waren, um noch einen Schritt weiter zu gehen. Manchmal hatten sie Obdach in einem Bauerngehöft gefunden, in irgendeiner kalten, zugigen Kammer, in der es nur eine harte Pritsche gab. Andere Male waren sie in einer Herberge untergekommen. Man hatte die klammen Kleider an einem herrlich warmen Ofen trocknen können, ein Essen vorgesetzt bekommen, das einmal nicht nur aus Hirsekascha oder Bohnen bestand. Es hatte köstliches gebratenes Fleisch gegeben, heißen Gewürzwein und einmal – o Wunder – sogar heiße Schokolade.

Jurij lenkte die Kibitka über die Brücke eines Flusses. Er erinnerte sich, dass er laut Stepans mitgegebenen Landkarten Schilka hieß und dass man seinem Lauf folgen musste, um zum Amur zu gelangen.

„Gut, mein Herz“, sagte er, „verzichten wir darauf, uns hier nach einem Nachtquartier umzusehen, sondern fahren wir noch ein Stück weiter.“ Er warf ihr einen prüfenden Blick zu. „Wird es dir auch nicht zu viel?“

Sie lehnte den Kopf gegen seine Schulter. „Es geht mir gut, und es wird mir noch viel besser gehen, wenn wir aus dieser Stadt heraus sind.“

Tschita lag an den Osthängen des Jablonowyj-Gebirges. Die Straße am Flussufer führte stetig bergab. Es war eine Art aus Lehm aufgeschütteter Damm, an dessen Seiten Gräben verliefen, in denen stellenweise immer noch das Schmelz- und Regenwasser gluckerte. Manchmal schwankte die Kibitka gefährlich hin und her, weil der Damm Querrinnen und tiefe Schlaglöcher aufwies, aber Kira meinte, eingedenk der oft nahezu unpassierbaren Gebirgsstrecke, die hinter ihnen lag: „Was für eine fantastische Straße, Jurjenka. Meinst du, wir werden es jetzt immer so gut haben?"

Er lachte und hob die Schultern. „Wer kann das wissen! Vielleicht wird es sogar noch besser. In Sibirien ist alles möglich."

Es sah so aus, als müssten sie wieder einmal unter freiem Himmel übernachten, denn weit und breit war keine menschliche Ansiedlung zu sehen.

Doch plötzlich schälten sich aus der heraufziehenden Dämmerung die Umrisse eines Gebäudes. Als Jurij die Kibitka näher heranlenkte, sah er, dass es eine kleine Kirche war, ganz aus Lärchenholz erbaut und offenbar seit langem unbenutzt. Das vergoldete Kreuz auf dem kleinen Türmchen schimmerte noch ein wenig von den letzten Strahlen der untergehenden Sonne.

Die Kirche lag an einem sanft zur Schilka abfallenden Hang, und als Jurij vom Kutschbock stieg, langsam darauf zuging und die schwere Klinke des Portals hinunterdrückte, schwang die Tür auf.

Das Fenster über dem Altar war zerbrochen, und durch Jurijs Eintritt wurde ein Nachtvogel – eine große Eule war's, die hier ihren Schlafplatz hatte – aufgescheucht und flatterte mit raschen Flügelschlägen ins Freie. Schmutz und hereingewehtes Laub bedeckten den Boden, aber im schwindenden Tageslicht schimmerten die Ikonen am Altar rötlich golden auf und erweckten die strengen gemalten Heiligengesichter zu geheimnisvollem Leben.

Kira war Jurij gefolgt. Mit staunenden Augen blickte sie sich um. „Eine Kirche", sagte sie. „Jurij, wie kommt eine Kirche in diese Einsamkeit? Wer hat sie erbaut? Wer hat früher hier Gottesdienste abgehalten?"

Er nahm ihre Hand. „Ich weiß es nicht, mein Herz. Sie muss schon lange leer stehen."

Sie sprachen beide fast im Flüsterton, als wollten sie die tiefe Stille des kleinen Gotteshauses nicht entweihen.

Kira bekreuzigte sich und ging auf den Altar zu. Dort blieb sie stehen, und Jurij sah, dass sich ihre Lippen bewegten. Sie betete ziemlich lange, und als sie sich ihm wieder zuwandte, lag ein Lächeln um ihren Mund.

„Lass uns hier bei der Kirche über Nacht bleiben. In ihrem Schutz sind wir sicher. Schirr die Pferdchen aus, Lieber, und tränke sie im Fluss. Vielleicht gelingt es dir sogar, ein paar Fische zu fangen, während ich ein Feuer mache."

Eine Dreiviertelstunde später saßen sie vor der Kibitka und blickten in den Nachthimmel hinauf. Jurij hatte tatsächlich zwei große Äschen geangelt, die Kira auf dem Feuer briet, während die Pferde friedlich neben der Kirche am Hang grasten.

Auf der anderen Seite der Schilka erhob sich ein Lärchenwald, der sein erstes frisches Grün angesetzt hatte. Das Sternenlicht war hell genug, dass Jurij und Kira sehen konnten, wie es dort plötzlich lebendig wurde. Vier, fünf Maralhirsche mit ihren Kühen traten aus dem Dickicht, um am Fluss zu trinken. Ein Luchs duckte sich in das Gesträuch und äugte misstrauisch auf die beiden Menschen am anderen Ufer, und ein Fuchs schnürte, irgendeine Beute im Fang, in einiger Entfernung vorbei.

Wie träumend hatte Kira den Kopf in Jurijs Schoß gelegt. „Es ist so schön hier, dass man weinen könnte", sagte sie nach einem langen Stillschweigen. „Auch das ist Sibirien, Jurjenka. Welch ein Land der Gegensätzlichkeit. Mörderisch grausam auf der einen Seite, dass man meint, es zu hassen mit seiner Einsamkeit, den endlosen Schnee- und Eiswüsten im Winter, ein Feind allen Lebens – und dann wieder von einer unbegreiflichen Fülle an Schönheit. Manchmal denke ich, dass es ein Stückchen Sterben ist, Sibirien zu verlassen. Glaubst du, wir werden woanders, weit fort von hier, glücklich werden?"

Er streichelte ihr Haar. „Wir werden überall glücklich sein, wenn wir zusammen sind."

„Aber du hast so viel meinetwegen aufgegeben, Jurij. Wirst du mich nicht eines Tages deswegen hassen?"

„Nein. Ich werde dich immer nur lieben ..."

„Darum habe ich vorhin in der Kirche gebetet. Und dass Gott uns in einem anderen Land gnädig sein möge. Dass es uns eine Heimat werden kann – und unserem Kindchen ..."

„Kira ...", fragte er stockend. „Wie meinst du das? Du bist doch nicht etwa ..."

„Doch", erwiderte sie und zog seinen Kopf zu sich hinunter. „Ich denke, dass es im Februar geboren wird. Vielleicht sind wir dann schon in unserer neuen Heimat ..."

Es kam anders ...

Sie hatten seit Tschita etwa fünfhundert Werst zurückgelegt, langsamer zwar als vordem, weil Jurij sich sorgte, dass Kira sich zu viel zumutete, und deshalb nicht nur abends, sondern auch tagsüber eine längere Rast einlegte. Er war ein rührender werdender Vater; jedes Schlagloch, jede allzu abschüssige Strecke machten ihm Kiras wegen Angst, und er fragte sie ein Dutzend Mal am Tag, ob sie sich trotz des Rüttelns und Schaukelns der Kibitka wohl fühle.

„Ganz wohl", entgegnete sie jedes Mal. „Vergiss nicht, ich bin eine Sibirjakin; und die können einiges aushalten."

„Aber deine Eltern stammen aus Kiew", erinnerte er sie dann, ebenfalls jedes Mal, und stopfte alle verfügbaren Decken um sie, damit sie die Erschütterungen der Kibitka nicht so spürte.

Sie hatten die Ausläufer des Borschtschowotschnyj-Gebirges fast hinter sich gelassen, und die Schilka schlängelte sich in weitem Bogen zu den Ebenen des Amur hinunter.

Während einer Mittagsrast am Flussufer geschah es dann. Aus dem Waldgebiet oberhalb des Flusses hörten sie plötzlich gellende Schreie. Es waren zwei Frauenstimmen, die um Hilfe riefen.

Jurij sprang auf. „Bleib hier und pass auf die Pferde auf", stieß er hervor, während er sein Gewehr und eine Axt aus der ledernen Halterung der Kibitka riss. Dann rannte er in den Wald hinauf.

Kira hatte längst gelernt, mit dem Pferdegespann umzugehen, und Jurij meinte, dass sie es inzwischen fast besser beherrschte als er selbst. Doch diesmal hatte sie alle Hände voll zu tun, um die nervös gewordenen Tiere zu beruhigen. Sie waren abgeschirrt, schnaubten und warfen die Köpfe, und Kira brauchte ihre ganze Kraft, um sie zu einem Baum am Ufer zu führen und dort festzubinden.

Dabei sprach sie unablässig auf sie ein. „Still, still, meine Guten, es geschieht euch nichts. Lisenka, Djewuschka, seid doch friedlich."

Jurij war indessen im Wald verschwunden. Er brauchte nur den Schreien nachzulaufen – und da sah er es: Eine Bärin, die zwei halb ausgewachsene Junge bei sich hatte, attackierte eine Frau. Offenbar hatte sie wilde Erdbeeren gesammelt, denn ein hölzerner Eimer lag ein Stück entfernt am Boden. Ein Teil der Früchte war herausgefallen. Eine zweite Frau war auf einen Baum geklettert und hockte schreckensbleich in einer Astgabel.

Die Bärin, besonders aggressiv wegen ihrer Jungen, die sie verteidigen zu müssen glaubte, hatte sich aufgerichtet und die gewaltigen Tatzen erhoben. Ein bösartiges Knurren kam aus ihrem Fang, als die Beerensammlerin zurückwich. Im nächsten Augenblick warf die Bärin sich auf sie und riss sie zu Boden.

Jurij hatte sein Gewehr bereits im Anschlag, doch dann wurde ihm klar, dass er nicht schießen konnte. Er hätte ebenso gut die Frau treffen können. Doch tatenlos zusehen, wie sie von der Bärin zerrissen wurde, konnte er auch nicht.

Er umklammerte den Stiel seiner Axt, während er das Gewehr fortwarf. Sein Aufschrei, als er auf die Bärin zurannte, bewirkte, dass sie von ihrem Opfer abließ. Trotz ihres massigen Körpers warf sie sich mit erstaunlicher Behändigkeit herum und griff ihren neuen Gegner an. Ein Tatzenhieb zerfetzte Jurijs linke Schulter. Er spürte einen höllischen Schmerz, roch den fauligen Atem des Tieres, und riss mit dem rechten Arm die Axt hoch.

Ihr Heiligen, helft! Er wusste nicht, ob er es nur dachte oder laut schrie. Dann sauste die scharfe Waffe auf den Bärenschädel nieder, und der Hieb, in Todesnot ausgeführt, war so gewaltig, dass er den Kopf der Bärin spaltete. Aufbrüllend wankte sie, stürzte und riss in einem letzten Reflex mit ihren mörderischen Krallen eine tiefe, stark blutende Fleischwunde in Jurijs Brustkorb.

Er versuchte, stehen zu bleiben, aber er schaffte es nicht. Er presste die Hände auf den Leib, sank in die Knie und fiel dann vornüber auf den moosigen Waldboden. Kiras markerschütternden Schrei, als sie zu ihm rannte, hörte er nicht mehr.

Das Dorf, aus dem die beiden Frauen kamen, lag hinter dem Waldstück in einem kleinen, von einem Bach durchflossenen Tal. Es hieß Odinokij Selo, bestand aus einem guten Dutzend Holzhütten mit Flecht- und Knüppelzäunen um die Gärten, in denen Kohl und Gurken gediehen und die Hühner im Gras scharrten, sowie einer kleinen Kirche, und seine Bewohner waren Bauern und Fischer. Ihre Vorfahren waren schon unter Katharina II. zwangsweise hier angesiedelt worden und die Nachkommen geblieben. Es ließ sich ganz gut leben in Odinokij Selo, so einsam es auch war, fanden sie. Der Fischreichtum der Schilka war groß, in den Wäldern gab's genügend Beeren und Pilze, man hielt sich ein paar Ziegen, baute ein wenig Roggen, Gerste und Hafer an, und wenn man Appetit auf einen Wildbraten hatte, so holte man ihn sich aus den Wäldern. Sie waren nicht reich, die Leute von Odinokij Selo, aber sie waren zufrieden. Es war so, wie Vater Sergej, der Pope, es gern in seinem allsonntäglichen Schlussgebet ausdrückte: „Du, o Herr, lässt regnen über Gerechte und Ungerechte. Und manchmal will es uns scheinen, als verteiltest du die irdischen Gaben sehr ungleichmäßig. Aber was wissen wir schon, warum du uns ein wenig kurz hältst! Vielleicht vertrügen wir gar nicht mehr Wohlleben. Darum sei gepriesen, o Herr. Wir danken dir für alles, was du uns zukommen lässt, denn es ist genug, um uns satt zu machen."

Und seine ihm anvertrauten Schafe bekräftigten die Worte ihres Seelenhirten mit einem aus voller Kehle gesungenen dreifachen Amen.

An diesem Sonntag aber fügte Vater Sergej seinem Schlussgebet noch eine besondere Fürbitte hinzu: „Du weißt es, o Herr, dass deine Dienerin Anuschka Trofimowna, das Eheweib unseres Mitbruders Anton Jessenko, diese Welt verlassen hat. Ein Bär hat sie getötet, und so bitten wir dich nun, nimm sie in deinen goldenen Himmeln auf und schenke ihr die ewige Seligkeit. Tröste aber auch den zurückgebliebenen Gatten und die zwei Töchterchen, sowie Anuschkas Eltern. Und nimm dich des tapferen jungen Mannes an, der Anuschka in ihrer Not zu Hilfe gekommen und von dem wütenden Untier schwer verletzt worden ist. Lass ihn genesen, o Herr, und mache seine Leiden erträglich. Das erflehen wir von dir voller Demut und in unerschütterlichem Glauben an deine Güte."

Dieses Mal klang das dreifache Amen wesentlich zittriger als sonst und wurde von gelegentlichem Aufschluchzen unterbrochen. Man hatte Anuschka Jessenko gern gehabt, und dass sie einen so schrecklichen Tod gefunden hatte, erschütterte die Gemüter.

Kira hörte den Gesang aus der Kirche. Das Haus von Witalij Maximowitsch Iwanow, der sie und Jurij aufgenommen hatte und ihnen sogar die eigene Schlafkammer abgetreten hatte, lag nicht weit entfernt. Es war das größte Haus von Odinokij Selo und besaß sogar ein oberes Stockwerk.

Einen Arzt gab es hier nicht, aber die Hebamme Walentina Glebowna, von der Witalij Iwanow behauptete, dass sie sich ebenso gut mit Krankheiten auskenne wie ein studierter Doktor.

Freilich könne man nach dem Arzt in Ksenjewka schicken, aber der würde frühestens erst morgen Nachmittag hier sein, und bis dahin müsste sich ohnedies Walentina Glebowna um den Verletzten kümmern.

Jurij war während der Fahrt in der Kibitka aus seiner Bewusstlosigkeit erwacht. Er hatte viel Blut verloren, und die Wunden, die ihm die Bärin beigebracht hatte, verursachten ihm unerträgliche Schmerzen. Aber als Kira sich über ihn gebeugt hatte, hatte er ein schwaches Lächeln versucht. „Nicht so ... schlimm", hatte er gemurmelt. „Wird ... wieder gut ..."

Dann hatte er glücklicherweise erneut die Besinnung verloren und gar nicht gespürt, wie man ihn vor dem Haus der Iwanows aus dem Wagen hob und die Treppe zu Witalijs und seiner Frau Nataljas Schlafkammer hinauftrug.

Walentina, die Hebamme, hatte die Hände über dem Kopf zusammengeschlagen, als sie Jurijs Verletzungen sah. „Das arme Herrchen! Ganze Fetzen Fleisch hat ihm die Bestie herausgerissen. Aber mit Gottes Hilfe kann man ihn heilen."

Dann hatte sie Kira gebeten hinauszugehen.

„Was jetzt kommt, ist nichts für dich, Töchterchen. Ich muss die Wundränder sauber schneiden, damit kein abgestorbenes Fleisch zurückbleibt. Das wird dir mehr wehtun als ihm, der ja noch immer bewusstlos ist."

Aber Kira hatte den Kopf geschüttelt. „Lass mich bei ihm bleiben. Ich will seine Hand halten und darum beten, dass er nichts spürt."

Walentina hatte ihr einen prüfenden Blick zugeworfen. „Tu, was du nicht lassen kannst. Aber ich werde mich nicht darum kümmern, wenn du umfällst, weil ich zuerst deinen Mann versorgen muss."

Kira wurde es tatsächlich ganz schlecht, als sie sah, wie Walentina Haut- und Fleischfetzen entfernte. Die scheußliche Prozedur und die anschließende Reinigung der Wunden kamen ihr wie eine Ewigkeit vor, aber sie kämpfte gegen ihre Schwäche an und blieb neben Jurijs Bett sitzen. Ganz sacht nur hielt sie seine Hand und blickte in sein geliebtes Gesicht, das so blass und leblos war. Ein- oder zweimal stöhnte er auf, und Walentina sagte: „Das hat nichts zu bedeuten. Sie stöhnen alle, wenn sie so schwer verletzt sind, auch wenn sie in Wirklichkeit nicht fühlen, was mit ihnen geschieht. Es kommt einfach aus ihnen heraus."

Endlich richtete sie sich auf. „Fertig. Jetzt bekommt er noch einen Extrakt aus Kräutern und Moorschlamm, den ich selbst aus den Sümpfen von Pinowka geholt habe und der, wenn man ihn lange genug erhitzt hat, sehr heilsam ist. So Gott will, werden wir damit eine eitrige Entzündung verhindern. Und ich lasse dir eine Arznei da, damit er schlafen kann. Sie wird auch die Schmerzen lindern. Du musst sie ihm alle vier Stunden eingeben, Töchterchen."

Kira wachte die Nacht über bei Jurij. Er lag in halber Benommenheit, aus der er manchmal auftauchte und ein verzerrtes Lächeln versuchte, wenn sie sich über ihn beugte.

Er fieberte und klagte über Durst, und sie flößte ihm zu trinken ein und kühlte sein schweißnasses Gesicht mit einem nassen Tuch.

Am nächsten Morgen kam Natalja Iwanowa und überredete Kira, den Kranken für eine Weile allein zu lassen. Natalja war eine füllige Frau mit einem hässlichen Gesicht, weil es zu grob und unregelmäßig war, aber ihre dunklen Augen strahlten eine wunderbare Güte aus. „Du musst etwas essen, Töchterchen", sagte sie. „Und anschließend ein paar Stunden schlafen. Es nützt deinem Mann nichts, wenn du vor lauter Erschöpfung selbst krank wirst. Wir und noch ein paar andere Frauen aus dem Dorf werden abwechselnd bei ihm wachen, damit es nicht zu viel für dich wird."

Kira hatte gemeint, keinen Bissen hinunterzubringen und kein Auge zutun zu können. Doch als sie in der Küche des Iwanow'schen Hauses saß, eine flache Schüssel dampfender Schtschi aus Sauerkohl, Pilzen und Kaninchenfleisch vor sich, und Witalij Iwanow sie freundlich aufforderte, zu essen, merkte sie nach den ersten zögernd genommenen Löffeln, dass sie doch hungrig war. Sie leerte die Schüssel zu Witalijs Zufriedenheit bis auf den letzten Rest. Gleich darauf erschien Natalja wieder und führte sie nach oben zu Jurij. „Leg dich in das andere Bett, Töchterchen. Ich habe frische Leintücher aufgezogen, und du wirst schlafen wie ein Kindchen in den Armen der Mutter."

Das Bettleinen duftete nach Gras und blühenden Wiesenblumen, und als Kira noch einmal, schon ausgestreckt und den Kopf in ein Kissen geschmiegt, einen Blick zu Natalja hinüberwarf, saß diese neben Jurij und strich ihm das verschwitzte Haar aus der Stirn. „Walentinas Medizin habe ich ihm schon gegeben, während du unten warst. Er wird gleich ruhiger werden."

Die Frauen von Odinokij Selo machten wahr, was sie sich vorgenommen hatten: Sie lösten Kira abwechselnd bei der Pflege des Kranken ab. Sie selbst wachte in den Nächten bei ihm, aber tagsüber versorgten ihn die anderen.

Auch Walentina Glebowna kam mindestens zweimal täglich, erneuerte die von ihr zubereiteten Kompressen und Verbände und meinte, wenn Jurij bei dieser Prozedur vor Schmerzen aufstöhnte, weil die Leintücher und Moorschlammpackungen an dem sich langsam bildenden Wundschorf festgeklebt waren und Walentina sie ohne viel Federlesens abriss: „Brüll nur, Söhnchen, und spuck mir meinetwegen ins Gesicht. Was meinst du, was eine Schwangere tut, wenn das Kind falsch liegt und man es im Mutterleib drehen muss! So ein Weibchen kratzt, beißt und tritt und verflucht mich und das werdende Väterchen. Eine hat mir sogar einen Zahn ausgeschlagen. Hier, sieh nur ..." Und sie grinste und zeigte Jurij die Zahnlücke.

Witalij Iwanow hatte nun doch nach dem Arzt in Ksenjewka geschickt. „Nur, damit du nicht denkst, wir wollten etwas versäumen", hatte er Kira erklärt, und Doktor Litowkin war am dritten Tag gekommen. Er hatte sich Jurijs Wunden angesehen, ein paar Mal genickt und dann gemeint: „Er wird es schaffen. Er hat eine kräftige Konstitution und gutes Heilfleisch." Anschließend hatte er Walentina Glebowna eine triefäugige Hexe genannt, weil sie sich standhaft weigerte, ihm die Rezeptur ihres Moorschlamm-Heilkräuter-Extrakts zu nennen. Er war eben ein ungehobelter Mensch, dieser Litowkin, aber er sollte ein guter Arzt sein, wie die Leute von Odinokij Selo Kira versicherten. Wenn er sagte, dass Jurij Michailowitsch durchkam, dann war das auch so.

Es waren wirklich rührende Menschen, die Einwohner dieses kleinen Dorfes an der Schilka. Kein Tag verging, an dem nicht zwei oder drei in Witalijs Küche trampelten, um irgendeine Gabe für Kira und Jurij mitzubringen. Gezuckerte Himbeeren, ein Stück Ziegenkäse, einen köstlichen weißfleischigen Fisch, eingelegte Kürbisse oder selbstgebackene Piroggen. „Geht's dem Kranken besser?", fragten sie oder: „Meine Njuschka sagt, dass er gestern einen ganzen Teller Fleischbrühe mit verquirltem Ei gegessen hat. Das ist doch ein gutes Zeichen ..."

Sogar der Pope Vater Sergej erschien sonntags nach der morgendlichen Messe, segnete Jurij und beteuerte Kira: „Ich schließe ihn und dich jeden Abend in meine Gebete ein. Er ist ein Held, dein Mann, und du kannst stolz auf ihn sein. Tötet eine Bärin mit einem einzigen Axthieb."

Das allgemeine Mitempfinden bewirkte, dass Kira sich in Odinokij Selo einzuleben begann. Man tat alles für Jurij, was menschenmöglich war, und auch wenn die Genesung nur äußerst langsam voranschritt und es drei Mal sogar zu einem Rückfall kam mit neuem Fieber und höllischen Schmerzen, weil eine verschorfte Wunde aufgeplatzt war, so wurde es doch ganz allmählich immer besser mit ihm.

Dennoch dauerte es fast zwei Monate, bis er aufstehen und ein wenig herumgehen konnte, krumm und gebückt zwar und noch immer schwach auf den Beinen, und Witalij Maximowitsch sagte:

„An eine Weiterreise ist noch nicht zu denken, Jurij Michailowitsch. Aber was tut's? Bleibt bei uns, so lange ihr wollt."

Und seine Frau Natalja fügte mit einem lächelnden Blick auf Kira hinzu: „Am besten wäre, ihr würdet die Geburt des Kindes abwarten. Für eine Schwangere ist es nicht gut, tagelang in einer Kibitka durchgeschüttelt zu werden. Und ihr wollt doch, dass es gesund zur Welt kommt, das Kleine, nicht wahr?"

Kira war rot angelaufen. „Du weißt ..."

„Walentina hat es schon vor drei Wochen behauptet. Sie hat einen Blick für so etwas. Und sie meint auch, dass ihr hier bleiben sollt. Fahrt erst weiter, wenn das Kleine kräftig genug ist für die Strapazen der Reise."

Am Abend, als Jurij und Kira in der Iwanow'schen Schlafkammer im Bett lagen, fragte er: „Meinst du, wir sollen wirklich noch so lange bleiben?"

„Ja, Jurjenka", erwiderte sie ohne Zögern. „Hier sind wir sicher. Niemand sucht uns hier, und wir sind nicht allein, wenn das Kindchen geboren wird. Es sind gute Menschen, die hier leben."

So war es denn beschlossen, und am Sonntag darauf, als Jurij zum ersten Mal die Messe in der kleinen hölzernen Kirche von Odinokij Selo besuchte, blieb er drinnen zurück, während die anderen Dorfbewohner ins Freie drängten, und sagte zu Vater Sergej:

„Ich möchte beichten, Vater, und anschließend eine Bitte aussprechen."

Der Pope, der gerade sein Messgewand ausziehen wollte, ließ es wieder herunter und zupfte es glatt. „Dann komm, mein Sohn. Bist du schon in der Lage niederzuknien? Dann tu's. Hier auf den Stufen vor dem Altar."

„Ich habe gelogen, Vater", begann Jurij. „Ich heiße nicht Tamburow, wie ich gesagt habe, sondern Petrow. Ich stamme aus Irkutsk und bin mit Kira Nikolajewna geflohen. Wir wollen Russland verlassen."

„Und warum?“, fragte Vater Sergej, und Jurij erzählte ihm seine und Kiras Geschichte.

Der Pope strich sich über seinen langen grauen Bart. „Lügen“, sagte er schließlich, „sind lässliche Sünden. Warum hast du sie aufgedeckt, Söhnchen?“

„Weil ich Kira heiraten möchte, hier in Odinokij Selo. Unser Kind soll hier geboren werden, und ich will, dass Kira und ich vorher Mann und Frau sind.“ Jurij schluckte. „Außerdem ... ich finde es einfach nicht anständig, die Leute hier noch länger zu belügen. Sie waren so gut zu uns.“

„Und wenn nun jemand aus dem Dorf nach Ksenjewka rennt und dem dortigen Gendarmerieposten meldet, dass sich hier eine entflohene Leibeigene aufhält ...“

„Kira ist von ihrem früheren Besitzer freigelassen worden. Aber das können wir nicht beweisen ...“

„Eben, eben“, sagte Vater Sergej. „Was also willst du machen, wenn man euch anzeigt?“

„Ich glaube nicht, dass jemand aus Odinokij Selo so etwas tun würde,“ entgegnete Jurij fest. „Nicht einmal der streitsüchtige Wjatka Strelzyn.“

„Ich glaub's auch nicht“, sagte Vater Sergej. „Ein Verräter hätte auch nichts mehr zu lachen bei uns. Die anderen würden ihn in der Schilka ersäufen.“

Er wandte sich dem Altar zu und betrachtete das Christusbild darüber. Was soll man tun?, dachte er. Es ist eine verzwickte Geschichte. Offiziell ist Kira eine entflohene Leibeigene. Ist das eine Sünde – oder nur eine von der Justiz zu bestrafende Tat? Und Jurij Michailowitsch hat ihr ein Kind gemacht, ohne mit ihr verheiratet zu sein ... Das ist schon ärger nach der Meinung der heiligen Kirche. Aber wozu hat man Augen? Nur um zu glotzen – oder auch, um sie gelegentlich mal zuzudrücken?

Er wandte sich wieder um. „Ich werde euch am nächsten Sonntag trauen“, sagte er. „Obwohl manches ... nun, nennen wir es ... nicht ganz in Ordnung ist bei euch beiden, und weil keine Leibeigene ohne die Zustimmung ihres Besitzers heiraten darf. Aber sei's drum! Ich nehme es auf mich, denn ich bin überzeugt, dass die Tore zu Gottes Himmeln sich höher wölben, als die beschränkten Geister auf der Erde jemals fassen können. Hol's der Teufel, das wird eine prächtige Hochzeit werden, Söhnchen."

Es wurde eine Hochzeit, die man in Odinokij Selo nie vergaß. Schon zwei Tage vorher wurde gekocht, gebacken und gebraten. Jeder steuerte dazu bei, was er geben konnte, und gefeiert wurde in Witalij Iwanows Scheune, weil sie groß genug war, um alle 56 Einwohner aufzunehmen.

Zuvor hatten ein paar junge Burschen sie leer geräumt und Heu- und Strohballen, Kartoffeln und Getreidevorräte für den Winter auf die anderen Scheunen des Dorfes verteilt.

„Aber wagt es nicht, mich zu beklauen, ihr Teufelsbraten", hatte Witalij gedroht. „Wenn meine Scheune nach der Hochzeit nicht genauso voll wie vorher ist, hacke ich euch die Finger ab!"

Die Wände der leer geräumten Scheune wurden mit Lärchenzweigen verkleidet, man stellte Bänke und Holzböcke mit langen Brettern als Tische auf, und für den Blumenschmuck in der Kirche plünderten die Frauen von Odinokij Selo ihre Gärten, dass sie hinterher aussahen, als sei eine biblische Heuschreckenplage darüber gekommen.

In aller Eile hatte man ein Brautkleid für Kira genäht. Weiß war's – die Farbe der Unschuld –, und für den Schleier hatte Walentina Glebowna ihre Spitzengardinen geopfert. Was tat's, wenn die Braut schwanger war; so etwas kam nicht zum ersten Mal vor, wenn die Liebe zu heiß war. Und Walentina hatte sehr richtig bemerkt: „Auf jeden Fall weiß man nun, dass Jurij nicht die Katze im Sack kauft und Kira keine taube Nuss ist." Ein Argument, das nicht von der Hand zu weisen ist, Freunde ...

Die Trauung war zum Weinen schön. Vater Sergej predigte über den 1. Korintherbrief des Apostels Paulus, Kapitel 13, das ein Hohelied der Liebe ist, und er tat es so ergreifend, dass selbst angegraute Familienväter und -mütter einander mit feuchten Augen zulächelten und sich gegenseitig stumm so manche eheliche Grobheit verziehen, wie sie in den besten Familien vorkommen. Axinja Dubrowa beispielsweise hatte ihrem Eheliebsten vor ein paar Tagen eine Pfanne mit heißen gebratenen Eiern über den Kopf geschlagen, und man sah noch heute die Beule auf seinem kahlen Schädel. Jemeljan Marmutkow hatte sein Weib Sofka im Suff verprügelt, und der Schmied Kerlejew hatte seine Marussja mit einem gewaltigen Fußtritt in den Bach befördert, weil sie ihn einen dämlichen Stiefelpisser genannt hatte.

Aber was tat's, wenn man nun auf so eindrucksvolle Art daran erinnert wurde, dass die Liebe langmütig und freundlich zu sein hatte und das Böse niemals anrechnete! Jemeljan Marmutkow strich seiner Sofka sogar reuevoll über den strammen Busen – man denke, in der Kirche! – und sie kicherte verschämt.

Als Vater Sergej den Trausegen sprach, blickten Jurij und Kira einander an, und die vergoldeten Ikonen und der Kerzenschimmer zersprangen vor Kiras Augen in tausend glitzernde Facetten, weil sie weinen musste vor Glück. Und Jurij hielt ihre Hand und dachte: Wenn ich kann, soll sie ihr ganzes Leben nur noch vor Glück und niemals vor Kummer weinen.

Bevor sie zur Kirche gingen, hatte er Kira das juwelenbesetzte goldene Kreuz umgehängt. „Es gehört jetzt dir, bis du es einmal an unser ältestes Söhnchen oder Töchterchen an seinem Hochzeitstag weitergibst. Halte es in Ehren, mein Herz; meine Mutter hat es mir für dich mitgegeben. Ihr Segen ist heute bei uns."

Da der Mensch aber nicht nur von frommen Worten, Weihwasser und Chorälen leben kann, gab es nach der Trauung ein Festessen, das so üppig war, dass am Ende alle Teilnehmer dieser Feier kaum mehr japsen konnten. Welch ein Glück, dass es Wodka gab, um die Speisen im voll gestopften

Magen verdaulicher zu machen, und dass eine fünfköpfige Balalaikakapelle spielte, aus Bewohnern von Odinokij Selo bestehend, zu deren Klängen man tanzen konnte. Dazwischen gab es wieder zu essen und zu trinken, und erst im Morgengrauen schwankten die letzten Hochzeitsgäste erschöpft nach Hause. Man war sich einig: Nie hatte es in Odinokij Selo eine schönere Hochzeit gegeben, und wahrscheinlich würde ihr auch keine ähnlich begeisternde folgen.

Jurij hatte – nein, was war er doch für ein großmütiger, freigiebiger Mensch – Vater Sergej ein ganzes Säckchen voller Silberrubel als Dank in die Hand gedrückt. Man würde aufpassen müssen, dass der Pope das Geld nicht ausschließlich für die Kirchenrenovierung verwendete oder sogar eine neue Glocke in der Gießerei von Nertschinsk bestellte, denn nach Jurijs Willen war der Rubelsegen für ganz Odinokij Selo bestimmt. Man konnte eine Banja dafür bauen oder ein Versammlungshaus, damit für die nächste größere Feier keine Scheune mehr ausgeräumt werden musste.

Als der Winter kam, war Jurij wieder völlig gesund. Er ging mit den Männern des Dorfes auf die Jagd oder zum Fischen, er half mit, die vom Schnee zugewehten Häuser und Wege freizuschaufeln, Werkzeuge und Schlitten zu reparieren, das Vieh zu versorgen und Holz zu hacken.

Die Schwangerschaft machte Kira wenig Beschwerden; nur ein bisschen schwerfälliger wurde sie, aber was tat das schon? Zusammen mit Natalja Iwanowa und Marussja Kerlejewa nähte und strickte sie an der Ausstattung für ihr Kindchen. Witalij holte die selbst gezimmerte und bunt bemalte alte Wiege vom Speicher, in der einst seine inzwischen längst erwachsenen Söhne Kolja und Jossip gelegen hatten.

Und dann – drei Wochen etwa vor dem vermuteten Geburtstermin – setzten bei Kira die Wehen ein.

Es wurde eine quälend lange und schwere Geburt.

Zwei Tage und Nächte kämpfte Kira, und Jurij saß die

meiste Zeit an ihrem Bett und fühlte sich so hilflos wie nie zuvor in seinem Leben.

In der zweiten Nacht hielt er es nicht mehr aus und rannte zu Vater Sergej. Er hämmerte so lange an dessen Haustür, bis der Pope verschlafen den Kopf aus dem Fenster seiner Schlafkammer steckte und ungnädig rief: „Was gibt's? Brennt die Kirche? Oder verlangt einer nach den Sterbesakramenten? Das wären die einzigen Gründe, dass ich dir die Störung meiner Nachtruhe verzeihe, du Idiot!"

Als er dann aber hörte, dass Kira noch immer in den Wehen lag und so erschöpft war, dass sie noch nicht einmal mehr schreien konnte, war er erstaunlich schnell hellwach.

„Ich werde eine Messe für sie und das Kleine lesen, Söhnchen", sagte er, nachdem er die Haustür geöffnet hatte und sich im Flur die Stiefel anzog. „Geh du wieder zu deiner Frau. Sie braucht deine Gegenwart jetzt nötiger als alles andere. Gott kann auch mit mir allein vorlieb nehmen."

Jurij rannte zum Haus der Iwanows zurück. An der Treppe zum obersten Stockwerk verharrte er ein paar Sekunden und lauschte. Hörte man ein Neugeborenes schreien? Aber nein, es war alles still. Auch Kira wimmerte und stöhnte nicht mehr.

Eine unbarmherzige Faust schien Jurijs Herz zusammenzudrücken, dass er kaum Luft holen konnte. Immer zwei Stufen auf einmal nehmend, stürmte er die Treppe hinauf.

Kira war so bleich wie die Leintücher, auf denen sie lag, und Walentina, die die ganze Nacht über bei ihr war, untersuchte sie gerade. Als die Hebamme sich aufrichtete, war ihr runzliges Gesicht ganz grau.

„Sie hat keine Wehen mehr", sagte sie, und Natalja Iwanowa, die ebenfalls bei der Gebärenden wachte, sprang auf.

„O ihr Heiligen, was kann man jetzt noch tun?"

„Hol frische nasse Laken", wies die Hebamme sie an. „Wir müssen sie ihr umwickeln und dann versuchen, das Kind auf diese Weise aus ihr herauszupressen."

„Und wenn es dabei stirbt?", wandte Natalja ein, doch Walentina, die bisher die Ruhe und Geduld in Person gewesen war, fuhr sie an wie eine gereizte Katze:

„Wenn wir es nicht holen, stirbt es sowieso! Also mach schon!“

Jurij wagte keine Fragen mehr zu stellen. Wie gelähmt vor Angst sah er zu, wie Natalja hinausrannte und mit drei großen Betttüchern zurückkehrte, die sie draußen im Schnee gewälzt hatte, um sie nass zu machen.

Walentina nahm das erste und befahl Jurij: „Heb sie hoch, dass ich es ihr unterlegen kann.“

Als er gehorchte, öffnete Kira, die bis dahin kraftlos vor sich hin gedämmert hatte, die Augen. Sie murmelte etwas, und als er sich näher über ihren Mund beugte, verstand er, was sie sagte:

„Das Kreuz, Jurjenka ... gib mir das Kreuz ...“

Er nahm es von der Wand und drückte es ihr in die kraftlosen Hände. Sie umklammerte es, so gut sie vermochte.

Ein paar Minuten vergingen, in denen die beiden Frauen die Betttücher, so fest sie konnten, um Kiras Leib wickelten. Plötzlich stieß sie einen hellen Schrei aus und bäumte sich hoch. Ihr Kopf und die Füße bohrten sich in die Kissen wie in einem Krampf. So verharrte sie wie eine zu straff gespannte Saite, dann schrie sie noch einmal, presste und keuchte, während sie das Kreuz an ihre Brust drückte, und Walentina rief: „Das Kind ... es kommt! Ich sehe das Köpfchen ... ich kann es fassen ...“

Sie griff zu und zog mit einer hundertfach geübten vorsichtigen Drehbewegung den Kinderkörper heraus.

Es lebte, das Kleine, und es begann, noch bevor Walentina ihm einen Klaps auf das winzige Hinterteil geben konnte, mit einer quarrenden, maunzenden Stimme zu schreien.

Kira fiel zurück, holte tief und mühsam Atem. Dann entspannte sie sich und lauschte auf das Schreien ihres Kindes.

„Ist ... alles in Ordnung mit ihm?“, flüsterte sie, und Walentina hielt das Kind hoch und sagte: Ja, Matuschka. Du hast ein gesundes Töchterchen ...“

„Jurjenka ...“ Kira wandte den Kopf und blickte ihren Mann an. „Nicht weinen, Jurjenka, es ist ja alles gut. Komm und sieh dir dein Töchterchen an ...“

Aber er beugte sich zu seiner Frau hinunter, legte sein Gesicht neben das ihre und stammelte: „Mein armes Schwänchen, was hast du gelitten. Nie mehr darfst du so etwas durchmachen ...“

Kira lachte leise. „Ich glaube, ich hab's schon vergessen, Jurjenka. Und für unsere kleine Anna wäre es nicht gut, wenn sie allein bliebe ...“

„Danke“, flüsterte er an ihrem Mund, „ich danke dir so sehr für mein Töchterchen ...“

Ihr fielen vor Erschöpfung die Augen zu. Jurij küsste sie auf die geschlossenen Lider. Als er sich wieder aufrichtete, sah er, dass vor den beiden kleinen Fenstern der Schlafkammer das erste Frühlicht den Himmel erhellte. Er war klar, und es versprach ein frostiger, sonniger Tag zu werden – der erste Tag im Leben der kleinen Anna Jurjewna von Petrow ...

Sie blieben noch vier Monate in Odinokij Selo. Dann drängte Jurij zum Aufbruch. Die kleine Anna war ein kräftiges, gesundes Kind mit den schwarzen, ein wenig schräg stehenden Augen der Petrows und dem goldbraunen Haar ihrer Mutter, das sich in kurzen Löckchen um ihr Gesicht kringelte. Auch Kira hatte sich rasch von der Geburt erholt, und Jurij meinte, dass sie die Weiterreise jetzt, Ende Mai, einigermaßen gefahrlos wagen könnten. „Ich weiß nicht, wie lange wir bis an die Küste brauchen und wann ein Schiff uns dort aufnimmt. Auf jeden Fall müssen wir vor den Winterstürmen amerikanischen Boden erreicht haben. Sonst müssen wir bis zum nächsten Sommer warten.“

Man sah das ein in Odinokij Selo; trotzdem war der Abschied herzzerreißend.

Tage vorher schon hatte man den Scheidenden alles Mögliche für die Reise gebracht: angefangen vom Pferdezaumzeug über Lebensmittel bis hin zu Kleidungsstücken für den Sommer und die kältere Jahreszeit und einem Wiegenbettchen aus feinster Ziegenhaut für die kleine Anna, das an Lederschlaufen in der Kibitka aufgehängt werden konnte und so gut mit Gänsedaunen und Fellen ausgepolstert war, dass das Kind so weich und geborgen wie eine kleine Großfürstin darin lag.

Anton Jessenko hatte es gebaut, der Mann, dessen Frau bei dem Angriff der Bärin ums Leben gekommen war. „Aber du hast versucht, meine Anuschka zu retten, Jurjenka", sagte er, während er Jurij mit Tränen in den Augen an seine breite Brust drückte. „Das werden wir dir nie vergessen."

Am Tag der Abreise hatten sich alle Dorfbewohner vor dem Haus der Iwanows versammelt. Auch Vater Sergej war gekommen und besprengte die Kibitka und die Pferde davor mit Weihwasser, wobei er mehr laut als schön mit seiner gewaltigen Bassstimme einen Abschiedschoral anstimmte, den man sinnigerweise auch bei Beerdigungen singen konnte: „Zieh hin in Frieden, Gott geleite dich ..."

„Er ist ein Idiot, dieser Pope", schimpfte Mischka Gorowny, der es nicht so sehr mit der Religion hatte und sich selbst als Freigeist bezeichnete, weshalb die fromme Stefanida Miroljowa jedes Mal ein Kreuz schlug, wenn sie ihn erblickte. Und der ewig stänkernde, streitsüchtige Wjatka Strelzyn stimmte Mischka zu: „Man sollte ihm das Maul verbieten. Soll ich's tun, Brüderchen? Ich geb ihm eine drauf, dass er zwei Wochen lang nur noch Suppe schlürfen kann."

Aber da traten Jurij und Kira aus dem Haus. Sie hatte die kleine Anna auf dem Arm, und Natalja und Walentina, die sie begleiteten, schluchzten laut, als sie den Gesang des Popen hörten.

Man umarmte einander, die Männer schlugen Jurij auf die Schulter, und da Weinen etwas Ansteckendes ist, genauso wie Schnupfen oder Husten, heulten bei der Verabschiedung alle Weiber, und auch so mancher Mann schnäuzte sich verschämt, weil ihm das Wasser in den Augen stand.

„Kommt wieder, wenn es euch in Amerika nicht gefällt!“, rief Witalij Iwanow und zerquetschte Jurij fast die Hände. „Hier in Odinokij Selo habt ihr immer ein Zuhause!“

Vater Sergej segnete die Abreisenden mit seinem großen goldenen Brustkreuz, und Jurij sagte: „Wir danken euch allen. Wir werden euch nie vergessen! Lebt wohl, Gott behüte euch.“

Dann ergriff er die Zügel, und die Pferdchen zogen an. Ihr Fell glänzte in der Sonne wie mit Speckschwarte eingerieben, und sie waren drall und kräftig von dem guten Futter, das man ihnen vorgesetzt hatte.

„Lebt wohl, lebt wohl!“, rief auch Kira, während ihr die Tränen über das Gesicht liefen, und die Zurückbleibenden winkten ihnen nach, bis die Kibitka in die Straße zur Schilka einbog und dort in einer Staubwolke verschwand.

Sie fuhren in den sibirischen Frühling hinein. Am Ufer der Schilka blühten die wilden Kirschbäume, und die Lärchenwälder an der anderen Seite ihres Weges setzten das erste frische Grün an.

Manchmal regnete es in der Nacht, aber am Morgen war der Himmel wieder klar, und das Sonnenlicht lockte unzählige Blumen aus dem Boden. Wenn sie auf einer Wiese Rast machten, war es, als gingen sie über einen bunten Blütenteppich, und Kira sagte zu ihrer kleinen Tochter: „Schau es dir nur alles genau an, mein Herzchen. So schön ist deine Heimat! Ach, du wirst es vergessen haben, wenn wir erst fort sind, aber dein Papuschka und ich werden dir immer wieder davon erzählen. Wir dürfen Sibirien nicht vergessen, verstehst du?“

Und die Kleine lachte und patschte mit ihren Händchen in Kiras Gesicht, und die drückte sie an sich und küsste die pfirsichzarten Wangen, wie sie nur ein so kleines Kindchen hat.

Dann erreichten sie den Amur, den „Schwarzen Fluss“, der die Grenze zwischen Sibirien und China bildete. Er führte viel Wasser, wie immer nach der Schneeschmelze und den heftigen Regengüssen zu Beginn des Frühlings. Da und dort war der Fluss über die Ufer getreten und hatte das Land überschwemmt, ein Brutplatz für Myriaden von Mücken und Stechfliegen.

„Dort drüben ist China", sagte Jurij und deutete auf das weit entfernte, im Sonnenglast verschwimmende gegenüberliegende Ufer. Die Umrisse von ein paar Dschunken waren schwach zu erkennen.

Auf der russischen Seite war der Strom bevölkert von Schiffen aller Art – Fischerbooten, Lastkähnen, Patrouillenbooten, Seglern und Flößen.

„Vielleicht finden wir ein Schiff, das groß genug ist, uns mit der Kibitka und den Pferden bis ans Meer mitzunehmen", meinte Kira und zupfte das Tüllnetz über Annas Wiegenbettchen zurecht, das die Stechmücken abhalten sollte.

Jurij schüttelte den Kopf und deutete auf ein Patrouillenboot, das mit schäumenden Bugwellen an ihnen vorüberzog. „Ich fürchte, dass die Schiffe hier im Grenzgebiet scharf kontrolliert werden. Es klingt zwar unwahrscheinlich, dass Waljurew immer noch nach dir suchen lässt – und schon gar nicht am Amur –, aber wir sollten kein Risiko eingehen, Kiraschka, auch wenn wir auf dem Landweg länger unterwegs sind als auf dem Fluss."

Sie seufzte sehnsüchtig. „Aber es müsste schön sein auf dem Wasser ..."

Er lachte. „Wir werden noch lange genug auf dem Wasser sein, wenn wir erst ein Schiff gefunden haben, das uns nach Amerika bringt ... oder wenigstens nach Japan ..."

Kira schwieg. Ein Schatten war auf ihre sonnenhelle Freude dieses Frühsommertages gefallen: Waljurew ... In Odinokij Selo war er verblasst. Da hatte sie sich frei und sicher gefühlt als Jurijs Frau und die Mutter seines Kindes. Doch nun auf einmal war der alte Druck wieder da, das Wissen: Man kann mich immer noch jagen. Vielleicht steht mein Name auf einer Suchliste der Polizei vom vergangenen Jahr, und irgendein übereifriger Beamter gräbt ihn aus. Kira Nikolajewna Demskaja, Leibeigene von Herrn Nikita Stepanowitsch Waljurew, entflohen ...

Sie verkrampfte die Hände im Schoß. Es gibt kein Lebewesen in Gottes Schöpfung, dachte sie, das seinen Artgenossen so viel Böses antut wie der Mensch dem Menschen. Sklaverei, Mord und Gewalt, Heuchelei und Hass, Neid und Betrug. Ist es denn Dummheit, sich einzubilden, man könne in einer eigenen selbst erschaffenen Welt leben, in die nichts von diesen Dingen eindringt? Drei Menschen in einem vollkommenen Inselparadies inmitten eines bewegten Meeres – nur Jurij, Anna und ich? O Gott, lass es uns gelingen ...

Samarga hieß die Hafenstadt, in der sie endlich die Meeresküste erreichten. Das heißt, dieses trostlose Nest als Stadt zu bezeichnen, war eine ziemliche Übertreibung. Wirklich, Brüder, Samarga war ein Ort, der das Auge beleidigte, mit schmutzigen, winkeligen Straßen, in denen es kaum Gärten, geschweige denn eine Parkanlage gab, dafür aber fünf Gasthäuser, drei Bordelle, mehrere Geschäfte und ein Magazin in Barackenbauweise, außerdem etliche Kaschemmen am Hafen. Der allerdings war vor dreißig Jahren zu einem stattlichen Seehafen ausgebaut worden, von dem aus Transport-, Passagier- und Kriegsschiffe sowie eine kleinere Fangflotte ausliefen.

Jurij und Kira mieteten sich in einem Gasthof mit dem hochtrabenden Namen „Perle des Meeres“ ein, von dessen Zimmern man nur sagen konnte, dass ihnen jeglicher Komfort fehlte.

„Aber wenigstens sind sie nicht verwanzt“, meinte Kira nach einer gründlichen Inspektion von Tapeten, Bettgestellen und Polsterstühlen. „Und vielleicht müssen wir ja auch gar nicht so lange hier bleiben, bis du einen Kapitän findest, der uns mitnimmt.“

Sie war wieder fröhlich und voller Zuversicht, seit sie am Ende ihrer langen sibirischen Reise angekommen waren, und das war auch bitter nötig, um Jurij etwas aufzuheitern. Er ging täglich zum Hafen, sprach mit Fischern und Matrosen, aber wenn er andeutete, dass er illegal aus Russland ausreisen wollte, reagierte jeder, den er fragte, so ängstlich reserviert, als suche Jurij Komplizen für einen Zarenmord.

Endlich, nach drei Wochen, legte ein japanisches Frachtschiff im Hafen von Samarga an. Ein rechter Seelenverkäufer war's, mit halb von Rost zerfressenen Deckaufbauten und vier verrotteten Kanonen, der ebenso wenig Vertrauen erweckend wirkte wie Herr Matsuo Shikibu, der Kapitän. Dennoch sprach Jurij ihn an, weil er in einer Hafenkneipe erfahren hatte, dass Shikibu gelegentlich Schmuggelware mitnahm oder brachte und dass er so gierig auf Geld war wie eine alternde Hure. Der Japaner war ein kleiner, fast zierlicher Mann mit pechschwarzen glatten Haaren, einem sonnigen Lächeln und einer unerschütterlichen Höflichkeit. Nur seine Augen passten nicht dazu: Sie waren stechend und so kalt wie gefrorene Moorseen. Er sprach sehr gut Russisch und verneigte sich mehrmals, als Jurij ihn nach einer Schiffspassage fragte.

„Eine offizielle – oder eine weniger offizielle?", erkundigte er sich vorsichtig, und Jurij erwiderte: „Ich weiß nicht genau, was Sie unter einer weniger offiziellen verstehen, Herr Shikibu."

„Nun ..." Der Japaner schenkte ihm sein strahlendstes Lächeln. „Es gibt Menschen, bei denen es die russischen Behörden nicht gern sehen, wenn sie Russland verlassen wollen – aus was für Gründen auch immer. Solche Leute müssen heimlich an Bord gehen und versteckt werden ... verstehen Sie? Manchmal muss man sie auch noch in Japan verstecken, bis man ihnen die notwendigen Einreisepapiere besorgt hat. Dazu braucht man gute Verbindungen, aber ich darf mich rühmen, sie zu haben."

„Ich habe eine Frau und eine kleine Tochter", sagte Jurij. „Wir wollen über Japan nach Amerika ausreisen, Herr Shikibu."

„Oh, oh, oh!“, machte der Japaner und warf die Arme in die Luft. „Das wird aber teuer!“

„Wie teuer?“, fragte Jurij, und der Kapitän schenkte ihm ein um Entschuldigung bittendes Lächeln.

„Wirklich sehr teuer. Ich muss die Mannschaft bestechen, dass sie den Mund hält - und vielleicht noch die russische Patrouille, die vor dem Auslaufen an Bord kommt, um die Ladung zu kontrollieren. Nichts gegen Ihr Land, mein Herr, aber man nimmt hier unverschämte Summen. Außerdem gehe ich ein großes Risiko ein. Wenn man Sie entdeckt, wird mein Schiff beschlagnahmt, und ich wandere ins Gefängnis. Solche Gefahren müssen einfach im Voraus honoriert werden, das sehen Sie hoffentlich ein.“

„Wie viel?“, erkundigte Jurij sich, dem die Freundlichkeit des Japaners immer weniger gefiel.

„Tausend Rubel für jede Person und noch einmal tausend für die Bestechungsgelder und die Einreisepapiere ...“

Jurij wurde blass. „Das ist zu viel ... das kann ich nicht bezahlen.“

Die eisigen Moorsee-Augen wurden noch eine Spur kälter. „Zu viel ist es keinesfalls. Aber natürlich steht es Ihnen frei, sich anderweitig umzuhören, mein Herr. Ich bin noch vier Tage in Samarga. Wenn Sie das Geld zusammenhaben, erreichen Sie mich an Bord der ‚Shogun‘ ... Die viertausend Rubel sind natürlich im Voraus zu entrichten.“

Wieder das strahlende Lächeln und eine Verbeugung, als klappe ein Taschenmesser zusammen. Dann verließ Matsuo Shikibu mit den geschmeidigen Schritten eines Balletttänzers die Hafenmole, wo Jurij ihn angesprochen hatte.

Als er in den Gasthof „Perle des Meeres“ zurückkam, sah Kira ihrem Mann sofort an, wie niedergeschlagen er war.

„Wieder nichts?“, fragte sie, und er hob in einer mutlosen Geste die Schultern.

„Ein japanischer Kapitän würde uns mitnehmen. Aber er verlangt insgesamt viertausend Rubel. Ich weiß nicht, ob wir uns das leisten können. Wir brauchen ja auch noch Geld für die Überfahrt nach Amerika. Und wovon sollen wir leben, bis ich dort eine Anstellung gefunden habe?“

Er ließ sich in den einzigen Sessel des Zimmers fallen, neben dem Annas Wiegenbettchen stand, und blickte auf seine schlafende Tochter hinunter. „Natürlich habe ich noch den Schmuck meiner Mutter ... Aber so besonders wertvoll ist er auch wieder nicht. Andererseits können wir nicht ewig hier bleiben und warten, ob irgendein Schiff uns für weniger Geld mitnimmt.“

Kira trat zum Fenster und blickte in den schmutzigen Hof hinunter. „Lass uns umkehren, Jurij“, sagte sie plötzlich und sprach damit aus, was sie schon seit drei Wochen dachte. „In Odinokij Selo waren wir sicher und glücklich. Da verrät uns niemand, und da wird man auch nicht nach uns suchen. Wir können dort Land kaufen und uns ein Zuhause schaffen.“ Sie drehte sich zu ihm um, und ihre Augen wurden feucht. „Und wir können in Russland bleiben, in Sibirien ...“

Er blickte auf seine Hände. „Vielleicht hast du Recht, vielleicht auch nicht ... Ich muss darüber nachdenken.“

An diesem Abend ging er noch einmal fort. „Bleib du bei der Kleinen“, bat er Kira. „Ich muss noch ein wenig herumlaufen und mir den Kopf auslüften. Bitte, versteh das.“

Als sie ihn umarmte, umfasste er ihr Gesicht mit beiden Händen. „Wenn wir bleiben ...“, sagte er stockend, „glaubst du, dass wir eines Tages ganz ohne Angst hier leben können? Ich könnte es nicht ertragen, wenn man dich mir fortnimmt ...“

Er küsste sie auf den Mund, dann wandte er sich rasch ab und verließ den Raum.

Ziellos schlenderte er durch die Straßen. Ohne Angst leben ... Dieser Gedanke drehte sich wie ein Karussell in seinem Kopf. Vielleicht in Amerika, dem Land, in dem es keine Leibeigenschaft gab. Ein Land, das die Würde des Menschen als unverrückbares Gut in seiner Verfassung festgeschrieben hatte und in dem das Volk seine Regierenden frei wählen konnte ...

Aber möglicherweise gab es dort andere Ängste? Die Angst vor der Armut zum Beispiel ... Die Angst vor Hunger und Krankheit, wenn man kein Geld hatte, um sich satt zu essen und einen Arzt zu bezahlen. Kira hatte Recht: In Odinokij Selo würden sie keine Not leiden. Es war ein gesegnetes Fleckchen Erde, mit fruchtbarem Boden. Man konnte dort siedeln, und jedermann würde ihnen, den unerfahrenen Neulingen, helfen.

Aber die Angst würde auch dort ihr Begleiter sein – jedes Mal, wenn ein Trupp Soldaten durch Odinokij ritt. Man kennt das ja, sie machen nicht viel Federlesens, die Soldaten. Sie requirieren Pferde und Wagen, Proviant und was sie sonst noch brauchen können. Und wenn man sich nicht ausplündern lassen will, heißt es sofort: „Dein Name, du schielender Idiot! Zeig uns deine Papiere! Wer bist du, dass du es wagen kannst, dich unseren Befehlen zu widersetzen?“

Oder es fiel dem Zaren im fernen St. Petersburg ein, einen Ukas herauszugeben, man solle eine neue Volkszählung abhalten. Alle Untertanen Seiner Majestät müssten erfasst werden, mit Namen, Geburtsort, Herkunft, Beruf ...

Dann blieb ihnen eventuell wieder nur die Flucht.

Unwillkürlich hatte Jurij eine der Gassen zum Hafen eingeschlagen. Der Wind, der vom Meer kam, war kühl, und es fröstelte ihn. Er schlug den Kragen seiner Jacke hoch und vergrub die Hände in den Taschen. Plötzlich tauchte ein Mann vor ihm aus dem Mauerschatten einer spärlich beleuchteten Spelunke auf, aus der lautes Kreischen und Grölen drangen.

Der Mann war in einen zerfetzten Umhang gehüllt, und sein bärtiges Gesicht war abgemagert, als wär's ein Totenschädel. Pergamentartige Haut spannte sich über den Knochen.

„Helft mir, Herr“, flehte der Alte. „Um Christi Barmherzigkeit willen, gebt mir ein paar Kopeken. Ich habe seit drei Tagen nichts mehr zu essen gehabt. Der Hunger zerreißt mich ...“

Jurij war stehen geblieben und suchte in seiner Jackentasche nach ein paar Münzen. Als er sie dem Bettler in die Hand drückte, fiel der vor ihm auf die Knie und wollte seine Stiefel küssen.

„Lass das", sagte Jurij und trat hastig einen Schritt zurück. „Ein Mensch sollte nur vor Gott und dem Zaren knien ..."

„Verflucht sei der Zar", stieß der Alte hervor. „Er ist schuld an unserem Elend ..."

„Bist du wahnsinnig!", flüsterte Jurij unangenehm berührt. „Du redest dich um Kopf und Kragen! Wenn dich jemand hört ..."

„Aber es ist wahr, Herr! Weil der Zar die Leibeigenschaft aufgehoben hat, sind wir alle ins Unglück gekommen."

Er musste wirklich wahnsinnig sein, dieser Mensch. Oder doch nicht ... Jurij beugte sich hinunter und zog den Knienden hoch. „Was redest du da? Der Zar hätte ..."

Der Mann lehnte sich gegen die Mauer. „Ich war Leibeigener, Herr. In Teltowo hab ich gelebt, auf dem Gut des Grafen Jasew, mit meinem Weib Mascha und meinen beiden Söhnchen. Sie hat uns nicht schlecht behandelt, die Herrschaft. Wir hatten satt zu essen und wurden wenig geschlagen. Aber dann sind im ganzen Land die Ausrufer herumgezogen und haben verkündet, dass der Zar zum fünften Jahrestag seiner Thronbesteigung für alle Zeiten die Leibeigenschaft aufgehoben hat. Durch einen Federstrich von ihm waren wir alle freie Menschen, Herr. Die Staatsbauern, die Landarbeiter, die Fabrikbauern und die Leibeigenen der Kirche. Wieso wisst Ihr nichts davon?"

Jurij rang nach Atem. Er konnte nicht fassen, was er da hörte. „Ist das wirklich wahr?", keuchte er. „Es gibt in Russland keine Leibeigenen mehr? Wenn du mich anlügst, Alter ..."

Der Mann schrie unterdrückt auf, als Jurij seinen Arm packte. „Ich schwör's bei Gott, ich lüge nicht! Fragt jeden hier ... man wird es Euch bestätigen."

Um Jurij drehte sich alles, aber er hielt den Mann immer

noch fest. „Erzähle“, verlangte er. „Ich will alles wissen.“ Doch dann sah er, wie der alte Mann vor Schwäche und Hunger wankte, und setzte hinzu: „Komm mit, ich bezahle dir ein Essen, und dabei reden wir miteinander.“

Sie gingen in die „Perle des Meeres“, und Jurij bestellte eine kräftige Schtschi und einen Braten mit Speckbohnen für den Alten. Die scheelen Blicke des Wirts über den armseligen Gast ignorierte er. Und dann sah er zu, mit welchem Heißhunger der Alte über das Essen herfiel. Er schlang alles so schnell hinunter, dass er sich ein paar Mal verschluckte. Er musste wirklich halb verhungert gewesen sein.

Erst als der Alte den leeren Teller zurückschob, den er zuvor mit Brotstückchen bis auf den letzten Rest sauber gekratzt hatte, fragte Jurij: „Du bist also ein freigelassener Leibeigener?“

„Ein ehemaliger Leibeigener“, verbesserte der Alte ihn. „Meine Eltern, Großeltern und Urgroßeltern haben schon den Grafen Jasew gehört. Ich heiße Nikolaj Nikolajewitsch Gromkin. Es war im März, als die Ausrufer des Zaren nach Teltowo kamen – das liegt in der Nähe von Nishnij Nowgorod – und verkündeten, dass wir seit dem Manifest des Zaren vom 19. Februar ohne jede Einschränkung freie Menschen sind. O Herr, ihr hättet den Jubel erleben sollen! Selbst die Hartgesottensten heulten vor Glück. In allen Kirchen wurden Dankgottesdienste abgehalten, die die Popen mit sauren Gesichtern durchführten, weil auch die Kirche durch diesen Ukas ihre Leibeigenen verlor. Man dankte Gott und flehte den Himmelssegen auf den Zaren hinunter. Unser Glück war unermesslich. In dem Gesetz, das der Zar erlassen hatte, hieß es auch, dass jeder frei gewordene Leibeigene Land pachten oder erwerben konnte, um selbst für sich zu sorgen. Doch damit begann unser Elend. Der Grund und Boden, den man uns zuwies, war so wenig und so erbärmlich schlecht, dass er kaum Ertrag bringen konnte. Geld, um besseres Land zu kaufen, besaßen wir ja nicht. Und so hatte uns der Ukas des Zaren über Nacht um das bisschen Sicherheit gebracht, das wir vordem besaßen."

Jurij begriff die Tragödie, die sich da abgespielt hatte. Man hatte den Leibeigenen die Freiheit geschenkt, ohne dafür zu sorgen, dass ihnen diese Freiheit ein Überleben garantierte.

„Und weiter?", fragte er bedrückt.

„Es hieß, man könne in Sibirien siedeln, dort gäbe es genügend Land. Fjodor und Grischka, meine Söhne, haben mich und mein Weib beredet, hierher zu gehen. Aber sie sind alle drei auf der langen Wanderung gestorben."

Nikolajs Gesicht verzerrte sich. „Verreckt sind sie – am Hunger und den mörderischen Strapazen. Ich allein bin übrig geblieben. Aber nun frage ich Euch, Herr: Wie kann ich ohne meine Söhnchen und meine Mascha einen Bauernhof bewirtschaften? Dazu braucht man kräftigere Arme als meine. Und so lebe ich von den Almosen, die ich mir erbettle. Glaubt aber ja nicht, dass es nur mir so ergeht. Es müssen viele Tausende sein, die nach ihrer Freilassung noch ärmer dran sind als zuvor. Und die Schuld trifft den Zaren. Er hat uns etwas geschenkt, was unser Elend am Ende nur vergrößert hat."

Jurij wusste nicht, was er antworten sollte. Zweifellos hatte Nikolaj Nikolajewitsch die Wahrheit gesagt. Zar Alexander II. hatte zwar mit der Aufhebung der Leibeigenschaft einen gewaltigen Schritt gewagt, indem er Russlands größte Schmach durch einen Federstrich auslöschte. Aber er hatte ihn nicht zuvor untermauert, diesen Schritt, und damit eine neue Katastrophe heraufbeschworen. Die Folgen waren unabsehbar, wenn der Zar nicht in aller Eile neue Reformen ins Leben rief, die den freigelassenen Bauern vernünftige Lebensbedingungen zusicherten.

Dennoch – noch nie war in Russland Größeres geschehen als dies: die Aufhebung der Leibeigenschaft!

„Warte hier", sagte Jurij und stand auf. „Ich bin gleich wieder zurück." Er stürmte in sein Zimmer hinauf, und Kira, die auf ihn gewartet hatte, atmete auf, als er die Tür aufriss. „Endlich", sagte sie. „Du warst so lange fort: Ich habe mir schon Sorgen gemacht, Jurjenka."

Er riss sie in die Arme und küsste sie ab. „Wie lange brauchst du, um reisefertig zu sein?", fragte er. „Glaubst du, dass wir übermorgen aufbrechen können?"

„Ja, aber ..."

„Wir fahren nach Hause, Kiraschka. Nicht nach Japan und auch nicht nach Odinokij Selo, sondern nach Irkutsk! Du bist ein freier Mensch. Kein Waljurew der Welt kann mehr Ansprüche auf dich erheben. Verstehst du? Du bist frei ... frei ... frei!"

„Bist du betrunken, Jurij?" Sie blickte ihn mit zusammengezogenen Augenbrauen an, und er nickte und lachte.

„Ja, betrunken vor Freude! Wir hatten ja keine Ahnung, Kiraschka, mein Herz. Der Zar hat schon im Februar in einem Manifest die Aufhebung der Leibeigenschaft verkündet."

Sie musste sich an ihm festhalten, weil ihr die Knie nachgaben. „Ist das wahr? Mein Gott, ich kann es nicht glauben ..."

Er führte sie zu ihrem Sessel. „Ich erkläre es dir nachher ausführlich. Aber versuche schon einmal, dich an diesen Gedanken zu gewöhnen, meine Liebste. Ich bin gleich wieder bei dir."

Jurij öffnete den Reisekorb, in dem er die Kassette mit dem Geld aufbewahrte, und stopfte sich die Jackentaschen voll. „So, das wird dem armen Teufel unten in der Gaststube über das Schlimmste hinweghelfen. Und wir brauchen es nicht mehr!" Ehe Kira noch etwas sagen konnte, verließ er das Zimmer und polterte die Treppen hinunter.

Nikolaj Nikolajewitsch stand bei der Tür, als Jurij zurückkehrte. „Der Wirt hat gesagt, ich soll verschwinden ... Ich wollte gerade gehen, Euer Gnaden."

„Warte", bat Jurij und fuhr mit blitzenden Augen zu dem Wirt herum, der an der Theke stand. „Er bleibt! Er ist mein

Gast, und ich gestatte nicht, dass Sie meine Gäste abfällig behandeln. Haben wir uns verstanden, Herr Sepilow?"

„Ja ... nein ...", stotterte der Wirt. „Verzeihung, Euer Gnaden, aber der Kerl ist so dreckig und bestimmt voller Ungeziefer ..."

„Dann können Sie morgen einen ausgedehnten Hausputz veranstalten", sagte Jurij. „Sehr sauber ist es bei Ihnen ohnehin nicht." Er zog Nikolaj an den Tisch zurück, an dem sie vorhin gesessen hatten. „Möchtest du noch etwas essen oder trinken?", fragte er.

Ängstlich schüttelte Nikolaj den struppigen Kopf. „Nein, Herr. Bitte lasst mich gehen. Er hat ja Recht, der Wirt, ich habe wirklich Läuse ... Das bleibt nicht aus, wenn man so lebt wie ich."

„Aber jetzt wirst du menschenwürdiger leben, mein Freund." Jurij leerte seine Taschen aus und schob die Rubel – es waren ein paar Hundert – über den Tisch. „Nimm es, es ist für dich. Du kannst damit zwei oder drei kräftige Knechte und Mägde bezahlen, falls du immer noch einen Bauernhof haben möchtest. Aber versauf das Geld nicht, hörst du?"

„Herr", stammelte Nikolaj, und sein ausgemergeltes Gesicht war voller Unglauben. „Das ist nicht Euer Ernst! Wie kommt Ihr dazu, so etwas zu tun?"

„Weil eine Leibeigene die Mutter meines Kindes ist und ich die beiden mehr liebe als alles andere auf der Welt", sagte Jurij. „Gott behüte dich, mein Freund!"

Dieses Mal reisten sie auf dem schnellsten Wege, erst mit einem Schiff den Amur flussaufwärts und dann mit den bequemen Kutschen der Extrapost. Zu Beginn des Winters trafen sie in Irkutsk ein.

Als die Türme und Kuppeln der Stadt vor ihnen auftauchten, bekam Kira feuchte Augen. „Welch eine Heimkehr", flüsterte sie und lehnte den Kopf an Jurijs Schulter. „Ich bin so glücklich ..."

Noch vor ihrem Aufbruch aus Samarga hatten sie an Jurijs Mutter geschrieben. Seitdem wartete Anna Sergejewna zwischen Hoffen und Bangen. Kehrten sie gesund nach Hause zurück, Jurjenka und seine Frau? Und überstand ihr Töchterchen die weite Reise ohne Schaden? Anna Sergejewna hatte die vier schönsten Zimmer im Oberstock ihres Hauses für die junge Familie herrichten lassen. Neue kostbare Seidentapeten zierten die Wände, Vorhänge aus schwerem Samt und duftige Spitzengardinen die Fenster, neue Möbel aus Zedernholz hatte sie gekauft und ließ in allen Räumen die Öfen heizen.

Oberst von Petrow hatte vergeblich versucht, seine Frau zu bremsen. „Warum so viel Aufhebens?", hatte er gemurrt. „Jurij hat uns durch sein Verhalten in übles Gerede gebracht. Er muss froh und dankbar sein, wenn wir ihn überhaupt wieder aufnehmen."

Anna Sergejewna hatte die Hände in die Hüften gestemmt. „Michail Pawlowitsch", hatte sie gesagt, „ich war dir immer eine gute, fügsame Frau. Zu fügsam vielleicht. Aber wenn du es tatsächlich fertig bringst, Jurij, Kira und seine kleine Tochter schlecht zu behandeln, dann sollst du mich kennen lernen. Hat man so etwas schon erlebt? Statt Gott auf den Knien zu danken, dass unser Söhnchen wohlbehalten heimkehrt, blähst du dich auf wie ein Pferd in der Kolik und faselst dummes Zeug. Ich sage dir eins, Michail Pawlowitsch: Die Kinder sollen hier ein Zuhause haben. Wenn du es ihnen durch deine verdammte Selbstgerechtigkeit verekelst, ziehe ich mit ihnen fort. Dann kannst du an deinen Prinzipien und deinen verstaubten Ehrbegriffen ersticken, jawohl!"

Oberst von Petrow war so verblüfft über diese Standpauke gewesen, dass ihm keine Erwiderung einfiel. Vier Tage lang war er beleidigt gewesen, hatte finster darüber gegrübelt, dass die Welt immer mehr auf den Kopf gestellt wurde durch all die neuen Ideen und Ideale von Freiheit und Liberalismus, die junge Schreihälse wie ein Evangelium verkündeten und die nun auch seiner Anna offenbar zu Kopf gestiegen waren. Am fünften Tag schließlich war er in den Oberstock hinaufgestiegen und hatte die vier neu eingerichteten Zimmer inspiziert. „Ganz nett", hatte er anschließend zu Anna Sergejewna gesagt, die ihm wie eine kampfbereite Glucke auf den Fersen geblieben war, gewillt, bei der geringsten abfälligen Bemerkung auf ihn einzuhacken. „Aber der Kronleuchter im Salon ist zu klein. Wer sitzt schon gern im Halbdunkel? Du solltest einen größeren kaufen, Anna."

Und dann, an einem kalten, schneeverhangenen Sonntag im November, waren sie da. Die Petrows wollten gerade zur Kirche fahren, als eine Schlittenkutsche vor dem Haus hielt. Jurij war der Erste, der ausstieg, und Anna Sergejewna stieß einen hellen Schrei aus. „Jurjenka, mein Liebling!"

Sie rannte die verschneiten Stufen hinunter und fiel in seine Arme.

„Matuschka!" Er hob sie hoch und schwenkte sie ein paar Mal übermütig herum, bevor er sie wieder auf die Füße stellte. Anna lachte und weinte im selben Atemzug. Sie hielt ihren Sohn ein Stückchen von sich ab. „Wie gut du aussiehst! Ein richtiger Mann bist du geworden. Ach Gott, mein Herz! Die Freude ist zu viel für mich!"

Sie war tatsächlich ein bisschen blass um die Nase, und Jurij nahm ihren Arm und führte sie zu Kira, die ein wenig scheu, die kleine Anna wie ein Pelzbündelchen verpackt und verschnürt auf den Armen, gleichfalls aus der Kutsche gestiegen war.

„Da sind sie, dein Schwiegertöchterchen, Matuschka", sagte Jurij, „und dein Enkelkind. Willst du sie nicht umarmen?"

Und ob Anna Sergejewna das wollte! Sie küsste Kira auf beide Wangen, hieß sie willkommen, aber danach schien nur noch die kleine Anna für sie zu existieren.

„Sie muss in die Wärme. Hier draußen holt sie sich ja den Tod", rief sie und nahm Kira das Kind ab, um eilig die Haustreppe hinaufzusteigen.

Vor dem zweiflügeligen Portal stand immer noch Oberst

von Petrow in seiner sonntäglichen Gala-Uniform, in den pelzgefütterten Offiziersmantel gehüllt, und Anna Sergejewna warf ihm einen ungnädigen Blick zu.

„So mach doch die Tür auf. Willst du dein Enkeltöchterchen in der Kälte umbringen?"

Michail Pawlowitsch gehorchte stumm, und seine Frau verschwand mit dem Kind im Haus.

Jurij kam mit Kira die Treppe hinauf. „Guten Tag, Papa", sagte er und nahm Kiras Hand. „Ich muss dir ja meine Frau nicht mehr vorstellen, nicht wahr? Du kennst sie seit vielen Jahren."

Der Oberst nickte. „Willkommen", sagte er mit kratziger Stimme. Zu mehr konnte er sich im Augenblick noch nicht durchringen.

Natürlich kam es später noch zu einer Aussprache zwischen Vater und Sohn. Es war nach dem Mittagessen, die kleine Anna wurde von Kira schlafen gelegt, wobei Jurijs Mutter ihr nicht von der Seite wich, und Jurij und der Oberst blieben allein im Speisezimmer zurück.

Der Oberst zündete sich eine Zigarre an und paffte dicke Rauchwolken vor sich hin. Jurij leerte sein Weinglas und blickte seinen Vater offen an. „Es tut mir leid, Papa", sagte er. „Ich habe dir und Mama viele Ungelegenheiten bereitet. Aber ich hatte keine andere Wahl."

„Ungelegenheiten ist kein Ausdruck", polterte der Oberst los. „Mit deiner Mutter war ja nicht mehr zu reden, seit du fort warst, und ich ..." Er stockte und fügte dann widerwillig hinzu: „Natürlich macht man sich Sorgen bei einer so hirnlosen Flucht."

„Es tut mir wirklich leid", wiederholte Jurij.

Michail Pawlowitsch räusperte sich. „Und? Was hast du jetzt vor? Willst du hier bleiben – oder in St. Petersburg dein Studium fortsetzen?"

„Ich glaube nicht", entgegnete Jurij zögernd. „Ich hoffe, dass ich auch ohne die letzten Examina hier eine Anstellung finde – vielleicht im Bergbauministerium. Da ich jetzt eine

Familie habe, möchte ich dir keinesfalls länger auf der Tasche liegen."

„Hm", machte der Oberst. „Vielleicht hast du Recht. Außerdem würde es deiner Mutter das Herz brechen, wenn sie sich gleich wieder von dir trennen müsste. Ich werde mich einmal umhören ... Der Kaiserliche Rat Anatolij Gatschow ist ein guter Bekannter von mir. Er kann uns behilflich sein."

Dass er „uns" sagte, war schon fast so viel, als hätte er Jurij verzeihend an seine uniformierte Vaterbrust gezogen.

Den Rest besorgte die kleine Anna, nachdem sie ausgeschlafen hatte und ihrem Großvater, als er sich über ihr Bettchen beugte, mit strahlendem Gesichtchen zulächelte. Sie streckte sogar die Ärmchen aus und quietschte vor Freude, als er ihr über das Haar streichelte.

„Sie ist noch viel hübscher, als du es in ihrem Alter warst, Jurij", sagte Oberst von Petrow, und sein Sohn lachte.

„Ich behaupte, dass sie das schönste kleine Mädchen von ganz Sibirien ist. Willst du sie einmal auf den Arm nehmen, Papa?"

Steif wie ein Ladestock ließ der Oberst sich das Kind an die Brust drücken. Er wusste gar nicht, wie man so etwas Niedliches, Feines anfassen sollte, ohne ihm wehzutun.

Aber als die kleine Anna ihm einen feuchten, schmatzenden Kinderkuss auf die bärtige Wange drückte, wandte er sich, immer noch mit dem Kind in den Armen, hastig ab, weil ihm vor lauter Rührung Tränen in die Augen stiegen. Jurij lächelte seiner Frau und seiner Mutter zu. Jetzt wird alles gut, dachte er und verbesserte sich sogleich: Nein, jetzt *ist* alles gut.

Anna Jurjewna von Petrow erhielt das juwelenbesetzte „Kreuz der Schamanin" im Mai 1883, als sie den kaiserlichen Generalinspekteur Konstantin Jakowlewitsch Schirinow heiratete. Er hatte Anna auf einer seiner Inspektionsreisen nach Sibirien kennen gelernt und sich leidenschaftlich in sie verliebt.

Kira, Annas Mutter, hängte das Kreuz ihrer vor Glück strahlenden Tochter am Hochzeitsmorgen um.

Jurij von Petrow hatte tatsächlich durch Vermittlung des Kaiserlichen Rates Anatolij Gatschow eine Anstellung im Irkutsker Bergbauministerium bekommen. Eine große Karriere mit entsprechenden Beförderungen blieb ihm allerdings versagt, weil er immer wieder die unmenschlichen Bedingungen, unter denen die Strafgefangenen in den Erzbergwerken gehalten wurden, angeprangert und Verbesserungen einzuführen versucht hatte.

Aber dass man ihn für einen unbequemen, von gefährlichen liberalen Ideen besessenen Querkopf hielt, kümmerte Jurij wenig. Er zog das häusliche Glück jedem beruflichen Erfolg vor. Kira und er verband eine lebenslange Liebe, wie sie ganz selten zwei Menschen geschenkt wird, und der einzige Kummer, den ihnen Anna machte, war, dass sie ihrem Mann nach St. Petersburg folgte.

Das Kreuz der Schamanin blieb in ihrem Besitz, bis sie, kinderlos und verwitwet, in ihre sibirische Heimat zurückkehrte. Vor ihrer Abreise schenkte sie das Kreuz dem Kloster der Schwestern vom Heiligen Blut in St. Petersburg. Dort blieb es bis zum Jahre 1912. Dann wurde es dem dämonischen Mönch Grigorij Rasputin, Günstling der Zarin Alexandra und zu dieser Zeit einer der einflussreichsten Männer in Russland, von der damaligen Äbtissin Irina in frommer Verehrung für den „heiligen Mann" zum Geschenk gemacht ...

Maria Nikolajewna, Großfürstin von Russland

Es war der 13. August des Jahres 1917, als Petja Bakunin die Großfürstin Maria Nikolajewna zum ersten Mal sah. Das heißt, von weitem hatte er sie und ihre Familie schon vor einer Woche erblickt, als sie sich noch auf der „Rus“ befanden, die zusammen mit zwei weiteren Schiffen für die Wachsoldaten und die Begleitung des abgedankten Zaren Nikolaus II. vor Tobolsk ankerte.

Doch nun gingen die Gefangenen an Land, weil man die Gouverneursvilla, die dem Zaren und seinen Angehörigen als Aufenthaltsort dienen sollte, so weit in Ordnung gebracht hatte, dass sie bewohnbar war.

Petja Bakunin zügelte das Pferd, das er vor sein Wägelchen gespannt hatte, mit dem er nicht nur in Tobolsk, sondern auch in den benachbarten Dörfern Polje Udinsk und Tschitewka seine Backwaren auslieferte. Man schätzte die Erzeugnisse von Petja Kusmitsch Bakunin, die nach einhelliger Meinung seiner Kunden noch besser schmeckten als das Brot, die Brötchen und Kuchen, die sein vor zwei Jahren verstorbener Vater gebacken hatte. Und man schätzte das freundliche Wesen des zwanzigjährigen Petja. Er lachte gern, hatte für jeden ein nettes Wort und war ein großzügiger Mensch, der den Kindern Süßigkeiten zusteckte und den armen Leuten auch mal einen Laib Brot nicht berechnete. Seine Mutter war nicht so freigebig; Agafja Bakunina schaute auf die Kopeken, wenn sie während Petjas Abwesenheit in dem Laden in der Uliza Suborowa bediente. Doch Petja Kusmitsch, darin war man sich einig, hatte ein gutes, weiches Herz.

Natürlich war in dem Bäckerladen der Bakunins seit einiger Zeit wie überall in Tobolsk darüber geredet worden, dass der ehemalige Zar mit seiner Familie hierher kam, nachdem sie alle seit seiner Abdankung zunächst in seinem Schloss Zarskoje Selo vor den Toren Petrograds inhaftiert gewesen waren. Der Zar selbst hatte während seiner Regierungszeit seine Hauptstadt in Petrograd umbenannt, weil man sich im Krieg mit Deutschland befand und St. Petersburg zu sehr an die Sprache des Feindes erinnerte.

Die Meinungen der Tobolsker über die Deportation der Romanows in ihre Stadt waren geteilt gewesen. Manche, an ihrer Spitze der Vorsitzende des neu gegründeten Tobolsker Sowjet, ein ehemaliger Metzger, hatten sich entrüstet: „Warum schickt man ihn zu uns, den ‚blutigen Nikolaus' mit seiner Bagage? Einen Kopf kürzer hätte man sie machen sollen, diese Parasiten, die sich an unserem Elend gemästet haben. Sie sind Hochverräter und haben Abertausende guter russischer Söhne und Väter in ihrem verfluchten Krieg umbringen lassen."

Andere widersprachen, vorsichtig zwar, weil man auch im fernen Sibirien nicht so genau wusste, ob die so genannte Provisorische Regierung unter Alexander Kerenskij und seinen gemäßigten Menschewiki tatsächlich nur provisorisch blieb und am Ende nicht noch die Bolschewiki die Macht ergreifen würden.

„In dem neuen demokratischen Russland wird schon kein Unrecht geschehen", hatten sie gemeint. „Wenn der ehemalige Zar tatsächlich ein Hochverräter ist, wird man ihm den Prozess machen und ihn aburteilen. Aber das muss sich erst herausstellen. Im Übrigen ist es ja bereits eine harte Strafe, wenn man ihn und seine Familie nach Sibirien schickt, wohin er früher seine Gegner verbannt hat. Und dass man nicht einmal seine Kinder verschont, ist besonders grausam. Was können sie für die Sünden ihres Vaters?"

„Zarenbrut!", hatte Palzow, der Metzger, gewettert. „Sie

haben geschwelgt, während wir hungerten, und darum sind sie mitschuldig!"

Nun, von Hungern kann bei Palzow keine Rede sein, hatte Petja gedacht, während er dessen Schwabbelbauch betrachtete. Überhaupt lebt es sich recht gut hier am Tobol. Die Leute sind satt und zufrieden. Wirkliche Not gibt es nicht.

Andererseits wusste er, dass es jenseits des Ural anders war. Der nun schon seit drei Jahren währende Krieg ließ Russland ausbluten. Da die meisten Männer an der Front waren, wo sie schlecht ausgerüstet kämpften und wie die Fliegen starben, waren die Felder kaum oder gar nicht bestellt worden. Besonders in den großen Städten hatten die Leute nichts zu essen. Überall sollte es vor den Lebensmittelgeschäften lange Schlangen von Hungernden geben, die nach Brot und Kartoffeln anstanden. Viele Nahrungsmittel waren rationiert und indessen so teuer geworden, dass die ärmere Bevölkerung sie nicht bezahlen konnte. Im letzten Winter war sogar das Heizmaterial knapp geworden, und viele Fabriken hatten Massenentlassungen vornehmen müssen, weil es nicht mehr genügend Kohlen gab.

Nach Tobolsk waren Nachrichten von blutigen Demonstrationen in Petrograd und Moskau gedrungen, denen sich am Ende Polizei und Militär angeschlossen hatten, und so war es schließlich zum Umsturz gekommen, und der Zar hatte abdanken müssen. Das Herrscherhaus Romanow gab es nicht mehr; es gab nur noch den Oberst Nikolaus Romanow mit seiner Familie, die an diesem heißen, sonnenhellen Augusttag in Tobolsk eintrafen, begleitet von 327 Soldaten unter dem Kommando des Obersten Jewgenij Kobylinskij und einem kleinen Gefolge, das treu und mutig genug war, den Entmachteten in die Verbannung zu folgen.

Ihre Bewacher, die aus Zarskoje Selo mitgekommen waren, schienen ihre Aufgabe nicht mehr sonderlich ernst zu nehmen. Sie schlenderten gemächlich neben den Gefangenen her oder trotteten hinterdrein, manche warfen sich am

Flussufer ins Gras, rauchten und ließen Schnapsflaschen herumgehen, und wieder andere entledigten sich ihrer Waffen und Uniformen, um, nur mit Hemd und Hose bekleidet, ein Bad im Tobol zu nehmen.

Oberst Kobylinskij ließ seine Männer gewähren. Solange der Transport mit den Gefangenen im Zug unterwegs gewesen war, hatte man sie scharf bewachen müssen, um einen Befreiungs- oder Fluchtversuch zu verhindern. Doch diese Gefahr war hier, im entlegenen Tobolsk, das nicht einmal über eine Eisenbahnverbindung verfügte, sehr viel geringer geworden.

Petja hatte die Zügel seines Pferdchens über den Ast einer Erle geworfen und war vom Wagen gestiegen.

Er sah, wie der Zar als Erster an Land ging. Nikolaus II. trug einen schon recht verschlissenen, aber sorgfältig geflickten Uniformrock und Stiefel. Er ging ein wenig gebückt, und sein Haar wies bereits viele graue Strähnen auf. Petja hatte Bilder von ihm gesehen, auf denen der Zar majestätisch und unnahbar gewirkt hatte. Nun war er überrascht, was für eine sanfte Freundlichkeit dieser Mann ausstrahlte. Sein Lächeln, als er sich zu seiner Frau hinunterbeugte, war ausgesprochen liebevoll.

Zarin Alexandra Fjodorowna saß in einem Rollstuhl, den ein breitschultriger, untersetzter Mann mit Goldbrille und schütterem, ergrautem Haar schob. Dann folgten die Zarenkinder, vier junge Mädchen und der dreizehnjährige Zarewitsch Alexej. Die vier Töchter des Zarenpaares trugen helle Sommerblusen, dunkle Röcke und Kopftücher. Eine davon, offenbar die Älteste, hatte einen kleinen Hund auf dem Arm, der wild kläffte, als ein zweiter Hund, den Alexej an der Leine führte, ein Spaniel mit schwarzweiß geflecktem Fell war's, sich mit einer geschickten Rückwärtsbewegung aus seinem Halsband befreite und in langen Sätzen davonrannte.

„Joy!", rief Alexej. „Hierher!" Aber der Spaniel, viel zu glücklich über die während der langen Reise entbehrte Freiheit, schoss mit übermütigen Sprüngen davon, schnüffelte im Ufergras, verfolgte im Zickzack eine Spur, die ihm in die Nase gestiegen war, und wälzte sich schließlich vor Vergnügen, alle vier Pfoten in die Luft gestreckt, auf der sonnenwarmen Erde.

Der Zarewitsch lief seinem Hund nach, und seine Schwestern riefen: „Aljoschka, um Himmels willen, pass auf, dass du nicht fällst. Lass Nagorny den Hund einfangen!"

Nagorny war ein hünenhafter Mann in Matrosenuniform, der bereits dem Spaniel nachsetzte. Doch es war Petja Bakunin, der den Ausreißer einfing, da er genau in seine Richtung gerannt war. Er fasste ihn am Nackenfell und hob ihn hoch.

„Danke", sagte der Zarewitsch mit einem strahlenden Lächeln, und Petja meinte, noch nie ein hübscheres Kind mit himmelblauen Augen und blonden Haaren gesehen zu haben. „Das war sehr freundlich von Ihnen, mein Herr. Joy gehorcht mir sonst sehr gut, aber diesmal war er einfach außer Rand und Band." Er streifte dem Hund das an der Leine befestigte Halsband über. „Schäm dich, Joy! Man läuft doch nicht einfach davon. Wir dürfen das auch nicht."

Die Zarentochter, die immer noch den kläffenden Schoßhund auf dem Arm hielt, gab ihm einen kleinen Klaps. „Jetzt ist es genug, Jimmy! Gib endlich Ruhe. Ich weiß ja, es war nicht einfach für dich, tagelang in einem Zugabteil und nachher auf einem Schiff eingesperrt zu sein, aber jetzt ist das ausgestanden. Also mach kein Theater."

Später erfuhr Petja, dass sie tatsächlich Olga, die älteste der vier Schwestern war, eine Zweiundzwanzigjährige von herber Schönheit mit schwermütigen Augen. Doch in diesem Moment nahm er sie kaum wahr, ebenso wenig wie ihre Schwestern Tatjana und Anastasia. Petjas Blick war auf Maria, die Zweitjüngste gefallen, ein achtzehnjähriges Mädchen mit einer biegsamen, knospenden Figur. Um das Kopftuch kräuselten sich goldblonde Haare, und die großen Augen, strahlend blau wie die des Thronfolgers, von dunklen

Wimpern umrahmt, dünkten ihm das Schönste an Frauenaugen, das er je gesehen hatte.

Maria Nikolajewna lächelte Petja unbefangen zu und zeigte dabei perlweiße, gesunde Zähne. Und dieses Lächeln berührte sein Herz wie ein Streicheln.

Ihre Stimme war samtig und dunkel. „Es ist schön, bei unserer Ankunft in Tobolsk einem netten, hilfsbereiten Menschen zu begegnen. Man sollte es als gutes Omen nehmen." Maria deutete auf seinen Wagen. „Sie verkaufen Backwaren, nicht wahr? Auch an uns?"

Ihre Frage war völlig unsentimental; trotzdem durchfuhr Petja Bakunin ein heißer Strom des Mitleids. Welche Zurückweisungen und Anfeindungen musste dieses junge Mädchen erlebt haben, dass es so etwas fragte!

Er räusperte sich, um die Kehle frei zu bekommen. „Es ist nicht mehr viel da, weil ich das meiste verkauft habe ... Aber kommen Sie doch mit und sehen Sie nach, ob Sie noch etwas davon mögen."

Sie ging tatsächlich mit ihm, begutachtete seine Waren und wählte schließlich ein großes rundes Brot, ein Dutzend Brötchen und zwei Himbeertörtchen aus.

„Es macht Spaß, selbst einzukaufen", erklärte sie, während Petja die Sachen in zwei großen braunen Tüten verstaute. „Früher war uns das nicht möglich." Sie winkte einer dunkel gekleideten Frau aus dem Gefolge zu, das inzwischen ebenfalls die „Rus" verlassen hatte. „Seien Sie so freundlich, liebe Demidowa, und bezahlen Sie, was ich schuldig bin."

„Nichts", warf Petja rasch ein. „Ich schenke es Ihnen als Willkommensgruß, Kaiserliche Hoheit."

Wieder blitzten die weißen Zähne zwischen den weichen Lippen auf. „Aber das dürfen Sie nicht! Wissen Sie, für unseren Lebensunterhalt kommt die Provisorische Regierung auf, jedenfalls bis jetzt. Wir selbst besitzen ja nichts mehr außer unserem Schmuck, den wir notfalls veräußern können. Alles andere gehört nun dem Staat." Als ihr Lächeln sich vertiefte, zeigte sie zwei reizende Grübchen in den Wangen. „Sie werden doch der Regierung nichts schenken wollen ..."

„Nein, aber Ihnen", beharrte Petja und starrte sie wie verzaubert an. War das denn Wirklichkeit? Er stand hier und redete mit der Großfürstin Maria Nikolajewna von Russland ... der ehemaligen Großfürstin, verbesserte er sich, aber Revolution hin und Umsturz her: Sie war eine Zarentochter ...

„Bitte, Kaiserliche Hoheit", fügte er hinzu, und Maria Nikolajewna schüttelte sacht den Kopf.

„So dürfen Sie mich nicht mehr anreden, Herr ..."

„Bakunin", stellte er sich vor. „Petja Kusmitsch Bakunin ..."

„Und ich bin die Bürgerin Maria Nikolajewna Romanowa ...", erwiderte sie mit leisem Spott. „Aber sagen Sie einfach Maria Nikolajewna zu mir, Petja Kusmitsch."

Sie nahm die beiden Tüten und drückte sie der älteren Frau in die Arme. „Wir müssen nichts bezahlen, meine Liebe. Herr Bakunin war so freundlich, uns alles zu schenken."

Sie winkte Petja zu. „Vielen Dank auch!" Dann lief sie zu ihren Schwestern zurück.

Petja Bakunin wartete eine Woche ab. Am liebsten wäre er schon am nächsten Morgen zu der Gouverneursvilla gefahren, in der die Zarenfamilie nun lebte. Ihre Begleiter waren in einem gegenüberliegenden Haus untergebracht worden. Das hatte er in seinem Bäckerladen in Erfahrung gebracht, in dem die Kundinnen von fast nichts anderem sprachen als von der Ankunft der Gefangenen.

„Was heißt ‚Gefangene'!", empörte sich die Gärtnersfrau Waleria Putilowa. „Es lebt ja geradezu herrschaftlich, das Zarenpack, mit Dienern und einem Koch, Kammerfrauen, einem Hauslehrer und was weiß ich. Der ehemalige Zar hat sogar zwei Adjutanten bei sich, heißt es. Einer soll ein General sein und der andere ein Fürst. Warum haben sie nicht gleich ihren ganzen Hofstaat mitgebracht und eine Armee von Dienern, die sie von hinten bis vorne bedient!"

Man weiß es ja, dass die Güter dieser Welt nicht gerecht

verteilt sind. Die einen haben viel zu viel davon, die anderen zu wenig. So etwas erweckt Neid, der bekanntlich die Wurzel vieler Übel ist. Und da es auch am Tobol neidische Charaktere gab, stimmten einige von Petjas Kunden der Putilowa zu.

„Gestern habe ich die ehemalige Zarin gesehen", wusste Akulina, die Frau von Igor Duchynin, zu berichten, dem die Wäscherei am Sibirskij Prospekt gehörte. „Sie sitzt im Rollstuhl und lässt sich spazieren fahren, während unsereins mit schmerzenden Knochen herumkriecht. So schön wie früher ist sie nicht mehr, die hochnäsige Deutsche. Ist's ein Wunder ohne die feinen Kleider, Perlenketten und Diademe? Damit sähen auch wir schön aus!" Und sie reckte ihre magere Hühnerbrust und warf den Kopf in den Nacken. „Es hat ja nie arbeiten müssen, das vornehme Dämchen, und den Rücken krumm machen. Und immer das Feinste zu fressen bekommen."

„Ach, halt's Maul", meldete sich der Gastwirt Tirjakow zu Wort. „Kann sein, dass du einerseits Recht hast. Andererseits ist es aber ein grausamer tiefer Fall, den die Romanows getan haben. Eben warst du noch ganz oben – und hui, bist du mit dem Hintern im Dreck gelandet. Das tut weh, und trotzdem hört man, dass sich die ganze Familie bewunderungswürdig in ihr Schicksal ergeben hat. Sie sollen allesamt sehr freundlich sein – und dankbar für jede Kleinigkeit. Wer weiß, ob du dich in solcher Lage auch so verhieltest. Vielleicht wärst du unausstehlich und würdest jeden entgelten lassen, was man dir angetan hat. Und ich wahrscheinlich auch."

So dachte nicht nur Tirjakow. Petja hörte es immer wieder in dieser Woche: Die Zarenfamilie benahm sich keineswegs so, wie man es von dem „blutigen Nikolaus und seiner Brut" angenommen hatte. Im Gegenteil, man rühmte ihre Freundlichkeit und Dankbarkeit für jede noch so kleine Erleichterung ihres Daseins, und das nötigte vielen Respekt ab.

Petja Bakunin taten solche Äußerungen ebenso wohl, wie es ihn schmerzte, wenn jemand abfällig über die Gefangenen sprach.

Denn gefangen blieben sie – auch in der Gouverneursvilla von Tobolsk. Oberst Kobylinskij hatte einen hohen Palisadenzaun um das gesamte Grundstück errichten lassen, der Tag und Nacht bewacht wurde. Die Soldaten patrouillierten regelmäßig um den Zaun und ließen die Inhaftierten, wenn sie innerhalb des ebenfalls eingezäunten Gartens spazieren gingen, nicht aus den Augen.

Petja sagte sich: Es hat keinen Sinn, dass du zur Gouverneursvilla fährst. Du wirst sie weder sehen noch sprechen können, und falls es dennoch geschieht, hat sie vielleicht sogar Nachteile davon. Bestimmt verbietet man ihr den Kontakt zur Außenwelt.

Trotzdem hielt er es nach acht Tagen nicht mehr aus. Zu Fuß machte er sich des Abends auf den Weg. Es war noch nicht ganz dunkel, und Petja spähte durch den Palisadenzaun auf das Grundstück.

Die Fenster im Parterre der Villa waren matt erleuchtet, und er sah mehrere Personen in einem Zimmer um einen großen runden Tisch sitzen. Petja erkannte den Zaren, der ein Buch vor sich hatte, aus dem er offenbar vorlas. Seine Frau saß neben ihm und auf der anderen Seite ein schnurrbärtiger, noch junger Mann. Das musste Pierre Gilliard sein, der Lehrer der Zarenkinder, wie Petja inzwischen aus den Gesprächen mit seinen Kunden erfahren hatte. Die Zarin und ihre Töchter waren mit Handarbeiten beschäftigt, während der Zarewitsch auf dem Boden mit den Hunden spielte.

Petja versuchte, Maria ausfindig zu machen, aber das gelang ihm erst, als sie aufstand und sich reckte. Sie und ihre Schwestern hatten ihre Kopftücher abgelegt, und Petja erkannte, dass ihre Haare ganz kurz waren, als hätte man ihnen vor nicht allzu langer Zeit die Köpfe geschoren.

Er fuhr herum, als er die Schritte eines Wachtpostens hörte, und wollte hastig davongehen. Doch der Soldat sprach ihn an.

„Bist wohl neugierig, was? Das sind sie alle, die herkommen. Jeden Tag schleichen sie hier herum und versuchen, einen Blick auf die Romanows zu werfen." Er lachte und zog an seiner Zigarette. „Komm morgen Vormittag wieder, dann arbeiten sie im Garten, und der ehemalige Zar sägt Holz."

„Zwingt man sie dazu?", fragte Petja, und der Soldat schüttelte den Kopf.

„Nein, sie tun's freiwillig. Sie wollen einen eigenen Gemüsegarten anlegen, und Nikolaus Alexandrowitsch gefällt die körperliche Arbeit." Er warf seine Zigarette weg und trat sorgfältig die Glut mit der Stiefelspitze aus. „Sagt er jedenfalls. Er hat schon in Zarskoje Selo gesägt und Holz gehackt."

„Warst du dort auch bei den Wachen?", erkundigte Petja sich.

„Klar. Ich gehöre zum Gardekorps. Erst haben wir die Romanows beschützen und nach ihrer Absetzung bewachen müssen. So kann sich das Blatt wenden." Der Soldat blickte in den klaren Abendhimmel. „Es wird morgen wieder ein schöner Tag werden. Dann sind sie alle im Garten. Sie sind ganz verrückt auf frische Luft."

„Und sonst? Wie sind sie sonst? Haben sie Angst – oder sind sie traurig oder verbiestert?"

„Angst werden sie schon haben", sagte der Soldat nachdenklich. „Wer hätte die nicht an ihrer Stelle. Aber sie zeigen es nicht. Im Gegenteil, meistens sind sie fröhlich, sie lachen und schwatzen viel, vor allem die Mädchen. Die unterhalten sich auch oft mit uns, fragen, wo wir herkommen und so. Und manchmal spielen sie sogar mit ein paar von uns in unseren Unterkünften ‚Dame' oder andere Spiele. Wirklich, sie sind ganz umgänglich und sehr, sehr höflich, auch der frühere Zar. Nur seine Frau ist anders. Die spricht kaum mit uns und blickt an uns vorbei, als wären wir nicht vorhanden. Aber zu den Kindern ist sie ebenfalls sehr lieb, besonders zu dem Jungen. Ist ja auch ein armer Kerl, so krank, wie er ist."

„Wieso krank? Was hat er denn?“, fragte Petja, und der Soldat antwortete:

„Irgendeine Erbkrankheit. Wie sie heißt, weiß ich nicht, aber er darf sich nirgendwo verletzen, nicht hinfallen oder sich stoßen. Dann hört er nicht mehr auf zu bluten, nicht nur von außen, sondern auch innerlich. Er kann dabei verbluten, heißt es, oder am Fieber sterben. Eine scheußliche Krankheit, die ihm außerdem noch ordentlich Schmerzen bereitet. Tja ...“, der Soldat drehte sich eine neue Zigarette, „er ist wirklich ein armer Teufel, wenn man bedenkt, wie gerne er herumtobt ...“

„Und die Mädchen? Sind sie ebenfalls krank?“

„Nein, die sind gesund wie russische Bäuerinnen.“ Der Soldat lachte. „Komm morgen wieder, dann kannst du's mit eigenen Augen sehen.“

„Mach ich“, sagte Petja. „Bis morgen dann, Bruder ... Und danke!“

„Wofür?“, wollte der Soldat erstaunt wissen.

„Dass du mir so viel erzählt hast. Du hättest mich ja auch mit einem Fußtritt fortjagen können.“

Der Soldat winkte ab. „So genau nehmen wir's hier nicht. In Zarskoje Selo war das anders. Da mussten wir scharf aufpassen, dass keine Monarchisten oder konterrevolutionäre Elemente die Romanows zu befreien versuchten. Aber hierher verirrt sich keiner von denen. Und die Romanows sind klug genug, keinen Fluchtversuch zu riskieren. Aus Sibirien entkommt man nicht so leicht.“

Am nächsten Tag verließ Petja seine Backstube schon gegen elf Uhr. Er belud den Wagen mit dem Pferdchen davor mit Brot, Kuchen und Brötchen und fuhr damit zuerst zur Gouverneursvilla. Seine Kunden mochten warten ...

Diesmal hielt er vor dem großen Tor, an dem zwei Wachtposten standen. „He, was willst du?“, rief der eine und kam heran.

„Meine Waren verkaufen“, sagte Petja fröhlich. „Darf ich rein?“

„Hast du einen Passierschein?", fragte der Posten, und Petja langte hinter sich und nahm eine Platte noch warmen Kirschkuchen von den Regalbrettern, mit denen sein Wägelchen ausgestattet war.

„Ist das einer?", wollte er augenzwinkernd wissen.

Der Soldat nahm den Kuchen, roch den köstlichen Duft und meinte: „Nicht direkt. Für Passierscheine ist Leutnant Oswinskij zuständig. Fahr den Hauptweg geradeaus und hinter der Villa scharf rechts auf ein lang gestrecktes Gebäude zu. Da hat der Leutnant seine Amtsstube." Er zwinkerte zurück. „Der Leutnant isst auch gerne Kuchen." Den angebotenen Kirschkuchen – ein Gedicht war's aus frischem Hefeteig und Butterstreuseln auf dem Obst – behielt er natürlich.

Leutnant Oswinskij war ein drahtiges Kerlchen mit einem hochgezwirbelten Oberlippenbart. „Was willst du?", schnarrte er, als Petja nach einem höflichen Anklopfen die Amtsstube betrat, in den Händen einen großen runden Teller mit köstlichen kleinen Törtchen.

„Ich bin Bäcker und würde gern die Versorgung der Wachen mit meinen Backwaren übernehmen. Natürlich auch die Versorgung der Gefangenen, wenn es gestattet ist. Ich könnte täglich frisches Brot und frischen Kuchen liefern, Euer Gnaden."

Der Leutnant kniff die Augen zusammen. „Spar dir diese Anrede aus zaristischen Zeiten! Wir sind Bürger und Genossen, kapiert? Im neuen Russland gibt es keine Hochwohlgeboren mehr. Wir haben uns vom Joch der Blutsauger und Unterdrücker befreit!"

„Gewiss. Euer ... Verzeihung, Genosse Leutnant." Petja lächelte demütig. „Es ist nur die alte Gewohnheit, in die man manchmal zurückfällt. In Sibirien dauert nicht nur der Winter länger als anderswo, auch der Einzug der neuen Zeit."

„Dummes Gewäsch!", knurrte der Leutnant, wurde aber sofort freundlicher, als Petja ihm die Törtchen offerierte. „Nehmen Sie nur, Genosse, damit Sie sich von der Güte meiner Ware überzeugen können. Schließlich muss man alles sorgfältig prüfen, bevor man es genehmigt."

Das Ergebnis dieser Prüfung war, dass der Leutnant, mit vollen Backen kauend, sagte: „Eine gute Idee, uns beliefern zu wollen. Melde dich in der Küche bei Semjon Podorow, das ist der Koch. Er soll dir sagen, was er täglich braucht. Die Abrechnung erfolgt wöchentlich. Ich lasse inzwischen einen Passierschein für dich ausstellen."

„Vielen Dank, Genosse Leutnant! Und wenn der Genosse Leutnant einmal irgendeinen besonderen Wunsch haben ..."

„Apfelkuchen", sagte Oswinskij mit verklärten Augen. „Ich könnte für Apfelkuchen meine Seele dem Teufel verkaufen ..."

Er brach ab und räusperte sich. „Das ist natürlich nur so eine dumme Redensart. Du hast Recht, Brüderchen: Man schleppt noch viel unsinnigen Ballast aus der verdammten Zarenzeit mit sich herum."

„Sie sollen Ihren Apfelkuchen bekommen - gleich morgen!", versprach Petja und war überglücklich über seinen Erfolg. Wobei man bedauerlicherweise feststellen muss, dass Bestechlichkeit, wenn auch diesmal in kleinem Umfang, selbst im neuen Russland nicht auszurotten war. Aber was soll's! Leutnant Oswinskij war im Grunde auch nur ein armer Hund!

Die Großfürstin Maria Nikolajewna entdeckte Petja, als er seinen Bäckerwagen an die Umzäunung lenkte, die zusätzlich zu dem äußeren Palisadenzaun den Garten umschloss, in dem die Zarenfamilie sich frei bewegen konnte.

„Petja Kusmitsch!", rief Maria schon von weitem, ließ ihre Harke fallen, mit der sie das Erdreich aufgelockert hatte, und kam an den Zaun. „Wie schön, Sie zu sehen." Sie trug wieder das Kopftuch, um das sich ihre nachwachsenden Löckchen kringelten. Und ihre großen Augen waren wie ein tiefer blauer See.

„Ich werde jetzt jeden Tag kommen", erklärte Petja. „Leutnant Oswinskij hat es gestattet, dass ich Sie und die Soldaten beliefere."

„Das freut mich aber. Alles, was Sie mir, nein, uns neulich geschenkt haben, hat fantastisch geschmeckt. Viel besser als das steinharte Roggenbrot, das wir bisher bekommen haben."

„Wie geht es Ihnen?", fragte Petja unvermittelt. Im nächsten Augenblick hätte er sich dafür ohrfeigen können. Was für eine dumme Frage! Es konnte ihr ja nur schlecht gehen, weil man sie all dessen beraubt hatte, was ihr früheres Leben ausmachte.

Aber zu seinem Erstaunen lächelte Maria. „Ach, recht gut. Wir sind zusammen, alle miteinander, und Alexej ist im Augenblick ganz gesund. Darüber sind wir besonders glücklich." Ihre Wangengrübchen traten zutage, weil sie stärker lächelte. „Wenn Sie täglich herkommen, können wir uns vielleicht öfter unterhalten, Petja Kusmitsch. Ich werde Acht geben, dass ich Sie nicht verpasse."

„Im Ernst?", fragte er ungläubig, und sie nickte und fügte hinzu: „Wissen Sie, es ist hier oft sterbenslangweilig. Wir haben so gut wie nichts zu tun – außer der Gartenarbeit und ein bisschen Stricken oder Sticken. Sonst schlagen wir die Zeit mit Spielen tot oder hören Papa zu, wenn er uns etwas vorliest. Aber das genügt mir einfach nicht, weil ich gern mit anderen Leuten spreche. Glauben Sie nicht, dass ich neugierig bin, aber es interessiert mich eben, so viel wie möglich über fremde Menschen zu erfahren."

Sie lehnte sich gegen den Zaun. „Erzählen Sie mir ein bisschen von sich. Sind Sie verheiratet? Haben Sie Kinder?"

„Nein", antwortete er und war sich darüber klar, dass er ihr jetzt eigentlich von Dunja erzählen müsste. Aber er tat es nicht. „Ich wohne mit meiner Mutter zusammen. Wir haben ein kleines Haus, in dem sich auch die Bäckerei befindet. Mein Vater ist vor zwei Jahren gestorben."

„Oh, das tut mir leid. War es sehr schlimm für Sie?"

Petja nickte heftig. „Ziemlich, vor allem, weil es so plötzlich passiert ist. Mein Vater wollte einen Korb mit frisch gebackenen Broten in den Laden bringen – und fiel um. Als ich ihm aufhelfen wollte, war er schon tot."

Maria Nikolajewna blickte zu ihrem Vater hinüber, der, wieder in seinem abgetragenen Uniformrock, eine Offiziersmütze auf dem Kopf, die tief herunterhängenden Äste eines Birnbaums mit Pfählen und Stricken abstützte.

„Ich habe oft Angst um meinen Vater", sagte sie leise. „Und auch um Mutter und Alexej. In Zarskoje Selo hat Herr Kerenskij – das ist der neue Regierungschef – einmal gesagt, dass er nicht für ihre Sicherheit garantieren kann. In Petrograd gibt es viele Leute, die ihre Hinrichtung verlangen. Deshalb hat Herr Kerenskij dafür gesorgt, dass wir alle nach Tobolsk gebracht wurden. Ich habe schrecklich geweint, als wir Zarskoje Selo verlassen mussten. Ich bin dort aufgewachsen, wissen Sie. Im Petrograder Winterpalais und den anderen Schlössern waren wir viel seltener. Aber jetzt bin ich froh, dass wir hier sind. Hier fühle ich mich sicherer."

Es würgte Petja im Hals. „Ganz gewiss", bestätigte er, „hier sind Sie sicher."

Er wollte damit nicht nur sie trösten – er wollte auch selbst daran glauben.

Von da an sahen sie sich jeden Tag. Maria Nikolajewna wartete meist schon, wenn Petja das Palisadentor passierte; selbst kühles, regnerisches Wetter konnte sie davon nicht abhalten, und ihre Schwestern neckten sie mit ihrem „Verehrer".

„Was für ein Unsinn!", protestierte sie dann. „Ich unterhalte mich gern mit ihm, genauso wie Anastasia mit den Wachtposten schwatzt. Das ist alles."

„Oh, oh, oh!", kicherte die rundliche Anastasia. „Mir hat aber noch keiner von denen die Hand gestreichelt."

Maria wurde rot. „Was erzählst du da! Petja hat noch nie ..."

„Ich hab's aber gesehen", trumpfte die Jüngere auf. „Er hat seine Hand durch die Zaunpfähle gesteckt und deine

Finger festgehalten. Und er hat dabei so ein andächtiges Gesicht gemacht, als würde er in der Kirche vor der Ikonostase beten!" Und da sie ein ausgeprägtes schauspielerisches Talent besaß und zum Vergnügen der Familie alle möglichen Leute imitierte, warf sie sich in Positur und setzte eine übertrieben weltentrückte, schwärmerische Miene auf, dass sogar Maria lachen musste.

„Wir haben uns nur adieu gesagt, weiter nichts. Und Petja hat auch nicht so idiotisch dabei ausgesehen."

„Hat er doch!", rief Anastasia und wich geschickt dem Strickzeug aus, das Maria nach ihr warf.

Am Abend nach dem Essen nahm Zarin Alexandra Fjodorowna ihre zweitjüngste Tochter zur Seite. „Bleib noch einen Augenblick", bat sie, während die anderen mit Alexej in den Oberstock hinaufgingen, um eine Partie Mühle zu spielen.

„Dieser Petja, mit dem deine Schwestern dich neuerdings aufziehen", begann die Zarin ohne Umschweife, „hat dir hoffentlich keine Flausen in den Kopf gesetzt, mein Liebling ..."

Marias „Untertassenaugen", wie die Familie sie nannte, wurden wenn möglich noch größer. „Was für Flausen, Mama?"

„Nun ja, er ist ein junger Mann – und so weit ich feststellen konnte, sieht er recht ansprechend aus."

„Ja, nicht wahr!", stimmte Maria zu. „Es wundert mich, dass er noch nicht verheiratet ist – oder wenigstens eine Braut hat."

„Ach, Maria ..." Die Zarin zog ihre Tochter an sich. „Ich gönne dir ja jede kleine Freude. Aber diese täglichen Treffen machen mich doch etwas besorgt. Ich möchte nicht, dass du eines Tages deswegen Kummer hast, Liebling. Falls du dich in diesen jungen Mann verliebst, zum Beispiel." Es fiel Alexandra Fjodorowna schwer, dieses in ihren Augen heikle Thema anzusprechen, denn sie hatte seit jeher eine große Scheu, über Herzensangelegenheiten zu reden.

„Ach Mama!" Maria legte die Arme um die Taille ihrer

Mutter. „Ich bin achtzehn Jahre alt, und ich habe noch nie ... wie soll ich es nennen? ... einen Flirt gehabt. Tatjana und Olga hatten noch ihre jungen Gardeoffiziere, mit denen sie getanzt und herumgeschäkert haben. Doch dann brach der Krieg aus, und alles war zu Ende. Ich habe mir so gewünscht, Bälle zu besuchen, zu tanzen, bewundert zu werden ... Damals habe ich mich damit getröstet, dass ich alles nachholen kann, wenn wir den Krieg gewonnen haben. Stattdessen musste Papa abdanken, und wir wurden gefangen genommen."

Sie brach in Tränen aus und verbarg das Gesicht an Alexandras Brust. „Sie müssen sich nicht sorgen, Mama, ich bin ganz vernünftig. Aber es ist einfach schön, dass es jemanden gibt, der mich ein bisschen anschwärmt. Auch wenn er nur Petja Bakunin heißt und wir immer nur durch diesen verdammten Zaun und vor den Augen der Wachen mit einander reden können. Verstehen Sie das nicht, Mama?"

Wie gut Alexandra Fjodorowna das verstand! Maria hatte Recht: Der Krieg und die nachfolgenden schrecklichen Ereignisse hatten ihr alle harmlosen Freuden des Jungmädchendaseins verwehrt. Wer konnte ihr Vorwürfe machen, dass sie nun einen winzigen Teil davon unter den armseligsten, bedrückendsten Bedingungen nachholen wollte?

Die Zarin strich ihr über das kurze Haar. „Ach, Kind, ich will doch nur nicht, dass du unglücklich wirst. Es kann sehr wehtun, wenn man einen Menschen lieb hat und es doch keinen Weg zu ihm gibt. Lass es nicht so weit kommen."

„Nein, Mama", sagte Maria mit zuckenden Lippen. „Schließlich will ich ja auch nicht, dass Petja unglücklich ist – oder sogar in Gefahr gerät, weil er sich mit jemandem wie mir abgibt. Einer von den Romanow-Blutsaugern."

Und dann weinten sie beide.

„Du bist so still, Lieber", sagte Dunja Ryschkina und wandte Petja ihr rundes, liebes Gesicht zu. Es war ein Gesicht, das man gern anschaute, weil es klar und sanft war mit den braunen Augen und dem weichen Mund. Es strahlte eine ruhige Heiterkeit aus, und Petja hatte, als er bei Dunjas Vater German Ryschkin um ihre Hand anhielt, bei sich gedacht, dass er alles tun wollte, um Dunja diese Heiterkeit zu erhalten. Sie lächelte ein wenig. „Du sitzt hier neben mir, aber es kommt mir vor, als wärst du trotzdem ganz weit fort."

„Aber nein", antwortete er und legte ihr den Arm um die Schultern. Sie saßen auf der Bank vor Dunjas Elternhaus und ließen sich von den letzten Strahlen der scheidenden Sonne bescheinen. Ein herrlicher Spätsommerabend war's, und Dunja hatte gehofft, dass sie und Petja noch einen Spaziergang zum Fluss hinunter machen würden. Sie wünschte sich so, dass er sie küsste und ihr endlich wieder sagte, wie lieb er sie hatte. Hier vor dem Haus war das nicht gut möglich, denn ihre Mutter saß in der Küche beim Fenster, teils mit einer Näharbeit, teils mit der Überwachung ihrer Tochter beschäftigt. Man musste aufpassen, wenn man nicht wollte, dass bei ihrer Dunjaschka schon sechs oder sieben Monate nach der Hochzeit ein Kleines in der Wiege strampelte. Glafira Ryschkina kannte sich da aus, schließlich war Dunjaschka auch „ein paar Wochen zu früh" geboren, weil German Wladimirowitsch, der verflixte Kerl, so ungeduldig gewesen war ...

Was die beiden da draußen miteinander sprachen, konnte die Ryschkina nicht verstehen, aber es genügte ihr, dass sie sie im Auge hatte.

„Weißt du, Dunjaschka", sagte Petja gerade, „ich habe im Augenblick mehr Arbeit als sonst, weil ich zusätzlich die Gouverneursvilla beliefere. Die halbe Nacht stehe ich seitdem in der Backstube, um alles zu schaffen. Sei mir nicht böse, wenn ich deshalb ein bisschen schweigsam bin. Ich bin einfach müde, das ist alles."

Sie betrachtete ihn besorgt. „Aber wird das nicht zu viel für dich, Petjenka?"

„Ab nächster Woche kommt Grischa Tjurow mir helfen. Du weißt, er hat viele Jahre in der Bäckerei neben der Isaaks-Kirche gearbeitet. Er ist zwar fast siebzig, aber so rüstig wie ein Fünfzigjähriger. Zu zweit schaffen wir das schon."

Sie kuschelte sich in seinen Arm. „Hast du dann wieder mehr Zeit für mich?"

Petja streichelte ihr hellbraunes Haar. „Ich hoffe doch, Dunjaschka ..."

Sie blieb an ihn gelehnt. „Ich habe sagen hören, dass du jeden Tag zur Gouverneursvilla fährst ..."

„Natürlich, das muss ich doch." Er lachte, doch es klang irgendwie verlegen in ihren Ohren.

„Aber die Leute sagen auch, dass du dich immer lange mit einer Tochter des ehemaligen Zaren unterhältst ... Angeblich soll sie jeden Tag schon auf dich warten ..."

Verdammte Klatschmäuler, dachte er erbittert. Kann man denn keinen Schritt tun, ohne beobachtet zu werden? Gleichzeitig aber wusste er, dass er Dunja nicht belügen durfte. Das hatte sie nicht verdient. Und überhaupt – Petja hasste es zu lügen. Nur – wie sollte er Dunja erklären, was er sich selbst nicht zu erklären vermochte?

„Dunja", sagte er nach einem tiefen Atemzug, „das mit der Großfürstin Maria Nikolajewna ist nichts, was etwas mit dir und mir zu tun hätte. Sie nimmt dir nichts weg, verstehst du?"

„Nein." Sie löste sich von ihm und schüttelte den Kopf. „Sie ist öfter mit dir zusammen als ich. Also nimmt sie mir deine Zeit weg ..."

„Ja, vielleicht", gab er zu. „Aber sie ist so unendlich arm ... und sie gibt sich so große Mühe tapfer zu sein. Was kann sie dafür, dass sie in einem Schloss geboren wurde? Trotzdem lässt man sie dafür büßen ..."

„Du bedauerst sie also?", fragte Dunja, und er nickte.

„Das auch."

„Und was sonst noch?", erkundigte sie sich mit einem kleinen spitzen Unterton. „Bewunderst du sie? Ist es dir zu Kopf gestiegen, dass eine ehemalige Großfürstin von Russland sich alle Tage mit dir trifft?"

„Wir unterhalten uns doch nur ... entweder durch einen Zaun getrennt oder manchmal vor der Villa, wenn sie in den Hof kommt. Aber dann sind immer die Wachtposten in der Nähe."

„Hast du ihr von mir erzählt?", wollte Dunja wissen. „Und dass wir im nächsten Herbst heiraten werden?"

„Nein, aber ..."

Sie ließ ihn nicht ausreden. Sehr gerade saß sie jetzt da, den Blick auf sein Gesicht gerichtet, und ihre Lippen zitterten unmerklich. „Warum hast du's nicht getan?"

„Es hat sich einfach nicht ergeben ..." Nun hatte er sie doch belogen! Petja erinnerte sich genau, wie Maria ihn gefragt hatte, ob er verheiratet sei. Das hatte er verneint und Dunjas Existenz verschwiegen.

Sie rückte ein wenig von ihm ab. „Du musst verrückt sein, Petja Bakunin. Du – und eine Zarentochter! Glaubst du im Ernst, daraus könnte etwas werden?"

„Natürlich nicht. Irgendwann wird sie sicherlich fortgehen ... Sie hoffen ja alle darauf, dass man sie eines Tages aus Russland ausreisen lässt. Nach Dänemark oder England – was weiß ich. Aber solange sie hier ist ... bitte Dunjaschka, versuche wenigstens, mich zu verstehen ... so lange möchte ich für sie da sein."

„Du liebst sie ..." Dunjas Stimme klang wie zerbrochen, und er hob die Schultern.

„Nein ... ja ... Ach, ich weiß es nicht. Liebt man ein unerreichbares Wesen? Ich hab dich doch lieb, Dunjaschka, und ich will dich immer noch heiraten. Das hat mit Maria Nikolajewna überhaupt nichts zu tun." Er stützte die Ellbogen auf die Knie und legte den Kopf in seine Hände. „Ach, ich bin ganz durcheinander. Ich will dir doch nicht wehtun, Dunja, aber ich kann auch Maria nicht im Stich lassen. Es klingt vielleicht verrückt für dich – aber sie braucht mich. Sie hat so wenige Freunde ..."

Dunja schwieg eine Weile. Sie liebte Petja von ganzem Herzen, und natürlich empfand sie brennende Eifersucht auf diese unbekannte Großfürstin, die plötzlich so wichtig für ihn geworden war, wichtiger vielleicht als sie, Dunja. Aber sie fühlte auch Mitleid mit ihm, weil er so unglücklich und zerrissen wirkte.

„Und ... wie soll es nun weitergehen?", fragte sie schließlich stockend, und er hob den Kopf und sah sie an.

„Lass mich nicht im Stich, Dunjaschka, bitte. Hab einfach Vertrauen zu mir. Ich verspreche dir, dass ich nichts tun werde, was uns trennt ..."

Aber das hast du doch schon getan, wollte sie sagen, doch sie sprach es nicht aus. Er redete von körperlicher Untreue, aber Dunja hatte an diesem Abend zum ersten Mal in ihrem behüteten zwanzigjährigen Leben begriffen, dass es auch eine andere, ebenso verletzende Untreue gab. Petja hatte sein Herz geteilt – zwischen ihr und Maria Nikolajewna.

„Bitte, geh jetzt", stieß sie hervor, und er stand gehorsam auf.

„Aber ich darf doch wiederkommen, Dunjaschka?"

Ach Gott, wie sie ihn liebte! Und wie weh das auf einmal tat! „Geh", wiederholte sie, „und komm meinetwegen wieder, wenn ... wenn du mehr Zeit hast."

Mit einem Aufweinen lief sie in den Garten beim Haus.

Am nächsten Tag erzählte er Maria Nikolajewna von Dunja. Er hatte das Gefühl, Dunja dieses Geständnis schuldig zu sein, und Maria hörte ihm schweigend zu.

Sie gingen nebeneinander über den gepflasterten Hof vor der Villa, während die Wachtposten an dem geschlossenen Palisadenzaun auf und ab patrouillierten. Petja hatte in der Küche seine Backwaren abgeliefert und Leutnant Oswinskij wieder einmal einen Apfelkuchen gebracht. Pferd und Wagen standen neben dem Tor.

Maria hielt den Kopf gesenkt, als sie nach einer Weile meinte: „Sie muss glücklich sein, Ihre Dunja. Sie bekommt einen guten, liebevollen Mann." Sie blieb stehen und drehte sich zu ihm um. „Sagen Sie ihr das von mir ..."

Der Thronfolger Alexej kam mit seinem Spaniel Joy aus

dem Haus, begleitet von seinem Schweizer Hauslehrer Pierre Gilliard. „Oh, guten Morgen, Petja Kusmitsch!“, rief der Dreizehnjährige schon von weitem. „Wie geht es Ihnen?“

„Danke, gut“, erwiderte Petja und wandte sich zu seinem Wagen. „Ich habe hier noch ein Rosinenbrot. Mögen Sie das, Alexej Nikolajewitsch?“

„Aber ja!“ Die blauen Augen des hübschen Kindes leuchteten auf, als er das Brot in Empfang nahm. „Sie sind sehr freundlich, Petja Kusmitsch. Vielen Dank.“

Durch seine täglichen Besuche hatte Petja indessen alle Romanow-Geschwister kennen gelernt. Selbst der Zar hatte zwei- oder dreimal ein paar Worte mit ihm gewechselt, und die Zarin hatte ihn einmal gebeten, ein wenig Anis aus seiner Bäckerei mitzubringen, den ihr aus Zarskoje Selo mitgebrachter Koch Charitonow für eine Süßspeise benötigte.

Am nächsten Tag hatte sie sich sehr freundlich dafür bedankt.

Oberst Kobylinskij hatte den Inhaftierten indessen so viele Freiheiten zugestanden, wie er es gerade noch verantworten konnte. Er verbot keine Plaudereien mit seinen Soldaten und kümmerte sich auch nicht darum, dass fast täglich Leute aus Tobolsk kamen, um die Zarenfamilie zu sehen. Manche verneigten sich oder segneten sie sogar, andere schickten Lebensmittel, und die Nonnen eines nahe gelegenen Klosters versorgten sie mit frischen Eiern, Gemüse und Milch. Und seit dem 8. September, dem Fest von Maria Geburt, durften die Gefangenen zur Messe in die Stadt gehen. Allerdings säumte dann jedes Mal ein dichter Kordon von Soldaten den Weg, der sich erst auflöste, wenn die Familie und ihre Begleiter wieder sicher hinter dem Palisadenzaun der Gouverneursvilla eingeschlossen waren.

„Aber“, so sagte Maria, „es ist doch ein großer Fortschritt, dass wir wenigstens sonntags hinausdürfen. Oberst Kobylinskij hat sogar gestattet, dass wir Briefe bekommen und selbst welche abschicken dürfen, auch wenn sie zensiert werden. Auf diese Weise sind wir doch nicht mehr so ganz von der Außenwelt abgeschnitten. Und Papa bekommt ein paar Zeitungen. Obwohl ..." Sie stockte.

„Seitdem ist er oft niedergeschlagen. Er spricht nicht mit uns darüber, aber ich vermute, dass ihn die Nachrichten von der Front bedrücken. Die Deutschen scheinen auf dem Vormarsch zu sein. Und in Petrograd, das hat mir General Tatistschew, einer von Papas Adjutanten, auf mein Drängen hin verraten, gewinnen die Bolschewiki immer mehr an Einfluss. Ihr Anführer Lenin will den Krieg auf der Stelle beenden, und das verschafft ihm großen Zulauf unter dem Volk."

Sie seufzte. „Ich kann das sogar verstehen. Der Krieg dauert schon viel zu lange, und täglich fallen viele der Unseren. Aber mein Vater hält sich an den Eid, den er bei Kriegsbeginn geschworen hat: nicht eher Frieden zu schließen, bis kein Feind mehr auf Russlands Boden steht."

„Ihr Vater war eine Zeit lang selbst Oberbefehlshaber der russischen Armeen, nicht wahr?", fragte Petja, und sie nickte.

„Bis zu seiner Abdankung. Dann hat er das Oberkommando General Michail Alexejew übertragen. Heute macht er sich deswegen manchmal Vorwürfe. Er glaubt, dass es ihm vielleicht gelungen wäre, unsere Armeen zum Sieg zu führen."

Er hatte anderes gehört. Der Zar hatte Niederlage um Niederlage hinnehmen müssen, und die Verwundeten und Krüppel, die nach Tobolsk heimgekehrt waren, hatten Entsetzliches von der Front berichtet. Russland sei für diesen Krieg gar nicht ausgerüstet, hatten sie gesagt. Weder genügend Waffen noch Munition hätten sie gehabt, nur jeder Dritte hatte ein Gewehr besessen, sodass die Überlebenden eines Gefechts im Schutz der Nacht hätten zurückschleichen müssen, um ihren toten Kameraden die Waffen abzunehmen. Sie hätten gehungert, und die Ärzte in den Kriegslazaretten hatten nicht genügend Medikamente und Verbandmaterial gehabt, um die Verwundeten zu versorgen. Man hätte sie in Viehwagons, auf dem nackten Boden liegend, abtransportiert, sodass Unzählige unterwegs gestorben wären. Tote, die anklagten, Sterben, das man hätte verhindern können ...

Aber das konnte Petja natürlich nicht zu Maria Nikolajewna sagen, einer Tochter, die ihren Vater liebte und bewunderte. Und mit ihm bestraft wurde für das, was er falsch gemacht hatte.

„Der blutige Nikolaus“ – ein Name, den die Revolutionäre dem Zaren gegeben hatten, weil er der Urheber von so viel Elend war. Aber es fiel schwer, diesen Namen auf den Mann zu übertragen, den Petja indessen ein wenig kennen gelernt hatte. Ein Mann, der sein Volk, dem er so viele Wunden geschlagen hatte und das ihn dafür hasste, noch immer liebte – und der zärtliche, angebetete Vater seiner Kinder ...

Petja überlegte verzweifelt, was er Maria Tröstliches sagen konnte, und meinte schließlich:

„Das Kriegsglück kann sich immer noch wenden. Und was die Situation in Petrograd betrifft: Ich glaube nicht, dass die Bolschewiken sich durchsetzen werden. Wie man hört, ist ihr Anführer Lenin nach Finnland geflohen, um seiner Verhaftung zu entgehen. Alle bolschewikischen Zeitungen sind verboten worden, und man hat viele von Lenins Gefolgsleuten ins Gefängnis gebracht. Ganz gewiss wird bald wieder Ruhe in der Hauptstadt eintreten.“

Und dann fügte er fast flehend hinzu: „Machen Sie sich nicht so viele Sorgen um diesen Krieg. Falls er für Russland verloren ist, wird auch die Provisorische Regierung auf eine schnelle Beendigung drängen. Dann wird es keine Rekrutenaushebungen mehr geben, und darüber wäre auch ich ganz froh.“

Als sie ihn fragend anblickte, fügte er hinzu: „Ich bin nur durch den Tod meines Vaters vom Kriegsdienst verschont geblieben. Weil ich der einzige Sohn bin und für den Lebensunterhalt meiner Mutter sorgen muss. Sonst wäre ich auch eingezogen worden. Aber wer weiß, ob man diese Bestimmungen nicht ändert, wenn es nötig wird. Dann müsste auch ich noch zu den Soldaten."

Maria starrte ihn an, und ihr wurde bewusst, was für ein grauenhafter Einschnitt ein Krieg in das Leben der davon Betroffenen bedeutete. In den Heeresnachrichten waren es nur Zahlen: soundso viele Gefallene, soundso viele Verwundete ... Man vergaß darüber leicht die Einzelschicksale, die Tragödien, die jeder Tote, jeder zum Krüppel Geschossene für seine Angehörigen bedeutete. Und wenn an jedem Kriegstag nur einer fiel, so war es doch immer einer zu viel ...

„Ach, Petja, warum müssen Menschen überhaupt Krieg führen", murmelte sie bedrückt. „Wie kann man es verhindern?"

„Ich weiß es nicht", antwortete er. „Und im Grunde verstehe ich auch nicht, wie es dazu kommen kann. Durch meine Arbeit höre und sehe ich so manches. Nehmen wir zum Beispiel die Uliza Suborowa, in der wir wohnen, oder das Dorf Polje Udinsk ... Die Leute dort sind sehr darauf bedacht, mit niemandem Streit zu haben. Sie verschließen Augen und Ohren vor dem, was um sie herum geschieht. Und wenn man sie darauf stößt, dann heißt es: ‚Damit will ich nichts zu tun haben. Und ich will mich auch nicht einmischen – um des lieben Friedens willen!' Aber im Falle eines Krieges bringt man dieselben Leute dazu, auf andere loszugehen, die sie gar nicht kennen und die ihnen nichts getan haben. Wie ist das zu begreifen?"

Maria hob die Schultern. „Meine Mutter hat geweint, als der Krieg ausbrach. Aber das Volk hat gejubelt. Solch ein Ereignis weckt wohl in den meisten großartige patriotische Gefühle. Das Erwachen kommt erst später. Ich erinnere mich noch genau, wie es damals war. Wir waren in Peterhof, und bis zuletzt haben Papa und Mama gehofft, dass der Krieg noch verhindert werden könnte. Wir saßen gerade beim Abendessen, als Papa von Graf Benckendorf um eine Unterredung gebeten wurde. Er ging nach draußen, und als er zurückkam, war er totenblass. ‚Es ist geschehen', sagte er. ‚Deutschland hat uns den Krieg erklärt!'"

Sie blickte in den klaren Spätsommerhimmel, und alles war auf einmal wieder beklemmend gegenwärtig: die Tränen ihrer Mutter und ihre eigene jähe, grellheiße Furcht. Sie verflog erst am nächsten Tag, als die Zarenfamilie in die Hauptstadt zurückkehrte. Eine riesige Menschenmenge hatte sich auf dem Newakai versammelt, als der Zar seine Jacht „Alexandria" verließ und mit seiner Familie an Land ging.

„Die Leute schrien ‚Vivat' und winkten Papa mit einer Begeisterung zu, wie ich sie nie zuvor erlebt habe", sagte Maria. „Vor dem Winterpalais hatten sich Zehntausende von Menschen versammelt. Sie trugen Fahnen und mit Blumen geschmückte Bilder meiner Eltern, und als Papa mit Mama auf einen Balkon trat, knieten viele nieder, und alle sangen die Zarenhymne. Es war überwältigend."

Ihre Augen wurden feucht. „Mein Vater hat diesen Krieg nicht gewollt, Petja. Er ist ihm aufgezwungen worden, und trotzdem war er sehr glücklich an diesem Tag, weil er die Liebe seines Volkes spürte. Und drei Jahre später ist er der meistgehasste Mann in Russland. Wie konnte es nur dazu kommen?"

„Denk nicht so viel daran", bat er und erschrak, weil er sie geduzt hatte. „Verzeihung, Maria Nikolajewna, das ist mir so herausgerutscht."

Sie lächelte und wischte sich über die Augen. „Ich finde, wir können ruhig du zueinander sagen, Petja. In Gedanken tue ich das schon eine ganze Weile."

„Aber das geht doch nicht!", protestierte er. „Was werden Ihre Eltern davon halten?"

„Dass es in Petrograd unmöglich gewesen wäre. Aber in Tobolsk ... Warum sollen wir uns hier noch nach abgeschafften Konventionen richten?" Sie nahm seine Hand und legte sie gegen ihre Wange. Und dann beugte sie sich zu ihm und küsste ihn rasch. Es war nur eine hauchzarte Berührung ihrer Lippen, aber sie durchfuhr Petja wie ein Feuerstrom.

„Maria", stammelte er, „ich ... ich ...

Sie kicherte leise. „Man sollte meinen, du wärst noch nie von einem Mädchen geküsst worden."

Über ihnen am Himmel ertönten plötzlich laute, wilde Vogelschreie. Kraniche waren es, die sich für die Reise nach Süden sammelten, ein riesiger Schwarm, der über ihnen kreiste.

Ihre Rufe und das Sirren ihrer Flügelschläge erfüllten die Luft.

„Sieh nur, Petja", rief Maria, „sie ziehen fort. Hunderte müssen es sein."

„Dann wird es bald Winter", sagte er. „Die Kraniche sind die letzten Zugvögel, die Sibirien verlassen. Die anderen sind schon fort."

Sie blickte zu den Vögeln hoch. „Manchmal habe ich sie auch in Zarskoje Selo gehört und in Petrograd. Ich war dann jedes Mal ganz aufgeregt. ‚Doswidanja', habe ich ihnen zugerufen. ‚Auf Wiedersehen ... Glückliche Reise! Kommt gesund wieder, meine Lieben ... ' Ich hatte Angst um sie, weil ihnen ein so langer, harter Weg bevorstand, und gleichzeitig habe ich sie bewundert, weil sie so mutig und stark waren." Sie winkte auch jetzt und rief: „Auf Wiedersehen ... Doswidanja ... im nächsten Frühling! Ach, ich wünschte, ich könnte mit euch fliegen ..."

„Nicht schon wieder weinen", bat Petja, und sie lachte unter Tränen.

„Nein, nein, sie kommen ja zurück, die Kraniche, wenn der Winter vorbei ist." Sie wusste nicht, dass sie dann nicht mehr in Tobolsk sein würde ...

Denn dies geschah nach dem alten russischen Kalender im Oktober in Petrograd ...

Wladimir Iljitsch Lenin war nach Russland zurückgekehrt. Durch Flugblätter riefen er und seine Anhänger zum sofortigen Aufstand gegen die Kerenskij-Regierung auf. Kerenskij, gleichzeitig Kriegsminister und Kabinetts-Chef, habe durch die Fortsetzung des Krieges Tausende von Russen sinnlos geopfert. Die russische Offensive war zurückgeschlagen worden, und der Vorstoß der deutschen Truppen wurde mächtiger. Überall desertierten die schlecht ausgerüsteten russischen Soldaten, zogen als Marodeure durch das Land, und unzählige Bauern folgten ihnen.

In Petrograd schlössen sich die übergelaufenen Truppen den bolschewikischen Roten Garden an, eine lenintreue Flottille schwenkte, vom Meer her kommend, auf die Newa ein, und der Panzerkreuzer „Aurora“ richtete als Erster seine Kanonen auf das Winterpalais, den Sitz der Provisorischen Regierung.

„Nieder mit den Konterrevolutionären!“, hieß die Parole. „Nieder mit Kerenskij!“

Bald waren die Bahnhöfe, Post- und Telegrafenämter in der Hand der Roten, währen Kerenskij verzweifelt versuchte, mit einigen ihm noch ergebenen Kosakenregimentern das verlorene Terrain zurückzuerobern und das Winterpalais zu verteidigen. Aber auch die Kosaken liefen zu den Aufständischen über, und Kerenskij musste fliehen. Er entkam mit knapper Not, während das Winterpalais von den Roten beschossen und endlich gestürmt wurde.

Doch dies war nur der Anfang. Danach tobte zwei Wochen lang der Kampf um Moskau, bis die alte Hauptstadt ebenfalls in der Hand der Bolschewiken war. Die Provinzstädte schlossen sich an, und Lenin war der Herr Russlands. Er hatte lange auf diese Stunde gewartet, und er hatte sich gut darauf vorbereitet. In immer neuen Dekreten verfügte er: sofortige Abschaffung allen Grundbesitzes ohne Entschädigung, Verstaatlichung der Banken und Industrieunternehmen, die Einrichtung von Volkstribunalen, um konterrevolutionäre Elemente abzuurteilen, Anerkennung aller Nationalitäten im Vielvölkerstaat Russland und Zusammenfassung zu einer Sowjetunion, Gründung eines Rates der Volkskommissare, unter Vorsitz von Lenin selbst, und Gründung einer politischen Polizei, der Tscheka. Und vor allem sofortige Waffenstillstandsverhandlungen zwischen Russland und Deutschland, um einen Separatfrieden zu schließen.

Die bolschewikische Revolution hatte gesiegt, und die Gefängnisse quollen über von tagtäglich neuen Verhafteten: Monarchisten, Kerenskij-Anhänger, unbescholtene Bürger, deren Wohlstand genügte, um sie zu Verbrechern zu stempeln, Linksintellektuelle, die zunächst mitgeholfen hatten, den Umsturz vorzubereiten, sich nun aber, von den Folgen entsetzt, abwandten, Spekulanten, die sich am Krieg und an der Not des Volkes bereichert hatten.

Zar Nikolaus im fernen Tobolsk erfuhr erst Mitte November von diesen Ereignissen. Kommissar Kobylinskij ließ sich eines Vormittags bei ihm melden, und als er eintrat – die Familie saß noch beim Frühstück –, sah man ihm an, dass er keine guten Nachrichten mitbrachte.

Der gutmütige Mann war hochrot im Gesicht und verhaspelte sich ein paar Mal, als er mit seinem Bericht begann.

„Ich habe es Ihnen nicht sofort sagen wollen, Oberst Romanow, dass ... Nun ja, ich hoffte immer noch, dass die Verhältnisse sich ändern und wieder Ruhe im Land einkehrt. Doch das ist nicht geschehen ... Das heißt, natürlich ist es geschehen, aber anders, als ich erwartet habe. Die Provisorische Regierung ist gestürzt, Kerenskij geflohen, alle anderen Regierungsmitglieder in der Peter-Pauls-Festung inhaftiert. Lenin und sein engster Vertrauter Trotzkij, der aus dem amerikanischen Exil zurückgekehrt ist, sind an der Macht – und Russland ist eine bolschewikische Räterepublik, eine Sowjetunion geworden.“

Ohne dass der Zar ihm Platz angeboten hätte, fiel er auf einen Stuhl neben der Tür und wischte sich über sein rundes schnauzbärtiges Seehundsgesicht, das total nass geschwitzt war.

Nikolaus war aufgesprungen, und Alexandra hatte nach seiner Hand gegriffen. Ihren Gesichtern konnte man ansehen, wie sehr Kobylinskijs Eröffnungen sie trafen.

Die vier Großfürstinnen und Alexej, Dr. Botkin, die Ehrendamen Sophie Buxhöveden und Anastasia Hendrikowa, die beiden Adjutanten Fürst Dolgorukij und General Tatistschew, Pierre Gilliard und Sydney Gibbs, der englische Hauslehrer von Alexej und Anastasia, der der Zarenfamilie inzwischen nach Tobolsk gefolgt war – sie alle, die in der Regel die Mahlzeiten mit ihr gemeinsam einnahmen, schwiegen wie versteinert. Sie begriffen, was dieser Umschwung bedeuten konnte ...

Der Zar war der Erste, der sich fasste. „Und weiter, Oberst Kobylinskij?", fragte er in die Stille hinein. „Ich sehe Ihnen an, dass Sie noch etwas sagen wollen."

Kobylinskij räusperte sich, um die Kehle frei zu bekommen, und fuhr sich mit zwei Fingern in den Kragen seiner Uniformjacke. „Ja ... es heißt, dass Parlamentäre unserer Fünften Armee bei Dwinsk im Lager der Deutschen eine vorläufige Waffenstillstandsvereinbarung unterschrieben haben ... Die neue Regierung wünscht ein sofortiges Ende des Krieges."

Nikolaus bedeckte die Augen mit der Hand. Diese Nachricht traf ihn fast noch härter als der Machtwechsel in Petrograd. Russland kapitulierte! Welch eine nicht wieder gut zu machende Schande für sein Empfinden!

„Alix", sagte er hilflos, und seine Frau zog ihn auf einen Stuhl neben sich und lehnte erschüttert ihren Kopf gegen seine Schulter.

„Es ist möglich", meinte Maria eine Stunde später zu Petja, als er wie jeden Vormittag kam, „dass die neue Regierung unsere Haftbedingungen verschärft. Oder uns sogar eines Tages liquidiert. Man wird nicht mehr für unseren Unterhalt aufkommen und vielleicht zu der Meinung gelangen, dass auch die Unkosten für unsere Bewachung unnütz sind. Tote brauchen keine Wachsoldaten mehr."

Sie lehnte an dem Zaun, der den tief verschneiten Gemüsegarten umschloss, eng eingewickelt in einen Wolfsfellmantel, und trug eine Pelzmütze auf dem Kopf. Ihre Finger steckten in dicken Wollhandschuhen, die ihre Mutter gestrickt hatte. Die Haare von ihr und ihren Schwestern waren nun so weit nachgewachsen, dass sie sie als Bubikopf tragen konnten, und Petja wusste inzwischen, dass man die Zarentöchter nicht kahl geschoren hatte, sondern ihr Haarausfall die Folge einer Masernerkrankung war.

Petja holte tief Atem und zwang sich zu einem zuversichtlichen Lächeln. „Ach was, ihr habt nichts zu fürchten! Umsturz hin oder her – die neuen Machthaber haben im Moment anderes um die Ohren, als sich um euch zu kümmern. Sie müssen alles tun, um ihre Macht zu festigen, den Krieg zu beenden und in Russland für Ruhe zu sorgen. Ich glaube nämlich nicht, dass alle mit fliegenden roten Fahnen zu den Bolschewiki übergelaufen sind. Jetzt verhalten ihre Gegner sich noch still, aber irgendwann werden sie sich zusammentun, um gegen die Bolschewiki Front zu machen."

Und das könnte erst recht unser Todesurteil bedeuten, dachte Maria, aber sie sprach es nicht aus. Lieber wollte sie versuchen, Petjas Optimismus zu teilen.

Sie versuchten es alle. Keiner der ganzen Familie sprach seine Befürchtungen aus. Sie taten so, als gäbe es keinen Grund zur Beunruhigung. Ein Machtwechsel in Russland – das musste nicht automatisch eine Verschlechterung ihrer Lebensumstände bedeuten. Nikolaus und Alexandra waren mit fast allen europäischen Herrscherhäusern auf irgendeine Art und Weise verwandt, und wenn ihnen auch bis jetzt niemand hatte Exil gewähren wollen – den Mord an einer ganzen Familie würde selbst Lenin nicht riskieren.

Zunächst schien es auch so, als ginge das Leben in der Gouverneursvilla in Tobolsk weiter wie bisher ...

Ihr erster sibirischer Winter war eisig, mit unvorstellbaren Massen an Schnee. Daher war es eine täglich neue Sorge, wie man der Kälte trotzen konnte. Das große Haus war zugig, die meisten Fenster und Türen schlossen schlecht, der Wind fegte durch die Ritzen, und die Schlafzimmer im Oberstock waren kaum zu heizen. Lediglich in den Wohnräumen im Parterre wurde es einigermaßen warm. Aber allmorgendlich musste man die Außentüren und den Hof erneut vom Schnee freischaufeln, woran sich außer der Zarin, deren Gesundheitszustand so etwas nicht erlaubte, die ganze Familie beteiligte.

Alexej fühlte sich zur Erleichterung aller so wohl und gesund wie seit langem nicht mehr. Er tobte im Schnee herum, lieferte sich mit Anastasia und seinen Lehrern Schneeballschlachten und jubelte, als man seinem Drängen nachgab, einen Rodelberg zu erbauen.

„Er muss noch höher werden als der, den wir in Zarskoje Selo hatten", beharrte er, und alle mühten sich redlich ab, ihm diesen Wunsch zu erfüllen. Selbst die Wachsoldaten von dem der Zarenfamilie besonders wohl gesonnenen Vierten Regiment halfen mit, türmten Schnee auf und schleppten große Eimer Wasser heran, die in der eisigen Luft sofort gefroren, wenn man sie über dem Schnee auskippte.

Der Rodelberg wuchs und wuchs, und als er eingeweiht wurde und die Zarenkinder zum ersten Mal von der hohen Plattform aus die vereiste Bahn heruntenglitten, war Alexej selig.

Die Treffen zwischen Petja und Maria wurden der Kälte wegen kürzer. Er kam jetzt mit einem Schlitten, den er mit Stroh und Felldecken voll gestopft hatte. Maria stieg zu ihm, und er wickelte sie in die Decken ein, so gut es ging. Aber nach höchstens einer Viertelstunde war sie trotzdem so durchgefroren, dass Petja sie drängte, ins Haus zurückzukehren.

Manchmal fragte sie ihn nach Dunja, und er erzählte ihr, dass er jeden Sonntagabend bei den Ryschkins verbrachte. Dunja hatte ihren Eltern verschweigen wollen, was zwischen ihr und Petja vorgefallen war, aber Glafira Ryschkina hatte den Klatsch über ihn und Maria Nikolajewna von einer Nachbarin erfahren. German Ryschkin hatte Petja daraufhin zur Rede gestellt.

„Was spielst du da für ein Spielchen, Söhnchen", hatte er in seiner kurz angebundenen, poltrigen Art gesagt. „Trägst wohl Wasser auf beiden Schultern? Dann sieh nur zu, dass dir unsere Dunjaschka nicht eines Tages davonflattert. Die hat's nicht nötig, von dir an der Nase herumgeführt zu werden, auch nicht wegen einer Zarentochter, die dir aus Langeweile schöne Augen dreht."

„Mach dir keine Sorgen, Väterchen", hatte Petja versichert. „Spätestens im Herbst werden Dunja und ich heiraten, wie es besprochen ist."

„Wenn sie dich dann noch will", hatte Ryschkin aufgetrumpft. Er hatte Petja gegen die Stirn getippt. „Sei nicht blöd, unsere Dunjaschka kann zehn Freier an jedem Finger haben! Also, hör auf, um diese großfürstliche Romanowa herumzuscharwenzeln. Du tust Dunja damit weh, und wenn sie eines Tages deinetwegen das heulende Elend kriegt, breche ich dir sämtliche Knochen."

„Maria Nikolajewna und ich sind Freunde, weiter nichts", hatte Petja beteuert. „Herrgott, will das denn niemand begreifen? Wir reden nur miteinander – vor aller Augen. Deswegen braucht Dunjaschka wahrlich keine einzige Träne zu weinen."

German Ryschkin hatte die Sache schließlich auf sich beruhen lassen, aber Petja wusste, dass er ihm trotzdem misstraute. Und Dunja tat es ebenfalls.

Das überschattete die Sonntagabende bei ihr. Die frühere Vertrautheit war zerstört, und Petja fühlte sich zunehmend unsicher und unbehaglich. Aber das verschwieg er vor Maria und tat so, als sei alles in bester Ordnung.

In Wahrheit war nichts in Ordnung, weil Petja sich darüber klar war, dass er German Ryschkin gegenüber nicht aufrichtig gewesen war. Rein äußerlich stimmte, was er gesagt hatte: Er und Maria waren nie allein und unbeobachtet. Und was sie miteinander sprachen, konnte jeder hören. Aber es gab noch etwas anderes zwischen ihnen – eine scheue, ziehende Sehnsucht, die sich nur verriet, wenn sie einander anschauten oder sich zufällig berührten.

Sie hatten es nie in Worte gekleidet, aber es war da.

Und dann, um Weihnachten herum, spürte Petja, dass Maria verändert war. Sie wirkte nervös, manchmal von übertriebener Heiterkeit, dann wieder niedergedrückt und fast den Tränen nahe. Als er sie nach dem Grund fragte, schüttelte sie den Kopf; es sei nichts, alles sei wie immer.

Die Wahrheit erfuhr er kurz nach Neujahr.

Maria kam aus der Villa, als Petja den Schlitten durch das Tor im Palisadenzaun lenkte, und er sah sofort, dass sie verweinte Augen hatte.

„Was ist? Was hast du?“, fragte er beunruhigt und half ihr in den Schlitten. „Es geht Mama nicht gut“, berichtete sie. „Sie hat einen Herzanfall gehabt, zum ersten Mal, seit wir hier sind. Dr. Botkin hat die ganze Nacht bei ihr gewacht. Jetzt fühlt sie sich Gott sei Dank ein wenig besser. Sie schläft.“

Sie senkte den Kopf, und das goldblonde Haar bedeckte ihr Gesicht. „Es war wohl alles zu viel für sie ... erst diese kaum erträgliche Spannung, die Hoffnung – und nun die Enttäuschung.“

„Wovon sprichst du?“, wollte Petja wissen, und Maria lehnte die Stirn gegen seine Brust.

„Ich habe es dir nicht sagen dürfen. Es war zu gefährlich, und ich wollte auch um keinen Preis, dass du in die Sache hineingezogen wirst. Aber es hat einen Plan gegeben, uns zu befreien, und nun hat er sich zerschlagen. Wir sind auf einen Verräter hereingefallen.“

Als zwei Wachsoldaten am Schlitten vorbeigingen, zuckte sie zusammen. Furchtsam blickte sie ihnen nach.

„Wir müssen leise sein, damit uns niemand hört, Petja. Vor einigen Wochen hat ein Unbekannter während der Sonntagsmesse Papa einen Brief zugesteckt. Darin hieß es, dass in Tjumen dreihundert zarentreue Offiziere bereit stünden, um uns zu befreien und außer Landes zu bringen. Ins Leben gerufen habe die ganze Aktion ein gewisser Leutnant Solowjow, der seit einiger Zeit mit Maria Grigorjewna, der Tochter Rasputins, verheiratet sei. Für manche Monarchisten, die sich in Petrograd versteckt hielten, war diese Tatsache Grund genug, Solowjow blind zu vertrauen. Offenbar haben sie ihm erhebliche Geldmittel zur Verfügung gestellt. Meine Eltern waren ebenfalls davon überzeugt, dass Solowjow ihr rettender Engel sein würde, aber meine Schwestern und ich hatten von Anfang an Bedenken. Es kam uns unwahrscheinlich vor, dass sich heimlich dreihundert monarchistisch gesinnte Offiziere in Tjumen aufhielten. Sie hätten todsicher auffallen müssen, weil die Stadt an einer Bahnlinie liegt und scharf kontrolliert wird."

Maria senkte die Stimme. „Wir wissen nicht genau, wie alles zugegangen ist, aber Solowjow wollte wohl das Geld für sich behalten, das für unsere Befreiung bestimmt war. Darum hat er den ganzen Plan an die Bolschewiki verraten. Die Tscheka soll in Tjumen einige zarentreue Offiziere in ihrem Versteck verhaftet und erschossen haben. Aber auch Solowjow soll wegen der Geldunterschlagung festgenommen und liquidiert worden sein."

Petja schwirrte der Kopf von dem Gehörten. „Und wie habt ihr davon erfahren?", erkundigte er sich schließlich.

„Das darf ich dir nicht sagen", flüsterte Maria. „Nicht aus Misstrauen gegen dich, sondern weil wir dich und denjenigen, der uns Nachricht gegeben hat, nicht in Gefahr bringen wollen."

„Ich verstehe", murmelte Petja. „Es ist ja auch nicht so wichtig." Er überlegte und kam zu dem Schluss, dass es eigentlich nur einer gewesen sein konnte, der die Zarenfamilie informiert hatte. Einer, der seit einiger Zeit mit Oberst Kobylinskijs Erlaubnis fast jeden Abend in die Gouverneursvilla kam: der Diakon Wassiljew von der Auferstehungs-Kirche. Er sprach mit den Inhaftierten die Abendgebete, und vermutlich war er der Verbindungsmann zu den Tjumener Offizieren gewesen, die Solowjow ans Messer geliefert hatte. Ganz gewiss hatten die Roten ihn ebenfalls erschossen. Verräter waren nützlich, aber man belohnte sie nicht für ihren Verrat, sondern entledigte sich ihrer, weil sie unzuverlässig waren.

Petja wurde es ganz heiß bei der Vorstellung, der Befreiungsversuch hätte funktioniert. Dann wäre Maria fort gewesen, und er hätte sie nie wiedergesehen. Der Gedanke tat weh. Andererseits – müsste er ihretwegen nicht glücklich sein, wenn sie in Freiheit und ohne Bedrohung lebte?

Sie sprach aus, was er empfand. „Jeden Tag, wenn wir uns getroffen haben, habe ich mich gefragt: Ist es das letzte Mal? Dann hätte ich weinen mögen. Gleichzeitig aber war ich so voller Hoffnung auf unsere Errettung. Frei sein, keine Angst mehr haben, irgendwo in Sicherheit leben ... Ach, Petja, ich habe es mir so sehr gewünscht, obwohl ich deinetwegen – nein, unseretwegen traurig und zerrissen war ...“

Die beiden Wachtposten kamen zurück. „Gehen Sie ins Haus, Romanowa“, sagte der eine grob. „Genug poussiert für heute. Und du, mach, dass du weiterkommst, Bäcker! Bring deinen Krempel in die Küche. Dann verschwinde!“

Seine Grobheit war der Beginn einer Reihe von Veränderungen. Die Nachricht, dass man versucht hatte, die Zarenfamilie zu befreien, war natürlich auch zu Oberst Kobylinskij gelangt, und aus Tjumen war die Anweisung gekommen, die Inhaftierten strenger zu bewachen. Doch das war es nicht allein, was ihre Situation verschlechterte. Die bolschewikische Propaganda, durch Zeitungen, Broschüren und telegrafisch durchgegebene Parolen und Befehle, zeitigte erste Erfolge. Man besann sich wieder darauf, dass man einen „Blutsauger und Volksfeind“ bewachte, den man zu hassen hatte – ebenso wie seinen Anhang. Die früheren Gespräche, die besonders Anastasia so gern mit den Soldaten geführt hatte, wurden bald unmöglich, weil die Männer zunehmend freche und zotige Antworten gaben. Es trafen keine Briefe mehr für die Zarenfamilie ein, und es wurden auch keine mehr abgeschickt, und eines Tages wurden sogar die sonntäglichen Kirchenbesuche verboten. Stattdessen wurden wie zu Anfang Hausandachten abgehalten, denen jetzt aber immer einige Wachsoldaten beiwohnten.

„Unsere Bewacher haben ein Komitee gegründet“, berichtete Maria eines Tages furchtsam, als sie bei Petja im Schlitten saß. „Es hat gestern mit hundert gegen fünfundachtzig Stimmen beschlossen, allen Offizieren die Schulterstücke abzunehmen, wie es schon vor einem Jahr unter den Frontsoldaten eingeführt wurde.“ Ihre Lippen zitterten. „Aber sie haben nicht nur ihren eigenen Leuten die Epauletten abgerissen – auch General Tatistschew und meinem Vater. Papa hat sich zuerst vehement geweigert, doch uns zuliebe hat er schließlich nachgegeben, um die Wachen nicht wütend zu machen. Ach, Petja, er hat mir so leid getan. Er war weiß wie eine Wand, als man seine Epauletten entfernte, und die Wachen haben gejohlt.“

Ihre Stimme schwankte, und Petja hätte sie so gern in die Arme genommen, aber er wagte es nicht. „Wie hat es deine Mutter aufgenommen?“, fragte er, und Maria senkte den Kopf.

„Ich glaube, sie hat gebetet, dass es für Papa erträglich ist – und vielleicht sogar für die Männer, die ihm diese Schmach angetan haben. Es sähe ihr ähnlich. Weißt du, was ich denke, Petja? Mama hat keine Hoffnung mehr. Sie rechnet damit, dass sie und Papa eines Tages hingerichtet werden, und es ist möglich, dass diese Vorstellung sogar etwas Tröstliches für sie hat, weil sie sich dann nie mehr trennen müssen. Vielleicht wünscht sie sogar uns allen einen gemeinsamen Tod, damit keines in dieser grausamen Welt zurückbleibt.“

„Aber ihr seid doch noch so jung“, stammelte Petja hilflos. „Du und deine Schwestern und Alexej ...“

„Jung – und uralt“, murmelte sie. „Ach, Petja, ich würde ja gerne noch leben, heiraten, Kinder haben ... Ich habe mir immer eine große Familie gewünscht. Manchmal wünsche ich es mir auch heute noch. Das Leben kann so schön sein, wenn man nicht Romanow heißt.“

Sie war erbarmungswürdig niedergeschlagen, und Petja wusste nicht, wie er das ändern konnte.

Drei Tage nach diesem Gespräch, als er wieder zur Gouverneursvilla kam, stürzte Alexej in den Hof. Sein Gesicht war tränenüberströmt. „Sie zerschlagen den Rodelberg! Kommen Sie mit, Petja Kusmitsch, und sehen Sie sich das an. Mit Beilen und Äxten schlagen sie alles in Stücke. O Gott, warum tun sie das? Warum sind sie so gemein?"

Petja legte den Arm um den zitternden Jungen und ging mit ihm hinter das Haus. Und da sah er es: Alexejs heiß geliebter Rodelberg wurde von den Soldaten des Wachbataillons zerstört. Große Schnee- und Eisblöcke lagen bereits in Stücken, und die hölzerne Plattform mit der Leiter, die hinaufführte, war zerhackt. Petja entdeckte das Zarenpaar und die vier Mädchen bei einer Hintertür. Mit aufgerissenen Augen sahen sie dem Zerstörungswerk zu.

Alexej rannte zu den Soldaten. „Warum tun Sie das?", rief er wieder mit überkippender Stimme. „Hätten Sie nicht bis zum Frühjahr warten können, wenn sowieso alles geschmolzen wäre?"

„Eben nicht", versetzte der Soldat, der das Kommando befehligte. „Hier braucht kein zaristischer Arsch mehr runterzurutschen. Wir waren blöd, dass wir euch überhaupt dieses Vergnügen verschafft haben."

„Bitte", flehte Alexej, „hören Sie doch auf. Man kann alles wieder reparieren, wenn Sie jetzt aufhören!"

„Hau ab, du Kretin!", brüllte der Soldat und schwang drohend seinen Eispickel. Alexej lief zu seiner Mutter, die wie zumeist im Rollstuhl saß, und warf sich ihr in die Arme.

„Warum?", schluchzte er. „Warum?"

Weil der Mensch weniger als eine Ratte ist, dachte Petja zähneknirschend, während die Zarin ihrem Sohn über den Kopf streichelte.

„Still, still, mein Baby", murmelte sie tonlos, und er löste sich von ihr und richtete sich auf. „Nennen Sie mich nicht mehr so, Mama. Ich bin kein Baby. Ich bin ein zaristischer Arsch, Sie haben es doch gehört!"

Was er noch sagen wollte, war nicht mehr zu verstehen, denn Alexandra Fjodorowna hatte ihn erneut an sich gezogen und hielt sein Gesicht an ihren Pelzmantel gepresst.

„Still, still", wiederholte sie. „Wir dürfen ihnen kein Schauspiel bieten. Lass uns um Gottes willen Haltung bewahren. Alles andere freut sie doch nur." Sie blickte zu ihrem Mann hoch. „Wir wollen ins Haus zurückkehren, Nicky."

An diesem Morgen kam Maria nicht mehr nach draußen, um Petja zu sehen. Er verstand das. Wahrscheinlich kümmerten sie sich jetzt alle um ihren Bruder und versuchten ihn von seinem Kummer abzulenken.

Im März wurde bekannt, dass der Separatfrieden zwischen Russland und Deutschland endgültig ausgehandelt war. In Brest-Litowsk sollte der Friedensvertrag unterzeichnet werden. Die Sowjetregierung hatte indessen Moskau zur russischen Hauptstadt erklärt, weil Petrograd aufgrund seiner Lage am Finnischen Meerbusen für mögliche konterrevolutionäre Angriffe leicht zu erreichen war.

„So jedenfalls steht es in den Zeitungen", sagte Maria zu Petja. Sie runzelte die Stirn. „Was bedeutet das eigentlich – konterrevolutionäre Angriffe? Das klingt fast so, als würde in Russland immer noch – oder schon wieder gekämpft, und die bolschewikische Regierung säße gar nicht so fest im Sattel, wie man uns glauben machen will."

Er nickte. „Das habe ich auch gehört. Es soll da und dort bereits zu bewaffneten Zusammenstößen zwischen den Roten Garden und anderen freiwilligen Truppen gekommen sein, die sich die Weißen Garden nennen. Aber Genaues weiß man nicht. Vorläufig sind es nur Gerüchte."

„Trotzdem kann etwas Wahres daran sein." Maria nagte an der Unterlippe. „Papa ist sehr niedergeschlagen über diese Nachrichten. Er befürchtet einen Bürgerkrieg – Russen gegen Russen. Die Vorstellung ist ihm so schrecklich, dass er unser eigenes Schicksal fast darüber vergisst. Schließlich könnte ein Sieg der Weißen Garden irgendwann unsere Befreiung bedeuten."

„Ja, das könnte sein. Andererseits ..." Petja stockte, und sie hakte nach:

„Was andererseits?"

„Ach, vergiss es", bat er. „Es war nur ein dummer Gedanke."

Nein, er mochte ihr nicht sagen, was ihn beunruhigte, seit es diese Gerüchte gab, und ihn oft nicht schlafen ließen. Die Moskauer Regierung würde um keinen Preis eine Befreiung der Zarenfamilie zulassen. Wenn es zutraf, dass Abteilungen der Weißen Garden bereits auf den Ural zumarschierten, würde man die Romanows eher umbringen, als sie in die Hände der Weißen fallen zu lassen.

Petja blickte Maria an. „Ich wünschte, ich könnte mit dir weglaufen. Irgendwohin, wo dich niemand kennt und dir etwas tun kann ..."

Sie lächelte mit müden Augen. „Schön wär's. Aber dann müsste ich meine Eltern und meine Geschwister zurücklassen, und das brächte ich niemals fertig. Wir haben doch nur noch uns."

„Ich weiß. Aber manchmal kann man doch davon träumen ..."

„Ein Gott ist der Mensch, wenn er träumt", zitierte Maria. „Und ein Bettler, wenn er nachdenkt. Das hat ein deutscher Dichter einmal gesagt. Ich glaube, es war Hölderlin. Aber es klingt schrecklich pessimistisch, findest du nicht? Man kann doch auch eine glückliche Wirklichkeit erleben. Jedenfalls manche Menschen können es ..."

Drei Wochen später bestätigten sich Petjas schlimmste Befürchtungen. Per Depesche wurde Oberst Kobylinskij die Ankunft eines Sonderbevollmächtigten aus Moskau angekündigt. Die Zarenfamilie solle Vorbereitungen zu ihrer Abreise treffen.

Am selben Tag schallte ein markerschütternder Entsetzensschrei durch das Treppenhaus der Gouverneursvilla. Zarin Alexandra hatte ihn ausgestoßen. Die Familie hatte zu packen begonnen, und in der Eingangshalle standen bereits einige Reisekisten und Körbe. Alexej war nach oben in sein Zimmer gelaufen, um sein Kindergewehr zu holen. Es war die getreue Nachbildung einer Originalwaffe, und früher hatte der Junge gern im Freien damit geschossen. Das war ihm indessen untersagt worden. Nun wollte Alexej die Waffe unbedingt mitnehmen in der Hoffnung, dass er sie dort, wohin man sie brachte, vielleicht wieder benutzen durfte. Mit umgehängtem Gewehr rannte er die breite Steintreppe hinunter, verfehlte eine Stufe und stürzte. Es war kein schwerer Fall, aber für einen Menschen, der an der Bluterkrankheit litt, gegen die es damals kein Mittel gab, konnte er sich zu einer Katastrophe ausweiten.

Zarin Alexandra, die oben das Einpacken beaufsichtigte, hörte, wie Alexej hinschlug, und stemmte sich aus ihrem Rollstuhl hoch. Humpelnd und auf ihre älteste Tochter Olga gestützt, kam sie zur Treppe und sah ihren Sohn unten am Boden liegen. Die Zarin schrie auf. „Baby! Um Gottes willen, Baby, bist du verletzt? Blutest du?“

Der Junge richtete sich auf. „Ach was, Mama. Nur ein paar Schrammen. Und das Knie habe ich mir ein bisschen geprellt. Es ist nicht schlimm, ganz bestimmt nicht. Machen Sie sich keine Sorgen.“

Er hatte tatsächlich nur eine kleine Schramme an der Stirn und eine an der linken Wange. Sein rechtes Knie wies eine leichte, bläulich verfärbte Schwellung auf, dort, wo Alexej aufgeschlagen war, und Dr. Botkin, den man sofort gerufen hatte, meinte, dass die Verletzung keineswegs bedrohlich aussähe. Trotzdem ließ er Alexej zu Bett bringen und legte einen Druckverband an, um eine innerliche Blutung zu verhindern.

Alexej jammerte, dass er so unachtsam gewesen sei, beteuerte, dass er keine Schmerzen habe, und war selig, als sein Vater sich zu ihm ans Bett setzte und ihm aus einem Buch vorlas.

Doch die Verletzung war nicht harmlos. Am Nachmittag war das Knie bereits unförmig angeschwollen, und seine violette Verfärbung deutete auf einen massiven Bluterguss hin, der sich immer noch weiter auszubreiten schien.

„In der Nacht hat er vor Schmerzen geweint", sagte Maria, als Petja kam. Die strenge Winterkälte war gebrochen, auch wenn immer noch Schnee lag, und sie gingen nebeneinander um das Haus.

Petja sah hohläugig und übernächtigt aus. Seit er wusste, dass man die Zarenfamilie fortbrachte, schwankte er zwischen Wut, Angst und Verzweiflung. Doch nun auf einmal empfand er einen winzigen Hoffnungsschimmer. „Wenn Alexej krank ist, könnt ihr nicht abreisen!"

„Vorerst nicht", verbesserte sie ihn.

„Und wie lange wird er krank sein?", erkundigte sich Petja.

„Oh, ich weiß nicht. Vielleicht zwei, drei Wochen, vielleicht mehr. Dr. Botkin meint, dass es lange dauern wird, bis Alexej wieder richtig laufen kann."

Petja klammerte sich an diese Hoffnung. Je mehr Zeit verging, umso besser! Der Bevollmächtigte aus Moskau würde wieder abreisen – und womöglich wurde am Ende die ganze Unternehmung abgeblasen. Oder die Weißen Garden kamen ...

„Ich muss ins Haus zurück", sagte Maria. „Wir nähen einen Teil unseres Schmuckes in unsere Kleider und die Wäsche ein. Nicht alles, denn wir müssen etwas abzugeben haben, falls man die Sachen konfisziert. Und es sieht ganz danach aus, denn Oberst Kobylinskij hat eine genaue Liste unserer Schmuckstücke verlangt. Aber die wertvollsten hoffen wir in unseren Sachen verstecken zu können." Sie strich ihm über die Wange. „Quäl dich nicht so, Petja. Wir haben doch immer damit rechnen müssen, dass eines Tages so etwas geschieht. Die Einzige, die vielleicht ein bisschen über mein Verschwinden erleichtert sein wird, ist deine Dunja."

Ein kurzes Winken, der Versuch eines Lächelns, das ihre verstörten Augen nicht erreichte – dann war sie durch eine Hintertür im Haus verschwunden.

Am nächsten Tag traf der Sonderbevollmächtigte aus Moskau ein. Er stellte sich Oberst Kobylinskij und dem Zaren als Kommissar Wassilij Wassiljewitsch Jakowlew vor und wurde von hundertfünfzig berittenen Rotgardisten begleitet.

Der drahtige dunkelhaarige Mann war von ausgesuchter Höflichkeit, sprach den Zaren mit ‚Sire' oder ‚Majestät' an und verneigte sich vor der Zarin und den Großfürstinnen. Aus seiner Vollmacht und den Beglaubigungsschreiben ging hervor, dass er in einer geheimen Mission gekommen sei, man ihm jedwede Unterstützung zu gewähren und er das Recht habe, bei Zuwiderhandlungen die Todesstrafe zu verhängen. Es sei seine Aufgabe, die Zarenfamilie an einen geheimen Ort zu bringen und sie dem dortigen zu Jahresbeginn gegründeten Regierungskomitee zu übergeben. Unterzeichnet hatte die Papiere Jakow Michailowitsch Swerdlow, Vorsitzender des sowjetischen Zentral-Exekutiv-Komitees in Moskau und nach Lenin und Trotzkij der drittmächtigste Mann im neuen Russland.

„Morgen in aller Frühe sollen wir abreisen ..." Marias Stimme klang heiser, und ihr Gesicht war verschwollen vom vielen Weinen.

Petja durchfuhr es wie ein Messerstich. „Nein", würgte er hervor. „Das ist nicht möglich. Alexej ist doch bestimmt nicht reisefähig."

„Ist er auch nicht", bestätigte sie tonlos. „Papa und Mama haben Kommissar Jakowlew angefleht, die Fahrt aufzuschieben, bis es meinem Bruder besser geht. Er hat hohes Fieber und wimmert vor Schmerzen, aber der Kommissar besteht darauf, dass wenigstens meine Eltern und ich Tobolsk verlassen. Olga, Tatjana und Anastasia sollen bei Alexej bleiben. Jakowlew will später noch einmal herkommen und sie holen."

„Warum lässt man dich nicht hier?"

Maria hob die Schultern. „Ist es nicht egal? Ob früher oder später – wir müssen alle fort ... Nur diese jetzige Trennung ist grausam ..."

Seine Augen bekamen einen wilden Ausdruck. „Ich rette dich, Maria. Irgendwas wird mir einfallen, um dich aus diesem verfluchten Gefängnis zu holen. Wir gehen fort. Russland ist so groß ... Man wird uns nicht finden. Findet man eine einzelne, ganz bestimmte Ameise im Wald?"

Sie schüttelte den Kopf. „Wir kämen nicht einmal bis zur Straße, dann hätten sie uns erschossen, auch dich, Petja. Und selbst wenn es uns gelänge, in der Steppe oder Taiga unterzutauchen – sie würden uns jagen wie die Ratten ..."

„Aber sie leben, die Ratten!", schrie er, und sie legte ihm die Hand über die Lippen. „Nicht so laut, um Himmels willen. Sonst dürfen wir überhaupt nicht mehr miteinander reden. Petja, Lieber, sieh es doch ein: Es geht nicht. Und ich kann auch meine Eltern nicht allein lassen."

Er zwang seinen keuchenden Atem zur Ruhe. „Wie kannst du nur so gelassen sein?"

„Ich bin nicht gelassen. Ich habe nur keine Hoffnung mehr, das ist alles." Sie warf einen Blick zum Haus. „Ich muss gehen. Meine Eltern wollen noch ein Weilchen bei Alexej sitzen – so lange es uns möglich ist. Komm heute Abend noch einmal her, damit ich dir Lebewohl sagen kann. Warte aber, bis es dunkel ist. Ich will nicht, dass sie uns ins Gesicht blicken können, die Wachtposten, wenn ... wenn wir uns verabschieden."

Sie war schon ein paar Schritte von ihm fort, als er sie noch einmal zurückrief. „Maria ..."

„Ja?", fragte sie sanft, und er musste an sich halten, um sie nicht einfach auf die Arme zu reißen und mit ihr davonzustürmen, bis er im Kugelhagel mit ihr zusammenbrach.

„Ich will versuchen, euch zu folgen", stieß er mit zuckenden Lippen hervor. „Wohin bringt man euch?"

„Das hat Kommissar Jakowlew uns verschwiegen. Er hat

nur gesagt, dass wir nach Tjumen gebracht werden und von dort aus mit dem Zug Weiterreisen."

„Tjumen – das ist ein Anhaltspunkt. Ich werde mich dort umhören. Eines Tages bin ich wieder bei dir, Maria."

„Nein", widersprach sie flehend. „Bring dich nicht in Gefahr. Denk an deine Mutter und Dunja. Sie brauchen dich."

„Aber ich kann dir nicht für immer Lebewohl sagen", stieß er zitternd hervor. „Ich kann's einfach nicht."

„Heute Abend", sagte sie leise und fest und ging endgültig davon.

Als Petja nach Einbruch der Dunkelheit wiederkam, wartete Maria bereits am Palisadentor. Es war verschlossen. „Ich habe die Wachen gefragt, ob sie es noch einmal aufschließen, um dich einzulassen, aber sie haben sich geweigert", sagte sie. „Lass uns ein Stück zur Seite gehen, Petja. Sie patrouillieren zwar seit heute Nachmittag um das ganze Grundstück, aber zwischendurch haben wir ein paar Augenblicke für uns."

Einen Steinwurf vom Tor entfernt blieb sie stehen. „Komm her, Petja. Ich habe das im Hellen ausgekundschaftet: Hier ist eine kleine Lücke in der Umzäunung, gerade groß genug, dass ich dir etwas geben kann." Sie schob einen in ein Tuch gewickelten Gegenstand durch den Zaun. „Steck es ein, rasch!"

Petja gehorchte mechanisch, während er die Stiefeltritte der Wachtposten hörte, die näher kamen. Die beiden rauchten und gingen an ihnen vorbei.

„Fünf Minuten habt ihr noch, Romanowa", sagte der eine und lachte dreckig. „Dann geht's ab ins Bett – aber ohne den Bäcker. Hast morgen eine weite Reise vor dir."

„Halt's Maul", knurrte der andere Soldat. „Lass sie in Frieden. Was können sie hier schon tun außer reden? Sie auf der einen Seite vom Zaun, er auf der anderen. Komm weiter, Warna."

Petja wartete, bis die Wachen sich entfernt hatten. Dann presste er sein Gesicht an die hölzerne Umzäunung. Durch die schmale Lücke sah er Marias Gesicht. „Was war das?", fragte er flüsternd. „Was du mir da gegeben hast?"

„Ein Brustkreuz mit einer Kette", flüsterte sie zurück. „Grigorij Rasputin hat es mir einmal geschenkt. Es soll eine lange Geschichte haben, das Kreuz. Ursprünglich hat es einer Sibirierin gehört – und nun bleibt es wieder in Sibirien, bei dir, Petja. Rasputin hat behauptet, dass es wundertätige Kräfte besitzt."

Sie lachte leise. „Er glaubte felsenfest an so etwas."

„Das ... das ist bestimmt zu kostbar für mich", widersprach er. „Das darfst du nicht verschenken."

„Ich hab's doch schon getan", erklärte sie. „Oder willst du, dass das Kreuz zusammen mit den anderen Schmuckstücken an Kommissar Jakowlew abgeliefert wird? Ich habe auf einer Seite des Kreuzes meine Initialen eingeritzt: Maria Nikolajewna Romanowa ... M.N.R. für Petja. Es soll dir Glück bringen. Bitte behalte es, als Erinnerung an mich."

„Ich liebe dich", sagte er bebend, und sie kam noch ein Stück näher, so nahe, dass er ihren Atem spürte.

„Ich liebe dich auch", antwortete sie. „Lange habe ich mir gewünscht, diese Worte einmal von einem Mann zu hören und sie zu ihm zu sagen. Es ist schön, dass dieser Wunsch in Erfüllung gegangen ist."

Sein Herz schlug rasch und schmerzhaft in seiner Brust. „Wie soll ich leben ohne dich?"

„Du wirst es lernen. Du bist stark und tapfer, Petja. Denk aber manchmal an mich. Vielleicht, wenn die Kraniche nach Sibirien zurückkommen. Ich werde an dich denken, so lange ich lebe."

„Ich würde dich so gerne küssen", stieß er hervor, während ihm die Tränen über das Gesicht liefen.

„Dann tu's", sagte sie. „Mach die Augen zu und stell dir vor, dass du mich umarmt hältst. Spürst du's, Petja, mein Liebster? Spürst du meine Lippen, wie sie deinen Kuss erwidern?"

Die Wachen kamen zurück. „Genug geturtelt, Bäcker", rief

der eine schon von weitem. „Die fünf Minuten sind um. Verschwinde ..."

„Gott schütze dich, Petja", sagte Maria auf der anderen Seite des Zauns. „Leb wohl."

Er stand da mit hängenden Armen und sah sie davongehen, langsam erst, dann immer schneller. Am Ende rannte sie.

Petja blieb die ganze Nacht bei der Gouverneursvilla. Er hielt sich in einem Gebüsch versteckt, sah, wie gegen zwei Uhr morgens Jakowlews Berittene auftauchten, die in der nahe gelegenen Rumjanzow-Kaserne übernachtet hatten. Soldaten des Wachkommandos erhellten den Hof mit brennenden Pechfackeln, andere brachten Schlitten – einfache Tarantass' waren es, deren Böden mit Stroh bedeckt wurden –, Gepäckstücke wurden aus der Villa geschleppt und verladen.

Aus dem gegenüberliegenden Haus erschien die Gefolgschaft des Zarenpaares, die beiden Ehrendamen, die Hauslehrer, die Adjutanten, Dr. Botkin, die wenigen Bediensteten.

Sie betraten die Villa, deren Fenster nun hell erleuchtet waren. Manchmal sah Petja die dunklen Schatten ihrer Bewohner hinter den Gardinen, aber er wusste nicht, ob es Maria oder jemand anders war. Er fror, seine Zähne schlugen aufeinander, und seine Augen brannten, aber er harrte aus in seinem Versteck, dem nun weit geöffneten Palisadentor gegenüber, von wo aus er die Vorgänge auf dem Hof beobachten konnte.

Um halb vier, von Kommissar Jakowlew begleitet, kamen die Zarenfamilie und ihre Begleiter aus dem Haus. Indessen waren Pferde vor die Schlitten gespannt worden, und Petja sah, wie Zar und Zarin mühsam auf den ersten Schlitten zugingen. Alexandra Fjodorowna wollte sich neben ihren Mann setzen, doch Jakowlew hinderte sie daran. Er führte sie zu Maria, die noch bei ihren Schwestern stand und von ihnen umarmt wurde. Der Kommissar bedeutete ihr und der Zarin, im zweiten Schlitten Platz zu nehmen. Er selbst setzte sich neben Nikolaus. In einem dritten Gefährt saßen bereits die Kammerfrau Demidowa, der Kammerdiener Alexej Trupp und der Koch Charitonow. Die anderen blieben zurück.

Petja starrte zu Maria hinüber. Spürte sie, dass er in der Nähe war? Sie war dick in Pelze vermummt, und sie hielt den Kopf tief gesenkt. Jakowlew hob den Arm und brüllte ein Kommando. Ein Teil seiner Soldaten schwang sich auf die Pferde und ritt durch das Tor ins Freie. Dann folgten die Schlitten. Das Ende des Zuges bildeten wieder Soldaten.

„Maria!", schrie Petja „Maria!" Er wollte es nicht, aber es brach einfach aus ihm heraus. Doch der Lärm des Aufbruchs, das Wiehern, Schnauben und Stampfen der Pferde übertönten seine Stimme.

Vor der Gouverneursvilla standen immer noch die drei Großfürstinnen, eng aneinander gedrängt und weinend, Olga, Tatjana und Anastasia. Ohne Maria ...

Ohne Maria!

Petja krallte die Hände in den verharschten Schnee. Er schluchzte qualvoll, während die Wachen das Palisadentor schlossen, die schweren Stahlriegel davorschoben und mit großen Schlössern sicherten.

Vier Wochen später war Petja in Jekaterinburg.

Bis dahin war er nach wie vor täglich zur Gouverneursvilla gefahren, um Brot zu verkaufen, und hatte die Wachen und die Zarentöchter mit Fragen bestürmt: Gab es einen Hinweis, wohin man Maria und ihre Eltern gebracht hatte?

Doch darauf erhielt Petja erst eine Antwort, als drei Wochen nach Marias Abreise wieder ein Trupp Berittener in Tobolsk erschien, um die Zurückgebliebenen abzuholen. Sie kamen ohne Kommissar Jakowlew, aber ihr Anführer wies ein Beglaubigungsschreiben des Stadtsowjet von Jekaterinburg vor, das von Oberst Kobylinskij die Herausgabe seiner letzten Gefangenen verlangte.

Alexej war immer noch bettlägerig, doch die akute Gefahr war vorbei. Die bedrohliche Blutung in seinem Bein, die sich bis in die Leistengegend ausgebreitet hatte, war dank Dr. Botkins ärztlicher Bemühungen zum Stillstand gekommen.

Der Dreizehnjährige war fieberfrei, und auch wenn er noch kaum laufen konnte, war es möglich, ihn zu transportieren.

„Aber wohin bringt man euch?", bedrängte Petja die Großfürstin Anastasia, und sie zuckte die Schultern.

„Offiziell hat man uns nichts mitgeteilt. Aber einer von Jakowlews Männern hat es uns schließlich doch verraten. Maria und meine Eltern sind in Jekaterinburg, und dorthin fahren wir nun auch."

Jekaterinburg ... Es war wie ein Zauberwort für Petja. Endlich wusste er, wo er Maria finden konnte, und ihm war, als müsse er einem Ruf folgen, der tief aus seinem Inneren kam und dem er nichts entgegenzusetzen hatte.

Wieder beobachtete er die Abreise der Zarenkinder und ihrer Begleiter – dieses Mal in etwas besser gefederten Telegas mit einem Planendach darüber, denn indessen war der Schnee geschmolzen, und der kurze sibirische Frühling hatte Einzug gehalten. Petja hatte Anastasia Nikolajewna gebeten, Maria auszurichten, dass er nach Jekaterinburg kommen würde.

„Es wird vielleicht ein paar Tage dauern, aber irgendwann bin ich in ihrer Nähe, sagen Sie ihr das bitte."

Die sonst eher spottlustige Anastasia hatte ernsthaft genickt. „Ich werde es ausrichten, Petja Kusmitsch, Sie können sich darauf verlassen."

Nach ihrem Aufbruch – Alexej hatte man blass und elend aus der Villa getragen und zusammen mit den beiden Hunden Jimmy und Joy in eine Telega gebettet – ging Petja zu den Ryschkins. Dunja setzte Zwiebeln im Garten. Sie hatte die Röcke hochgebunden, und ihre Arme und Schultern waren leicht gebräunt von der Maisonne.

„Petjenka", sagte sie überrascht, „wieso bist du hier? Du wolltest doch erst am Sonntag kommen." Seit Maria fort war, war sie wieder ein wenig zutraulicher geworden. Sie stieg über die Reihen mit den Zwiebelknollen hinweg auf den Gartenweg und lächelte Petja an.

„Komm mit, Dunja", bat er und nahm ihren Arm. „Ich muss mit dir reden."

Sie gingen zum Tobol hinunter, und dort sagte Petja ihr, dass er nach Jekaterinburg müsse. Ihr Gesicht wurde ganz grau. „Warum? Und wie lange? Was hast du in Jekaterinburg zu suchen? Ist *sie* dort?"

„Ja", erwiderte er. „Dunjaschka, ich weiß, was ich dir damit antue, aber ich kann nicht anders. Verfluch mich meinetwegen, spuck mir ins Gesicht – ich werde es trotzdem tun."

„Wenigstens bist du ehrlich", sagte sie mit verzerrtem Lächeln. „Aber ich weiß nicht, ob ich dir dafür dankbar sein soll. Vielleicht wäre eine Lüge barmherziger gewesen ..." Sie verstummte und fügte nach einer langen Weile des Nachdenkens hinzu: „Ich kann dich nicht zurückhalten, nicht wahr?"

„Nein", entgegnete er gepresst. „Aber ich werde wiederkommen, Dunjaschka, das schwöre ich."

„Wann?", fragte sie bitter. „Wenn ich graue Haare und Falten habe?"

„Es kann ein paar Wochen dauern, vielleicht auch länger. Ich will sie nur sehen, verstehst du, und in Erfahrung bringen, was mit ihr geschieht. Ob man die ganze Familie aus Russland ausreisen lässt oder ... noch einmal woanders hinbringt ..."

Oder tötet, hatte er eigentlich sagen wollen, aber er brachte es nicht fertig, das auszusprechen.

„Und dann fährst du ihr wieder nach, was?", höhnte sie. „Und was versprichst du dir davon, Petja Bakunin? Dass sie irgendwann von ihrem hohen Sockel heruntersteigt und du sie haben kannst?"

„Nein. Ich will nur eine Weile in ihrer Nähe sein, Dunjaschka. Kann sein, dass sie es auch will. Sie hat zwar gesagt, ich müsste bei dir bleiben; trotzdem denke ich, dass sie insgeheim auf mich wartet. Es ist verrückt ..."

„Ja, das ist es", sagte sie hart. „Und ich weiß nicht, ob ich dir jemals verzeihen kann."

Er blickte ihr nach, wie sie davonging. Der lange Rock schlug um ihre Beine, und Petja schwankte einen Augenblick, ob er ihr folgen und sagen sollte: „Du hast Recht, Dunjaschka. Es ist Irrsinn, was ich vorhabe, deshalb lasse ich es lieber sein. Ich bleibe hier."

Er sagte es nicht.

Seine Mutter heulte und beschimpfte ihn abwechselnd, als er zu Hause ein paar Sachen zusammenpackte. Aber auch sie konnte ihn nicht umstimmen. „Ich komme wieder, sobald ich kann", erklärte er ihr. „Bis dahin wird Grischa Tjurow dir in der Bäckerei helfen. Er ist ein guter Bäcker und hat mir versprochen, bis zu meiner Rückkehr hier zu arbeiten." Er legte ihr die Hände auf die Schultern. „Gott schütze dich, Matuschka. Und – kümmere dich ein wenig um Dunjaschka. Sie ... sie hat es jetzt sehr schwer."

Agafja Konstantinowna lief ihrem Sohn nach, als er die Treppe hinunterstieg. „Wie kannst du ihr so etwas antun! Sie einfach sitzen lassen ... Hast du denn kein Gewissen?"

Seine Augen waren dunkel vor Kummer. „Wenn ich wiederkomme, werde ich nur noch sie haben. Sag ihr das, Matuschka. Ich hasse mich selbst, wenn ich daran denke, dass sie meinetwegen Kummer hat, aber ich kann nicht anders."

„Den Verstand verloren hast du!", rief die Bakunina und fing wieder an zu heulen. „Bringst dich selbst in Lebensgefahr wegen dieses adligen Weibsstücks! Überall wird wieder gekämpft – Rote gegen Weiße, Bolschewiki gegen Zarentreue. Im Uralgebiet soll's am schlimmsten sein, hat heute Morgen die Frau von Lasar Palzow erzählt. Und die muss es wissen, wo ihr Mann Vorsitzender des Stadtsowjets ist. Sie sagt, im Ural wäre bereits Bürgerkrieg. Und da willst du hin?"

Petja nickte. „Ja. Hör jetzt auf, Matuschka. Die Palzowa übertreibt, um sich wichtig zu machen. Mir geschieht schon nichts."

Er hatte ein wenig Geld gespart, und weil er rasch nach Jekaterinburg wollte, fuhr er mit dem Schiff nach Tjumen und hörte sich dort um, wie er mit dem Zug weiterkommen konnte.

In Tjumen wimmelte es von Rotarmisten, und in dem Gasthaus, in dem Petja zu Abend aß, hörte er sagen, dass die Bahnstrecken scharf kontrolliert würden.

„In den Wäldern sollen sich antibolschewikische Truppen versteckt halten. Kann sein, dass sie Gleise oder Brücken sprengen wollen", erklärte einer, der mit Petja am Tisch saß. Wie sich herausstellte, war er Journalist, ein langer dürrer Mensch mit einem Kneifer auf der Nase und ausgefranstem Bart. Und er arbeitete – Petjas Herz machte einen Freudensprung – für die Jekaterinburger Zeitung „Nowaja Gasjeta".

„Man hat mich nach Tjumen geschickt, um für den Bericht über einen Doppelagenten Nachforschungen anzustellen, der eine Zeit lang hier sein Unwesen getrieben hat", sagte Georgij Sacharjewitsch Schulkow wichtigtuerisch. „Der Kerl hat für die Tscheka gearbeitet und gleichzeitig Informationen an die Deutschen verkauft. Zum Glück ist der Schweinehund geschnappt worden und wartet im Jekaterinburger Stadtgefängnis auf seine Aburteilung."

„Aha", erwiderte Petja so beeindruckt, wie Schulkow es erwartete. „Und haben Ihre Nachforschungen Erfolg gehabt, Herr Schulkow?"

„Kann man wohl sagen", brüstete sich der Journalist. „Morgen fahre ich nach Jekaterinburg zurück, wo man mich bereits ungeduldig erwartet." Er leerte sein Teeglas, und Petja erkundigte sich, ob er ihn zu einem Wodka einladen dürfe.

„Dabei erzählen Sie mir dann noch ein bisschen von Ihrer interessanten Tätigkeit – und über Jekaterinburg, wo ich ebenfalls hin möchte."

Aus dem einen Wodka wurden fünf, und der Alkohol löste Georgij Sacharjewitschs Zunge. Er war ein glühender Bolschewik und, wie er behauptete, gut Freund mit dem Parteisekretär des Ural-Sowjet, Tschaja Goloschtschokin. „Eine Cousine meiner Frau ist mit ihm verheiratet. Sie haben ein herrliches Haus in den Hügeln oberhalb der Isjet, das früher dem Direktor der kaiserlichen Münzanstalt gehört hat."

Schulkow zündete sich eine Papyrossa an und drehte sie zwischen den nikotinverfärbten Fingern. „In meinem Metier ist es gut, wenn man einflussreiche Freunde hat. Mein lieber Tschaja hat mir schon so manchen wertvollen Hinweis gegeben, durch den ich den Kollegen von der Konkurrenz immer eine Nasenlänge voraus war. Er hat mir auch versprochen, mich sofort zu informieren, wenn es im Fall Romanow Neuigkeiten gibt."

„Romanow?", fragte Petja gedehnt. „Sprechen Sie etwa von dem ehemaligen Zaren?"

„Vom Palatsch, dem verfluchten Henker, ja! Der ist doch in Jekaterinburg inhaftiert, zusammen mit seiner ganzen Bagage!"

„Was Sie nicht sagen! Und wo, wenn ich fragen darf?"

Schulkow leerte seinen vierten Wodka, und Petja beeilte sich, ihm einen neuen zu bestellen. „Das kann dir in Jekaterinburg jedes Kind sagen, Freundchen. Die Majestäten, der Teufel hole sie, logieren im Haus Ipatjew am Wosnessenskij-Prospekt, das wir das ‚Haus für besondere Zwecke' nennen. Warum, kannst du dir wohl denken." Der Journalist lachte gehässig. „Professor Ipatjew hat das Haus für die Romanows räumen müssen, und nach ein paar baulichen Veränderungen ist es so sicher wie eine Zitadelle. Keine Wanze kommt unbemerkt hinein oder hinaus."

„Wirklich?", staunte Petja, und Schulkow trank ihm zu.

„Tag und Nacht fünfzig Wachsoldaten für elf Gefangene! Man hat sie in den Oberstock verfrachtet und die Fensterscheiben weiß angestrichen, damit sie nicht auf die Straße glotzen oder von dort gesehen werden. Nicht mal aufs Klo dürfen sie ohne Bewachung. Und auf dem Dach und um das Haus herum sind Maschinengewehre installiert."

„Aber ist solch ein Aufwand überhaupt nötig für – wie sagten Sie – elf Personen?" Petja zählte an den Fingern auf. „Das ehemalige Zarenpaar, der frühere Thronfolger, vier Töchter ... wer sind denn die vier anderen?"

„Ein Arzt, glaube ich, eine Kammerfrau, ein Diener, ein Koch ..." Schulkow lachte wieder. „Wofür das Gesindel überhaupt noch Personal braucht!"

„Ja, wofür!", wiederholte Petja. „Soll es doch lernen, für sich selbst zu sorgen, das faule Pack." Er fragte sich, was aus den anderen Begleitern des Zarenpaares geworden war: die beiden Hauslehrer, die Adjutanten, die Ehrendamen, Alexejs Betreuer Nagorny.

Schulkow nahm seine Frage vorweg. „Recht hast du, Freundchen. Stell dir vor, als sie in Jekaterinburg ankamen, hatten sie einen ganzen Rattenschwanz an Gefolge bei sich. Aber die hat Kommandant Awdejew, der die Wachen befehligt, woanders hingeschickt. Ein paar von ihnen sind gleich im Gefängnis gelandet, zwei ausländische Lehrer und eine überkandidelte Hofdame wurden aus der Stadt gewiesen."

„Ach – und warum?"

„Tschaja Goloschtschokin hat mir erzählt, dass sie mindestens drei Mal pro Woche zum englischen Konsulat gingen, das nur ein paar Häuser vom Haus Ipatjew entfernt ist, und den Konsul bedrängten, sich beim Stadtsowjet für eine anständige Behandlung der Zarensippschaft einzusetzen. Dann musste man dem Konsul jedes Mal versichern, dass die Romanows sich bester Gesundheit erfreuen und es ihnen an nichts fehlt. Es war zum Kotzen!"

„Welch ein Theater um diese Verbrecher!", rief Petja empört. „Was hat es den englischen Konsul überhaupt zu kümmern, wie es ihnen geht?"

„Je nun ..." Schulkow tätschelte seinen Arm. „Du bist ein

guter Bolschewik, scheint mir, und das freut mich. Aber leider sind die Romanows eng mit dem englischen Königshaus verwandt. König George V. ist ein Vetter des Exzaren und seine Frau die Enkelin der verstorbenen Königin Viktoria. Lenin weiß schon, was er tut, wenn er sich weder England noch Deutschland zum Gegner machen will. Schließlich ist der deutsche Kaiser Wilhelm ebenfalls ein Cousin des ‚blutigen Nikolaus'. Und obwohl sie Krieg gegeneinander geführt haben, am Ende hält die verdammte Herrscherclique doch zusammen. Es heißt, dass auch der deutsche Kaiser sich inzwischen um eine Rettung der Romanows bemüht, freilich nicht allzu intensiv, um den Frieden nicht zu gefährden, der Russland so viele Opfer abverlangt."

„Ich habe mich nie um Politik gekümmert und verstehe auch nichts davon, im Gegensatz zu Ihnen, Herr Schulkow", schmeichelte Petja. „Aber in meinen Augen wird viel zu viel Theater um die Romanows gemacht. Was mit ihnen geschieht, ist eine innerrussische Angelegenheit, denn sie haben unser Land in den Abgrund geführt. Dafür haben sie tausend Mal den Tod verdient. Doch eine Frage am Rande: Sind die Romanows tatsächlich so gesund und gut versorgt, wie man es dem englischen Konsul weismachen will?"

„Der Bengel ist krank", erklärte Schulkow. „Aber so ist er schon hier eingetroffen. Die meiste Zeit liegt er im Bett oder wird in einem Lehnstuhl herumgetragen. Hämophilie ..."

Er spuckte das Wort förmlich aus. „Ein Leiden, das die Zarin ihrem Sohn vererbt hat. Die Frauen bekommen es nicht, aber sie geben es an ihre Söhne weiter. Deshalb sind die Töchter auch gesund. Trotzdem werden sie ebenso wenig alt werden wie ihr Bruder."

„Wie meinen Sie das?"

Schulkow kratzte sich an seinem Kinnbart. „Du scheinst bemerkenswert uninformiert zu sein, Freundchen. Wir haben in manchen Landesteilen Bürgerkrieg, Petja Kusmitsch, und das nicht erst seit heute. General Kornilow ist aus der Gefangenschaft geflohen und hat mit General Alexejew, dem verfluchten Hund, eine Freiwilligenarmee gegründet. Im Süden hat General Denikin eine Division aufgestellt, und hier in Sibirien sind vierzigtausend ehemalige tschechische Kriegsgefangene zu den Weißen übergelaufen und haben die Eisenbahnverbindung nach Wladiwostok abgeschnitten. Jetzt marschieren sie auf Jekaterinburg zu. Es ist zwar ungewiss, ob sie die Stadt erobern werden, aber wenn sie's schaffen, wird das Haus Ipatjew leer sein ..."

Petja brachte kein Wort heraus, und es war sein Glück, dass Schulkow einen Schluck Wodka trank und sich verschluckte. Als er hustend nach Luft rang, hatte Petja sich wieder so weit gefasst, dass er aufsprang und ihm den Rücken klopfte.

Maria lebt, dachte er dabei. Noch lebt sie! Gott im Himmel, sei barmherzig! Lass sie errettet werden!

Schulkow nahm seinen Kneifer ab und wischte sich die Tränen aus den Augen. Sie waren wasserhell und von farblosen kurzen Wimpern umgeben. Schweineaugen ... Oder nein, verbesserte sich Petja, man soll so ein Schweinchen nicht beleidigen. Es ist ein liebes, friedfertiges Geschöpf.

„Ich könnte Ihnen stundenlang zuhören, Herr Schulkow", sagte er. „Sie erzählen so interessant."

„Ja, dafür bin ich berühmt", erwiderte der Journalist selbstgefällig. Er setzte seinen Kneifer wieder auf und gähnte. „Trotzdem wird's Zeit zum Schlafen für mich. Ich muss morgen früh aus den Federn. Mein Zug geht kurz nach sechs." Er betrachtete Petja stirnrunzelnd. „Und du willst auch nach Jekaterinburg, Freundchen? Wenn es nicht unbedingt sein muss, würde ich das bleiben lassen. Kann sein, dass die Stadt bald umkämpft wird."

„Ich wollte mich dort nach Arbeit umsehen", antwortete Petja. „Man hat mir erzählt, dass Jekaterinburg eine reiche Stadt ist, wo man gutes Geld verdient. Aber Sie haben wohl Recht, im Augenblick ist es dort zu brenzlig. Besser, ich warte ein Weilchen ab."

„Sollte es dich trotzdem irgendwann dorthin verschlagen“, meinte Schulkow und erhob sich leicht schwankend, „dann besuch mich mal. Frag einfach bei der ‚Nowaja Gasjeta‘ nach mir.“

Als er gegangen war, bezahlte Petja seine Zeche, nahm den altmodischen Reisesack mit seinen Kleidungsstücken und dem Brustkreuz, das Maria ihm zum Abschied geschenkt hatte, und machte sich auf den Weg zum Bahnhof. Ihm war klar, dass er nicht einfach eine Fahrkarte lösen und in Jekaterinburg aus dem Zug steigen konnte. Wenn er kontrolliert wurde, musste er einen triftigen Grund angeben können, möglichst noch durch ein amtliches Dokument untermauert, warum er ausgerechnet nach Jekaterinburg wollte. In Zeiten wie diesen unternahm niemand in Russland eine solche Reise einfach zum Vergnügen, um Cousine Matrjona oder Onkelchen Iwan zu besuchen. Mit diesen oder ähnlichen harmlosen Aussagen machte man sich nur verdächtig. Was war also zu tun?

Zunächst blickte Petja sich auf dem Bahnhofsgelände um, studierte die angeschlagenen Abfahrtszeiten und fand heraus, dass außer dem Zug, den Schulkow morgen benutzen wollte, auch noch ein Nachtzug nach Jekaterinburg fuhr, und zwar wenige Minuten nach Mitternacht.

Auf einem Rangiergleis wurde er gerade zusammengestellt. Vier Waggons waren schon aneinander gekoppelt worden, außerdem zwei offene Güterwagen, die mit Kisten und allerlei Gerätschaften beladen wurden. Zischend und fauchend fuhr eine Lokomotive ein, hinter der sich der Tender für die Kohlen befand. Ein rußgeschwärzter Heizer sprang auf den Perron.

„Wo bleiben die Kohlen, verdammt noch mal!“, brüllte er. „Habt ihr Grütze im Hirn? Sie müssten schnellstens eingeladen werden. In fünfundvierzig Minuten ist Abfahrt.“

„Musst dich schon mal selbst an die Arbeit machen, Kolja“, rief einer der Männer am Güterwagen zurück. „Hier steht der Transporter mit den Säcken. Pack sie dir auf den Buckel, und weg damit.“

„Allein? Wie soll ich das schaffen, ihr Idioten!"

„Dann hat der Zug eben Verspätung. Wir können dir nicht helfen. Erst muss hier alles verladen sein. Und drei weitere Waggons kommen noch."

Der Heizer stieß einen ellenlangen unanständigen Fluch aus. Offenbar hatte er ein cholerisches Temperament. Trotzdem ging Petja auf ihn zu, um ihn anzusprechen.

Er tat es, ohne lange zu überlegen.

„Entschuldigung, bist du nicht Kolja Kostritzkij aus Ust-Tscherkinsk?"

Der Rußgeschwärzte schüttelte unwillig den Kopf. „Nein. Ich heiße Bylkow, Kolja Andrejewitsch Bylkow, und ich bin aus Tjumen. Halt mich nicht auf, ich muss wenigstens einen Mann auftreiben, der mir hilft, die verdammte Kohle in den Tender zu kippen. Vier Minuten nach zwölf soll der Zug nach Jekaterinburg abdampfen."

„Da will ich auch hin", sagte Petja. „Kannst du mich nicht mitnehmen, Bruder? Ich hab kein Geld für eine Fahrkarte."

„Dann bleib mit dem Arsch zu Hause", erwiderte Bylkow grob und wollte ihn zur Seite schieben.

Petja wich und wankte nicht. „Und wenn ich dir nun bei den Kohlen helfe? Ich will kein Geld dafür, aber mitfahren. Ist das nicht ein vernünftiger Vorschlag?"

Bylkow musterte ihn und sah, das Petja ein kräftiger junger Mann war. „Es ist gegen die Vorschriften. Und Schwarzfahrer mitzunehmen ist strengstens verboten."

„Aber du wirst Ärger kriegen, wenn der Zug deinetwegen mit Verspätung abgeht, ist es nicht so? Außerdem, wer kann wissen, dass ich nicht vom Bahnpersonal bin?" Petja versuchte es mit einer Überrumpelung. „Zeig mir, wo ich meinen Kleidersack unterbringen kann, und dann lass uns anfangen."

„Ich muss wenigstens den Lokführer fragen", erklärte Bylkow und schwang sich auf das Trittbrett der Lokomotive.

Petja sandte ein Stoßgebet zum Himmel. Das Heizerhäuschen würde vermutlich kein Tschekabeamter kontrollieren. Und wenn – dann würde er vermuten, dass er in Petja einen Heizer vor sich hatte, und keine Papiere verlangen.

Kolja Bylkow kam zurück. „Gib deinen Krempel her", sagte er. „Die Sache geht in Ordnung."

Er nahm den Kleidersack und warf ihn in das Heizerhäuschen. „Los, los, steh nicht herum und glotz wie ein Ochse!", fuhr er Petja dann an. „Lade die Säcke ab und bring sie zum Tender. Ich leere sie dort aus."

Es war eine schwere Arbeit, die Zentnerlasten auf den Rücken zu nehmen und dann nach oben auf den Tender zu hieven. Bylkow hatte sich selbst schlauerweise die leichtere zugeteilt. Aber Petja schleppte und rannte, ohne zu protestieren. Bald war er ebenso rußgeschwärzt wie Kolja Andrejewitsch, aber das würde nur seinen Status als zweiter Heizer im Zug bestätigen.

Irgendwie war heute sein Glückstag, fand Petja. Er hatte einen Mann getroffen, der ihm Auskunft über Marias Schicksal hatte geben können. Und er war schon so gut wie in Jekaterinburg.

Eigentlich glaubte Petja nicht an die magischen Kräfte toter Gegenstände. Aber vielleicht hatte es doch geholfen, dass er das Kreuz von Maria bei sich hatte ...

Der Nachtzug nach Jekaterinburg fuhr zwar eine Dreiviertelstunde später ab als vorgesehen, aber das war nicht allein auf den zu beladenden Kohlentender zurückzuführen. Man musste auch noch auf ein hohes Tier aus der Uralregion warten, den Chef der dortigen Exekutivkommission, der in Tjumen aufgehalten worden war und der in einem extra mitgeführten Salonwagen reiste. Er war der Meinung, dass ihm das zustand – genau wie früher den zaristischen hohen Regierungsbeamten. Von einer bestimmten Position an mischte man sich eben nicht mehr unter das Volk, auch wenn man ein Volkskommissar war.

Immerhin, zehn Minuten vor ein Uhr nachts rollte der Zug aus dem Bahnhof von Jekaterinburg, und Petja wurde von Kolja Bylkow in die Kunst des Lokomotiveheizens eingeweiht. Auch das ließ er widerspruchslos zu, um seinen Gönner zu entlasten.

Dreimal hielt der Zug an einem Bahnhof, und die schweren Stiefelschritte auf dem Perron und in den Waggons, einige kurz gebrüllte Kommandos und der längere Aufenthalt ließen darauf schließen, dass Polizeikontrollen der Reisenden stattfanden. In das Heizerhäuschen kam aber niemand.

„Warum willst du eigentlich nach Jekaterinburg?", fragte Kolja Andrejewitsch irgendwann während der Fahrt.

„Wegen einer Frau", antwortete Petja. Er hatte ein Glas mit eingelegten Kürbissen dabei, die er von zu Hause mitgenommen hatte und nun brüderlich mit Bylkow teilte, während der eine Kanne Tee rausrückte. Es war mörderisch heiß im Heizerhäuschen, der Schweiß lief in Strömen vom Körper, und Zunge und Gaumen waren ausgetrocknet wie Leder. „Sie hat mir den Laufpass gegeben, weil irgendein Parteifunktionär ihr schöne Augen gemacht hat. Er hat sie mitgenommen. Aber ich hoffe, dass sie inzwischen zur Vernunft gekommen ist und zurückkehrt."

„Weiber", sagte Kolja und spuckte auf den Boden. „Man sollte sie alle in den Arsch treten."

„Aber nicht meine Irinenka", behauptete Petja. „Ich will sie wiederhaben."

Kolja tippte sich gegen die Stirn. „Du bist nicht ganz richtig im Kopf, scheint mir. Es gibt so viele Weiber auf der Welt. Warum suchst du dir keine Neue?"

„Vielleicht tue ich's, wenn Irinenka mich nicht mehr will. Aber zuerst versuch ich's noch mal bei ihr."

Petja lehnte den Kopf gegen die Wand. „Wenn sie will, können wir auch in Jekaterinburg bleiben. Zuerst such ich mir eine Unterkunft und Arbeit. Dann kann man weitersehen. Hast du vielleicht eine Ahnung, wo man billig wohnen kann?"

„Frag mal bei Anton Worobzow nach. Er ist Signalwärter auf dem Jekaterinburger Bahnhof Nummer zwei. Soviel ich weiß, vermietet er gelegentlich ein Zimmer."

Petjas Glückssträhne setzte sich fort. Nicht nur, dass der Zug bis zum etwas außerhalb gelegenen Bahnhof 2 in Jekaterinburg fuhr, weil die Güterwagen dort entladen wurden – der Signalwärter Anton Worobzow hatte Frühschicht, und als Petja sich nach einem fast herzlichen Abschied von Kolja Andrejewitsch zu ihm durchgefragt hatte, sagte der: „Bei uns ist seit drei Wochen ein Zimmer frei, das du haben kannst. Wir wohnen in der Nähe von Gleis 34. Da stehen mehrere Häuschen von Bahnangestellten. Du kannst es gar nicht verfehlen. Frag nach Ustinja, meinem Weib. Sie kann dir das Zimmer zeigen, und wenn es dir gefällt, kannst du gleich einziehen."

Er nannte einen lächerlich niedrigen Mietpreis, und die dicke Ustinja Worobzowa drückte Petja an ihren üppigen Busen, als er sagte, dass er das Zimmer nehmen wolle.

„Wirst es nicht bereuen, Söhnchen. Das Zimmer ist mit Familienanschluss. Du kannst jederzeit in unsere Küche kommen, mit uns reden und einen Schnaps trinken, wenn dir danach zumute ist. So haben wir's immer gehalten, wenn hier einer wohnte. Du bezahlst zwar für das Zimmer, aber trotzdem bist du unser Gast und kein Fremder."

Als Erstes wusch sich Petja den Kohlenstaub vom Körper. Er rasierte sich, zog frische Kleidung an, und dann schlug er den etwa einstündigen Weg zur Innenstadt zum Haus Ipatjew ein.

Es war, wie Schulkow gesagt hatte: Die weiße Villa glich einer Festung mit den Schilderhäuschen, den Wachtposten und den aufgestellten Maschinengewehren.

Maria, ich bin hier, dachte Petja inbrünstig. Spürst du's? Ich bin ganz in deiner Nähe, und ich werde jeden Tag wiederkommen. Irgendwann werden wir uns sehen und vielleicht sogar miteinander sprechen können.

Er starrte zu den weiß getünchten Fenstern im Oberstock hinauf, und das Herz tat ihm weh.

Drei Tage später hatte er Arbeit als Packer in einer Munitionsfabrik in der Uliza Wostotschnaja gefunden. Petja hatte sich für die Nachtschicht gemeldet, weil er dann tagsüber zum Haus Ipatjew gehen konnte. Außerdem hoffte er, Kontakte zu denen zu knüpfen, die die Zarenfamilie bewachten oder aus anderen Gründen das Haus betreten durften.

Am Sonntag stellte er fest, dass ein Pope zusammen mit einem älteren Mann von den Wachen eingelassen wurde. Sie blieben etwa eine halbe Stunde, und als sie das Haus verließen, sprach Petja die beiden an.

„Haben Sie da drin eine Messe gelesen, Vater?", fragte er, und der Pope nickte.

„Wir kommen jeden Sonntag hierher, ich und mein Diakon, Bruder Andrej. Man hat es uns und den Inhaftierten gestattet."

„Und ... wie geht es ihnen?" Petjas Stimme flatterte, und der Pope, er hieß Pawel Storoschew, warf ihm einen prüfenden Blick zu, ehe er ausweichend antwortete:

„Im Augenblick geht es ihnen wohl, dank der Segnungen des Glaubens."

„Und sonst?", fragte Petja. „Bitte, Vater, sagen Sie es mir. Sind sie gesund?"

„Bis auf Alexej Nikolajewitsch – ja. Er ist leider immer noch bettlägerig." Vater Storoschew wandte sich zum Gehen. „Wenn Sie weitere Auskünfte wünschen, wenden Sie sich am besten an Kommandant Awdejew oder seinen Stellvertreter Moschkin. Ich bin nicht dazu befugt, und ich möchte nicht Gefahr laufen, dass unsere Besuche bei den Gefangenen verboten werden. Kommen Sie, Bruder Andrej ..."

Die beiden gingen davon, und Petja versuchte am nächsten Tag sein Glück bei den zwei Putzfrauen, die morgens kamen, um die Zimmer sauber zu machen.

Doch bei ihnen erreichte er gar nichts. Als er sie fragte, ob sie während ihrer Arbeit manchmal ein paar Worte mit den Romanows wechselten, sagte die Ältere: „Was geht's dich an? Weißt du nicht, dass neugierige Frager leicht eine aufs Maul kriegen können?"

Erst bei den beiden Novizinnen vom Orden der Heiligen

Anna stieß Petja auf ein wenig Entgegenkommen. Er hatte beobachtet, dass es immer dieselben Klosterschwestern waren, die allmorgendlich mit frischer Milch zum Haus Ipatjew kamen. Petja folgte ihnen, als sie wieder ins Freie traten und den Rückweg einschlugen, und sprach sie erst dann an, als sie vom Haus Ipatjew aus nicht mehr gesehen werden konnten.

„Verzeihung", sagte er, „ich möchte so gern wissen, ob Sie Ihre Milch den Gefangenen persönlich abliefern ..."

Die beiden Novizinnen blieben stehen und sahen leicht verschreckt aus. Erst ein Blick in Petjas freundliches, ehrliches Gesicht beruhigte sie offenbar. Trotzdem fragte die Größere der beiden, eine überschlanke, fast hagere Person: „Warum interessiert Sie das?"

„Weil ..." Petja stockte. Dann entschloss er sich, wenigstens zum Teil mit der Wahrheit herauszurücken. „In Tobolsk habe ich die Zarenfamilie mit Backwaren beliefert. Da hab ich sie ab und zu gesprochen. Jetzt lebe ich in Jekaterinburg, und da dachte ich, ich gehe mal am Haus Ipatjew vorbei und erkundige mich, wie es ihnen geht. Aber bisher hat mir niemand eine vernünftige Auskunft gegeben, so, als ob alle Angst hätten, ein Wort zu sagen. Ich finde das beunruhigend."

„Schwester Antonina und ich waren zwei Mal in den Räumen der Zarenfamilie. Aber jedes Mal war ein Wachtposten dabei", antwortete die hagere Novizin. „Die anderen Male haben die Wachen unsere Milch und was wir sonst noch mitbrachten, also ein paar Eier oder frische Butter, vor der Tür im Oberstock in Empfang genommen, die zu den Zimmern der Gefangenen führt. Soviel wir wissen, wird sie Tag und Nacht bewacht."

„Es ist eine Schande", fügte Schwester Antonina hinzu. „Muss man sie denn wie Schwerverbrecher behandeln? Besonders die jungen Mädchen sind so reizend. Sie haben unsere Milch über den grünen Klee gelobt und sich bedankt. Und sie haben uns gebeten, ihnen ein wenig Nähgarn zu besorgen, was wir auch getan haben."

„Und sonst?“, fragte Petja. „Sonst wissen Sie nichts über sie?“

„Leider nicht. Ich sage ja, man isoliert sie, als ob es Räuber oder Mörder seien.“

„Darf ich Sie trotzdem irgendwann noch einmal fragen, ob Sie vielleicht etwas Neues erfahren haben?“, erkundigte Petja sich bittend, und die beiden nickten.

„Gern. Aber wir fürchten, dass wir Ihnen auch dann keine wesentlichen Dinge berichten können. Wie gesagt, man hat uns nur zwei Mal ganz kurz zu ihnen gelassen.“

An diesem Abend, bevor er zur Nachtschicht musste, holte Petja das goldene, mit Juwelen besetzte Brustkreuz aus dem Schrank seines Zimmers. Er hatte keine Ahnung, wie wertvoll es war, obwohl er sich natürlich sagte, dass eine Zarentochter keinen billigen Schmuck besessen hatte. Mit dem Kreuz in der Hand setzte er sich auf sein Bett.

Er blickte auf die Buchstaben, die Maria eingeritzt hatte, ‚M.N.R. - für Petja‘, und überlegte verzweifelt, was er tun könnte, um Maria wissen zu lassen, dass er in ihrer Nähe war. Aber ihm fiel nichts ein, als weiterhin täglich zum Haus Ipatjew zu gehen und dort zu warten.

Und dann - es war der 4. Juli, und Petja wusste, dass er dieses Datum für immer im Gedächtnis behalten würde - sah er Maria.

Er hatte eine Stelle in der äußeren Umzäunung des Hauses Ipatjew entdeckt, von der man seitlich in den Bogengang blicken konnte, der vom Haus zur Straße und in entgegengesetzter Richtung auf eine Terrasse und einen verwilderten Garten führte. Eine Trauerbirke stand dort, zwischen deren dichten, fast bis zum Boden reichenden Zweigen Petja sich halbwegs verbergen konnte. Die Posten patrouillierten zwar in der Regel an der Innenseite des Palisadenzauns und bewachten auf der Straße lediglich das Eingangstor. Trotzdem wollte Petja nicht unbedingt von ihnen gesehen werden.

An diesem Morgen nun - Petja war gerade von der Nachtschicht gekommen – passierte ein offener Lastwagen, auf dessen Ladefläche zwölf Rotarmisten saßen, das Tor und fuhr bis zum Haus. Die Soldaten sprangen ab, und zwei uniformierte Tschekaoffiziere, die im Führerhaus gesessen hatten, betraten die weiße Villa mit der prachtvollen Stuckfassade. Wenige Minuten später kamen sie in Begleitung von zwei offenbar schwer angetrunkenen Wachoffizieren zurück.

Sie führten beide am Arm, und Petja hörte einen von ihnen brüllen: „Das wird ein Nachspiel haben, Genossen, so wahr ich Alexander Awdejew heiße! Ich werde mich beim Ortssowjet beschweren. Mich einfach aus meiner Wachstube zu zerren. Ich bin ein guter Bolschewik und ..."

„Halt die Schnauze", brüllte der Tscheka-Offizier zurück und versuchte ihn in die Führerkabine des Lastwagens zu bugsieren. Awdejew wehrte sich, fuchtelte wild mit den Armen und verlor das Gleichgewicht. Er wäre gefallen, wenn nicht ein Rotarmist hinzugesprungen und ihn gewaltsam in den Wagen gezerrt hätte. Der zweite Wachoffizier leistete keinen Widerstand. Er ließ sich alles mit der stoischen Ruhe gefallen, die Betrunkene manchmal an den Tag legen.

Die Türen flogen zu, der Lastwagen setzte zurück, während die Rotarmisten sich beim Haus verteilten. In diesem Augenblick schoss ein Hund kläffend aus dem Eingang, und eine Mädchenstimme rief: „Joy, Joy, hierher! Bleib stehen, Joy ... O Gott, sie werden ihn doch nicht überfahren!"

Maria stürzte ins Freie, rannte dem Hund nach, der glücklicherweise den Weg zur Terrasse eingeschlagen hatte. An den Stufen, die hinaufführten, bekam sie ihn zu fassen. „Er ist uns entwischt", rief sie, noch immer ganz außer sich, den Wachen zu. „Die Türen standen für einen Augenblick offen ..."

Die Männer lachten. „Ja, ja, schon gut, Romanowa", sagte einer. „Nimm den Köter und verschwinde."

Den kleinen Spaniel fest an sich gedrückt, ging Maria auf

die zweiflügelige Haustür zu. Petja starrte ihr nach, und als sie den Eingang fast erreicht hatte, rief er ihren Namen. Sie reagierte nicht. Vermutlich hatte sie durch den Lärm des Lastwagenmotors gar nichts gehört. Petja wagte es und rief ein zweites Mal – und da blieb sie stehen. Ganz kurz nur wandte sie sich um. Es sah aus, als wolle sie den Wachen zulächeln. Aber Petja wusste, dass ihm dieses Lächeln galt. Sie hatte seine Stimme erkannt.

Er ist hier, dachte Maria mit wild klopfendem Herzen, während sie mit Joy die Treppe in den Oberstock hinaufstieg. Er hat es tatsächlich wahr gemacht. Was für ein Wahnsinn! Aber gleichzeitig hätte sie schreien können vor Freude.

Alexej saß in einem Lehnstuhl und hatte das immer noch verbundene Bein hoch gelegt, als sie die Wohnräume betrat.

„Da hast du den Ausreißer wieder, Aljoscha", sagte Maria mit einem so strahlenden Gesichtsausdruck, dass ihre Mutter sie erstaunt musterte.

Alexej streckte seinen mageren Arm nach Joy aus. „Komm her, du ungezogener Hund. Darf man das – einfach weglaufen?"

Der Spaniel winselte, sprang zu ihm auf den Sessel und versuchte, ihm das Gesicht abzulecken. Er hatte offensichtlich ein schlechtes Gewissen, und Maria meinte: „Er hätte überfahren werden können. Die Tscheka hat Awdejew und Moschkin mit einem Lastwagen fortgebracht, und ich habe gehört, wie der Kommandant laut dagegen protestierte. Im Übrigen scheinen die Wachen um ein Dutzend Rotarmisten verstärkt worden zu sein. Sie sind unten vor dem Haus, und ich habe keine Ahnung, was das nun wieder bedeutet."

„Die Tscheka hat Awdejew und seinen Stellvertreter mitgenommen?" Der Zar, der bisher in einer Zeitung geblättert hatte, blickte auf. „Wie soll ich das verstehen?"

Maria zuckte mit den Schultern. „Vermutlich ist er in ein paar Stunden zurück und drangsaliert uns weiter."

Es stimmte: Alexander Dimitirijewitsch Awdejew war eine Ausgeburt an Gemeinheit. Der ehemalige Monteur, zum Kommandanten der Wache im Haus Ipatjew aufgestiegen, hatte überwiegend seine Kumpane aus früheren Zeiten in das Wachbataillon geholt. Sie waren in der Regel nicht besser als er, unverschämt und roh. Und alle sahen in ihrer Aufgabe eine glänzende Gelegenheit, sich zu bereichern. Die Zarenfamilie besaß fast nichts mehr außer den in ihre Unterwäsche und Kleider eingenähten Schmuckstücken. Das andere, Wäsche mit den eingestickten Monogrammen der Romanows, kleine erlesene Kunstgegenstände, Garderobe, Pretiosen – alles hatten Awdejew und seine Leute mitgehen lassen.

Als Nikolaus gegen die Ausplünderung protestierte, wäre Awdejew ihm fast an die Gurgel gegangen. „Halt dich zurück, Blutsauger! Sonst sorge ich dafür, dass du in Einzelhaft kommst, ohne deine Familie. Oder zur Zwangsarbeit verurteilt wirst."

Der Zar hatte geschwiegen. Er schwieg auch dann noch, wenn Awdejew, meist betrunken, an den Mahlzeiten der Familie und der wenigen ihr noch verbliebenen Diener teilnahm, ganz ungeniert die besten Bissen von den Tellern grabschte und sie schmatzend aß. Einmal hatte er Nikolaus dabei den Ellbogen in den Mund gerammt, als er über den Tisch hinweg nach einem Bratenstück auf Tatjanas Teller griff. Aber Awdejews größtes Vergnügen war, die Romanows zu verspotten und ihnen immer wieder vor Augen zu halten, dass sie in seiner Gewalt waren.

Zarin Alexandra Fjodorowna stützte den Kopf in die Hände. Sie hatte angefangen, eine Patience zu legen, doch nun schob sie die Karten achtlos zusammen. Sie war jetzt sechsundvierzig Jahre alt, aber sie sah älter aus, eine abgemagerte, verhärmte Frau mit von weißen Strähnen durchzogenem Haar.

„Petja ist hier", sagte Maria unvermittelt. „Er hat draußen meinen Namen gerufen, und ich habe seine Stimme erkannt." Sie ging zu einem der Fenster, durch deren weißen Anstrich sie nichts sehen konnte, und lehnte die Stirn dagegen. Sie hatte Englisch gesprochen, obwohl es ihnen streng verboten war, sich anders als auf Russisch zu unterhalten.

Olga, die am Klavier saß, ohne jedoch zu spielen, fuhr auf dem runden Hocker herum. „Bist du sicher?" Und als Maria nickte, setzte sie hinzu: „Dann ist er noch verrückter, als wir dachten."

Tatjana war damit beschäftigt, ihr Schoßhündchen Jimmy zu bürsten. Es lag auf dem Rücken und kullerte vor Behagen hin und her. „Was verspricht Petja sich nur davon, dass er dir nachgereist ist, Maria?"

„Nichts. Er will wohl einfach nur in meiner Nähe sein."

Anastasia kicherte. „Liebe überwindet alle Schranken", deklamierte sie pathetisch. „Eines Tages reitet er auf einem weißen Ross ins Haus, die Treppe hinauf bis zu diesem Zimmer, hebt Maria vor sich in den Sattel und sprengt mit ihr davon. Und unsere Bewacher sind so paralysiert, dass keiner im Stande ist, ihn zurückzuhalten."

„Kobold", mahnte ihre Mutter, „manchmal ist dein Spott wirklich unangebracht."

Der Zar faltete die Zeitung zusammen. „Mama hat Recht. Treue ist eine seltene Kostbarkeit in unserem Leben geworden. Wenn wir ihr begegnen, sollten wir dankbar sein."

Maria umklammerte den Fensterriegel und begann zu weinen. Ihre Schultern bebten, und ihre Mutter lenkte den Rollstuhl zu ihr. „Ach, Kind", sagte sie hilflos. Sie brach ab, weil von draußen Motorengeräusch zu hören war. Ein Wagen hielt vor dem Haus, Türen klappten, und nach einem kurzen Wortwechsel kam jemand in den Oberstock hinauf. Die verschlossene Außentür zu den Räumen der Zarenfamilie wurde geöffnet, und dann klopfte jemand an die Tür des Wohnraumes. Die Anwesenden blickten einander erstaunt an. So lange sie hier lebten, hatte noch nie jemand angeklopft, bevor er eintrat, sondern immer gleich die Tür aufgerissen.

Der Zar stand auf. „Ja, bitte?"

Der Mann, der eintrat, hatte dunkle lockige Haare und einen Vollbart. Er trug eine Tscheka-Uniform und grüßte höflich. „Wo sind die anderen?", fragte er dann. „Der Arzt und die Bediensteten?"

„Dr. Botkin liest nebenan", erwiderte Nikolaus. „Frau Demidowa und Herr Trupp räumen die Schlafzimmer auf, und Charitonow, der Koch, bereitet eine Limonade zu, glaube ich."

„Lassen Sie sie rufen", befahl der Tscheka-Offizier. „Ich habe Ihnen allen etwas zu sagen."

Als die Gefangenen sich vollzählig eingefunden hatten, stellte er sich vor. „Ich heiße Jakow Michailowitsch Jurowskij und bin der neue Kommandant dieses Hauses. Mir ist zu Ohren gekommen, dass Awdejew und Moschkin Sie schamlos bestohlen und ausgeplündert haben. Die beiden sind in Haft, und ich werde dafür Sorge tragen, dass auch die Wachmannschaften bis auf ein oder zwei Ausnahmen ausgewechselt werden. Sie können versichert sein, dass von nun an keine Übergriffe mehr erfolgen."

„Das wäre wünschenswert", sagte der Zar mit einem tiefen Aufatmen, und Olga fügte hinzu:

„Am schlimmsten war es, wenn die Wachsoldaten betrunken waren und einfach hier auftauchten. Ich musste dann ständig Klavier für sie spielen. Ihr Lieblingslied war ‚Vergessen wir das alte Regime'. Dabei haben sie jedes Mal mitgesungen."

Jurowskij nickte. „Das alles wird nicht mehr vorkommen." Er wandte sich an Alexej. „Wie geht es dir?"

Der Junge deutete auf sein verbundenes Bein. „Nicht so besonders. Ich wünschte, ich könnte wieder herumlaufen wie früher. Dann würde ich mit Joy und Jimmy im Garten spazieren gehen, wenn ... wenn es erlaubt wäre. Die Hunde hassen es, so eingesperrt zu sein."

Jurowskijs bärtiger Mund verzog sich zu einem flüchtigen Lächeln ... Er blickte Dr. Botkin an. „Ich bin ausgebildeter Sanitäter und habe eine Zeit lang im Kriegslazarett als chirurgischer Assistent bei einem Arzt gearbeitet. Vielleicht sollten Sie das Bein des Jungen eine Weile in Gips legen, um es ruhig zu stellen."

„O nein!", protestierte Alexej entsetzt, und Jurowskij nickte ihm zu.

„Nicht für lange. Aber Dr. Botkin wird schon wissen, was er tut." Er grüßte militärisch in die Runde und ging.

„Ich wage noch gar nicht zu hoffen, dass sich unsere Verhältnisse tatsächlich bessern", sagte die Zarin, als er fort war. „Was denkst du, Nicky?"

Der Zar hob die Schultern. „Glauben wir einfach daran, dass wir die Talsohle durchschritten haben, Alix."

Maria, die noch beim Fenster stand, hob den Kopf. „Was ist das da draußen? Was sind das für Geräusche?"

Die anderen lauschten. Dabei vernahmen auch sie es: ein fernes Grollen, das manchmal anschwoll, dann wieder abbrach.

„Es wird ein Gewitter sein", meinte Dr. Botkin, aber der Zar, der neben Maria ans Fenster getreten war, widersprach. „Soweit wir es hier drin beurteilen können, ist draußen ein klarer, schöner Tag." Er lauschte wieder und schüttelte ungläubig den Kopf. „Es klingt wie Geschützdonner. Kann es sein, dass ..."

Alexandra Fjodorowna griff nach seiner Hand. Ihre Stimme klang schrill vor Aufregung. „Du meinst, die Weißen Garden ... O Nicky, es wäre unvorstellbar, wenn die Stadt bereits umkämpft wird. Aber das erklärt vielleicht auch Awdejews plötzliche Entfernung. Man will nicht, dass wir zu viel Böses zu berichten haben, falls ... falls wir befreit werden."

Er küsste sie auf das Haar. „Seien wir nicht zu euphorisch, meine liebe Alix. Sie können immer noch zurückgeschlagen werden, die Weißen. Wir müssen für ihren Sieg beten."

Es war tatsächlich Geschützdonner, noch sehr weit entfernt zwar, aber in der Stadt wusste man, dass die Weißen Garden gemeinsam mit ihren tschechischen Verbündeten näher rückten.

„Man kann nur hoffen", sagte Signalwärter Anton Worobzow eines Mittags zu Petja, „dass es nicht noch zu Straßenkämpfen kommt. Wenn sie mein Häuschen zerschießen, drehe ich durch."

Seine Frau Ustinja, die am Herd stand und einen Borschtsch kochte, ließ vor Schreck den Kochlöffel in die heißen Roten Beten fallen, denen sie fein gehobeltes Weißkraut, Zwiebeln und in Stücke geschnittene Rinderbrust, Zucker und Essig hinzugefügt hatte. Die Worobzowa war berühmt für ihren Borschtsch, und Petja war schon einmal zu zwei großen Tellern mit viel saurer Sahne darüber eingeladen worden. Heute allerdings hatte er keinen Hunger. Er war so prall angefüllt mit Glück, dass er Maria gesehen und sie seine Stimme erkannt hatte, dass so profane Bedürfnisse wie Essen und Trinken daneben keinen Platz hatten.

Ustinja Worobzowa war herumgefahren. „Anton, du glaubst doch nicht etwa, der Krieg zwischen Roten und Weißen würde auch bei uns ausgetragen. Heiliger Jesus Christ, womöglich gibt es Straßenkämpfe ..."

„Die Weißen rücken vor, weil sie in der Übermacht sind", versuchte Petja sie zu beruhigen. „Ich glaube nicht, dass die Roten ihnen bis zuletzt Widerstand leisten. Sie werden die Stadt aufgeben und sich zurückziehen."

„Möge Gott dir Recht geben, Söhnchen", meinte Anton Worobzow. „Freilich wär's dumm von den Roten, größere Verluste zu riskieren, die am Ende doch nichts bringen. Aber bei denen weiß man das nie so genau. Es sind eine Menge Fanatiker darunter."

Natürlich blieben Petja die Veränderungen im Haus Ipatjew nicht verborgen. Die beiden Novizinnen vom Kloster der Heiligen Anna erzählten ihm, als er sie auf dem Heimweg ansprach, dass ein neuer Kommandant den ewig betrunkenen Awdejew abgelöst hätte. „Dieser Jurowskij scheint ein energischer, aber korrekter Mann zu sein", berichtete Schwester Maria. „Er hat die gesamte Wachmannschaft ausgetauscht. Das ist auch für uns angenehmer, denn die neuen Posten behandeln uns höflich. Früher mussten wir uns immer unflätige Bemerkungen anhören, weil wir Ordensschwestern sind."

Und Schwester Antonina fügte hinzu: „Es ist der Zarenfamilie auch wieder gestattet worden, sich täglich eine halbe Stunde im Garten aufzuhalten. Und heute hat Kommandant Jurowskij uns ausrichten lassen, dass wir morgen frische Eier mitbringen sollen."

In den folgenden Tagen sah Petja ein paar Mal von seinem Beobachtungsposten unter der Trauerweide, wie Maria und ihre Familie in den Garten gebracht wurden. Es war nur ein kurzer Moment, dann war sie aus seinem Blickfeld verschwunden, aber er genügte, um diesen Tag zu einem besonderen werden zu lassen. Sie anzurufen, wagte er allerdings wegen der sie eskortierenden Wachsoldaten nicht mehr.

Mit einem von ihnen kam Petja eines Morgens ins Gespräch. Es war ein großer, bärtiger Mann mit einer gewaltigen Hakennase. Er stand vor dem Schilderhaus am Tor des Palisadenzauns und rief Petja an, als dieser auf der anderen Straßenseite wie ein müßiger Spaziergänger betont lässig vorbeischlenderte.

„Du hast's gut, Freundchen, kannst den schönen Tag genießen, während unsereins Wache schieben muss." Petja stellte fest, dass der Mann freundliche blaue Augen hatte, und überquerte die Straße. „Ja, das wäre nichts für mich. Immer in Uniform herumstehen und sich langweilen."

„Die Wachen im Haus haben es besser", erklärte der Bärtige. „Sie können in ihrer Wachstube sitzen und Karten spielen. Aber wir Außenposten ..." Er zuckte mit den Schultern. „Kommandant Jurowskij hat verboten, dass jemand von uns die Villa betritt."

„Er ist wohl ein strenger Mann, euer Kommandant?"

„Ach, es geht. Er achtet nur genau darauf, dass seine Befehle befolgt werden. Das ist auch richtig so, denn Disziplin muss sein. Neulich hat er mich sogar gelobt, weil ich meine Nagan auseinander genommen und gereinigt habe. ‚Wie heißt du?', hat er mich gefragt, und ich antwortete: ‚Letjemin, Michail Iwanowitsch.' Der Kommandant hat mir auf die Schulter geklopft. ‚Bist ein guter Soldat, Michail Iwanowitsch, weil du deine Waffen in Ordnung hältst.'"

Petja unterhielt sich noch ein paar Minuten mit Letjemin, fragte ihn nach seinem Tagesablauf beim Haus Ipatjew und meinte beim Abschied: „Ich gehe hier öfter spazieren, weil ich in der Nähe wohne. Vielleicht treffen wir uns einmal wieder."

„Soll mir recht sein", erwiderte der Posten und winkte Petja freundlich nach.

Er traf Letjemin tatsächlich noch einmal, und das war am Morgen des 17. Juli 1918. Seit dem Vortag klang der Geschützdonner so nahe wie nie zuvor, und die Jekaterinburger Heeresleitung hatte verfügt, alle männlichen Zivilisten zwischen zwanzig und dreißig Jahren ins Kampfgebiet zu bringen, wo sie Schützengräben ausheben und Unterstände bauen sollten.

In der Nacht war Ausgangssperre verhängt worden, weil es da und dort in der Stadt Schießereien zwischen Roten und Antibolschewiken gegeben hatte, aber als Petja morgens die Munitionsfabrik an der Uliza Wostotschnaja verließ, herrschte wieder Ruhe, vom Geschützdonner an der nahen Front einmal abgesehen.

Das Haus Ipatjew lag still und menschenleer da. Es waren keine Wachtposten zu sehen, und das große Tor zur Straße stand weit offen, ebenso das zweite Tor in dem Zaun, der den Garten einschloss. Vor der Haustür der Villa, die nur angelehnt war, saßen Schwester Antonina und Schwester Maria mit verstörten Gesichtern auf den Treppenstufen.

„Was ist passiert?", fragte Petja mit wild klopfendem Herzen. „Wo sind die Wachen?"

Schwester Antonina zuckte mit den Schultern. „Wir warten schon seit einer halben Stunde. Ein Posten, den wir schließlich in der Wachstube angetroffen haben, ist ins Haus gegangen. Aber er ist noch nicht zurück."

In dieser Sekunde polterten Soldatenstiefel die Treppe vom Obergeschoss hinunter, durchquerten die Halle. Die Tür wurde aufgerissen, und zu Petjas Erleichterung kam Letjemin heraus. „Ihr könnt gehen", sagte er zu den beiden Novizinnen. „Nehmt eure Lebensmittel wieder mit. Und neue braucht ihr auch nicht mehr zu bringen."

Die Frauen starrten ihn an. „Aber ..."

„Geht, habe ich gesagt", brüllte Letjemin, und seine freundlichen blauen Augen hatten einen Ausdruck hilfloser Wut. „Verschwindet, aber schnell."

Erschrocken rafften Maria und Antonina ihre Körbe an sich und liefen davon. Petja stand da wie angewurzelt. Eine schreckliche Ahnung presste ihm den Atem ab. „Michail Iwanowitsch", stieß er hervor, „bitte, sag mir, was hier geschehen ist!"

Letjemin warf ihm einen düsteren Blick zu. „Frag mich nicht. Irgendwann werden sie's wohl bekannt machen. Aber mich musst du nicht fragen." Mit langen Schritten eilte er davon und verschwand in dem Anbau, wo sich die Wachstube befand.

Petja lief ihm nicht nach. Er stand da wie gelähmt, während Letjemins Worte in seinem Kopf dröhnten. „Irgendwann werden sie's wohl bekannt machen ..."

Nach einer Weile betrat er das Haus Ipatjew. Er lauschte, ob er Stimmen hörte, aber er vernahm nichts als ein klagendes Winseln, das aus der oberen Etage kam. Zögernd stieg Petja die geschwungene Treppe hinauf.

Und da sah er den Hund. Es war Joy, der kleine Spaniel des Zarewitsch, der angstvoll schnüffelnd vor der Tür herumrannte, die, wie Petja vermutete, zu den Zimmern der Zarenfamilie führte. Dahinter war alles totenstill.

„Joy", würgte Petja hervor. „Joy, was machst du denn

hier?“ Er kauerte sich auf den Boden, und das Tier erkannte ihn aus den Tagen in Tobolsk und rannte aufjaulend zu ihm hin. Petja drückte den zitternden Hundekörper an sich. „Joy, Joy, wo sind sie denn alle? Was hat man ihnen getan?“ Die Antwort war ein herzzerreißendes, klagendes Winseln.

Am Ende des Flurs wurde eine Tür geöffnet, und ein Wachsoldat kam heraus. „He, wer bist du? Was willst du mit dem Hund?“

„Ich weiß, wem er gehört“, stammelte Petja, alle Vorsicht vergessend. „Es ist ...“

Der Soldat nahm den Hund beim Nackenfell und hob ihn auf den Arm. „Du spinnst wohl? Das ist mein Hund, kapiert? Mach, dass du wegkommst. Weißt du nicht, dass es streng verboten ist, das Haus zu betreten? Also hau ab und wag dich ja nicht mehr her!“

Wie betäubt ging Petja zur Straße. Vorhin hatte er noch einen winzigen Hoffnungsschimmer gehabt, man hätte die Zarenfamilie an einen anderen Ort gebracht, damit sie nicht den Weißen Garden in die Hände fiel. Aber keiner von ihnen hätte den Hund zurückgelassen, an dem alle mit zärtlicher Zuneigung hingen. Also gab es nur einen Schluss ...

Maria, dachte Petja. Dann wieder: Joy ...

Mit dem kleinen Hund hatte alles begonnen, damals im letzten Sommer. Petja hatte den Ausreißer am Ufer des Tobol eingefangen, und Maria hatte sich für seine Hilfe bedankt. Sie hatte Petja aus ihren riesengroßen Augen angesehen, Augen, in denen man versinken konnte wie in einem tiefen blauen See. Augen, deren Lächeln wie ein Streicheln war. O Gott, Maria ...

Mechanisch setzte Petja einen Fuß vor den anderen. Er schaffte es bis zu dem Eisenbahnerhäuschen am Gleis 34. Ustinja Worobzowa war im Garten und pflückte Bohnen. „Du kommst heute aber zeitig, Söhnchen“, rief sie. Er gab keine Antwort, sondern ging an ihr vorbei in sein Zimmer und warf sich aufs Bett. Er konnte nicht einmal mehr weinen.

Am 20. Juli gab der Jekaterinburger Stadtsowjet die offizielle Bekanntmachung heraus, dass der ehemalige Zar Nikolaus Romanow in der Nacht vom 16. auf den 17. Juli erschossen worden sei, nachdem man eine Verschwörung antibolschewikischer Kreise mit dem Ziel, ihn zu befreien, aufgedeckt habe. Über das Schicksal seiner Familie und seiner Begleitung fiel kein Wort.

Petja ging noch mal zum Haus Ipatjew. Dieses Mal waren die Tore wieder geschlossen und bewacht. Er fragte einen Posten nach Michail Letjemin und bekam die gleichgültige Antwort: „Der hat heute keinen Dienst."

„Und wo kann ich ihn finden?"

Der Posten dachte einen Moment nach, dann sagte er: „Er wohnt bei seiner Mutter in der Uliza Pokrowskaja, soviel ich weiß. Die Hausnummer kenne ich nicht. Musst dich eben durchfragen."

Petja traf Michail Letjemin zu Hause an. Er lag in seinem Zimmer auf dem zerwühlten Bett und war betrunken. Immerhin erkannte er Petja wieder und sagte: „Haben wir uns nicht vor dem Haus Ipatjew getroffen? Einmal für einen Schwatz am Morgen, und dann an dem verfluchten Tag, als ich zum Dienst kam und hörte, dass ..." Er verstummte und drehte das Gesicht zur Wand.

„Was hast du gehört, Michail?", drängte Petja. „Sag's mir. Ich muss es wissen."

„Warum?", fragte Letjemin. „Sei froh, wenn du nichts weißt. Dann musst du nicht so viel saufen, um alles hinunterzuspülen." Er richtete sich auf und blickte Petja aus trunkenen, blutunterlaufenen Augen an. „Ich war überzeugter Bolschewik, verstehst du? Ich habe an das geglaubt, was Lenin die Befreiung des Menschen durch den Menschen genannt hat. Die da oben, die Reichen und Adligen, waren Schweine in meinen Augen, die uns verachtet, bis aufs Blut ausgesaugt und ins Elend gestoßen haben. So war's doch, Bruder! Es ging uns dreckig, während die da oben nicht nur satt, sondern bis zum Kotzen übersättigt waren. Sie haben geprasst, während wir vor Hunger kaum in den Schlaf kamen. Und sie haben auf uns schießen lassen, wenn wir mit Bittschriften und Demonstrationen auf unser Elend aufmerksam gemacht haben. Wirklich, ich habe sie gehasst, und am meisten den Zaren, diese ferne, unmenschliche Gottheit in seinem goldenen Palast, der uns durch einen Federstrich umbringen ließ. Ich war im Krieg, Bruder, und ich habe sie verrecken gesehen, zu Tausenden, und sie haben diesen Zaren verflucht, der sie mit Heiligenbildern und Segenssprüchen zum Sterben geschickt hat. Kann man das jemals vergessen, habe ich gedacht, und den Romanows die Pest an den Hals gewünscht."

Er nahm von der Konsole neben seinem Bett eine Schnapsflasche und setzte sie an den Mund. Der Adamsapfel an seinem dürren Hals hüpfte hin und her, während er trank. Er rülpste und wischte sich über den bärtigen Mund.

„Und jetzt?", fragte Petja. „Denkst du jetzt anders darüber?"

Letjemin nickte. „Ja, seitdem ich hier bin und sie alle gesehen habe. Am Anfang habe ich gedacht, sie hätten die Falschen anstelle des blutigen Nikolaus und seines Anhangs verhaftet. Sie waren alle so geduldig, so freundlich, besonders die Kinder. Oft bin ich ja nicht mit ihnen zusammengekommen, nur wenn der Kommandant es erlaubt hatte, dass sie in den Garten durften. Die Mädchen haben sich an den Blumen gefreut, und der kranke Junge, der von seinem Vater getragen wurde, lachte, wenn die beiden Hunde herumtobten. Seine Mutter saß im Rollstuhl und hielt ihr Gesicht in die Sonne. Sie wirkten so armselig, alle miteinander, und gleichzeitig hatten sie was an sich, dass man in Versuchung kam, die Mütze vor ihnen zu ziehen. Verrückt war das."

Er trank wieder und starrte vor sich hin. Nach einer langen Weile sagte er mit schwerer Zunge: „Und nun sind sie alle tot, und ich weiß nicht mehr, ob sie das verdient haben – oder ob es ein gemeiner, widerwärtiger Mord war."

Petja hatte es gewusst, seit er Joy im Haus Ipatjew gesehen hatte. Zu Letjemin war er nur gekommen, um die letzte Bestätigung zu erhalten.

„Warst du dabei, Michail?", fragte Petja und konnte es nicht verhindern, dass er am ganzen Körper zu zittern begann.

„Nein", antwortete Letjemin. „Ich hatte dienstfrei. Am Morgen, als alles vorbei war, hat es mir Koljakow erzählt. Er gehörte zu den Todesschützen."

„Was hat er dir gesagt?" Petja wusste, dass jede Einzelheit ihn martern würde, trotzdem wollte er die ganze Wahrheit erfahren.

„Der Kommandant hat die Zarenfamilie, die Bediensteten und diesen Arzt nach Mitternacht geweckt. Sie würden fortgebracht, hat er ihnen gesagt. Man müsse nur noch auf die Wagen warten. Deshalb sind sie alle ganz ruhig und gefasst in den Raum gegangen, der an der Schmalseite des Hauses liegt. Er ist im Souterrain, und die vergitterten Fenster schließen mit der Bodenkante ab. Eines der Mädchen hatte seinen Schoßhund auf dem Arm, der Junge hielt den Spaniel an der Leine. Irgendwann muss der Hund sich losgerissen haben und die Treppe hinauf ins Freie gerannt sein."

Letjemin lehnte den struppigen Schädel gegen den Kopfteil des Bettes. Mit geschlossenen Augen sprach er weiter: „Es waren elf Personen dort unten und elf Schützen, Kommandant Jurowskij mitgezählt. Vorher haben sie abgesprochen, wer auf wen zielt. Dann ist wohl alles sehr schnell gegangen ..."

Er begann zu weinen. „Ich weiß nicht, ob ich geschossen hätte. Aber jeder von uns ist dazu gedrillt worden, Befehle blindlings auszuführen. So ist das eben. Man wird so lange in den Arsch getreten, bis man ohne zu denken gehorcht. Würde man sonst im Krieg ins Feuer stürmen, wenn es heißt: Vorwärts? Und genauso befolgt man am Ende sogar einen Befehl zum Morden ..."

„Und was geschah dann?“, fragte Petja heiser. „Wohin hat man die Toten gebracht?“

„Sie wurden auf einem Lastwagen abtransportiert, hat Koljakow gesagt. Mehr wusste er nicht. Es scheint ein großes Geheimnis darum gemacht zu werden.“

Um Petja drehte sich alles. Er hatte das Gefühl, in der heißen stickigen Stube keine Luft mehr zu bekommen. „Danke, dass du's mir gesagt hast“, würgte er hervor und wandte sich zur Tür.

Letjemin antwortete nichts. Im Hinausgehen hörte Petja, wie er wieder nach der Flasche griff und trank.

Aber es gab Augenzeugen, die sehr schnell zumindest ahnten, wo man sich der Ermordeten entledigt hatte ...

Einer hatte in den frühen Morgenstunden des 17. Juli in einem Waldstück bei Jekaterinburg zwei Lastwagen gesehen. Auf einem hatten Rotarmisten gesessen, die mehrere Benzintanks dabei gehabt hatten. Was sich auf dem zweiten Wagen befand, hatte der Mann, der im Wald Pilze suchen wollte, nicht erkennen können; es war alles mit großen Planen abgedeckt gewesen. Eine kleinere Abteilung Rotarmisten hatte die Wagen zu Pferd begleitet.

Weitere Augenzeugen war eine Bauernfamilie aus dem Dorf Koptjaki. Nastassja, Nikolaj und Maria Sykowa waren mit ihrer Kibitka im Morgengrauen nach Jekaterinburg gefahren, um Fische auf dem Markt zu verkaufen. Etwa zwölf Werst vor der Stadt wurden sie von zwei Berittenen aufgehalten und mit vorgehaltener Waffe zur Umkehr gezwungen. In ihrem Dorf berichteten sie von dem Vorfall, und einige Mitbewohner machten sich, von Neugier getrieben, auf den Weg, um herauszufinden, was da vor sich ging. Sie kamen an eine Stelle im Wald, wo ein holpriger, kaum befahrener Weg zu einer verlassenen Mine führte. Frische Reifenspuren verrieten, dass zwei schwere Fahrzeuge die Strecke passiert hatten.

Auch diese Gruppe wurde kurz darauf von den Bewaffneten gestoppt und davongejagt. Man sagte den Leuten, bei der Mine werde mit Granatwerfern geübt, und tatsächlich hörte man hin und wieder Explosionsgeräusche, und das Waldstück blieb zwei Tage lang militärisch abgesperrt.

Eine Woche nach dem Tod der Zarenfamilie gaben die Roten Jekaterinburg auf. Der Rückzug in Richtung auf das Permer Land, das noch fest in bolschewikischer Hand war, vollzog sich zwar geordnet, aber in großer Eile, und wenige Stunden später marschierten die Weißen Garden mit ihren tschechischen Verbündeten in die Stadt ein. Eine Woche zu spät, um den Mord an elf Menschen zu verhindern ...

Petja Bakunin verbrachte diese Tage in einer Art stumpfer Betäubung. Er war wie einer, dem man den Boden unter den Füßen fortgezogen hatte und der in einen tiefen Schacht gefallen war, dessen glatte Wände ein Hinaufsteigen verhinderten.

Die Worobzows versuchten, ihn seiner Apathie zu entreißen, fragten immer wieder, was ihm um Himmels willen zugestoßen sei, das ihn so verändert habe, aber er erwiderte nur, dass er nicht darüber sprechen könne.

Manchmal schoss es ihm durch den Kopf, dass er nun eigentlich nach Tobolsk zurückkehren könne, aber er war innerlich wie gelähmt und konnte sich zu nichts aufraffen. In der Maschinenfabrik hatte er sich krank gemeldet. Und er war ja auch krank – ein gebrochener, zerstörter Mensch ohne Weg, ohne Ziel ...

Das änderte sich erst, als Anton Worobzow eines Mittags sagte: „Wie es scheint, sind alle Bewohner des Hauses Ipatjew umgebracht worden, nicht nur der Zar. Anschließend hat man die Leichen zu einer verlassenen Mine gebracht, mit Säure und Benzin übergössen und verbrannt.“

Ustinja Worobzowa bekreuzigte sich. „Alle?“, fragte sie entsetzt, und ihr Mann nickte.

„So hat's in der Zeitung gestanden, die Stjopkin zur Nachtschicht mitgebracht hat.“

Petja, der mit am Tisch saß, weil Ustinja ihn mit sanfter Gewalt aus seinem Zimmer geholt hatte, der aber in seinem Teller mit süßsaurem Gurkengemüse nur herumstocherte, hob den Kopf, als sie zu weinen begann und hervorstieß: „Gott sei ihren armen Seelen gnädig."

„Gott?", fragte er wild. „Der hat sie längst im Stich gelassen." Er beugte sich zu Worobzow über den Tisch. „Was genau hat in der Zeitung gestanden?"

„Je nun ..." Der Signalwärter tat sich noch eine Kelle Gurken auf. „Der Garnisonskommandeur der Weißen hat eine Untersuchung wegen des Verschwindens der Romanows angeordnet. Dabei ist alles herausgekommen. Die Mine heißt ‚Die vier Brüder', weil dort vier Birken dicht neben einander stehen ... Man hat wohl jemanden in den Schacht hinuntergelassen. Verkohlte menschliche Überreste haben unten gelegen, auch Schmuck, der der Zarin und ihren Töchtern gehört hat, und ein paar Kleiderfetzen ..."

Petja schob seinen Teller zurück und rannte nach draußen. Als Worobzow ihm nachging, lehnte er kreidebleich an der Hauswand. Er schwitzte und zitterte in einem.

„Söhnchen", sagte Worobzow erschrocken, „was hast du nur?"

„Diese Schweine ...", keuchte Petja. „Verflucht sollen sie sein. Dreckige, elende Mörder sind es!"

Er begann zu schreien, rief immer wieder Marias Namen, belegte Jurowskij und sein Erschießungskommando mit wilden Verwünschungen und brach schließlich zusammen. Jetzt konnte er endlich weinen.

Der wilde Ausbruch, so schrecklich er auch gewesen war, war heilsam. Er hatte Petja befreit und ihn dem Leben wiedergegeben. Er fühlte Wut, Schmerz, Verzweiflung, aber all das war besser als die Stumpfheit, die ihn vordem beherrscht hatte.

Er erzählte den Worobzows von Maria, und auch das erleichterte ihn.

Zwei Tage später fuhr er mit einem von Anton Worobzow geliehenen Rad zu der verlassenen Mine „Die vier Brüder".

Das letzte Stück streifte er zu Fuß durch den Wald und schob das Rad neben sich her. Er musste nicht lange suchen. Bereits nach wenigen Minuten entdeckte er die vier Birken oberhalb des Minenschachtes. Dazwischen leuchtete weiß ein orthodoxes Kreuz aus Birkenstämmchen, das Unbekannte dort aufgestellt hatten.

Es war Sonntag, und Petja war deshalb allein bei den „Vier Brüdern". Morgen schon würden die Grabungsarbeiten im Schacht fortgesetzt werden, die von der Untersuchungskommission angeordnet worden waren.

Petja starrte hinunter, aber in der dunklen Tiefe sah er nichts als verbrannte Erde. Er versuchte zu beten, aber er konnte es nicht. Alles, was sich in seinem Kopf formte, war die Anklage: Warum hast du das geschehen lassen, Gott?!

Er kam Sonntag für Sonntag zu den „Vier Brüdern", weil er dann sicher war, keinem Menschen zu begegnen. Und er brachte jedes Mal Blumen mit, die er vor dem Kreuz aus Birkenholz niederlegte. Allmählich nur verlor sich das tief innerliche Grauen, in das ihn Marias und der Ihren schreckliches Ende gestürzt hatte, machte einer sanfteren, stilleren Traurigkeit Platz, von der er wusste, dass er sie sein ganzes Leben lang behalten würde.

Er hatte es sich angewöhnt, mit Maria zu reden, wenn er bei den „Vier Brüdern" war. Und so erzählte er ihr auch eines Tages im November, als Schnee den Wald und den Boden des dunklen Minenschachtes bedeckte, dass er an Dunja geschrieben hatte.

„Denn weißt du, Maria", sagte er, „eigentlich wären Dunja und ich jetzt schon ein paar Wochen verheiratet. Ich habe sie furchtbar verletzt, und vielleicht hat sie längst einen anderen. Aber sie soll wissen, dass ich lebe und irgendwann heimkommen werde. Es wird nicht ganz einfach sein, jetzt, wo überall Bürgerkrieg ist. Aber heim muss ich, auch wegen meiner Mutter. Nicht wahr, das verstehst du doch, Maria?"

Es hatte wieder zu schneien begonnen, und der Wald war sehr still, weil der Schnee alle Geräusche dämpfte. Nicht einmal ein Vogelruf ertönte. Trotzdem meinte Petja auf einmal, Marias Stimme zu hören. Sie kam aus seinem Inneren. „Aber ja, Petja, geh heim! Du musst dein Leben leben, Liebster ..."

Zwei Monate später war er wieder in Tobolsk. Seine Mutter umarmte ihn weinend, nannte ihn einen elenden Herumtreiber, der es gar nicht wert sei, dass man sich um ihn sorgte, und begann sofort mit den Vorbereitungen für ein umfangreiches Festessen.

Zwischendurch rannte sie in die Wohnstube, um eine geweihte Kerze in der „Schönen Ecke" vor dem Bildnis der Gottesmutter von Sagorsk anzuzünden. „Alle Abende habe ich hier auf den Knien gelegen und gebetet, dass dir nichts geschieht, Petjenka", sagte sie und heulte schon wieder. „Ach Gott, du verdammter Idiot, was habe ich eine Angst um dich ausgestanden! Ich wusste ja nicht einmal, ob du noch lebst."

„Aber ich habe doch an Dunja geschrieben", erklärte Petja. „Hat sie dir das nicht erzählt?"

„Kein Wort hat sie gesagt. Wahrscheinlich hat sie den Brief gar nicht gekriegt."

Petja schluckte. Er hatte ein wenig Angst, die Frage auszusprechen, die ihm auf der Seele brannte. Aber dann stellte er sie doch. „Wie geht es ihr denn, Matuschka?"

Die Bakunina warf ihm einen schrägen Blick zu. „Miron, der Sohn des Wäschereibesitzers Duchynin, scharwenzelt um sie herum. Und ihre Eltern machen ihr schon die Hölle heiß, dass sie ihn nehmen soll. Ist ja auch eine gute Partie, der junge Duchynin ..."

„Und Dunja?" Petjas Stimme klang plötzlich wie eingerostet, und seine Mutter schob ihn zur Tür.

„Geh hin und frag sie selbst, du Feigling!"

„Sieh mal einer an, der ehrenwerte Petja Kusmitsch ist wieder da!", polterte German Wladimirowitsch Ryschkin sofort los, nachdem er Petja die Tür geöffnet hatte. „Was willst du denn noch hier? Mach, dass du wegkommst. Für dich ist hier kein Platz mehr!"

„Bitte", setzte Petja an, „ich muss mit Dunja sprechen. Wo ist sie?"

„Für dich nirgendwo!", brüllte German Wladimirowitsch und wollte ihm die Tür vor der Nase zuknallen, doch in diesem Augenblick tauchte Dunja auf der Holztreppe auf, die in das obere Stockwerk führte.

Sie umklammerte das Treppengeländer. „Petja ..."

„Verschwinde!", schrie Ryschkin. „Geh sofort in dein Zimmer. Mit dem hier werde ich alleine fertig."

Doch Dunja kam schon die Stufen hinunter. „Bitte, Papuschka, mach kein Theater ..."

Ryschkin schnappte nach Luft. „Theater nennst du das, wenn ich diesem Mistkerl, diesem ... diesem Jungfrauenschänder eine aufs Maul schlage, bevor ich ihn nach draußen in einen Schneehaufen schmeiße? Ja hast du denn überhaupt kein Ehrgefühl im Leib, Tochter?"

„Doch", sagte Dunja. „Aber reden müssen wir wohl trotzdem miteinander."

Die Ryschkina kam, von dem Lärm angelockt, aus der Küche. Als sie Petja gewahrte, blieb ihr der Mund offen stehen. „Du?", fragte sie fassungslos, um gleich darauf die Arme kampfbereit in die molligen Hüften zu stemmen. „Mit dir habe ich eigentlich nicht mehr gerechnet, Petja Kusmitsch. Und das Eine sage ich dir: Wenn du gekommen bist, um meine Dunjaschka noch unglücklicher zu machen, als sie sowieso schon ist, dann schlage ich dir meine Eisenpfanne so lange um die Ohren, bis dein Kopf einem dicken Kürbis gleicht."

Es stellte sich heraus, dass Dunja tatsächlich Petjas Brief nicht erhalten hatte. Und während Väterchen Ryschkin immer noch wilde Schmähungen gegen seinen Beinahe-Schwiegersohn ausstieß, bugsierte seine Frau Petja und Dunja in die Wohnstube, schloss die Tür hinter ihnen und zog ihren Mann in die Küche. „Lassen wir die beiden ein Weilchen allein. Dunjaschka hat Recht: Zumindest aussprechen müssen sie sich."

In der Wohnstube blieb es eine Weile erst mal sehr still. Petja stand in der Mitte des Zimmers, Dunja hatte sich auf das hochlehnige Sofa gesetzt und die Hände im Schoß verschränkt. „Nun", meinte sie schließlich, ohne Petja anzusehen, „was willst du mir sagen?"

Er hob die Schultern. Sie war schmal geworden, seine Dunja, und ihre frühere Heiterkeit war verschwunden. Ernst und verhärmt sah sie aus, und er wusste, dass er daran Schuld war.

„Ich würde dich gern um Verzeihung bitten, Dunja", begann er stockend. „Vielleicht sollte ich dir sogar sagen, wie sehr ich alles bereue, aber das wäre nur zur Hälfte wahr. Was ich getan habe, bereue ich nicht, umso mehr aber, dass du darunter gelitten hast. Ich wollte doch nie im Leben, dass du meinetwegen unglücklich bist."

„Sie ist tot, nicht wahr?", fragte sie und blickte immer noch auf ihre Hände. „Man hat sie umgebracht – alle miteinander."

„Ja", sagte Petja.

„War es sehr schlimm für dich?"

„Ja", wiederholte er, „auch wenn ich immer gewusst habe, dass es nur ein Traum war, dem ich gefolgt bin. Aber ich musste ihm folgen, Dunjaschka. Erklären kann ich es nicht, weder dir noch mir selbst. Und nun ist er vorbei, dieser Traum. Er wäre ohnehin nie Wirklichkeit geworden."

Wieder war es eine Weile still zwischen ihnen. Dunja stand auf und ging ein paar Mal im Zimmer auf und ab. Dann blieb sie vor Petja stehen.

„Es ist gut, dass auch du gelitten hast", sagte sie mit einer Härte, die er an ihr nicht kannte. „Wenn ich es allein gewesen wäre, dann würde ich dich vielleicht hassen." Sie atmete tief durch. „Und wie soll es nun weitergehen?"

„Das kannst nur du entscheiden, Dunjaschka“, erwiderte er. „Und ich muss es hinnehmen, so oder so.“

„Wird es keinen neuen Traum mehr geben, von dem du dir einbildest, dass du ihm hinterherrennen musst?“, fragte sie. Es klang ein wenig spöttisch.

„Nein. Das schwöre ich!“

„Du und deine Schwüre ...“ Sie lächelte flüchtig, wurde aber gleich wieder ernst. „Was stand eigentlich in deinem Brief an mich?“

„Dass ich heimkommen wollte, Dunjaschka, heim zu dir ...“

„Ich weiß nicht, ob ich dir noch vertrauen kann. Ich werde Zeit brauchen.“

„Die sollst du haben. Ich werde sehr geduldig sein, wenn du nur ...“

„Wenn ich nur was?“, fragte sie, als er stockte.

„Wenn du mir nur ein wenig Hoffnung lässt, dass eines Tages alles wieder gut ist zwischen uns.“

„O Petjenka, du hirnloser Kerl“, sagte sie und lachte zum ersten Mal. „Weißt du denn nicht mehr, wie dickköpfig ich sein kann? Wenn ich mir etwas in den Kopf gesetzt habe, bringt man es nicht mehr aus mir heraus.“

Sie heirateten ein Jahr später. Dunja war eine sehr süße Braut, in deren Gesicht längst wieder die stille Heiterkeit zu lesen war, die einen bezaubernden Teil ihres Wesens ausmachte. Und sie liebte Petja in all den Jahren ihrer Ehe wie am ersten Tag, obwohl sie wusste, dass immer der Schatten einer Toten im Herzen ihres Mannes war.

Manchmal sprach Petja über die Großfürstin Maria Nikolajewna, und Dunja hörte geduldig zu. Sie hasste die Tote nicht mehr und empfand auch keine Eifersucht auf sie. Freilich schmerzte es ein wenig, als Petja eines Tages meinte: „Dieses Tobolsk kommt mir wie ein erbärmliches Kaff vor, seit ich in Jekaterinburg war. Eigentlich würde ich irgendwann gerne dorthin zurückkehren, Dunjaschka. Es ist eine so schöne Stadt. Sie würde dir auch gefallen.“ Er kam zu ihr und legte den Arm um ihre Schultern. „Was hältst du davon?"

Sie ahnte, was ihn dort vor allem anderen hinzog: Marias Grab. Er wollte es ab und zu aufsuchen ...

Dunja blickte ihren Mann an. Seine Augen waren aufrichtig und voller Zärtlichkeit. „Wenn es dich glücklich macht, Petjenka", sagte sie zögernd, und er küsste sie auf die Stirn.

„Du machst mich glücklich. Und im Augenblick können wir sowieso nicht daran denken, nach Jekaterinburg zu ziehen. Vielleicht, wenn dieser schreckliche Bürgerkrieg, Weiße gegen Rote, Russen gegen Russen, endlich ein Ende hat."

„Ja, vielleicht, Petjenka", antwortete Dunja und lehnte ihren Kopf an seine Schulter.

Epilog

Martin Heimwald, der deutsche Journalist, der in Jekaterinburg eine Fernsehdokumentation über die vermutliche Grabstätte der Zarentochter Maria Nikolajewna und ihres Bruders Alexej drehte, wollte für zwei Tage nach Köln fliegen. Nina Bakunina, das Mädchen, das er aus den Händen ihrer unbekannten Entführer gerettet hatte und das seitdem bei ihm geblieben war, begleitete ihn bis Moskau. Dort sollte sie bis zu seiner Rückkehr bei seinen Freunden, dem russischen Arztehepaar Gennadij und Anna Krylow, bleiben.

Auf keinen Fall hätte Heimwald Nina allein in Jekaterinburg zurückgelassen. Ihr Großvater Lukan Petrowitsch war noch immer verschwunden, und laut Aussage von Kriminalinspektor Treptow, der sich um die Suche kümmerte, gab es nicht die geringste Spur.

Drei Wochen hatte Nina mit Martin in seinem Zimmer im Hotel Isjet gelebt. Und diese drei Wochen waren der Grund für seine Heimreise. Er musste Gitte Seiffert, seiner Lebensgefährtin, sagen, was ihm geschehen war: Er liebte Nina, und er wollte sich nie mehr von ihr trennen.

„Wenn mir das jemand vor ein paar Monaten prophezeit hätte", sagte er zu Gennadij und Anna Krylow, „ich hätte ihn für verrückt erklärt. Und nun bin ich selbst verrückt. Aber es ist ein herrlicher Wahnsinn."

Nina saß neben ihm auf der Couch, und er hielt ihre Hand. „Was hast du nur aus mir gemacht, Ninotschka?"

„Gar nichts", antwortete sie. „Du warst plötzlich da, Tinja, und hast über mein Leben bestimmt. ‚Du bleibst bei mir', hast du gesagt und alles für mich geregelt." Sie lächelte Anna und Gennadij zu. „Er ist zu der Guschkow-Hemdenfabrik gefahren, in der ich arbeite, und hat erreicht, dass ich unbezahlten Urlaub bekam, und zu den Ballettstunden bei Madame Karasowa hat er mich begleitet. Wenn er Filmaufnahmen machte, musste ich manchmal im Hotel bleiben, aber hin und wieder hat er mich auch mitgenommen. Er hat Angst, dass man noch einmal versuchen könnte, mich zu entführen."

Gennadij nickte. „Ich kann das verstehen. Es ist wirklich eine schlimme Geschichte, Nina Michailowna."

Martin strich ihr das helle Haar aus der Stirn. „Aber hier bist du sicher, Liebes. Und sobald ich mit Gitte gesprochen habe, komme ich zurück."

„Sie wird mich hassen", sagte Nina leise. „Und sie hat jedes Recht dazu. Ich wollte nie einer Frau den Mann wegnehmen."

„Gitte wird es verkraften", meinte Heimwald. „Ich bin sicher, dass ihr unsere Trennung nicht allzu viel ausmacht. Sie ist ganz anders als du."

Anna blieb bei Nina, als Gennadij Martin zum Flughafen brachte. Nina fand Abschiede auf Bahnhöfen oder Flughäfen schrecklich, deshalb hatte sie nicht mitgewollt. „Aber wenn du wiederkommst, stehe ich in der Halle und warte auf dich", versprach sie und weinte ein bisschen, als er sie ein letztes Mal umarmte. „Komm gesund wieder, Tinja ..."

Tinja – so hatte sie ihn seit ihrer ersten Liebesnacht genannt. Vier Tage nach ihrer ersten Begegnung war es gewesen, in denen sich eine fast unerträgliche Spannung zwischen ihnen aufgebaut hatte. Aber Heimwald hielt sich an das Versprechen, das er Nina gegeben hatte: Er wollte ihr nur helfen und sie vor der Gefahr bewahren, in der sie schwebte. In keinem Fall wollte er sie bedrängen, obwohl sein Verlangen nach ihr mit jeder Stunde wuchs, die sie zusammen verbrachten. Nie zuvor hatte eine Frau einen solchen Zauber auf ihn ausgeübt und solch starke Empfindungen in ihm geweckt.

Heimwald hatte Nina das Doppelbett in seinem Zimmer überlassen und auf der breiten Couch geschlafen. Sie war so verschreckt und traurig gewesen, ein verirrter kleiner Vogel, der Schutz brauchte, weiter nichts.

Und dann hatte sie in der vierten Nacht, in der sie bei ihm war, diesen schrecklichen Traum gehabt. Heimwald hörte sie stöhnen und wimmern und war aufgesprungen. Als er das Licht anknipste und Nina an der Schulter berührte, war sie mit einem Schrei hochgefahren. Mit einem wilden Blick hatte sie ihn angestarrt, noch ganz in den dunklen Tiefen ihres Traums gefangen, bis sie allmählich wieder in die Wirklichkeit zurückkehrte und Heimwald erkannte.

„Du hast schlecht geträumt, nicht wahr?", hatte er gefragt, und sie hatte die Hände vor das Gesicht geschlagen und gezittert. „Es war so schrecklich ... jemand hat mich verfolgt, und ich wollte fortlaufen und konnte mich nicht von der Stelle rühren ..."

„Solche Träume hat man manchmal", hatte er sie zu beruhigen versucht. „Sie sind wirklich scheußlich. Aber jetzt ist er vorbei, und du kannst weiterschlafen."

Da hatte sie die Arme um ihn geworfen und ihn festgehalten. „Geh nicht weg. Bleib hier. Ich will nicht schlafen. Bestimmt kommt der Traum wieder ..."

Es war Folter und Seligkeit zugleich gewesen, ihren an ihn gepressten Körper in dem dünnen Schlafshirt zu spüren. Heimwald hatte vergeblich versucht, sich von ihr zu lösen, und Nina hatte ihn zu sich hinunter gezogen.

„Bleib bei mir, bitte ..."

Er hatte sich in liebevollen Spott retten wollen. „Kind, du weißt nicht, was du da tust und wie es enden könnte. Mach es mir nicht so schwer. Ich bin schließlich auch nur ein Mann."

Sein Lachen erstarb, als er in ihr Gesicht geblickt hatte. Es war nicht mehr das Gesicht des ängstlichen, verstörten Mädchens Nina gewesen, sondern das einer von Sehnsucht erfüllten Frau.

„Tinja“, hatte sie geflüstert, „nicht wahr, du willst mich? Sag, dass es so ist ...“

„Nein ... ja ...“, hatte er hervorgestoßen, und da war ihr schmaler, süßer Körper gewesen, der sich an ihn drängte, und sie hatte den Kopf zurückgeworfen und die Augen geschlossen.

„Küss mich.“ Ihre Stimme war wie ein Hauch.

Was dann folgte, war etwas, das Martin Heimwald noch nie zuvor erlebt hatte: die grenzenlose, alles gebende und alles fordernde Liebe einer Russin.

Er war Ninas erster Mann, und dennoch warf sie sich ihm entgegen, als er zu ihr kam, ertrug den Schmerz und machte pure Lust daraus. Es war nicht die Sinnlichkeit sich paarender Tiere, sondern eine himmelstürmende Leidenschaft, die alle Fesseln sprengte und sie beide am Ende in einem Taumel glückseliger Erschöpfung zurückließ.

Seitdem war Heimwald klar, dass er Nina nie mehr in seinem Leben aufgeben konnte.

„Du hast Glück, mein Freund“, sagte Gennadij Krylow auf der Fahrt zum Flughafen Scheremetjewo. „Nina passt zu dir wie die Hälfte einer Nussschale zur anderen. Halt sie nur gut fest.“

Heimwald lachte. „Genau das habe ich vor.“

Darum flog er jetzt zu Gitte. Er war ein Mensch ohne Winkelzüge und wollte für klare, saubere Verhältnisse sorgen. Auch Gitte Seiffert hatte das verdient.

Er hatte sie vor dem Abflug angerufen und war erleichtert gewesen, dass sie selbst und nicht der Anrufbeantworter sich meldete.

„Du bist also aus dem Irak zurück“, hatte Martin konstatiert, und sie hatte erwidert:

„Nur für ein paar Tage, um einige anstehende Dinge zu erledigen. Dann muss ich wieder hin. Dieses Ausgrabungsprojekt ist unheimlich interessant. Ich bin sicher, dass ich eine Superreportage daraus machen kann.“

Heimwald nahm sich ein Taxi vom Köln-Bonner Flughafen. Die Außenbeleuchtung seines alten Bauernhauses in der Nähe von Kürten im Bergischen Land war eingeschaltet, ebenso die Lampen im Parterre. Gitte hatte den Automotor gehört und kam an die Tür, während Heimwald noch den Taxifahrer bezahlte.

„Grüß dich", sagte sie burschikos, als er ausstieg, und küsste ihn flüchtig auf die Wange. „Hattest du einen guten Flug?"

„Ja, danke", erwiderte er und folgte ihr ins Haus. Sie hatte eine Platte mit delikaten kleinen Kanapees und den kalifornischen Wein bereit gestellt, von dem sie wusste, dass er ihn gerne trank.

„Schön, dass du da bist", sagte sie. „Aber vor allem platze ich vor Neugier, warum du mitten in den Dreharbeiten herkommst. Was steckt dahinter?"

Sie sah gut aus, eine schmale, kühle blonde Frau, gepflegt bis in die Fußspitzen, in Designer-Jeans und ebensolchem T-Shirt. Ihr Make-up war dezent, unterstrich aber ihre großen blaugrauen Augen und den vollen Mund. Sie gehörte zu den Blondinen, deren Haut rasch bräunte, und die Sonne im Wadi Horan hatte ihr einen satten braungoldenen Ton verliehen.

Martin trank einen Schluck Wein, nachdem sie die Gläser voll geschenkt hatte, winkte aber ab, als sie ihm die Platte mit den Kanapees hinschob. „Danke, ich hab schon im Flugzeug gegessen."

„Probier sie wenigstens", bat sie. „Ich habe sie vom Lindenhof bringen lassen. Du weißt, die machen hervorragende Sachen."

Er tat ihr den Gefallen und aß zwei, drei Häppchen. Dann zündete er sich eine Zigarette an. Er rauchte so gut wie nie, aber jetzt hatte er das Empfinden, eine zu brauchen.

Als er sich am Rauch verschluckte und zu husten begann, lachte Gitte. „Da hilft nur eins: üben, üben, üben!"

Er räusperte sich die Kehle frei. „Lieber nicht."

Gitte betrachtete ihn aufmerksam. „Was ist los, Martin?

Irgendwie bist du anders als sonst. So nervös ... Gibt es Schwierigkeiten bei den Dreharbeiten?"

„Nein, keineswegs. Das läuft alles ausgezeichnet."

„Und warum bist du jetzt hier?"

„Deinetwegen. Es ... es ist etwas passiert, womit wir beide nicht gerechnet haben, ich vielleicht am allerwenigsten. Ich habe mich verliebt, Gitte ... Nein, ich liebe, und das mit einer Ausschließlichkeit, die ich nie für möglich gehalten hätte."

„O Gott, wie rührend", sagte Gitte nach ein paar Sekunden, in denen sie den Kopf mit den kurz geschnittenen Haaren gesenkt hielt. „Und wer ist das Wunderwesen, das das bei dir fertig gebracht hat? Eine Kollegin vom russischen Fernsehen?"

Heimwald schüttelte den Kopf. „Nein. Sie heißt Nina Bakunina, und ich bin ihr in einer sehr prekären Situation begegnet. Man hat versucht, sie zu entführen ..."

„Das klingt spannend", sagte Gitte Seiffert. „Erzähle ..."

Während er ihr berichtete, blieb sie mit hochgezogenen Beinen auf der Couch sitzen. Ihr Gesicht lag im Schatten der Spotlights, die sie eingeschaltet hatte. Heimwald konnte nicht erkennen, was sie fühlte und dachte. Als sie endlich aufblickte, war ihre Miene unbewegt und glatt.

„Eine wahrlich zu Herzen gehende Story! Und um sie mir zu erzählen, bist du extra aus Jekaterinburg hierher geflogen?"

„Ja. Ich mag keine ungeklärten Verhältnisse. Außerdem hast du das Recht darauf, die Wahrheit als Erste zu erfahren, Gitte."

„Sagen wir, als Dritte", schränkte sie ein. „Du und deine Nina kannten sie schon eher, nicht wahr?" Sie setzte sich auf, stellte die Füße auf den Boden und zündete sich eine Zigarette aus der Tabatiere an, die auf dem Glastisch stand. „Und was erwartest du jetzt von mir? Eine Szene? Tränen? Oder sogar einen Verführungsversuch, um dich wieder in meine Arme zu treiben? Oder zumindest in einen hübschen kleinen Gewissenskonflikt? Fehlanzeige, mein Lieber! Ich laufe keinem Mann nach. Und ich sage auch nicht den abgegriffenen Satz: Dann lass uns wenigstens Freunde bleiben. Obwohl ich natürlich hoffe, dass wir es beide schaffen, auch in Zukunft freundschaftlich miteinander umzugehen. Nichts ist deprimierender als ein zerstrittenes ehemaliges Liebespaar. Dieses Schauspiel sollten wir niemandem bieten."

„Aber ich bin doch dein Freund, Gitte, nach wie vor", sagte Heimwald herzlich. „Warum sollte sich daran etwas ändern?"

„Wenn deine Nina nichts dagegen hat!" Ihr Lachen klang spöttisch. „Warten wir es also lieber ab." Sie straffte sich. „Okay, Martin, bis wann muss ich hier ausgezogen sein?"

„Diesen Termin bestimmst nur du allein", antwortete er rasch. „Ich habe ohnehin noch ein paar Wochen in Russland zu tun, auch in Moskau und Petersburg, um die ganze Sache abzurunden. Es geht ja nicht nur um dieses Grab, sondern ebenso um die Vorgeschichte. Ich hoffe, dass man mir die alten Archive zugänglich macht und Bildmaterial zu Verfügung stellt. Und eventuell lasse ich auch noch die rätselhafte Geschichte dieses orthodoxen Brustkreuzes einfließen, das die Großfürstin Maria Nikolajewna an Petja Bakunin verschenkt hat."

„Viel Glück, Kollege", sagte Gitte. Sie drückte ihre Zigarette aus und zündete sich sofort eine neue an. „Nun ja, sobald ich aus dem Irak endgültig zurück bin, werde ich mir eine neue Bleibe suchen. Das heißt, ich könnte eigentlich morgen früh schon einen Makler beauftragen, sich nach etwas Geeignetem umzusehen."

„Lass dir bitte Zeit", erklärte Martin, aber sie schüttelte den Kopf.

„Ich bin für einen raschen Schnitt ..."

Er stand auf. „Aber es ist wirklich nicht eilig. Schließlich habe ich ja noch das Apartment in der Kölner City, wo ich auch heute übernachten werde."

Sie lachte. „Du kannst auch hier im Gästezimmer schlafen. Oder findest du das zu gewagt?“

„Keineswegs. Aber ich will morgen früh noch auf einen Sprung zu Gus Stadtfeld und ihm über den Verlauf der Dreharbeiten Bericht erstatten. Da ist es praktischer, wenn ich schon in Köln bin und nicht erst in der Rushhour irgendwo im Stau stecke.“

„Wie du willst ...“ Gitte nahm ihr Weinglas. „Soll ich jetzt auf die Veränderung in deinem Leben trinken – oder auf die drei Jahre, die wir zusammen waren? Ach, Quatsch. Machen wir's kurz und schmerzlos. Es ist spät geworden, Martin. Soll ich dir ein Taxi rufen?“

„Das wäre nett.“ Mit einem um Verzeihung bittenden Lächeln stand er auf. „Wir hatten wirklich eine schöne Zeit miteinander, Gitte. Dafür danke ich dir.“

„Und jetzt ist sie zu Ende“, ergänzte sie ironisch. „Sieh mich nicht wie ein reuiger Sünder an, Martin. Sag einfach adieu. Ich ruf dich an, wenn ich eine passende Wohnung gefunden habe und hier ausgezogen bin.“

Gitte knipste die Außenbeleutung aus, als Martin abgefahren war. Dann brachte sie die kaum angerührten Kanapees in die Küche und warf sie in den Abfalleimer. Sie rauchte, trank noch ein Glas Wein und starrte vor sich hin. Schließlich löschte sie auch im Haus eine Lampe nach der anderen, und ihr war zumute, als lösche sie damit auch alle Illusionen aus, die sie manchmal gehegt hatte. Am Ende brannte nur noch die kleine Lampe über der Hifi-Anlage, und Gitte Seiffert gestattete es sich endlich zu weinen.

Lukan Petrowitsch, Ninas Großvater, lag auf der Pritsche in seinem Kellergefängnis und hatte die Augen geschlossen.

Es musste wohl Nacht sein, denn weder Oleg Goradin noch einer seiner Leute waren in den letzten Stunden gekommen. Lukan wusste nicht mehr, wie lange er hier schon gefangen gehalten wurde, den brutalen Verhören der

Gangster, die ihn entführt hatten, ausgesetzt. Die Tage und Nächte glitten ineinander, und Schmerzen und Angst waren immer gleich.

Man hatte Lukan vorgelogen, dass auch Nina in der Gewalt seiner Peiniger war, und das war schlimmer als alle Misshandlungen, die er selbst erduldet hatte.

Lukan rechnete nicht damit, hier wieder lebend herauszukommen. Irgendwann würde Goradin begreifen, dass er, Lukan, wirklich nicht wusste, was sie aus ihm herauspressen wollten. Und dann würde man ihn töten.

Aber dass Nina das Gleiche widerfahren sollte, war unerträglich!

Er hatte fünfundsiebzig Jahre gelebt, und auch, wenn es kein leichtes Leben gewesen war, so war er doch für vieles dankbar.

Als Soldat hatte er im Großen Vaterländischen Krieg gekämpft, erst bei Stalingrad und später im damals noch deutschen Ostpreußen. Er war nie verwundet worden und mit heilen Gliedern nach Hause gekommen. Auch die Ehejahre mit seiner Marfa waren schön gewesen, jedenfalls, solange sein Sohn Michail noch gelebt hatte. Aber sie hatten nach Michails Tod ja immer noch Nina gehabt ...

Lukans Atem ging mühsam und rasselnd. Er hatte zwei gebrochene Rippen, und das Luftholen schmerzte. Nina, dachte er, mein Herzchen, mein Leben ... Was haben sie mit dir gemacht? Haben sie auch dich gefoltert, diese Teufel, und deine vollkommene Schönheit vielleicht für immer zerstört? O Gott, ich halte das nicht aus. Ich verliere den Verstand darüber. Leben sollst du, Nina, mein Schwänchen, und glücklich sein ...

Das Schluchzen schüttelte ihn. Die Angst um Nina war die schlimmste Qual, die er jemals ausgehalten hatte.

Und dann kamen sie wieder. Lukan Petrowitsch hörte ihre Stimmen und Schritte. Oleg Goradin sagte etwas zu seinem Begleiter, und der lachte.

Dann ging das Licht in seinem Kellerverlies an. Der

Schalter befand sich draußen vor der Tür, die gleich darauf aufgeschlossen wurde.

„Dein Enkeltöchterchen lässt grüßen", sagte Goradin. „Schade, dass es so starrsinnig ist. Schweigt wie ein abgemurkster Fisch. Alles, was man aus ihr herauskitzeln kann, ist, dass sie nichts weiß. Das Brustkreuz – ja, das wäre schon immer da gewesen, aber sonst nichts." Er wandte sich zu dem Mann um, von dem Lukan Petrowitsch inzwischen wusste, dass er Grischka hieß. „Aber vielleicht weiß es ja wirklich nichts, das blonde Hürchen, weil sein Großväterchen es nicht eingeweiht hat. Was denkst du, Grischka?"

Lukan Petrowitsch hatte sich aufgesetzt. „Wo ist sie?", stammelte er. „Was habt ihr mit Nina gemacht? Bitte, bringt mich zu ihr. Ich muss sie sehen ..."

Goradin versetzte ihm einen Stoß vor die Brust. „Auch noch Sonderwünsche, was? Sie sieht im Moment nicht besonders hübsch aus, deine Nina ... Sie würde dir gar nicht gefallen. Und wir wollen dir doch mit ihrem Anblick nicht das Herz schwer machen, Alterchen."

„Ihr Schweine!", presste Lukan hervor. „Ihr gottverfluchten Teufel! Warum quält ihr uns so?"

Seine Stimme erstarb in einem Gurgeln, als Oleg ihn hochriss und ihm einen Tritt in den Bauch gab.

„So, so", sagte der Mafioso grinsend, „wir sind also Schweine und Teufel in deinen Augen. Na, dann wollen wir uns mal so benehmen. Grischka, halt das Großväterchen fest. Es soll stehend erleben, was Schweine und Teufel mit ihm machen."

Der stoppelhaarige Grischka gehorchte umgehend. Er wusste, er hatte noch etwas gut zu machen bei Oleg, nachdem es ihm und Wanja nicht gelungen war, Nina zu entführen. Oleg hatte vor Wut getobt. Und während Grischka nun von rückwärts in einem mörderischen Würgegriff Lukan festhielt, schlug und trat Goradin auf ihn ein. In den letzten Tagen hatten sie Lukan nicht misshandelt, damit er sich erholen konnte. Sie hatten ihm Essen und Tee gebracht, aber ihren Psychoterror fortgesetzt. „Ist ein hübsches Schwänchen, deine Enkeltochter“, hatte Goradin gesagt. „Gerade richtig für so stramme Burschen wie Grischka, Wanja und die anderen. So was Feines haben sie noch nie gehabt, und sie konnten gar nicht genug von ihr kriegen. Kann sein, dass ich sie mir heute auch noch vornehme ...“

Für Lukan Petrowitsch war dies die schlimmste Folter gewesen, viel schlimmer als Olegs Fäuste, die nun wieder gnadenlos auf ihn einhämmerten. Er traf ihn am Kopf, an der Gurgel und im Unterleib. Lukan krümmte sich zusammen, doch Grischka riss ihn wieder hoch und hielt ihn wie mit Eisenklammern.

„Los, mach's Maul auf! Wo ist der Zarenschatz? Wer hält ihn versteckt?“, brüllte Goradin.

Lukan wollte etwas antworten, irgendeine unsinnige Lüge erfinden, nur damit sie von ihm abließen, aber er schaffte es nicht mehr. Er verdrehte die Augen, und schaumiges Blut kam aus seinem Mund. Dann verlor er das Bewusstsein. Er starb auf dem Betonboden, als Grischka ihn losließ.

„Scheiße“, sagte Goradin, während er auf den wie in einem Krampf zuckenden Körper des alten Mannes herunterblickte. „Er krepiert, der Hundesohn.“

Damit kannte er sich aus. Er hatte viele sterben sehen, oben am Kap Deschnew und später, als er der ‚Narodnaja Wolja‘ beigetreten war.

Lukan spürte den Tod nicht. Er starb, ohne die Besinnung wiederzuerlangen, totgeschlagen wie ein tollwütiger Fuchs.

Sie schafften die Leiche in der Dunkelheit fort, warfen sie wie einen Sack Müll in ein Waldstück, etwa fünfzig Werst von der Ziegelei entfernt, bedeckten sie flüchtig mit ein paar abgerissenen Zweigen und fuhren dann zurück.

„Ich könnte mich in den Arsch beißen“, sagte Goradin, als er wieder in der Ziegelei war. „Ein Toter und kein Geständnis. Und diese verdammte Nina Bakunina ist wie vom Erdboden verschluckt. Was können wir jetzt noch tun?“

Er hatte den großen Coup zum Greifen nahe gehabt, doch

nun war er zerplatzt wie ein aufgeblähter, in der Hitze Gase entwickelnder Kadaver.

Aber es kam noch schlimmer.

Am nächsten Vormittag erschien Sinajda in der Ziegelei. So lautete jedenfalls ihr Deckname; den richtigen kannte niemand in Jekaterinburg, und sie war der Boss in Perm.

Eine Frau als Boss! Das allein schon hatte Oleg immer gewurmt. Aber gleichzeitig hatte er höllischen Respekt vor Sinajda. Mit Recht, denn man kennt das ja: Es gibt Weiber, vor denen selbst der Teufel den Schwanz einzieht.

Oleg Wassilijewitsch Goradin hatte es nicht lassen können: Mit geschwollenem Kamm vor Stolz und Geltungsbedürfnis hatte er vor zwei Tagen der Permer Zentrale berichtet, welch ein Vogel ihm seiner Meinung nach mit Lukan Bekunin ins Netz gegangen war. „Ein Jahrhundertereignis", hatte er ins Telefon gedröhnt, was seinen Gesprächspartner veranlasste, den Hörer gepeinigt ein Stück vom Ohr entfernt zu halten. „Wir sind auf dem Weg, den legendären Zarenschatz zu ergattern. Ein Millionenvermögen in harten Dollars!"

Der Angerufene, es war ein Mafioso namens Wonlarskij, hatte Olegs Bericht weitergegeben, und nun war Sinajda persönlich nach Jekaterinburg gekommen, um seine Behauptungen nachzuprüfen.

Sie kam mit zwei Leibwächtern und stellte knappe, präzise Fragen, die Oleg schwitzend beantwortete. „Polizei-Assistent Anatolij Dulkin hat uns informiert. Es hat eine kriminalistische Untersuchung stattgefunden, die beweist, dass Bakunin und seine Enkelin auch von der Polizei verdächtigt werden."

„Und weiter?", fragte Sinajda. Sie war eine große, üppige Person mit ungebändigten schwarzen Haaren, die ihr Gesicht mit den hohen Wangenknochen und dem volllippigen Mund umwehten. Ein Teufelsweib, bei dem selbst alte impotente Männer auf gewisse Gedanken kamen ...

„Was weiter?", gab Oleg zurück. „Die Kripo hat Bakunin und seine Enkelin wieder laufen lassen. Was für Idioten!"

Sinajda sprang von dem Stuhl hoch, auf dem sie bis jetzt gesessen hatte. „Die Idioten seid ihr!“, konstatierte sie mit gefährlicher Ruhe. Eis klirrte in ihrer Stimme. „Habt ihr euch denn nie gefragt, weshalb die Kripo die beiden wieder auf freien Fuß gesetzt hat?“

„Die haben dort alle Stroh im Hirn!“ Oleg vollführte eine verächtliche Handbewegung. „Sie haben dem Gequatsche der Bakunins geglaubt. Aber wir nicht.“

Er verstummte, als Sinajda ihn ansah. Ein mörderischer Blick war's, der Blick einer Wölfin, bevor sie ihrem Opfer die Kehle durchbeißt. „Die Kripo läßt keinen frei, wenn sie nicht überzeugt ist, einem falschen Verdacht aufgesessen zu sein“, sagte sie schneidend. „Zumindest hätte man Bakunin und seine Enkelin rund um die Uhr bewacht, um herauszufinden, mit wem sie Kontakt haben. Dabei wäre man todsicher auf euch gestoßen, als ihr den Mann entführt habt.“

„Ist aber nicht passiert“, widersprach Oleg großspurig.

„Und ist das vielleicht euer Verdienst?“, fauchte Sinajda und hatte immer noch diesen Wolfsblick. „Euch ist noch nicht einmal jetzt klar, was ihr mit eurem eigenmächtigen Vorgehen riskiert habt. Ihr hättet auffliegen können, alle miteinander!“

„Aber ...“, setzte Oleg an, doch Sinajda ließ ihn nicht zu Wort kommen.

„Geht es denn nicht in deinen Idiotenschädel, dass man die Bakunins nur deshalb nicht überwacht hat, weil man von ihrer Harmlosigkeit überzeugt war? Wie lange ist der alte Mann jetzt hier?“

„Drei Wochen“, sagte Oleg.

„Aha, drei Wochen!“ Sinajda schnellte vor und zog ihn am Kragen seines Polohemdes näher an sich heran. Sie sah ihm an, dass ihn das wütend machte, aber sie ließ ihn trotzdem nicht los. Schließlich standen die beiden Leibwächter – bärenstarke Kerle waren es, geschult in asiatischen Kampfsportarten – direkt hinter ihr. „Und wie willst du ihn wieder loswerden, du dämlicher Hund?“

„Je nun ...“ Oleg versuchte ein Grinsen. „Das hat sich bereits erledigt!“

„Was heißt das?“ Wenn eine Stimme töten könnte, hätte Oleg auf der Stelle seinen Geist aufgeben müssen.

„Das heißt, der Alte ist gestern gestorben. Wir haben ihn in der Nacht weggebracht. Der Mann kann uns nicht mehr verpfeifen.“

Sinajda versetzte ihm einen Stoß, der ihn zurücktaumeln ließ. Er krachte gegen den Tisch, auf dem scheppernd das noch nicht abgeräumte Frühstücksgeschirr umkippte.

Olegs Kumpane, die bisher keinen Mucks von sich gegeben, sondern Sinajdas Auftritt nur mit immer betretener werdenden Gesichtern verfolgt hatten, wollten hastig Ordnung schaffen, doch Sinajda brüllte sie an: „Raus mit euch! Ich gebe euch genau dreißig Minuten, dann habt ihr alles, was an Unterlagen, Waffen und Munition hier lagert, in die Autos geschafft. Gnade euch Gott, wenn auch nur ein belastendes Indiz zurückbleibt. Ihr fahrt alle mit mir nach Perm. Dort wird man beschließen, was weiter mit euch geschieht. In Jekaterinburg gibt es keine ‚Narodnaja Wolja‘ mehr.“

„Das ... das ist ...“ Oleg ballte die Fäuste, als wolle er sich auf sie stürzen. Sinajda gab ihren Bodyguards einen Wink.

„Sorgt dafür, dass er endlich die Schnauze hält.“

Vier Sekunden später lag der total überraschte Oleg Goradin wie ein Maikäfer auf dem Rücken und verdrehte die Augen, als er einen Karatehieb gegen die Schläfe bekam. Der Schlag war genau dosiert und daher nicht tödlich. Aber er reichte aus, um Oleg für einige Stunden außer Gefecht zu setzen.

Sinajda beobachtete indessen, wie seine Kumpane die fünf Autos beluden, die sie ins Freie gefahren hatten. Es waren drei größere Limousinen mit getönten Scheiben, ein geräumiger Kombi und ein Lieferwagen mit der Aufschrift „Wäscherei Krestjatow“.

Die Mafia-Chefin blickte alle fünf Minuten auf ihre zierliche, mit Brillanten besetzte Cartier-Uhr und gab an, wie viel Zeit den Männern noch blieb, die sich im Laufschritt abschleppten.

Als die halbe Stunde um war, inspizierte Sinajda noch einmal den nun ausgeräumten Keller der Ziegelei. Als sie das getrocknete Blut auf dem Boden und an den Wänden von Lukan Petrowitschs Gefängnis sah, verzog sich ihr Gesicht zu einer angewiderten Grimasse. „Man sollte sie liquidieren, alle miteinander", sagte sie mit ihrer dunklen, sinnlichen Stimme zu dem Leibwächter, der sie begleitete. Der andere saß schon in ihrem Wagen, auf dessen Rücksitz Oleg vor sich hin dämmerte. „Wer kein Hirn hat, verdient es nicht, zu leben."

Sie stieg die Treppe hinauf und trat ins Freie. Als sie zu ihrem Wagen ging, warf sie einen letzten Blick auf die Ziegelei. Dann beugte sie sich durch das heruntergekurbelte Fenster zu ihrem Leibwächter. „Funk Malenkow in Alapajewsk an. Er soll heute Nacht mit seinen Leuten die Bude in Brand stecken. Ich will kein Risiko eingehen."

Es gab nur eine kurze Zeitungsmeldung über das Feuer, dem eine alte, längst stillgelegte Ziegelei zum Opfer gefallen war. Man vermutete fahrlässige Brandstiftung durch Penner oder herumstreunende Jugendbanden, tappte aber, was die Spurensuche anging, völlig im Dunkeln.

Mehr Aufsehen erregte der Fall Lukan Bakunin. Der Hund eines Forstbeamten hatte die Leiche des alten Mannes entdeckt. Natürlich hatte der Tote keine Papiere bei sich, aber Inspektor Treptow vermutete sofort, nachdem er am Computer die Meldungen über vermisste Personen aus der Stadt und der näheren Umgebung abgefragt hatte, dass es sich um Lukan Bakunin handelte. Die anderen Vermissten waren alle wesentlich jünger.

Nachdem Treptow mehrmals vergeblich versucht hatte, Nina in dem Eisenbahnerhäuschen in Uralmasch telefonisch zu erreichen, fuhr er am Abend persönlich hin. Dieses Mal traf er sie an.

Nina war tagsüber mit Martin am Außendreh in Koptjaki gewesen, wo sich das Massengrab des Zarenpaares, der drei Töchter und der Bediensteten befunden hatte. Die einwandfrei identifizierten sterblichen Überreste der Romanows waren indessen nach St. Petersburg überführt und in der Kathedrale der Peter-Pauls-Festung mit kirchlicher Aussegnung und militärischen Ehren beigesetzt worden. Russland schämte sich seiner Grausamkeit aus Revolutionstagen ...

In Koptjaki hatte es geregnet, deshalb hatte man die Aufnahmen abgebrochen, und Heimwald war mit Nina nach Hause gefahren, weil sie noch ein paar Sachen holen wollte.

Als kurz nach ihrem Eintreffen Inspektor Treptow an der Tür läutete, sah Nina schon an seinem Gesicht, dass er eine unheilvolle Nachricht brachte. Sie griff nach Martins Arm. „Was ist passiert, Inspektor? Haben ... haben Sie eine Spur von meinem Großvater?"

„Ich fürchte, ja", entgegnete Treptow. „Man hat einen unbekannten Toten gefunden, und so leid es mir tut – ich muss Sie bitten, mit mir ins Gerichtsmedizinische Institut zu kommen und ihn sich anzusehen."

Nina brachte kein Wort heraus, und Heimwald führte sie zur Couch. „Kann das nicht jemand anders übernehmen?", fragte er. „Es muss doch hier einige Leute geben, die Lukan Bakunin ganz gut gekannt haben."

„Tut mir leid, es ist Vorschrift, dass nach Möglichkeit die nächsten Angehörigen die Identifizierung vornehmen. Außenstehende können sich irren, zumal wenn ..." Treptow stockte und setzte widerwillig hinzu: „Der Tote, um den es sich handelt, weist Spuren schwerer Misshandlungen auf."

Nina stieß einen unterdrückten Schrei aus und schlug die Hände vors Gesicht. Heimwald setzte sich neben sie und zog sie an sich. „Ich fürchte, sie hält das nicht durch. Bitte, Inspektor, fragen Sie irgendeinen Nachbarn ... Sie sehen doch, wie sehr sie das alles trifft."

Nina hob den Kopf. „Nein, ich will wissen, ob er es ist ... Und ich will ihn noch einmal sehen. Ich muss das tun, Tinja." Sie sah schrecklich aus, wie eingefallen das Gesicht, und am schlimmsten war ihr Augenausdruck. Die Panik darin zerriss Martin das Herz.

Man hatte Lukans Leiche in den Keller des Gerichtsmedizinischen Instituts gebracht. Ein Gerichtsmediziner hatte ihn bereits untersucht und ein Protokoll über alle Verletzungen angefertigt, die er festgestellt hatte. „Tod durch körperliche Gewaltanwendung", hatte er attestiert.

Nina erlebte alles wie in Trance, die Fahrt mit dem Lift in den Keller, den langen Gang, den sie durchschritt, der weiß gekachelte Raum mit dem grellen Neonlicht, den sie betraten.

Ein Institutsangestellter schob eine Klappe auf. Auf einem fahrbaren Gestell lag eine mit einem weißen Tuch verhüllte Gestalt. Der Angestellte zog das Tuch zurück, sodass das Gesicht des Toten zu sehen war.

Nina hatte sich an Martins Brust geflüchtet, den Kopf an seinem Blouson verborgen. Sie zitterte am ganzen Körper. Er sah als Erster das arme, zerschlagene tote Gesicht, und Heimwald hatte sich niemals etwas heftiger gewünscht, als dass Nina dieser Augenblick erspart bliebe. Oder dass es zumindest nicht ihr Großvater war, der da auf der Rollbahre lag.

„Fräulein Bakunina", sagte Inspektor Treptow hinter ihnen, „bitte sehen Sie sich den Toten an."

In einem unbewussten Reflex drückte Heimwald ihren Kopf fester an seine Brust, aber sie befreite sich aus seiner Umarmung und wandte sich langsam um. Sie schrie nicht auf, sie weinte nicht einmal, weil alle Gefühlsäußerungen in ihr erstickt wurden bis auf die eine: stummes, unvorstellbares Entsetzen, für das es keine Worte gab.

„Fräulein Bakunina", drängte Treptow, „erkennen Sie diesen Mann?"

Ninas Worte waren kaum verständlich. „Ja, er ist es. Es ist mein Großvater."

Dann brach sie zusammen. Sie rutschte einfach an Martin

herunter wie eine leere Hülle, und ihr Kopf schlug auf dem gefliesten Boden auf.

Vier Tage lag Nina im Krankenhaus, und der Schock, der ihre Seele lähmte, saß so tief, dass sie anfangs in halber Bewusstlosigkeit dahindämmerte. Manchmal schrak sie auf, begann zu zittern und zu keuchen, und man konnte sie nur mit starken Sedativa ruhig stellen.

„Sie wird es überwinden", sagte Oberarzt Dr. Saljukow zu Martin, der täglich morgens und abends zu ihr auf die Intensiv-Station kam. „Lassen Sie sich nicht von ihrer Zartheit täuschen. Sie ist jung und gesund. Sie hat sogar eine sehr kräftige körperliche Konstitution."

Am Abend des zweiten Tages schlug Nina die Augen auf, als Heimwald an ihr Bett trat, und ihr Blick war klar. „Tinja", sagte sie. „Ich habe versucht, mir einzubilden, ich hätte alles nur geträumt. Aber es stimmt, nicht wahr: Großväterchen Lukan ist tot. Sie haben ihn umgebracht."

Er umfasste ihr Gesicht mit seinen festen, warmen Händen und küsste ihre flatternden Augenlider. „Ich kann nicht sagen: Du musst das vergessen, Ninotschka. Ich kann dich nur anflehen, damit weiterleben zu lernen. Versuch es mir zuliebe, bitte! Ich brauche dich so sehr."

Mit ihrer freien Hand – die andere war noch an einen Tropf angeschlossen – strich sie über seine Stirn, die Wangen, den Mund. „Jetzt habe ich nur noch dich, Tinja ... Doch du musst ein bisschen Geduld mit mir haben. Alles braucht seine Zeit: Trauer, Wut, Abscheu, Verzweiflung – und auch das Gesundwerden. Aber ich werde mir große Mühe geben."

Man hatte Lukan Petrowitschs Beerdigung aufgeschoben, bis Nina daran teilnehmen konnte. Es war kein großer Trauerzug, der ihm das letzte Geleit gab. Außer Nina und Martin ein paar Nachbarn, ehemalige Kollegen, Madame Karasowa und ihre Ballettschülerinnen und ein offizieller Vertreter der russischen Staatsbahn, der am Grab eine kurze Ansprache über die vorbildliche Pflichterfüllung und die Beliebtheit des Verstorbenen bei Vorgesetzten und Mitarbeitern hielt. Was man eben in solchen Fällen so sagt ...

Der Pope sprach von dem unerforschlichen Ratschluss Gottes, der dieses Leben vor der Zeit beendet hatte, und Nina sagte später zu Heimwald: „Da hätte ich ihm am liebsten den Mund verboten. Es war nicht Gottes Ratschluss, dass Großväterchen Lukan sterben musste. Es war die Gemeinheit von Menschen, die ich verabscheuen werde, so lange ich lebe. Vermutlich wollten seine Mörder dasselbe von ihm erfahren, was schon Kommissar Filjakow bei unserer Verhaftung von uns wissen wollte: ob dieses Brustkreuz in irgendeinem Zusammenhang mit den verschwundenen Romanow-Juwelen steht."

Das vermutete Heimwald auch. „Aber du wirst es zurückbekommen, das Kreuz", erklärte er Nina. „Wie ich dir schon in Moskau gesagt habe, besitze ich ganz gute Verbindungen zu einigen russischen Ministerien. Vom Kulturministerium bin ich an einen Staatssekretär des Innenministeriums empfohlen worden und habe ihm deinen Fall vorgetragen. Wie erwartet, verschanzte sich dieser Dr. Timjenko zunächst hinter der Behauptung, alles, was der ehemaligen Zarenfamilie gehört hätte, sei in den Besitz der damaligen Sowjetregierung übergegangen und somit auch heute noch russisches Eigentum. Aber ich konnte ihn davon überzeugen, dass es im westlichen Ausland ein sehr schlechtes Licht auf das neue Russland werfen könnte, wenn man ein Geschenk der ermordeten Zarentochter Maria an den Urgroßvater eines jungen russischen Mädchens einfach als Staatseigentum kassiert."

Er lächelte Nina zu. „Ich habe keinen Hehl daraus gemacht, dass ich über diese Geschichte in den Medien berichten werde. Trotzdem wollte Dr. Timjenko sich bei meinem Besuch noch nicht festlegen. Er müsse Rücksprache halten und werde mir die endgültige Entscheidung von höherer Stelle mitteilen. Heute hat er mich angerufen. Kulagin, der Polizeipräsident von Jekaterinburg, hat Anweisung bekommen, dir dein Eigentum auszuhändigen. Wenn du willst, können wir es morgen holen."

Seine Dreharbeiten in Jekaterinburg waren abgeschlossen. Sobald Nina kräftig genug für die Reise war, wollte er mit ihr nach Moskau fliegen, wo indessen die Funde aus der Mine „Die vier Brüder" von russischen und internationalen Experten untersucht wurden. Heimbach beabsichtigte, einige Interviews zu machen, sobald das Ergebnis endgültig feststand.

„Aber", so hatte Professor Sachmanow zu Martin bereits gesagt, „wir haben nach den ersten in Jekaterinburger Labors durchgeführten Untersuchungen kaum einen Zweifel daran, dass wir bei den ‚Vier Brüdern' die verbrannten Überreste der Großfürstin Maria Nikolajewna und ihres Bruders Alexej gefunden haben. Natürlich könnte dieses Ergebnis noch erhärtet werden, wenn der nach der ersten Graböffnung vor achtzig Jahren verschwundene braune Lederkoffer mit vermutlich umfangreicheren Funden wieder auftauchte. Wo er sich auch befinden mag, ob in der Brüsseler Hiobskirche oder anderswo: Ich bitte Sie eindringlich, in Ihrem Film an diejenigen zu appellieren, in deren Besitz sich dieser Koffer heute befindet, Herr Heimwald. Sie sollen seinen Inhalt der Wissenschaft zugänglich machen."

„Das werde ich selbstverständlich tun, Professor", hatte Martin versprochen.

An diesem sonnigen Nachmittag saß er mit Nina in einem Terrassenlokal am Ufer der Isjet und erzählte, dass er inzwischen auch die Drehgenehmigung für den Kremlpalast, die dortige Schatzkammer und die Zarenschlösser und Museen in und um Petersburg bekommen hatte.

„Meine Dokumentation soll schließlich nicht nur das Elend der Romanows zeigen, sondern auch ihren früheren unbeschreiblichen Glanz. Umso erschütternder erscheint dann das Ende."

Nina blickte auf den Fluss, über dem flirrendes Sonnenlicht lag. Es zeichnete ein goldenes Muster auf die Wellen.

„Und dann?“, fragte sie leise. „Was hast du dann vor, wenn dein Film fertig ist?“

Er rückte mit seinem Gartenstuhl näher an sie heran, damit er ihr den Arm um die Schulter legen konnte. „Richtig fertig wird er erst in Deutschland im Studio, wenn das Material gesichtet und zusammengeschnitten ist, wenn die auf Russisch gesprochenen Interviews synchronisiert sind und Begleittext und Musik dazu kommen. Das ist noch ein ganzes Stück Arbeit.“ Er drückte sie an sich. „Aber sobald sie getan ist, heiraten wir. Und unsere Hochzeitsreise machen wir wieder nach Russland. Du kannst dir aussuchen, wohin du möchtest, Ninotschka.“

„Ich werde oft Heimweh nach Russland haben“, sagte sie stockend. „Und ein wenig Angst vor Deutschland habe ich auch, Tinja.“

„Ich weiß. Du wirst dir vielleicht manchmal sogar entwurzelt vorkommen. Aber da ich mir geschworen habe, dich zu einer glücklichen Frau zu machen, werden wir, so oft es möglich ist, hierher zurückkehren. Für einen Journalisten wie mich gibt es hier immer interessante Aufgaben. Und möglicherweise schickt mich ein Sender sogar für längere Zeit als Korrespondent hierher.“

„Ja, Tinja“, antwortete sie. „Das wäre wundervoll ...“

Sie hatten in den Tagen nach Lukan Petrowitschs Beisetzung alles besprochen. Nina würde ihre Ballettausbildung in Köln an einer renommierten Tanzschule fortsetzen. „Es ist nicht nur meinetwegen“, hatte sie Heimwald zu erklären versucht. „Großväterchen Lukan wollte das Kreuz verkaufen, um von dem Geld meine Ausbildung zu finanzieren. Er hat sich so gewünscht, dass ich einmal eine berühmte Primaballerina werde. Dieser Wunsch hat sein Leben gekostet, allein schon deshalb will ich versuchen, ihn zu erfüllen.“

Heimwald verstand das. Außerdem hatte er Nina einige Male zu den abendlichen Trainingsstunden bei Ludmilla Karasowa begleitet und sie tanzen gesehen. Er war kein Ballettexperte, aber trotzdem besaß er genügend Sachkenntnis, um zu erkennen, dass sie ein hinreißendes Talent war.

„Tanz mir nur nicht eines Tages davon", hatte er hinterher halb scherzhaft gemeint, aber sie hatte ihn mit großen, ernsten Augen angesehen. „Das wird nie geschehen, Tinja. Du bist doch mein Leben ..."

Das Haus, in dem sie mit Lukan Petrowitsch gewohnt hatte, war Eigentum der Bahn. Nina wollte nur ein paar persönliche Erinnerungsgegenstände mitnehmen. Alles andere würde sie verschenken. Ihren Ausreiseantrag hatte sie bereits während ihres ersten Moskauer Aufenthalts gestellt in der Hoffnung, dass er dort schneller bearbeitet wurde als in Jekaterinburg. Auch in der dortigen Deutschen Botschaft war sie mit Martin gewesen, um die Einreisegenehmigung in die Bundesrepublik zu erhalten. Jetzt blieb ihnen nur, auf die entsprechenden Papiere zu warten.

Am nächsten Vormittag fuhren sie nach telefonischer Anmeldung zum Polizeipräsidium am Platz der Revolution von 1905. Präsident Kulagin empfing sie persönlich. Auch Kommissar Filjakow war anwesend, ebenso ein Fotoreporter der „Uralskaja Gasjeta". Kulagin sprach Nina sein Beileid zum Tod ihres Großvaters aus, entschuldigte sich sogar wegen des Verdachts, den man wegen des wertvollen Schmuckstücks gegen sie und Lukan anfangs gehegt und der vielleicht zu seinem schrecklichen Ende geführt hatte. „Aber seien Sie versichert, Nina Michailowna", schloss er, „dass wir diesen Fall nicht zu den Akten legen werden. Unsere Suche nach dem heimtückischen Mörder wird fortgesetzt."

Der Reporter stenografierte eifrig mit. „Gibt es denn schon eine heiße Spur?", fragte er, und der Polizeipräsident schoss einen strafenden Blick auf ihn ab. Was fiel dem Kerl ein, dazwischenzufunken! Es hatte sich so gut gemacht, Kulagins Versprechen, den Mörder von Lukan Bakunin zu jagen. Aber wenn er jetzt zugab, dass man völlig im Dunkeln tappte und sich daran vermutlich auch nichts ändern werde, war die ganze Wirkung verpufft.

„Ich habe angeordnet, die laufenden Ermittlungen geheim zu halten", erklärte Kulagin und wandte sich wieder Nina zu. „Und nun wollen wir Ihnen Ihr Eigentum aushändigen, meine Liebe." Er gab Kommissar Filjakow einen Wink, der daraufhin zum Schreibtisch ging und die mit einem Aktenzeichen versehene Pappschachtel holte, in der sich das Brustkreuz befand.

Kulagin klappte die Schachtel auf, und da lag es in goldener, juwelenbesetzter, unvergänglicher Schönheit, das Kreuz, von dem keiner der Anwesenden wusste, dass es vor mehr als vierhundert Jahren von einem Mönch namens Vater Dimitri der fünfzehnjährigen Dairan geschenkt worden war. „Es ist in der Lawra von Sagorsk geweiht", hatte er gesagt. „Es wird dir Glück bringen, mein Herzchen. Behüte es nur gut ..."

Kulagin nahm das Kreuz heraus und überreichte es Nina feierlich. Verwirrt drehte sie es zwischen ihren schönen, graziösen Händen. Heimwald war neben sie getreten. Ninas blondes Haar streifte seine Wange, als sie gemeinsam die in das Gold eingeritzten kyrillischen Buchstaben an der Seite lasen: M.N.R. – dlja Petja ...

„Für Petja", sagte Nina mit schwankender Stimme, und Kulagin räusperte sich.

„Legen Sie es einmal um, das Kreuz, Nina Michailowna. Und dann muss unser junger Freund von der Presse ein Foto von Ihnen machen. Die Jekaterinburger Bevölkerung muss doch erfahren, dass unser geliebtes demokratisches Russland das Recht seiner Menschen auf ihr Eigentum achtet."

Nina trug ein schwarzes Kleid. Das Gold und die Steine erwachten darauf zu funkelndem Leben.

Der junge Reporter schoss mehrere Aufnahmen. „So, das wäre im Kasten", sagte er schließlich und legte seine Kamera zur Seite. „Wissen Sie schon, was Sie mit dieser kostbaren Antiquität machen werden? Wollen Sie sie verkaufen oder behalten?"

Nina hob die Schultern. „Ich habe noch keinen festen Entschluss gefasst."

Galina Perowska kam nach einem kurzen Anklopfen herein. „Verzeihen Sie die Störung, aber soeben ist ein Fax für Kommissar Filjakow gekommen, das sehr eilig ist."

Der Kommissar reagierte nicht darauf. Er stand da und starrte das Kreuz auf Ninas Brust an. Sein Blick hatte etwas so verzückt Gieriges, dass die Perowska einen jähen, beinahe körperlichen Schmerz verspürte. Fast war's, als hätte man ihr ein Messer ins Herz gestoßen. „Boris Leonidowitsch", sagte sie hart, und Filjakow zuckte zusammen. „Das Fax." Sie reichte ihm einen eng mit Schreibmaschine beschriebenen Bogen.

„Danke", erwiderte er mechanisch und versuchte zu lesen. Aber er konnte sich nicht darauf konzentrieren. Die Perowska sah, dass er Schweißtropfen auf der Stirn hatte.

„Ja, ich gehe dann wieder. Einen schönen Tag noch ..." Unsanft zog sie die Tür hinter sich zu.

Kulagin hatte Krimsekt bereitstellen lassen. Er schenkte die Gläser voll und stieß zuerst mit Nina an. „Alles Gute für Sie, meine Liebe." Dann wandte er sich Heimwald zu und erkundigte sich nach dem Fortschritt seiner Dreharbeiten. Der Polizeipräsident wusste natürlich Bescheid, dass ein deutscher Fernsehjournalist in Jekaterinburg einen Film machte.

Filjakow trank Nina zu. „Auf Ihr Wohl." Seine Stimme klang heiser, und er starrte wieder auf ihre Brust, wo das Kreuz funkelte. „Ein atemberaubend schönes Stück, wirklich", murmelte er und leerte sein Glas. Nachdem er es abgestellt hatte, vertiefte er sich noch einmal in das Fax. Dann wandte er sich hastig zur Tür. „Ich bitte, mich zu entschuldigen. Eine wirklich eilige Angelegenheit, die keinen Aufschub duldet ..."

Als er in sein Dienstzimmer zurückkam, saß Galina auf seinem Schreibtisch. „Na, hast du dich vom Anblick deines goldhaarigen Elfchens losgerissen? Als ob du bei der eine

Chance hättest! Die hat doch den Deutschen, der sie mitnehmen will. Das hat Inspektor Treptow erzählt. Übermorgen fliegen sie zusammen nach Moskau. Eine Liebesreise", ergänzte sie ironisch. Sie glitt von der Tischplatte. „Sei nicht verrückt, Boris", stieß sie hervor. „So eine ist ein paar Nummern zu groß für dich, jetzt, wo man ihr das Kreuz zurückgegeben hat. Sie wird es verkaufen und die Dollars mit dem Deutschen verjubeln. Kann sein, dass er sie danach in den Arsch tritt und ihr Abstieg beginnt. Aber hierher wird sie wohl nicht zurückkehren. Du kriegst sie nicht, mein armer Boris. Also schlag sie dir aus dem Kopf."

Filjakow schob sie von sich, als sie ihn umarmen wollte. Gott, wie sie ihn anwiderte mit ihrer Eifersucht, ihren ewigen Verdächtigungen und der Anhänglichkeit einer Schmeißfliege! „Hör auf, Galina. Halt um Himmels willen den Mund!"

„Aber ich hab doch mitgekriegt, wie du sie angeglotzt hast. Regelrecht verzückt warst du. Ich hätte dich umbringen können in diesem Moment, weißt du das? Ich könnte es nicht ertragen, wenn du mich verlässt." Ihre Stimme wurde weinerlich. „Ich liebe dich doch so, Borjenka. Keine Frau wird dich jemals mehr lieben."

„Ich weiß, Galina ..." Er ließ es zu, dass sie ihn küsste, ekelte sich dabei und dachte: Ich halte das nicht mehr aus. Ich muss sie loswerden. Aber wie entledigte man sich einer Geliebten, bei der man indessen einige tausend Rubel Schulden hatte, die sie zwar nie einfordern würde, solange er bei ihr blieb. Aber sitzen gelassene Frauen von Galinas Schlag konnten zu rasenden Furien werden ...

„Ach, Galina", murmelte er in dem Versuch, einzulenken. „Ich hab keine Lust, mit dir über Hirngespinste zu streiten. Lass es dir gesagt sein: Diese Bakunina interessiert mich nicht. Ich hab doch dich ..."

In dieser Nacht blieb er bei ihr in ihrer Wohnung, weil er ihr Misstrauen besänftigen wollte. Er schaffte es sogar, ihr Leidenschaft vorzugaukeln, und als sie erschöpft und glücklich neben ihm lag, sagte sie: „Du gehörst mir, Borjenka. Ich würde dich wirklich umbringen, wenn du eine andere hast."

Er lachte gezwungen. „Aber, aber, wer wird denn für so einen wie mich ins Gefängnis gehen! Das lohnt sich nicht, denn ich bin doch nur ein ganz gewöhnlicher Mann."

„Für mich nicht", beteuerte sie. „Für mich bist du alles!"

Sie schlief in seinen Armen ein, und Filjakow dachte: Ich kann nicht sofort von hier verschwinden, nachdem ich es getan habe. Diese alternde Kuh bringt es fertig, ihre Faseleien in die Tat umzusetzen. Eine Weile muss ich noch aushalten.

Er wusste, ihm blieb nur der nächste Abend, wenn es stimmte, dass die Bakunina dann mit ihrem deutschen Liebhaber die Stadt verließ ...

Am nächsten Tag war die Perowska weich, nachgiebig und von einer Filjakow anwidernden sinnlichen Zufriedenheit. „Es gibt keinen Mann, der dir gleicht", flüsterte sie ihm in einer Arbeitspause zu. „Ich brauche dich nur anzusehen – schon brenne ich nach dir." Sie strich um ihn herum, berührte ihn, wann immer sie allein mit ihm war, und ihre heißen Blicke signalisierten ihm, was sie auch heute Nacht von ihm erwartete.

Fehlanzeige, dachte Filjakow. Heute Nacht habe ich etwas anderes vor. Er hatte versucht, dagegen anzukämpfen, aber er hatte es nicht geschafft. Und es war im Grunde ja so lächerlich einfach: Wenn man die Leiche Nina Bakunins fand, würde es keinen Zweifel geben, dass sie wegen dieses Kreuzes vom Mörder ihres Großvaters umgebracht worden war. Auf ihn, Filjakow, würde kein Verdacht fallen.

„Es tut mir leid, Galina, mein Täubchen", sagte er eine Viertelstunde vor Dienstschluss, „aber ich werde den Abend leider hier verbringen müssen. Hauptkommissar Bladgornow will etwas mit mir besprechen. Er hat es mir vorhin auf dem Flur gesagt. Es geht um diesen Fall von Wirtschaftsspionage in den Gremskij-Werken."

„Wieso?“, fragte sie. „Der ist doch längst abgeschlossen, und die beiden Brüder Talinin warten auf ihren Prozess.“

„Es haben sich noch weitere Hinweise ergeben, sodass die Ermittlungen weiterlaufen. Bladgornow hat die Besprechung für acht Uhr angesetzt, also habe ich Zeit, mir vorher die alten Akten noch einmal anzusehen. Ich bleibe der Einfachheit halber gleich hier und lasse mir Kaffee und ein belegtes Brötchen aus der Kantine bringen.“

„Um acht Uhr?“, wiederholte Galina. „Dann könntest du doch anschließend zu mir kommen.“

Filjakow winkte ab. „Du kennst doch Bladgornow. Der findet nie ein Ende. Es kann Mitternacht oder noch später werden. Nein, so leid es mir tut – heute müssen wir getrennt schlafen.“ Er lachte.

Die Perowska warf ihm einen misstrauischen Blick zu. Sagte er die Wahrheit? Oder hatte er heute Abend etwas ganz anderes vor? Sie musste es herausfinden.

„Na schön“, meinte sie mit gespieltem Gleichmut. „Dann fahre ich jetzt heim und bringe meine Wohnung auf Hochglanz.“

„Tu das, mein Täubchen“, erwiderte er und küsste sie auf die Wange.

Gegen neun Uhr rief die Perowska in Filjakows Büro an. Als er sich meldete, legte sie wortlos wieder auf. Er war also tatsächlich im Präsidium. Trotzdem suchte sie nach kurzem Nachdenken die Privatnummer von Hauptkommissar Bladgornow heraus und wählte sie an. Er war selbst am Apparat, als der Hörer an der Gegenseite abgenommen wurde. Wieder legte Galina ohne ein Wort auf.

Ein Zittern durchlief sie. Er hat mich also doch belogen, der Mistkerl, dachte sie. Aber mit wem ist er zusammen? Was tut er hinter meinem Rücken?

Es war nur ein paar Autominuten von Galinas Wohnung an der Uliza Mirja bis zum Polizeipräsidium. In einigen Büros brannte noch Licht, auch in dem von Filjakow. Das sah

Galina, als sie mit ihrem Wagen auf den rückwärtigen Parkplatz einbog. Ein gutes Dutzend Fahrzeuge stand dort. Auch Filjakows Wagen war darunter.

Galina überlegte gerade, ob sie zu ihm hinaufgehen und das Tête-á-tête stören sollte, das er todsicher hatte, als das Licht in Filjakows Zimmer erlosch. Wenig später verließ er das Präsidium durch den Hinterausgang und ging zu seinem Wagen. Er war allein.

Ist es noch im Haus, das Luder, mit dem er es getrieben hat?, dachte Galina. Wer ist es? Die Schenskaja von der Mordkommission? Oder eine Tippse aus dem Schreibsaal? Oder die neue Kantinenbedienung, die immer knallenge Minis und Blusen trägt, aus denen die Titten fast in die Suppe fallen, wenn sie einem den Teller hinstellt? Oder trifft er sich jetzt erst mit einem Frauenzimmer?

Filjakow ließ den Motor seines Wagens an, schaltete das Licht ein und fuhr vom Parkplatz. Galina folgte ihm wenig später. Er merkte es nicht, schien sich offenbar völlig unbeobachtet zu fühlen. Zunächst sah es aus, als wolle er nach Hause fahren. Aber am Wosnessenskij-Prospekt bog er plötzlich nach links statt nach rechts ab. Hastig setzte auch Galina den Blinker. Drei Fahrzeuge befanden sich zwischen ihr und Filjakow. Außerdem war es bereits dunkel, und ihr grauer Lada, von dem es Hunderte in Jekaterinburg gab, fiel nicht auf.

Fünf Minuten später ahnte sie, wohin Filjakow wollte: nach Uralmasch, wo Nina Bakunina wohnte. Fieberhaft überlegte sie: Wie hieß noch gleich die Straße? Dann fiel es ihr ein: Sadowaja ...

Sie glühte vor Wut und Eifersucht. Trotzdem fuhr sie mit äußerster Vorsicht, immer genügend Abstand zu Filjakow haltend.

Als er in Uralmasch in die Sadowaja einbog, blieb sie zurück. Sie parkte in einer Seitenstraße bei den Bahngleisen und öffnete das Handschuhfach. Den Revolver, der darin lag, hatte Filjakow ihr im vergangenen Herbst auf ihre Bitte hin besorgt. Sie war eine gute Schützin und liebte es, mit ihm Wettschießen zu veranstalten. Manchmal hatte sie ihn dabei sogar besiegt. Die Waffe war registriert, und Galina besaß einen ordnungsgemäß ausgestellten Waffenschein.

Als Galina die paar Schritte zur Sadowaja zurücklegte, sich immer im Schutz der Häuser und Büsche haltend, ging Filjakow gerade auf das Haus mit der Nummer zwölf zu. Sein Wagen war nicht zu sehen. Er hatte also ebenfalls ein Stück entfernt geparkt.

Das Haus lag im Dunkeln. Galina beobachtete, wie Filjakow die Stufen zur Eingangstür hinaufstieg und klingelte. Er versuchte es mehrere Male, aber niemand öffnete. Dann verschwand er aus Galinas Blickfeld, als er in den rückwärtigen Garten ging, kam aber wenige Minuten später wieder. Während er noch einmal an der Vordertür läutete, huschte Galina zu ihrem Wagen zurück. Der Revolver steckte in ihrer Jackentasche.

Sie wartete, bis sie den Motor von Filjakows Wagen hörte, und ließ ihm wieder einen kleinen Vorsprung. Dann folgte sie ihm.

Es war, wie sie vermutet hatte: Er fuhr nach Jekaterinburg zurück. Galina lachte plötzlich. Ein schrilles, hysterisches Lachen war's, das ihr die Tränen in die Augen trieb. Hat es dich versetzt, das Elfchen, dachte sie. Der Deutsche ist ihm lieber. Oh, du armer, hirnloser Idiot. Fast bemitleiden könnte man dich!

Aber sie empfand immer noch eine grellheiße, sie zerreißende Wut auf Filjakow. Er hatte sie belogen, und er hatte sie betrügen *wollen.* Wahrscheinlich würde er es immer wieder tun – mit jedem willigen Frauenzimmer, das ihm über den Weg lief.

Die Perowska vermutete, dass Filjakow nun nach Hause fuhr. Aber er tat es nicht, sondern hielt vor einer Telefonzelle. Während er telefonierte, lenkte Galina den Wagen an den Straßenrand und wartete. Wenige Minuten später kam Filjakow wieder heraus und fuhr weiter. In der Innenstadt bog er zu der beschilderten Zufahrt zum Hotel Isjet ab.

Es durchzuckte sie wie ein Stromschlag. Wohnte dort nicht der Deutsche? Bestimmt war das blonde Hürchen bei ihm. Aber was versprach Boris sich davon, wenn er die beiden im Hotelzimmer antraf?

Wieder hielt sie am Straßenrand, beobachtete, wie Filjakow neben dem Hoteleingang parkte und auf die hell erleuchtete Schwingtür zuging. Galina folgte ihm vorsichtig. Flüchtig wunderte sie sich darüber, dass Boris auf einmal eine Mütze aufgesetzt und den Schirm tief ins Gesicht gezogen hatte.

In der Halle – sie war sehr elegant mit Ledersitzgruppen und großen Pflanzenarrangements – herrschte noch Betrieb. Gäste saßen in den Fauteuils und plauderten, andere hörten dem Pianisten zu, der am Flügel russische Volksweisen spielte.

Galina stand neben der Portiere am Eingang, bereit, sich sofort dahinter zu verbergen, falls Filjakow sich umschaute. Aber er tat es nicht, sondern ging zielstrebig zu den Fahrstühlen. Als einer hielt und die Türen auseinander glitten, stieg er ein. Die Leuchtanzeige verriet Galina, dass der Lift im zweiten Stock hielt. War er dort ausgestiegen?

Sie überlegte nicht lange, sondern durchquerte die Halle, zwang sich, langsam zu gehen und begann erst zu rennen, als sie das Treppenhaus erreicht hatte. Immer zwei Stufen auf einmal nehmend, stürmte sie nach oben.

Boris Filjakow beglückwünschte sich zu seiner Idee, dass er im Hotel Isjet angerufen hatte. Er hatte Martin Heimwald zu sprechen verlangt und die Auskunft erhalten, dass der deutsche Journalist nicht im Hotel war.

„Und Fräulein Bakunina?", hatte der Kommissar gefragt.

„Sie ist da", hatte die Dame von der Telefonzentrale erwidert. „Soll ich Sie verbinden?"

„Nein, danke. Ich muss Herrn Heimwald sprechen. Ich rufe später noch einmal an ..." Filjakow hatte in breitem sibirischen Dialekt gesprochen. Falls die Frau sich später an dieses Telefonat erinnerte, würde sie aussagen, dass der Anrufer ein einfacher, ungebildeter Mann gewesen war, der kein gutes Russisch sprach. „Aber Sie können mir die Durchwahl von Herrn Heimwald geben ..."

„Gern. Es ist die 201", hatte die Telefonistin erklärt. Ohne sich zu bedanken, hatte Filjakow den Hörer eingehängt.

Er wusste, dass in der Regel die Telefonnummern der Gäste mit den Zimmernummern identisch waren. Also befand Nina sich im zweiten Stock des Hotels in Zimmer 201. Und sie war allein ...

Das Zimmer lag den Fahrstühlen gegenüber. Filjakow drückte die Klinke herunter, doch die Tür war verschlossen. Er klopfte und hörte gleich darauf Ninas Schritte. „Bist du das, Tinja?", fragte sie, und er antwortete: „Kommissar Filjakow. Bitte machen Sie auf, Fräulein Bakunina. Ich muss Sie noch einmal sprechen."

„Einen Augenblick bitte ..."

Als Galina aus dem Treppenhaus kam und in den Hotelflur spähte, sah sie gerade noch, wie die Tür aufging und Filjakow eintrat. Und sie sah, dass Nina einen Bademantel übergeworfen hatte, dessen Gürtel sie gerade zuband.

Um Galina drehte sich alles. In ihrer rasenden Eifersucht konnte sie nichts anderes denken als: Das Dreckstück ist nackt unter dem Mantel! Er hat sie angerufen, und sie hat's so eilig, mit ihm ins Bett zu kriechen, dass sie sich die Klamotten vom Leib gerissen hat ...

Dass Filjakow zuerst nach Uralmasch gefahren war, hatte in Galinas Augen nicht viel zu bedeuten. Sie hatten sich heimlich, in aller Eile verabreden müssen, und Filjakow hatte wohl irrtümlich angenommen, dass Nina ihn in der Sadowaja erwartete.

Der Kommissar hatte die Tür mit dem Fuß zugestoßen. Er drängte Nina aus dem kleinen Vorraum ins Zimmer zurück.

„Das Kreuz", verlangte er. „Ich muss es noch einmal sehen. Zeigen Sie es mir."

Befremdet blickte Nina ihn an. Er schien ihr merkwürdig verändert, fast bedrohlich. „Aber ..."

„Los, los, machen Sie schon!"

Wortlos ging sie zu dem kleinen Safe, der in einem Schrankfach eingebaut war, stellte die Zahlenkombination ein – das Datum war's, an dem sie und Martin sich kennen gelernt hatten –, und holte die Schachtel heraus. Außer ihr befanden sich noch Papiere und Bargeld in dem Fach. Filjakow sah, dass es ein Bündel Dollarnoten war. Das konnte er auch noch mitnehmen.

„Bitte sehr", sagte Nina und hielt ihm das Brustkreuz hin. Er griff danach und steckte es in seine Jackentasche. Dann packte er Nina bei den Schultern und schob sie zum Bett. Es geschah so blitzschnell, dass sie nicht einmal dazu kam, zu schreien. Sie fiel nach hinten, und Filjakow warf sich auf sie. Seine Hände legten sich um ihren Hals ...

In diesem Moment riss die Perowska die Tür auf. Sie sah die sich windende Frau auf dem Bett, den Mann, der halb auf ihr lag, und für Galina war die Situation eindeutig.

„Du Schwein!", schrie sie. „Du elendes, verlogenes, geiles Schwein!"

Filjakow riss es herum. Er starrte die Frau an, die plötzlich einen Revolver in der Hand hielt. „Bist du verrückt?" Er schnellte sich vom Bett und wollte sich auf sie stürzen. Da schoss die Perowska. Sie feuerte drei- oder viermal, und die Kugeln schlugen in Filjakows Körper.

Er taumelte zurück, wie von einer riesigen Faust gepackt. Ein gurgelnder Laut kam aus seiner Kehle, dann wurden seine Augen starr und gläsern, und er fiel mit einem dumpfen Geräusch auf den Teppich. Er war schon tot, als sein Körper den Boden berührte.

Martin Heimwald kam eine Stunde später. Ein Arzt war bei Nina, die auf dem Bett lag. Ihr Hals wies blutunterlaufene Würgemale auf, und das Sprechen fiel ihr schwer.

Galina Perowska war völlig zusammengebrochen. Sie

hatte wie eine Besessene geschrien, getobt und sich über den Toten geworfen. Erst als der Arzt ihr ein starkes Sedativum injiziert hatte, wurde sie still und ließ sich widerstandslos abführen.

Als Heimwald kam, waren die Beamten von der Spurensicherung bereits im Aufbruch begriffen. Ein Polizist hatte Martin in der Halle abgefangen und ihn über die Tragödie informiert, die sich in seinem Hotelzimmer abgespielt hatte. „Wir sind hier fertig", erklärte Kommissar Pantelejew von der Mordkommission. „Natürlich brauchen wir noch Fräulein Bakunins Aussage, aber das hat Zeit bis morgen. Heute braucht sie Ruhe." Er nickte Martin zu. „Ich werde morgen Vormittag einen Beamten vorbeischicken."

„Tinja", sagte Nina schwach, als Heimwald neben dem Bett niederkniete und ihre Hände nahm. „Er ... er wollte das Kreuz ..." Sie schauerte zusammen.

„Ich weiß." Seine Stimme brach. „O Nina, Ninotschka, mein Armes, Liebes ..." Er barg sein Gesicht in ihren Händen. Seine Schultern zuckten.

Es hatte ja eigentlich ihr letzter Abend in Jekaterinburg sein sollen. Deshalb hatten sich die Filmcrew und alle, die sonst noch mit den Ausgrabungen und Untersuchungen bei den „Vier Brüdern" zu tun gehabt hatten, zu einem Abschiedsessen im „Aragwi", einem bekannten Feinschmeckerlokal in der City, verabredet. Nina hatte sich an diesem Abend abgespannt und müde gefühlt, deshalb hatte sie Heimwald gebeten: „Fahr du allein, Tinja. Ich möchte lieber früh zu Bett gehen. Außerdem ist mir nicht so ganz nach einer fröhlichen Feier zumute." Er wusste, wie sehr sie unter dem Tod ihres Großvaters litt, auch wenn sie sich Mühe gab, nicht vor ihm zu weinen. Darum hatte er nicht versucht, sie umzustimmen.

„Dann bleib aber im Hotelzimmer", hatte er sie nur gebeten, denn er hatte immer noch Angst um sie. „Hier bist du sicher."

O Gott, welch ein Irrtum!

„Verzeih mir, dass ich dich allein gelassen habe“, murmelte Heimwald. „Ich hätte wissen müssen, dass du überall in Gefahr bist.“

„Jetzt nicht mehr“, sagte sie mit dieser zerquälten, heiseren Stimme, die Filjakows Würgegriff verursacht hatte. „Er ist vorbei, der Albtraum.“

Der Arzt trat ans Bett und fühlte ihren Puls. Dann nickte er Heimwald zu. „Sie wird gleich einschlafen. Ich habe ihr ein starkes Schmerz- und Beruhigungsmittel gespritzt. Die Verletzungen werden bald verheilt sein. Machen Sie sich keine Sorgen. Ich sehe morgen früh wieder nach ihr.“

„Tinja“, bat Nina schlaftrunken, als der Arzt gegangen war. Sie hatte Mühe, die Augen offen zu halten. „Komm her. Halt mich fest, damit ich spüre, dass du bei mir bist ...“

Martin legte sich zu ihr. Als seine Arme ihren schmalen Körper umschlossen, seufzte sie zufrieden. Er atmete den Duft ihrer Haut und ihres Haares ein und genoss ihre Wärme, die Wärme des Lebens.

Martin Heimwald war nie sonderlich religiös gewesen und konnte sich gar nicht mehr genau erinnern, wann er zum letzten Mal einen Gottesdienst besucht hatte. Irgendwann zu Weihnachten mit seiner Mutter. Es musste Jahre her sein. Aber jetzt dachte er sehr deutlich und sehr demütig: Ich danke Dir, Gott.

Eine Woche später betraten Martin und Nina das Antiquitäten- und Auktionshaus von Rodjon Tasskow. Der bebrillte rothaarige Angestellte Murajew kam ihnen entgegen und fragte nach ihren Wünschen. Dieses Mal war er nicht so hochnäsig wie Lukan Petrowitsch gegenüber, sondern ausgesprochen dienstbeflissen. Mit einem Blick hatte er Heimbachs Erscheinung taxiert. Beige Designerhose von erstklassiger Passform, teure Lederjacke, Sporthemd, italienische Schuhe – alles vom Feinsten. Murajew kannte sich in solchen Dingen aus. Und seine Begleiterin war geradezu atemberaubend in ihrem braun-beigen Seidenanzug. Was für eine Schönheit! Das herrliche Haar hatte sie im Nacken mit einer Satinschleife zusammengebunden, und um den Hals hatte sie ein bunt gemustertes Tuch. Versace, dachte Murajew und wusste nicht, dass Nina dieses Tuch nur trug, um die Würgemale zu verdecken, die inzwischen zwar ein wenig verblasst, aber immer noch zu sehen waren.

„Wir möchten zu Herrn Tasskow", sagte Martin. „Er erwartet uns."

Rodjon Tasskow kam ihnen an der Tür seines Nobelbüros entgegen. Er schüttelte Martin die Hand und sprach Nina sein Beileid über den Verlust ihres Großvaters aus. „Eine sehr tragische Geschichte. Ich wünschte, ich könnte die Ereignisse rückgängig machen, die letztendlich seinen Tod verursacht haben. Aber wer hätte so etwas ahnen können ..."

„Niemand", sagte Nina. „Wer weiß schon immer, wozu Menschen fähig sind ..." Sie öffnete ihre Schultertasche und holte das in ein Tuch gewickelte Brustkreuz heraus. Langsam faltete sie den Stoff auseinander.

Tasskow stieß zischend den Atem aus. „Gütiger Himmel, wie konnte das geschehen?"

Das Kreuz war in drei Teile zerbrochen, einige Juwelen lagen lose daneben.

„Der Mann, der es mir abgenommen hat", sagte Nina, „hatte es in seine Tasche gesteckt. Dann wurde er erschossen. Sie haben sicherlich in der Zeitung darüber gelesen. Eine der Kugeln hat das Kreuz getroffen."

Tasskow weinte fast. „Diese unersetzliche Kostbarkeit! Welch ein Unglück!"

„Aber man kann den Schaden doch reparieren", warf Martin Heimwald ein.

Tasskow nahm die verformten Teile auf und betrachtete sie. „Es wird möglich sein. Aber natürlich ist es nicht mehr dasselbe wie vordem. Es ist Stückwerk ... Und auch der Wert ist wesentlich geringer ..."

„Das ist mir egal", sagte Nina. „Ich will das Kreuz gar nicht verkaufen. Ich will es der Frau zurückgeben, der es einmal gehört hat – der Großfürstin Maria Nikolajewna."

„Wie meinen Sie das?", erkundigte sich Tasskow entgeistert, und Heimwald erklärte ihm, dass die Funde in dem Minenschacht „Die vier Brüder" mit allergrößter Wahrscheinlichkeit daraufhindeuteten, dass Maria und ihr Bruder Alexej dort verbrannt und begraben worden waren.

„Deshalb soll alles, was bei den Ausgrabungen gefunden wurde, demnächst ebenfalls nach St. Petersburg überführt und in der Peter-Pauls-Kathedrale beigesetzt werden. Nina will bei dieser Gelegenheit das Kreuz der Großfürstin in den Sarkophag legen."

Sie nickte. „Ich möchte es nicht behalten. Mein Großvater musste deswegen sterben, und mich hat man beinahe umgebracht." Sekundenlang wurde ihr bezauberndes Gesicht ganz grau bei der Erinnerung, wie Filjakows Hände sich um ihren Hals gelegt und zugedrückt hatten ... Sie atmete tief durch und blickte Tasskow an. „Sicherlich wissen Sie einen Goldschmied, der das Kreuz einigermaßen in Ordnung bringt ..."

„Natürlich", versicherte er. „Aber wollen Sie sich Ihren Entschluss nicht noch einmal überlegen, Fräulein Bakunina? Trotz dieser nie wieder gut zu machenden Zerstörung stellt das Kreuz immer noch einen gewissen Wert dar. Allein die Steine ..."

Nina schüttelte den Kopf. „Angeblich soll das Kreuz eine bestimmte magische Wirkung gehabt haben, hat mein Großvater einmal gesagt. Es sollte seinem Besitzer Glück bringen. Daran glaube ich nicht. Zwar bin ich mit dem Leben davongekommen, wofür ich sehr dankbar bin, aber mein Glück ..." Sie lächelte plötzlich, und ihr Gesicht wurde ganz weich, als sie Martin anblickte. „Mein wirkliches Glück verdanke ich jemand anderem ..."

Zehn Minuten später traten sie und Heimwald auf die Straße. Tasskow hatte das Kreuz dabehalten und versprochen, es umgehend restaurieren zu lassen.

„Ich bringe es Ihnen dann persönlich nach St. Petersburg", versprach er beim Abschied. „Teilen Sie mir nur Ihre

Hoteladresse mit. Da ich sowieso in nächster Zeit geschäftlich in Petersburg zu tun habe, kann ich das gut miteinander verbinden."

Er sah Nina und Martin nach, wie sie die Uliza Swerdlowa überquerten. Er hatte den Arm um ihre Taille gelegt, und sie lächelte zu ihm hoch. Ihr Haar leuchtete in der Sonne.

Was sie zu Heimwald sagte, konnte Tasskow nicht verstehen, aber er sah, wie Martin sie rasch auf den Gehsteig zog und umarmte. Die beiden küssten sich selbstvergessen, während Passanten an ihnen vorbeigingen, je nach Laune kopfschüttelnd oder lachend, und einige Autofahrer wild hupten.

„He, friss sie nicht auf vor lauter Liebe, Brüderchen!", rief der Fahrer eines Lieferwagens aus dem heruntergekurbelten Fenster.

Heimwald ließ Nina los und winkte ihm zu.

„Keine Sorge, ich halte sie nur fest. Mach's genauso, mein Freund, wenn du ein Mädchen hast!"

„Hab ich!", erklärte der junge Mann und lachte von einem Ohr zum anderen.

„Dann viel Glück!" Heimwald legte Nina den Arm wieder um die Taille, und so gingen sie davon.

Rodjon Tasskow stand immer noch unter dem prächtigen Portal seines Antiquitätenhauses. Er sah Nina und Martin in der Menge verschwinden, und er dachte: Verrückt, so was! Sie wirft ein kleines Vermögen in einen Sarkophag der Peter-Pauls-Festung. Der Geschäftsmann bedauerte das. Aber der Mensch Rodjon Tasskow empfand es anders.

Was für eine großartige Person, diese Enkelin von Lukan Bakunin! Ach, Russland, wie reich bist du, wenn du immer noch solche Menschen hervorbringst. Gott segne dich, Russland, Mütterchen ...

Weitere Klassiker aus unserer Karl-Müller-Bibliothek

Bauer, Josef Martin **So weit die Füße tragen**
ISBN 978-3-940984-23-4

Bergius, C.C. **Das Medaillon**
ISBN 978-3-940984-18-0

Berthold, Will **Auf dem Rücken des Tigers**
ISBN 978-3-940984-81-4

Blobel, Brigitte **Die Hörigen**
ISBN 978-3-940984-84-5

Bulwer-Lytton, Edward **Die letzten Tage von Pompeji**
ISBN 978-3-940984-90-6

Burk, Michael **Keine Stunde ist zuviel**
ISBN 978-3-940984-20-3

Conrad, Michael **Die Tänzerin**
ISBN 978-3-940984-19-7

Dahn, Felix **Ein Kampf um Rom**
ISBN 978-3-940984-92-0

Danella, Utta **Der Maulbeerbaum**
ISBN 978-3-940984-94-4

Danella, Utta **Tanz auf dem Regenbogen**
ISBN 978-3-940984-93-7

Danella, Utta **Vergiss, wenn Du leben willst**
ISBN 978-3-940984-71-5

Doyle, Arthur Conan **Die Fälle des Sherlock Holmes**
ISBN 978-3-940984-75-3

Duncker, Dora **Die Geliebte des Sonnenkönigs**
ISBN 978-3-940984-87-6

Engel, Georg **Klaus Störtebeker**
ISBN 978-3-940984-73-9

Fischer, Marie-Louise **Alles was uns glücklich macht**
ISBN 978-3-940984-98-2

Fischer, Marie-Louise **Als wäre nichts geschehen**
ISBN 978-3-940984-70-8

Herlin, Hans **Das Erbe**
ISBN 978-3-940984-82-1

Hohlbein, Wolfgang **Der Inquisitor**
ISBN 978-3-940984-22-7

Hohlbein, Wolfgang **Die Moorhexe**
ISBN 978-3-940984-21-0

Horster, Hans-Ulrich **Die Toteninsel**
ISBN 978-3-940984-17-3

Hugo, Victor **Der Glöckner von Notre-Dame**
ISBN 978-3-940984-74-6

Konsalik, Heinz G./Scheibler, Susanne **Das wilde Land**
ISBN 978-3-940984-97-5

Konsalik, Heinz G. **Heiß wie der Steppenwind**
ISBN 978-3-940984-95-1

Konsalik, Heinz G. **Im Auftrag des Tigers**
ISBN 978-3-940984-68-5

Konsalik, Heinz G. **Liebesnächte in der Taiga**
ISBN 978-3-940984-96-8

Konsalik, Heinz G. **Wer sich nicht wehrt …**
ISBN 978-3-940984-69-2

Lehnhoff, Joachim **Karibikfieber**
ISBN 978-3-940984-86-9

Leroux, Gaston **Das Phantom der Oper**
ISBN 978-3-940984-77-7

Meyrink, Gustav **Walpurgisnacht**
ISBN 978-3-940984-76-0

Palmer, Lilli **Wenn der Nachtvogel schreit**
ISBN 978-3-940984-83-8

Paretti, Sandra **Der Winter, der ein Sommer war**
ISBN 978-3-940984-99-9

Paretti, Sandra **Die Pächter der Erde**
ISBN 978-3-940984-54-8

Poe, Edgar Allan **Die Abenteuer des Arthur Gordon Pym**
ISBN 978-3-940984-72-2

Quast-Peregrin, Hellmuth **Der letzte Gladiator**
ISBN 978-3-940984-80-7

Scheibler, Susanne **Mazurka in St. Petersburg**
Die Lasarows – Eine russische Familien-Saga
ISBN 978-3-940984-85-2

Shelley, Mary **Frankenstein**
ISBN 978-3-940984-79-1

Sienkiewicz, Henryk **Quo vadis?**
ISBN 978-3-940984-88-3

Stoker, Bram **Dracula**
ISBN 978-3-940984-91-3

Wahl, Rudolph **Karl der Große**
ISBN 978-3-940984-78-4

Wallace, Lewis **Ben Hur**
ISBN 978-3-940984-89-0